U1012299

龔自珍全集

〔清〕龔自珍 著
王佩諍 校

上海古籍出版社

圖書在版編目(CIP)數據

龔自珍全集/(清)龔自珍著:王佩諍校.—上海:
上海古籍出版社,1975.2(2024.7重印)
(中國古典文學叢書)
ISBN 978-7-5325-0584-5

Ⅰ.龔… Ⅱ.①龔… ②王… Ⅲ.①龔自珍(1792~1841)—
文集② 古典文學—作品綜合集—中國—清代 Ⅳ. I214.92

中國版本圖書館 CIP數據核字(2007)第 035801 號

中國古典文學叢書
龔自珍全集
[清] 龔自珍　著
王佩諍　校
上 海 古 籍 出 版 社 出版、發行
(上海市閔行區號景路159弄1-5號A座5F　郵政編碼 201101)
(1)網址:www.guji.com.cn
(2)E-mail:gujil@guji.com.cn
(3)易文網網址:www.ewen.co
常州市金壇古籍印刷廠有限公司印刷
開本 850×1168　1/32　印張 22.125　插頁 7　字數 468,000
1975 年 2 月第 1 版　2024 年 7 月第 8 次印刷
印數:13,101-13,700

ISBN 978-7-5325-0584-5
I·346　平裝定價:78.00 元

如有質量問題,請與承印廠聯繫

己亥九秋重過袁浦留十日
渡河去袁浦十日大抵醉夢
時多醒時少也賦詩如干首
統名之曰寱詞
豆蔻芳温啓瓠犀傷心前度語
重題牡丹絶色三春煖豈是梅
花處士妻

龔自珍墨迹（一）

太史公書副在京師說

太史公為書百三十篇成褒漢氏盛德赫然鄉于雄奇次及功臣賢士大夫靡不載自序云臧之名山傳之其人副在京師問何以副在京師也尊本朝也尊本朝則曷為副在京師曰求唐虞其不於蒲坂乎易求周不於雍岐求成周必于河雒欲求漢者亦必于關中矣故副在京師太史公之先官京師其職世矣太史公生左馮翊而長亦師諸古文于京師仕則紬石室金匱于京師其所師友唐都黃子田何孔安國壺遂之倫書京朝著舊卿士太史公家雖無副存其書之榮其于京師也根究而原遠而終京師則是不忘王父不忘父以不忘師友是故副在京師京師既上繫其父又公有望石之宗於古今之獻羽翼天室

龔自珍墨迹（二）

此之無極故以所著書托焉東西南北當之鏡其緒天半焉皆
昔仲尼大聖與左邱明同官於周觀百四十國寶書于周
先是正考父得名頌于周史聃主周藏室仲尼問禮名
頌也寶書也禮也其授受帝可考知要之皆之人所以鎮
撫王室寶既史代以增天府之重則必可知也司馬遷之人力有
如京師以觀其書其為則太史公之志也若夫高騫遠引衰
道乃遊天下往于名山含傳懸于鄉士身隱矣安用文也亦之
難之所笑師皆通河漢之所始淮南賓客所以望實山曰
將其據者也則太史公之所不為
自序少年受名夏易地理志左馮翊夏陽注云
龍門在其北故太史公是左馮翊夏陽縣人也
則知藏史通上易夏 錄日記

龔自珍墨迹（三）

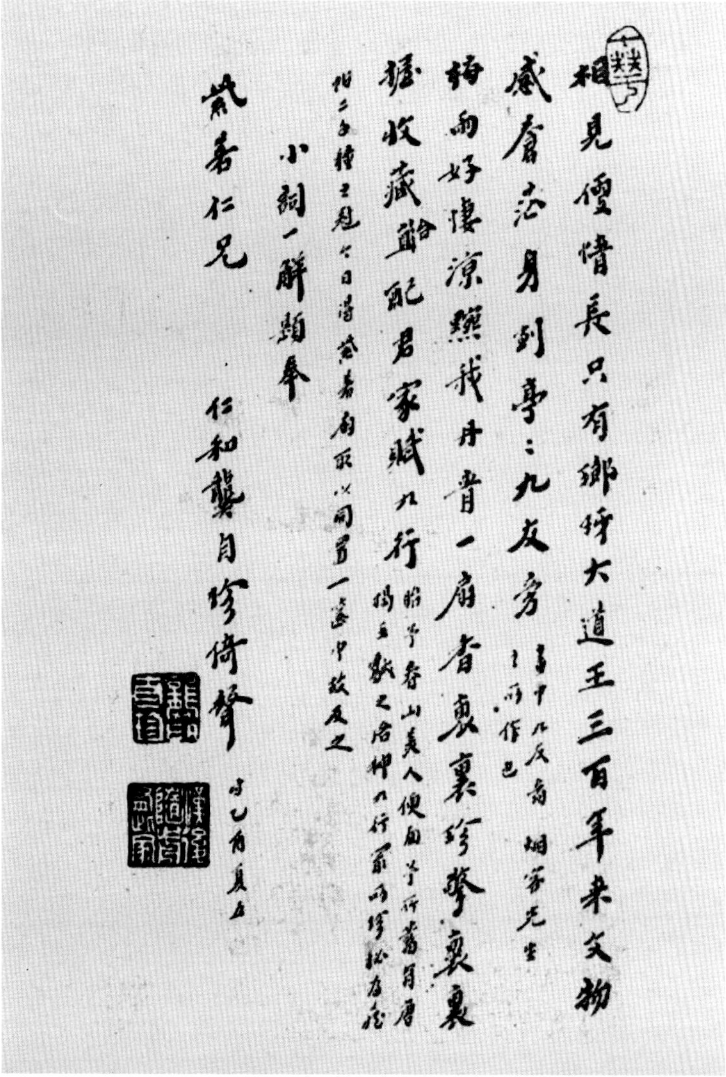

相見便憎長只有鄉邦大道王三百年來文物
盛蒼茫身到亭亭九友旁
梅雨好淒涼點我丹青一扇香裏裏珍襲裏裏
猶收藏韽配君家賦九行

小詞一解題奉

仁兄

仁和龔自珍倚聲

龔自珍墨迹（四）

前言

鲍正鹄

一

一百二十多年前，龔自珍怀着难言之恫，在自北京南归途中，感慨而又自負地写了这样一首小詩：

河汾房杜有人疑，名位千秋处士卑。一事平生无齮齕，但开风气不为师。

不久之后，政治地位比王通略高、做过二十年小小京官、年方五十的龔自珍就去世了。留在人間的只是三百多篇杂文、六七百首詩詞，然而在近代中国思想史、文学史上的确开創了一种风气，产生相当大的影响。

早在十九世紀中叶，这种影响已經是可以覺察的了。在鴉片战争之后有人說道：「近数十年来，士大夫誦史鉴，考掌故，慷慨論天下事，其风气实定公开之。」到了本世紀的二十年代，梁启超在回顾清代学术思想时，有一段很具体的評論，他說龔自珍「好今文」，「喜为要眇之思」，「文辞諔詭連犿」，「往往引公羊义譏切时政，詆排专制」，「晚清思想之解放，自珍确与有功焉；光緒間所謂新学家者，大率人人皆經过崇拜龔氏之一时期；初讀定庵文集，若受电然，稍进乃厌淺薄。」尽管梁启超的批評，褒中倘有微辞，但「与有功焉」正是开风气的好注脚，「若受电然」，也生动地說明了龔氏思想所产生的震聾发瞶的作用。从龔自珍以河汾之道自許，以及上述两种的評論中，我們可以看到龔自珍所开的风气不仅是一般的学术风气，而且还是一种政治风气。如众周知，那时期好慷慨論天下事的士大夫是指那些在鸦片战争前后具有改革思想而发憤图强的知識分子；梁启超所說的新学家是指那些包括他本人在內的資产阶級改良主义变法运动中的活动家和思想家。虽然这些人沒有建立起、也不可能建立起「房、杜事业」，但在中国近代史中，这些人是思想上的启蒙者和政治上的先行者，他們在革命过程中作出了一定的貢献。这样看来，龔自珍的厚自期許，虽不无浮夸，而从客观事实上来考察，說龔自珍开創了一种政治风气，倒也不算过分。

既然龔自珍所开創的风气是政治的，和近代中国革命相联系的，那末这种风气一定代表着某种阶級意識；无疑的，在它出現的时候一定会遇到来自某方面的抵拒。同时，对他的思想和影响的估計也必然会有异同——根据不同的立場观点出发而得到不同的結論。

在变法运动失敗之后，中国人民的革命运动发展更为蓬勃，一九〇三年反动的老洋务派官僚張之洞在北京写了一首题为学术的詩：「理乱寻源学术乖，父仇子劫有由来。刘郎不叹多葵麦，只恨荆榛滿路栽！」自注曰：「二十年来，都下經学讲公羊，文章讲龔定庵，經济讲王安石，皆余出都以后风气也。遂有今日，伤哉！」从写作的时間、內容以及注文最后两句无可奈何的慼叹看去，可見他对当时具有进步意义的政治倾向的仇視。張之洞虽把經学、文章、經济（政治思想）分而为三，实质上却是一种思想体系的三方面表現。尤其是就龔自珍而言，龔的理論基础是公羊义，政治上则以王安石的精神要求变法。因此这首詩一方面可以說是反动派对当时「风气」的总評論，一方面也可以說是反动派对开这种「风气」的龔自珍的評論；而「父仇子刼有由来」，簡直是把龔自珍这一类人看作乱阶禍首了。

这种意見出之于象張之洞这样的人原不足怪，然而把龔自珍看作「禍首」的幷不止張之洞这班人。有一种类似的結論，甚至比張之洞更激昂，这是出之于章炳麟的。約在一九〇七年左右，章炳麟在說林中，論及近代文风时，說龔自珍「文辞側媚，自以取法晚周諸子，然佻达无骨体，視晚唐皮、陆且弗逮；以較近世，犹不如唐甄潜书近实。后生信其誑燿，以为巨子；誠以舒纵易效，又多淫丽之辞，中其所嗜，故少年靡然向风。自自珍之文貴，則文学涂地垂尽，将汉种灭亡之妖邪！」章炳麟在經学上是古文派，一生竭力排斥公羊学。在他的著作中有不少批評龔自珍經学的議論也是可以理解的。但这里从文学的角度来談，却断言由一个人所开的文风，寖将导致民族灭亡的大禍，可見其对龔自珍痛心疾首之甚。章炳麟和張之洞在政治上有本质的不同，議論的出发点也不同，可是都对龔自珍的思想、文风，作出了同样的結論。

一个世紀以来，龔自珍曾經被人这样称誉过，也曾經被人那样詆毁过，可是无論是誉或是毁，都使人們看到一个基本事实，即是他在近代思想史、文学史上的巨大影响。一种思想的出現，是一定历史实践的产物，从而产生的影响，无論是誉或是毁，也是历史实践的反映。正确地評价龔自珍是今天思想史研究者、文学史研究者的責任。这个工作也只有在今天成为可能，因为我們不仅有可能掌握科学的思想方法，更重要的乃是近代中国人民英勇斗爭的历史經驗給我們提供了考察的根据。

二

龔自珍生于一七九二年（清乾隆五七年），卒于一八四一年（清道光二一年）。他所生活的五十年，正經历了中国封建社会日益沒落、解体，走向半殖民地半封建之途的历史阶段。

在龔自珍出世的前夕，以滿洲貴族为中心建立起来的封建专制主义統治巳經显著的暴露了它的內部危机。由于殘酷的封建剝削和腐朽的封建統治，人民群众，首先是农民，和統治者的矛盾日益尖銳。具体表現为自十八世紀七十年代开始的在全国范圍內此伏彼起的农民起义运动。所有这些反抗与起义虽然暫时被鎮压下去，但是矛盾却依然存在，而軍事鎮压所带来的灾难客覌上又成为加深矛盾的新因素。这样，反抗与起义就綿連不断，甚至在統治阶級根本之地，禁卫森严的首都也不例外；由此可見阶級矛盾尖銳的程度和清政府統治的危机之深重了。

这一时期清政府統治的危机，还可以从統治集团的日益腐化中看到。乾隆末年，吏治廢弛，瀆法貪污之风大盛。尤其是統治集团的上层，更是昏庸腐烂，不可救药。这些人大都貌似忠厚，其实是自私、阴險。他們除八股之外，一无所知，然而却好高談程、朱之学，假讲学之名，营私植党。他們在政治上毫无建白，却用老成持重的面具，傾排异己。上层如此，其他的官僚就更抱着「生斯世也，为斯世也」一的乡愿哲学，蝇营狗苟，孳孳为利。这些現象虽然是封建地主阶級腐朽本质的必然表現，但发展到成为一种风气，正足以説明其无法維持其統治的严重形势了。清朝統治的內部危机，客观上給野心勃勃的英国資本主义以可乘之机，从十八世紀末年起处心积虑地进行侵略活动，終于掀起了鴉片战争，迫使我国走向半殖民地的道路。

龔自珍生活在这样一个重大的历史轉折时期，阶級矛盾和民族矛盾的浪潮冲击了他，五十年的历史实踐教育了他。他的思想就可能反映这一时期中国社会、政治思想的发展，成为新阶段的序幕的标志。

三

龔自珍思想的出現之所以成为中国思想史发展到新阶段的序幕，是由于他从統治阶級內部站出来毫不容情地揭露了当时社会的阴暗面和現存制度的不合理；也是由于他敢于大胆地提出了政治改革的要求；而这些要求又正符合于社会进程的軌道。

龔自珍出身于一个三世京官的官僚家庭。这种家庭原来是只能产生一些「知車馬服飾，言詞捷給」或是「知作书法、賡詩」的官僚而已，但是农民起义的鉄騎刀枪惊醒了年輕而敏感的龔自珍，使他在起义的火光照耀之下，窺見了社会的阴暗面。再加以久居首都，耳目所及而累积的生活經驗，使他不能不深刻地认識到統治集团的腐朽而发生强烈的憎恶。当他还只是一个二十三岁的青年时，就写了四段激切的明良論，对当时的政治作了严厉的攻击。他首先指斥那些三公六卿以至凡百士大夫都是一些醉心利祿、諂媚君上、犬馬自为的寡廉鮮耻之徒。他把这些毫无責任感的官僚比之为寄食的寓公，旅进旅豢的仆从，伺主人喜怒的狎客。这种議論固然是从維护封建阶級利益出发的，可是的确道出了当时官僚們的腐朽的实情。而且龔自珍在分析原因时，也直率地指出他們之所以这样犬馬自为，是由于专制君主以犬馬視臣下的不可避免的結果。这样，「虽圣如仲尼，才如管夷吾，直如史魚，忠如諸葛亮，犹不能以一日善其所为，而况以本无性情、本无学术之儕輩耶？」（明良論四）指摘官僚的腐敗，本非什么了不起的見解，但是过去只作为对待个人道德問題提出来。現在却从产生发展的环境去考察，他的議論也就在相当的程度上触及到問題的根本。在明良論四中又有这样一段意思显豁的比喻：

> 人有疥癬之疾，則終日抑搔之，其瘡痏，則日夜撫摩之，犹有未艾，手欲弗动而不可得。而乃臥之以独木，縛之以长绳，俾四肢不可以屈伸，則虽甚痒且甚痛，而亦冥心息虑以置之耳。何也？无所措术故也。

清朝封建統治的危机固然不止是「甚痒且甚痛」的疥癬瘡痏的蔓延而已，更重要的却是所謂束縛四肢不可以撫摩屈伸的「长绳」，也就是那个「不可破之例」。这「例」，实质就是极端封建专制主义的制度。他认为这样不合理的「例」应該改变，于是他提出「更法」这一概念，并且警告說：「待其敝且变而急思所以救之，恐异日之破坏条例，将有甚焉者矣！」

龔自珍对現实社会的暴露与攻击随着年龄与經历的增长扩大而日益彻底尖銳。但是社会經驗告訴他，在当时严密的統治下，用明良論那样直率的口气发議論是不能被允許的。之后，他的政論大都采取考史、論經、寓言的形式出現。高压的政治空气没有挫折他鋒芒，而字里行間則更閃爍着挑战的矛头，其議論見解也愈来愈精辟中肯。

从留下来的作品看来，他对当时的社会危机，在写明良論后不久，有了进一步的认識。在著名的平均篇中，他指出了当时社会动蕩不安的根本原因是貧富不均。他說「浮、不足之数相去愈远，則亡愈速；去稍近，治也稍速。千万載治乱兴亡之数，直以是券矣。」他說：

> 貧相軋，富相耀。貧者阽，富者安。貧者日愈傾，富者日愈壅。或以羨慕，或以憤怨，或以驕汰，或以啬吝；澆漓詭异之俗，百出不可止。至极不祥之气，郁于天地之間。郁之久乃必发，为兵燹，为疫癘，生民噍类，靡有孑遺，人畜悲痛，鬼神思变置。——其始不过貧富不相齐之为之尔。小不相齐，漸至大不相齐；大不相齐，即至丧天下。

不是在社会实际生活中出現过这样「人畜悲痛，鬼神思变置」的大危机，在想象中是无从写出这样怵目惊心的議論来的。

龔自珍在乙丙之际箸議第九中，把这个社会肯定为所謂「衰世」，并作了深刻而又形象的描繪：

> 衰世者，文类治世，名类治世，声音笑貌类治世。黑白杂而五色可廢也，似治世之太素。宫羽淆而五声可鑠也，似治世之希声。道路荒而畔岸隳也，似治世之蕩蕩便便。人心混混而无口过也，似治世之不議。左无才相，右无才史，閫无才将，庠序无才士，隴无才民，廛无才工，衢无才商。抑巷无才偷，市无才駔，藪澤无才盜；則非但尠君子也，抑小人甚尠。当彼其世也，而才士与才民出，則百不才督之縛之，以至于僇之。僇之非刀、非鋸、非水火；文亦僇之，名亦僇之，声音笑貌亦僇之。僇之权不告于君，不告于大夫，不宜于司市，君大夫亦不任受。其法亦不及

要領；徒僇其心，——僇其能忧心、能憤心、能思慮心、能作为心、能有廉耻心、能无渣滓心。

这是多么可怕的黑暗时代呵！无是非、无黑白、无善恶、无眞伪，一切善恶是非都被混淆，一切聪明才智都被扼杀。这正是一个封建制度行将解体，虛伪的封建道德准則即使百般加强也无法控制社会思想的一幅图画，眞如文章結尾所說的：「将萎之华，惨于槁木！」

面对这么一个乡愿式的不可救药的社会，龔自珍甚至否认了它的合法存在。他公然說：

居廊庙而不讲揖让，不如卧穹廬；衣文綉而不聞德音，不如服橐鞬。居民上，正顏色而患不尊严，不如閉宫庭；有清廬閑館而不进元儒，不如辟牧藪。

——乙丙之际箸議第二十五

統治阶級当然不会自动退出历史舞台的，龔自珍的憤慨也仅仅是憤慨而已。但其憎恶之深，不啻相鼠之篇，实足以代表人民的愿望，而不仅是一个人的感情。

对統治阶級是絕望了，而新生的力量确实已經在逐渐成长，龔自珍在尊隐一文中充满了对未来的朦朧的期待。在这里他首先把在乙丙之际箸議第九中形容的衰世用另一种結构与形象来描繪：

日之将夕，悲风驟至，人思灯烛，惨惨目光，吸飲暮气，与梦为邻，未即于床。

这时，人才已不生于京师，四野的豪杰也对統治者离心离德，而山中之民却一嘯百吟，团結一致。他預見到一到「灯烛无光，但聞鼾声，夜之漫漫，鶡旦不鳴」之际，「則山中之民，有大音声起，天地为之钟鼓，神人为之波濤矣。」

固然，我們不必牵强附会的說龔自珍已經預見到新的农民运动即将来到，可是他怀着热烈的希望，期待一个变的局面的出現，在这里是可以覚察到的。

龔自珍在揭露当时的黑暗政治时，还具有相当强烈的民族思想。这种思想在乙丙之际箸議第七中已露端倪，到写古史鈎沈論时（三十四岁左右），反滿的情緒則更加明显。古史鈎沈論一痛斥历史上的「圣祖仁宗」都是一些挾才武財富以蹂躪人才的狡黠人物，他們是：

未尝不仇天下之士：去人之廉，以快号令；去人之耻，以嵩高其身。一人为剛，万夫为柔，以大便其有力强武。……大都积百年之力，以震蕩摧鋤天下之廉耻，既殄，既獮，既夷，……一旦責有气于臣，不亦莫乎。

这段話显然有感于清朝統治者百余年来的高压政策而发的。

在古史鈎沈論四中，粗看似乎是在要求滿洲貴族对汉人开放政权。但是开头就說，「五行不再当令，一姓不再产圣。」明明白白說他們「天数已尽」。接下去就指出滿洲貴族始終对汉族人民抱着猜忌和防范：

祖宗之兵謀，有不尽欲宾知者矣；燕私之祿，有不尽欲与宾共者矣；宿卫之武勇，有不欲受宾之节制者矣；一姓之家法，有不欲受宾之議論者矣。

他以为在这种政治歧視之下，汉族人民应該「知所以自位」，「知所以不論議」。「諫而不行則去」，不必「憔悴悲忧」，「不自卑所聞」，「不自易所守」，「不自反所学」。他說：

古之世有抱祭器而降者矣，有抱乐器而降者矣，有抱国之图籍而降者矣，无籍其道而降者，道不可以籍也。

这是多么充满了自尊心的民族思想！文章到結束又狠狠地对那些趋附滿洲貴族的汉族士大夫加以訓斥：

> 若夫其姓宾也，其籍外臣也，其进非世及也，其地非閨闥燕私也，而仆妾色以求容，而俳优狗馬行以求祿，小者丧失其仪，次者丧其学，大者丧其祖，徒乐厠于仆妾俳优狗馬之倫，孤根之君子必无取矣。

这种反滿民族思想的出現，应当看作他痛恨黑暗統治、要求政治改革思想的进一步的发展。

四

慷慨論天下事，不止是揭发病痛，必然会同时提出所以疗救之道。这是龔自珍自己也說过的：

> 有是非，則必有感慨激奋。——感慨激奋而居上位，有其力，則所是者依，所非者去；感慨激奋而居下位，无其力，則探吾之是非，昌昌大言之。
>
> ——上大学士书

居下位而无其力的他，从三十岁左右开始，就对农田占有、科举官制、币制税制、西北边防、海疆通商等方面，先后提出了自己的主張，而其基本精神則归結为他所鼓吹的「改图更法」。从他所提出的具体办法上看，虽然有些思想已經越出封建主义的范疇，但更改的性质还是想在現有秩序的基础上寻求新的出路，还是为了緩和社会矛盾，挽救政治上的危机，不是也不可能从消灭封建主义出发来进行根本的改革。然而这些办法或意見对当时的現实而言，都是处于相抵触的对立一面（干祿新书自序中的那种反对科举制度的思想，而出之以嬉笑怒罵，是一个很突出的例子）。在那样一个灯烛无光，万馬齐瘖，人心渾渾而无口过的时代里，敢于不畏惧裂磔之禍，提出这些办法来是需要很大勇气的。龔自珍知道他的更法主張不可能不遇到抵制或反对，可是他不顾忌諱地大声疾呼：

一祖之法无不敝，千夫之議无不靡，与其贈来者以勁改革，孰若自改革？抑思吾祖所以兴，岂非革前代之敗耶？前代所以兴，又非革前代之敗耶？何莽然其不一姓也？天何必不乐一姓耶？鬼何必不享一姓耶？

——乙丙之际箸議第七

中国历史上进步的知識分子在横暴的封建主义統治下大胆地揭露黑暗，向往于一个合理的社会生活——作为剧烈的阶級斗爭的折射或回响——是数見不鮮的。象龔自珍这样昌言无忌，很容易使人联想到公然声称「天命不足畏，祖宗不足法，人言不足恤」的王安石。的确，龔自珍是傾倒于王安石的。他少年时曾經九次手抄上仁宗皇帝言事书，自負可以决定清王朝命运的殿試对策也自以为是以这首万言书的精神为中心的。而「拘一祖之法，憚千夫之議，听其自墮，以俟踵兴者之改图尔！」不也就是「社稷之托，封疆之寄，陛下其能久以天幸为常而无一日之忧乎！」的更彻底更无忌憚的提法？但是两人所处的时代和所面对的問題毕竟是非常不同的。特别是龔自珍处于社会阶級矛盾极度尖銳，清朝封建专制主义統治危机日益表面化之际，他的危言与警告，不仅仅是农民起义的反應，其中又凝聚着长期慴于封建专制淫威的地主阶級中、下层知識分子的无从表示的抗議和变革現实的愿望。这样，龔自珍的議論一方面不能不使保守頑固的勢力色然而駭，另一方面又强烈地震撼了在現实生活里被压抑的知識分子，在他們身上所引起的感应，眞有如触电似的。王安石之傾駭天下是在于他的尽变旧法，他居上位，有其力，可以做到「所是者依，所非者去。」而「蒼茫六合此微官」的龔自珍，一山突起，駘蕩了一代被压抑的知識分子的灵魂，在一代思想界中引起了钟鼓波濤，乃是龔自珍的議論思想撥开了他們的眼睛，激发他們去正視現实，从而推动他們冲破了当时的思想束縛和学术傳統，虽然在思想上、政治上并未超过封建主义，但是慷慨論天下事，号召更法改图，从当时情势来看和从历史发展来看，无疑的这标志着中国近代思想界行将走上一个新阶段的开始，显然是有其进步与积极的意义。特别在鴉片战争以后，这种指摘朝政的鋒芒直接指向那向外国侵略者投降的封建专制主义保守派，是与中国人民反帝反封建的政治路綫相一致的。而且龔自珍在暴露封建統治黑暗时閃爍着的反对清政府种族压迫的思想火花，重新点燃了长期被埋盖起来的滿汉民族矛盾的煨烬，成为辛亥革命契机之一。这些影响都带有启蒙主义的性质，远不是王安石所能比拟。

龔自珍之所以能如此彻底地揭露清朝封建专制主义統治的黑暗，除了受到农民起义浪潮的冲击外，是有其理論基础的，那就是經今文学的公羊义。

十八世紀末年經今文学作为一个学派重新出現，在学术上是当时汉学与宋学矛盾斗爭的产物。这时期的今文学家一方面懲于当时汉学家沉溺于分析文义，瑣屑考訂，一方面又看到宋学家从高談性理堕入因果报应的恶趣，因而要在古經傳中寻求「先圣微言大义」，以恢复「通經致用」的傳統。但是他們或是牵涉到另一个門戶之爭——經古文、今文之爭，或是又混杂汉人經說、讖緯、五行灾异之說。并未做到，事实上也做不到以禹貢治河，以洪范察变，以春秋决獄，治一經得一經之益的迂闊想法。龔自珍是段玉裁的外孙，二十八岁以前，在家庭师友之間所受到的学术影响主要是属于汉学的。二十八岁从刘逢祿受公羊学，一意祈向于西京微言大义之学，对于善言讖緯的公羊学者宋翔凤也傾倒备至。但是他和当时的公羊学者不同，第一是不为守家法而守家法，其次是不主張以公羊統摄群經、通釋群經，再次是反对以休咎灾异附会經学。最重要的是他不把春秋当作「預言」：

> 嗚呼！民生地上，情伪相万万，世变徙相万万，世变名实徙相万万，春秋文成纔数万，指纔数千，以秦汉后事，切劘春秋，有专条者十一二，无专条者十八九，又皆微文比較，出沒隐显，互相損益之辞。
>
> ——春秋决事比自序

但是他认为刺取春秋之「微者，稍稍迂回贅詞說者，大迂回者。凡建五始，張三世，存三統，异內外，当兴王」等等，根据公羊傳之說，以后世史实比附印証，是可以解釋「世运如是其殊科」，「王霸如是其殊統」。換言之，公羊傳中的关于解釋出沒隐显，若存若亡的非常异义可怪的議論都可以通过具体历史事实的观察而发現其理論的系統性。神而明之，聞一知十，这个已被过去历史証实了的理論同样足以推測未来。这样把春秋还原为史，把公羊傳看作为史論或历史观，剝去它們神圣和神秘的外衣，从三世三統的微言大义中探討抽引出一个历史規律，包含着辯証的发展观点的历史观。这个历史观就成为龔自珍政治見解和社会批判的理論根据。支持他去批判現实，支持他执着地要求改革現实。以治世、乱世、衰世或三时喻三个世代，即是从公羊三世之說而来的。「变」、「更」、「改」是他的政治見解的根本，而公羊三統，即是「变」的具体化。在僵化了的封建社会里，变的观念是被排斥的，龔自珍要提倡改革，就必然要援引合法的根据，然而現实生活尚未提供新的政治口号和理論。这就使他不能不召喚过去的亡灵来为自己效力，从旧的思想武庫中选取能为他的变法更图的政治主張服务的思想武器。这武器虽然古旧，但就其时的現实情况来看，是发揮了它的战斗作用的（章炳麟批評龔自珍时，常常提到他在經学上的錯誤。是的，龔自珍不是一个严格的經学家，即使在談公羊学也不免有矛盾之处。章炳麟不懂得在一个变革的时代，首先站出来宣傳一种思想的人都有一个直接的实踐的目的，而不是在抽象地研究某种学理）。

龔自珍不仅把公羊学作为自己的武器，同时也給他以后的改良主义变法运动打下一个基础。甲午战爭之后，民族矛盾和阶級矛盾的发展促使中国資产阶級改良派发动一个变法維新的政治运动，他們脫离了广大人民群众，企图以自上而下的政治改革来变革現实，命中注定是要失敗的。但是这次运动反映在思想領域內的斗爭却留下深刻的痕迹。封建专制制度必須改变这一观念从此深入人心。「穷則变，变則通」的旧命題被賦予新的內容，給封建統治阶級以致命的打击，挖掉了他們的「天不变道亦不变」理論的基石，为进一步傳播人权、自由、平等等思想开拓了道路，成为近代中国思想界解放运动洪流的濫觴。領导这次思想斗爭的康有为、梁启超由于历史条件使他們接受了西方資产阶級民主主义思想，然而他們的維新变法論的最原始或是主要的部分，还是建筑在龔自珍所倡导的公羊三世三統之說上的。这就是为什么代表封建专制保守势力的老洋务派張之洞会如此痛恨龔自珍的原因所在。也就是为什么梁启超說近代所謂新学家人人曾經一度崇拜龔自珍的原因所在。当然，戊戌政变前后的新思潮是和龔自珍的思想有性质上的区别，但是在思想史上巳經表明代表新的社会形态的思潮，往往总是和最接近的先行思潮有着一脉相承的关系。改良主义思想与龔自珍提倡的公羊义的关系也超越不了这个規律。

五

龔自珍激动了一代知識分子的心灵是由于他的思想力量，也是由于他的文学魅力。他的作品都被閃电式的思想光芒所照耀，而又呈現着飽滿的艺术形象。他善于把思想直接化为完整的形式，无論是充滿了战斗气息的政論或者是寄托遙深的詩歌，在表現上「变化从心，倏忽万状，无所不有，所过如扫」，与思想內容达到高度的統一，而吸引着讀者。

从来論龔自珍文学作品的特点都提到他的技术、手法和所形成的风格，作为艺术特征，更可注意的是它們的內在意义。

龔自珍作品的独創性在于他不管是用隐晦曲折的方式还是纵横不羈的調子，不管是掩抑低徊还是刻深峭厉，他的作品永远象一股无法遏止的激流——

百脏发酸泪，夜涌如原泉。

向讀者傾訴着自己生活中的一切感受。这里有着对生活的热烈的希冀，有对現实无法調和的敌意和抗議，有对黑暗政治的无情的揭露，也有委婉而沉痛的諷刺，有虽九死而不悔的宏愿，也有从挫折失望而产生的悲凉。这样在他的作品中出現着一个极其动人的反叛者的形象。这个形象之所以动人，是因为他表現了对丑恶的現实的挑战，还因为他表現了在如此艰苦的斗爭中到处碰壁、受到各种歧視而引起的深刻的苦痛（从沉睡的封建制度痳痹中逐漸苏醒过来的时候，发現自己的理想与現实环境之間有着这样辽远的距离，他不能不上下求索，也不会不感到心灵迷惘乃至于絕望）——

四海变秋气，一室难为春。

这个形象之所以动人，还因为虽然他由于求索不得而感到孤独、悲哀，但总是执拗地向生活要求，在无可奈何的哀愁中沁透着对理想的向往——

起看历历楼台外，窈窕秋星或是君。

所有这些：抗議与揭露，挑战或諷刺，苦痛与希冀，都深深地根植于社会与时代的泥土里，概括了在封建专制主义統治下覺醒了的知識分子的反抗情緒。

因此，当年以及其后相当长的一个时期中，在死气沉沉的社会里，不甘于被压抑的知識分子固然从龔自珍作品里认清了現实的阴暗面，被他那个反叛形象所召喚，启发了他們的自覺；而龔自珍作品所描繪的深刻的痛苦与哀愁也同样激起他們的憤慨，促使他們进一步探索改变这阴暗局面的道路，因为他的强烈而深沉的热情始終表达了对未来的合理生活的憧憬。

当然，龔自珍由于历史和阶級条件限制，不能使自己认識和給自己的反抗找到实在的社会支持力量，无法使希望与現实之間矛盾得到解决。在他文学作品中所出現的那个反叛者的性格不可避免的带着孤独和近乎病态的多愁善感的色彩——「蟠天际地能几时，万恨沈埋向誰咎。」——这样，在相当长的时期中和相当多的知識分子中，把这样一个反叛性格理解为失意者，把他的抗議理解为牢騷，把他的辛辣的諷刺理解为玩世不恭，把他的对未来的憧憬理解为惓念过去的「盛世」，乃至把蘊藏在瑰丽的构思与語言之后的深刻痛苦仅仅看作为个人微小悲欢的咏叹，并且以之作为逃避現实的师范，涂飾哀怨頹唐的脂澤。这与龔自珍的精神截然两歧，只是反映了在中国近代历史上某些阶級的或其中某一阶层的知識分子既不滿于現实又不敢毅然决然与之战斗以及对日益发展的人民革命运动的恐惧的沒落情緒。但是从这里也使我們看到了龔自珍思想与文学作品中的弱点。

龔自珍文学作品的独創性也表現在形式与技巧上。他的作品冲破和摆脫了当时流行的艺术戒律。刘师培非議他「文不中律，便于放言」，这个指摘恰恰說出了龔自珍文学作品如何使形式服从于內容的事实。在他的散文（包括政論）写作上，有着曲而中，肆而隐的表达方法和辞文旨远的特色，由于清朝封建专制积威的影响，他无从把許多不欲明言、不忍卒言的內容明白曉暢地說出来，于是在他的作品中出現了精巧的「暗示」手法。看来是一些掌故考訂的保甲正名、地丁正名、撰四等十仪，語必有据，文辞端謹，然而却引导讀者去怀疑这些制度。在荒唐謬悠，汪洋自恣的字里行間往往閃爍着銳利的譏彈或揭发。他写了猖狂恢詭以言之的如尊隐、乙丙之际箸議第十八和捕蜮第一等三篇。也写了京师乐籍說、己亥九月重过揚州記、說金伶和說張家口这样一类談言微中的篇章，他大胆而創造性地运用中国文字語言和典实。不过这也就是使人不能全部理解的緣故，因为这种諔詭（奇异）連犿（宛轉）的风格包含着极其复杂的生活內容和大量經过精致地安排的联想以及細膩的感情色彩。龔自珍的詩歌能使人「聞是声也，忽然而起，非乐非怨，上九天，下九渊，将使巫求之，而卒不自喻其所以然」（长短言自序）。其奥秘是它的巨大的抒情力量（所謂抒情，无非是指一个激动了的心灵的呼喚。但跳踉叫嘯决不能达到抒情的要求）。龔自珍的詩歌善于塑造完整而鮮明的形象吸引讀者分享他的感受。他善于用比兴的手法来表达他的窈窕要眇之思。他又善于用不同的体裁，句法、韵律来表达不同的內容与感情，說服讀者，感染讀者。

特别值得注意的是一百多年来人們在他詩歌中最为喜爱的己亥杂詩的独創意义。这三百十五首七絕是先进思想家龔自珍最坦率的自傳，又是近代中国大变革前夕的社会生活的实录。內容如此广闊丰富是中国文学史上所仅見的杰作。在这些詩里他充分地毫无拘束地以抒情的自白揭开了自己的精神世界，以生动而尖銳的諷刺批評和揭露了社会、政治的阴暗面。这里有人民生活痛苦的写照，也有一代知識分子日常生活的图画。为了适应这样丰富的內容，龔自珍的这些七絕在构思与表現上做到了令人惊异的多样化——声情沉烈，万玉哀鳴——使这一系列詩的思想和艺术得到統一，又使人忘却了七絕簡单的格律所带来的形式上的单調而引人入胜。

龔自珍文学作品的魅力是他的思想与艺术統一而形成的强烈的感染力。章炳麟詆毀之为「側媚」其实是从另一角度道出了实情——具有說服、打动讀者的力量。章炳麟把龔自珍与皮日休、陆龟蒙、唐甄相比拟并不足为病。他們也确有相似之处——敢于在封建社会阶級矛盾尖銳的时候，从統治阶級內部站出来揭露統治者的横暴和封建制度的腐朽性。这样看来章炳麟实际上是揭示了龔自珍的文风流行的原因首先决定于历史发展与其思想內容这样一个事实。只是他带着学术上的偏見和由于文学上的趋尙不同，以及特别是由于当年他站在資产阶級民主主义的立場与改良主义者作剧烈斗爭，不从具体历史发展去观察問題而株連根究引出了不免偏頗的結論而已。

六

中国人民正在大踏步地走着历史发展的必然道路，回顾一百多年来的經历，一方面使我們庆幸于今天找到了正确的指南，一方面也使我們惓念过去摸索的艰辛。因为过去不仅留下了教訓，过去还給我們留下了与今天的斗爭之間的联系。作为思想家和文学家的龔自珍是这个联系中的一个环节。从思想体系来說，龔自珍有着很大的时代局限和阶級局限（連資产阶級学者梁启超也感到他的弱点），但是他毕竟胆敢从封建統治阶級內部站出来指出这个封建专制主义的腐朽，要求改革。他毕竟打开了一个局面使知識分子摆脫奄然无生气的学术束縛正視現实，展开了中国近代思想史上第一次进步与保守的斗爭。这样的斗爭是辛苦的，龔自珍也就在与周圍的不可調和的敌对中死去。他給中国近代思想发展的影响已为历史所証实了的，并将被記忆着的。而他的文学作品到今天依然发射着眩眼的光采，将永远被人民所珍惜，因为凡声音之性，引而上者为道，引而下者为非道，引而之于且阳者为道，引而之于暮夜者非道。

——长短言自序

龚自珍的作品就其主要的和基本的而言就是这种能够引导人向上、向前的作品。

一九六一年八月

龔自珍全集

編例

一、本集據龔氏自刻本定盦文集，吳刻本定盦文集、續集、補，朱刻本定盦文集補編，風雨樓本定盦別集、集外未刻詩，娟鏡樓本定盦遺著、年譜外紀，龔自珍集外文稿本，孝珙手抄詞，以及諸書引載與海內公私諸家舊藏佚文等，整理編輯，成爲目前較完備的龔氏全集。

二、本集仿邃漢齋校訂本編例，編成十一輯：一輯爲政治和學術論文，二輯爲碑傳和紀事，三輯爲書序和題錄，四輯爲金石題跋，五輯爲表、啓、箋，六輯爲佛學論著，七輯爲韻文，八輯爲語錄，九輯爲編年詩，十輯爲己亥雜詩，十一輯爲詞。

三、本集三輯、五輯、八輯、九輯、十一輯，有一部份爲罕見之佚文詩詞。爲了便於攷覈，每篇末皆繫出處以及收藏者姓名，以免滋疑。

四、本集集外文有同見數處者，如四輯有些金文題跋，原出於筠清館金文，後散見於定盦遺箸。慈雲樓藏書志序，原見於羅振常善本書所見錄，後散見於葉葵初卷庵藏書記略。金釧銘，原見於落花春雨巢日記，後散見於定盦年譜外紀及中國學報。類此者，僅註明原出處或公私藏家。

五、本集九輯、基本上參照吳刻本的形式和次序，但略有變動。剔除其重複互出者外，將未刻詩及佚詩，查出可靠年代，按年順序，編爲編年體。十一輯亦依原有形式，將孝珙手抄詞及佚詞，分其類別（如懷人館詞，庚子雅詞等），一一編入。

六、諸通行本所錄文篇，偶有重複，如吳刻本乙丙之際箸議第六與朱刻本治學，實爲同篇異名，今則選刋其一。另外雖係重複，但繁簡絕異，如吳刻本乙丙之際箸議第一與朱刻本乙丙之際塾議一，吳刻本禮部題名記序與娟鏡樓本國朝春曹題名記序，今則存其異同，附於篇後。詞錄亦然，如吳刻本懷人館詞選瑤臺第一層與劉大白舊詩新話所載瑤臺第一層絕異，與上同例。

七、本集九輯、十輯中，漢儒生行，諸本編在壬午，龔橙云在丁亥，己亥雜詩順河道中再奉寄一首，稿本原註：「此詩之期月，實庚子九月也。」因不便移動，姑仍其舊。未刻詩紀夢七首起，訖秋夜聽俞秋圃彈琵琶賦詩書諸老輩贈詩册子尾，以及退朝偶成，諸本編在戊戌，風雨樓本前者在庚寅，後者在戊戌，可以確信，故而移置，佚詩題紅禪室詞尾，據無著詞寫成年代，編在壬午。書魏槃仲扇，據年譜外紀，編在辛丑。無題，年代無考，附在集尾。

八、龔自閎龔氏科名錄所錄龔自珍時文六篇，黄人所輯龔自珍時文二篇，江沅染香盦詩文詞錄代龔自珍所作文斷敍後一篇，因無輯刋之必要，故而删汰。

九、本集以吳、朱刻本、風雨樓本、娟鏡樓本、集外文稿本、孝珙手抄詞本爲底本，參以自刻本，羽琌别墅本、邃漢齋校訂本、王文濡校編本、扶輪社本、秋星社本以及師友批校本、潘鴻手校本、祝心淵手校本、浦炳手校本、孔嗜澹手校本、吳昌綬手校本、流碧精舍手校本等，互相校覈，分别處理。諸校本原識語，有參考價値者，酌量錄存，冠以某校本云云，未敢掠美。我們校勘訂誤，另註篇後。

一〇、據扶輪社本皥皥子序：「借得吳中章氏、張氏、陳氏，桐城劉氏，長沙鄧氏，侯官林氏；番禺區氏詮註本，繕寫過上，久且忘其所自。」一本集文篇有夾註：一本某某作某某者，實爲昔日諸抄本之異文。惜乎此類抄本不可蹤跡，故仍彙註字行間。九輯、十輯、十一輯有一本作某某者，大半爲孝珙手抄本之異文，亦繫句下，以供參考。

一一、諸刊本和批校本每多異題，如吳刻本壬癸之際胎觀，自刻本作壬癸之際心書；吳刻本古史鉤沈論二，祝心淵手校本作尊史二。詩詞亦有類似情形，皆以題註處理，以＊號明之。集中古今字，亦加隸定，恐蹈繁瑣，不加註明。

一二、本集文篇引文，如與原文文字有異者，則加註說明，或於註中略引原文對照。著者原註語，以（）號明之。我們所補闕文，以〔〕號明之，並註明據本。

一三、本集各篇述及姓氏而略名號者，或有名號而略姓氏者，皆加簡註，以便查考。其狀事偶有出入，或誤記者，略引他書佐證。

一四、本集據程秉釗和吳昌綬兩個句讀本，進行標點，個別字句，稍有變動。

一五、本集十一輯後附有吳昌綬編定盦先生年譜、張祖廉纂定盦先生年譜外紀和諸家序跋，以資參考。

一六、龔自珍佚著甚多，尚待搜集，另列待訪目，附於集尾，尚希讀者注意。

龔自珍全集目錄

第二輯

第三輯

第四輯

第五輯

第七輯

龔自珍全集 第一輯

乙丙之際箸議第一*

歲辛酉，近畿大水。越七年戊辰，又水。甲、乙間，東南河工屢災。客曰：近年財空虛，大吏告民窮，而至尊憂咎匱。金者水之母，母氣衰，故子氣旺也。一客曰：似也。子亦知物極將返乎？天生物，命官理之，有所潰，有所鬱，鬱之也久，發之也必暴。且吏不能理五行使之和，必將反其正性，以大自洩，乃不利。今百姓日不足，以累聖天子惄然之憂，非金乎？幣之金與刃之金同，不十年其懼或煩兵事，賴聖天子維持元氣，建本甚厚，亦弗瘵也。越六年癸酉，兗、豫役並起，四越月平。龔子曰：其潰者，其縱之者咎也；其鬱者，其鑰之者咎也。是以古之大人，謹持其源而善導之氣。

——定盦文集

附：乙丙之際塾議一**

歲辛酉，直隸大水。越七年戊辰，又水。癸亥訖乙丑間，再決南河。吏有食于星者曰：水緯且失度，水氣淫于東南，不三十年，水患不究。其食于農官者和之曰：其然。近年金空虛，大吏告民窮，而至尊憂咎匱。金，水之母也，母氣衰，子氣旺。吏食于市官者笑之曰：其不然乎，其不然乎！天下生齒庶，原之出也不饒，故金之權日尊，權日尊，氣益威神，胡謂衰？客爲士者謝吏曰：子之義，高義也。雖然，食誠絀，而貨之不獨盈也又久，不覩伐金者乎？伐者化；不覩挾金市海者乎？市海者潰。有所化，有所潰，有所不反，夫又有所鬱也。今金行名尊而實耗，用博而氣鬱。耗者莫禁于下，鬱者莫言于上，皆守眉睫之間，而不見咫尺之外，失金之情者也。欲弗衰，得乎？于是龔自珍聞之，曰：如客之言，其潰者，其化者，當世事實也，其鬱者，非當世事實也。如吏之言，毋衰子旺之測，則漢氏之妖言也。然而古之治金行亦必有道矣。道如何？曰：宮府一本「府」作「庫」。弗分，受其福不受其權，然後察十等之有無而劑之氣。

——定盦文集補編

* 朱刻本題乙丙之際箸議一。邃漢齋校訂本改題乙丙之際塾議第一。

** 祝心淵手校本眉注：「……朱刻補編，所據者未定之稿，可從者希，聊錄之以箸異聞耳。」姑從之。錄附篇後。

乙丙之際塾議三*

客問龔自珍曰：子之南也，奚所覩？曰：異哉！覩書獄者。獄如何？曰：古之書獄也以獄，今之書獄也不以獄。微獨南，邸抄之獄，獄之釁皆同也，始狡不服皆同也，比其服皆同也，東西南北，男女之口吻神態皆同也，獄者之家，戶牖牀几器物之位皆同也。吾睹一。或釋褐而得令，視獄自書獄，則府必駁之，府從則司必駁之，司從則部必駁之。視獄不自書獄，府雖駁，司將從，司雖駁，部將從。吾睹二。視獄自書獄，書獄者之言將不同，曰：臣所學之不同，曰：臣所聽之不同，曰：臣所思慮之不同。學異術，心異臟也。或亢或遜，或簡或縟，或成文章，語中律令，或不成文章，語不中律令，曰：臣所業於父兄之弗同。部有所考，以甄核外，一本無「外」字。上有所察，以甄核下，將在是矣。今十八行省之挂仕籍者，語言文字畢同。吾睹三。曰：是有書之者，其人語科目京官來者曰：京秩官未知外省事宜，宜聽我書。則唯唯。語入貲來者曰：汝未知仕宦，宜聽我書。又唯唯。語門蔭來者曰：汝父兄且懾我。又唯唯。尤力持以文學名之官曰：汝之學術文義，懵不中當世用，尤宜聽我書。又唯唯。今天下官之種類，盡此數者，既盡驅而師之矣。强之乎？曰：否。既甘之矣。吾睹四。佐雜書小獄者，必交於州縣，佐雜畏此人矣。州縣之書獄者，必交於府，州縣畏此人矣。府之書獄者，必交於司道，府畏此人矣。司道之書獄者，必交於督撫，司道畏此人矣。督撫之上客，必納交於部之吏，督撫畏此人矣。吾睹五。其鄉之籍同，亦有師，其教同，亦有弟子，其尊師同，其約齊號令同，十八行省皆有之，豺踞而鴞視，蔓引而蠅孳，亦有愛憎恩仇，其相朋相攻，聲音狀貌同，官去弗與遷也，吏滿弗與徙也，各行省又大抵同。吾睹六。狎富久，亦自富也。狎貴久，亦自貴也。農夫織女之出，于是乎一本無「乎」字。共之，宮室車馬衣服僕妾備。吾睹七。七者之睹，非憂、非劇、非醒、非瘖、非鞭、非箠、非符、非一本「非」下有「契」字。約，析四民而五，附九流而十，挾百執事而顛倒下上，哀哉，誰爲之而壹至此極哉！

——定盦文集補編

* 又題治獄。

乙丙之際箸議第六

自周而上，一代之治，即一代之學也；一代之學，皆一代王者開之也。有天下，更正朔，與天下相見，謂之王。佐王者，謂之宰。天下不可以口耳喻也，載之文字，謂之法，即謂之書，謂之禮，其事謂之史。職以其法載之文字而宣之士民者，謂之太史，謂之卿大夫。天下聽從其言語，稱爲本朝，奉租稅焉者，謂之民。民之識立法之意者，謂之士。士能推闡本朝之法意以相誡語者，謂之師儒。王之子孫大宗繼爲王者，謂之後王。後王之世之聽言語奉租稅者，謂之後王之民。王、若宰、若大夫、若民相與以有成者，謂之治，謂之道。若士、若師儒法則先王、先冢宰一本「冢宰」作「大夫」。之書以相講究者，謂之學。師儒所謂學有載之文者，亦謂之書。是道也，是學也，是治也，則一而已矣。乃若師儒有能兼通前代之法意，亦相誡語焉，則兼綜之能也，博聞之資也。上不必陳於其王，中不必采於其冢宰、其太史大夫，下不必信於其民。陳於王，采於宰，信於民，則必以誦本朝之法，讀本朝之書爲率。師儒之替也，源一而流百焉，其書又百其流焉，其言又百其書焉。各守所聞，各欲措之當世之君民，則政教之末失也。雖然，亦皆出於其本朝之先王。是故司徒之官之後爲儒，史官之後爲道家老子氏，清廟之官之後爲墨翟氏，行人之官之後爲縱橫鬼谷子氏，禮官之後爲名家鄧析子氏、公孫龍氏，理官之後爲法家申氏、韓氏。世之盛也，登於其朝，而習其揖讓，聞其鐘鼓，行於其野，經於其庠序，而肄其豆籩，契其文字。處則爲佔畢絃誦，而出則爲條教號令，在野則熟其祖宗之遺事，在朝則効忠於其子孫。夫是以齊民不敢與師儒齒，而國家甚賴有士。及其衰也，在朝者自昧其祖宗之遺法，而在庠序者猶得據所肄習以爲言，抱殘守闕，纂一家之言，猶足以保一邦、善一國。孔子曰：「郁郁乎文哉，吾從周。」又曰：「吾不復夢見周公。」至於夏禮商禮，取識遺忘而已。以孔子之爲儒而不高語前哲王，恐蔑本朝以干戾也。至於周及前漢，皆取前代之德功藝術，立一官以世之，或爲立師，自易書大訓雜家言，下及造車、爲陶、醫、卜、星、祝、倉、庾之屬，使各食其姓之業，業修其舊。此雖盛天子之用心，然一代之大訓不在此也。後之爲師儒不然。重於其君，君所以使民者則不知也；重於其民，民所以事君者則不知也。生不荷耰耡，長不習吏事，故書雅記，十一本「故書雅記十」作「九州謠俗戶圖未」。窺三四，一本無「三四」二字。昭代功德，瞠目未睹，上不與君處，下不與民處。由是士則別有士之淵藪者，儒則別有儒之林囿者，昧王霸之殊統，文質之異尚。其惑也，則且援一本「則且援」作「辯」。古以刺一本「刺」作「謅」。今，囂然有聲氣一本「有聲氣」作「異寡過者」。矣。是故道德不一，風教不同，王治不下究，民隱不上達，國有養士之貲，士無報國之日，殆夫，殆夫！終必有受其患者，而非士之謂夫？

——定盦文集

* 經世文編題箸議。朱刻本又題治學。

乙丙之際箸議第七*

夏之既夷，豫假夫商所以興，夏不假六百年矣乎？商之既夷，豫假夫周所以興，商不假八百年矣乎？無八百年不夷之天下，天下有萬億年不夷之道。然而十年而夷，五十年而夷，則以拘一祖之法，憚千夫之議，聽其自隊，以俟踵興者之改圖爾。一祖之法無不敝，千夫之議無不靡，與其贈來者以勁改革，孰若自改革？抑思我祖所以興，豈非革前代之敗一本「敗」作「敝」。耶？前代所以興，又非革前代之敗一本「敗」作「敝」。耶？何莽然其不一姓也？天何必不樂一姓耶？鬼何必不享一姓耶？奮之，奮之！一本「之」下有「又」字。將敗一本「敗」作「敝」。則豫師來姓，又將敗一本「敗」作「敝」。則豫師來姓。易曰：「窮則變，變則通，通則久。」非爲黃帝以來六七姓括言之也，爲一姓勸豫也。——定盦文集

＊朱刻本題勸豫。

乙丙之際箸議第九＊

吾聞深於春秋者，其論史也，曰：書契以降，世有三等，三等之世，皆觀其才；才之差，治世爲一等，亂世爲一等，衰世別爲一等。衰世者，文類治世，名類治世，聲音笑貌類治世。黑白雜而五色可廢也，似治世之太素；宮羽淆而五聲可鑠也，似治世之希聲；道路荒而畔岸隳也，似治世之蕩蕩便便；一本「便便」作「平平」。人心混混而無口過也，似治世之不議。左無才相，右無才史，閫無才將，庠序無才士，隴無才民，廛無才工，衢無才商，抑一本無「抑」字。巷無才偷，市無才駔，藪澤無才盜，則非但尟君子也，抑小人甚尟。一本無「則非但尟君子也，抑小人甚尟」十二字。當彼其世也，而才士與才民出，一本「與才民出」作「孤根以升」。則百不才督之縛之，以至於戮之。戮之非刀、非鋸、非水火；文亦戮之，名亦戮之，聲音笑貌亦戮之。戮之權不告於君，不告於大夫，不宣於司市，君大夫亦不任受。其法亦不及要領，徒戮其心，戮其能憂心、能憤心、能

思慮心、能作爲一本「作爲」作「擔荷」。心、能有廉恥心、能無渣滓心。又非一日而戮之，乃以漸，或三歲而戮之，十年而戮之，百年而戮之。才者自度將見戮，則蚤夜號以求治，求治而不得，悖悍者則蚤夜號以求亂。夫悖且悍，且睊然眮然以思世之一便己，才不可問矣，嚮之倫慝有辭矣。然而起視其世，亂亦竟不遠矣。是故智者受三千年史氏之書，則能以良史之憂憂天下，憂不才而庸，如其憂才而悖；憂不才而衆憐，如其憂才而衆畏。履霜之屩，寒於堅冰，未雨之鳥，戚於一本「於」作「如」。飄搖，痺痨之疾，殆於癰疽，將萎之華，慘於槁木。三代神聖，不忍薄譎一本「薄譎」作「棄才屏智」。士勇夫，一本無「勇夫」二字。而厚豢駑羸，探世變也，聖之至也。

——定盦文集

* 朱刻本題乙丙之際塾議二。

乙丙之際塾議第十六*

有四婦一本「婦」作「夫」。之憂，有城市之憂，有人主之憂。四婦一本「婦」作「夫」。之憂，貨重於食，城市之憂，食貨均，人主之憂，食重一本「重」作「亟」。於貨。夫貨，未或絀也，未或毁也。以家計，患其少，以域中計，尚患其多。何哉？孝者以奉親，悌者以事長，睦者以卹一本「卹」下有「宗」字。族，任者以急一本「急」作「惠」。朋友，俠者以無名，放者以無節，雖一本無「雖」字。千萬不鈞，其在天地間則鈞。埋之土中，取之土中，投之水火，取之水火，不出天地之間。人主者，會天地之間之大勢，居高四呼。博貨之原，則山川効之；嗇貨之流，則官司鑰之；重貨之權，則名與器視之；貨在宮中，鬼神守之；貨在朝野，吏民便之。其敝也，貝專草不得一一本無「一」字。匹廡，有金一斛不糴掬粟；又其儆也，丐夫手珠玉，道殣抱黃金。一本「金」下有「明珠」二字。知黃金珠玉之必無救一本「救」下有「于道殣」三字。也，是故博食之原，嗇食之流，重食之權，總四海而憂之，不急一城之急，一市之急，矧乃急匹婦一本「婦」作「夫」。之一本「之」下有「所」字。急矣。食民者，土也，食於土者，民也。凡民以有易無，使市官平之，皆以稻、麥、百穀、竹、木、漆、陶、鐵、筐筥、一本無「筐筥」二字。桑柘、葛苧、蔬韭、木實、藥草、牛、驢、馬、豬、羊、雞、魚、蒲葦、鹽酒、筆楮一本無「筆楮」二字。使相當；其名田者賦於官亦用是。百家之城，有銀百兩，十家之市，有錢十緡，三家五家之堡，終身毋□畜泉貨可也。畜泉貨，取其稍省負荷百物者之力，便懷袵而已，不挈萬事之柄。行此三十年，富民所吝惜，非貨焉，貧民所歆羨怨歎，非貨焉，桀黠心計者，退而役南畝，而天下復奚擾擾貧與富之名爲？請定後王式：曰泉式，其質青銅，其輪周二寸半，其重八銖。銀之色理有常，其枚無常，其價贏縮有常，其品二等。

——定盦續集

＊又題乙丙之際塾議第四。

乙丙之際塾議第十七＊

三代之立言也，各有世。世其言，守其法。察天文，刻章蔀，儲曆，編年一本「年」下有「紀」字。月，書日，史氏之世言也；規天矩地，匡貌言，防狂僭，通蒙蔽，順陰陽，布時令，陳肅聖哲謀，敎人主法天，公卿、師保、大臣之世言也；言凶，言祥，言天道，或諭，或否，羣史之世言也。羣史之法，頗隸太史氏，不見述於孔氏。孔氏上承堯典，下因魯史，修春秋，大書日食三十又六事，儲萬世之曆，不言凶災。日食爲凶災，孰言之？小雅之詩人言之，七十子後學者言之，漢之羣臣博士言之。詩人之指，有瞽獻曲之義，本羣史之支流。又詩者，諷刺詼怪，連犿雜揉，旁寄高吟，未可爲典正。七十子以後學者，言君后象日月，適見於天，日月爲食，漢臣之所昉也。漢臣采雅記古儀官書，造周禮，又頗增益左氏傳，皆有伐鼓救天之文。以衆儒譁咎時君，時君或自責，詔求直言，免三公，三公自免。大都君臣借天象傅一本「傅」作「傳」。古義，以交相儆也。厥意雖美，不得闌入孔氏家法。曰：古之公卿、師保、大臣、太史氏，不欲借天象儆人君歟？曰：立言各有緒，立敎各有統，立官各有方，毋相借矣。大臣者，探本眞以奉君，過言有誅，矧旁飾甇言？故愼毋借言矣。夫恆暘而旱，恆雨而潦，恆燠恆寒而疵癘，妨田功，妖人民，古無步之之術，雖有占譣塗傳之言，取虛象，無準的，無程期，箕子推本狂僭，孔子直書水旱，目爲凶災宜矣。人主不學無藝能，雖借言以愚其君無所用；人主好學多藝能，必有能自察天文，步曆造儀者矣。將詰其臣曰：誠可步也，非凶災；誠凶災也，不可以步。借言者何以對？將大坐誣與謗。於是又有恆暘而旱，恆雨而潦，恆燠恆寒而疵癘，當儆人君，人君反不忌，雖箕子所寒心，孔子所危言，反坐誣與謗。言可以不中法乎哉！言可以不中法乎哉！其愼毋借言。後之擇言者何守？載筆治曆，守春秋；言咎徵，守箕子。

或曰：易曰：「天垂象，見吉凶，聖人則之。」說文亓字，謂日月星爲下垂之象形也。是日月星有吉凶，非洪範之暘雨寒風。應之曰：日月星之見吉凶，殆爲日抱珥，月暈成環玦，星移徙，彗孛，日五色，日月無精光，日月不交而食謂之薄之類。羣史所識，有其古譣之書，今也亡之，古也有之，繫辭所稱，亦若是而已矣，而豈謂日月食之可推步者哉？ 自記。

——定盦續集

*又題乙丙之際塾議第五。又題乙丙之際塾議第十五。或題突異。

乙丙之際箸議第十八*

君不敢於臣，父不敢於子。死於市者，朋友哭之。達官畏鬼，士以水火、盜賊、風雨、歌笑、涕淚、女色飾文章。有聞如雷，曰不祥之大者。以鳥獸治大官，大官以鳥獸治有司。鬼以水火、風雨、盜賊賊士，鳥獸以水火、風雨、盜賊予人國。或以爲祥，祥告於堂。不祥諱於牀，鬼發其藏。祥而不祥，衰世諱之。不祥之祥，聖者以饗帝。

——定盦文集

*又題乙丙之際塾議第六。或題乙丙之際塾議第十八。

乙丙之際箸議第十九*

博矣夫！大聖人之知物也。自珍壬申春出都，近畿小旱，車夫以箠柄擊道旁土，樸樸然落，形如箠，訝之。明年入都，又旱。與山東一老父談，言：吾土犅不受水，受亦即竭，安得南邊鬆泥耶！又三年，發舊邸鈔讀之，乾隆初，有言東南之土肌理横，故宜水，西北之土肌理直，故不宜水。硃批曰：所奏情形是。於是積數年之疑豁然矣。田夫、野老、騶卒之所習熟，今學士大夫謝之，以爲不屑知，自珍獲知之，而以爲創聞。豈知先進言焉而畢瞭，聖天子處九重之上，聞焉而畢識，叩焉而畢宣，則豈非容知天縱，而又宏加之以聖學者耶？元虞集、明徐儒東、洪應蛟、董應舉、左光斗、朱長儒之倫，皆言西北水利，其言甚美。意者西北地大，土理類東南者必有多處，數公其皆親履而辨之歟？智者定議，能當巨疑，斯亦甚可疑之一也。箸諸簡以問之。

——定盦文集

* 又題乙丙之際塾議第七。或題乙丙之際塾議第十九。

乙丙之際塾議第二十*

聖淸田賦薄東南，民樂其田。請籍田數：蘇、松、太倉一道，名田一千七百萬畝有奇；常、鎭一道，名田一千二百萬畝有奇；杭、嘉、湖一道，名田一千六百萬畝有奇。大凡起江濱，盡浙以西，東際海，千里無曠土。闢草萊，墾土地，似是功臣，而孟軻氏以爲民賊。漢臣治水，必遺地讓水；乃後世言：烏有棄上腴出租稅之土，以德魚黿者乎？今之言水利者，譬盜賊大至，而始議塞竇闔門也。興水利莫如殺水勢，殺水勢莫如復水道。今問水之故道，皆已爲田。問田之爲官爲私？則歷任州縣升科，以達於戶部矣。問徙此田如何？則非具疏請不可。大吏憚其入告，州縣惡其少漕，細民益盤踞而不肯見奪。夫可以悍然奪之、徙之，不聽則誅之，而民無亂一本「亂」作「辭」。者，必私田也。今田主爭於官曰：我之入賦，自高曾而然。賦且上上。奪而徙之，兩不便。湖州七十二漊之亡，松江長泖、斜泖之亡，咎坐此等。且夫沙可漲也，亦可落也，水變化爲泥塗，泥塗變化亦爲水，官不徙之，水或徙之。自今江之壖，海之陬，太湖之濱，汐潮之所鼓，葭葑之所爛，鳧雁之所息，設有一耦之民，圖眉睫之利，不顧衝要，宜勿見勿聞，有詷報及議升科者，罪之。乘無事之年，删無益之漕，徙無漕之衆。

——定盦續集

*又題乙丙之際塾議第八。

乙丙之際塾議第二十五*

聞之聰古子，聰古子聞之思古子，思古子聞之諦古子：居廊廟而不講揖讓，不如臥穹廬；衣文繡而不聞德音，不如服櫜鞬；居民上，正顏色，而患不尊嚴，不如閉宮庭；有清廬閒館而不進元儒，不如闢牧藪；榮人之生而不錄人之死，不如合客兵；勞人祖父而不問其子孫，不如募客作。載籍，情之府也，宮廟，文之府也，舉士大夫，情與文之所鍾也。入人國，其士大夫多，則朝廷之文必備矣，其士大夫之家久，則朝廷之情必深矣。豪傑入山澤，責人主之文也，勞人怨士之顛頓，觖人主之情也。故士氣申則朝廷益尊，士業世則祖宗益高，士詩書則民聽益美。其言如是，是善覘國哉！

——定盦續集

*又題乙丙之際塾議第九。或題覘恥。

壬癸之際胎觀第一*

天地，人所造，衆人自造，非聖人所造。聖人也者，與衆人對立，與衆人爲無盡。衆人之宰，非道非極，自名曰我。我光造日月，我力造山川，我變造毛羽肖翹，我理造文字言語，我氣造天地，我天地又造人，我分別造倫紀。衆人也者，騈化而羣生，無獨始者。有倮人已，有毛人，有羽人，有角人，有肖翹人。毛人，羽人，角人，肖翹人也者，人自所造，非聖造，非天地造。其匹也，雜不部居。倮人之不與毛、角者匹，其一本「其」作「是」。後政，非始政。後政也者，先小而後大。五人主爲政，十人主爲政，十十人主爲政，百十人主爲政，人總至，至于萬，爲其大政。有衆人已，有日月；有日月已，有旦晝。日月旦晝，人所造，衆人自造，非聖人所造。乃造名字，名字之始，各以其人之聲。聲爲天而天名立，聲爲地而地名立，聲爲人而人名立。人之初，天下通，人上通，旦上天，夕上天，天與人，旦有語，夕有語。萬人之大政，欲有語於人，則有傳語之民，傳語之人，一本「人」作「民」。後名爲官。或以龍紀官，隸天之龍爲首，不鹹之水龍次焉，鹹水之龍次焉，隸畜之龍次焉。或以雲紀官，隸上天之雲爲首，隸天之雲次焉，隸名山大川之雲又次焉。或以鳥紀官，隸天之鳥爲首，隸畜之鳥次焉。龍、鳥、雲，天所部，非人所部。後政不道，使一人絕天不通民，使一人絕民不通天，天不降之，上天不降之，上天所天，又不降之。諸龍去，諸鳥不至，諸雲不見，則不能以絕。一本「絕」作「紀」。比其久也，乃有大聖人出，天敬降之，龍乃以部至，鳥以部至，雲以部至，民昂首見之者，天之藉也。一本下有「非天也」三字。衆人以爲天，大政之主必敬天，名日月星爲神，名山川爲祇，名天之人亦曰神。天神，人也；地祇，人也；人鬼，人也。非人形，則非人也。民之初，壽無紀，官不能紀遠，壽不能如初，傳紀之極言壽，卑矣。曰三萬歲。曰八萬一本「八萬」作「萬八」。下千歲。

壬癸之際胎觀第二*

既有世巳，於是乎有世法。民我性不齊，是智愚、彊弱、美醜之始。民我性能記，立彊記之法，是書之始。中方左行，東方左行，南方左行，東南方左行，東北方右行，西南方左行，西北方右行，北方右行，皆曰文。文之孳曰字，字有三名，曰聲，曰形，曰義。民我性能測，立測之法，是數之始。數始於一，極於九。凡地之上，天之下，空盡一本「盡」作「者」。實之，必立九以求實，謂之算。算之大者，曰測日月星；曰測地。日月星地既可測，一本「測」下有「巳」字。則立之分限，以紀人之居世者，名之曰歲。曰春夏秋冬，是曆之始。民我性能分辨，立分辨之法有四：名之曰東西南北。以高爲北，庳爲南，南方日所出，北方日所入，以爲東，北方日所出，南方日所入，以爲西，是方位之始。民我性善病，蓋有蟲焉，一本「蓋有蟲焉」作「有七情六氣五欲」。以宅我身，一本「宅我身」作「戕五官」。則我身一本「我身」作「五官」。病，是病之始。於是別草木之性以殺蟲，一本「殺蟲」作「攻治」。是一本下有「病」字。醫之始。倮人食毛羽人，不知所始。食毛羽人，亦病之始。民我性能類，故以書書其所生。又書所生之生，是之謂姓，是譜牒世繫之始。一人生二子，則有長幼，則宗之始。有宗牒巳，恐其亂，故部男女，是禁男女之始。佃有一本「有」作「爲」。公、侯、伯，有土之君始。民我性不齊，夫以倮人食毛羽人，及男女不相部，名之爲惡矣；其不然者，名爲善矣，是名善惡之始。

壬癸之際胎觀第三*

有天下，有大國。寶應出，福德聚，主天下。寶應不出，福德不聚，主大國。有天下者，都中。一本「中」下有「原」字。有大國者，都西北。大國之君，有古紀，有近紀，亦以福德爲差。夫始變古者，顓頊也。有帝統，有王統，有霸統。帝統之盛，顓頊、伊耆、姚；王統之盛，姒、子、姬；霸統之盛，共工、嬴、劉、博爾吉吉特氏。非帝王之法，地萬里，位百葉，統猶爲霸。帝有法，王有法，霸有法，皆異天，皆不相師，不相訾，不相消息。王統以儒墨進天下之言；霸統以法家進天下之言；霸之末失，以雜家進天下之言。以霸法勸帝王家，則誅。以帝王法勸霸家，則誅。能知王霸之異天者曰大人。進退王霸之統者曰大人。大人之聰明神武而不殺，總其文辭者曰聖人。聖人者，不王不霸，而又異天；天異以制作，以制作自爲統。自霸天下之民，以及凡民，姓必黃炎；惟太皞、黃炎、共工爲有胤孫，非古之凡民皆有胤孫。古之世，語言出於一，以古語古，猶越人越言，楚人楚言也。後之世，語言出於二，以後語古，猶楚人以越言名，越人以楚言名也。雖有大人生於霸世，號令弗與共，福祿弗與偕，觀其語言，弗可用；號令與共，福祿與偕，觀其語言，卒弗可用；於是退而立大人之語言，明各家之統，慕聖人之文，固猶將生越而楚言也。

——定盦續集

壬癸之際胎觀第四*

心無力者，謂之庸人。報一本「報」作「雪」。大仇，一本「仇」作「恥」。醫大病，解大難，謀大事，學大道，皆以心之力。司命之鬼，或哲或悟，人鬼之所不平，卒平於哲人之心。哲人之心，孤而足恃，故取一本無「取」字。物之不平者恃之。或以妒正性命，醜忌姣，曲忌直，父亦妒子，妻亦妒夫；或以攻正性命，細攻大，貌攻物，竅攻成，側攻中。細攻大，將以求大名，側攻中，將以求中名，謂之舍天下之樂，求天下之不樂。君子有心刑，大刑容，中刑絕，細刑校。道莫高於能容，事莫慘於見容，大倨故色卑，大傲故辭卑，大忍一本「忍」作「不屑」。或作「不居」。故所責於人卑。傷生之事，異形而同神者二：一曰好勝，二曰好色。一本下有「好勝之事，異形而同神者三：曰學問，曰憎怨，曰榮利」二十字。何以同？其原同也。五倫之事，天人互孳，人天迭爲始，知不死之說者，亦不恥欲壽命。欲壽命有三術，惜神一，生物二，離怨憎三。大兵大札，起於肉食。一本「肉食」作「尊俎」。大亡大喪，起於莞簟。大薄蝕，大崩竭，起於膠固。

——定盦續集

壬癸之際胎觀第五*

萬物之數括於三：初異中，中異終，終不異初。一匏三變，一棗三變，一棗核亦三變。和人用萬物之數，或用其有，或用其空，或用其有名，或用其無名，或用其收，或用其棄。大人收者一而棄者九也，不以收易棄也。享，棄之積也。忌人者謗一本「謗」作「說」。以所反，奪所恃也；媚人者譽以所反，絕所慮也。靜女之動，其動失度。哀樂愛憎相承，人之反也；寒暑晝夜相承，天之反也。萬物一而立，再而反，三而如初。天用順教，聖人用逆教。逆猶往也，順猶來也。生民，順也；報本始，逆也。冬夏，順也。冬不益之冰，爲之裘，夏不益之火，爲之葛，逆也。亂，順也；治亂，逆也。庖犧氏之易，逆數也；禮逆而情肅，樂逆而聲靈。是故教王者上勤天，教子上勤父，教臣上勤國君。

——定盦續集

壬癸之際胎觀第六*

有域外之言，有域中之言，域外之言有例，域中之言有例。有以天爲極，以命爲的；有不以天爲極，不以命爲的。域外之言，善不善報於而身，歷萬生死而身彌存；域中之言，死可以休矣，善不善報於而胤（一本「胤」作「允」。）孫。是故夫有尺土之氓，則立宗爲先，及其有天下，師彼農夫，謂將以傳福祿於後昆。嗚呼！既報之後身，又祿之身後，不亦勸乎？既報之於後身，又芟刈其身後，不亦傷乎？是故大人毋辨、毋惑、毋眩瞀，而惟爲善之是堅。大人之所難言者三：大憂不正言，大患不正言，大恨不正言。憂無故比，患無故例，仇無故誅，恨無故門，言無故家。

——定盦續集

壬癸之際胎觀第七*

聖者語而不論，智者論而不辨。大人曰：天下方安小僞。小僞不可安，不如以大僞明於天下。言僞忠，禁僞教，德僞情，道僞聖，禮僞自然。域中之言，名實其大端，兵爲其幾。有名，天下兵集之有辭矣；無實，天下兵集之無患矣。有名無實，是再受兵；有實無名，是再卻兵。無名僞有名，恥；無實僞有實，敗。名實中，不敗，戰亦不勝。有名僞無名，霸。敗果何喪？敗者不能言；霸果何獲？勝者不能言。非不能言，本無以言。故曰：萬物不自立。有說十之一，無說十之九；無說十之一，始有說卒無說十之九。善非固有，惡非固有，仁義、廉恥、詐賊、很忌非固有。或誠恥之，萬人恥其名矣；或誠爭之，萬人爭其委矣；或誠嗜之，萬人嗜其貌矣；或誠守之，萬人守其蹊矣。女子十五，避男子於圍牖，恧也；女子七歲，避男子於路，非恧也。恧之，謂之有說；非恧而恧之，謂之卒無說。萬物名相對者，勢相待，分相職，意相注，神相耗，影相藏；勢不相待，分不相職，意不相注，神不相耗，影不相藏，將相對之名不成，萬事皆不立。萬事不自立，相倚而已矣；相倚也，故有勢。萬理不自立，相譬而已矣；相譬也，故有辨。相倚相譬也，故有煩惑狂亂，有煩惑狂亂也，故有聖智。大人之聽衆人也，耳擊之也，曰：皆然；目擊之也，曰：無所否。何謂無所否？衆人之名亦與名，衆人之守亦與守，衆人之爭亦與爭。麟鳳能游肖翹之族，而與蠛蠓辨，或覩爲細也，或覩爲巨也，或覩爲神怪也；同則是，異則是；同同則是，異異則是；是則是，非則是；乖則是，合則是。渾而大圜，其精一本「精」作「情」。如不完，其貌如不全，不名一，不守一，不爭一。衆人之情恆完，貌恆全，名一，守一，爭一，曰：盡之矣！有所蔽，故有所樂；多所蔽，故多所樂。弗驚也，弗疑也，弗慕也，何樂之有？詩曰：「昊天孔昭，我生靡樂。」盛德有福者，憂患避弗及，智慧廢弗用，名之曰頑；頑以完其初，死必上躋矣。盛德無福者，憂患入之，智慧出之，名之曰勞；勞以不完其初，死必旁落矣。神矣夫！父母物之民，智慧之所出，憂患之所入，入亦無算數，出亦無算數，入亦無比例，出亦無比例。雖則用智，慘然而哀；雖則用慧，慘然而哀；或則抱憂而食患，不忍用智慧焉而哀；或則介憂而胄患，不一本無「不」字。忍用智慧焉而哀。其生也，名曰哀民，字曰難測。其死也，名曰最上，字曰無上。智慧之積，無上者之體；哀慘之積，無上者之用。體常靜，用常動。神矣夫！父母物之民。

——定盦續集

壬癸之際胎觀第八*

萬物不自名，名之而如其自名。是故名之於其合離，謂之生死；名之於其生死，謂之人鬼；名之於其聚散，謂之物變；名之於其虛實，謂之形神；名之於其久暫，謂之客主；名之於其客主，謂之魂魄；名之於其淳濁、靈蠢、壽否、樂否，謂之升降；名之於其升降，謂之勸戒；名之於其勸戒取舍，謂之語言文字。有天，有上天，一本「有天，有上天」作「雖然，害爲本？害爲歸？曰：以天爲本，以天爲歸」。文王、箕子、周公、仲尼，其未一本無「未」字。生也，在一本「在」作「自」。上天。其死也，在一本「在」作「反」。上天。其生也，敎凡民必稱天，一本下有「歸其所本，反其所歸，于此聚散，于此合離，于此客主升降，于此取舍勸戒，于此語言文字，大本本天，大歸歸天」四十二字。天故爲羣言極。

——定盦續集

壬癸之際胎觀第九*

羣言之名我也無算數，非聖人所名；聖何名？名之以不名。羣言之名物也無算數，非聖人所名；聖何名？名之曰我。域中之極言曰神，乃曰立元神，乃曰元神返而已矣，元神得養而已矣，去非元神而已矣。域外之言曰：返之去之，不如因之，不如從而尊之；因之無所祛而已矣，尊之無所加而已矣；因之有差，尊之有差，名之有差；名之以不名，亦有差；域中之所名，無能以差。蠢也者，靈所藉力者也；暫也者，常所藉力者也；逆旅也者，主人所藉力者也。生亦多矣，大人恃者此生；身亦多矣，大人恃者此身。恃焉爾，欲其留也；留焉爾，欲其有爲也；有爲焉爾，不欲以更多也。是之謂大人之志。

——定盦續集

* 自刻本題壬癸之際心書第一、第二、第三、第四、第五、第六、第七、第八、第九。

古史鉤沈論一*

龔自珍曰：史氏之書有之曰：霸天下之孫，中葉之主，其力一本「力」作「才」。弱，其志文，其聰明下，其財少，未嘗不周求禮義廉恥之士，厚其貌，嫗其言，則或求之而應，則或求之而不應，則必視一本「視」作「示」。祖之號令以差。史氏之書又有之：昔者霸天下之氏，稱祖之廟，其力一本「力」作「才」。彊，其志武，其聰明上，其財多，未嘗不仇天下之士，去人之廉，以快號令，去人之恥，以嵩一本「嵩」作「崇」。高其身；一人爲剛，萬夫爲柔，以大便其有力一本「力」作「才」。彊武；而胤一本「胤」作「允」。孫乃不可長，乃詬，乃怨，乃責問，其臣乃辱。榮之亢，辱之始也；辨之亢，詬之始也；使之便，任法之便，責問之始也。氣者，恥之外也；恥者，氣之內也。溫而文，王者之言也；惕而讓，王者之行也；言文而行讓，王者之所以養人氣也。猶其府焉，徘徊其鐘簴焉，大都積百年之力，以震盪摧鋤天下之廉恥；既殄、既獮、既夷，顧乃席虎視之餘蔭，一旦責有氣於臣，不亦暮乎！

——定盦續集

* 朱刻本題覘恥。

古史鉤沈論二

龔自珍曰：一本無「龔自珍曰」四字。周之世官（句）㈠大者史。史之外無有語言焉；史之外無有文字焉；史之外無人倫品目焉。史存而周存，史亡而周亡。殷紂時，其史尹摯抱籍以歸於周；周之初，始爲是官者，佚是也。周公、召公、太公，旣勞周室，改質家蹐於文家，置太史。史於百官，莫不有聯事，三宅之事，佚貳之，謂之四聖。蓋微夫上聖叡美，其孰任治是官也？是故儒者言六經，經之名，周之東有之。夫六經者，周史之宗子也。易也者，卜筮之史也；書也者，記言之史也；春秋也者，記動之史也；風也者，史所采於民，而編之竹帛，付之司樂者也。雅、頌也者，史所采於士大夫也。禮也者，一代之律令，史職藏之故府，而時以詔王者也。小學也者，外史達之四方，瞽史諭之賓客之所爲也。今夫宗伯雖掌禮，禮不可以口舌存，儒者得之史，非得之宗伯；樂雖司樂掌之，樂不可以口耳存，儒者得之史，非得之司樂。故曰：五經者，周史之大宗也。孔子歿，七十子不見用，衰世著書之徒，蠭出泉流，漢氏校錄，撮爲諸子，諸子也者，周史之小宗也。故夫道家者流，言稱辛甲、老聃；墨家者流，言稱尹佚；辛甲、尹佚官皆史，聃一本「聃」下有「之官」二字。實爲柱下史。若道家，若農家，若雜家，若陰陽家，若兵，若術數，若方技，其言皆稱神農、黃帝。神農、黃帝之書，又周史所職藏，所謂三皇、五帝之書者是也。老於禍福，熟於成敗，絜一本「絜」作「挈」。萬事之盈虛，窺至人之無競，名曰任照之史，宜爲道家祖。綜於天時，明於大政，考夏時之等，以定民天，名曰任天之史，宜爲農家祖。左執繩墨，右執規矩，篤信一本

「信」作「謹」。謙守，以待彈射，不使王枋弛，一本「弛」作「弛」。不使諸侯驕上，名曰任約劑之史，宜爲法家祖。博觀羣言，既迹其所終始，又迹其所出入，不蒙一物之譏，不受諸侯蹈瓴，使王政不淸，庶物好生，名曰任名之史，宜爲名家祖。臚引羣術，愛古聚道，謙讓不敢删定，整齊以待能者，名曰任文之史，宜爲雜家祖。窺於道之大原，識於吉凶之端，明王事之貴因，一呼一吸，因事納諫，比物假䜿，不辭矯誣之刑，史之任諱惡者，於材最爲下也，宜爲陰陽家祖。近文章，妙語言，割榮以任簡，養怒以積辨，名曰任喻之史，宜爲縱横家祖。抱大禹之訓，矯周文之偏，守而不戰，儉而不奪人，一本無「人」字。名曰任本之史，宜爲墨家祖。五廟以觀怪，地天以觀通，六合之際，無所不儲，一本「儲」下有「無所不語」四字。謂之一本「謂之」作「名曰」。任敎之史，宜爲小說家祖。劉向云：道家及術數家出於史，不云餘家出於史。此知五緯、二十八宿異度，而不知其皆繫於天也；知江河異味，而不知皆麗於地也。故曰：諸子也者，周史之支孽小宗也。夏之亡也，孔子曰：「文獻杞不足徵。」傷夏史之一本「史之」作「之史」。亡也。殷之亡，一本「亡」下有「也孔子」三字。曰：「文獻宋不足徵。」傷殷史之一本「史之」作「之史」。亡也。周之東也，孔子曰：「天子失官。」傷周之史亡也。滅人之國，必先去其史；隳人之枋，敗人之綱紀，必先去其史；絶人之一本「之」下有「人」字。材，湮塞人之敎，必先去其史；夷人之祖宗，必先去其史。周之東，其史官大罪四，小罪四，其大功三，小功三。帝魁以前，書莫備焉，郯之君知之，楚之左史知之，周史不能存之，故傳者不雅馴，而雅馴者不傳，謂之大罪一。正考父得商之名頌十二於周，百年之間亡其七，太師亡其聲絃焉，太史又亡其簡編焉，謂之大罪二。周之雅頌，義逸而荒，人逸而名亡，瞽所獻，燕享所歌，大祇斷章，作者之初指不在，瞀儒序詩，以斷章爲初指，以諷諫爲本義，以歌者爲作者，一本「者」下有「三者」二字。史不能宣而明，謂之大罪三。有黃帝曆，有顓頊曆，有夏曆，有商曆，有周曆，有魯曆，有列國曆，七者，周天子不能同，列國赴告，各步其功，告朔怠終，乃亂而弗從；周享國久，八百餘祀，曆敝不改，是以失禮，一本「禮」作「理」。是失官之大者，謂之大罪四。古之王者存三統，國有大疑，匪一祖是師，于夏于商，是參是謀；今連山歸藏亡矣，三易弗具，孔子卒得坤乾於宋，亦弗得於周，史之小罪一。列國小學不明，聲音混茫，各操其方，徵孔子之雅言，古韵其亡乎！史之小罪二。夫史籀作大篆，非一本「非」下有「爲」字。廢倉頡也；周史不肯存古文，文少而字乃多矣，象形指事，十存一本「存」作「有」。三四，形聲相孳，千萬並起，古今困之；孔壁既彰，蝌斗煌煌，匪籀而倉，蓋憲章者文、武，而匪憲章宣王，史之小罪三。列國展禽、觀射父之徒，能言先王命祀，而周史儋乃附萇弘爲神怪之言，不能修明，巫覡祝宗，不能共鬼神，燕昭、秦皇，淫祀漸興，儋，弘階之，妖孽是徵，史之小罪四。帝魁以降，百篇權輿，孔子削之，十倍是儲，雖頗闕不具，資糧有餘，史之大功一。孔子與左邱明乘以如周，獲百二十國之書，夫而後春秋作也，史之大功二。冠昏之殺，喪祭一本「喪祭」作「器服」。之等，大夫士之曲儀，咸一本「咸」作「或」。以爲數；夫舍數而言義，吾未之信也，故十七篇之完，亦危而完者也，史之大功三。周之時有推步之方，有占譣之學，其步疏，其占密，天官有書，先臣是傳，唐都、甘公，一本「公」作「石」。爰及談遷，是蹟是宣，史之小功一。史秩一本「秩」作「佚」。下大夫，商高大夫，官必史也；自高以來，疇人守之，九章九數，幸而完，史之小功二。吾踕彼奠世繫一本「繫」作「系」。者，能奠能守，有曆譜牒，有世本，竹帛咸舊，是故仲尼之徒，亦著帝繫姓，後千餘歲，江介之都，夸族之一本「之」作「始」。甚，史之小功三。夫功罪之際，存亡之會也，絕續之交也。天生孔子不後周，不先周也，存亡續絕，俾樞紐也。史有其官而亡其人，有其籍而亡其統，史統替夷，一本「夷」下有「故」字。孔統修也，史無孔，雖美何待？孔無史，雖聖曷庸？由斯以譚，罪大亦可掩，功大亦可蒙也。孔雖歿，七十子雖不見用，王者之迹雖息，周曆不爲不多，數不爲不蹟，府藏不爲不富，沈敏辨異之士，不爲不生，緒言緒行之迹，不爲不竢，莊周隱於楚，墨翟傲於宋，孟軻端一本「端」作「瑞」。於齊、梁，公孫龍譁於齊、趙之間，荀況廢於道路，屈原淫於波濤，可謂有人矣！然而聖智不同材，典型不同國，擇言不同師，擇行不同志，擇名不同急，擇悲不同感；天客材，材客志，志客器，器客情，情客名，名客祖。夫周，自我史佚、辛甲、史籀、史冄、史伯而後，無聞人焉，魯自史克、史邱明而後，無聞人焉，此失其材也。七十子之徒，不之周而之列國，此失其志也。不以孔子之所憑藉者憑藉，此失其器也。三尺童子，瞀儒小生，稱爲儒者流則喜，稱爲羣流則愠，此失其情也。號爲治經則道尊，號爲學史則道詘，此失其名也。知孔氏之聖，而不知周公、史佚之聖，此失其祖也。夢夢我思之，如有一介故老，攘臂河洛，憫周之將亡也，與典籍之將失守也，搜三十王之右史，拾不傳之名氏，補詩書之隙罅，逸於後之剔鐘彝以求之者。以超一本「超」作「越」。辰之法，禠一本「禠」作「標」。不顯之年月，定歲名之所在，逸於後之布七曆以求之者。爲禮家之儒，爲小節之師，爲考訂之大宗，逸於後之彌縫同異以求之者。明象形，說指事，不比形聲，不譚孳生，雅本音，明本義，逸於後之據引申一本無「引申」二字。假借以求之者。本立政，作周官，述周法，正封建之里數，逸於後之雜眞僞以求之者。誦詩三百，篇綱於義，義綱於人，人綱於紀年，明著竹帛，逸於後之據斷章升諫一本無「升諫」二字。以求之者。嗚呼！周道不可得而見矣，階孔子之道求周道，得其憲章文、武者何事？夢周公者何心、吾從周者何學，逸於後之一本下有「修道學」三字。譚性命以求之者。辭七逸而不居，負六失而不卹，自珍於大道不敢承，抑萬一一本無「萬一」二字。幸而生其世，則願爲其人歟！願爲其人歟！

——定盦續集

* 又題尊史二；或題尊史。

㊀ 成都局刻本，據高洗凡所藏稿本，無「龔自珍曰」首句；「周之世官」句下，側注一「句」字，蓋恐人誤讀，此爲諸本所無。

古史鉤沈論三*

龔自珍曰：予大懼後世益不見易、書、詩、春秋。李銳、陳奐、江藩，友朋之賢者也，皆語自珍曰：曷一本「曷」作「盍」。不寫定易、書、詩、春秋？方讀百家，好雜家之言，未暇也。內閣先正姚先生㊀語自珍曰：曷不寫定易、書、詩、春秋？又有事天地東西南北之學，未暇也。嗚呼！姬周之衰，七十子之三四傳，或口稱易、書、詩、春秋，不皆著竹帛，故易、書、詩、春秋之文多異。漢定天下，立羣師，一本「師」下有「師」字。置羣弟子，利祿之門，爭以異文起其家，故易、書、詩、春秋之文多異。然而文、武之文，非史籀之孳也。史籀之孳，孔子一本「子」作「氏」。之雅言，又非漢廷之竹帛也。漢之徒隸寫官，譯形借聲，皆起而與聖者並有權。然而竹帛廢，契木起，斠紬者不作，凡契令工匠胥史學徒，又皆起而與聖者並有權，聖人所雅言益微。悲夫，悲夫！將欲更定姬周之末之文章，不有考文之聖，其孰當之？將欲更漢氏也，羣師互有短長，非深於義訓，勇於割閏者，不（一本「不」作「弗」）能也。無已，則我所欲糾虔，姑在夫引書變爲徒書之際乎？以與漢寫官爭；姑在夫竹帛變契木之際乎？以與後世之契令工匠胥史爭；所據者皆賤，所革者功不大，小賢勉而能爲之，庶幾其遂爲之，勇改三百字。鬼不相予，乃又吳言曰：是不足爲！今夫易、書、詩、㊁春秋之文，十五用假借焉，其本字蓋罕矣。我將盡求其本字，然而所肄者孤，漢師之汎見雅記者闕；孤則不樂從，闕則不具，以不樂從之心，采不具之儲，聚而察之，能灼然知孰爲正字、孰爲假借？（一本無「借」字。）固不能以富矣。諸師籍（一本「籍」作「藉」）。令完具，其於七十子之所請益，倉頡、史籀之故，孔子之所雅言，又不知果在否焉。則足以慰好學臚古者之志，終無以慰吾擇於一之志。且吾之始猖狂也，憾姬周之末（一本「末」下有「之」字。）多岐，憾（一本「憾」字作「感」）。漢博士師弟子之多岐；今也不然，憾（一本「憾」字作「感」）。漢寫官之弗廣，憾（一本「憾」字作「感」）。契木之初之不廣，憾（一本「憾」字作「感」）。兵燹之不祐，憾（一本「憾」字作「感」）。俗士之疎而弗嗜古，無以俟予；予所憾，日益下，亟如何，亟如何。龔自珍歲爲此言，且十稔，卒不能寫定易、書、詩、春秋。生同世，又同志，寫定者：王引之、顧廣圻、李銳、江藩、陳奐、劉逢祿、莊綬甲。

——定盦續集

＊朱刻本題志寫定羣經。

㊀姚學塽，字鏡堂，歸安人。官兵部郎中。著姚兵部詩文集。

㊁祝心淵手校本眉批：「『今夫詩、書、春秋之文。』吳刻本書、詩兩字倒置，誤。」

古史鉤沈論四*

王者，正朔用三代，樂備六代，禮備四代，書體載籍備百代，夫是以賓賓。賓也者，三代共尊之而不遺也。夫五行不再當令，一姓不再產聖。興王聖智矣，其開國同姓魁傑壽耇，易盡也。賓也者，異姓之聖智魁傑壽耇也。其言曰：臣之籍，外臣也；燕私之游不從，宮庫之藏不問，世及之恩不預，一本「預」作「與」。同姓之獄不鞫，北面事人主，而不任叱咄奔走，捍難禦侮，而不死私讎。是故進中禮，退中道，長子孫中儒，學中史。王者於是 一本「是」下有「乎」字。 芳香其情以下之。玲瓏 一本「玲瓏」作「瓏玲」。 其誥令以求之，虛位以位之。書曰：「令予其敷心，優賢揚歷。」詩曰：「毋金玉爾音，而有遐心。」用此道也，商法盟先異姓，周法盟先同姓；質家尊賢先異姓，文家親親先同姓。古者開國之年，異姓未附，據亂而作，一本「作」作「治」。故外臣之未可以共 一本「共」作「在」。 天位也，在人主則不暇，在賓則當避疑忌。是故箕子朝授武王書，而夕投袂於 一本「於」作「乎」。 東海之外；易世而升平矣，又易世而太平矣，賓且進而與人主之骨肉齒。然而祖宗之兵謀，有不盡欲賓知者矣；燕私之祿，有不盡欲與賓共者矣；宿衛之武勇，有不欲受賓之節制者矣；一姓之家法，有不欲受賓之論議 一本「論議」作「議論」。 者矣。四者，三代之異姓所深自審也。是故周祚四 一本「四」作「七」。 百，㊀ 其大政之名氏，姜、嬴、任、芈、姒、子之材不與焉；征伐之事，受顧命之事，共和攝王政之事，皆姬姓也。其異姓之聞人，則史材也。且夫史聃之訓曰：「知足不辱，知止不殆。」知所以自位，則不辱矣；知所以不論議，則不殆矣；不辱不殆，則不顛頓悲憂矣。孔子曰：「非天子不議禮，不制度，不考文，吾從周。」從周，賓法也。又曰：「出則事公卿。」事公卿，一本「卿」下有「亦」字。賓分也。孟軻論卿，貴戚之卿，異異姓之卿，夫異姓之卿，固賓籍也，故諫而不行則去。史之材，識其大掌故，主其記載，不吝其情，上不欺其所委贄，一本「贄」作「摯」。下不鄙夷其貴游，不自卑所聞，不自易所守，不自反所學，以榮其國家，以華其祖宗，以教訓其王公大人，下亦以崇高其身，眞賓之所處矣。何也？古之世有抱祭器而降者矣，有抱樂器而降者矣，有抱國之圖籍而降者矣。無籍其道以降者，道不可以籍也。下至百工之藝，醫卜之法，其姓氏也古，其官守也古，皆不能以其藝降。夫非王者卑其我法，又非王者不屑籍古之道也，又非王者敢滅前古之人民，獨不敢滅其禮樂與道藝也。道誠異，不可降；禮樂誠神靈，不可滅也。禮樂三而遷，文質再而復，百工之官，不待易世而修明，微夫儲而抱之者乎，則弊何以救？廢何以修？窮何以革？易曰：「窮則變，變則通，通則久。」恃前古之禮樂道藝在也。故夫賓也者，生乎本朝，仕乎本朝，上天有不專爲其本朝而生是人者在也。是故人主不敢驕。夫嬴、劉之主，驕於三代者何也？賓籍闕也。漢一本「漢」下有「氏」字。之賓籍闕，不於其季，於其初。漢初，伏生老，竇公耄，中公胥靡，故漢初已無有賓。若夫子與姬之交也，姒與子之交也，其學或有續絕矣，其得姓受氏者或有續絕矣，一本「矣」下有「其」字。官或有續絕矣，一本「矣」下有「其」字。禮或有續絕矣，一本「矣」下有「其」字。則以三代之季，或能賓賓而尊顯之，或不能賓賓而窮、而晦、而行遁。職此之由，杞不能徵夏，宋不能徵殷，孔子於杞宋思獻。周初，武王舉逸民；其衰也，有柳下惠、少連。禽也淵雅博物，少連躬至行，孔子皆謂之降志之民。孔子述六經，則本之史。史也，獻也，逸民也，皆於周爲賓也，異名而同實者也。若夫其姓賓也，其籍外臣也，其進非世及也，其地非閨闥燕私也；而僕妾色以求容，而俳優狗馬行以求祿，小者喪其儀，次者喪其學，大者喪其祖，徒樂廁於僕妾、俳優、狗馬之倫，孤根之君子，必無取焉。

——定盦續集

明良論一

⊖浦炳手校本眉批：「『是故周祚四百。』朱刻本作『七百』，是。」

*朱刻本題賓賓。

三代以上，大臣、百有司無求富之事，無恥言富之事。貧賤，天所以限農畝小人；富貴者，天所以待王公大人君子。王公大人之富也，未嘗溫飽之私感恩於人主，人主以大臣不富爲最可嘉可法之事，尤晚季然也。洪範五福，二曰富；周禮八枋，一曰富。臣之於君也，急公愛上，出自天性，不忍論施報。人主之遇其臣也，厚以禮，繩以道，亦豈以區區之祿爲報？然而禹、箕子、周公然者，王者爲天下國家崇氣象，養體統，道則然也。孟子曰：「無恆產而有恆心，一本有「者」字。惟士爲能。」雖然，此士大夫所以自律則然，非君上所以律士大夫之言也。得財則勤於服役，失財則怫然慍，此誠厮僕之所爲，不可以概我士大夫。然而卒無以大異乎此者，殆勢然也。士大夫豈盡不古若哉？廉恥豈中絕於士大夫之心哉？然而古之纖人俗吏少於今者，誠貴有以謀之至亟矣！三代、炎漢勿遠論，論唐、宋盛時，其大臣魁儒，大率豪偉而疏闊，其講官學士，左經右史，鮮有志溫飽、察雞豚之行；其庸下者，亦復優游書畫之林，文采酬酢，飲食風雅。今士大夫，無論希風古哲，志所不屬，雖下劣如矜翰墨，召觴詠，我知其必不暇爲也。今上都通顯之聚，未嘗道政事談文藝也；外吏之宴游，未嘗各陳設施談利弊也；其言曰：地之腴瘠若何？家具之贏不足若何？車馬敝而責券至，朋然以爲憂，居平以貧故，失卿大夫體，甚者流爲市井之行。崇文門以西，彰義門以東，一日不再食者甚衆，安知其無一命再命之家也？遠方之士，未嘗到京師，擔笈數千里而至，樂瞻士大夫之氣象丰采，以歸語田里。今若此，殆非所以飾四方之觀聽也！謂外吏富乎？積逋者又十且八九也。夫士辭鄉里，以科名通籍於朝，人情皆願娛樂其親，贍其室家；廩告無粟，廄告無芻，索屋租者且至相逐，家人嗷嗷然呼。當是時，猶有如賈誼所言「國忘家，公忘私」者，則非特立獨行以忠誠之士不能。能以概責之六曹、三院、百有司否也？內外大小之臣，具思全軀保室家，不復有所作爲，以負聖天子之知遇，抑豈無心，或者貧累之也。魯論曰：「季氏富於周公。」知周公未嘗不富矣。微周然，漢、唐、宋之制俸，皆數倍於近世，史表具在，可按而稽。天子富有四海，天子之下，莫崇於諸侯，內而大學士、六卿，外而總督、巡撫，皆古之莫大諸侯。雖有巨萬之貲，豈過制焉？其非儉於制，而又黷貨焉，誅之甚有詞矣！今久資尚書、侍郎，或無千金之產，則下可知也。誠使內而部院大臣、百執事，外而督、撫，司、道、守、令，皆不必自顧其身與家，則雖有庸下小人，當飽食之暇，亦必以其餘智籌及國之法度、民之疾苦。泰然而無憂，則心必不能以無所寄，亦勢然也。而況以素讀書、素識大體之士人乎？夫繩古賢者，動曰是眞能忘其身家以圖其君。由今觀之，或亦其身家可忘而忘之爾。內外官吏皆忘其身家以相爲謀，則君民上下之交，何事不成？何廢不舉？漢臣董仲舒曰「被潤澤而大豐美」者，此也。朝廷不愈高厚，宇宙不愈清明哉？

明良論二

士皆知有恥，則國家永無恥矣；士不知恥，爲國之大恥。歷覽近代之士，自其敷奏之日，始進之年，而恥已存者寡矣！官益久，則氣愈媮；望愈崇，則諂愈固；地益近，則媚亦益工。至身爲三公，爲六卿，非不崇高也，而其於古者大臣巍然岸然師傅自處之風，匪但目未覩，耳未聞，夢寐亦未之及。臣節之盛，掃地盡矣。非由他，由於無以作朝廷之氣故也。何以作之氣？曰：以教之恥爲先。禮中庸篇曰：「敬大臣則不眩。」郭隗說燕王曰：「帝者與師處，王者與友處，伯者與臣處，亡者㊀與役處。憑几其杖，顧盼㊁指使，則徒隸㊂之人至。恣睢奮擊，呴籍叱咄，則廝役㊃之人至。」賈誼諫漢文帝曰：「主上之遇大臣如遇犬馬，彼將犬馬自爲也。如遇官徒，彼將官徒自爲也。」凡茲三訓，炳若日星，皆聖哲之危言，古今之至誠也！嘗見明初逸史，明太祖訓臣之語曰：「汝曹輒稱堯、舜主，主苟非聖，何敢諛爲聖？主已聖矣，臣願已遂矣，當加之以吁咈，自居臯、契之義。朝見而堯舜之，夕見而堯舜之，爲堯舜者，豈不亦厭於聽聞乎？」又曰：「幸而朕非堯舜耳。朕爲堯舜，烏有汝曹之臯、夔、稷、契哉？其不爲共工、驩兜，爲堯、舜之所流放者幾希！」此眞英主之言也。坐而論道，謂之三公。唐、宋盛時，大臣講官，不輟賜坐，賜茶之舉，從容乎便殿之下，因得講論古道，儒碩興起。及據一本「據」作「其」。季也，朝見長跪，夕見長跪之餘，無此事矣。不知此制何爲而輟，而殿陛之儀，漸相懸以相絕也？農工之人、肩荷背負之子則無恥，則辱其身而已；富而無恥者，辱其家而已；士無恥，則名之曰辱國；卿大夫無恥，名之曰辱社稷。由庶人貴而爲士，由士貴而爲小官，爲大官，則由始辱其身家，以延及於辱社稷也，厥災下達上，象似火！大臣無恥，凡百士大夫法則之，以及士庶人法則之，則是有三數辱社稷者，而令合天下之人，舉辱國以辱其家，辱其身，混混沄沄，而無所底，厥咎上達下，象似水！上若下胥水火之中也，則何以國？竊窺今政要之官，知車馬、服飾、言詞捷給而已，外此非所知也。清暇之官，知作書法、賡詩而已，外此非所問也。堂陛之言，探喜怒以爲之節，蒙色笑，獲燕閒之賞，則揚揚然以喜，一本無「以」字。出誇其門生、妻子。小不霽，則頭搶地而出，別求夫可以受眷之法，彼其心豈眞敬畏哉？問以大臣應如是乎？則其可恥之言曰：我輩祇能如是而已。至其居心又可得而言，務車馬、捷給者，不甚讀書，曰：我早晚直公所，已賢矣，已勞矣。作書、賦詩者，稍讀書，莫知大義，以爲苟安其位一日，則一日榮；疾病歸田里，又以科名長其子孫，志願畢矣。且願其子孫世世以退縮爲老成，國事我家何知焉？嗟乎哉！如是而封疆萬萬之一有緩急，則紛紛鳩燕逝而已，伏棟下求俱壓焉者尠矣。昨者，上諭至引臥薪嘗膽事自況比，其聞之而肅然動於中歟？抑弗敢知！其覺憯然無所動於中歟？抑更弗敢知！然嘗徧覽人臣之家，有緩急之舉，主人憂之，至戚憂之，僕妾之不可去者憂之；至其家求寄食焉之寓公，旅進而旅豢焉之僕從，伺主人喜怒之狎客，試召而詰之，則豈有爲主人分一夕之愁苦者哉？故曰：厲之以禮出乎上，報之以節出乎下。非禮無以勸節，非禮非節無以全恥。古名世才起，不易吾言矣。

㈠「亡者」，戰國策燕策作「亡國」。
㈡「顧盼」，戰國策燕策作「眄視」。
㈢「徒隸」，戰國策燕策作「廝役」。
㈣「廝役」，戰國策燕策作「徒隸」。

明良論三

敷奏而明試，吾聞之乎唐、虞；書賢而計廉，吾聞之乎成周。累日以爲勞，計歲以爲階，前史謂之停年之格，吾不知其始萌芽何帝之世，大都三代以後可知也。今之士進身之日，或年二十至四十不等，依中計之，以三十爲斷。翰林至榮之選也，然自庶吉士至尚書，大抵須三十年或三十五年；至大學士又十年而弱。非翰林出身，例不得至大學士。而凡滿洲、漢人之仕宦者，大抵由其始宦之日，凡三十五年而至一品，極速亦三十年。賢智者終不得越，而愚不肖者亦得以馴而到。此今日用人論資格之大略也。夫自三十進身，以至於爲宰輔、爲一品大臣，其齒髮固已老矣，精神固已憊矣，雖有耆壽之德，老成之典型，亦足以示新進；然而因閱歷而審顧，因審顧而退葸，因退葸而尸玩，仕久而戀其籍，年高而顧其子孫，傫然終日，不肯自請去。或有故而去矣，而英奇未盡之士，亦卒不得起而相代。此辦事者所以日不足之根原也。城東諺曰：「新官忙碌石駃子。舊官快活石師子。」蓋言夫資格未深之人，雖勤苦甚至，豈能冀甄拔？而具形相向坐者數百年，莫如柱外石師子，論資當最高也。如是而欲勇往者知勸，玩戀者知懲，中材絕僥倖之心，智勇黜束縛之怨，豈不難矣！至於建大猷，白大事，則宜乎更絕無人也。其資淺者曰：我積俸以俟時，安靜以守格，雖有遲疾，苟過中壽，亦冀終得尚書、侍郎。奈何資格未至，嘵嘵然以自喪其官爲？其資深者曰：我既積俸以俟之，安靜以守之，久久而危致乎是。奈何忘其積累之苦，而嘵嘵然以自負其歲月爲？其始也，一本無「也」字。猶稍稍感慨激昂，思自表見；一限以資格，此士大夫所以盡奄然而無有生氣者也。當今之弊，亦或出於此，此不可不爲變通者也。

——定盦文拾遺

明良論四

庖丁之解牛，伯牙之操琴，羿之發羽，僚之弄丸，古之所謂神技也。戒庖丁之刀曰：多一割亦笞汝，少一割亦笞汝；韌伯牙之絃曰：汝今日必志於山，而勿水之思也；矯羿之弓，捉僚之丸曰：東顧勿西逐，西顧勿東逐。則四子者皆病。人有疥癬之疾，則終日抑搔之，其瘡痏，則日夜撫摩之，猶懼未艾，手欲勿動不可得。而乃臥之以獨木，縛之以長繩，俾四肢不可以屈伸，則雖甚癢且甚痛，而亦冥心息慮以置之耳。何也？無所措術故也。律令者，吏胥之所守也；政道者，天子與百官之所圖也。守律令而不敢變，吏胥之所以侍立而體卑也；行政道而惟吾意所欲爲，天子百官之所以南面而權尊也。爲天子者，訓迪其百官，使之共治吾天下，但責之以治天下之效，不必問其若之何而以爲治，故唐、虞三代之天下無不治。治天下之書，莫尚於六經。六經所言，皆舉其理、明其意，而一切瑣屑牽制之術，無一字之存，可數端際也。約束之，羈縻之，朝廷一二品之大臣，朝見而免冠，夕見而免冠，議處、察議之諭不絕於邸鈔。部臣工於綜核，吏部之議羣臣，都察院之議吏部也，靡月不有。府州縣官，左顧則罰俸至，右顧則降級至，左右顧則革職至，大抵逆億於所未然，而又絕不斠畫其所已然。其不罰不議者，例之所得行者，雖亦自有體要，然行之無大損大益。盛世所以期諸臣之意，果盡於是乎？恐後之有識者，謂率天下之大臣羣臣，而責之以吏胥之行也。一越乎是，則議處之，察議之，官司之命，且倒懸於吏胥之手。彼上下其手，以處夫羣臣之不合乎吏胥者，以爲例如是，則雖天子之尊，不能與易，而羣臣果相戒以勿爲官司之所爲矣。夫聚大臣羣臣而爲吏，又使吏得以操切大臣羣臣，雖聖如仲尼，才如管夷吾，直如史魚，忠如諸葛亮，猶不能以一日善其所爲，而況以本無性情、本無學術之儕輩耶？伏見今督、撫、司、道，雖無大賢之才，然奉公守法畏罪，亦云至矣，蔑以加矣！使奉公守法畏罪而遂可爲治，何以今之天下尚有幾微之未及於一本「未及於」作「不若」。古也？天下無巨細，一束之於不可破之例，則雖以總督之尊，而實不能以行一謀、專一事。夫乾綱貴裁斷，不貴端拱無爲，亦論之似者也。然聖天子亦總其大端而已矣。至於內外大臣之權，殆亦不可以不重。權不重則氣不振，氣不振則偷，偷則敝。權不重則民不畏，不畏則狎，狎則變。待其敝且變，而急思所以救之，恐異日之破壞條例，將有甚焉者矣。古之時，守令皆得以專戮，不告大官，大官得以自除辟吏，此其流弊，雖不可勝言，然而聖智在上，今日雖略仿古法而行之，未至擅威福也。仿古法以行之，正以救今日束縛之病。矯之而不過，且無病，奈之何不思更法，瑣瑣焉，屑屑焉，惟此之是行而不虞其陊也？聖天子赫然有意千載一時之治，删棄文法，捐除科條，裁損吏議，親總其大綱大紀，以進退一世，而又命大臣以所當爲，端羣臣以所當從。內外臣工有大罪，則以乾斷誅之，其小故則宥之，而勿苛細以繩其身。將見堂廉之地，所圖者大，所議者遠，所望者深，使天下後世，謂此盛世君臣之所有爲，乃莫非盛德大業，而必非吏胥之私智所得而仰窺。則萬萬世屹立不敗之謀，實定於此。

外祖金壇段公㊀評曰：四論皆古方也，而中今病，豈必別製一新方哉？髦矣，㊁猶見此才而死，吾不恨矣。甲戌秋日。

四論，乃弱歲後所作，文氣亦何能清妥？棄置故簏中久矣。檢視，見〔第二篇後〕㊂外王父段先生加墨矜寵，泫然存之。自記。

——定盦文拾遺

㊀段玉裁，字若膺，金壇人。官巫山縣知縣。著說文解字、六書音韻表、古文尚書撰異、儀禮漢讀考、周禮漢讀考、毛詩訓詁傳、經韻樓文集。

㊁「髦矣」，「髦」當作「耄」，此誤。

㊂自刻本有「第二篇後」四字，據補之。案明良論第二篇後，原有段玉裁評語。

六經正名

龔自珍曰：孔子之未生，天下有六經久矣。莊周天運篇曰：「孔子曰：某以六經奸七十君而不用。」記曰：「孔子曰：入其國，其教可知也。有易、書、詩、禮、樂、春秋之教。」孔子所覩易、書、詩，後世知之矣，若夫孔子所見禮，即漢世出于淹中之五十六篇；孔子所謂春秋，周室所藏百二十國寶書是也。是故孔子曰：「述而不作。」司馬遷曰：「天下言六藝者，折衷于孔子。」六經、六藝之名，由來久遠，不可以臆增益。善夫，漢劉向之爲七略也！班固仍之，造藝文志，序六藝爲九種，有經、有傳、有記、有羣書。傳則附于經，記則附于經，羣書頗關經，則附于經。何謂傳？書之有大、小夏侯、歐陽傳也；詩之有齊、魯、韓、毛傳也；春秋之有公羊、穀梁、左氏、鄒、夾氏亦傳也。何謂記？大、小戴氏所錄，凡百三十有一篇是也。何謂羣書？易之有淮南道訓、古五子十八篇，羣書之關易者也。書之有周書七十一篇，羣書之關書者也。春秋之有楚漢春秋、太史公書，羣書之關春秋者也。然則禮之有周官、司馬法，羣書之頗關禮經者也。漢二百祀，自六藝而傳記，而羣書，而諸子畢出，既大備。微夫劉子政氏之目錄，吾其如長夜乎？何居乎，世有七經、九經、十經、十二經、十三經、十四經之喋喋也？或以傳爲經，公羊爲一經，穀梁爲一經，左氏爲一經。審如是，是則韓亦一經，齊亦一經，魯亦一經，毛亦一經，可乎？歐陽一經，兩夏侯各一經，可乎？易三家；禮分慶、戴；春秋又有鄒、夾；漢世總古今文爲經，當十有八，何止十三？如其可也，則後世名一家說經之言甚衆，經當以百數。或以記爲經，大小戴二記畢稱經。夫大小戴二記，古時篇篇單行，然則禮經外，當有百三十一經。或以羣書爲經。周官晚出，劉歆始立。劉向、班固灼知其出於晚周先秦之士之掇拾舊章所爲，附之于禮，等之于明堂、陰陽而已。後世稱爲經，是爲述劉歆，非述孔氏。善夫劉子政氏之序六藝爲九種也！有苦心焉，斟酌曲盡善焉。序六藝矣，七十子以來，尊論語而譚孝經，小學者，又經之戶樞也；不敢以論語夷于記，夷于羣書也；不以孝經還之記，還之羣書也；又非傳；於是以三種爲經之貳。雖爲經之貳，而仍不敢悍然加以經之名。向與固可謂博學明辨愼思之君子者哉！詩云：

「自古在昔，先民有作。」向與固豈非則古昔、崇退讓之君子哉？後世又以論語、孝經爲經。假使論語、孝經可名經，則向早名之；且曰序八經，不曰序六藝矣。仲尼未生，先有六經；仲尼既生，自明不作；仲尼曷嘗率弟子使筆其言以自制一經哉？亂聖人之例，淆聖人之名實，以爲尊聖，怪哉！非所聞，非所聞！然且以爲未快意，於是乎又以子爲經。漢有傳記博士，無諸子博士。且夫子也者，其術或醇或疵，其名反高于傳記。傳記也者，弟子傳其師，記其師之言也；諸子也者，一師之自言也。傳記，猶天子畿內卿大夫也；諸子，猶公侯各君其國，各子其民，不專事天子者也。今出孟子於諸子，而夷之於二戴所記之間，名爲尊之，反卑之矣。子輿氏之靈，其弗享是矣。問：子政以論語、孝經爲經之貳，論語、孝經，則若是班乎？答：否否。孝經者，曾子以後，支流苗裔之書，平易汎濫，無大疵，無閎意妙指，如置之二戴所錄中，與坊記、緇衣、孔子閒居、曾子天圓比，非中庸、祭義、禮運之倫也。本朝立博士，向與固因本朝所尊而尊之，非向、固尊之也。然則劉向、班固之序六藝爲九種也，北斗可移，南山可隳，此弗可動矣！後世以傳爲經，以記爲經，以羣書爲經，以子爲經，猶以爲未快意，則以經之輿儓爲經，爾雅是也。爾雅者，釋詩書之書，所釋又詩書之膚末，乃使之與詩書抗，是尸祝輿儓之鬼，配食昊天上帝也。

——定盦文集補編

六經正名答問一

問：傳記及爾雅之爲經，子斥之，以其不古也；孝經之名古矣，胡斥之？答：孝經之名經，視他傳記古矣，視孔氏之世之六經則不古。鄒不云乎，仲尼未生，已有六經，仲尼之生，不作一經。子惑是，是惑于元命苞、鉤命決而已矣。周官之稱經，王莽所加。

六經正名答問二

問：張揖㈠以降，論爾雅者衆矣，以孰爲正？答：以宋鄭樵之論爲正。然則雅可廢耶？答：否否。尚寶史游急就，豈不寶雅？尚尊許愼說文，豈不尊雅？尚信毛萇詩傳，豈不信雅？後聖如起，莫之廢也！釋訓一篇，最冗，最誕，最僑鄙，最不詞，如夾漈言。㈡

㈠張揖，字稚讓，清河人。後魏太和中博士。

㈡鄭樵，字漁仲，莆田人。居夾漈山，人稱夾漈先生。著通志。

六經正名答問三

問：六藝之有樂，謂聲容，不謂竹帛，明矣。樂記一篇之存，周官大司樂篇之存，竇公所獻，戴氏所錄，其存于天地也，不得謂韶濩之存於天地也，明矣。班氏乃采小戴記之一篇以當六藝之一，何居？答：子之言是也，而不可以責向與固也。向若曰：此樂之見于大略者爾，名爲七略，則不得不然，名爲藝文志，則不得不然。

六經正名答問四

問：三禮之名始何時？答：始熹平立石經時。夫小戴尊矣，抑王言、保傅之篇善矣，夏小正視月令古矣。曾子十八篇亡，厓略稍稍見，大戴又有功焉。公冠、投壺、諸侯遷廟、諸侯釁廟，又班氏所稱，其文與十七篇相似者也，（十七篇今本漢書譌爲七十篇，劉攽正之。）則是淹中經之四篇也。然而蔡邕不書大戴，盧植、鄭玄不注大戴，用心亦有頗焉。

六經正名答問五

問：吾子之言，以經還經，以記還記，以傳還傳，以羣書還羣書，以子還子，五者正名之功碩矣。今天下古書益少，如其寫定于先生之堂，六藝九種，以誰氏爲配？答曰：我其縱言之：周書去其淺誕，剔其譌衍，寫定十有八篇；穆天子傳六篇；百篇書序；三代宗彝之銘，可讀者十有九篇；秦陰一篇，（此篇本在周書七十一篇之中，其目存，其文佚，予定爲秦昭襄王時書，即今世所傳陰符經也。）桑欽水經一篇，以配二十九篇之尚書。左氏春秋、（宜剔去劉歆所竄益。）春秋公羊傳、鄭語一篇，及太史公書，以配春秋。重寫定大戴記、（存十之四。）小戴記，（存十之七。）加周髀算經、九章算經、考工記、弟子職、漢官舊儀，以配禮古經。屈原賦二十五篇、漢房中歌、郊祀歌、鐃歌，以配詩。許氏說文，以配小學。是故書之配六，詩之配四，春秋之配四，禮之配七，小學之配一。今夫穀梁氏不受春秋制作大義，不得爲春秋配也。國語、越絕、戰國策，文章雖古麗，抑古之雜史也，亦不以配春秋。周官五篇，既不行于周，又未嘗以行于秦、漢，文章雖閎侈，志士之空言也，故不以配禮。若夫詩小序，不能得詩之最初義，往往取賦詩斷章者之義以爲義，豈書序之倫哉？故不得爲詩之配。竊又以焦氏易林、伏生尙書大傳、（惠棟輯逸。）世本、（洪飴孫輯逸。）董仲舒書之第二十三篇，（盧文弨校本。）周官五篇，此五者，附于易、書、春秋、禮經之尾，如附庸之臣王者，雖不得爲配，得以其屬籍通，已爲之尊矣！盡之矣，盡之矣！或曰：胡不以老子配易，以孟子、郇子配論語？應之曰：經自經，子自子，傳記可配經，子不可配經。雖使曾子、漆雕子、子思子之書具在，亦不以配論語。龔也發其端矣。

——定盦文集補編

五經大義終始論

昔者仲尼有言：「吾道一以貫之。」又曰：「文不在茲乎！」文學言游之徒，其語門人曰：「有始有卒者，其惟聖人乎！」誠知聖人之文，貴乎知始與卒之間也。聖人之道，本天人之際，臚幽明之序，始乎飲食，中乎制作，終乎聞性與天道。民事終，天事始，鬼神假，福禔應，聖蹟備，若庖犧、堯、舜、禹、稷、契、皐陶、公劉、箕子、文王、周公是也。謹求之書曰：「天聰明，自我民聰明。」言民之耳目，本乎天也。民之耳目，不能皆肖天。肖者，聰明之大者也，帝者之始也。聰明孰爲大？能始飲食民者也。其在序卦之文曰：「物穉不可不養也，（一本無以上二句。）屯（一本「屯」作「易」）。蒙而受以需，飲食之道也。」㊀其在雅詩，歌神靈之德，曰：「民之質矣，日用飲食。」是故飲食繼天地。又求諸禮曰：「夫禮之初，始諸飲食。」禮者，祭禮也。民飲食，則生其情矣，情則生其文矣。情始積，隆隆然！始盈也，莫莫然！求之空虛，望望然！始相與謀曰：使我有飲食者，父歟？母歟？父母非能生之也，殆其天歟？乃率其醜，取其仂，以報於天，蓋仰而欲天之降之也。再相與謀曰：父歟？母歟？曷爲不與我共飲食歟？則弗之見矣！乃號其醜，取其仂，以報於淵泉，蓋俯而欲父母之假之也。三相與謀曰：非天也，非父母也，孰使我以能飲食歟？則弗之見矣！於是號其醜，取其仂，以報聖之人，蓋每食四望而欲其降之也。若其教之降首屈股下上手，與其下上手之數以差，由中古作。故曰：觀百禮之聚；觀人情之始也，故祭繼飲食。夫禮據亂而作，故有據亂之祭，有治升平之祭，有太平之祭。聖人曰：我主天，而衆之祭始息。聖人曰：我不敢僭天，而衆之祭不敢先一人。聖人自爲謀曰：孰使予大川盈，大陸平，大物腯成，而小物毛烹？於是乎食人鬼之始播種以配上天，食人鬼之始平道塗以配於下地，食人鬼之聰明仁聖者於宮。後王曰：社稷瞽宗，以恩父爲殺矣！故一本「故」作「乃」。恩及一本無「及」字。王父，王父以上統曰祖，其所居曰廟，其在禮曰：「祝以孝告，嘏以慈告。」此禮之大成也。此言有異乎土鼓之祭，其實升平也。其在公劉之四章曰：「蹌蹌濟濟，俾筵俾几，既登乃依。乃造其曹，執豕於牢。酌之用匏。」是時餱糧完具，始立國而祭也。又曰：「君之宗之。」惟祭乃立宗，非祭則宗不顯明。是故公劉教民祭，而豳國之民，無不尊其宗者，後其支者，大宗無不收羣宗者。謹求之春秋，必稱元年。年者，禾也。無禾則不年，一年之事視乎禾。洪範稱祀者何？禾熟而當祀；祀四時而徧，則一年矣。元年者，從食以爲紀；元祀者，從祭以爲紀。其在周公報成王曰：「祀於新邑，咸秩無文。」周所以始立國也。微子數商王辛之罪曰：「今殷民乃攘竊神祇之犧牷牲，用以容，將食無災。」上世方亂猶祀，矧商階升平之賫乎？言辛所以災也。度名山川，升崇岡，察百泉，度明以爲向，度幽以爲蔽；摶土而爲陶，鑿山而爲礦，一本「礦」作「磏」。以立城郭、倉廩、宮室，高者名曰堂，下者名曰室，以衛鬼神，屏男女；伐山之木以爲之羣材，其百器以寓句股，以求九數。其在於詩：「既景乃岡」，以測知北極之高下；又曰：「夾其皇澗，遡其過澗」，以順水性，則司空之始也。此其與百姓慮安者也。若其與百姓慮不安者，所以安安也；曰飲食之多寡，祭之數，少不後長，支不後宗，筋力者暴亂，於是乎折蘁祈木而撻之，則司寇之始也。而聲問乎東西，而聲問乎北南，飲食之多寡，祭之數，少後長歟？支後宗歟？筋力者狃暴亂歟？皆必赴司寇而理焉，理之而無不威，故曰鞭蠻夷，撻六合也。謹求之書，皋陶爲士，其職也，後王謂之兵。兵也者，刑之細也；士也者，理也。有虞氏之兵也。其在洪範，八政有司寇，後王有司馬，司馬，司寇之細也。聖者曰：吾祇聽天地，過高山大川，朝天下之衆，察其耳目心思辨佞之雄長，而斥徵其雄，使我不得獨爲神聖，必自此語言始矣。爰是命士也，命師也，命儒也。聖者至高嚴，曷爲習揖讓之容，虛賓師之館，北面清酒，推天之福祿與偕，使吾世世雄子孫，必變化恭敬溫文，以大寵之？豈懼其武勇之足以奪吾祭哉？誠欲以一天下之語言也。儒者出而語民曰：非特珪璧也，其積者齋栗也，而人莫不歡心以助吾祭矣；不然，邊鄙之祭，一本「祭」作「祈報」。夫豈無私玉？儒者又出而語民曰：非特干戈也，其積者和也，而人莫不出私力以捍其圉；不然，南畝之勇夫，夫豈無私兵？謹求之禮，古者明天子之在位也，必偏知天下良士之數；既知其數，又知其名；既知其名，又知其所在。蓋士之任師儒者，令聞之樞也；令聞，鑾帝之具也。其在記曰：「三代之王也，必先其令聞。」夫名士去國一本「去國」作「失職」。而王名微，王名微而王道薄，故曰：「殺胎破卵，則鳳皇不翔。掎麛取犢，則麒麟不至。」其在記曰：「士敝則草木不長，水煩則魚鼈不大。」良士，國之金玉異物也，草木猒之，而況金玉乎？魚鼈槁之，而况蛟龍乎？誠苦之也。名士之有文章，望國氣者，見其爛然而光於天，求之雅詩曰：「倬彼雲漢，爲章於天。」「周王壽考，遐不作人。」其推天人之際曰：「相彼鳥矣，猶求友聲，矧伊人矣，不求友生。神之聽之，終和且平。」是野有相慕，用一本「用」作「説」。之朋友，而可薦於神明也。其衰也，賢人散於外，而公侯貴人之家，猶爭賓客於酒食。其大衰也，豪傑出，陰聘天下之名士，而王運去矣。謹又求之洪範，八政：七曰賓，八曰師。賓師得而彝倫序也。何以曰序也？古之賓師，必有山川之容；有其容矣，又有其潤；有其潤矣，又有其材。王者之與賓師處，聞牛馬之音，猶聽金玉也；親塵土之臭，猶茹椒蘭也。其在記曰：「君子曰德，德成而敎尊，敎尊而官正，官正而國治矣。」其在詩曰：「有馮有翼，有孝有德。」夫食貨具則有馮矣，官師備則有翼矣，祭祀受福則有孝矣，賓師親則有德矣，誠約彝倫之極，完神人之慶也。聖者曰：吾非多制以好勞也，多文以爲辯也。無政之曰一本「曰」作「謂」。闕，政不中之曰一本「曰」作「謂」。不序，闕且不序，中國必有不安者矣。夫如是，是枕嵩、華而身袵曠土之原也。覩其制作曰：成矣！求之春秋，則是存三統、內夷狄、譏二名之世歟？三統已存，四夷已進，譏僅二名，一本無「譏僅二名」四字。大瑞將致，則和樂可與，而太平之祭作也。是故有禘，推五行得感生之天主天帝，而以人鬼配之；有宗祀，祠天帝於宮而以父配之；練而齋，齋而盥，盥而祭。其在易：「觀盥而不薦，有孚容一本「容」作「顒」。若。」禘之盛也。其在詩：一本「詩」下有「曰」字。「瑟彼玉瓚，黃流在中。」宗祀之盛也。文祖明堂以嬗之名，郊宗石室以建之主，一本「主」作「室」。或作「寶室」。兼禮備樂以存之統，升珪瘞璧以崇之文，九州四海以象之宮，重特祀也。有封祀，求之詩：「於皇時周，陟其高山，嶞山喬嶽。」其在禮：「升中於天而鳳皇降，龜龍假。」封禪之盛也。合此三者，在春秋說曰：「以美陽芬香告於天。」猶告盛也。有宮中祠，昔在黃帝，集萬靈於明庭，萬靈者，配太一者也。在天官曰太一，在禮亦曰太一，在易曰太極。昔在成王，襲祖考之勤勞，有周公以代制作，法宜得爲太平世。謹求之書，有曰：「予沖子夙夜毖祀。」毖祀，宮中祠之盛也。其在後王，服玉而延年，脊中而醴，馮几而俟神，則動過其物也。然亦罔有咎於天，使天下之老者，自視如壯者，使天下之壯者，自視如幼者。雖有積瘁之士，沈思之民，春如三春，秋如三秋，晝如九夏，夕如九冬；故國暇而能修民，民暇而性命治。聖人之以能有名號者，有四象焉：曰暇、曰順、曰雍、曰嘉。其在詩，將欲以美公劉之功，而總其意曰：「既順乃宣，而無永歎。」其在禮曰：「明於順，然後能守危也。」又曰：達於順。又曰：順之實。禮之終，猶詩之始也。求之書曰：「高宗三年不言，言乃雍。」其在詩曰：「有來雍雍」，言雍在下也；「雍雍在宮」，言雍在上也。灑掃，嘉宮庭之道也；朝日，嘉旦晝之道也；夕月，嘉莫夜之道也；玉色而絲聲，嘉后妃之道也；無夢也，有夢則太人以占，嘉寢寐之道也。其在禮曰：「以嘉魂魄，是爲合莫。」方祭而有嘉也。謹求之詩曰：「予懷明德，不大聲以色，不長夏以革。」遂終言之曰：「不識不知，順帝之則。」謹又求之禮曰：「聖人耐以天下爲一家，中國爲一人……必知其情。」「何謂人情？喜、怒、哀、懼、愛、惡、欲。」聖人治人情，必反攻其情，以己治之。聖者有情歟？曰微矣！至淸以有神，至和以有精，至靜以有形，至澹以應羣靈，至沖虛以應兆人，故遂終言之曰：「心無爲也，以守至正。」無爲本太一而已矣。天下雖有積瘁之士，沈思之民，其心疾可得而已也。上帝萬靈，可得而晝夜通也。是故有善可得而薦也，有命可得而受也，有作可得而合也。然則絕地天通，非歟？一本「歟」下有「曰」字。胡爲其非也？聲以色猶不欲而糅神人，其爲聲色也大矣！先王惡其驚民也，非太一之謂也。夫如之何而可以極言聖人也？曰：盍游乎淵然不瞬之中，置乎肅然清靜之上，端端乎遇聖人焉。謹求之易曰：「聖人以此洗心，退藏於密，吉凶與民同患，神以知來，知以藏往，其孰能與於此哉？古之聰明睿知，神武而不殺者夫！」極之矣，極之矣。夫如是則謂之能天。天也者，福之所自出也。書有五福焉，詩稱百福焉，稱萬福焉，皆能天之義也。

㊀周易序卦：「故受之以需，需者，飲食之道也。」

——定盦文集

五經大義終始答問一

問：三世之法誰法也？答：三世，非徒春秋法也。洪範八政配三世，八政又各有三世。願問八政配三世？曰：食貨者，據亂而作。祀也，司徒、司寇、司空也，治升平之事。賓師乃文致太平之事，孔子之法，箕子之法也。

五經大義終始答問二

問：八政事事各有三世，願問祀之三世。答：在禮運，始言土鼓蕢桴，中言宗廟祝嘏之事，卒言太一，祀三世不同名矣。禮運者，孔子本感蜡祭而言，故臚祭也詳。若夫徵之詩，后稷舂揄舝祀，據亂者也；公劉筵几而立宗，升平也；周頌有般有我將，般主封禪，我將言宗祀，太平也。

五經大義終始答問三

顧問司寇之三世。答：周法，刑新邦用輕典，據亂故，春秋於所見世，法爲太平矣。世子有進藥於君，君死者，書曰：弑其君。蓋施教也久，用心也精，責忠孝也密。假如在所傳聞世，人倫未明，刑不若是重，在所聞世，人倫甫明，刑亦不若是重。

五經大義終始答問四

問：公劉之詩於三世何屬也？答：有據亂，有升平。始國於豳，「乃積乃倉」，當洪範之食；「俾筵俾几」，當洪範之祀。五章、六章，是司徒、司空之事。「其軍三單」，是司寇之事。司徒、司寇、司空，皆治升平之事。古人統兵於刑，班固尚知之，固也志刑不志兵。

五經大義終始答問五

問：洛誥屬何世？答：有升平，有太平。曰：「予齊百工，伻從王于周」，是八政司徒、司寇、司空之事。曰：「肇稱殷禮，咸秩無文」，是八政之祀事，皆言升平也。曰：「我惟無斁其康事。」當是時，周公誕保文、武受命，成太平之業，故求明農去位。若僅致升平，公豈宜去位之年哉？公劉之首章曰：「匪居匪康」，據亂故也。洛誥曰：「無斁其康事。」太平故也。

五經大義終始答問六

問：太平必文致，何也？答：善言人者，必有論乎天。洛誥之終篇，稱萬年焉；殷、時邁之詩，臚羣神焉；春秋獲麟，以報端門之命焉。禮運曰：「山出器車，河出馬圖，鳳凰在棷。」孔子述作之通例如是，是亦述周公也。

五經大義終始答問七

問：太平大一統，何謂也？答：宋、明山林偏僻士，多言夷、夏之防，比附春秋，不知春秋者也。春秋至所見世，吳、楚進矣。伐我不言鄙，我無外矣。詩曰：「無此疆爾界，陳常于時夏。」聖無外，天亦無外者也。然則何以三科之文，內外有異？答：據亂則然，升平則然，太平則不然。

五經大義終始答問八

問：禮運之文，以上古為據亂而作，以中古為升平，若春秋之當興王，首尾才二百四十年，何以具三世？答：通古今可以為三世，春秋首尾，亦為三世。大橈作甲子，一日亦用之，一歲亦用之，一章一蔀亦用之。

五經大義終始答問九

問：孰為純太平之書？答：禮古經之於節文也詳，尤詳於賓。夫賓師，八政之最後者也。士禮十七篇，純太平之言也。

——定盦續集

農宗

龔子淵淵夜思，思所以撢簡經術，通古近，定民生，而未達其目也。曰：古者未有后王君公，始有之而人不駭者何？古者未有禮樂刑法，與禮樂刑法之差，始有之而人不疑懼者何？古者君若父若兄同親者何？君若父若兄同尊者何？尊親能長久者何？古之爲有家，與其爲天下，一以貫之者何？古之爲天下，恆視爲有家者何？生民之故，上哉遠矣，天穀沒，地穀茁，始貴智貴力，有能以尺土出穀者，以爲尺土主；有能以倍尺若十尺、伯尺出穀者，以爲倍尺、十尺、伯尺主；號次主曰伯。帝若皇，其初盡農也，則周之主伯歟？古之輔相大臣盡農也，則周之庸次比耦之亞旅歟？土廣而穀衆，足以芘其子，力能有文質祭享報本之事，力能致其下之稱名，名之曰禮，曰樂，曰刑法。儒者失其情，不究其本，乃曰天下之大分，自上而下。吾則曰：先有下，而漸有上。下上以推之，而卒神其說於天，是故本其所自推也，夫何駭？本其所自名也，夫何疑何懼？儒者曰：天子有宗，卿大夫公侯有宗，惟庶人不足與有宗。吾則曰：禮莫初於宗，惟農爲初有宗。上古不諱私，百畝之主，必子其子；其沒也，百畝之亞旅，必臣其子；餘子必尊其兄，兄必養其餘子。父不私子則不慈，子不業父則不孝，餘子不尊長子則不悌，長子不贍餘子則不義。長子與餘子不別，則百畝分；數分則不長久，不能以百畝長久，則不智。農之始，仁孝悌義之極，禮之備，智之所自出，宗之爲也。百畝之農，有男子二，甲爲大宗，乙爲小宗，小宗者，帝王之上藩，實農之餘夫也。有小宗之餘夫，有羣宗之餘夫。小宗有男子二，甲爲小宗，乙爲羣宗。羣宗者，帝王之羣藩也。餘夫之長子爲餘夫。大宗有子三、四人，若五人，丙、丁爲羣宗，戊閒民。小宗餘夫有子三人，丙閒民。羣宗餘夫有子二人，乙閒民。閒民使爲佃。閒民之爲佃，帝王宗室羣臣也。古者無文，用撢稽而可知也。請定後王法，百畝之田，不能以獨治，役佃五；餘夫二十五畝，亦不能以獨治，役佃一。大凡大宗一，小宗若羣宗四，爲田二百畝，則養天下無田者九人。然而天子有田十萬畝，則天下無田亦不饑爲盜者，四千有五百人。大縣田四十萬，則農爲天子養民萬八千人，十一之賦尚不與，非以德君也；以德而族，非以德族也；以食有力者，佃非仰食吾宗也，以爲天下出穀。然而有天下之主，受是宗之福矣。百畝之宗，以十一爲宅，以十一出租稅奉上。宅不十一，則不足以容魚菽之祭，不足以容舂揄；稅不十一，則不足以爲天子養官屬及選舉之士。以十一食族之佃，佃不食十一，則無以戚期功。以十一奉上，誼亦薄矣。以十一戚期功，恩亦殺矣。聖者立法，以中下齊民，不以上齊民。大宗有十口，實食三十畝，桑苧、木棉、竹漆、果蓏十畝，糶三十畝，以三十畝之糶治家具，家具始於縛帚，縛籜以爲帚，治泥以爲釜，厥價陶三之，機杼四之，燈五之，祭豆七之，米斗直葛布四，絹三之，木棉之布視絹，皆不得以澹一本「澹」作「贍」。泉貨。百家之城，有貨百兩，十家之市，有泉十繩，裁取流通而已；則衣食之權重，則泉貨之權不重；則天下之本不濁，本清而法峻，誅種藝食妖辣一本「辣」作「辢」。地膏者，㊀梟其頭於隴，沒其三族一本「三族」作「婦子」。爲奴。一本無「梟其首於隴沒其三族爲奴」十一字。宗爲餘夫請田，則關大吏。佃同姓不足，取諸異姓，爲變法，關羣吏。豐凶、肥磽、寡庶易不易，法不盡同，關羣吏。國有大事以宗徙，徙政關大吏。餘夫家五口，宅五畝，實食十畝，以二畝半稅，以二畝半食佃，以二畝半治蔬苧，以二畝半糶，自實食之外，宅、稅、圃、糶、佃五者，毋或一廢。凡農之仕爲品官大夫者，則有祿田，大官之家，父有少疾瘯、寒暑、濕乾，一本「少疾瘯寒暑濕乾」作「四方小車牛之役」。不以使一本「使」作「役」。其子，山川鬼神一本「鬼神」

作「京邑」。則使之；一本此下有「平居中蠹滌腧，亦不以使其子」句。子有少疾瘯、一本「少疾」作「小疾」，「瘯」作「痛」。寒暑、濕乾，不以愬其父，崇有家也。田一品者四世，二、三品三世，四品二世，五品一世，皆勿稅，勿予俸；六品以下予之俸。婢妾之養不備，則不世；祠祭弗如式，不世；不辨菽粟，一本此下有「不知書」三字。亦不世；食妖、服妖，不世；同姓訟，亦一本無「亦」字。不世；督有家也。家受田、歸田於天子，皆關大吏。稽其世數，關羣吏。本百畝者進而仕，謂之貴政之農；本仕者退而守百畝，謂之釋政之農；本不百畝者進而仕，謂之亢宗之農；本仕者退而不百畝，謂之復宗之農。仕世絕，本大宗者復爲〔大〕㊂宗，本小宗者復爲小宗，本羣宗者復爲羣宗，本閒民復爲閒民，貴不奪宗祭，不以朝政亂田政。自大宗以至於閒民，四等也。四等之農，與其進扞而國也，姑將退保於宗；與其進保而宗也，姑將退修於宅。是故籌一農身，身不七尺，人倫五品、本末原流具矣！籌一農家，家不十步，古今帝王，爲天下大綱，細目備矣！木無二本，川無二原，貴賤無二人，人無二治，治無二法，請使農之有一田、一宅，如天子之有萬國天下。姑試之一州，州蓬跣之子，言必稱祖宗，學必世譜諜。宗能收族，族能敬宗，農宗與是州長久，泰厲空虛，野無夭札，鬼知戀公上，亦百幅之主也。

〔江鐵君〕㊂曰：商之衰，農不知宗，故公劉立之。周之衰，農不知宗，故管夷吾立之。周之盛也，周公、康叔以宗封。其衰也，周平王以宗徙，翼頃父、嘉父、戎蠻子，皆以宗降。漢之實陵邑，以六國巨宗徙，國以農徙也。農之主伯徙，則亞旅盡徙。若無宗法，上安能旅徙而族封？有司之令梗塞，國安恃此散無友紀之百姓哉？神堯亦弗得平章矣。

〔陳碩甫〕㊃曰：禮運曰：「天子有田以處其子孫。」不曰有天下國家。周禮「九兩繫邦國之民」。一曰：宗以族得民。民之宗如何？左傳：「師服曰：士有隸子弟，庶人工商，各有分親，皆有等衰。」是其注也。近世回部、蒙古有旗分，有族分，或以族降，或以族徙，或以族開墾，其叛者亦以族，蓋世曾無析產之俗，故世世富足，令羣支仰賴以活，而苗裔能言其先派，有至數十世之多者，此文之旁證也。又柳子厚封建論，亦先有下而漸有上之義。亦此文旁證。

〔自記〕㊄曰：宗法立，專隆大宗，以士庶而爲強榦弱枝之謀，仁歟？應之曰：子之言，知鳲鳩詩人均平之小義，而不知大易長子主器之爲福也。先王正天下之大分，分定而心安，義即仁也，無貴賤一也。

附：圖一 大宗圖

大宗

子甲 襲大宗百畝，父六十而襲。

子乙 立爲小宗，別請田二十五畝，即餘夫也；餘夫不見經，惟見孟子及何休公羊傳注，正可證吾宗法。

子丙

丁 皆立爲羣宗，皆請田二十五畝，皆餘夫也。孟子、何休皆不言餘夫是何等民，故以宗法定其目焉。

戊 爲閒民。若依古制，每夫百畝，田何以給？故立四等之目以差。

圖二　小宗圖

小宗

子甲襲小宗之二十五畝，父六十而襲，父母老，必養於宗子之家；故大宗以十口率，小宗以五口率，雖過是，亦足食。

子乙立爲羣宗，別請田二十五畝。

子丙閒民。

圖三　羣宗圖

羣宗

子甲羣宗之二十五畝，父六十而襲。

子乙閒民。　雖堯、舜不能無閒民，安得盡男子而百畝哉？周之農，必有宗法，何疑。

——定盦文集

㈠ 瓠廬流碧精舍述林類稿誅種藝食妖辢地膏解：「……種膏、藝膏、食膏三種，謂均須誅也。校注：辢字未見字書，束古音如蠟。」

㈡ 祝心淵、浦炳手校本皆增「大」字，甚是。茲據增補。

㈢ 諸本作自記，誤。茲據師友批校本補正。

㈣ 同上。

⑸師友批校本有魏默深、汪能肅、江鐵君、陳碩甫題語，諸本溷作自記，誤。自刻本有自記一則。吳刻本刪去自記，失當。

農宗答問第一*

問：百畝之法，限田之法也，古也然乎？答：否否。吾書姑舉百畝以起例，古豈有限田法哉？貧富之不齊，衆寡之不齊，或十伯，或千萬，上古而然。漢以後末富，三代本富；漢以後以財貨相倍蓰相十伯相千萬，三代以田相十伯千萬。相百也故曰陌，相千也故曰阡。一本作「陌也、阡也，義由是朕」。大抵視其人之德，有德此有人，有人此有土矣。天且不得而限之，王者烏得而限之？且夫後世之末富，以財貨相十伯千萬，世宗莫得而限之，三代烏能限田？三代之季，化家爲國之主，由廣田以起也。

農宗答問第二

問：漢代衆建諸侯而少其力，其義何若？答：此爲漢主謀諸侯王之善，非諸侯王自謀之善，王子侯而諸王竟不振。賈誼、主父偃，漢之忠臣，其漢諸侯王之忠臣耶？

農宗答問第三

問：宋張氏九世同居，流俗以爲美談，何必有大宗？答：魯以相忍爲國，非姬周太平之魯可知，況以相忍爲家，生人之樂盡矣，豈美談耶？一本作「忍其能久乎」。

農宗答問第四

問：既立農宗，又不限田，如此天下將亂，恐天下豪傑，以族叛，以族徙，以族降散，則如何？答：此亡國之所懼，興王之所資也。孟子曰：「爲政不難，不得罪於巨室。巨室之所慕，一國慕之，一國之所慕，天下慕之。沛然德教，溢乎四海。」孟子籌之至熟矣。如此一代之祖，可省十年用兵。

農宗答問第五

問：天下已定，獨天下諸有田之大宗，不內租稅，奈何？內租稅而近京師，患其藏甲逼宗室，又奈何？答：此視興王之德與力矣。全德不恃力，莫肯不服，其次用力。力有三等：誅之、徙之，誅其大宗，放流其羣宗，取其田以食興王之宗室、亞旅、比耦也。不能，姑徙之。漢初徙楚之諸屈，齊之諸田、昭氏、景氏以實陵邑，力之次也。力又不能徙之，則楚以三戶亡秦。

——定盦文拾遺

* 成都局刻本據高洗凡所藏稿本，此篇僅一總題農宗答問，內無分目，疑是。

春秋決事比答問第一 不定律篇答問十事*

甲問：據大箸立不定律，有高乎諸家之義，如何？答甲：夫不定律者，權假立文也。權假何以立文？假之吏也。天下大獄必赴吏。吏也者，守常奉故，直而弗有。是故弑則弑，叛則叛，盜則盜；是故弑弑則弑，叛叛則叛，盜盜則盜。是故峻大防，書大表，以誰何天下臣子，而以權予上。吏雖知天下民獄之幽隱矣，不皆徹聞之；雖徹聞之，不皆盡其辭。既徹聞之，既盡其辭，而卒以權予上。夫自處麤，不得不以精意予上，自處直，不得不以仁予上。古之奉法者曰：夫明庶物，察人倫，總是非，中仁恕，極精微，則中國一人而已矣。吏何職之與有？春秋當興王，假立是吏而作。今律，有部議，有部擬，有閣臣票雙簽、票三簽，有恩旨緩決，皆本春秋立文者也；先原奏，後旨意，兩者具，然後獄具。作者曰：是亦吾所爲測春秋也。

乙問：春秋假立吏，許世子獄如何？答乙：書許世子止弒其君買，是擬死；書葬許悼公，是恩原之。春秋之吏，聞有父飲子藥而死者，急欲成子之意擬之死。俄而春秋聞之，聞其愚孝，無有弒志，乃原之。

丙問趙盾。答丙：書晉趙盾弒其君夷獆，一本「獆」作「皋」。是擬死。復見趙盾，是恩原之。春秋之吏，聞有君弒，大臣不討賊者，擬之死。俄而春秋聞之，聞其數諫，無有弒志，乃原之。

丁問趙鞅。答丁：書趙鞅入於晉陽以叛，是擬死；書晉荀寅、士吉射，入於朝歌以叛，晉趙鞅歸於晉，是恩原之。春秋之吏，聞有無君命而稱兵君側者，擬之死。俄而春秋聞之，聞其除君側之惡人也，曰：外臣有兵柄者，當如是矣。乃原之。

戊問楚公子比。答戊：此執法吏區別請之矣。書楚公子比弒其君虔于乾谿，是擬死；加書歸于楚，是區別乞請之文；書楚公子棄疾殺公子比，是恩原之。春秋之吏，聞有君弒自立者，擬之死。又聞其脅也，加區別並奏之。春秋察之而信，乃原之。

己問晉里克。答己：書晉里克弑其君之子夷齊，㊀曰君之子，又去月；書弑其君卓子，去日，是擬死。再三加區別乞請之文，書晉殺其大夫里克，稱國以殺，不去官，不去氏，是再三恩原之；又不書晉惠公之葬，是追卹之。春秋之吏，聞有大夫殺二幼君者，擬之死。又聞二幼君之立也本不正，大夫惟不忘正，不從君于昏，以至此也，加區別奏之。春秋察之而信，乃原之，又重卹之。

庚問齊桓公。答庚：書齊小白入于齊，是擬上殺兄爭國之罪當坐；卒備月日，葬備月日，是恩原之。春秋之吏，聞有無天子命而自立，不讓而爭者，擬坐。春秋察之，以爲逆取而順守，順著而逆微，乃原之。

辛問：吏必嚴酷于主，一本「主」下有「上」字。乃爲執法吏耶？因問齊桓公何以書葬？答辛：否否。今律讞未具，吏不得以意入人罪；獄期限未畢限，吏亦不得入人罪。春秋書葬我君桓公，是法吏權釋勿問；至莊公不書公即位，是朝命特誅之。春秋之吏，聞有君弑，仇在外未可得而復者，故權勿問。春秋察之，以爲終無復仇志，乃誅之。

壬問：凡功罪相除者，吏得自除之乎？因問寶玉、大弓事如何？答壬：否否。凡春秋事兩見者，皆先下而後上也，設吏自除，春秋兩不得書之矣。書盜竊寶玉、大弓，是擬上守土臣失天子符信，棄祖宗世守之罪，當坐大不道。書得寶玉、大弓，是除，除必免死，免死非吏任也。

癸問葬宋莊公？答癸：書宋亂，是擬上簒罪，當坐死；葬宋莊公，是除。春秋之吏，聞有不義簒立者，擬之死。春秋察之，以爲父賢可以庇子罪，乃除之。凡除，視此文。

㊀「夷齊」，春秋公羊傳作「奚齊」。

春秋决事比答問第二 不屑教律篇答問三事。

甲問：不屑教矣，何比之有？答：所以尊教。不可理者，理之而益棼；不可教者，教之而益犯。後之興王，必有欲自尊其聲名者焉，視吾比文。

乙問楚子誘戎蠻子及楚世子商臣弒其君髡兩義。答：昭十六年，楚子誘戎蠻子殺之。公羊子曰：「楚子何以不名？夷狄相誘，君子不疾也，若不疾，乃疾之也。」何休曰：「據誘蔡侯名。」此一事。文元年冬十月丁未，楚世子商臣弒其君髡。何休曰：「襄三十年夏四月，蔡世子般弒其君固。」不忍日。夷狄弒父，忍言其日。此又一事。所以然者，春秋假立楚爲夷狄，若曰後有王者，四裔之外逆亂，非守土之臣所告，宜勿問，視此文可也。曷爲宜勿問？問之則必加兵。中國盛，兵力盛，加兵而服，則必開邊，則是因夷狄之亂以收其土地，仁者弗爲也。中國微，兵力微，加兵而不服，則必削邊，則喪師、糜餉、削邊以取夷狄笑，智者弗爲也。故勿問者，春秋之家法，異內外之大科也。

丙問閽弒盜殺兩義？答：襄〔二〕㊀十九年，閽弒吳子餘祭；哀四年，盜殺蔡侯申。何休皆曰：「不言其君。」龔自珍曰：所以然者，禮不下庶人也。禮不下庶人者，禮至庶人而極；刑人罪人，又爲庶人所不齒也。千乘之君而見殺於閽盜，蓋吳子、蔡侯與閽盜，均不屑教也。後之有位，死非所死，視此文也。

㊀案閽殺吳子餘祭，爲襄公二十九年事。據春秋公羊傳增補。

春秋决事比答問第三 律目篇答問十事。

甲問曰：據大箸律目篇，父子兄弟相首匿，願聞其常？答甲：孔子曰：「父爲子隱，子爲父隱。」言父子則兄弟在其中。春秋毀泉臺傳曰：「父築之，子毀之，譏。」一是子雖正，不得暴父惡也。春秋齊人來歸子叔姬傳曰：「父母之于子，雖有罪，猶若不欲服其罪者然。」是子雖不正，父不得暴其惡也。二者，春秋之常律也。今律，子弟訐發父兄罪，雖審得實，猶先罪訐發者，是亦吾所爲測春秋也。

乙問：首匿簒弑何以自處？答乙：父也，兄也，不可諫，先死之；子也，弟也，不可教，以家法死之。死之而不明之于有司，不暴之于鄉黨國人也。若夫爲國家者，案得教諫實迹，表異之。案不得教諫實迹，亦無連坐。則文王之法也。

丙問：非父子兄弟如何？答丙：叔孫得臣卒，不日。人臣知賊首匿，罪當誅，又常律也。

丁問：旣知其常，願聞其變？答丁：周公以叔父相猶子，親之甚，貴之甚，誅不避母兄，用親以滅親焉。石碏誅石厚，魯君子左邱明曰：「大義滅親。」皆其變也。

戊問：季友爲常爲變？答戊：季友以叔父輔猶子，與周公同，應用變例。

戊復問：公羊氏、漢儒何休，皆以爲季友逸賊，不誅，實首匿之，未嘗用變例也。復答戊：公羊氏失辭者二，失事實亦二；何休大失辭者一。慶父弑二君，罪百於牙，酖牙也是，則逸慶父也非；逸慶父是，則酖牙也非。二者安所據？趙盾匿穿，何以書弑？二者安所別？周公誅管、蔡，季友得匿慶父，二者安所正？一以爲道，一以爲律，皆異吾所聞。

己問：願得季友事實？答己：季友實不匿慶父，實用變例，非如兩經師言。般之弑獄有所歸，宛轉遷就，事勢爲之，非不探其情而誅之也。閔之弑，友且挈僖公奔邾矣，倉皇避賊，豈遑追賊？又非緩追逸賊也。二者又皆非首匿也。慶父卒死於季友之手，與牙同。夫周公之誅毋兄也異矣，友之誅毋兄也，又有艱焉。不察其艱，不迹其卒，一以爲道，一以爲律。

庚問：季友之事實既知之矣，敢問常變二律安所施？據論語答攘羊語，及毁泉臺歸子叔姬二義，或以事之巨細，分别得首匿不得首匿乎？答庚：否否。苟得首匿，篡弑下與攘羊同；苟不得首匿，攘羊上與篡弑同。律何本？本人情也。攘羊當坐笞，猶不相發，矧發大獄乎？築泉臺之觀游、淫佚之失德猶相蒙，矧敗大名乎？爲國家求忠臣直士，不求之賣骨肉之門，赫甚！

辛問：區别不以事，則必以人，律意可喻而知乎？答辛：以攘羊喻周公、石碏、季友，覯受羊於主人而牧之也。楚之直躬者，於羊主人並世而生爾。

壬問：周公、季友得誅兄，是弟之得加變律乎兄也；石碏得誅子，是父之得加變律乎子也。萬一貴戚、宰輔之父謀反，是察於人倫之君子，必推類至是而後畢者，亦有以處乎？答壬：孟子曰：「桃應問曰：舜爲天子，臯陶爲士，瞽瞍殺人，則如之何？孟子曰：執之而已矣。然而舜不禁歟？曰：夫舜惡得而禁之？夫有所受之也。然則舜如之何？曰：舜視棄天下，猶棄敝屣也，竊負而逃，遵海濱而處，終身訢然，樂而忘天下。」是其比也。

癸問：楚令尹之子棄疾、唐李懷光之子璀兩事。答癸：棄疾之父非反，棄疾又不諫，與聞殺父，無足稱者。璀之父反，璀又諫，疑璀賢矣，抑璀身非貴相大臣，法尚不得誅，況夫璀但得諫懷光，但得殉懷光死，不得白德宗。白德宗，非春秋法也。

春秋決事比答問第四 律細目篇答問九事*

甲問：據大箸律細目篇，罕覩非常之義，何爲而作乎？答：欲令今之知律者有所溯也。語曰：稱曰自古，古曰在昔，昔曰先民，吾所以作。今律與春秋小齟齬，則思救正之矣，又吾所以作。

乙問：今律，一人犯數罪，以重者科之，中春秋某律？答：莊十年，公侵宋，公羊子曰：「戰不言伐，圍不言戰，入不言圍，滅不言入，書其重者也。」

丙問：今律，贓未入手減等，春秋如是乎？答：春秋律不如是。宣元年，齊人取濟西田，公羊子曰：「何以書？賂齊也，爲弑子赤之賂也。」何休曰：「時㈠邑未之齊。」坐者，猶律行言許受賂。

丁問：今律，誤殺人有勿論、有論減等，中春秋某律？答：襄公二十五年，吳子謁伐楚，門于巢卒。公羊子曰：「入巢之門而卒也。」何休曰：「吳子伐楚過巢，不假塗入巢門，門者以爲欲犯巢而射之，君子不怨所不知，故與巢得殺之。」

戊問：今律，年幼犯罪不坐，中春秋某律？答：昭二十四年㈡尹氏立王子朝。何休曰：「貶尹氏，譏世卿，不貶王子朝者，年未滿十歲，未知欲富貴也。」㈢

己問：今律，非夫若子不得捕姦，中春秋某律？答：春秋於內女淫佚者，深沒其文。齊人執單伯、齊子執子叔姬是也。內小惡不諱，惟淫諱，非諱也，春秋非討淫之書也。外小惡本不書，春秋三世，又無譏外相淫者。禮：天子內屏，諸侯外屏，不察人之閨門也。難之曰：蔡人殺陳佗，不以其外淫賤之乎？答：蔡之當討者也，非春秋討之也。

庚問：今律，犯罪分首從，中春秋某律？又春秋僅如是乎？答：春秋密矣！今律，但分首從，春秋從之中又分從。隱元年，公及邾儀父盟于蔑。公羊子曰：「及，我欲之也；暨，不得已也。及，猶汲汲；暨，猶暨暨也。」㈣是其義也。

辛問：今律，初犯輕，再犯重，中春秋某律？答：莊七年，大水，無麥苗。公羊子曰：「待無麥，然後書無苗。」何休曰：「不登二穀乃書。」㈤天不以一災儆人，君子不以一過責人，是也。

壬問：今律，大盜不分首從皆死，何所祖？答：昭二十二年，劉子、單子以王猛居於皇。何休曰：「不舉重者，二子尊同權等。」㈥此不分首從律所祖。

㈠「時」，春秋公羊傳作「取」。

㈡此爲昭二十三年事。

㈢春秋公羊傳解：「貶言尹氏者，著世卿之權，尹氏貶王子朝不貶者，年未滿十歲，未知欲富貴。」疏：「其稱尹氏何？貶。曷爲貶？譏世卿是也。」

㈣春秋公羊傳解：「及，猶汲汲也；暨，猶暨暨也。及，我欲之；暨，不得已也。」

㈤春秋公羊傳解：「水旱螟蝝，皆以傷二穀乃書。」

㈥春秋公羊傳解：「二子不舉重者，尊同權等。」

春秋决事比答問第五 人倫之變篇答問八事*

甲問：人倫之變，大科如何？答曰：春秋何以作？十八九爲人倫之變而作。大哉變乎！父子不變，無以究慈孝之隱；君臣不變，無以窮忠孝之類；夫婦不變，無以發閨門之德。精義入神，以致用也；比物連類，貴錯綜也。其次致曲，加王心也；直情徑行，比獸禽也。春秋之獄，不可以爲故當；春秋之文，不可以爲援；春秋之義，不可以爲例；春秋之訓不瀆，一告而已，不可以再；或再告而已，不可以三。是故春秋之指，儒者以爲數千而猶未止，然而春秋易明也，易學也。春秋之獄，有吏辭，有王者辭。春秋張三大，治三細，其處三大也恆優，劾之也反厲；處三細恆慍，劾之也反恕；處三大恆直，待之也恆顯；處三細恆曲，待之也恆隱。何謂吏辭？吏辭先也；何謂王者辭？王者辭後也。三大：君、父、夫；三細：臣、子、婦。

乙問：今律，父殺子，輕於平人。春秋晉侯殺其世子，書詭諸卒，不書葬何也？答曰：聞之劉禮部矣。㊀殺世子、母弟，罪加殺命卿一等。皆直稱君者。此春秋大異乎今律，不可不知也。其在康誥，父不慈，子不祗，兄不友，弟不恭，皆元惡大憝，皆所謂天惟與我民彝大泯亂，乃其速由文王作罰，刑茲無赦者，春秋法文王也。速由也者，如今律決不待時。

丙問復仇之節。答曰：何休曰：「諸侯之君與王者異，義得去，去則絕。」㊀伍子胥是也。故比之曰：今世家長殺傭工非道，視此文。凡臣民不得仇天子，得仇天子之臣；不得仇天子執法之大臣，得仇天子之譖臣，齊襄公是也。故比之曰：今世設有三法司枉撓人命，視此文。

丁問：母預弒父，春秋不立子仇母之文，如何？答：魯莊許絕母，不許求母，在穀梁子曰：「獨陰不生，獨陽不生。」是其義也。

戊問：大箸援經文妾爲君母者之稱，與諸師往往不合，如何？答：隱公之母書夫人子氏薨；僖公之母書夫人風氏薨，書葬我小君成風，皆媵也，而春秋夫人之。據董子曰：主地法夏而王，母不以子貴；主天法商而王，母以子貴；主天法質而王，母以子貴。主地法文而王，母不以子貴。周，文家也。穀梁氏不受春秋改制大義，故習於周而爲之說。春秋，質家也，公羊氏受春秋改制大義，故習於春秋而爲之說。漢亦質家也。尊薄太后廟食，禮也。故龔自珍援以比春秋。

己問穀梁氏之大失。答：以仲子爲惠母，以夫人子氏爲隱妻，皆失事實，於大科爲不史。妾母別立宮，禮文無徵說，考仲子之宮，失事實，又失義，於大科爲不經。妾母別立宮矣，又於子祭於孫止，是生則緩帶，死則餒也，失義，於大科爲不孝。以惠公、仲子爲一，以僖公、成風爲一，失事實，於大科爲不辭。

庚問：穀梁子言秦人弗夫人也而見正，穀梁必非無據。答：周末文勝，秦人不以我小君成風爲夫人，用周法。穀梁家不得據周法難春秋法矣。鄭玄駁五經異義曰：「漢尊薄太后，禮之變，古禮未之有也。」鄭氏不通春秋，不得據周法難漢質家法。又告之曰：予說此事，與劉禮部異。

辛問：公羊氏許衛輒得正，後世可援比乎？答：何休救正之曰：「雖得正，非義之高者也。」許止雖見赦，猶不宜爲君；衛輒雖得正，猶不合義。後之決事者，雖不得誅若人，若人亦不得自援春秋。

*題春秋決事比答問第一、第二、第三、第四、第五，與春秋決事比自序附目相較，多不合。

㈠劉逢祿，字申受，武進人。官禮部主事。著公羊何氏釋例、公羊何氏詁箋、發墨守許、劉禮部集。

㈡春秋公羊傳解：「於義得去，君臣已絕故可也。」

大誓答問第一 論伏生原本二十九篇，非二十八篇*

問曰：儒者百喙一詞，言伏生尚書二十八篇。武帝末，民間獻大誓，立諸博士，總之曰二十九篇，今文家始有二十九篇。又云：得大誓以幷歸於伏生弟子，始有二十九篇。其言何如？答曰：使尚書千載如亂絲，自此言始矣！史記儒林傳：「秦時焚書，伏生壁藏之，其後兵大起，流亡；漢定，伏生求其書，亡失數十篇，獨得二十九篇。」漢書藝文志語正同。遷、固此言，昭昭揭日月而行，諸儒萬無不見，亦萬無不信，而乃舍康莊而求荆棘。察其受病，厥有四端：篇目之不考，一也。篤信民間晚出書，二也。誤以孔安國爲傳古文，因以史遷亦傳古文，因篤信周本紀，三也。不以今文、古文、晚出書三事，截然分明，各還其數，而合幷數之，自生眢悶，歧之中有歧焉，四也。今先證以歐陽、夏侯卷數，使先知今文大師之不可厚誣，而後白黑可得而定，亂絲可得而理也。

大誓答問第二 論夏侯氏無增篇

諸儒言，夏侯生有大誓。按藝文志，大小夏侯章句各二十九卷，大小夏侯解故二十九篇，重規疊矩，夏侯之不徇俗師以羼本師可知。

大誓答問第三　論歐陽氏無增篇

藝文志：歐陽章句三十一卷，則以分般庚而三之，孫氏星衍作篇目表是也。般庚當三，孔門之舊，故今文家皆從之，至蔡邕石經尚然，古文家亦仍之，至馬、鄭、王尚然。

大誓答問第四　論今文篇數具在

一、堯典，二、皋陶謨，三、禹貢，四、甘誓，五、湯誓，六、般庚，七、高宗肜日，八、西伯戡耆，九、微子，十、坶誓，十一、鴻範，十二、金縢，十三、大誥，十四、康誥，十五、酒誥，十六、梓材，十七、召誥，十八、雒誥，十九、多士，二十、無逸，二十一、君奭，二十二、多方，二十三、立政，二十四、顧命，二十五、康王之誥，二十六、粜誓，二十七、呂刑，二十八、文侯之命，二十九、秦誓。（說見後條。）

大誓答問第五　論近儒異序同篇之說非是

問：諸儒之說，始鄭玄一言，玄謂伏生、歐陽、夏侯皆以康王之誥合於顧命，故止二十八篇矣？（亦見陸氏釋文引馬融語。）答曰：百篇之書，孔子之所訂也，七十子之所序也；自「無壞我高祖寡命」以上爲顧命，自「王若曰庶邦」以下爲康王之誥，孔子所見如此，不必問伏生矣。般庚之合爲一，歐陽生方且從而分之，豈有顧命、康王之誥之本分，而反從而合之乎？歐陽何其勤於復孔子之舊，伏生何其勇於汨亂孔子乎？必不然矣。合之云者，竹簡之合之也，非其名與實之合之也。蓋二篇事相比也，辭相屬也，指意相聯貫也，其竹簡可合寫而合寫之矣，豈并省之之謂哉？後世帛楮書，亦有合寫二部於一卷一册者，皆非并省。如伏生果并省，則是分之始於馬、鄭。馬、鄭何師說而創分之？自誤解鄭氏語，而二十八之說起，異序同篇之說又起。夫同序異篇，以一序領衆篇可也，若異序同篇，一身二首，學者何以離章句？寫官何以定簡畢？授讀者何以名其家？名之不正，萬事失紀，何取而創此駭論焉！

大誓答問第六　答客難

客難之曰：太平御覽、書古文訓、困學紀聞並引尚書大傳：「孔子曰：五誥可以觀仁。」五誥者，二十九篇之中，大誥、康誥、酒誥、召誥、雒誥也。惟康王之誥即屬顧命，故不數；於今文康王之誥不與顧命爲二之證。若爲二，則孔子當言六誥。王氏薆齡爲予答之曰：五誥觀仁，乃孔子之言總論百篇也，孔子豈亦止見二十九篇者耶？百篇中有湯誥、仲虺之誥，且二十九篇中，梓材亦誥也，誥甚多，而觀仁者五，孰能定孔子所指爲何等篇哉？易九卦爲憂患之辭，豈易止九卦哉？故不得臆决其不數康王之誥。

大誓答問第七　論近儒書序當一篇之說

又有從而爲之辭者曰：序實當一篇。（朱氏彝尊。近有陳氏壽祺。）亦未知余說也。凡古書之序當一篇，古例有之，大可引爲予說鋤去大誓之助，然不敢取者：一則二十九篇，灼然大明，根株已明，枝葉之言，宜從刊落；二則書序古、今文並有。孔壁序，孔安國不以當一篇，則伏壁之序，伏生必不當一篇也。

大誓答問第八 論班氏不以書序當一篇

座主高郵王尚書引之謂自珍曰：儒林傳曰：百兩篇者，出東萊張霸，其書分析合二十九篇爲數十篇，又頗雜采左氏傳、書序云云。上文稱二十九篇，下文稱又採書序，文法如是，是班氏不以書序入二十九篇之明證也。

大誓答問第九 論書序古今文並有

或言今文家有序，古文無之；或言古文家有序，今文無之。余外王父段先生則曰：皆有之。以百篇序多異字知之也，由其異字而審知爲家法之異也。（詳見古文尚書撰異。）

大誓答問第十 論後得者非大誓

馬季長疑之矣，王子雍又疑之矣，蓋白魚赤烏之文，厠於三十一篇之中，如碔砆之混球璧然，馬、王皆不定爲其何等書。吾友劉中受嘗目之爲戰國大誓。泰興陳君潮曰：殆藝文志所載七十一篇之周書，晉世汲冢所得，正其同類。二說良是。周末之徒，往往有此類言語，馬融疑之而注之，趙岐疑之而引之，要不失爲古一本「古」作「故」。書雅記云爾。

覈古書眞僞，審其類否。周初史臣之文，氣體類不類，不難知也；文法類不類，不難知也。周書二十篇，有此文法，有此助辭乎？而堅不服馬氏，師曠與離朱爭明。

大誓答問第十一 論大誓晚立與伏生家法無涉

劉向別錄：「武帝末，民間獻大誓，使博士讚說之，數月，皆起傳以教人。」劉歆曰：「大誓後得，博士集而讀之。」此言功令而外，別增此學；歐陽家法而外，別增此師也。（時夏侯未立。）余考書博士有歐陽、夏侯之學，歐陽、夏侯皆未嘗自爲書博士。今向、歆言如此，與伏生弟子無涉明矣。

歐陽生以後之博士，憚違明詔，起傳後人，大都俗學。漢初淳悶，重功令，尤重師法，學有家法，名成大師，豈肯從而詭和以塞詔旨乎？觀劉歆欲立古文，太常以無師說不肯立，豈歐陽之篤謹，不如後來之博士？

伏生之徵，在文帝時，歐陽生親受業於伏生，下距武帝末尙七十年，縱老而見獻書之事，豈復羼補師書，自悔其少年之業之未備耶？抑余考諸外王父段先生之言，董仲舒對策在帝七年，終軍上對在帝十八年，皆引此文，是大誓之出頗早，非末年也。孔氏以爲末年重得之，良是。此類書記，自除挾書之律，即萌芽於世，通人往往先見之，或孝武亦先見之，是以民間朝獻，夕賦學官。然其始皆不曾目爲大誓。董子同類相動篇引此文而稱書傳曰，是仲舒不以爲大誓甚明白。目爲大誓，在末年重得之時，距二十九篇之定也久矣。

又考王充論衡，則以是事爲在孝宣帝時，河內女子發老屋得之，獻於朝，而後書二十九篇始定。後漢黃門侍郎房宏說亦同。宏、充皆不知二十九篇之數，不待大誓出而早定，故其言若是。信如宏、充言，二十九篇之名之數，闕一而虛懸之，歷孝文至孝宣，百年而後定，殆非事實。抑果如宏、充言，則歐陽、夏侯之死久遠，益爲今文家自誣，益爲伏生家法定界限矣。

大誓答問第十二　論尚書大傳引此文之故

問曰：聞之，尚書大傳者，伏生老，不能正言，口授大義；生終後，歐陽生、張生各論所聞，以己意彌縫其闕，志稱四十一篇者是也。而見引「魚入舟、火流烏」之文，是歐陽生與此大誓爲脊屬之左證。答曰：辨哉問！而不知漢儒引書之例也。漢人引易說謂之易；引書說謂之書；引禮家春秋說，謂之禮、春秋，見於一切書者不可枚數。以尚書大傳論之，於般庚則引書曰：「若德明哉湯任父言卑應言。」此古般庚說也；於康誥則引書曰：「王曰封若圭璧。」此古康誥說也；於毋佚則引書曰：「厥兆天子爵。」此古無佚說也。許叔重引「山行乘樏，水行乘舟，泥行乘橇，澤行乘輴。」此古咎繇謨說也。歐陽生、張生當漢初羣書四出之年，博摭傳記，何所不引？引此書之文以說大誓爾。夫伏生無大誓，而有說大誓之文，此亦九共、帝告、說命、高宗之訓、歸禾等篇例也。假使大傳所引是眞尚書，董生著書轉引此文，不當不從其本而稱之，乃但稱尚書傳，則董生之陋極矣。鼂不云乎！婁敬、董生、終軍皆先獻書而見此文，不必張、歐陽不之見，此何得謂伏生弟子增二十八爲二十九之佐證？

大誓答問第十三　論孔壁中無大誓

問：今文家之無大誓，吾子之言，固其根株，又扞其藩垣，敬聞命矣。敢問古文？答曰：其無，不俟問。孔鮒藏壁中者，本亦百篇，兵火後，略同孔壁之散亡。藝文志：魯共王壞孔子宅，聞鼓琴瑟、鐘磬之音，乃止不壞，而得古文尚書，皆古字也。孔安國者，孔子後也，悉得其書，以攷二十九篇，得多十六篇，安國獻之。班氏此言，其亦明且清矣。二十九者，則前目錄是；十六者，則鄭玄數者是，一、舜典，二、汨作，三、九共，（鄭氏數爲九。）四、大禹謨，五、益稷，六、五子之歌，七、允征，八、湯誥，九、咸有一德，十、典寶，十一、伊訓，十二、肆命，十三、原命，十四、武成，（建武世亡。）十五、旅獒，十六、畢命。（作冏命者誤。）此劉歆所欲立者也，何處容大誓？

大誓答問第十四　論五十八篇之名

問：然則五十八篇之名何所始也？答曰：此混同之總數，不知所始。在安國獻祕府之後，其祕府目錄歟？伏生二十九，析般庚爲三十一，今文之都數畢矣。古文多十六，析九共爲二十四，合其復重，則五十有五，古文之都數又畢矣。孔安國既上古文五十五篇，而祕府取民間本大誓合并數之。（時析爲三。）兼三事言，因曰五十八矣。

大誓答問第十五　論劉向襲稱五十八、班固襲稱五十七之誤

自祕府誤合并數之，而子政別錄襲稱五十八篇矣，然未嘗統之以古文也。孟堅藝文志則曰：「古文經四十六卷，爲五十七篇。」蓋以武成一篇，亡於建武之際，故曰五十七，實亦謂書有五十八。蓋孟堅承劉歆七略而言，竟專屬之古文，不分析還之，未免小誤。

大誓答問第十六　論班史稱四十六卷之故

問：何以五十八篇止四十六卷？可言其故乎？答曰：伏生二十九篇，爲二十九卷，壁中二十四篇，爲十六卷，民間大誓析之則三篇，合之則一卷，是故四十六卷。卷少於篇，篇多於卷，一定之式。二十九卷一事也，十六卷，又一事也，一卷，又一事也。凡三事四十六卷，非專古文經四十六卷。然即由四十六卷之故思之，而書凡三種，痕迹昭彰，二千年事，瞭然如今日對簿。讀漢書者，幸思而得之，不思弗之得也。

大誓答問第十七　論隋史稱二十五篇之謬

隋書經籍志竟改增多二十四爲二十五，臆改甚悍！王氏蔆齡曰：志又稱孔壁有之，惟欲以大誓出孔壁，則所以臆改之源也。

大誓答問第十八　論唐人稱三十四篇

孔氏尚書正義曰：「二十九篇，自是計卷，若計篇，則當三十有四，去大誓，猶有三十有一。」按：云三十有一者是也。并此數之，故曰三十四矣。

大誓答問第十九　論僞孔序稱二十五篇之謬

僞孔序曰：「增多伏生二十五篇。」此則村塾之子，目并不見漢書，而欲誣孔壁者也。

大誓答問第二十　論近儒遁詞

自馬、王而外，尙有趙岐、韋昭、服虔、杜預之言，而趙岐注孟子滕文公篇，則明曰：「大誓者，古百二十篇之大誓也。（趙用書緯之說，故曰百二十篇。）今之大誓，後得以充學，故不與古尙書同。」偉哉此論，與季長重規疊矩。厥後韋於國語，服、杜於左傳，皆屢疑之。近儒無可如何，乃曰：凡左氏春秋、國語、管、墨、荀、孟所引，皆大誓中下篇，其充學者，民間所獻一篇，獨上篇。則何民間本、孔壁本，不約而同，適皆獨此上篇也？又曰：雖已完具，而間有脫簡。何脫簡之多也？且又何以民間本、孔壁本同此脫簡也？遁詞知其所窮。

大誓答問第二十一　論充學之大誓是一篇、是三篇，處處不合。

寶鼠腊之徒，欲誣今文家，則以爲一篇，欲誣孔壁，則以爲三篇。凡誣今文而一篇之者，則歐陽、夏侯增二十八爲二十九，及二十八宿加北斗之說是也。凡誣古文而三篇之者，則曰五十八，曰去武成尙五十七之說是也。至僞孔序則又以一篇誣古文，如曰增多伏生二十五是也。至唐人則又以三篇誣今文，如曰伏生三十有四篇是也。率惝怳而難憑，終游移而失據，是書之云一爲三，何足深論？意者民間獻書時原止一篇，厥後博士、俗師、喜事之徒，欲塞詔書起傳教人者，見百篇之序甚明，因析而爲三，使合於孔門之舊，以張其學，因而祕府定目錄著錄之也歟？

大誓答問第二十二 論漢世何以不互校

漢廷凡古書二本並出，未有不互校之者也。孔安國得孔壁古文，以考二十九篇，得多十六篇，是幷目錄互校之矣。張霸百兩篇之非眞，由成帝以中古文校之非是，是二本互校之矣。劉向以中古文校博士易，脫言無咎悔亡，取中書樂記二十三篇，以校常山王禹不相合，是皆互校之矣。孝經長孫、江、翁諸家說不安處，古文字讀皆異，又二本互校之矣。向取中古文校歐陽、夏侯經，酒誥脫簡二，召誥脫簡一，其餘文字異者七百有餘，亦二本互校之矣。何以民間得大誓，孔壁亦得大誓，二本並在漢廷，孔安國方以今文讀古文，而絕不一問其異同得失？終漢之世，君臣及今文、古文大師向、歆父子，皆無一言言大誓同異得失。豈非民間本正坐孔壁無之，孤文易張，得倖在學官也哉？

大誓答問第二十三 論太史公古文之學

抑人之誣孔壁也有故，蓋曰太史公載之云爾；太史公從安國問故云爾；安國上承孔壁，下教史遷云爾；是爲佐證。予曰：此望見影響之談也。安國之教太史公，堯典、禹貢、微子、洪範、金縢五篇，時有古文說而已。如問故而及大誓，必當有古文說異乎民間本之說，則班固何以遺漏焉？太史公之學，在乎網羅六國放失舊聞。若夫五帝、三王事實，大都鈔襲雜書百家傳說，又往往排比失倫。其作周本紀、齊世家之載此文，正如作五帝紀之引五帝德、帝繫姓，大都七十子以後之僞記云爾。遷之精英，豈在是哉？且太史公實未盡得孔安國之學也，不但殷庚諸篇，盡今文家說已也。夫所貴乎治古文者，貴治今文家所無也，貴乎所無之十六篇（馬、鄭所謂二十四者。）能一一爲之說也。今今文、古文復重並有之三十一篇，則有兩家之說；而十六篇孤本，則但載其序，安在其爲安國高弟子也？假令問故時，取舜典入舜本紀，汩作、九共入夏本紀，取典寶入殷本紀，瓌怪之物，搜羅完具，則遷之功不在伏生下，而史記一書，真卿雲之在九霄矣。不取其所當取，是以取所不當取，安在其爲安國高弟子？

又遷自序：「年十歲則誦古文。」其時衆書爭出於世，大抵古字皆曰古文，未必十歲即有從安國游之事。厥後作周本紀、齊世家引此大誓，意者少年所誦之古文歟？

大誓答問第二十四　總論漢代今文古文名實

請縱言今文、古文。答曰：伏生壁中書，實古文也，歐陽、夏侯之徒，以今文讀之，傳諸博士，後世因曰伏生今文家之祖，此失其名也。孔壁，固古文也，孔安國以今文讀之，則與博士何以異？而曰孔安國古文家之祖，此又失其名也。今文、古文同出孔子之手，一爲伏生之徒讀之，一爲孔安國讀之。未讀之先，皆古文矣，既讀之後，皆今文矣。惟讀者人不同，故其說不同。源一流二，漸至源一流百，此如後世翻譯，一語言也，而兩譯之，三譯之，或至七譯之，譯主不同，則有一本至七本之異。未譯之先，皆彼方語矣，既譯之後，皆此方語矣。其所以不得不譯者，不能使此方之人曉殊方語故；經師之不得不讀者，不能使漢博士及弟子員悉通周古文故。然而譯語者未曾取所譯之本而毀棄之也，殊方語自在也。讀尚書者不曰以今文讀後而毀棄古文也，故其字仍散見於羣書及許氏說文解字之中，可求索也。又譯字之人，必華、夷兩通而後能之；讀古文之人，必古今字盡識而後能之。此班固所謂曉古今語者必冠世大師，如伏生、歐陽生、夏侯生、孔安國庶幾當之，餘子皆不能也。此今文、古文家之大略也。若夫讀之之義有四，不專指以此校彼而言，又非謂以博士本讀壁中本而言，具如予外王父段先生言。（詳見段氏古文尚書撰異。）

大誓答問第二十五　論大誓逸文有二種。

戰國大誓，至唐而又亡矣。曾據王伯厚以來各輯本付胥寫一本，以補逸周書之一則。而左傳、國語、管、墨、荀、孟所引，自馬季長所舉五事之外，尚多矣。外王父段先生、陽湖孫氏星衍兩家各有輯本，亦條鈔於後，瑰瑋淵奥，此眞孔子所訂古大誓也。

「民之所欲，天必從之。」（左氏春秋傳）

「朕夢協朕卜，襲于休祥，戎商必克。」（國語）

「我武維揚，侵于之疆，取彼凶殘，我伐用張，于湯有光。」（孟子）

「獨夫受。」（荀卿子）

「予克受，非予武，惟朕文考無罪。受克予，非朕文考有罪，惟予小子無良。」（小戴記）（以上五事馬季長舉之。）

「紂夷之居而不肯事上帝，棄闕其先神而不祀也。曰：我民有命，毋僇其務，天不亦棄縱而不葆。」（墨子非命上篇與天志中篇引小異。）

「小人見姦巧，乃聞不言也，發罪鈞。」（墨子）（按此數紂濫刑之罪，與於晚出本數罪之辭遠矣。）

「文王若日若月，乍照光於四方於西土。」（墨子）

「惡乎君子，天有顯德，其行甚章。爲鑑不遠，在彼殷王。謂人有命，謂敬不可行，謂祭無益，謂暴無傷。上帝不常，九有以亡。上帝不順，祝降其喪。惟我有周，受之大帝。」（墨子）

「紂有臣億萬，亦有億萬之心，予有臣三千而一心。」（管子）（按與左傳引小異。）

「天視自我民視，天聽自我民聽。」（孟子）（以上皆漢世學官所無也。）

大誓答問第二十六 論東晉僞古文乘虛而入

物必自腐也，而後蟲生之。空穴來風。自此書盛行，爲名世大儒所疑。於是梅賾始采輯左氏春秋、管、墨、荀、孟所引，塗附成書，以塞趙岐、馬融、服虔、王肅、韋昭、杜預以來之疑，亦分爲三篇，以合孔子之舊，以自別於民間所獻之書。雖采輯未完備，而作僞甚工，蓋駕張霸百兩篇而上之矣。豈非張霸導之於前，白魚赤烏之博士召之於後也哉？

——定盦文拾遺

* 大誓答問據潘祖蔭滂熹齋叢書，叢書據何本，不知。龔自閎龔氏科名錄太誓答問一條，注：「是集劉（逢祿）有序，曹（家駒）有跋。」汪氏振綺堂刻本，間錄師友批注。今皆佚。方勇大誓答問評，分題作第一論、第二論……

案題大誓答問第一、第二……分目，疑爲後人增益。

平均篇

龔子曰：有天下者，莫高於平之 一本「之」作「均」。之尙 一本「尙」作「象」。也，其邃初乎！降是，安天下而已；又 一本無「又」字。降是，與天下安而已；又 一本無「又」字。降是，食天下而已。最上之世，君民 一本無「君民」二字。聚醵然。三代之極其猶水。君 一本「君」作「或」。取盂焉，臣 一本「臣」作「或」。取勺焉，民 一本「民」作「或」。取巵焉。降是，則 一本無「則」字。勺者下侵矣，巵者上侵矣。又 一本無「又」字。降，則君 一本「則君」作「是或」二字。取一石，民亦欲 一本無「民亦欲」三字。得一石，故 一本無「故」字。或涸而踣。一本「踣」下有「夫力取一」四字。石而浮，一本無「而浮」二字。則不平甚，涸而踣，則 一本無「則」字。又不平甚。有天下者曰：吾欲爲邃初，則取其浮者而挹之乎？不足者而注之乎？則礹然喙之矣。大略計之，浮不足之數相去 一本「去」作「距」。愈遠，則亡愈速，去 一本「去」作「距」稍近，治亦稍速。千萬載治亂興亡之數，直以是券矣。人心者，世俗之本也；世俗者，王運之本也。人心亡，則世俗壞；一本「壞」作「易」。世俗壞，一本「壞」作「易」。則王運中 一本無「中」字。易。王者欲自爲計，盍爲人心世俗 一本無「世俗」二字。計矣。有如貧相軋，富相耀；一本「耀」作「姼也」，下有「又如富者兇」五字。貧者阽，一本無「阽」字，下有「貧者怨」三字。富者安；一本無「安」字。貧者日愈 一本無「愈」字。傾，一本「傾」下有「則」字。富者日愈 一本無「愈」字。壅。或以羨慕，或以憤怨，或以驕汰，或以嗇吝，一本「或以」四句作「貧者日詐，則富者日愕」。澆漓詭異之俗，百出不可止，至極 一本「止」、「至極」作「禦」、「則」。不祥之氣，鬱於天地之間，鬱之久乃必發爲兵燹，一本「燹」作「燹」。爲疫癘，生民噍類，靡有孑遺，人畜悲痛，鬼神思變置。其始，不過貧富不相齊之爲之爾。小不相齊，漸 一本無「漸」字。至大不相齊；大不相齊，即 一本「即」作「遂」。至喪天下。嗚呼！此貴乎操其本源，與隨其時而劑調之。上有五氣，下有五行，民有五醜，物有五才，消焉息焉，渟焉決焉，王心而已矣。是故古者天子之禮：歲終，太師執律而告聲，月終，太史候望而告氣。東無陼水，西無陼財，南無陼粟，北無陼土，南無陼民，北無陼風，王心則平，聽平樂，百僚受福。其詩有之曰：「秉心塞淵，騋牝三千。」王心誠深平，畜產且騰躍衆多，而況於人乎？又有之曰：「皇之池，㊀其馬歕沙，皇人威儀。」其次章曰：一本無「其次章曰」四字。「皇之澤，㊀其馬歕玉，皇人受穀。」言物產蕃庶，故人得肆威儀，茹內衆善，有善名也。太史告曰：東有陼水，西有陼財，南有陼粟，北有陼土，南有陼民，北有陼風，王心則不平，聽傾樂，乘欹車，握偏衡，百僚受戒，相天下之積重輕者而變易之。其詩有之曰：「相其陰陽，觀其流泉。」又曰：一本無「又曰」二字。「度其夕陽。」言營度也。故積財粟之氣滯，滯多霧，民聲苦，苦傷惠；積民之氣淫，淫多雨，民聲囂，囂傷禮義；積土之氣圫，圫多日，民聲濁，濁傷智；積水積風，皆以其國瘥昏：官所掌也。且夫繼喪亡者，福祿之主；繼福祿者，危迫一本作「阽危」。之主。語百姓曰：爾懼兵燹乎？則將起其高曾於九京而問之。懼荒饑乎？則有農夫在。上之繼福祿之盛者難一本「難」作「殆」。矣哉！龔子曰：可以慮矣！可以慮，可以更，不可以驟。且夫唐、虞之君，分一官，事一事，如是其諄也，民固未知貿遷，未能相有無，然君已懼矣。曰：後世有道吾民於富者，道吾民於貧者，莫如我自富貧之，猶可以收也。一本「莫如」至「收也」作「以遠我則也」。其詩曰：「不識不知，順帝之則。」夫堯固甚慮民之識知，莫如使民不識知，則一本「則」作「乃」。順我也。一本無「莫如使民不識知，則順我也」十一字。而有「以遠我則也」五字。水土平矣，男女生矣，三千年以還，何底之有？彼富貴至不急之物，賤貧者猶且筋力以成之，歲月以靡之，舍是則賤貧且無所託命。然而五家之堡必有肆，十家之邨必有賈，三一本「三」作「五」。十家之城必有商，若服妖之肆，若食妖之肆，若翫好妖之肆，若男子咿唔求爵祿之肆，若盜聖賢市仁義之肆，若女子鬻容之肆，肆有魁，賈有梟，商有賢桀，其心皆欲併十家、五家之財而有之，其智力雖不逮，其號既然矣。然而有天下者更之，則非號令也。有四挹四注：挹之天，挹之地，注之民；挹之民，注之天，注之地；挹之天，注之地；挹之地，注之天。其一本無「其」字。詩曰：「挹彼注茲，可以餴饎」；「豈弟君子，民之父母。」有三畏：畏旬、畏月、畏歲。有四不畏：一本「畏」作「取」。大言不畏，一本「畏」作「取」。細言不畏，一本「畏」作「取」。浮言不畏，一本「畏」作「取」。挾言不畏。一本「畏」作「取」。而乃試一本「試」作「道」。之以至難一本「難」作「順」。之法，一本「法」作「勢」。齊之以至信一本「信」作「壹」。之刑，一本「刑」作「禮」。統之以至澹之心。龔子曰：有天下者，不十年幾於平矣。

越七年，乃作農宗篇，與此篇大指不同，並存之，不追改，使備一，聊自考也。乙未冬自記。——定盦文集

㊀「皇之池」，穆天子傳「皇」作「黃」。

㊁「皇之澤」，穆天子傳「皇」作「黃」。

尊史

史之尊，非其職語言，司謗譽之謂，尊其心也。心何如而尊？善一本「善」作「日能」。入。何者善一本「者善」作「謂」。入？天下山川形勢，人心風氣，土所宜，姓所貴，皆知之；一本「貴」、「皆知之」作「槩」。國之祖宗之令，下逮吏胥之所□守，皆知之。一本無「皆知之」三字。其於言禮、言兵、言政、一本「政」作「獄」。言獄、一本「獄」作「政」。言

掌故、言文體、一本「體」作「章」。言人賢否，如其言家事，可謂入矣。又如何而尊？善一本「善」作「日能」。出。何者善一本「者善」作「謂」。出？天下山川形勢，人心風氣，土所宜，姓所貴，一本「貴」作「繫」。國之祖宗之令，下逮吏胥之所守，皆有聯事一本「有聯事」作「與有守」。焉，一本「焉」下有「而」字。皆非所專官。其於言禮、言兵、言政、一本「政」作「獄」。言獄、一本「獄」作「政」。言掌故、言文體、一本「體」作「章」。言人賢否，如一本「如」作「辟」。優人在堂下，號咷舞歌，哀樂萬千，堂上觀者，肅然踞坐，眄睞而指點焉，可謂一本「謂」下有「能」字。出矣。不善一本「善」作「能」。入者，一本「者」作「則」。非實錄，垣外之耳，烏一本無「烏」字。能治堂中之優也耶？一本「耶」下有「如此」二字。則史之言，必有餘瘵。一本「瘵」下有「瘵非史矣」四字。不善一本「善」作「能」。出者，必無高情一本「情」作「言」。至論，優人哀樂萬千，手口沸羹，彼豈復能自言其哀樂也耶？一本「耶」下有「如此」二字。則史之言，必有餘喘。一本「喘」下有「喘非史矣」四字。是故欲爲史，若一本「若」作「及」。爲史之別子也者，毋瘵毋喘，一本無「毋瘵毋喘」四字，有「當」字。自尊其心。心一本無「心」字。尊，一本「尊」下有「其心」二字。則其官一本「官」下有「亦」字。尊矣，心一本無「心」字。尊，一本「尊」下有「其心」二字。則其言一本「言」下有「亦」字。尊矣。官一本無「官」字。尊言尊，一本「言尊」作「其心」。則其人亦尊矣。尊之之所歸宿如何？曰：乃又有所大出入焉。何者大出入？曰：一本無「何者大出入曰」六字。出乎史，入乎道，欲知大一本無「大」字。道，一本「道」下有「者」字。必先爲史。此非我所聞，乃劉向、班固之所聞。一本「聞」下有「見藝文志」四字。向、固有徵乎？我徵之曰：一本無「向、固有徵乎，我徵之曰」九字。古有柱下史老一本「老」作「李」。聃，卒爲道家大宗，我無徵也歟哉？

——定盦續集

尊史三*

太史公爲書百三十篇成，褒漢氏盛德，赫然躋於周室；次及功臣賢大夫，靡不畢一本無「畢」字。載。自敍云：「藏之名山，傳之其人，㊀副在京師。」問：何以副在京師也？一本「也」下有「曰」字。恩本朝也。恩本朝，則何以一本「何以」作「曷爲」。副在京師也？曰：求唐、虞者，必於平陽、一本「平陽」作「蒲阪」。蒲阪，一本「蒲阪」作「平陽」。求周必於雍、岐，求成周必於河、洛，欲求漢者，亦必於關中，一本「中」下有「矣」字。故副在京師。太史公之先，官京師數世矣。太史公生左馮翊，而長京師，誦古文於京師，仕則紬石室金鐀於京師，其兩世取一本「取」作「所」。㊁師友，唐都、黄子，田何、㊂孔安國一本「國」下有「壼遂」二字。之倫，盡京師耆舊卿士。太史公家雖無剖符丹書之榮，其於京師也，根深而原遠。而忘京師，是不恩王父，不恩父，以不恩師友，是故副在京師。京師旣上繫君父，又必有磐石之宗，知古今之獻，羽翼天室，世世無極，以所著書託焉。東西北南，望之鑀鑀踞天半焉。昔者仲尼大聖，與左邱明、南宮敬叔觀寶書於周，先是正考叔一本「叔」作「父」。得名頌於周。老聃一本「老」作「史」。主周藏室，仲尼問禮。名頌也，寶書也，禮也，其授受不一本「不」作「弗」。可以盡知；要知古之人所以寵靈史氏，一本無「寵靈史氏」。鎮撫王室，一本「室」下有「留睨史氏」四字。以增天府之重，則一本「則」下有「必」字。可知也。曰：後之人必有如京師以觀吾書者焉，則太史公之志也。若夫高騫遠引，抱道以逝，矢孤往於名山，含薄懟於卿士，身隱矣，焉用文之？介之推之所笑，師瞽適河海一本「海」作「漢」。者之所蹈，淮南賓客，所以向山中而招王孫者也，則太史公之所不爲。

〔自序：少梁更名夏昜，地理志左馮翊夏昜注：龍門在其北，故太史公是左馮翊人也。劉知幾史通作昜夏，誤。自記。〕㊃

——定盦續集

* 又題太史公書副在京師說。疑此篇原與尊史、古史鉤沈論二（尊史二）爲一組。

㊀ 史記自序：「藏之名山，副在京師。」無「傳之其人」一句。司馬遷報任少卿書：「藏之名山，傳之其人。」無「副在京師」一句。

㊁ 龔定盦集外文稿本：「其兩世師友……。」此句無「取」、「所」兩字，是。

㊂ 史記自序：「受易於楊何。」此作「田何」，誤。

㊃ 自刻本附此自記，吳刻本删去。茲據增補。

尊命

儒家之言，以天爲宗，以命爲極，以事父事君爲踐履。君有父之嚴，有天之威；有可知，有弗可知，而範圍乎我之生。君之言，唐、虞謂之命，周亦謂之命；龍所官，仲山甫所職，君子顧其名，紬繹其義焉。夫天，寒、暑、風、雨、露、雷必信，一本「信」下有「降殃、降祥，福善禍淫必信」十字。則天不高矣；寒、暑、風、雨、露、雷必不信，一本「信」下有「禍福必不信」五字。則天又不高矣。傳曰：「山川而能語，葬師食無所；肺腑而能語，醫師色如土。」㊀後之儒者，視其君，曾一本無「曾」字。不如葬者之尊山川，病者之尊其肺腑，一本「腑」下有「于是又有忠臣謹士者出焉」十一字。其於君也，有等夷之心，有吾欲云云之志。曰：吾欲吾君之通古今之故，實欲以自售其學；欲吾君之燭萬物之隱，實欲以自通其情；欲君之賞罰予奪，不爽於毫髮，實欲以自償其功。其於君也，欲昭昭爆爆，如貿易者之執券而適於市，褻君嫚君孰甚！夏道尊命，孔子罕言天道，若臣豈未聞？意若曰：君之尊不至此極也。儒者平日多言安命矣，平日尊數過於尊理遠矣，何以出而一本「而」下有「事君」二字。視君，如理不如數？若臣曰：夏暑雨，冬祈寒，㊁ 天府怨，君不可以受怨。應之曰：寒暑有一本「有」作「胥」。怨，天之所以多憾，天之所以大也。汝將使四婦無憾而爲君，大君將日日就國之人而弭其怨，君其替哉！若臣又曰：子之術，趙高之術也，以未兆爲朕。應之曰：趙高匿其君以爲尊君，吾之術，使君無日不與天下相見以尊君。一本無以上八句。天命曰一本「曰」作「日」。流行，君命曰一本「曰」作「日」。出內，不得詆我以趙高。一本無「不得詆我以趙高」七字。是故若飛若蟄，悶悶默默，應其不可測，如魚泳於川，惟大氣之所盤旋，如木之聽榮枯於四時，蠢蠢傀傀，安其不可知。

——定盦續集

㊀ 此四句，見楊慎輯古今諺所收方回山經引相冢書，非見經傳。

㊁「冬祈寒」，案禮記緇衣：「夏暑雨，冬祁寒。」諸本作「祈」，皆誤。

尊命二

夫六經之稱命罕矣，獨詩屢稱命，皆言妃匹之際，帷房之故者也。文王取有莘氏之女姒氏，生九男，夫婦並聖。唯此神聖，克劵靈命，命以莫不正。詩人莊言之，又夷易言之曰：「有命自天，命此文王，于周于京，纘女維莘。」南國之夫人，有不妒忌之德，使衆妾以禮進御于君；衆妾則微言之，又稍稍感慨而言之，曰：「肅肅宵征，夙夜在公，實命不同。」曰：「抱衾與裯，實命不猶。」此命之無如何，而不失爲正命者也，乃有無如何而不受命者矣，不受命而卒無如何者矣。詩人則刺之曰：「乃如之人也，懷昏姻也，大無信也，不知命也。」其言有嫉焉，有懟焉，抑亦有欷歔焉，抑亦似有憾於無如何之命而卒不敢悍然以怨焉！之三詩者，可以盡天下萬世妃匹之際，帷房之故之若正若不正。漢司馬遷引而申之，於其序外戚也，言命者四，言之皆累欷。一本「欷」作「欲」。善乎遷之能讀三百篇，闡幽微，告萬世也。三百篇之世暨遷之世，天竺法未東，命之正，命之無如何，又各有其本，因是已，緣是已，宿生是已，詩人、司馬遷，惜乎其皆未聞之。未聞之而不能不立一說，使正者受，不正者亦受，無如何者亦受，強名之曰命。總人事之千變萬化，而強諉之曰命，雖不及天竺書，要之儒者之立言，覺世而牖民，莫善于此，莫善于此！或問之曰：傳曰：「發乎情，止乎禮義。」其言何若？應之曰：子莊言之，我姑誕言之；子質言之，我姑迂言之。夫我也，則發於情，止於命而已矣。

——定盦文集補編

尊任

周禮：「以九兩繫邦國之民，八曰友以任得民。」又曰：「以六行教萬民：孝、友、睦、婣、任、卹。」杜子春曰：「任，任朋友之事者。」周爵五等，公、侯、伯、子、男。男，任也；子，以穀璧養人；男，以蒲璧安人。曾子曰：

「士不可以不弘毅，任重而道遠。」任也者，俠之先聲也。古亦謂之任俠，俠起先秦間，任則三代有之。俠尚意氣，恩怨太明，儒者或不肯爲；任則周公與曾子之道也。世之衰，患難不相急，豪傑惲患難，則正言莊色厚貌以益勠之；雖有骨肉之恩，夙所卵翼之子，飄然絕裾，遠引事外。雖然，豪傑則曰：吾惲患難，而呼號求援手於庸人，豈復爲豪傑哉！其言則曰：應龍入眢井，不瞑目以待鰍鱓之飽龍肉，而睫淚以哀井上之居民，豈得爲應龍也哉！萬一卒不死，或者天神憑焉。道家者之書有之曰：「活一大賢者，功視活凡夫九十萬億；活一聖人，功視活凡夫九萬萬億。」吾友陽城令桂林李公則曰：禮曰：「弔人弗能賻，㊀弗問其所費，問疾弗能遺，弗問其所欲，見人弗能館，弗問其所舍。」吾補禮文之闕，則亦曰：見患難弗能救，弗咨其所以致患難。其言取風示末世，粹然愾然。嗚呼！應龍之譬也肆，俠者之氣縱，道家之言詭，皆非周公、曾子法。李公儒者也，古之任者也，言如是，言之感慨盡如是，是亦足矣。吾又聞之，廣西實天下之高山大川，氣蒼蒼莽莽，不爲中原豔滑所中；李公行畢如其言，山川然也。

——定盦續集

㊀禮記曲禮：「弔喪弗能賻。」

尊隱

將與汝枕高林，藉豐草，去沮洳，即犖确，第四時之榮木，矚九州之神（一本「神」作「縣」。）皋，而從我嬉其間，則可謂山中之傲民也已矣。仁心爲幹，古義爲根，九流爲華實，百氏爲杝藩，枝葉昌洋，不可殫論，而從我嬉其間，則可謂山中之悴民也巳矣。聞之古史氏矣，君子所大者生也，所大乎其生者時也。是故歲有三時：一曰發時，二曰怒時，三曰威時；日有三時，一曰蚤時，二曰午時，三曰昏時。夫日胎於溟涬，浴於東海，徘徊於華林，軒轅於高閎，照曜人之新沐濯，滄滄涼涼，不炎其光，吸引清氣，宜君宜王，丁此也以有國，而君子適生之，入境而問之，天下法宗禮族歸心，鬼歸祀，大川歸道，百寶萬貨，人功精英，不翼而飛，府於京師，山林冥冥，但有鄙夫、皁隸所家，虎豹食之，曾不足悲。日之亭午，乃炎炎一本二「炎」字。其光，五色文明，吸飲和氣，宜君宜王，丁此也以有國，而君子適生之，入境而問之，天下法宗禮族修心，鬼修祀，大川修道，百寶萬貨，奔命湳塞，喘車牛如京師，山林冥冥，但有窒士，天命不猶，與一本「與」作「俱」。草木死。日之將夕，悲風驟至，人思燈燭，慘慘目光，吸飲莫氣，與夢爲鄰，未即於牀，丁此也以有國，而君子適生之，不生王家，不生其元妃、嬪嬙之家，不生所世世一本二「世」字。豢之家，從山川來，止于郊。而問之曰：何哉？古先册書，聖智心肝，人功精英，百工魁傑所成，如京師，京師弗受也，非但不受，又裂而磔之。醜類窳呰，一本「窳呰」作「呰窳」。詐僞不材，是輦是任，是以爲生資，則百寶咸怨，怨則反其野矣。貴人故家蒸嘗一本「嘗」下有「磐石」二字。之宗，一本「宗」下有「爐」字。不樂守先人一本無「人」字。之所予重器，不樂守先人一本無「人」字。之所予重器，㊀則窶人一本「人」作「者」。子一本無「子」字。篡之，一本「之」下有「去」字。則京師之氣洩，京師之氣洩，則府于野矣。一本無「矣」字。如是則京師貧；京師貧，則四山實矣。㊁古先册書，聖智心肝，不留京師，蒸嘗之宗之〔子〕㊂孫，見聞媕婀，則京師賤；賤，則山中之民，有自公侯者矣。如是則豪傑輕量京師；輕量京師，則山中之勢重矣。如是則京師如鼠壤；如鼠壤，則山中之壁壘堅矣。京師之日〔苦〕㊃短，山中之日長矣。風惡，水泉惡，塵霾惡，山中泊然而和，冽然而淸矣。人攘臂失度，啾啾如蠅虻，則山中戒而相與修嫺靡矣。朝士寡助失親，則山中之民，一嘯百吟，一呻百問疾矣。朝士傺焉偷息，簡焉偷活，側焉徨徨商去留，則山中之歲月定矣。多暴侯者，過山中者，生鐘簴之思矣。童孫叫呼，過山中者，祝壽耇之毋遽死矣。其祖宗曰：我無餘榮焉，我以汝為殿矣。其山林之神曰：我無餘怒焉。我以汝為殿矣。一本無以上五句。俄焉寂然，燈燭無光，不聞餘言，但聞鼾聲，夜之漫漫，鶡旦不鳴，則山中之民，有大音聲起，天地為之鐘鼓，神人為之波濤矣。是故民之醜生，一縱一橫。旦暮為縱，居處為橫，百世為縱，一世為橫，橫收其實，縱收其名。之民也，壑者歟？邱者歟？垤者歟？避其實者歟？能大其生以察三時，以寵靈史氏，將不謂之橫天地之隱歟？聞之史氏矣，曰：一本無「曰」字。百媚一本「媚」作「娟」。夫，不如一猖一本「猖」作「狂」。夫也；百酣一本「酣」作「傲」。民，不如一瘁民㊄也；一本「也」下有「有」字。百瘁民，不如一之民也。則又問一本「問」下有「之」字。曰：之民也，有待者耶？無待者耶？應之曰：有待。孰待？待後史氏。孰為無待？應之曰：其聲無聲，其行無名，大憂無蹊轍，大患無畔涯，大傲若折，大瘁若息，居之無形，光景煜爚，捕之杳冥，後史氏欲求之，七反而無所一本無「所」字。睹也。悲夫悲夫！一本無「悲夫悲夫」四字。夫是以又謂之縱之隱。㊅

——定盦續集

㊀ 龔定盦集外文稿本：「則不暇問先之所予重器，不暇問先之所予重器。」與諸本異。

㊁ 同上：「則窶者奪之去，則京師貧。京師貧，則四山實矣。京師之氣洩，洩則府于野。」與諸本異。

㊂㊃ 據龔定盦集外文稿本增補之。

㊄同上：「不如一狂夫也，有百狂夫，不如一婞民也，有百婞民，不如一傲民也。」與諸本異。

㊅王文濡校編本獨據集外文尊隱，未采諸本異同。案集外文亦非定稿。

宥情*

甲、乙、丙、丁、戊相與言。甲曰，有士於此，其於哀樂也，沈沈然，言之而不厭，是何若？乙曰：是媟嫚之民也。許慎曰：「情，人之陰氣有欲者也。」聖人不然，淸明而彊毅，無畔援，無歆羨，以其旦陽之氣，上達於天。陰氣有欲，豈美談耶？丙請辨之，西方一本「西方」作「天竺」。之志曰：欲有三種，情欲爲上。西方一本「西方」作「天竺」。聖人，不以情爲鄙夷，子言非是。丁曰：乙以情隸欲，無以處夫哀樂之正而非欲者，且人之所以異於鐵牛、土狗、木寓龍者安在？乙非是。丙以欲隸情，將使萬物有欲，畢詭於情，而情且爲穢墟，爲罪藪，丙又非是。是以不如析言之也，西方一本「西方」作「天竺」。之志，蓋善乎其析言之矣。戊請辨之曰：西方一本「西方」作「天竺」。之志又有之，純想即飛，純情即墜，若是乎其槪而訶之也，不得言情，或貶或無貶，汝言皆非是。龔子閒居，陰氣沈沈而來襲心，不知何病，以諗江沅。江沅曰：我嘗閒居，陰氣沈沈而來襲心，不知何病。龔子則自求病於其心，心有脈，脈有見童年。見童年侍母側，見母，見一燈熒然，見一硯、一几，見一僕嫗，見一貓，見如是，見已，而吾病得矣。龔子又嘗取錢枚長短言一卷，使江沅讀。沅曰：異哉！其心朗朗乎無滓，可以逸塵埃而登靑天，惜其聲音瀏然，如擊秋玉，予始魂魄近之而哀，遠之而益哀，莫或沈之，若或墜之。龔子又內自鞫也，狀何如？曰：予童時逃塾就母時，一燈熒然，一硯、一几時，依一嫗抱一貓時，一切境未起時，一切哀樂未中時，一切語言未造時，當彼之時，亦嘗陰氣沈沈而來襲心，如今閒居時。如是鞫已，則不知此方聖人所訶歟？西方一本「西方」作「天竺」。聖人所訶歟？甲、乙、丙、丁、戊五氏者，孰黨我歟？孰詬我歟？姑自宥也，以待夫覆鞫之者。作宥情。

——定盦續集

*自刻本存目网摩氏之疾，疑即此。

涼燠

或問：一本「問」下有「龔子曰」三字。子之言何一本無「何」字。數涼而數燠一本「燠」下有「何」字。「燠」作「奧」。也？告之曰：吾未始欲言也。吾言如治疾，燠疾至，涼之；涼疾至，燠之。亦有不言，則其無疾者也。無疾者賢乎？曰：否！有疾賢。疾淺賢乎？疾深賢乎？曰：疾深者賢。大人之言，有判有純；大人之行，有襮一本「襮」作「表」。有裏，行有堂，有門，有室，有閫，有窔。終身與至人居，行至人之行，見其門而已矣，及堂者寡矣。有門之窔，亦有窔之門，與居者始而昭昭，久而益悶，至人於人何吝哉？自入之而已矣。惟至人能皆由人之窔，有勿由，隨其門而門也，隨其堂而堂也，非弗能由也。至人有言曰：惟吾爲能勿驚。人善驚者，弗明也，弗平也，弗定也。言乎至人之側，顯晦至，畢明焉；高下至，畢平焉；順逆至，畢定焉。非人之情，則容有弗識之矣，所言天與人之間之情也，則盡識之矣，夫何驚之有？言之則何疑之有？古之至人，皆未始欲言也，至人之言人情不得已，故雖導原於至人之心，不雜以至人之言，不原於至心則無本，雜以至言則勿用，雜以至言則勿尊，若其至心，則弗欲言已。大言若雨，百木一雨而異長；大言若規，百隅一規而異用。至言無吟歎，至行無反側，大行無畔涯。行有盜，貌有盜，聲有盜。魯君之宋，呼於垤澤之門，門者弗應。其應者曰：吾君之聲也，此聲也已。夫甲氏之聲，猶夫乙氏之聲，夫乙氏之聲，猶夫丙氏之聲，一呼而不一本「不」作「百」。應，則非聲，聲之盜已。或問一本「問」作「間」。不盜，則聲至寡，貌至拘，色至壹。一本「壹」下有「至人」二字。曰：聲戚自如，聲喜自如，聲喜戚半自如，至足矣，是壹而萬也，何拘寡之有？古人之言之蹟，可以信乎？一本「乎」下有「至人」二字。曰：起於意者，心聲之而已岐也；起於心者，吻達之而已譌也；起於吻者，筆追之而已遁也。矧古人之言之蹟，可信者其幾？龔子請言罔摩氏：罔摩氏樹木，七年而不華，或憂之。智者曰：毋憂！華參於天。胥摩氏亦樹木，三日而中柱，其荄也，一日而英，三日而華，七日而華參天，或憂其早成。至人曰：子以、桃、李、柞、柘之愛，愛吾木也，子第以罔摩氏之木愛吾木，且猶不可。越十旬，胥摩氏猶屏營而憂木，自憂其不成，其成也，必弗可識已。龔子請言羣神，羣神朝於天，帝曰：觴之。帝之司觴，執簡記而簿之，三千秋而簿不成，帝問焉，曰：皆有舁之輿者。帝曰：舁者亦簿之。七千秋而簿不成，帝又問焉，乃反於帝曰：舁之輿者，又皆有其舁之者。帝默然而息，不果觴。

——定盦續集

論私

朝大夫有受朋友之請謁，翌晨，訐其友於朝，獲直聲者，矜其同官曰：某甲可謂大公無私也已。龔子聞之，退而與龔子之徒縱論私義。問曰：敢問私者何所始也？告之曰：天有閏月，以處贏縮之度，氣盈朔虛，夏有涼風，冬有燠日，天有私也；地有畸零華離，爲附庸閒田，地有私也；日月不照人牀闥之內，日月有私也。聖帝哲后，明詔大號，劬勞於在原，咨嗟於在廟，史臣書之。究其所爲之實，亦不過曰：庇我子孫，保我國家而已，何以不愛他人之國家，而愛其國家？何以不庇他人之子孫，而庇其子孫？且夫忠臣憂悲，孝子涕淚，寡妻守雌，扞門戶，保家世，聖哲之所哀，古今之所懿，史册之所紀，詩歌之所作。忠臣何以不忠他人之君，而忠其君？孝子何以不慈他人之親，而慈其親？寡妻貞婦何以不公此身於都市，乃私自貞私自葆也？且夫子噲，天下之至公也，以八百年之燕，欲予子之。漢哀帝，天下之至公也，高皇帝之艱難，二百祀之增功累胙，帝不愛之，欲以予董賢。由斯以譚，此二主者，其視文、武、成、康、周公，豈不聖哉？由斯以譚，孟子車氏。一本「子」下無「車氏」兩字。其言天下之私言也，乃曰：「人人親其親，長其長而天下平。」且夫墨翟，天下之至公無私也，兼愛無差等，孟子以爲無父。楊朱，天下之至公無私也，拔一毛利天下不爲，豈復有干以私者？豈復舍我而徇人之謁者？孟氏以爲無君。且今之大公無私者，有楊、墨之賢耶？楊不爲墨，墨不爲楊，乃今以墨之理，濟楊之行；乃宗子噲，肖漢哀；乃議武王、周公，斥孟軻，乃別闢一天地日月以自處。且夫狸交禽媾，不避人於白晝，無私也。若人則必有閨闥之蔽，房帷之設，枕席之匿，赬頩之拒矣。禽之相交，徑直何私？孰疏孰親，一視無差。尚不知父子，何有朋友？若人則必有孰薄孰厚之氣誼，因有過從讌游，相援相引，款曲燕私之事矣。今曰大公無私，則人耶，則禽耶？七月之詩人曰：「言私其豵，獻豜于公。」先私而後公也。大田之詩人曰：「雨我公田，遂及我私。」楚茨之詩人曰：「備言燕私。」先公而後私也。采蘋之詩人曰：「被之僮僮，夙夜在公，被之祁祁，薄言還歸。」㊀公私並舉之也。羔羊之詩人曰：「羔羊之皮，素絲五紽，退食自公，委蛇委蛇。」公私互舉之也。論語記孔子之私覿。乃如吾大夫言，則魯論以私覿誣孔氏。乃如吾大夫言，羔羊之大夫可以誅，采蘋㊁之夫人可以廢，大田、楚茨之詩人可以流，七月之詩人可以服上刑。

——定盦續集

㊀此四句引自采蘩，此記誤。

㊁采蘋應作采蘩。

抱小

古之躬仁孝，內行完備，宜以人師祀者，未嘗以聖賢自處也，自處學者。未嘗以父兄師保自處也，自處子弟。自處子弟，故終身治小學。小學者，子弟之學；學之以侍父兄師保之側，以侍父兄師保之顧問者也。孔子曰：入則孝，出則弟，有餘力以學文。學文之事，求之也必劬，獲之也必創，證之也必廣，說之也必澀。不敢病迂也，不敢病瑣也。求之不劬則粗，獲之不創則剿，證之不廣則不信，說之不澀則不忠，病其迂與瑣也則不成。其爲人也，淳古之至，故樸拙之至；樸拙之至，故退讓之至；退讓之至，故思慮之至；思慮之至，故完密之至；完密之至，故無所苟之至；無所苟之至，故精微之至。小學之事，與仁、愛、孝、弟之行，一以貫之已矣。若夫天命之奧，大道之任，窮理盡性之謀，高明廣大之用，不曰不可得問，則曰俟異日，否則曰：我姑整齊是，姑抱是，以俟來者。自珍謹求之本朝，則有金壇段㊀公七十喪親，如孺子哀，八十祭先，未嘗不哭泣，八十時讀書，未嘗不危坐，坐臥有尺寸，未嘗失之，平生箸書，以小學名。高郵王尚書㊁六十五喪親，如孺子哀，平生箸書，以小學名。是既然矣。自珍又求之古史，萬石君以孝謹稱，其言曰：「書馬者四足與尾而五。」顏之推仁孝好學，其言形聲訓詁，著在家訓。是又然矣。而漢臣班固作藝文志，爾雅、小爾雅、古今字，隸孝經家，固先我窺見此者，志則然。

——定盦續集

㊀段玉裁，詳明良論注。

㊁王引之，詳工部尚書高郵王文簡公墓表銘。

臣里

臣與臣里相訴也，臣里自宲其語言，其言曰：夫畀之而榮，喪之而辱，升之九天而喜，沈之九淵而慍，吾圈行卑賤，而以權予上，亦貌委蛇而已矣，吾中豈有是哉？臣窺之，食不忘瞽宗之牲，坐不忘栗主之祝，口飴而手勸，不忘殊衣冠者之頌說已，坐是得心疾。臣訴之曰：請徵子之客籍。夫子之客籍，一本無此五字。有一世之名者，有三世之名矣，有三世之名者，有十世之名矣。夫喜而不春，怒而不夏，愁苦而不秋，晦盲儇輕，少而苟，壯而脆，老而獷，黃帝之所謂痺民也者，盡子之客也，汝師保此名也矣。三世耳相續，三世目相續，三世心知相續，祉鬼護之，其爽十世；水不溺，火不燒，雷霆不求，其爽百世。麟、鳳、狗不並續，不知動類大也；芝朮、灌木不並續，不知植類衆也；珠玉、黃鐘、虎子、威斜不並壽，不知古器之賾；瘅民之言，不與聖智之言並壽，不知古名姓之博。且吾聞周以前，上溯結繩，年多事少，隸令刊令之箸錄，不百家矣；史佚、仲尼、司馬遷、劉向之威靈，竟弗庇之矣！古之宲語言之鬼，其哭於淵，訴於天，憑神於寫官契令，祟誰氏之孫哉？臣里乃訴臣曰：汝之言孤，汝不祥人也。臣應之曰：百世爲縱，一世爲横；臣孤於縱，不孤於横；臣媚於去馬來驢；臣目盱睢；臣不媚蠹魚。且吾聞之，宲身莫如定，信道莫如篤；觀古今莫如通；篤以定通，臣且受大福。乃又訴臣曰：汝之術，善給者也，汝貌給，言給，出處給，浮湛而不任其勞，彼司福之主，其卒爲汝給。於是臣無以應。臣姑趄其疾，畀焉勿榮，喪焉勿辱，升之九天勿喜，沈之九淵勿慍。汝之術博矣。何但取以待富貴之權藉者哉？

——定盦續集

廬之推

今有一人縗絰，一人絃歌，一人和之，以如喪者之側，無恤無忌，發於其心而無僞。雖無僞，喪者寧無恨此人耶？又有一人縗絰，一人助之號，一人敎之喪禮，不盡發於其心而僞。雖僞，喪者寧無感此人耶？士之父母死，志其未成之志，竟其所有事之事。疾病、寒暖、飢餓，必以告，我孺子也，人給我必以告，吾心中之親，未嘗一夕死者也。天下之人曰：不聞吾親之聲矣！不見吾親之容矣！始死，人來唁，或助之號，或敎之喪禮，或稱述德而慕思，或聞而震駭；比其祥，比其墓，曾不能以一瞚，而言者弗震駭，曰：是死久矣！天之行莫速於是；固然已矣，宜然已矣，人之變莫蹙於是。是故人死吾親也而哀，人久吾親之死也而益哀。夫何爲其哀也？哀莫推也。廬之禮，必睦其鄰。富貴也，多財以分之，必稱死者之賜；賤貧也，薪負之，筋力同之，必稱吾親之力。歲時日月上飲食，多樹之雜華，墓廬一動擧，悉本其故於死者，不使三月無聞吾親之名；則一方之民，羣然奉吾親之冢棺槨，如方之小神。如方之小神，則言說於是，心志於是，耳目於是矣。士稱述親之賜，則必與鄰之幼稚子一本無「子」字。言之；父老神吾親者死，則幼稚續，且重先入之言，如是則必沒吾躬，及吾子孫矣。是故士之父母死，春亦其春，夏亦其夏，秋冬亦其秋冬。一本「秋冬亦其秋冬」作「秋亦其秋，冬亦其冬」。士之德盛者，能知聖人。聖人者，合萬國之歡心，以祀其先王，大命必於廟，其始升歌曰：「濟濟多士，秉文之德。」而卒稱無斁於人，以如將萬年焉，由此其推也。

——定盦續集

保甲正名

嘉慶十九年冬，奉上諭行保甲法，大吏下其條目於所司，大略云：懸牌於門，書長若幼之姓名、年齒；有習邪教者，準五家首之，無則五家連環具甘結。地方官一歲兩次編稽核之，申報上司。龔自珍曰：一本「曰」下有「讀之」二字。此周禮相保法也。相保，猶相受、相賙、相賓也，非保甲法。保甲法孰爲之？宋臣王安石爲之。其條目如何？曰：新法每十家籍二丁，授以弓弩，教之戰陣。嗚呼！周禮固無是矣。三代以上，兵民不分，弓弩戰陣，有教之者，而非司徒之事。司徒之官，則無此文。保自保，戰自戰，不得合爲一。傳曰：「家不藏甲。」卿大夫之家，尚不藏甲，編戶齊民，何有甲之名？三代以降，兵民分。朝廷旣養民一本「民」作「兵」。以衞民矣，事勢畫一，民不宜更以武力自衞。民當尊君親上，問雞犬田器而已。宋臣呂祖謙之箋周禮曰：「五家相保，則奇邪不混迹其中。」王守仁之與父老約：曰孝弟謙和，曰謹門戶，曰門牌不實不盡者罪家長。如此而已。夫射雖六藝之一，安得盡天下男子而知射？亦猶書、數居六藝之一，安得盡天下男子而知書、數乎哉？十家環堵宴然，爲地幾何，何以爲演武之地？十家各有生計瑣屑，鄉飲讀法，近世尚以爲煩擾不足行，安得講武之暇？十家各授弓弩，盡東南竹箭，不能給弓弩之材。十家二丁，謂之兵乎？謂之民乎？謂之民，則十家有在官之庶人二，不農不賈以習戰，必亂民也；謂之兵乎？則不如明增兵額。是故安石新法竟不行，使不幸眞行，則明季以來閩、粤械鬥之風，宋世早有之；不但閩、粤，且徧寰中，寰中何能一日安？故曰：王安石之法，非古非今，古今亦無曾試之者。聖世所用，實是周禮，而用王安石之名，大不可也，宜改曰五家相保法。或問曰：王安石〔法〕，㊀信如人口譏議者耶？答曰：何爲其然？安石心三代之心，學三代之學，欲敎訓天下之人材，畢成三代之材者也。但其慮疏，其目疏，故集天下之口。

——定盦續集

㊀吳刻本作墨丁。王文濡校編本、扶輪社本無墨丁，非是。茲據邃漢齋校訂本增補之。

地丁正名

國朝有實則堯舜而名則漢武帝者一焉，地丁是也。古者田曰賦，以田計也；關市曰稅，以貨計也；口賦亦曰賦，以人計矣。以田計者上古法，以貨計者中古法，以人計者，董仲舒曰商鞅法，貢禹則曰實漢法。我仁皇帝永免滋生人口之賦，一本「賦」下有「除丁賦」三字。并入地賦，有賜蠲、賜緩、賜賑，而無賜復。寰海之內，無一人不復者也，仁莫大焉！事莫簡一本「簡」下有「易」字。焉！詩曰：「思文后稷，克配彼天。粒我烝民，莫非爾極。」我仁皇帝革二千年之苛政，此配天之實也。其實如此，其名未改，邸鈔、搢紳書，仍稱地丁，是實后稷而名商鞅、漢武也，名當亟正者此也。或問之曰：我朝取於民者，殺前古遠甚；鄉愚無見聞，又不讀史，則不知朝家百典千式萬官億條例所出，視前古豐殺汚隆何如也？告之曰：國家萬年，毋敢議所以嬴於入者，然而不禁議所以嗇於出者，僕嘗私憂焉，又私議焉，茲不宣也。

——定盦續集

撰四等十儀

凡生民四體之盤蹙、高卑、遲速以行禮，其別有三：一曰坐，二曰立，三曰跪。立然後揖，揖之別則有三。跪然後拜，古亦兼謂揖爲拜，拜之別有九。凡朝之等有四：曰常朝，曰大朝，曰禮食，曰通行。凡常朝之儀又有三：一曰主坐臣亦一本無「亦」字。坐，二曰主立臣亦一本無「亦」字。立，三曰主坐臣立。

一曰：主坐臣亦一本無「亦」字。坐，於載籍有徵者如干事。

徵曰：攷工記曰：「坐而論道，謂之三公。」漢官儀曰：「御史大夫、尚書令、司隸校尉，皆專席坐，謂之三獨坐。」他若賈生夜見孝文，爲之前席；王常有功，光武詔其離坐；戴憑說經於東京，正旦有奪席之榮；

范質戶位於北宋，宰相有徹坐之辱。若斯之類，蓋繁博矣。

二曰：主立臣亦（一本無「亦」字。）立，於載籍有徵者如干事。

徵曰：曲禮曰：「主佩倚則臣佩垂，主佩垂則臣佩委。」春秋傳曰：「孔父正色而立於朝，則人莫敢致難於其君。」周禮：（一本無「禮」字，有「官司儀」三字。）「天揖同姓，土揖異（一本「異」作「庶」。）姓，時揖庶（一本「庶」作「異」。）姓。」又太僕：「王眡朝則前，正位而退。」鄭玄說之曰：「王既立。」許慎說文解字曰：「位，從立。」

三曰：主坐臣立，於載籍有徵者如干事。

徵曰：書顧命：「凭玉几。」康王之誥：「太保暨芮伯咸進相揖。」又曰：「羣公既皆聽命，相揖趨出。」他若與羣臣決事，徵秦皇之本記。倚立求決，徵梁武之詔書。語其主則非令，語其世則去古未遠。

大朝之儀又有三：一曰主立臣立，二曰主坐臣坐，三曰主坐臣立。

一曰：主立臣立，於載籍有徵者如干事。

徵曰：曲禮：「天子當依而立，諸侯北面而見天子曰覲；天子當宁而立，諸公東面、諸侯西面曰朝。」明堂位：「天子負斧扆，南面而立。」太史公書叔孫通傳：「功臣、列侯、將軍、軍吏陳西面東鄉，文官丞相以下至六百石陳東面西鄉。」

二曰：主坐臣坐，於載籍有徵者如干事。

徵曰：叔孫通傳曰：「諸侍坐殿上，皆伏抑首。」漢官儀曰：「司徒府中，有天子以下大會殿，如古外朝，以決大事也。」

三曰：主坐臣立，於載籍有徵者如干事。

徵曰：周禮一本「禮」作「官」。「司士，正朝儀之位，辨其貴賤之等。」「朝士掌建邦外朝之法，左九棘，孤卿位焉，羣士在其後，右九棘，公、侯、伯、子、男位焉，羣吏在其後，面三槐，三公位焉，州長衆庶在其後。」

其通行於大朝常朝者一事，曰：主立臣拜。主立臣拜，載籍繁不可具徵也。

又通行於大朝常朝者一事，曰臣拜起仍就列立。臣拜起仍就列立，載籍繁不可具徵也。

至於燕饗皆謂之禮食。禮食之儀有二，一曰主立臣立，二曰主坐臣坐。

一曰：主立臣立，於載籍有徵者一事。

徵曰：國語曰：「禮之立成者爲飫。」

二曰：主坐臣坐。主坐臣坐，載籍繁不可具徵也。

夫是之謂朝廷之四等十儀。古柱下之裔官，纂而志之云。

——定盦續集

祀典雜議五首*

一、昔者人倫之始，五品之事，實大聖之所造，一飲一食，猶思報本。疇非聖之百姓，曾是人倫攸始而無報耶？今法於古之聖人，既一本「既」作「則」。皆報之矣。黄帝、堯、舜、禹、湯，則於歷代帝王廟，文王則於傳心殿，武王則於帝王廟，孔子則於學，后稷則於壇，皋陶、伯益、伊尹、周公，則於帝王廟之東西廡，獨契無祀。議者爲一本「爲」作「雖」。之說一本無「說」字。曰：契當祀矣！無祀之之處，稷、契之孫，皆有天下，商、周之王坐於堂，反令其祖配食於廡，不便！是故祀稷於壇，則不復於廡；契則闕之。應之曰：稷、契之在廡，配堯、舜，非配商、周也。子孫身爲王，坐於堂，一本「堂」作「上」。祖不身爲王，坐於廡，一本「廡」作「下」。奚不可者？契宜增祀，稷亦無嫌復祀。又一議曰：今法，各學有崇聖祠，褒孔子五世，而契爲孔子之一本無「之」字。太祖，宜升契於崇聖祠，正坐南向，肇聖王以下五位，配享，東西向。斯一本「斯」作「之」。言也，猶賢於闕之之說。

一、今法，自京師及外一本「外」作「府」。州縣，皆有文昌帝君祠，曰：是司科名之得失者。科名果有神，宜夫求科名者自祠之，不必官爲一本「官爲」作「朝廷代爲」。立祠。祠之之徒曰：一本「曰」下有「是」字。斗魁戴匡六星，在周禮一本「禮」作「官」。祀，是一本無「是」字。第四、第五星；吾曹仿周禮一本「禮」作「官」。遺意而變通之，祀其第六星，無不可者。嗚呼！志科名者，志祿而已耶？言甚鄙，不可以爲訓。又曰：帝君即張星也。一本無「也」字。又曰：梓潼神姓張名亞子者也。謹求之經傳，天官書：文昌六星，非張星；張星非文昌六星；張，爲二十八宿之一，不當有特祀。梓潼張亞子見於小說家、詞賦家，或曰人也，或曰非人也，一本無以上二句。不足深論，不宜在命祀。三說者，屢變屢遁，而卒不相合。一本無以上四句●要之三言皆一本無「三言皆」三字。不中律令。帝君之稱，出於一本無「於」字。符醮靑詞家，益悖律令。官給太牢，春秋跪拜惟謹，恐後世大一本無「大」字●姍笑，宜罷之。

一、棨會典，歷代帝王廟，見在配享名臣若干，一本「干」下有「人」字。謹條其應增入者十八人一本「十八人」作

「二十一人」。如左：

唐增四岳。

虞增稷、契。

夏增靡。

商增伊陟、甘盤。

周增一本「增」下有「周公」二字。共伯、和伯。一本「和伯」上有「召公」二字。共、和是二人，非一人，予別有攷。一本無「共、和是二人，非一人，予別有攷」十二字。

漢增霍光、趙充國。東漢一本無「東漢」二字。增一本無「增」字。杜喬、李固。

宋增王旦。

遼一本「遼」上有「元」字。增耶律隆運、蕭翰。一本此下有「元增哈剌哈孫」。

明增一本下有「楊溥、謝遷」四字。劉健、王守仁、熊廷弼。

此十八人者，一本「者」下有「以上所列諸臣，或以德，或以功」。或佐創，或佐守，或佐中興，或仕末造，不宜闕。至於歷代之臣，有盡瘁末造者，雖於歷數無補，其人可重，應否增祀，宜付禮臣更核議。

一、今法，自太學至府州一本無「州」字。縣學，一本「學」下有「獨」字。祀孔子爲先師。一本「師」下有「而」字。孔子弟子配享在位，皆曰：法備矣，禮其殫矣，歷千有餘載而莫之或思也。竊嘗攷之三代之遺文，在文王世子一本「子」下有「則」字。曰：「凡學，春官釋奠於其先師，秋冬亦如之。」又曰：「凡始立學者，必釋奠於先聖先師，及行事，必以幣。」在祭義曰：「祀先賢於西學，以教諸侯之德。」一本「德」下有「則」字。周官大司樂曰：「凡有道者、有德者，死則以爲樂祖，祭於瞽宗。」是皆周禮。然則孔子以前，固嘗有先聖、先賢、先師矣。創物前民曰聖，躬行孝悌曰賢，守文抱道曰師，一本「師」下有「今」字。皆蔑之，是曠神祀而違經典也。難者曰：宰我曰：「以予觀於夫子，賢於堯舜遠矣。」是故孔子既生，而孔子以前一本「前」下有「之」字。先師賢人可以廢。應之曰：非是！孔子述而不作，信而好古，子貢以爲焉不學。一本「學」下有「是」字。孔子雖大聖，大聖一本「大聖」作「人」。亦尊古者也。正考父定詩以傳恭，稱曰自古；古一本無「古」字。曰在昔，昔一本無「昔」字。曰先民。禮曰：「有其舉之，莫敢廢也。」又曰：「三代之祭也，先河而後海，或源也，或委也，此之謂知本。」㊀皆孔子之志也。聖者雖有天下，功德爲百世祖，猶且考一本「考」作「用」。三王，一本「王」作「正」。存三統，奉二王之後，與己而三，毋是傲棄，以章文質循環之大本。孔子以布衣修百王之業，總羣言之歸，一本「歸」下有「以」字。承羣聖之後，倘不自是，則一本「則」作「猶」。問禮於老聃，問官於郯子，問樂於師襄。同時之人，折節相師。不有前事，聖將安託？夫以孔子爲海，而先賢、先師則河也；以孔子當興王，而先賢、先師則二王也；若一本「若」作「奈」。之何蔑之也？孔子弟子，通六藝之文者，皆一本下有「得」字。立主於孔子之堂，於東於西，享用少牢，小大稽首。而孔子以前之聖賢，一本下有「自」字。孔子一本下有「出而」二字。奪其祀，夫一本「夫」下有「亦」字。非孔子之所安也。竊謂宜別立先賢祠，自京師始，逮一本「逮」下有「乎」字。各行省，每府一祠，用少牢。攷孔子以前之有道者，有德者，以孔子同時之賢人君子，非門弟子者附焉。方今休隆時，正宜差等百王，攷鏡羣籍，召萬靈之祐，錫九流之福。傳曰吉祥善事，其斯之謂矣。難者一本「者」下有「又」字。曰：德有代興，運有代去，厲山氏之有天下也，其子曰農，能殖百穀，夏之衰，周弃繼之，故祀以爲稷。祀稷而廢農，古也有徵。應之曰：古也，旱乾水溢，則變置社稷；日食，則以朱絲係社而伐鼓；王者有黜陟百神之義，故曰神主。說祭法之文者曰：湯七年旱，時所爲也，湯受天命以改人鬼之祀，古也有徵。今先聖、先賢、先師，未嘗降虐於下民，帝王安得而變置之乎？

一、祭法之變，廟制之變，自有唐始也。昔者殷有三宗；周有文、武世室；漢有高祖，有一本無「有」字。文帝爲太宗，武帝爲世宗，宣帝爲中宗；東漢有世祖，有一本無「有」字。明帝爲顯宗，章帝爲肅宗，此所謂有德有功，百世不祧者也。隋以前，祭法皆不改三代之舊，諸帝有謚而無廟號，六世即壇墠者也。有唐一代，諸帝盡有廟號，盡爲宗，一本無「盡爲宗」三字。有「夫」字。天子崇古來未有之孝，亦應一本無「應」字。創古來未有之禮，既皆在不祧之列矣。自唐以來，大抵宜合爲一廟，有一帝則增一主，四時之祭，宜皆曰一本「曰」作「如」。大祫。韓愈以下一本無「以下」二字。諸家一本作「諸人」，下有「所」字。議祭禮，援引一本「援引」作「援其」。禮記一本「記」作「經」，下有「動」字。曰：迭毁㊁曰壇，曰一本無「曰」字。墠，曰三昭三穆，曰夾室，一本無「曰夾室」三字。曰祫，曰時祭，曰祫祭之年，皆不中當代法令，一本無「令」字。此千古禮法一大變，禮家所宜知也。

——定盦續集

* 自刻本存目祀典四議，此祀典雜議五首，當後增其一。

㊀ 禮記學記：「三王之祭……此謂之務本。」

㊁ 禮記祭法、韓愈禘祫議，皆無「迭毁」二字。

西域置行省議

天下有大物，渾員曰海，四邊見之曰四海。四海之國無算數，莫大於我大清。大清國，堯以來所謂中國也。其實居地之東，東南臨海，西北不臨海，書契所能言，無有言西北海狀者。今西極微，至愛烏罕而止；北極微，至烏梁海總管治而止。若乾路，若水路，若大山小山，大川小川，若平地，皆非盛京、山東、閩、粵（一本「閩粵」作「福廣」）。版圖盡處即是海比。西域者，釋典以爲地中央，而古近謂之爲西域矣。我大清肇祖以來，宅長白之山，天以東海畀大清最先。世祖入關，盡有唐、堯以來南海，東南西北，設行省者十有八，方計二萬里，積二百萬里。古之有天下者，號稱有天下，尚不能以有一海。博聞之士，言鄭恢者擯勿信，於北則小險，望見之；於西北正西則大險，望而不見。今聖朝既全有東、南二海，又控制蒙古喀爾喀部落，於北不可謂險。高宗皇帝又應天運而生，應天運而用武，則遂能以承祖宗之兵力，兼用東南北之衆，開拓西邊，遠者距京師一萬七千里，西藩屬國尚不預，則是天遂將通西海乎？未可測矣。然而用帑數千萬，不可謂費；然而積兩朝西顧之焦勞，軍書百尺，不可謂勞；八旗子弟，綠旗疏賤，感遇而捐軀，不可謂折。然而微夫天章聖訓之示不得已，淺見愚儒，下里鄙生，幾幾以耗中事邊，疑上之智；翦人之國，滅人之嗣，赤地千里，（一本有「神武而殺」四字。）疑上之仁。否否。有天下之道，則貴乎因之而已矣。假如鄙儒言，勞者不可復息，費者不可復收，滅者不可復續，絕者不可復蘇，則亦莫如以（一本「以」作「遂」）。因之以爲功，況乎斷非如鄙儒言。因功而加續之，所憑者益厚，所藉者益大，所加者益密，則豈非天之志與高宗之志所必欲遂者哉？欲因功而續加之，則莫如酌損益之道。何謂損益之道？曰：人則損中益西，財則損西益中，兩言而已矣。今中國生齒日益繁，氣象日益隘，黃河日益爲患，大官非不憂，主上一本「主上」作「朝廷」。非不諮，而不外乎開捐例、加賦、加鹽價之議。譬如割臀以肥腦，自啖自肉，無受代者。自乾隆末年以來，官吏士民，狼艱狽蹷，不士、不農、不工、不商之人，十將五六；又或飧菸草，習邪教，取誅戮，或凍餒以死；終不肯治一寸之絲、一粒之飯以益人。承乾隆六十載太平之盛，人心慣於泰侈，風俗習於游蕩，京師其尤甚者。自京師始，概乎四方，大抵富戶變貧戶，貧戶變餓者，四民之首，奔走下賤，各省大局，岌岌乎皆不可以支月日，奚暇問年歲？嘉峪關以外，鎮將如此其相望也，戍卒如此其夥也，烽堡如此其密也。地縱數千里，部落數十支，除沙磧外，屯田總計，北纔二十三萬八千六百三十二畝，南纔四萬九千四百七十六畝，合計纔二十八萬八千一百零八畝；田丁，南北合計纔十萬三千九百零五名，加遣犯有名無實者，二百零四名。若云以西域治西域，則言之胡易易？今內地貴州一省，每歲廣東、四川，皆解餉以給。貴州無重兵，官糈兵糧，入不償出，每歲國家賠出五六萬兩至八九萬兩一本無「兩」字。不等，未嘗食貴州之利。內地如此，新疆尚何論耶？應請大募京師游食非土著之民，及直隸、山東、河南之民，陝西、甘肅之民，令西徙。除大江而南，筋力柔弱，道路險遠，易以生怨，毋庸議。雲南、貴州、兩湖、兩廣，相距亦遠，四川地廣人希，不宜再徙。山西號稱海內最富，土著者不願徙，毋庸議；雖毋庸議，而一本無「雖毋庸議而」五字。願往者皆往。一本「皆往」作「不禁」。其餘若江南省鳳、潁、淮、徐之民，及山西大同、朔平之民，亦皆性情強武，敢於行路，未驕慣於食稻衣蠶，地尚不絕遠，募之往，必願往。江西、福建兩省，一本「江西福建兩省」作「其他省」。種菸草之奸民最多，大爲害中國，宜盡行之無遺類。與其爲內地無產之民，孰若爲西邊有產之民，以耕以牧，得長其子孫哉！當行者，官給每戶盤費若干，每丁盤費若干。議聞。一本無「議聞」二字。又各省駐防旗人，生齒日繁，南漕不給，大率買米而食，買緞而衣，若遣令回旗，京師內城不能容，若再生育數年，本省費又無所底。駐防者，所以衞天朝也。八旗子弟受恩久，忠義其所性成，苟有利於天朝者，必無異心，無異議也。各將軍議酌，每大省行若干丁，中、下省行若干丁，盤費宜視民人加重，以示優厚。議聞。一本無「議聞」二字。其遷政，暫設大臣料理之，七年停止。議聞。一本無「議聞」二字。先期斬危崖，劃仄嶺，引淙泉，瀉漫壑；到西，分插南北兩路後，官給蒙古帳房一間，牛犂具，籽種備，先給大戶如干丈，中戶如干丈，下戶如干丈，不得自占。旗民同例。除沙磧不報墾外，每年，一奏開墾之數，十年，再奏總數，二十年，彙查大數。每年粟麵稞蔬，皆入其十分之一，貯於本地倉，以給糧俸；其地丁錢賦，應暫行免納，俟二十年後，再如內地交穀外，另有丁賦例。有丁賦後，再定解部額。現在交粟麵，暫勿折收銀錢，亦俟二十年後，再如內地折銀錢例。設兵部尚書、右都御史、準回等處地方總督一員，兵部侍郎、右副都御史、準回等處地方巡撫一員，（或如直隸、四川例，以督兼撫，不立撫，似亦可。）布政使一員，按察使一員，巡道三員，提督一員，總兵官三員，知府十一員，知直隸州三員，知州二員，知縣四十員。府州之目十有四：曰伊東府，曰伊西府，伊犂東一本「曰伊東府，曰伊西府，伊犂東」作「請爲府治一，伊犂東路也，爲府治二，伊犂」。西路也；曰庫州府，一本「曰庫州府」作「爲府治三」。庫爾喀喇烏蘇也；曰迪化府，一本「曰迪化府」作「爲府治四」。烏魯木齊也；（原設州。）曰鎮西府，一本「曰鎮西府」作「爲府治五」。巴爾庫勒也；（原設。）曰瓜州府，一本「曰瓜州府」作「爲府治六」。哈密也；曰塔州一本「曰塔州」作「請爲」。直隸州，一本此下有「治一」兩字。塔爾巴噶台也。以上北路。曰闢州府，一本「曰闢州府」作「請爲府治七」。闢展也；曰沙州府，一本「曰沙州府」作「爲府治八」。哈拉沙拉及庫車、沙雅爾也；曰蘇州府，一本「曰蘇州府」作「爲府治九」。阿克蘇及賽喇木也；曰羌州府，一本「曰羌州府」作「爲府治十」。葉爾羌也；曰和州府，一本「曰和州府」作「爲府治十一」。和闐也；曰吐蕃直隸州，一本「曰吐蕃直隸州」作「爲直隸州治二」。烏什也；曰磚房一本「曰磚房」作「爲」。直隸州，一本下有「治三」兩字。喀什噶爾也。以上南路。伊一本「伊」下有「犂」字。東府一本無「府」字。設縣四：以府城爲伊東一本無「伊東」二字。縣；以烏哈爾里克爲綏定一本無「綏定」二字。縣；以博羅塔拉爲博一本無「博」字。縣；以幹珠罕爲珠一本無「珠」字。縣。四至核議。伊一本「伊」下有「犂」字。西府一本無「府」字。設縣四：以府城爲伊西一本無「伊西」二字。縣；以庫爾圖爲圖一本無「圖」字。縣；以古爾班薩里爲綮一本無「綮」字。縣；以烘郭爾鄂籠爲鄂一本無「鄂」字。縣。四至核議。庫州府㊀一本「州府」作「爾喀刺烏蘇」。設縣三：以府爲庫一本無「庫」字。縣；以烏里雅蘇圖爲舊營一本無「舊營」二字。縣；以晶河爲豐潤一本無「豐潤」二字。縣。四至核議。瓜州府一本「瓜州府」作「哈密」。設縣四：以府城爲瓜一本無「瓜」字。縣；以蘇木哈喇垓爲舊堡一本無「舊堡」二字。縣；以賽巴什達里雅爲湖一本無「湖」字。縣；以塔勒納沁爲土城一本無「土城」二字。縣。四至核議。塔州設縣二：以州爲塔縣；以雅爾爲肇豐縣。四至核議。其鎮西、迪化兩府，現在章程已善，毋庸改議。南路闢州府一本「州府」作「展」。設縣六：以府城爲闢一本無「闢」字。縣；以納呼爲東闢一本無「東闢」二字。縣；以洪城爲洪一本無「洪」字。縣；以魯克察克爲柳中一本無「柳中」二字。縣；以哈喇和卓爲高昌一本無「高昌」二字。縣；以吐爾番爲安樂一本無「安樂」二字。

縣。四至核議。沙州一本「沙州」作「哈剌沙剌及庫車、沙雅爾」。府設州一縣四：以府爲沙一本無「沙」字。縣；以庫車爲龜茲一本無「龜茲」二字。縣；以碩爾楚克爲舊城一本無「舊城」二字。縣；以托和鼐爲鼐一本無「鼐」字。縣；以沙雅爾爲沙城一本無「沙城」二字。縣。四至核議。蘇州府一本「蘇州府」作「阿克蘇」。設州一縣五：以府爲蘇一本無「蘇」字。縣；以賽喇木爲毗羅一本無「毗羅」二字。州；以帕爾滿爲帕一本無「帕」字。縣；以托克三爲四村一本無「四村」二字。縣；以拜城爲拜一本無「拜」字。縣；以庫什塔木爲小城一本無「小城」二字。縣。四至核議。羌州府一本「羌州府」作「葉爾羌」。設縣五：以府爲羌一本無「羌」字。縣；以巴爾楚克爲新遷一本無「新遷」二字。縣；以呼拉瑪爲瑪平一本無「瑪平」二字。縣；以哈喇古哲什爲哲一本無「哲」字。縣；以裕勒里雅克爲西夜一本無「西夜」二字。縣。四至核議。和州府一本「州府」作「闐」。設縣四：以府城爲球一本無「球」字。縣；以皮什雅爲琳一本無「琳」字。縣；以玉隴哈什爲琅一本無「琅」字。縣；以博羅齊爲玕一本無「玕」字。縣。四至核議。吐蕃州一本「吐蕃州」作「烏什」。設縣二：以州爲明定一本無「明定」二字。縣；以森尼木爲森一本無「森」字。縣。磚房州一本「磚房州」作「喀什喀爾」。設縣三：以州爲磚房一本無「磚房」二字。縣；以塞爾門爲塞門一本無「塞門」二字。縣；以英噶薩爾爲依耐一本無「依耐」二字。縣。四至核議。武官副將以下，文官同知以下，應如干員，另議。總督駐劄伊東府，巡撫駐劄迪化府，提督駐劄迪化府。分巡安西北兵備道一員，分鎮安西北鎮總兵官一員，同駐劄鎮西府；分巡天山北兵備道一員，駐劄伊東府；分鎮天山北鎮總兵官一員，駐劄塔州；分巡天山南兵備道一員，駐羌州府；分鎮天山南鎮總兵官一員，駐吐蕃州。（非闢州屬之安樂縣）。督撫必皆駐北路者，北可制南，南不可制北。昔者回部未隸天朝，無不甘心爲準夷役者，亦國勢然也。設采辦紅銅事務監督一員，用內務府人員，三年更調，駐劄吐蕃州。其甘肅省嘉峪關設監督一員，專司內地往準、回販易之稅。除稻米、鹽茶、大黃、布綢外，一切中國奇淫之物，不許出關，以厚其俗；除皮貨、西瓜外，不許入關，以豐其聚。銅務關務，皆所以劑官俸，給兵糈也。其哈密、闢展兩郡王，皆賞給協辦府事官名號，朔望祭祀，及大禮排班，在道府之下，同知之上；各回城伯克中，皆遴選一員，賞給協辦縣事名號，朔望祭祀，及大禮排班，在知縣之下，縣丞之上。甘肅省以安西南路爲盡境，準、回省以安西北路爲首境，立界石。新遷人等，及旗人回人等，未能知書，應請於三十年後，立學宮，設生員，舉鄉試，現在毋庸議；其鎮西、迪化，現已設立，姑仍舊交巡撫考試。戈壁無水草處，地方官踏看，有可篏采金屑之地，酌立條規奏聞。官缺在北路者，及臨戈壁者，設風沙邊缺，如內地煙瘴邊缺之例，速其升調。凡近磧之郊，處處設立風神祠、泉神祠，歲時致祭，仰祝上帝，地出其泉，風息於天，以宜蔬宜稞，頒祝文焉。大郭勒之在祀典者應幾處，核議；大達巴之在祀典者應幾處，核議。文移官事，往來經戈壁，皆帶泉水，應頒製西洋奇器，物小受多利行者；又宜（一本無「頒製西洋奇器，物小受多，利行者；又宜」十五字。）頒設高廣護風之具，田中可用者，（詳蕭山民人王錫議。）令仿造。夫然而屯田可盡撤矣。屯田者，有屯之名，不盡田之力。三代既遠，欲兵與農之合，欲以私力治公田，蓋其難也。應將見在屯田二十八萬畝零，即給與見在之屯丁十萬餘人，作爲世業，公田變爲私田，客丁變爲編戶，戍邊變爲土著；其遣犯毋庸釋回，亦量予瘠地，一體耕種交納。既撤綠旗之屯，當撤八旗之戍。中國駐防旗人，往者別立册籍，以別於民戶回戶，既有旗戶名目，與回民有田籍者同，故撤之而不患無所歸也，應請將將軍、副都統、辦事大臣、領隊大臣、印房章京等一概裁撤。其駐防之滿洲、索倫、錫伯、蒙古弁丁等，戍安西北路者，作爲安西北路旗戶；在天山北路者，作爲天山北路旗戶；南路者，作爲南路旗戶。伊犂將軍所領兵最多，伊東、伊西地亦最大，出之行陳，散之原野，勢便令順，無不給之患，應與自內地駐防旗人新移到者，一體歸地方官管轄。但有事不得受知縣以下杖責，交納時，應比民戶回戶，酌減十分之二，以償世僕之勞。如是，則又慮其單也，應請設立辦事大臣一員，駐南路極邊一本「邊」下有「葉爾」二字。羌、和二州一本「二州」作「闐」。之地，統領滿洲兵九百名，蒙古索倫兵七百名，錫伯兵四十名，綠旗兵六百名，共計二千二百四十名，以控藩部之布魯特、哈薩克、那木干、愛烏罕各國。掌各國之朝貢之務，鑄總統西邊辦事大臣印一，勑文一，秩正二品，受準、回總督節制，與提督、巡撫互相節制。布政使以下，具申文，總兵官以下，帶刀見，以昭威重。其駐一本無「駐」字。防兵丁，於現在議裁徹一本「徹」作「撤」。者，遴留至一本「至」作「留」。銳者，其軍裝器械月餉，應照內地江寧、荆州例。歲一閱，三歲總督一閱，十歲請旨派威重大臣來西一大閱。布魯特、哈薩克一本「克」作「特」。之人咸侍，是爲天朝中外大疆界處。以上各議，現在所費極厚，所建極繁，所更張極大，所收之効在二十年以後，利且萬倍。夫二十年，非朝廷必不肯待之事，又非四海臣民望治者不及待之事，然則一損一益之道，一出一入之政，國運盛益盛，國基固益固，民生風俗厚益厚，官事辦益辦，必由是也，無其次也。其非順天心，究祖烈，劑大造之力，以統利夫東、西、南、北四海之民，不在此議。謹議。

——定盦文集

〔此議自珍籌之兩年而成，恐尚有小疏略及小窒礙處，刻之以呈教於當代大人長者，幸隨句籤駁爲感。自記。〕㈢

㈠陳澧手校本眉批：「凡府名有州字者，皆由州升爲府者，而定盦未知耳。」

㈡自刻本附有自記，茲據增補。

北路安插議

土爾扈特之歸也，自乾隆三十六年，後於庫爾喀喇烏蘇、塔爾巴哈台兩處，有賜渥巴錫等游牧地。如立行省後，不可使與民戶旗戶無區別，宜各建一大城居其酋，聽出城外舊有水草處數區，仍令安牧，歲時酌令入牲畜於布政司，則蠲其例貢，一切封爵翎頂如故。謹議。

——定盦文集補編

御試安邊綏遠疏

臣聞前史安邊之略，不過羈縻之，控制之。雖有長駕遠馭之君，乘兵力之盛，鑿空開邊，一旦不能有，則議者紛紛請棄地，或退保九邊已耳。非眞能疆其土，子其人也。國朝邊情、邊勢，與前史異。拓地二萬里，而不得以爲鑿空；臺堡相望，而無九邊之名；疆其土，子其民，以遂將千萬年而無尺寸可議棄之地，所由中外一家，與前史迥異也。安南路之策，與安北路異。天山北路者，杜爾伯特、土爾扈特、綽羅斯、厄魯特、和碩特、輝特之故地，自準部平，而衞拉特之遺民盡矣。天山南路，則兩和卓木之故地，其遺民統以伯克，有阿奇木伯克、商伯克分轄之，回民之信服吾將帥也，未必如其信服伯克也。將帥不得其心，則伯克率回民以怨吾將帥，得其心，而恩太勝，則伯克率回民以輕吾將帥，所由與北路異也。今欲合南路、北路而胥安之，果何如？曰：以邊安邊。以邊安邊何如？曰：常則不仰餉於內地十七省，變則不仰兵於東三省。何以能之？曰：足食足兵。足之之道何如？曰：開墾則責成南路，訓練則責成北路。夫南路至肥饒也，非北路但產青稞蔬麥者比也。河水之支流以十數，經各城流引而入田，可以稻，征而入倉，可以餉，可以糈；而特慮夫屯官、屯丁之有名無實也，是故改屯丁爲土著，改戍卒爲編戶，出之行陣，散之原野，勢便令順。撤屯田爲私田，又許上農自占地，以萬人耕者授萬夫長，以千人耕者受千夫長，回人之貧者役之爲佃。富人之役佃也，權侔于官吏，回人怙恃此農夫矣；且可以奪伯克之權，而轉其信服伯克之心。如是數年，則糧裕。阿克蘇設紅銅局，官司鼓鑄，制普兒錢，其重六銖。禁紅銅毋許入關，禁皮貨毋許入關。如是數年，則錢裕，用物裕。又禁內地倡優淫巧不許出關，以厚其風俗，則官私一切裕。夫錢裕、糧裕、用物裕，官私一切裕，而猶仰給中國之解餉，必不然矣。如是十年，而猶不能兼顧北路，使北路仍仰給內地，又不然矣。北可制南，南不可制北，故漢世三十六城郭，皆轄于都護治；唐之北庭，亦轄西南；而國朝回疆辦事、領隊大臣，節制以伊犂將軍，其理一也。臣恐以爲南路有事，有調發，宜調發及于北路而止。客歲之事，調及東三省兵，甚非策也。夫三省居輿圖極東北，回城居極西南，入中國，出中國，真二萬里，又不肯使走草地，即走草地，走蒙古，走烏里雅蘇台，亦萬餘里，其爲老師糜餉，騷擾州縣，伏考史册，未覩此用兵也。以爲用其人乎？臣不敢以爲其人不足用，而伊犂將軍標下，固額設洗白兵五百名，索倫兵五百名，果其有名有實，一可當百，則此亦二勁旅矣，何不責成伊犂將軍，使平日認真訓練此二旅，使名實相核之爲簡捷乎哉？故大功雖告成，而兵差費至巨萬，兵差所過，州縣頗虧空。夫欲邊之安，而使內地虛耗而不安，故曰甚非策也。夫常有常之經，變有變之經，武之善經也。回民見吾之常亦有經，變亦有經，乃眞不敢輕吾將帥，匪但卡內之各城安，而卡外之哈薩克、布魯特、愛烏罕、那木干、安集延，以及巴克達山、温都斯坦之人，亦懾我之聲靈，而環嚮以安，匪但萬年有此新疆，雖再拓十數城可也。雖有重臣宿將，老于西事之人，爲我皇上直陳得失，無以易此。臣謹疏。

——定盦文集補編

對策

臣對：臣聞自古英君誼辟，欲求天下駿雄宏懿之士，未嘗不以言；人臣欲以其言裨於時，必先以其學考諸古。不研乎經，不知經術之爲本源也；不討乎史，不知史事之爲鑑也。不通乎當世之務，不知經、史施於今日之孰緩、孰亟、孰可行、孰不可行也。堯典言便章，禹功在濬導，官人防自成周，控邊莫詳西漢。茲數者，源流正變得失，大抵三代上爲一端，漢以降爲一端，今之孰緩、孰亟、孰可用、孰不可用爲一端。三代則諏經，漢以後則諏史，當世之務則諏勢。欽惟皇帝陛下祚隆軒、頊，功鑠垓埏，聲教布乎寰瀛，而南河最勤宵旰；俊彥集於朝宁，而西陲特簡爪牙。文德遠矣！武功訖矣！聖懷沖挹，兼聽無遺，瞻軺鐸之在懸，許圭璋以自達，進臣等於廷而策之以教化何先，宣防何急，以及選舉何愼，控制何宜諸大政。如臣檮昧，奚補崇深？顧對揚伊始，敢不勉述平日所研諸經，討諸史，揆諸時務者，効其千慮之一得乎！伏讀制策有曰：惟民生厚，因物有遷，與化善俗，制治之本，而因慮及多設科條之徒滋擾畧也；與廣頒文誥之徒飾觀聽也。臣攷周之三物六行，鄉大夫、遂人掌之，而飲射讀法，及教民祭祀之禮，及書其過惡，皆州長、黨正主之。然則黨正即一黨之師，州長即一州之師，明矣。上而鄉遂之大夫，亦即鄉遂之師。豈若後世官吏自爲官吏，師儒自爲師儒，曰刺史、曰守令以治民，曰博士、曰文學掾以教士之區分乎？君與師之統不分，士與民之藪不分，學與治之術不分，此所聞於經者也。西京風俗，最爲近古，抑其時去三代雖不遠，而治術頗雜霸，文、景外非盡賢主，然而戶口蕃息，風氣淳龐，何也？蓋善任守令也。守令久乎其任，皆有移風易俗之權，而上亦不以筐篋刀筆之事操切長吏故也。又，漢初最抑商賈，高祖禁賈人不得衣絲、乘車，而孝悌力田有常科，三老有常員，以驅民於南畝。又，丁賦頗重，設有游民，自食尙艱，何以出賦；故多執業以謀生。其在南畝者，無論已。不農者，亦無街譚巷議，以轉移執事爲常業者也。然漢自孝武以後，民漸逐末，食貨志言：富商大賈，驕僭擬侯王，而農民爭釋耰耡以從之，此漢治之一變。及乎孝宣，綜核吏事，操切吏民，於是守令視其民乃公家之民，非吾之子弟也；民視守令乃長上，非吾之父兄也，守令益不得自行其意，而漢治再變。至唐以後，孝義高年之訪雖下於朝，宣風美俗之官雖巡於野，而故事具文，了無眞意，此所聞於史者也。夫游民曠土，自古禁之。今日者，西北民尙質淳，而土或不殖五穀，東南土皆豐沃，而人或非隸四民，守令所焦慮者，似無暇在此，而所以督責守令，亦不盡在此，是宜深計也。皇上軫念芸生，至誠惻怛，躬行仁孝，爲天下先，三代豈難復乎？制策又以歷代河患不一，禹蹟既難驟復，而今日之要道，曰疏，曰防。臣伏攷三代，河本北流，入海之道在冀州，而商世河患最甚，惜仲丁、河亶甲之書不傳，此聞於經者也。漢自瓠子後，賈讓三策，上策至欲棄數州之地以予水，而指隄防爲下策，未免高論難行。明潘季馴反之曰：大禹導川，亦不過相水之上下流，東之以隄已耳。故潘氏平生所用，皆賈讓之下策，迄今猶可師守，此略舉夫史者也。今東南大政二：曰河，曰漕。河臣轄重地三：曰清口，曰高家堰，曰海口。清口者，上游之始；海口者，下游之終；高堰則全河之障也。曰殺黄，曰禦黄，曰攔黄，皆治清口之事。曰蓄清，則治高堰之事。至欲使淮、黄皆有去路，則治海口之事。今之海口，較昔年東徙且數百里，雲梯關外，鐵板沙亘起，海口高仰日甚，議改海口之説，似乎可行。清水難裕，海運難常，欲無誤四百萬漕，改小糧艘之説，似乎可行。碎石坦坡，可永遠行。皇上集思廣益，指示河臣，行見呈清晏之祥，而紓東南之望也。制策又以一代之治，必有一代之人材任之，而因以皋、夔、稷、契勛臣等，何其厚也！何其厚也！夫皋、夔、稷、契，皆大聖人之材，而終身治一官，自恐不足；後之人才不如古，而教之、使之，又非其道，疲精神耗日力於無用之學。進身之始，言不由衷，及其既進也，使一旦盡棄其所爲，而驟責以兵刑、錢穀之事；而兵刑、錢穀又雜而投之一人之身。之人也，少壯之心力，早耗於祿利之筌蹏，其仕也，餘力及之而已，浮沉取容，求循資序而已。夫未嘗學禮樂之身，使之典禮樂而不恧，以凡典禮樂者，舉未嘗學禮樂也。未嘗學兵之人，使之典兵而不辭，以凡典兵者，皆未嘗知兵也。古者學而入政，後世皆學於政，此唐、宋、元、明之人才所以難語夫古初也。皇上聖神如堯、舜，亦藉羣策羣力，士亦許身皋、夔、稷、契而已矣。制策又以自古治平不忘武備，而因及夫歷代籌邊之策。臣攷三代之於荒服，羈縻之而已，漢代乃有防西北邊塞之策。北塞勿具論，論西塞。西塞有二：一曰行國，乃逐水草之國，爲烏孫諸部，唐之北庭，今之準噶爾四衛拉特是也；一曰城郭國，爲罽賓、扜罙、桃槐等三十六國，今之回疆是也。皆轄以都護。谷吉、常惠、甘延壽、陳湯及後漢班超立功之地，而營平侯趙充國以征先零、幵、罕而籌屯田者是也。西漢惟先零、羌小爲患，亦倘非極西域之地，三十六城郭，惟車師、鄯善小爲患，故鼂、賈入粟實塞下之策，皆不指備西域。而言回紇之爲患，其唐之中葉，李德裕、陸贄籌邊之世乎？而亦近於北庭甘、陳立功之地，未聞有威震回疆之事也。皇朝先平準部，後平回部，爲古未有，而中外一家，情形與古大不同。彼夫斷左臂之論，鑿空之譏，讀史者固無庸摭拾爾。若此者，經史之言，譬方書也，施諸後世之孰緩、孰亟，譬用藥也。宋臣蘇軾不云乎：藥雖呈於醫手，方多傳於古人。若已經效於世間，不必皆從於己出。至夫展布有次第，取舍有異同，則不必泥乎經、史。要之不離乎經、史，斯又大易所稱神而明之，存乎其人者歟？抑聞之：頌不忘規。臣尤伏願皇上睠懷風俗，益奠南國蒼生，砥礪搢紳，益誡西邊將帥，則我國家萬年有道之長，實基此矣。臣末學新進，罔識忌諱，干冒宸嚴，不勝戰栗隕越之至。臣謹對。

——定盦遺箸

京師樂籍說

昔者唐、宋、明之既宅京也，於其京師及其通都大邑，必有樂籍，論世者多忽而不察。是以龔自珍論之曰：自非二帝三王之醇備，國家不能無私舉動，無陰謀。霸天下之統，其得天下與守天下皆然。老子曰：「法令也者，將以愚民，非以明民。」⊖孔子曰：「民可使由之，不可使知之。」齊民且然。士也者，又四民之聽明喜論議者也。身心閒暇，飽煖無爲，則留心古今而好論議。留心古今而好論議，則於祖宗之立法，人主之舉動措置，一代之所以爲號令者，俱大不便。凡帝王所居曰京師，以其人民衆多，非一類一族也。是故募召女子千餘戶入樂籍。樂籍既棋布於京師，其中必有資質端麗，桀黠辨慧者出焉。目挑心招，捭闔以爲術焉，則可以箝塞天下之游士。烏在其可以箝塞也？曰：使之耗其資財，則謀一身且不暇，無謀人國之心矣；使之耗其日力，則無暇日以談二帝三王之書，又不讀史而不知古今矣；使之纏綿歌泣於牀笫之間，耗其壯年之雄材偉略，則思亂之志息，而議論圖度，上指天下畫地之態益息矣；使之春晨秋夜爲奩體詞賦、游戲不急之言，以耗其才華，則論議軍國臧否政事之文章可以毋作矣。如此則民聽壹，國事便，而士類之保全者亦衆。曰：如是則唐、宋、明豈無豪傑論國是，掣肘國是，而自取戮者乎？曰：有之。人主之術，或售或不售，人主有苦心奇術，足以牢籠千百中材，而不盡售於一二豪傑，此亦霸者之恨也。吁！

——定盦續集

㊀老子：「古之善爲道者，非以明民，將以愚之。」

主客司述略

我朝藩服分二類：其朝貢之事，有隸理藩院者，有隸主客司者。其隸理藩院者，蒙古五十一旗，喀爾喀八十二旗，以及西藏、青海，西藏所屬之廓爾喀是也。隸主客司者，曰朝鮮，曰越南，（即安南）曰南掌，曰緬甸，曰蘇祿，曰暹羅，曰荷蘭，曰琉球，曰西洋諸國。西洋諸國，一曰博爾都嘉利亞，一曰意達里亞，一曰博爾都噶爾，一曰英吉利。自朝鮮以至琉球，貢有額有期，朝有期。西洋諸國，貢無定額，無定期。朝鮮、越南、琉球，皆有册封之禮。朝鮮以內大臣、內閣滿學士、六部滿侍郎、乾清門侍衛、散秩大臣往。琉球以內閣中書、禮部司官、六科給事中，或翰林院官往。越南如琉球之禮。嘉慶朝，定册封越南，用廣西布政使或按察使往，不以京官往。

國朝册封琉球六次，順治十一年，使張學禮、王垓；康熙元年，王垓又以頒詔往；康熙二十一年，使林麟焻、汪楫；康熙五十七年，使海寶、徐葆光；乾隆十九年，使全魁、周煌；嘉慶四年，使趙文楷、李鼎元；嘉慶十二年，使費錫章、齊鯤。道光丁酉六月記之。

凡頒賞陳於午門，先期咨內務府備賞物，咨護軍統領彈壓；屆期御史二員來監禮，禮部侍郎一員、主客司司官二員涖賞，會同四譯館滿監督一員，手奉而授之；鴻臚序班，以國語督其拜跪。予涖賞暹羅者一，琉球一，越南一，朝鮮四。

越南貢道，由陸路至廣西憑祥州，入鎮南關。道光元年，越南使臣，呈請改由水道，入廣東澳門，部臣駁之。道光六年，越南王來朝，復理前說，主客司員外郎任邱邊公（廷英）又力駁之。具奏，其議乃定。邊公，前輩中之有風采，肯任事者也。

——定盦文集補編

家塾策問一*

問：周禮保氏掌教國子以六書，外史掌達書名於四方，瞽史諭書名。六書學，三代綦重之矣，古今異體，或省或改，自倉頡、史籀以降，至於炎漢，書凡幾變，可得而陳歟？漢安帝時，許沖上其父南閣祭酒慎說文解字十四篇，此古今書名之大宗也。法後王以小篆爲質，以何體爲附見，例可得而聞歟？說文，形書也，顧一字有一字之形，與一字之音與義，而後一篆完。故說者曰：爾雅、廣雅，義書也，聲類，音書也。然則歧而爲三；抑治說文而經緯備舉也？能發其凡歟？以字一本無「字」字。義而論，一字有一字之本義，有引申之義，一本無「有引申之義」五字。有假借之義，往往引申一本無「引申」二字。假借之義，遁行於古今而本義反晦者。能約略舉之歟？六書之目，有體有用。孰爲四體，孰爲二用，能了然胸口歟？二用中之假借，由古人字少，固也。但假借亦必中師法。能言其樞紐歟？周末漢初，經師口授，不箸竹帛，又或用方言，是故羣經異師則異字，自胡母生之治春秋而已然矣。說文稱經，與羣書之稱經異；好古者又據許以改經，未見其可也。能言原委曲折歟？許之言六書，與鄭衆之言六書，與劉歆、班固之言六書，次第小不合，形聲與諧聲殊趣。能疏別歟？今音古分十七部，一本「古分十七部」作「自宋鄭庠、明陳第、本朝顧炎武、江永、段玉裁、孔廣森各分若干部」。秦以前有韻之文，可覆按也。若依聲以臚許之九千字，不獨形聲字，而以部分盭之，亦古今之奇作也，能說其例一本「說其例」、作「衷諸家之出入而定於一」。歟？許書所有之字，當時俗字，固不闌入，乃羣經所有之正字，亦頗有不收者，況本書見於說解則有之，篆文則無之，所從得聲則有之，本聲則無之，此自有其故也。豈可盡以某字即某字當之歟？玉篇以降，可羽翼說文者凡幾家，或謂呂忱字林及字苑諸作，雖不作可也。信歟？唐人說經，著者孔、賈、陸三家，其於小學之理，謂一本無「謂」字。不及近儒可也。曰：茫乎未之聞，然歟不歟？一本「可也。曰茫乎未之聞，然歟不歟」作「遠甚，其所見舊本，多能衷其功罪歟」。古韻各家，疎於十七部者，十部、十三部也；密於十七部者，十八部、二十一部也。枝派義例之不同，能臚其入出歟？一本無以上九句。六書爲小學之一門，聲又爲六書之一門，等韻之學，又爲聲中之一門；然則談古韻者，胡爲而不屑談等韻也？抑治經未暇歟？意者謂古韻足裨經讀，而等韻爲餘事；不知古韻明而經明，其體尊；等韻明而天下之言語明。語言亦文字也，其用大，能一以貫之歟？郭忠恕汗簡，夏竦古文四聲韻，博采古文，何其夥也？往往爲一本「往往爲」作「不引」。凡將、急就、滂熹、元尚、訓纂所未及，一本「訓纂所未及」作「而引碧落碑」。俱一本「俱」作「果」。可信而奉之，以補許氏古文之闕，抑眞僞雜出也？能一言决之歟？周時吉金，近世出土頗夥，曶鼎、太嫫盤㊀而外，其足證古文者，有幾事歟？秦、漢金石，往往非篆非隸，意者割二分留八分之說，未盡無稽歟？夫解經莫如字也，解字莫如經也。韓氏曰，讀書略識字。古未有不明乎字，而稱經生者也。諸生治經之日久矣，心知其意者，其縱言之。

——定盦文集

㊀ 案太嫫盤即散氏盤。

家塾策問二*

問：三代先秦古籍，篇篇皆單行，若夏小正、弟子職，不待言矣。漢世徵竇公獻其書，乃大司樂章也。然則三百六十官，每官亦可單行。凡采輯羣書而纂錄之者，古來幾家，以何家爲首歟？古籍有一篇而數家皆采之者，若月令、投壺、勸學是也。能一一舉之歟？古籍在册府者，眞者三四，僞者六七，其灼然僞，如東晉書古文、王肅家語，夫人而知之矣。此外尙有何書，能疏證之歟？諸子僞者益多，眞書老、莊、列、管、韓非、荀、墨、孫、吳而外，不難一一僂指。能揚扢之歟？有文甚古而實無此書者，後人剌取莊、列中語，爲廣成子、爲亢倉子是也。尙有類此者歟？亦有原本相沿已久，而實無精言古義者，晏子春秋是也。能推擧之歟？僞書不獨後世有之也，戰國時人，依託三皇五帝矣，或依託周初矣，漢之俗儒，已依託孔門問答矣。然亦頗有所本，傳授或有徵緒，未可以盡割也。能言去之取之之甘苦歟？即以漢後僞書而論，除極誕極陋者，姑不必言，亦有故訓相沿，稍存義例者。爲何等歟？古書眞而又完具者益少，佚篇尤多者，司馬法是也。能言各書之遺憾歟？又有古人作僞，幷其僞而亡之，後人又僞僞，如唐張弧作子夏易傳，今則幷非弧書是也。尙有類此者歟？古書淪亡，後人掇拾他書所引輯一書，近人爲此學者衆矣。卷帙孰爲最富，鈎稽孰爲最密，編次校讎，孰爲最善歟？古書自有舊式，凡序目皆當一篇，不可以後世坊刻俗式亂之也。能言其要例歟？序目或在前，或在後，依史記、說文，則目在後。諸書有目在前者歟？諸子書，凡劉向校上之奏，今存者有幾通歟？醫卜、日者、種樹、堪輿之屬，下至相牛、相馬，今世雜流，其所抱所守，有古筴可問者歟？漢書藝文志與隋書經籍志，互相出入者，有幾事歟？晁公武、陳振孫兩人，比吾曹生稍古，其眼福勝吾曹者幾大端歟？二人識議，孰優劣歟？元、明叢書，眞僞雜糅，不必言，又往往不取足本，所宜糾者幾事歟？抑更有問焉者，近儒學術精嚴，十倍明儒，動譏明人爲兎園、爲鼠壤矣，然三代先秦之書，悉恃明人刻本而存，設明人無刻本，其書必亡，何歟？或曰：明人學術雖陋，而好古好事，不可埋沒，抑何近世士大夫不好事，不好古歟？昔之士大夫，何其從容而多暇日，商及刻書？今之士大夫，何其瘁而不暇歟？此亦上下古今之士，所宜求索厥故者也，其略言之！

——定盦文集補編

* 自刻本題家塾策問（一篇）。扶輪社本題家塾策問一道（兩篇）。邃漢齋校訂本題家塾策問一、家塾策問二，姑從之。

述思古子議*

聞之觀古子，觀古子聞之聽古子，聽古子聞之思古子，一本無聞之至思古子二十一字。言也者，不得已而有者也。如其胸臆本無所欲言，其才武又未能達於言，彊之使言，茫茫然不知將爲何等言；不得已，則又使之姑效他人之言；效他人之種種言，一本「種種言」作「言種種」。實不知其所以言。於是剽掠脫誤，摹擬顛倒，如醉如寱以言，言畢矣，不知我爲何等言。今天下父兄，必使髫丱之子弟執筆學言，曰：功令也，功令實觀天下之言。曰：功令觀天下說經之言。童子但宜諷經，安知說經？是爲侮經。曰：功令兼觀天下懷人、賦物、陶寫性靈之華言。夫童子未有感慨，何必彊之爲若言？然則天下之子弟，心術壞而義理錮者，天下之父兄爲之。父兄咎功令，宜變功令。變之如何？一本「如何」下有「曰」字。漢世諷書射策，皆善矣。諷書射策，是亦敷奏以言也。如漢世九千言足矣，則進而與之射策。射策兼策本朝事，十事中十者甲科，中七者乙科，中三四者丙科，不及三擯之。其言不得呻嚘不定，唱歎蔓衍，以避正的。宜酌定每條毋逾若干言以爲式，一本無此句。其不能對，則莊書未聞二字以爲式。如此則功令不縟，有司不眩，心術不欺，言語不僞。至於說經，則老年教學之先生爲之，成人有德者爲之，髫丱姑毋庸；私家箸述，藏名山者爲之，大廷姑毋庸。詩賦則私家之一本「之」下有「言」字。又不急之言也。及夫唱歎蔓衍之文章，大廷試士毋庸。

——定盦續集

*又題諷書射策議。

葛伯仇餉解

問曰：逸書曰：「葛伯仇餉。」孟子說之曰：「湯居亳，與葛爲隣，葛伯放而不祀，湯使人問之，曰：無以共粢盛也。湯使亳衆往爲之耕，老弱饋食，葛伯率其民，要其有酒肉黍稻者奪之，不授者殺之。有童子餉，殺而奪之。」葛雖貧，葛伯一國之君，安得有殺人奪酒肉事？答曰：王者取天下，雖曰天與之，人歸之，要必有陰謀焉。湯居亳，與葛爲隣，葛伯不祀，湯致之祀，遺以粢盛可矣；乃使亳衆往爲之耕，春耕、夏耘、秋收，乃囷乃米，而藏之廩，而後可以祀。其於來歲之祀則豫矣，其於歲事則已緩。亳衆者何？窺國者也，實爲內應者也。老弱饋者何？往來爲間諜者也。葛雖貧，土可兼，葛伯放而柔，彊隣聖敵，旦夕虎視，發衆千百人其境，屯于其野，能無懼乎？懼而未肯以葛降，率其民而爭之，又不足以禦，乃姑殺其間諜者。夫黍稻之箪槖，往來兩境，陰謀之所槖也，其民乃發而獻之伯。仇者何？衆詞，大之之詞。殺者何？專詞。殺一人不得言仇，仇不得言殺。史臣曰：「葛伯仇餉」，得事實矣。又曰：「湯一征，自葛載。」夫葛何罪？罪在近。後世之陰謀，有遠交而近攻者，亦祖湯而已矣。

說中古文

成帝命劉向領校中五經祕書，但中古文之說，余所不信。秦燒天下儒書，漢因秦宮室，不應宮中獨藏尙書，一也。蕭何收秦圖籍，乃地圖之屬，不聞收易與書，二也。假使中祕有尙書，何必遣鼂錯往伏生所受二十九篇？三也。假使中祕有尙書，不應安國獻孔壁書，始知增多十六篇，四也。假使中祕有尙書，以武、宣之爲君，諸大儒之爲臣，百餘年間，無言之者，不應劉向始知校召誥、酒誥，始知與博士本異文七百，五也。此中祕書既是古文，外廷所獻古文，遭巫蠱不立，古文亦不亡；假使有之，則是燒書者，更始之火，赤眉之火，而非秦火矣，六也。中祕既是古文，外廷自博士以迄民間，應奉爲定本，斠若畫一，不應聽其古文家、今文家，紛紛異家法，七也。中祕有書，應是孔門百篇全經，不但舜典、九共之文，終西漢世具在，而且孔安國之所無者，亦在其中。孔壁之文，又何足貴？今試考其情事，然耶？不耶？八也。秦火後，千古儒者，獨劉向、歆父子見全經，而平生不曾於二十九篇外，引用一句，表章一事，九也。亦不傳受一人，斯謂空前，斯謂絕後，此古文者，迹過如掃矣，異哉！異至於此，十也。假使中祕書並無百篇，則向作七略，當載明是何等篇，其不存者亡於何時，其存者又何所受也，而皆無原委，千古但聞有中古文之名，十一也。中祕既有五經，獨易、書著，其三經何以蔑聞？十二也。當帝之時，以中書校百兩篇，非是。予謂：此中古文，亦張霸百兩之流亞，成帝不知而誤收之；或即劉歆所自序之言如此，託於其父，並無此事。古文書如此，古文易可知。宜其獨與絕無師承之費直易相同，而不與施、孟、梁邱同也。漢書劉向一傳，本非班作，歆也博而詐，固也侗而愿。

——定盦文集補編

釋魂魄*

有渾言之義，有析言之義。渾言之，人死曰鬼，鬼謂之魂魄；析言之，魂有知者也，魄無知者也。質言之，猶曰神形矣。易曰：「精氣爲物。」此言聖智之魂之情狀。曰：「游魂爲變。」此言凡民之魂之情狀。詩曰：「文王在上，於昭于天。」此頌文王之精氣，能不與魄俱死。孔子告子游曰：「體魄則降。」此言聖智與凡民所同者。曰：「知氣在上。」此言聖智所不與民同者。凡民之魂，不能上升乎天，或東、西、北、南以遊。招魂之禮，升屋而號，告曰：皋某復。必仰而求之上者，何也？不敢以凡民待其親也。屈原、宋玉之詞，則求之上，求之下，求之東、西、北、南，夫亦善知凡民之情狀者也。月之生曰明，其死曰魄，假借之義也。魂有知，故禮有招魂，楚巫有禮魂；魄無知，故周禮不墓祭，墨氏薄葬。道家者流言以魂屬善，以魄屬不善，求之孔、墨，具無其義。小說家言人遇鬼于墟墓，然則魂有戀魄而悲死者矣。孰達孰悲？吾弗知。

——定盦文集補編

* 又題古史鈎沈論四。

辯知覺

嘉慶甲子，自珍從嚴江宋先生㊀讀書。先生問焉曰：伊尹曰：先知知後知，先覺覺後覺。知與覺何所辯也？自珍對曰：知，就事而言也；覺，就心而言也。知，有形者也；覺，無形者也。知者，人事也；覺，兼天事言矣。知者，聖人可與凡民共之；覺，則先聖必俟後聖矣。堯治曆明時，萬世知曆法；后稷播五穀，萬世知農；此先知之義。古無曆法，堯何以忽然知之？古無農，后稷何以忽然知之？此先覺之義。子貢曰：「夫子之文章，可得而聞？」此先知之義。「夫子言性與天道，不可得聞。」此先覺之義。孔子學文、武之道，學周禮，文、武、周公爲先知，孔子爲後知，此可知者也。孔子不恃杞而知夏，不恃宋而知殷，不乞靈文獻而心通禹、湯，此不可知者也。夫可知者，聖人之知也；不可知者，聖人之覺也。

——定盦文集補編

㊀宋璠，詳宋先生述。

表孤虛

予讀漢百官表，至戊巳校尉而作曰：古用兵之法，盡此官矣。戊巳之爲德，無專治，無所不治；擊之也無方，而善擊天下之虛。負戊巳以爲治，百戰百勝，不戰亦勝。戊巳之名，以孤爲名者也，孤不自孤，得虛而孤。使漢官盡如此，匈奴何足平？三十六城郭何足有？大宛何足通耶？古先聖王，使弟子八歲入小學，學六甲五方之事，六甲五方相爲用，古也必有其說，宋裴駰不得其說，以虛爲孤，以孤爲虛。予懼疑誤後世，作一表，采易緯之義，兼術家之術，以正漢官之名，與裴駰正相反：

甲子旬	虛戌亥	孤在辰巳
甲戌旬	虛申酉	孤在寅卯
甲申旬	虛午未	孤在子丑
甲午旬	虛辰巳	孤在戌亥
甲辰旬	虛寅卯	孤在申酉
甲寅旬	虛子丑	孤在午未

——定盦文集補編

釋風

古人之世，倐而爲今一本「今」作「我」。之世；今人一本「今人」作「我」。之世，倐而爲後之世；旋轉簸盪而不已。萬狀而無狀，萬形而無形，風之本義也有一本「有」作「實」。然。引申焉，一本無「引申焉」三字。假借焉，爲起於蘋末之風，爲怒於土囊之口之風，爲昌闔、不周、明庶之風，非本義矣。客曰：從虫之義，可得聞乎？曰：不從虫，則余無以知之矣。一本無「矣」字。且吾與子何物？固曰：倮蟲。文積虫曰蟲。天地至頑也，得倮蟲而靈；天地至凝也，得倮蟲而散；然而天地至老壽也，得倮蟲而死；天地猶旋轉簸盪於虫，矧虫之自爲旋轉簸盪者哉？微夫！可怖夫！客曰：謂天地之有死，疑者半焉；謂天地古今之積爲虫之爲，平心察之弗奪矣。許慎曰：「風生百虫，故從虫。」莊周曰：「夔憐蚿，蚿憐蛇，蛇憐風，風憐目。」二者孰長？告之曰：許之言則倒置者也，莊之言則横行者也。道一本「道」作「釋」。家者流，一本無「者流」二字。又言無形么虫萬億，晝夜齧人膚，膚覺者億之一耳，是故有老死病。是說也，予亦信之。要皆臣僕吾說。

——定盦文集

闡告子

龔氏之言性也，則宗無善無不善而已矣，善惡皆後起者。夫無善也，則可以爲桀矣；無不善也，則可以爲堯矣。知堯之本不異桀，荀卿氏之言起矣；知桀之本不異堯，孟氏之辯興矣。爲堯矣，性不加菀；爲桀矣，性不加枯。爲堯矣，性之桀不亡走；爲桀矣，性之堯不亡走；不加菀，不加枯，亦不亡以走。是故堯與桀互爲主客，互相伏也，而莫相偏絕。古聖帝明王，立五禮，制五刑，敝敝然欲民之背不善而嚮善。攻劘彼爲不善者耳，曾不能攻劘性；崇爲善者耳，曾不能崇性；治人耳，曾不治人之性；有功於教耳，無功於性；進退卑亢百姓萬邦之醜類，曾不能進退卑亢性。告子曰：「性無善，無不善也。」又曰：「性，杞柳也，仁義，杯棬也，以性爲仁義，以杞柳爲杯棬。」闡之曰：浸假而以杞柳爲門戶、藩杝，浸假而以杞柳爲桎梏，浸假而以杞柳爲虎子、威俞，杞柳何知焉？又闡之曰：以杞柳爲杯棬，無救於其爲虎子、威俞；以杞柳爲威俞，無傷乎其爲杯棬；杞柳又何知焉？是故性不可以名，可以勉強名；不可似，可以形容似也。揚雄不能引而中之，乃勉強名之曰：「善惡混。」雄也竊言，未湮其原；盜言者雄，未離其宗。告子知性，發端未竟。

予年二十七，著此篇。越十五年，年四十二矣，始讀天台宗書，喜少作之闇合乎道，乃削剔蕪蔓存之。自珍自記。癸巳冬。

——定盦文集補編

非五行傳

龔自珍曰：劉向有大功，有大罪，功在七略，罪在五行傳。凡五行一本「五行」作「災異」。爲災異，一本「災異」作「五行」。五行未嘗失其性也。一本此句作「未有五行能如災異者也。」又增「五行終古，不失其性也。」成周宣榭火，御廩災、桓、僖廟災，非火不炎上也；亡秦三月火，火炎上如故。平地出水，水未一本「未」作「曷」。嘗不潤下也；一本無「也」字。河決瓠子，決酸棗，乃至堯時懷山而襄陵，水潤下如故。闕門鐵飛，金從革如故。桑穀生朝，桑穀非一本「非」作「未嘗」。不曲直也；雨木冰，桃、李冬華，霜不殺草，草木曲直如故。無麥無禾，是暘雨不時之應，非土不稼穡；一本「穡」下有「自珍又曰」。予紬一本「紬」作「籀」。洪範，箕子以庶徵配五事，不以五行配五事。如欲用春秋災異一本「災異」作「五行」。說洪範一本「洪範」作「尚書」。者，宜爲洪範庶徵傳，不得曰五行傳。一本「傳」下有「自珍又曰」。且休徵五，咎徵又五，非六也，無六沴之義。又申一本「又申」作「自珍曰」。五事自五事，皇極自皇極，五福六極自五福六極，不相配。彼加恆一本「恆」下有「橫」字。陰以足六沴，又割皇極以畀五事一本「事」下有「皆以還就六極爾，無悍於是者」。無棼於是者，亦無拙於是者。一本「者」下有「自珍又曰」。今以五事還五事，以皇極還皇極，以五福六極還五福六極，而洪範可徐徐理矣。微但此，易自易；範自範，春秋自春秋。易言陰陽，洪範言五行，春秋言災異。以易還易，範還範，春秋還春秋，姑正其名，而易、書、春秋可徐徐理矣。一本「矣」下有「自珍又曰」。武王、箕子周初一本「周初」作「西周」。之史氏，不知後世有儒者。古之儒者，不聞後世有禅竈、梓愼；禅竈、梓愼，不聞後世有文成、五利；文成、五利，不聞王莽；王莽不聞一本「聞」下有「後世有」三字。張角、張魯、五斗米、三里霧；如改五經以遷就之，角、魯將毋經學之大宗也哉。

——定盦文集補編

〔案洪範五行傳是向、歆之言，非伏生、張生、歐陽生之言，以五行傳入尚書大傳，誣伏生，近儒誤也。孰誤之？自馬端臨始也。又有僞鄭康成注，不知何人所爲？自記。〕㊀

㊀據定盦集外文稿本附有自記，茲據增補。

說月晷

徽州人造月晷，系以詩，繫而書之，予讀之弗善也。爲之圖三十，合朔至晦，備矣。又爲之子目，各十有二，時加子至加亥，備矣。總爲圖三百有六十，以楮皮爲之儀，我坐北面南，左東右西，以定月之所在，其魄墨之，其明粉之，加金以肖其曜，自以爲賢於徽州市之所爲。揚州羅士琳過而大笑之曰：子未知里差。天下一千三百五縣，宜每縣爲三百六十圖，當有三十七萬九千八百圖。子又未知歲差。夫日與月合朔時，所加不同，一千三百五縣之三百六十圖，月月不同，每月爲三十七萬九千八百圖者十有二，每歲又十二月一本無「月」字。之，其圖無算數。假子神龜之年，不足以役圖，與子千里之封一本「封」上有「提」字。以爲宮，不足以庋之。予乃藍然於不蓺不學，忝爲士大夫老，與夫市估一本「估」作「賈」。繫師，同爲罔知識之民而已矣，乃再拜求羅子敎我以渾天之術，兩儀之形，求七政之行之所在。

徽州歌訣云：「三辰五巳八午升，初十出未十三申，十五酉時十八戌，二十亥上見光明，二十三日子時出，二十六日丑時行，二十九日寅時見，晦與朔日卯上并。」附錄。

——定盦續集

* 又題記羅士琳。

捕蜮第一*

龔自珍既廬墓堲居，於彼郊野，魂飛飛以朝征，魄悽悽而夕處。百蟲謀之曰：予可攻侮。厥族有大有小，布滿人宇。予告訴無所，發書古之，曰：可以術捕。禁制百蟲，非網非罟。予嘗覽夫獵者之彈，亦起於古之行孝者，魑魅山林，則職畏禹。予禁制汝蟲，皆法則上古。叩山川邱墳，而天神（一本「神」作「蟲」）。來下。山川（一本無「川」字）。之祇問曰：今者有蜮，蜮一名射工，是性善忌，人衣裳略有文采者輒忌，不忌縗絰。能含沙射人影，人不能見，必反書之名字而後噬之。捕之如何？法用蔽影草七莖，自障蔽，則蜮不見人影。又用方諸，取月中水洗眼，著純墨衣，則人反見蜮，可趨入蜮羣；趨入蜮羣，則蜮眩瞀。乃祝曰：射工！射工！汝反吾名，以害吾躬，吾名甚正，汝不得反攻。射工！射工！速入吾胃中。如是四徧，蜮死，烹其肝。大吉。述捕蜮第一。

——定盦續集

捕熊羆鴟鴞豺狼第二

邱墳之祇問曰：今者有熊羆、鴟鴞、豺狼，是性善愎，必噬有恩者及仁柔者，捕之如何？法用敗絮牛皮，僞爲人形，手執飼具，以示人恩，中實以爝鐵，咆哮來呑。絮革呑已，爝鐵火起，爢灼其心肝。祝曰：豺狼！豺狼！予恩汝不祥，亦勿戳汝以剛，色柔內剛，誅汝肝腸，汝卒咆哮以亡。如是四徧，則其種類皆殄絕。吉。　述捕熊羆鴟鴞豺狼第二。

——定盦續集

捕狗蠅螞蟻蚤蝨蚊虻第三

沮洳垤之祇問曰：今有狗蠅、螞蟻、蚤蝨、蚊虻，是皆無性，聚散皆適然也，而朋嚙人，使人憒耗。治之如何？法不得殄滅，但用冰㊀一枰，置高屋上，則蠅去。又煉猛火自燒田，則亂草不生，亂草不生，則無所依，無所依，則一切蟲去。祝曰：蚊虻！蚊虻！汝非欲來而朋來，汝非欲往而朋往，吾悲汝無肺腸，速去！吾終不汝殄傷。如是四徧，則不復至。　述捕狗蠅螞蟻蚤蝨蚊虻第三。

——定盦續集

＊張祖廉定盦年譜外紀：「嘗告益陽湯（鵬）郎中欲撰捕龍蛇虎豹文。」今集中無之。

㊀「冰」，自刻本作「水」。

說京師翠微山

翠微山者，有籍於朝，有聞於朝，忽然慕小，感慨慕高，隱者之所居也。山高可六七里，近京之山，此爲高矣。不絕高，不敢絕高，以俯臨（一本無「臨」字）。京師也。不居正北，居西北，爲傘蓋，不爲枕障也。出阜城門三十五里，不敢遠京師也。僧寺八九架其上，構其半，廬其趾，不使人無攀躋之階，無喘息之憩；不孤峻，近人情也。與香山靜宜園，相絡相互，不觸不背，不以不列於三山爲歉也。與西山亦離亦合，不欲爲主峯，又恥附西山也。草木有江東之玉蘭，有蘋婆，有巨松柏，雜華靡靡芬腴。石皆黝潤，亦有文采也。名之曰翠微，亦典雅，亦諧於俗，不以僻儉名其平生也。最高處曰寶珠洞，山趾曰三山菴，三山何有？有三巨石離立也。山之盩有泉，曰龍泉，澄澄然渟其間，其甃之也中矩。泉之上有四松焉，松之皮白，皆百尺；松之下，泉之上，爲僧廬焉。名之曰龍泉寺。名與京師宣武城南之寺同，不避同也。寺有藏經一分，禮經以禮文佛，不則野矣。寺外有刻石者，其言清和，康熙朝文士之言也。寺八九，何以特一本「特」作「獨」。言龍泉？龍泉迟焉。餘皆顯露，無龍泉，則不得爲隱矣。一本「矣」下有「餘者散漫布列，非氣所聚神所聚，無龍泉則全山失神理矣」二十三字。余極不忘龍泉也。不忘龍泉，尤不忘松。昔者余游蘇州之鄧尉山，有四松焉，㊀形偃神飛，白晝若雷雨，四松之蔽可千畝，平生至是，見八松矣。鄧尉之松放，翠微之松肅；鄧尉之松古之逸，翠微之松古之直；鄧尉之松，殆不知天地爲何物。翠微之松，天地間不可無是松者也。

——定盦續集

㊀宣統吳縣志（稿本）：「司徒廟古柏不知紀年……最著者爲清、奇、古、怪四株。」案鄧尉古柏，非松，此誤。

說昌平州

昌平州，京師之枕也。隸北路廳，北路廳隸分巡霸、昌道，分巡霸、昌道隸京尹。州在德勝門北八十里。

州南門至北門七里，州之東有鎮山焉，曰天壽山，明十二一本「二」作「三」。陵之所在。又東南有小山焉，曰湯山，實維溫泉，有江東之辛夷樹焉。純皇帝置行宮，實東巡之所憩。一本「憩」作「息」。州南門之外有泉焉，曰龍王泉，泉上有龍王祠；泉南流，西南又有泉焉。出大覺寺，又西，有村焉；村有多泉，村人自名曰百泉。百泉之泉，與一本無「與」字。大覺一本「覺」下有「寺」字。之泉，皆東南流，以入於沙河。州之北二十有五里，曰南口；南口者，州之蔽也，居庸之基也，入延慶州界矣。州之人才，漢有盧植，唐有劉蕡，今有王蘐齡。王蘐齡者，好積書，豈然長者，以孝廉方正徵，授牘禮部，則奮筆言當世事。其言有曰：今士習尤譁囂，喜小慧，上宜崇樸學以勵下。仁和龔自珍以此言爲然也。其穀宜麥，亦宜稻；其土產硝礬；其木多文杏、蘋婆、柿、棠梨。其俗敬賓客，富人畜車馬，不敢騁於里門。

——定盦續集

說天壽山

由德勝門北行五十五里，曰沙河。沙河有城，出沙河之北門，實維廣隰，豐草肥泉，引領東拜，大山臨之，是爲天壽山。明成祖永樂十年所錫名也。京師西北諸山，皆宗太行山。此山能不與羣山勢相屬，有明尊且秩焉。自永樂至天啓十有二帝葬焉，謂之十二陵，獨景泰帝無陵。崇禎十五年妃田氏死，葬其西麓。十七年，帝及周后死一本「死」作「殉」。社稷，昌平民發田妃之墓以葬帝后，因曰十三陵矣。山多文杏，春正月而華。山之勢尊，故木之華也先；山氣厚，故木之華也怒。山深，故春甚寒；深且固，故雖寒而不洌。其石其鹿一本「鹿」下有「其雉」二字。皆絕大。山之理如大斧劈，山之色黝以文。山之東支有湯山焉，其泉曰湯泉焉。山之首尾八十里。

——定盦續集

說居庸關

居庸關者，古之譚守者之言也。龔子曰：疑若可守然。何以疑若可守然？曰：出昌平州，山東西遠相望，俄然而相輳相赴，以至相蹙，居庸置其間，如因兩山以爲之門，故曰疑若可守然。關凡四重，南口者下關也，爲之城，城南門至北門一里；出北門十五里，曰中關，又爲之城，城南門至北門一里；出北門又十五里，曰上關，又爲之城，城南門至北門一里；出北門又十五里，曰八達嶺，又爲之城，城南門至北門一里。蓋自南口之南門，至於八達嶺之北門，凡四十八一本「八」作「九」。里，關之首尾具制如是，故曰疑若可守然。下關最下，中關高倍之。一本此下有「上關高倍之」五字。八達嶺之俯南口也，如窺井形然，一本「然」作「如是」。故曰疑若可守然。自入南口城，甃有天竺字、蒙古字。上關之北門大書曰：「居庸關，景泰二年修。」八達嶺之北門，大書曰北門鎖鑰，景泰三年建。自入南口，流水齧吾馬蹄，涉之琮然鳴，弄之則忽涌、忽洑而盡態，迹之則至乎八達嶺而窮。八達嶺者，古隰餘水之源也。自入南口，木多文杏、一本「杏」下有「柿」字。蘋婆、棠梨，皆怒華。自入南口，或容十騎，或容兩騎，或容一騎。蒙古自北來，鞭橐駝，與余摩臂行，時時橐駝銜余騎頤，一本「頤」作「墮」。余亦撾蒙古帽，墮於橐駝前，蒙古大笑。余乃私歎曰：若蒙古，古者建置居庸關之所以然，非以若耶？余江左士也，使余生趙宋一本「宋」下有「之」字。世，目尚不得一本無「得」字。覩燕、趙，安得一本「安得」作「何曰」。一本作「何由乎」。與反毳者相摑戲乎一本「乎」作「於」。萬山間？生我聖清中外一家之世，豈不傲古人哉！蒙古來者，是歲克西克騰、蘇尼特，皆入京，詣理藩院交馬云。自入南口多霧，若小雨，過中關，見稅亭焉，問其吏曰：今法網寬大，稅有漏乎？一本「乎」下有「吏」字。曰：大筐小筐，大偷橐駝小偷羊。余歎曰：信若是，是有間道矣。自入南口，四山之陂陀之隙，有護邊牆數十處，問之民，皆言是明時修。微稅吏言，吾固知有間道，出沒於此護邊牆之間。承平之世，漏稅而已，設生昔之世，與凡守一本「守」作「恃」。關以為險之世，有不大駭北兵自天而降者哉！降自八達嶺，地遂平，又五里曰坌道。

——定盦續集

說張家口

張家口在宣化府萬全縣北境，察哈爾都統駐焉，凡効力軍臺贖罪者駐焉。効力者，効力軍臺也。何以駐張家口？近今五十年駐張家口也。昔之日稱軍臺者何？仁皇帝親北征，有事蒙古。純皇帝命將西征，出入蒙古。故軍臺始於平噶爾丹時，密於追達瓦齊時，周帀密布於設定邊左副將軍時。今無軍事，何以稱軍臺？曰：猶內廷有軍機處，無軍事亦得稱也。軍臺起訖如何？以口外察哈爾為起，而北，而西北，而又西，以烏里雅蘇臺為止，凡四十八臺。無軍有臺何也？通檄報也。察哈爾都統與定邊左副將軍遙聲援，中間哲卜尊丹剌嘛、喀爾喀諸一本「諸」作「四」。汗與理藩院往返之檄報，臺員率驛丁奉之走。

驛丁受僱，受此也；臺員効力，効此也。駐張家口何名？曰：戍張家口也。張家口烏用戍？曰：旅焉而已！有財三年估，無財三年旅。問何所始也？始於臺員有老病者，畏塞外之寒且勞，入貲充公，白都統，（一本「統」下有「都統」二字。）許之，以其貲僱蒙古代之。勢也，情也，非法也，亦無臺費之名，亦不上聞。今臺費上聞，臺費行而臺員除矣。如有人不能出臺費，願充臺員，今許之乎？反不許；又如有人願亦出臺費，亦充臺員，則許之乎？亦不許。何以不許？（一本「許」下有「曰」字。）都統但聞五十年事，不聞康熙事，不聞乾隆初年事。王元鳳，天下士也；爲桂陽州知州，㈠下車，擒豪蠹，大創之；又平瑤有奇功，天子嘉之，錫之孔雀翎，擢爲陳州府知府。元鳳入覲，方留京師，而州大猾夜出境爲飛語，達京師，㈡覔聞天子，天子使使鞫之；使者受單詞，當元鳳以革職，發往軍臺，効力贖罪。是獄也，寃元鳳者半天下，元鳳獨飛揚而大喜，就逮時，謂送吏曰：元鳳足跡徧中華，獨未得至西北塞外，一見聖朝中外爲一之盛。吾此行，廿騎橐駞，佩短刀，往來風沙中。龔自珍屬之曰：吾爲蒙古圖志，某部落某山，尚未有圖，子皆爲我圖（一本「圖」作「補」。）之。龔自珍乞假五日，送之（一本「之」下有「出」字。）居庸關，逾八達嶺而返。既聞兵部尚書青陽王公㈢言，近日事例如此。既又聞常熟蔣君㈣言，吾嘗以讉行，卧三年，納貲乃還，如尚書言。既又得王元鳳書，果如尚書言。吁！天下事名實不相應，十九如是哉！元鳳又言，吾到戍三日，獨騎橐駞，懷筆墨，至大禁門，欲出，門者叱之而止。（大禁門即張家口北門也。）㈤

——定盦續集

㈠㈡祝心淵手校本眉注：「王元鳳曾署澧州知州，爲州民李萬忠所控，欽差趙盛奎鞫明元鳳無浮收勒折挪用倉穀事，惟失察家人藉索勒詐，並於州署需用物件輒以官價勒派商民承辦；又私設班館，濫鎖無辜，動經旬月，致丁役人等，乘機索詐多贓，奏請革職。道光十六年辛丑，特旨發往軍臺效力贖罪，以爲違制殃民者戒。此誤以爲桂陽州事，又謂爲飛語達京師，不知實都察院控告也。」案王元鳳確署桂陽知州，祝批誤也。

㊂王宗誠，字中孚，青陽人。道光十六年時任兵部尚書。著有其父王文僖公（懿修）行述。

㊃蔣因培，字伯生，常熟人。官清河知縣。著烏月山房詩存。

㊄祝心淵手校本眉注：「大禁門十字，鈔本作大字書，是正文，非注也。」

資政大夫禮部侍郎武進莊公神道碑銘

卿大夫能以學術開帝者，下究乎羣士，俾知今古之故，其澤五世十世；學足以開天下，自韜汚受不學之名，爲有所權緩亟輕重，以求其實之陰濟於天下，其澤將不惟十世；以學術自任，開天下知古今之故，百年一人而已矣。若乃受不學之名，爲有所權以求濟天下，其人之難，或百年而一有，或千載而不一有，亦或百年數數有。雖有矣，史氏不能推其迹，門生、學徒、愚子姓不能宣其道，若是，謂之史之大隱。有史之大隱，於是奮起不爲史而能立言者，表其灼然之意，鈎日於虞淵，而懸之九天之上，俾不得終隱焉而已矣。大儒莊君，諱存與，江南武進人也。幼誦六經，尤長於書，奉封公教，傳山右閻氏㊀之緒學，求二帝三王之微言大指，閔秦火之鬱伊，悼孔澤之不完具，悲漢學官之寡立多廢，懲晉代之作僭與僞，恥唐儒之不學見紿，大笑悼唐以還學者之不審是非，雜金玉敗革於一衍，而不知賤貴，其罪至於褻帝王，誣周孔，而莫之或禦。蓋公自少入塾，而昭昭善別擇矣。既壯，成進士，閻氏所廓淸，已信於海內，江左束髮子弟，皆知助閻氏；言官學臣，則議上言於朝，重寫二十八篇於學官，頒賜天下，考官命題，學僮諷書，僞書毋得與。將上矣，公以翰林學士，直上書房爲師傅，聞之，忽然起，逌然思，鬱然歎，愾然而寤謀。方是時，國家累葉富厚，主上神武，大臣皆自審愚賤，才智不及主上萬一。公自顧以儒臣遭世極盛，文名滿天下，終不能有所補益時務，以負庥隆之期，自語曰：辨古籍眞僞，爲術淺且近者也；且天下學僮盡明之矣，魁碩當弗復言。古籍墜湮十之八，頗藉僞書存者十之二，帝胄天孫，不能旁覽雜氏，惟賴幼習五經之簡，長以通於治天下。昔者大禹謨廢，「人心道心」之旨、「殺不辜寧失不經」之誡亡矣；太甲廢，「儉德永圖」之訓墜矣；仲虺之誥廢，「謂人莫己若」之誡亡矣；說命廢，「股肱良臣啓沃」之誼喪矣；旅獒廢，「不寶異物賤用物」之誡亡矣；冏命廢，「左右前後皆正人」之美失矣。今數言幸而存，皆聖人之眞言，言尤疴癢關後世，宜貶須臾之道，以授肄業者。公乃計其委曲，思自晦其學，欲以借援古今之事勢，退直上書房，日著書，曰尙書既見如干卷，數數稱禹謨、虺誥、伊訓，而晉代剟拾百一之罪，功罪且互見。公是書頗爲承學者詬病，而古文竟獲仍學官不廢。公中乾隆乙丑科進士，以一甲第三名，授翰林院編修，屢遷至禮部右侍郎，誥授資政大夫。周時有仕爲漆園吏，著書內外篇者，其祖也。曾祖諱某，祖諱某，考諱某，妣氏某，皆封如公官。妣封夫人。子□人，某、某，述祖以文學最有聲。孫□人，某、某，綬甲　最有聲。公以乾隆〔五十三〕[二]年卒於官，年〔七〕十有□。[三]以嘉慶□年葬某山某原。公乇所著尙有周官記六卷。公性廉鯁，典試浙江，浙巡撫餽以金，不受，遺以二品冠，受之。及塗，從者以告曰：冠頂眞珊瑚也，直千金。公驚，馳使千餘里而返之。爲講官日，上御文華殿，同官者將事，上起，講儀畢矣。公忽奏：講章有舛誤，臣意不謂爾也。因進，琅琅盡其指，同官皆大驚，上竟爲少留，頷之。是二事者，於公爲細節。謹附書。銘曰：大儒莊君旣亡，粵嘉慶二十有三年，綬甲始爲書測君志，以告綬甲友；其友籀其詞，肯銘，乃克銘君於武進之阡。

〔嘉慶戊寅，莊君綬甲館予家，一夕，爲予言其祖事行之美，且曰碑文未具。是夕綬甲夢見公者再，若有所託狀。明日，綬甲以爲請。越己卯之京師，識公之外孫宋翔鳳，翔鳳則爲予推測公志如此。越壬午歲不盡三日，始屏棄人事，總羣言而删舉此大者以報。自記。〕㈣

——定盦文集

㈠閻若璩，字百詩，太原人。著古文尚書疏證、四書釋地、日知錄補正、喪服翼註、孟子生卒年月考、潛邱劄記、毛朱詩說、眷西堂集。

㈡莊存與以乾隆五十三年卒，據補。

㈢莊存與卒年七十，文中有「□」應删去。

㈣吳昌綬手校本，將篇後自記稍加改竄云：「戊戌歲，莊卿珊館定公家，爲言其祖莊公存與事行之美；且曰碑文未具。已卯，定公至京師，識莊公外孫宋于庭，復爲推測公志。至歲不盡三日，始屏人事，總其羣言而删舉其大者，撰莊公神道碑銘。」王文濡校編本逕以爲吳批，失據。茲據自刻本補此。

贈太子太師兵部尚書兩廣總督謚敏肅涿州盧公神道碑銘※

道光十五年秋九月，兵部尚書兩廣總督一等輕車都尉涿州盧公卒於位。旣聞，皇帝震悼，贈太子太師，易名敏肅，卹如禮。明年夏，公子戶部員外郎端黼，以公喪至自廣州，某月日，葬於州之賜阡，如禮。體仁閣大學士阮元作而歎曰：若盧公，可謂勞臣也已。公通籍睿皇帝朝，今皇帝御極，一紀有餘，寰海內外，若西若東，若北若南，小大之事，一本「事」下有「則」字。苟異日宜書者，公罔不在，公所在事，西東北南，上罔不委任；上任之矣，公罔不得衆力；得於上，又得於衆，功罔不成；功成矣，厥後罔不善。上以實任，公以實應。微獨上信公，若京朝官，若外吏，若僚佐，若游士賓客，若伍，若民，莫不曰：今皇帝御極一紀有餘，小大之事，〔則〕㊀未有歷試歷效，始卒稱恩禮如盧大人者也。卒之日，訃至之日，遠近失色。嗚呼！可謂勞臣也已！曾祖振裔。祖某。考士夔，妣氏某。本生考某，妣氏某。公諱坤，字靜之，卒年六十有四。配氏某，先公卒。阮元乃銘公之神道。銘曰：涿郡之盧，熠自東漢，時惟范陽。代有偉者，允文允武，大熾於唐。汴宋以降，盧少替夷，俟公而光。五歲瀕棄，神嫗活之，憑一本「憑」作「懸」。讖告祥。卒如神言，轍滿天下，名德浩滂。起家文辭，觀政於曹，翠翮英英。出治南服，又歷試旂，以知宣房。龍飛自天，浹旬三遷，電發雲驤。初撫關中，師彼周雅，乃積乃倉。乃興水田，以實雍州，西陲用兵。西陲用兵，將相雲會，公職轉餉。轉餉如何，十一本「十」作「千」。萬西師，勳一本「勳」作「縣」。命一方。犎牛三萬，役夫又萬，執算庚庚。算定檄飛，自送大軍，夜出燉煌。帝甄西功，公不搏賊，公乃綱一本「綱」作「網」。綱。既甄既葴，休公于晉，羽毛迴翔。西事再訌，公請復西，帝還其疆。帝命作督，於江漢滸，江漢湯湯。沱潛爲田，龍魚失居，乃怒而張。奪此波黎，予一本「予」作「于」。彼龍魚，以奠荆襄。有覡有瑤，負峒阻碉，不賦而穰。公曰火攻，虒虒虎虎，緋旂赤常。帝曰趣之，炎靈速之，既犂既康。使者汗矣，帝問南矣，公偃在牀。迤邐而南，移節遷旂，嶺海洋洋。獮瑤所蔓，小沖大排，弭首如牂。乃問鹽鐵，鹽官告羸，鐵官告良，嶺雲白矣，海氛墨矣，嶺柝夜狂。吁嗟嶺海，大竇大庤，海人來商。不曰驅之，揖而嫗之，追咎有明。瑰麗淫葩，巧工所都，誘我讙僮。遂痟南東，喪金萬萬，食妖大行。經㊁海之南，有越南國，翳古越裳。維海之西，有英吉利，隆鼻一本「隆鼻」作「隅目」。高眶。環伺澳門，以窺岀服，十伍其櫓。雖鳩地中，長鯨和之，擘波浪浪。澎湃百年，自互市始，大原我詳。公姑仍之，又姑持之，亦持亦創。仍之如何，以澳居夷，勿汝傑攘。持之如何，自誅食妖，以肅津梁。創之如何，樓船鬬豪，虎門中央。窺公之心，信公之意，公實茹藏。罷關絕市，粤乃大治，異日其颺。天不俟公，不蘇東南，公也暴亡。凡公所蒞，聖清所覆，禹蹟芒芒。我書公勞，十不六七，塞滿九閽。後有式者，天祿辟邪，鬐鬣飛揚。

——定盦續集

* 題下原註：「代阮中堂。」阮元揅經室文集別有碑文一首，註：「銘乃門下士代作。」阮集碑文較詳，蓋經阮潤飾。

㊀ 潘鴻手抄本注：「『事』下脫『則』字。」茲據增補。

㊁ 同上：「『經』應作『維』。」疑是。

王仲瞿墓表銘

乾隆末，左都御史某公，㊀與大學士和珅有連，然非闇於機者，窺和珅且敗，不能決然舍去，不得已，乃托於駃顛。一本「顛」作「傎」。川、楚匪起，疏軍事，則薦其門生王曇能作掌中雷，落萬夫膽。自珅之誅也，新政肅然，比珅者皆詔獄緣坐。某公既先以言事駃避官，保躬林泉，而王君從此不齒於士列。掌中雷者，神寶君說洞神下乘法，所謂役令之事，即以道家書論，亦其支流之不足詰者。王君少從大剌麻章佳胡圖克圖者游，習其游戲法，時時演之，不意卒以此敗。君既以此獲不白名，中朝士大夫，頗致毒君。禮部試同考官揣某卷似浙王某，必不薦；考官揣某卷似浙王某，必不中式；大挑雖二等不獲上。君亦自問已矣，乃益放縱。每會談，大聲叫呼，如百千鬼神，奇禽怪獸，挾風雨、水火、雷雹而下上，座客逡巡引去，其一二留者，僞隱几，君猶手足舞不止。以故大江之南，大河之北，南至閩、粵，北至山海關、熱河，販夫騶卒，皆知王舉人。言王舉人，或齒相擊，如譚龍蛇，說虎豹。矮道人者，居京師之李鐵拐斜街，或曰年三百有餘歲矣，㈡色如孩，臂能掉千鈞。王君走訪之，道人無言，君不敢坐，跽良久，再請，道人乃言曰：京師有奇士，非汝所謂奇也。夜有光，如六等星，青霞繞之，青霞之下，當爲奇士廬，盍求之。王君知非眞，笑曰：如師言哉？己巳春，見龔自珍於門樓胡同西首寓齋。是日也，大風漠漠，多塵沙。時自珍年十有八矣，君忽嘆息起自語曰：師乎，師乎！殆以我託若人乎？遂與自珍訂忘年交。初，君以稚年往來諸老輩間，狂名猶未起，老輩皆禮之，至是，老者盡死，同列者盡絕，君無聊甚，故頻頻與少年往來。微道人，亦得君也。越八年，走訪龔自珍東海上，留海上一月，明年遂死，則爲丁丑歲。自珍於是助其葬，又爲之掇其大要，而志其墓曰：君姓王氏，名曇，又名良士，字仲瞿，浙之秀水人。乾隆五十九年舉人也。其爲人也中身，沈沈芳逸，懷思惻悱；其爲文也，一往三復，情繁而聲長；其爲學也，溺於史，人所不經意，纍纍心口間；其爲文也，喜臚史；其爲人也，幽如閉如，寒夜屏人語，絮絮如老嫗，匪但平易近人而已。其一切奇怪不可邇之狀，皆貧病怨恨，不得已詐而遁焉者也。卒年五十有八，有集如干卷。

祖某。父某。妻金，㊂能畫與詩，先卒。子一，善才。墓在蘇州虎邱山南。銘曰：生曇者天也，宥曇者帝也，仇曇者海內士，識曇者四百歲之道人，十八齡之童子。曇來！曇來！魂芳魄香，思幽名長，山青而土黃，瘞汝於是。噫！

——定盦續集

㊀吳省欽，字沖之，南匯人。官至左都御史。嘉慶間川楚敎民起義，薦王曇能作掌心雷，以誕妄奪職。

㊁王曇煙霞萬古樓文集虎邱山寥室誌：「矮道人者，居虎坊五道神廟，年二百餘歲矣。」此云「年三百有餘歲矣」，及下文銘曰：「識曇者四百歲之道人。」皆誤。

㊂金五雲，詳金孺人畫山水序。

工部尚書高郵王文簡公墓表銘

公諱引之，姓王氏，江南高郵人。祖安國，禮部尚書，謚文肅。祖妣韋氏、徐氏。考念孫，四品卿銜，前分守永定河兵備道。妣□氏。公乾隆六十年舉人，嘉慶四年進士，由翰林院編修，累官禮部尚書，改工部尚書，卒於位，賜謚文簡。生乾隆三十一年，卒道光十四年；明年十有二月□日，葬於州治之賜塋。公典鄉試事四，典會試事二，龔自珍則其典浙江鄉試所得士。公之學，及其著書大凡，嘗不以自珍爲不可裁而請一本「請」作「講」。之矣；其行誼始末，自珍又窺其數大端矣。將葬，公第四子壽同，則使自珍表諸墓。自珍爰述平日所聞於公者曰：吾之學，於百家未暇治，一本「治」下有「也」字。獨治經。㊀吾治經，於大道不敢承，獨好小學。夫三代之語言，與今之語言，如燕、越之相語一本「語」作「詰」。也；吾治小學，吾爲之吾人焉。其大歸曰：用小學說經，用小學校經一本「經」下有「二事」二字。而已矣。又聞之公曰：吾用小學校經，有所改，有所不改。周以降，書體六七變，寫官主之，寫官誤，吾則勇改；孟蜀以降，槧工主之，槧工誤，吾則勇改；唐、宋、明之士，或不知聲音文字而改經，以不誤爲誤，是妄改也，吾則勇改其所改。若夫周之沒，一本「沒」作「末」。漢之初，經師無竹帛，異字博矣，吾不能擇一以定，吾不改；假借之法，由來舊矣，其本字十八可求，十二不可求，必求本字以改假借字，則考文之聖之任也，吾不改；寫官槧工誤矣，吾疑之，且思而得之矣，但羣書無佐證，吾懼來者之滋口也，吾又不改。又聞之公曰：吾之學，未嘗外求師，本於吾父之訓。先是兵備公校定晚周諸子、太史公書，一時言小學者宗之，公所著書□□卷，謂之經義述聞。述聞者，乃述所聞於兵備公也。㈢通說四十餘事，又說經之大者，在述聞之末。一本「通說四十餘事，又說經之大者，在述聞之末」作「述聞末，通說數十條，用小學說經是矣」。又聞之公曰：吾箸書不喜放其辭。自珍受而讀之，每一事就本事說之，慄然止，不溢一言，如公言。公之色，孺子色，與人言，未嘗有所高論吳譚。年近七十，爲禮部尚書，兵備公猶在，比丁憂服闋，再補工部尚書，而公旋卒矣，公終身皆其爲子之年。門下士私相謂曰：以王公名位齒髮，而辭色如子弟，所學殊歟？所養殊歟？其諸人論歸之師，海內歸之福也歟？公以事親爲讀書，以讀書爲事親，門內之士，一本「士」作「事」。勉勉顒顒，人知之。立一本「立」上有「矣」字。朝循典常，俟乾斷，無所表襮，天下頗無由測公。嘉慶十八年，巨逆林清以七十七人入禁門。既殄定，有議加築圓明園宮牆高厚者，有議增圓明園兵額者，公皆不謂然，具摺上。睿皇帝大動容，召對良久，乃罷。上諭軍機大臣：王引之言人所不敢言。其事一本「事」下有「之」字。卒見施行與否，海內弗知，其奏牘何辭，海內迄今弗知也。由此例之，公之風旨，其視徒表暴於道路者何如哉？公配沈，繼配范，子四：壽昌、彥和、壽朋、壽同，范出。孫七。銘曰：璞之瑟瑟，外有文也；鏐之沈沈，中有堅也；君子肖之，以事其親也。於乎！欲事親者考斯，欲事君者考斯，斯人而不敢承，孰爲大道？

——定盦續集

㈠王壽同觀其自養齋燼餘錄（稿本）擬復龔定盦書：「……先大人於先秦諸子、史記、漢書皆有校正，其說皆在讀書雜志中，至廣雅疏證末卷，直署文簡公名。何閣下曰，先君有言：吾於百家未暇治，獨治經耶？」

㈡同上，擬復龔定盦書：「……先君著經義述聞，名述聞者，善則歸親之義。其中凡先光祿公說十之三，先文簡公說十之七，其書閣下亦既讀之矣。今不別其辭，而渾曰述聞於庭備，則先君述聞一書，不僅爲錄之勞乎？又閣下獨舉述聞而遺釋詞，竊恐後之讀定盦文集者，必曰：釋詞非王文簡公著也。」

武顯將軍福建海壇鎮總兵官丁公神道碑銘

乾隆中，國家修大刑於閩島之外，一本「外」下有「貝勒」二字。福康安公、海蘭察公先後成大功以去，光於祀典。凡百戎臣，或有一本無「或有」二字。賞及後裔，名附史官之牒。其有官不過閫鎮，名不挂勳籍，身歷百戰於狂濤巨鯨間，幾爲忌者擠致之以無名之死而卒以功名終，則有通州丁公。按狀：丁氏出自齊太公之孫丁公，世霸營邱，末胄播遷，入本朝，家於江南之通州。曾祖某；祖應舉，江南狼山營守備；父國升，蘇松鎮游擊，皆封如公官。妣張，生妣陳，皆封夫人。公父官松江，遂家焉。公諱朝雄，字伯宜，以松籍起家，由右科歷數官，屢遷至福建副將。四十八年，島賊黃在莊叛，公佐一本「佐」下有「提督」二字。黃仕簡討平之，列軍功一等。閩事之芟也，公詗知林爽文有謀，必屯兵東港，以與鳳山爲犄角勢。及鳳山警，公方赴引見北上，半途馳還，白總督常青：賊不足慮，請假某兵勦東港，且斷其糧道，即鳳山潰矣。因進指畫緩急狀。常青不聽，惟專意鳳山，檄公偕總兵郝壯猷趨鹿子港，擒賊目楊朝派，克鳳山。非公意也，人以爲公功。賊果大熾，益蔓延，檄公守鯤身，又檄公守郡城。公於鯤身，則招土番千人，敵賊萬衆，一本無「衆」字。矢石俱盡，而賊目潘猛一本「猛」下有「猶」字。揮烏龍旗不下，公命守備邱岱拔之，猛走，鯤身平。公於郡城，則戰少守多，未至，先破賊中途，路始通，遂徧閱城樓、屯柵、池隍，不治者整之。一本無以上兩句。時總兵柴大紀守諸羅，公守郡城，三閱月，皆食豆餅，髮觸冠數寸，賊不得逞。諸將恃以成戰功於外。之數者，亦非公意也，人又以爲公功。至是而討東港之命下矣。常青非公無可使，而以八百人與公，請益，則曰：戰不利，則守舟中，舟不可守，退而益兵。公曰：爲國死，命也。大人即不發一兵，某亦往。拂衣上馬行，至東港，一本無以上十二句。賊衆且數萬。先時一本「先時」作「是」。海中有淤淺，雖潮至，舟不通，賊以是一本「是」下有「據海中淤淺不通舟」八字。不設備。僞軍師吳豹、僞將軍洪賀，縱飲酒。天大雷雨，水暴長丈許，公坐艅艎，指揮縛羣酋，遂登其礮臺，賊大驚，急近一本無「近」字。戰。公曰：我幸踞礮臺，天也。遂發大礮，諸火器繼之，光塵蔽天，賊尸拋滿崖澨，獲僞將軍李老合，逐北三十餘里，乃倚山爲營。夜半，忽有數百人大噪過溪，公戒衆勿出；一本無「公戒衆勿出」五字。少選，又有數百人，直撲大營，公益不動。一本無「公益不動」四字。天明，盡掩之。軍中不知其誰何。一本無「軍中不知其誰何」七字。迹其屍，皆赤髮而裸，蓋番人乘間爲聲援者。公踞地勢，故無恐。林爽文遣其黨來援，公築壘圍之，賊潰圍出；公料其必奔茄藤，先令守備鄭其仁，以步卒三百伏於路，而親自中道追之，賊遇伏卒敗；餘賊遁，將渡溪，公擠而溺之，遂獲豹、賀。東港平，時乾隆五十一年某月也。計大小七十三戰，八百人扶傷痍以完，智勇無出公右，一本無「智勇無出公右」六字。而常青蔽不以上聞，第令公攝海壇鎮總兵官。福康安公至，始奏即眞。公一本無「公」字。仍留臺灣防禦，比林爽文就擒，始蒞任。海壇固雄鎮，環海，大盜時出，偵間斥候稍疎，即大爲民害。一本無「偵間，斥候稍疎，即大爲民害」十二字。公督率舟師爲游兵迎捕。盜林鬍舵、林明灼者，海之酋魁也，公得鬍舵於浙江洋，而明灼適以戕參將張殿魁事聞。高宗純皇帝震怒，嚴責總督伍拉納、伍櫂，以責公，公請身任。一本無「公請身任」四字。一日晨出，颶霧四塞，公喜謂諸將曰：今日得報張公矣。遂令衆船齊進，果遇明灼於大麥洋，俟其近，力踞上游，縱大礮，連斃賊頭目，明灼知不免，躍一本無「知不免，躍」四字。入海，葉把總鈎得之。功狀始上聞。有旨召見，未行，而總督又調公臺灣鎮總兵官。渡臺一本無「渡臺」二字。後，復還公於海壇，攝水師提督。五十八年，以捕會匪功，奉旨加四級。五十九年，循例入覲，途次病甚，乞兩江總督蘇靈阿一本「靈」作「凌」。代奏，乞骸骨。上方向用公，特旨令回籍調理，俟病痊即行奏請陛見。冬十有二月某日，甫入上海縣境，卒於舟中，年六十有七。公輕財愛士，官閩時，有廣東舉人曾中立，欠穀數千石，有司以軍需不給，將置之法；公奇其才，代償之。後曾爲義民長，以戰功賞巴圖魯，仕至理番同知。公配陳，封夫人，後公卒。公有丈夫子二人：廷珊國學生；攀龍武生，蘇松鎮左營守備。孫四：鍾傑武生，浙江千總；鍾琪國學生。以嘉慶二十一年十月初二日，奉公暨陳太夫人，合葬於松江細林山祖塋之側。越九年，神道之文未具，鍾傑等以公捍大患而世莫聞，願文章之士發其光，則與載於官書者，異日出入必互見，故來乞書於碑。銘曰：告下車者曰：是百戰百勝者丁將軍之墓。再告下車者曰：是百戰百克而無炳炳於時者。三告下車者曰：是將軍之孫鍾傑、鍾琪泣述功烈，有蠹於其心，是爲史之別子龔氏之言，用卒告聞烈之君子。今年實道光五年。

——定盦續集

江南安慶府知府何公墓表銘

嘉慶二十年，龔自珍娶于山陰何氏，實知府裕均從女孫。㊀明年夏，知府公卒。又明年，喪歸山陰，其孤鹽大使鑲、通判銜錢以行狀來乞銘。狀繁不次，次其要。公姓何氏，諱裕均，浙江山陰人。祖經文，官知府，贈榮祿大夫、河南巡撫。父炌，官知府，妣呂恭人。公之仕，始通判湖南寶慶府，同知江南徽州府，遂知山東萊州府。黜，復起，知江西臨江府，又知江南池州府，卒于江南安慶府任，年六十七。歷六郡，完密平和，善筦守，屬縣無虧蝕。其處家也，以友兄弟聞。凡兄弟之子若孫皆育之，其女善嫁之，遠兄弟皆贍之，猶子、諸甥侍左右，肅然立，見者知爲禮法故家也。卒之日，無寸椽一瓦。配陳恭人，側室韋，子二，韋出。自珍以婚姻之故，習其門內，習其鄉，徵於余婦，狀皆信，乃銘。銘曰：是孝友有政聲者之阡，越之君子，尚封樹之可也。

——定盦文集補編

㊀ 據黃守恆定盦年譜嘉慶乙亥條：「娶山陰何奏庭先生鏞之女吉雲爲繼室。」

明按察司僉事金君石闕銘*

嘉慶二十一年八月甲辰朔，越一日乙巳，㈠文林郎錢唐金應麟，始使石工某，爲明按察一本「察」下有「使」字。司僉事一本「事」下有「公」字。造此石闕，用錢若干緡，㈡役工七十有□。㈢㈣君姓金氏，一本「氏」下有「厥」字。諱應奎，字曰封風，錢唐一本「封風錢唐」作「拱宸仁和」。人也。明嘉靖三十二年進士，官吏部文選司主事。稟性剛毅，不媚柄臣，浮湛十年，始循常遷，改河南道御史，出爲山東按察僉事。河决東郡，宣防有功，再遷四川按察使。㈤中貴馮保，私僮百指，爲暴鄉里。以一本「以」作「川」。人疾首，君杖遣之，直聲聞於朝。小人道長，義不勝邪，遂坐㈥一本「坐」作「至」。劾君。君受劾歸，不問世事，恬愉冲夷，淪隱以沒，年七十有一，實萬曆三十年，一本作「明隆慶八年」。葬錢唐之仁壽原。越二百載，高岸就坻，樵蘇是侵，㈦一坏眇焉。應麟蠶然心傷，爰糾其族，既封既樹，立此高闕，峨峨翼翼，以旌遺聞，以播於后昆。銘曰：於惟金君，明允塞淵，江介之光。升於朝右，官㈧亦不遂，曰德之剛。乃吏於東，天險勿翕，特一本「特」作「是」。君宣防。東人謳矣，西人求矣，巖巖厥彊。有貙有豻，氣使大僚，以役封狼。君暴創之，吏咋而觳，遂褫公章。西人嗁呼，朝亦弗諟，以老公於鄉。重曰：瞻仁壽之佳原，一本「原」下有「兮」字。宅江湖而兆正。耉耉德于鄉邦，一本「邦」下有「兮」字。剜玄石而失姓。惟世澤之必鍾，一本「鍾」下有「兮」字。感文孫之哀敬。攬刻辭而無爽隘一本「隘」作「溢」。兮，總英靈於家乘。君配邢，一本「邢」下有「配沈」二字。子一本「子」下有「曰仲陽仲曉」。□。君弟一本「弟」下有「賢」字。□，陝西西安府同知。西安之九世孫應麟，嘉慶十五年舉人，以文學聲於時。同郡後㊈學龔自珍爲文刻石。⑩

——定盦續集

＊又題明故按察使司僉事金君闕銘。

㈠金應麟金氏世德記作「大清嘉慶二十年十月壬子朔，越七日戊午」。

㈡同上作「用緡錢九十萬」。

㈢同上無役工句。

㈣同上有「石工蔣司」。

㈤同上：「四川按察使」下有「降僉事」三字。

㈥同上：「遂坐」作「遂至」。

㈦同上：「侵」作「遊」。

㈧同上：「官」作「宦」。

㈨同上：「官內閣中書」。

㈩同上：「句容馮鳴和刻石」。

刑部主事番禺黃君妻周墓碣銘

嶺南有女子焉，哭其母，又哭其父，又哭其兄，又哭其殤，遂先所天卒。女有女弟二，相愛，以哭其女兄，相繼卒。篤矣乎！一門之內，嗇於年，豐於思，鬱於性，薄於祜，天錘之，天皆狹之，有如是乎？所天旣貴，告其友仁和龔自珍云：吾婦卒之日，吾方北游，莫視含；玆窆有日，願書其表隧之石。自珍乃次之曰：山陰周德瑞，客嶺南，占番禺籍，生聚榮，聚榮生女子子，適同縣黄玉階，中道光丙申進士，官刑部主事，贈妻安人，晉宜人。以不及刑部君之貴，一本「貴」下有「也」字。食貧茹艱，婉惠遜順，自姑章及三族，無間言。生嘉慶乙丑也，卒道光癸巳也，春秋二十有九。宜銘。銘曰：人生兩間，哀樂固無極也，賢智過情，不肖不及也。矧后媼之積痗兮，非女子之善戚。一本「戚」下有「也」字。仙吾不可期，佛吾不可思，爲鬼果如爲人之聚首兮，又惝怳而弗敢知。女子之征，亦寥郭也，匪骨匪肉，翔所各一本「各」作「谷」。也。黄子無聊之言，則曰夜臺樂也。

——定盦續集

徐泰母碣

侯官林氏女，爲上海徐兆洙妻，期而寡，遺腹子曰泰。泰從林受孝經。既長，好文章，篤於朋友，龔自珍友之。告自珍曰：吾母平生再刲股，一療吾外王母疾，再療吾王一本「王」作「祖」。母疾，皆愈，親族無知者。侍寡十四歲而卒。卒歲餘，吾祖母病眩瞀，家人恐，病者忽自語：愈矣，適四孃立吾側，飲吾茶，果愈。病者皆泣。四孃者，吾父于諸同產季也。道光十九年，詔旌上海縣徐兆洙妻林氏，泰立石墓側，使自珍銘。銘曰：生以肉療母，死以魂翼母，宜有德有文之子熾爾後。

——定盦續集

孔憲彝母碣

闕里孔憲彝，其氣儒者。手狀乞銘其母之阡。按狀：孫氏，浙產，歸孔昭□，生三子，憲彝仲也。逮事威姑，先所天卒，春秋三十。㊀能刻繆篆施金石，組紃之事，絲竹、筆牘之藝，靡不通妙焉。銘曰：璇珠輝輝氣質温，必有圓折鍾厥源。吾郡葩華莫若孫，車來闕里高閈門；東魯喪矣西湖媛，此有式者魯後昆。

——定盦續集

附：闕里孫孺人墓志銘*

闕里孔憲彝，晳而能詩，挹其氣，沖然儒者。道光七年，手具狀，乞銘母之幽宮。按狀：母孫氏，浙產，幼失恃，號泣得嗽上氣疾。二十一歸孔君俊峯，孝於偏親，睦於羣姒，撫夫之女甥若所生。俊峯以嘉慶六年舉人官鹽場大使，擢鹽城令。有子三人皆所出，憲彝其仲也。貞疾弗蠲，嗽作而卒，年五十一，生乾隆丁酉也，卒道光丁亥也。閫內之行，既淳且懿。若夫才藝之美，能刻繆篆施金石，以及鞶帨黹紩之事，絲竹音律之具，靡不通妙焉。自珍則按狀書於石，又系以銘。銘曰：璇珠輝輝氣質温，必有圓折鍾厥源。吾郡葩華莫若孫，車來闕里高閈門；西湖靈淑東魯尊，必有式者魯後昆。

* 據張祖廉定盦年譜外紀云：「宣統二年五月吳昌綬得此篇於北京廠肆。」較孔憲彝母碣詳，故附此。

㊀ 據闕里孫孺人墓志銘：「生乾隆丁酉也，卒道光丁亥也。」當年五十一，此誤。

朱殤女碣

朱山人㊀游東海，望姜女祠，海中孤墳，雲水環壍，天色垂縹，俯之幽然，心動而識焉。役返，其女殤，家人葬之東直門某村，翌日，自往哭之。地多野潦，曠浪無垠，目窮魄動，觸其前境，神思無形，乃成讖兆。告其友龔自珍言如此，乞書于碣，道光元年冬也。

——定盦續集

㊀朱鶴年，號野雲山人，泰州人。僑寓北京。工畫，有大滌子風格。著朱雀橋邊野草。

潘阿細碣

女阿細，黠潘氏；嫁瑯琊，㊀夫甚貴。事夫良，頗識字。夫遠戍，出居庸；居庸關，莽萬重。行倉皇，不可挈；託弱小，㊁友朋職。我婦何，㊂割屋宅。細有釵，直十金；何貸之，糴米鹽；久不償，慙以愧！細甚俠，無德色。望夫臺，細徘徊，涼風厲，夫不來。細悲吟，淚霪霪，子先煒，辰以奄。莫含之，莫襚之，報釵德，銘瘞之。居庸關，天之西，夫不歸，冢萋萋。榫無漆，媿釵德；樹之棗，心甚赤！

㊀㊁潘阿細，王元鳳妻，元鳳事詳說張家口。王文濡校編本，眉批：「元鳳曾託弱小于定公。」即據此。

㊂何吉雲，詳江南安慶府知府何公墓表銘注。

曹尙志碣

里人曹文昭，乞爲其父刻墓之石。謹讀狀：仁和其籍，曹其氏，尙志其名，七十有二其年。不賈不仕，不客卿大夫，無飾言，無飾行。晚好西方聖人之言，不慱其義，但持名字。其死也，西面稱名，泊然化。龔自珍曰：東城單炤、吳樹虛、彭唐而下，多慤行潛異之民，不汩沒生死，曹君又其一也。里仁爲美，吾里眞仁哉！

——定盦文集補編

海門先嗇陳君祠堂碑文

開國以降，奇傑之士，達節之民，挺瓌怪㊀之姿，躬淳古之行，生而魁於凡民，沒而當祭於社者，不有文事，一本「事」作「字」。其無稱乎？先嗇陳君，厥諱朝玉，字曰璞完，江南〔崇明〕㊁縣人也。幼有異稟，膚色黝漆，臍窪若臼，環腰有白文，其圜中規，相人者言，是爲玉帶圍，當奇異。稍長，衎然魁頎。故其鄉之人，嘗已疑其神。年十三，讓產伯兄，鴻騫鳳逝，去之無迹。是時皇政熙清，后祇効靈，海之君王，來獻土壤，以福吾黎元。一本「通州上」有「江以北之墳榆暨」七字。通州、常熟間一本「常熟間」作「之」。東地，望洋無極，潮退沙見，豁然劃然亘二百里，君履其側，四無居人，蒼芒獨覽曰：吾當屋於是。率妻來遷，創草屋，斲木爲耜，冶釜爲犂，夫任半耦，婦任半耦，一耦之力，旬有五日，水鹹者立甘，沙疏者立堅，沙膚竅者立厚。秸苗既成，龜魚大上，不封不爵，樂衎自保。於是遠近之民聞之，僉曰神哉！稚請於長，長請於老，莫不削薪以爲之耜，投刀以爲之犂，賣犢以求牛，懷穜稑，儲瓶缶，絜大男，袵幼女，效君而歸君，願爲海農，洋洋載道。於是稚請於長，長請於老，老謁於正，正謁於吏，吏白於大吏，天子籍其地以爲海門廳。不十年，羣姓益衆，皆造瓦屋，炊煙起如海雲。國家歲人地丁漕米，累千近萬，爲江海大聚。君生康熙某年，卒乾隆某年，年七十四。婦劉，年九十。君之屋於海也，幾六十年，不蓄墨楮，結繩而治。歲終，夫婦解繩之紒以計事，纖芥無忘失，壽考以爲常。君卒將百年，君之曾孫貢生奐，以經明聞於時；玄孫翰林院編修兆熊，餔祿於朝，乃召其鄉之人而謀之曰：古者伊耆氏始爲蜡，饗農，先農也；先嗇司嗇，皆農之配也。今法，凡城郭大聚，皆得立蜡祠，吾祖宜爲先嗇。始吾祖刈殺此土，以利後之人，生有奇異，如天之公侯。今海門廳士姓，無吾陳氏舊且大，宜爲祠祠吾祖。皆曰：田父老之志也。於是既爲祠，奐、兆熊以狀謁內閣中書龔自珍，請書於其祠之榜，又因以爲樂石之文。龔自珍則大書之如是。狀又稱君不知書，乃能作書，點畫英碩，神明所流，匪道匪藝，不可得而詳也。頌曰：生爲功民，衆疑以爲神；沒爲功神，尙其福吾民。琴瑟士女，以招君兮；豆觥明粢，以報君兮；文此樂石，以震耀君兮。以大旌於海濱，且以勸田。

——定盦文集

㊀陳澧手批本眉批：「『怪』字當改『奇』。」

㊁據海門廳圖志補之。

鳳山知縣常州湯公父子畫像記

乾隆五十一年，臺灣民林爽文叛，鳳山知縣武進湯大紳㊀死之。大紳子荀業實從，大紳創，荀業左右翼父死。常州人謀曰：父死忠，子死孝，宜建忠孝祠以祀。純皇帝諭祭之文，在麗牲之石；海內士大夫，爲歌詩甚多，甚信甚備。荀業有子曰貽汾，以蔭授雲騎尉，官浙江副將軍。既致仕，居江寧府城北之紗帽卷，仁和龔自珍訪之。拜鳳山君像，儒者也；又拜太學生贈振威將軍崇祀忠孝祠贈公像，益悛悛有子弟之容。曰與竹居詩者，僅半卷，㊀贈公所爲也，其言沖平夷易。副將軍詔自珍曰：昔之日，狂濤怒鯨間，家燬巢隕，蕩乎何所遺！畫像以不似而先棄，詩以不自愜而先棄，凡今所存，皆以棄而存。嗚呼！至人之於忠孝名節，炳一本「炳」作「軒」。天地而襮史册者，大抵遭逢時勢，一本「勢」作「事」。卒然而成之，必非先有規模於其胸臆者，洎其然也，庸距有迹乎？亦若是而已矣。距鳳山事五十有五年，仁和後學龔自珍再拜記。

——定盦續集

㊀ 湯大紳，當作大奎。大奎官鳳山縣，城破身死。此記誤。

㊁ 湯荀業與竹居稟稿，嘉慶癸酉十八年刊本，一卷，與此稍異。

顧學士像題辭

始予讀憲皇帝諭，知南匯顧先生㊀入翰林事。識其事，羨其遇，睠睠其人；已識其曾孫王幾江南，識其孫榛京師，益聞道先世事。先生像一卷，榛所守也。璽璽然，邁邁然，朱文正㊁詩稱可以巖廊，可以丘壑者是也。江左文獻林，名卿之胄，不百年不能舉先世通籍歲，遑識其它？文采之澤薄，不如忠孝之蹠遠且長也。榛乞書卷尾。

——定盦文集補編

㊀ 顧成天，字良哉，上海人。雍正間籍蔡嵩家，得成天詩稿，有詠皇城草詩，疑其諷刺，事白，賜進士，授翰林，官至少詹事。著有金管集、東浦草堂文集、離騷解。

㊂朱珪，字石君，大興人。官至體仁閣大學士。著知足齋集，詩續集。卒謚文正。

杭大宗逸事狀

一、乾隆癸未歲，㊀杭州杭大宗以翰林保舉御史，例試保和殿，大宗下筆爲五千言。其一條云：我朝一統久矣，朝廷用人，宜泯滿、漢之見。是日旨交刑部，部議擬死。上博詢廷臣，侍郎觀保奏曰：是狂生，當其爲諸生時，放言高論久矣。上意解，赦歸里。

一、大宗原疏留禁中，當日不發抄，又不自存集中，今世無見者。越七十年，大宗外孫之孫丁大，抱大宗手墨三十餘紙，鬻于京師市，有繭紙淡墨一紙半，乃此疏也。大略引孟軻、齊宣王問答語，用己意反復說之。此稿流落琉璃廠肆間。

一、乙酉歲，純皇帝南巡，大宗迎駕，召見，問汝何以爲活？對曰：臣世駿開舊貨攤。上曰：何謂開舊貨攤？對曰：買破銅爛鐵，陳於地賣之。上大笑，手書「買賣破銅爛鐵」六大字賜之。

一、癸巳歲，純皇帝南巡，㊁大宗迎駕。名上，上顧左右曰：杭世駿尚未死麼？大宗返舍，是夕卒。

一、大宗自丙戌迄庚寅，主講揚州安定書院，課諸生肄四通。杜氏通典、馬氏文獻通考、鄭氏通志，世稱三通，大宗加司馬光通鑑云。

一、大宗著道古堂集，海內學士見之矣，世無知其善畫者。龔自珍得其墨畫十五葉，雍正乙卯歲，自杭州如福州紀程之所爲也。葉系以詩，或紀程，紀月日瑣語，語汗漫而瑰麗，畫蕭寥而粗辣，詩平澹而屈強。同里後學龔自珍謹狀。

同里張熷南漪、王曾祥麐徵，皆爲杭大宗狀。此第三狀。詳略互有出入。自記。

——定盦文集補編

㊀案事在乾隆癸亥八年，此誤。

㊁案乾隆癸巳三十八年無南巡事，又誤。汪滌源雜記：「乙酉，四舉南巡，在籍文員迎駕湖上，上顧杭世駿問曰：汝性情改麼？對曰：臣老矣，不能改也。上曰：何以老而不死？對曰：臣尚要歌咏太平……。」或因而誤記。

爲家大人丙辰同年祭江西巡撫陽湖吳公㊀文

溯睿皇之初元，聆春官之優詔。策賢良于帝廷，應景運而騰踔。緊先生之晚達，抗一時之英妙。帝開華省而進羣雅兮，翔東華以釋曆。又排樞禁而領掌故兮，益練才於政要。揮羽書迅風霆兮，躋皇言于雅誥。當同年之奮迹兮，走駰騏于周道。覽皇華而如晉兮，采唐、魏之佚調。俄棲解豸于厥膺兮，每焚草而密告。帝畀之以一郡兮，指括蒼以吟嘯。忽回翔而中輟兮，起東海于再召。遂揚歷于大用兮，歷再紀而宣劭。半九州而亘南東，皆車馬之所勞。積通達故和平兮，巽鬱者之爲暴。特精悍于西江，煥神采于垂耄。曰承前蜀之養癰兮，丁南贛之多盜。方下車而矢磔攘兮，三歲撻而垂效。帝曰久汝于南服兮，歲及辰而來報。卒罷市之上聞，悟積勩之所耗。昔君陳之施政，王探本于惟孝。騰萬口于枌榆兮，想門內之熙皞。嗚呼？才輩出而輩徂兮，等春華兮秋摽。百四十人存六七兮，數江湖與廊廟，齊失聲于弱一个兮，聚晨星而相弔！

——定盦文集補編

㊀吳光悅，字星一，陽湖人。官至江西巡撫。

金侍御妻誄

金侍御㊀妻曰韓，宜于姑而死。死之夕，姑于三千里外夢之如訣者。初，夫婦上書母，母報問。侍御取繼娶，有獻於姑，不報。或問之，曰：思故人也。侍御遷一階，馳書賀母，亦不報。曰：吾傷故人不及見。侍御具狀乞文。烏名姑惡，誰當雪之？薮名慈姑，又誰植之？遇人不齊，民生萬千。孰夭其恩？孰疢其年？死生之際，亦孔不昧。魂踰湖江，以訣縛愛。有泣在膺，有聚一本「聚」作「粲」。在房。舍圖其新，我箴不忘。

——定盦續集

㊀金應麟，字亞伯，錢塘人。以舉人入貲爲中書，道光六年成進士，授刑部主事，累擢郎中，改御史，遷給事中。著豸華堂詩文集。弟應城，亦與龔自珍友善。

送〔欽〕吳君序*

十八九讀古書，執筆道天下事。有執予裾而訊者曰：世固無人，愼勿爲若言。則怒喙之曰：否！奈何無人？入世五六年，竊當路議論顏色，車轍轍周乎國門。又有執予裾而訊者曰：世尚有人，安用若？則又怒而喙之曰：否？奈何有人？始之否也，不知其無也；繼之否也，不信其有也。東西南北以爲客，游海，然而心茫洋，目迷澌，乘孤舟洄乎大漩之中，颶浪訌作，魂魄皆渙散，怪鳥悲鳴，日暮冥冥，求所謂奇虬、巨鯨、大珠、空青卒無有。已矣！退而歸於埕。心已定矣，睫已合矣，槁乎其如息，傫乎其不任負載。然而有叩吾門，責吾以奇虬、巨鯨、大珠、空青之異者，疑十而信一。疑十而信一，則是志已忘也，志忘則欲其驚也難。且勸復往，則必色色恐矣。求涼而飲冰，求熱而熾炭，求絕交而寂寞，求得朋而奮起，不亦順乎？何居，吳子㊀之以炭投我於冰之辰也？意者造物使予不平，凡所求焉，無一而使之平，始之否也則繆矣！繼之否也又繆矣！吳子來，是造物者雜以冰炭投於余之心也。吳子請行，其復之於海乎？倘見有少年孤舟獨行者，鄭以眂予，予請復往。

——定盦文集

* 據吳刻本目增補「歙」字。又題送吳君序。或題送吳山人序。

㊀ 吳文徵，字南薌，歙縣人。工書，善畫。嘉慶十八年上書論保甲事，被放，浮海南歸。

送夏進士序

乾隆中，大吏有不悅其屬員者，上詢之，以書生對。上曰：是胡害？朕亦一書生也。大吏悚服。嗚呼：大哉斯言！是其炳六籍，訓萬祀矣。嘉慶二十二年春，吾杭夏進士㊀之京師，將銓縣令，紆道別余海上，相與語，益進。睟然愉，謖然清，論三千年史事，意見或合或否，輒咍然以歡。予曰：是書生，非俗吏。海上之人，以及鄉之人，皆曰非俗吏。之京師，京師貴人長者識予者，皆識進士，亦必曰非俗吏也。雖然，固微窺君，君若懼人之訾其書生者，又若有所諱夫書〔生〕者，㊁暴於聲音笑貌焉。天下事，舍書生無可屬，眞書生又寡，有一於是，而懼人之訾已而諱之耶？且如君者，雖百人訾之，萬人訾之，嚙指而自誓不爲書生，以喙自衛，嘵嘵然力辯其非書生，其終能肖俗吏之所爲也哉？爲之而不肖，愈見其拙，迴護其拙，勢必書生與俗吏兩無所據而後已。噫！以書生之聲音笑貌加之以拙，濟之以迴護，終之以失所據。果爾，則進士之爲政也病矣。新婦三日，知其所自育；新官三日，知其所與。予識進士十年，旣慶其祿之及於吾里有光，而又恐其信道之不篤，行且一前而一卻也。於其行，恭述聖訓，以附古者朋友贈行之義。

——定盦文集

㊀夏璜，錢塘人。據龔自珍夏進士詩：「君熟于左氏……下及廿二史。」道光五年卒，年五十一。

㊁「又若有所諱夫書〔生〕者」，吳刻本脫漏「生」字。茲據祝心淵手校本增補之。

送徐鐵孫序

龔自珍曰：平原曠野，無詩也；沮洳，無詩也；磽确陿險，無詩也；適市者，其聲囂；適鼠壤者，其聲嘶；適女閭者，其聲不誠。天下之山川，莫尊於遼東。遼俯中原，逶迤萬餘里，蛇行象奔，而稍稍瀉之，乃卒恣意橫溢，以達乎嶺外。大海際南斗，豎亥不可復步，氣脈所屆，怒若未畢；要之山川首尾可言者則盡此矣。詩有肖是者乎哉？詩人之所產，有稟是者乎哉？自珍又曰：有之。〔夫〕㊀詩必有原焉，易、書、詩、春秋之肅若泬若，周、秦間數子之縝若峍若，而莽蕩，而噌吰，若斂之惟恐其坻，揫之惟恐其隘，孕之惟恐其昌洋而敷腴，則夫遼之長白、興安大嶺也有然。審是，則詩人將毋拱手欲訊，肅拜植立，撟一本「撟」作「橋」。乎其不敢議，愿乎其不敢㕦言乎哉！於是乃放之乎三千年青史氏之言，放之乎八儒、三墨、兵、刑、星氣、五行，以及古人不欲明言，不忍卒言，而姑猖狂恢詭以言之之言，乃亦摭證之以並世見聞，當代故實，官牘地志，計簿客籍之言，合而以昌其詩，而詩之境乃極。則如嶺之表，海之澨，磅礴浩洶，以受天下之瑰麗，而洩天下之拗怒也，亦有然。徐鐵孫者，家遼東，先世扈王師入關，爲正黃旗漢軍人。康熙中，徙廣東，隸廣東將軍，爲廣州駐防人。金戈鐵馬，其世胄也，而徐君用經術起家，登甲科，爲劇邑令，以詩睥睨東南。友其人者，淳悶如適遼，雄奇如適嶺、海，本末具如吾言；東南知徐君者，本末畢如吾言；乃書是言以弁君之詩之端。抑又有異者，自珍生北方，一窺臨榆，未得溯山川所原本。年四紀，居江介，不樂愁思，益思游以振奮之，忽然丐徐君磨墨，爲薦士書，貸厞屨，㊁將粤行。且曰：自粤歸，則閉戶不復游。徐君諾。姼矣哉！天下山川首尾，徐君既扼之，怒未已，其又將扼予之游事之首尾乎哉？

——定盦續集

㊀ 潘鴻手抄本注：「『詩』上脫『夫』字。」茲據增補。

㊁「貸厞屨」，「厞」當作「屝」。

送廣西巡撫梁公序三*

道光十五年夏四月，皇帝使軍機大臣，字寄閩浙總督，問前江蘇布政使梁公㊀起居狀，公伏地。閩浙總督以公病痊聞。秋九月，公至自福州。至之日，甘肅布政使缺，以畀公。陛辭日，諭曰：朕召汝出，非徒畀汝布政使也。姑去。公受甘肅事不兩月，十六年春，直隸布政使闕，改公直隸布政使。公在道，廣西巡撫闕，又以公爲兵部侍郎、都察院右副都御史、廣西巡撫。五月辛酉，公至自甘肅，宿于西淀；壬辰召見，癸巳再召見，凡七召見；戊戌陛辭。是日公入城，凡與公同貫官京朝者，與公科名同歲者，與公昔同曹，同直軍機處，及其後進者，鏘洋濟萃，爭請公過其私邸。而戶部侍郎歙程恩澤、內閣中書大興徐松、光州吳葆晉、宗人府主事仁和龔鞏祚謀合宴公。先期戒公曰：古者先祖後餞，今反之，願及公之未祖，飲公酒。且曰：以晝之長贏也，與曹署之多閒也，願脫略主客畢一晝。公曰善。遂宴公于葆晉家。畢宴登車，謂恩澤等：吾此來無如此日樂。是公入城之五日，又五日，公戒嚴具西南指。

＊公有懿德，以遂于裏，躬履實蹈，不暴其外，廣西士民，必有能好是德者矣。公有矩德，以蒞其外，正視繩行，無間其裏，必能正其人心矣。公有肅德，其躬頹頹，其行簡簡，其謦無聲，其言明且清，其醉飽衎衎以無失，必能糾其吏慝矣。公有儉德，被服儒者，廣西近廣東，淫巧易至，食妖服妖易至，公必杜其習以豐其聚矣。公有文德，大畜古訓，六籍百氏，浩洶周知，廣西非經籍區，公必開其僿，進之以江左之見聞矣。公有聰德，察物處事。公有敏德，日治數事，或數十事。公有恬德，嗇取豐予。公有良德，與吏民爲坦易。公治一行省，移治他行省，歷十八行省，無不宜者。公此行，釃河江以灌一木，任農、稷以糞一區也。龔鞏祚曰：今天下大勢，巡撫之在其行省，有所不得爲者矣，有所得爲不暇爲者矣。有事實急，衆人緩之，而亦不得不緩爲之者矣；有所得枝分爲之，不得扼本末以爲之者矣。公此行，巡撫所不

得爲，卒未如何；苟所得爲，知公必肯爲，而不以不暇爲爲謝，不以不得獨爲爲慍而謝，不以衆人緩之，徇衆人而謝，是又公有孚德上信于天子，下信于朋友也。

*版圖起遼海，瀕海而西，置行省者十有八，盡版圖以紀行役，相距至萬有三千里而極。梁公起自卧病，期月之間，自東南之福州，至于西北之蘭州；今又將如西南之桂林，而中間再至京師，通計行役二萬一千五百里。西周之世，其奉使之公卿自言曰：「駪駪征夫，每懷靡及。」如不勝瘁思。然皇華之詩，所役遠近，說詩者無傳，不得聞。尹吉甫伐鎬方，劉向說曰：周都去鎬千里，而當日之詩人曰：「來歸自鎬，我行永久。」如聞勞問太息。仲山甫以王命城營邱，四牡八鸞，日行一舍，而崧高之七章亦曰：「每懷靡及。」其卒章曰：「式遄其歸。」周去齊雖不近，尹吉甫胡慮其不歸，至厚祝其遄歸，以慰其心耶？以今日度西周，梁公所行役，倍之十之，殆于百之。吾知夫急公者，古人之義也；懷私者，古人之情也；（國語「懷私」爲「每懷」，一作「懷和」，鄭司農斥之。）又知夫美其德，紀其旬宣，頌其燕喜福祿，而侈大其受命於王，車旗之庶，錫賚之多者，古之賓客，再拜辟席，擇言之所言也。而太息相勞問者，古之朋友，備言燕私者，能知之，能言之，賓客不盡知也。今輩祚之言曰：梁公其有懷乎？溽暑永晝，騤騤駪駪，不遑息，日斜馬嘶，休於旅舍，能無懷乎？高牙大戟，僚吏旁午，簿書束束，不皇他，衙鼓夕沈，吏士就閒，公獨居，念去京師且七千里，能無懷乎？閩中富煙雲、竹木、泉石，公之養疾也，如將不出，今感激而出矣，臣躬非臣有，皇念臣居？雖然，不益難爲懷乎？又念昔之日，京曹清暇，摩挲器物，辨別款識，搜掌故，談人材，樂甚。不但昔也，昨日之日，與吾曹游，香清莽甘，無所不言，今已邈然，此在流俗士夫所必不懷，而謂我梁公

者能無懷乎？公西南矣，強飲食矣，輩祚無淸風之辭，其害以慰公矣！

——定盦文集補編

＊＊＊又題作送廣西巡撫梁公序一、送廣西巡撫梁公序二、送廣西巡撫梁公序三。

㊀梁章鉅，字茝林，長樂人。官至廣西巡撫。箸論語、孟子、三國志旁證，夏小正通釋，經塵、淸書錄、浪跡叢談等七十餘種。

送欽差大臣侯官林公序＊

欽差大臣兵部尚書都察院右都御史林公㊀既陛，一本「陛」下有「辭」字。禮部主事仁和龔自珍則獻三種決定義，三種旁義，三種答難義，一種歸墟義。中國自禹、箕子以來，食貨並重。自明初開礦，四百餘載，未嘗增銀一釐。今銀盡明初銀也，地中實，地上虛，假使不漏于海，人事火患，歲歲約耗銀三四千兩，況漏于海如此乎？此決定義，更無疑義。漢世五行家，以食妖、服妖占天下之變。鴉片煙則食妖也，其人病魂魄，逆晝夜，其食者宜繯首誅！販者、造者，宜刎脰誅！兵丁食宜刎脰誅！此決定義，更無疑義。誅之不可勝誅，不可絕其源；絕其源，則夷不逞，奸民不逞；有二不逞，無武力何以勝也？公駐澳門，距廣州城遠，夷勒㊁也，一本「也」下有「一」字。公以文臣孤入夷勒。㊂其可乎？此行宜以重兵自隨，此正皇上頒關防使節制水師意也。此決定義，更無疑義。食妖宜絕矣，宜并杜絕呢羽毛之至，杜之則蠶桑之利重，木棉之利重，蠶桑、木棉之利重，則中國實。又凡鐘表、玻璃、燕窩之屬，悅上都之少年，而奪其所重者，皆至不急之物也，宜皆杜之。此一旁義。宜勒限使夷人徙澳門，不許留一夷。留夷館一所，爲互市之棲止。此又一旁義。火器宜講求，京師火器營，乾隆中攻金川用之，不知施於海便否？廣州有巧工能造火器否？胡宗憲圖編，有可約略彷用者否？宜下羣吏議，如帶廣州兵赴澳門，多帶巧匠，以便修整軍器。此又一旁義。於是有儒生送一本「送」作「逆」。難者曰：中國食急于貨，襲漢臣劉陶舊議論以相牴。固也，似也，抑我豈護惜貨，而置食于不理也哉？此議施之於開礦之朝，謂之切病；施之於禁銀出海之朝，謂之不切病。食固第一，貨即第二，禹、箕子言如此矣。此一答難。於是有關吏送一本「送」作「逆」。難者曰：不用呢羽、鐘表、燕窩、玻璃，税將絀。夫中國與夷人互市，大利在利其米，此外皆末也。宜正告之曰：行將關税定額，陸續請減，未必不蒙恩允，國家斷斷不恃榷關所入，矧所損細所益大？此又一答難。乃有迂誕書生送一本「送」作「逆」。難者，則不過曰爲寬大而已，曰必毋用兵而已。告之曰：刑亂邦用重典，周公公訓也。至於用兵，不比陸路之用兵，此驅之，非勦之也；此守海口，防我境，不許其入，非與彼戰于海，戰于艅艎也。伏波將軍則近水，非樓船將軍，非横海將軍也。況陸路可追，此無可追，取不逞夷人及奸民，就地正典刑，非有大兵陣之原野之事，豈古人於陸路開邊釁之比也哉？此又一答難。以上三難，送一本「送」作「逆」。難者皆天下黠猾游説，而貌爲老成迂拙者也。粤省僚吏中有之，幕客中有之，游客中有之，商估中有之，恐紳士中未必無之，宜殺一儆百。公此行此心，爲若輩所動，游移萬一，此千載之一時，事機一跌，不敢言之矣！不敢言之矣！古奉使之詩曰：「憂心悄悄，僕夫況瘁。」悄悄者何也？慮嘗試也，慮窺伺也，慮泄言也。僕夫左右親近之人，皆大敵也，僕夫且憂形于色，而有況瘁之容，無飛揚之意，則善于奉使之至也。閣下其繹此詩！何爲一歸墟義也。曰：我與公約，期公以兩期朞年，使中國十八行省銀價平，物力實，人心定，而後歸報我皇上。書曰：「若射之有志。」我之言，公之鵠矣。

附：復札

定盦先生執事　月前述職在都，碌碌輭塵，刻無暇晷，僅得一聆清誨，未罄積懷。惠贈鴻文，不及報謝，出都後，于輿中紬繹大作，責難陳義之高，非謀識宏遠者不能言，而非關注深切者不肯言也。窃謂旁義之第三，與答難義之第三，均可入決定義；若旁義之第二，弟早已陳請，憯一本「憯」作「惜」。未允行，不敢再瀆；答難之第二義，則近日已略陳梗概矣；歸墟一義，足堅我心，雖不才曷敢不勉？執事所解詩人悄悄之義，謂彼中游說多，恐爲多口所動，弟則慮多口之不在彼也，如履如臨，曷能已已！昨者附申非意，遡行接誦手函，復經唾棄，甚滋顏厚。至閣下有南游之意，弟非敢沮止旌旆之南，而事勢有難言者，曾囑敝本家岵瞻主政代述一切，想蒙清聽。專此佈頌臘祺。統惟心鑒不宣。愚弟林則徐叩頭。戊戌冬至後十日。

——定盦文集補編

* 諸本題下皆注：「戊戌十一月」，殆原稿所注。

㈠ 林則徐，字少穆，侯官人。官至湖廣總督。命爲欽差大臣，馳赴廣州辦禁煙事，坐謫。著政書、雲左山房詩集。

㈡㈢ 「勸」，字書未見。說文引春秋傳：「篳門圭竇。」「篳」、「蓽」同，明甚。桂馥注：「篳，藩落也」。

縱難送曹生

天下笵金、摶埴、削楮、揉革、造木几，必有伍。至於士也，求三代之語言文章，而欲知其法，適野無黨，入城無相，津無導，朝無詔。弗爲之，其無督責也矣。爲之，且左右顧視，踆踆而獨往，其愀然悲也夫！其頽然退飛也夫！智者聞之，則曰：此豪傑也。胡以言之？古未曾有笵金者，亦無摶埴者，亦無削楮、揉革、造木几者，其始有之，其天下豪傑也。或古有其法，中絶數千歲，忽然有之，其天下豪傑也。今夫士，適野無黨，入城無相，津無導，朝無詔，而讀三代之語言文章而求其法，弗爲之其無督責也矣。而爲之。其志力之横以孤也，有以異於曩之縱以孤者乎？雖然，夫士也聞之喜，喜奈何？曰：吾之志力，可以有金而淬之，笵金者弗吾逮也，吾且大賢。吾有埴而方員之，有楮而績之，有革而鬆之，有木几而雕鏤削治之，愈密愈華愈賢，吾又大賢。㊀智者聞之，則大聲暴訶之曰：止！夫横者孤矣，縱孤實難，縱者益孤，夫汝從而績之，不難其止。嗚呼！龔子未得爲智者徒也，然固習聞智者之言也。里人曹生籀，士也，其所學，其所處難與易之間，適類乎是。閔其孤，識其豪傑，不願其爲天下笵金、摶埴、削楮、揉革、造木几者姍笑。作縱難。

——定盦續集

㊀ 舊刻本無「吾且大賢……吾又大賢」七句。

宋先生述

君姓宋氏，諱璠，字魯珍，浙江嚴州府建德縣人。曾祖載，祖紀勳，父圻安，選拔貢生。自祖以上仕否，及妣氏族，俱未詳，弗可述。君幼以孝聞，力於學。其治經也，總羣書並進，天旦而起，漏四下而寢，不接賓客，瘁志纂述，大書如棋子，小書如蚊脚，墨書或濃或澹，朱書如桃華，日盡五七十紙。如是者不計年，當可得百餘萬言，扃一敝箱中，不知果成書與否，又不知欲成何等書，身後無可問者。嘉慶七年，以選拔貢生來京師，主刑部員外郎戴公家，㊀以戴公薦，來主吾家。訓自珍以敬順父母。舉嘉慶九年順天鄉試，十五年歲庚午卒，年三十三。無子。浙中傳君晚年信疑龍家書，遯家兆，手一卷書，督畚鍤，有白眚起地中，觸君身而死，其誣歟？其有之歟？吾家自賓客羣從，逮老僕婢，至今皆稱之曰宋先生。嘉慶丙子春，武英殿校錄、副榜貢生弟子龔自珍謹述。

——定盦文集

㊀戴敦元，字金溪，開化人。乾隆進士，累官至刑部尙書。

敍嘉定七生

嘉定七生，龔自珍獲交其一焉，曰恬生。恬生一本「恬生、恬生」作「陳瑑、瑑之」。言：某之一本「某之」作「曰吾」。鄉有六生，與某一本「某」作「瑑」。相引以爲重，其執業均也，笙詩鼓簧，而鎛人廳於堂也；其相侈以名聲也，如草木之感風露而芳香也。圖形以傳之㊀，又願長言以宣之。自珍曰：美矣臧一本「臧」作「壯」。矣！麗矣堂矣！毋相忘矣！願一本「願」作「顧」。有以獻。江以南與西北異，水土淺醧，囂外窳中，蠅聚而蚋散，士之相爲友，年齒若則以爲友，家世若則以爲友，科第若則以爲友，匪性情之是友，匪氣誼之是友，始則假借牽引，貞相惇厚，聲名出己右，憎不相左，死啜啜訴不止，吾願之七生者之七而一也。自珍又曰：年齒若則以爲友，科第若則以爲友，家世若則以爲友，謔浪詭隨，媚膚詭骨，捷如鼯猱，一夫搖脣，百夫褰涶，記稱勦說雷同，晏子以告齊君，而商書謂之惡德。又有中年所業垂成，就見宅人所嗜好稱說，必強同之，華山旋其面目東向，太室厭其中處，以求同於岱宗而止，是造物者混混失面目也。吾又願之七生一本「生」下有「者」字。之一而七也。自珍少游燕、幷之市，之一本無「之」字，下有「走東」二字。南方，一本無「方」字。求科名，北南賓客之辱者，十於七乎？百於七乎？他日復之燕、幷求科名，賓客之辱者，十於七乎？百於七乎？不飛不鳴，人猶以爲傾；不鼓不考，人猶以爲媚。一本「媚」作「娼」。默默吾顏，了了吾行。抱秋樹之晨華，指太陰以宵盟。蓋知夫時之不我與。又知夫區區之未可以驟明也，故恆潛於幽而塊於處。恬生一本「恬生」作「瑑」曰：子之言文，願傳語六生而納交焉，書之。遂書之。一本「之」下有「以貽」二字。六生者某某，㈢恬生名瑑，姓陳氏。一本無「者某某，恬生名瑑，姓陳氏」十字。

——定盦續集

㈠嘉定七生圖，錢侗作記。

㈡嘉定縣志雜志：「七生：徐觀察楦生，錢廣文竹孫，毛雲騎嶽生，葛廣文鐵生，陳孝廉恬生，莊明經桐生。」又人物傳：「黃穆之雲生……。」案葛其仁五友傳、嘉定葛氏宗譜：「錢師康，字鄭卿，號竹孫，一字筠生。」嘉定縣志：「錢竹孫當稱筠生。」

記王隱君

於外王父段先生廢簏中，見一詩，不能忘；於西湖僧經箱中，見書心經，蠹且半，如遇簏中詩也，益不能忘。春日，出螺師門，與轎夫戚貓語，貓指荒塚外曰：此中有人家，段翁來杭州，必出城訪其處，歸不向人言。段不能步，我舁往，獨我與吳轎夫知之。循塚得木橋，遇九十許人，短褐曝日中，問路焉，告聾。予心動，揖而徐言，先生眞隱者。答曰：我無印章。蓋隱者與印章聲相近。日晡矣，貓促之，悵然歸。明年冬，何布衣㈠來，談古刻，言吾有宋拓李斯郎邪石。吾得心疾，醫不救，城外一翁至，言能活之，兩劑而愈，曰：爲此拓本來也。入室徑攜去。他日見馬太常，㈡述布衣言，太常俯而思，仰而掀髯曰：是矣！吾甥鎖成，㈢嘗失步入一人家，從竈後陬戶出，忽有院宇，滿地皆松化石，循讀書聲，逑入室，四壁古錦囊，囊中貯金石文字。案一本「案」下有「上」字。有謝朓集，借之不可，曰：寫一本贈汝。越月往視，其書類虞世南。曰：蓄書生乎？曰：無之。指牆下鋤地者，是爲我書。出門，遇梅一株，方作華，竊負松化石一塊歸。若兩人所遇，其皆是歟？予不識鎖君，太常、布衣皆不言其姓，〔而〕㈣吳轎夫言：髣髴姓王也。西湖僧之徒，取心經來，言是王老者寫，參互求之，姓王何疑焉！惜不得覼地能書者姓。橋外大小兩樹依倚立，一杏，一烏桕。

——定盦續集

㈠何元錫，字夢華，錢塘人。布衣，著秋神閣詩鈔，蝶隱庵丙辰稿。

㈡馬履泰，字秋藥，錢塘人。官太常寺少卿。案吳振棫兩浙杭郡詩輯（續）：「〔瑣〕吟竹幼讀書……從舅氏馬秋藥太常游，得授詩法。」從而知太常爲馬秋藥。

㈢瑣成，號吟竹，回族，占籍錢塘。工詩，箸蛇略，然糠錄。諸刻本作鎖成，誤。東方文化研究所漢籍分類目錄：

「抵掌八十一吟一卷，註：馬履泰、馬瑣成……。」則又以瑣成姓馬，亦誤。

㈣ 潘鴻手抄本注：「『吳轎夫』上脫二『而』字。」茲據增補。

吳之癯

癯不知何羣流，其籍吳中，大略生乾隆時，卒嘉慶時。讀其言，百憂之所窟，衆香之所宅。其行無有畔涯，其平生甚口，其言盡口過也。過其里之子弟曰：若爲子弟，而清淳之質亡矣。過其父老曰：負所見聞。之都市，益過其父老曰：上古飼狗之盆，萬年猶不以爲器。之其州之大聚曰：州將潰。或問之曰：貧者詐升斗乎？富者臘飛走乎？事令長不父母乎？皆曰：否！然則州何爲潰？曰：父老死矣，子弟不得爲他日父老。問何爲？曰：無積，不以。一本「以」作「似」。讀大聚之條約，則戕禮經㈠之文曰：士皦故草木不長；水煩故魚鱉不大。」㈡之京師，過其郎曹曰、古也剛愎，今也柔而愎。過王公大人之清正而偷者曰：神不旺，不如昔之言行多瑕疵者。嘗怒人而弗絕也，曰：容之甚於絕之！過愿者，誦巧言之五章。當此時，天下聞此癯言如此矣。顧癯少年受人片一本「片」下有「言」字。譽，越五十年，遇其曾孫於市，脫百金之裘贈之，親爲御，載之歸舍。龔自珍曰：予不識癯，識其弟子，數數稱慕其師。予曰：從子之師之道，逐道也。客於門窬，逐於巷市；客於巷市，逐於州都；客於州都，逐於朝；凡七見逐，而終不怨其師。

㈠ 此二句見禮記，「禮經」應作「禮記」。

㈢禮記樂記：「土敝則草木不長，水煩則魚鱉不大。」二「故」字應作「則」。

書果勇侯入覲

本朝既百八十有六載，漢人籍而身膺世爵者，公則有黃芳度、岳鍾琪；侯則有張勇、施琅；伯則有文臣張廷玉，武臣孫思克、王進寶、趙良棟；皆有功德，皆以爵終於其位。而今太子太傅固原提督楊君芳，封爲二等果勇侯，位在二十六等之第六等，㈠赫然與靖逆、靖海齊名，增漢人重。凡㈡宿衛之臣，滿洲輒除乾清門侍衛，其有異材，重以貴戚，乃擢御前侍衛；漢籍，輒除大門上侍衛，日直不過閾，領侍衛內大臣轄之，如外弁之見將帥，其有材勇，擢爲乾清門，而班之崇㈢一本「之崇」作「次」。極矣！今楊侯特授國什哈轄，漢國什哈轄，內臣驚爲未聞。漢人襲父爵者，出爲弁士，入爲侍衛，父祖功最高，入拜散秩大臣，而蔭庇之榮極矣！侯有子曰承注，自以生員起家，賜文舉人；他日當補文臣，內可致九卿，外可致督撫。漢人襲一本「襲」作「錫」。爵者，施琅、孫士毅皆詔入旗籍，漢軍都統治之，而楊侯官籍，以貴州行伍達於兵部，不改。承注以貴州舉人達於禮部，不改。父子迴翔，立外廷，奉外事。昔周中興，威重大臣無如尹吉甫，吉甫歸鎬，客有張仲，今大臣數楊侯，楊侯一本「侯」下有「來」字。朝，客有徐松、張琦、魏源。源也雅材，龔自珍友之。噫嘻！美譚。並世之士，躋追周雅，後或繼也，前莫聞也。侯之入覲何自？自喀什噶爾也。其年道光九年，其月四月廿八一本「廿八」作「其」。日乙丑，㈣自珍既與侯相揖於西淀軍機處直㈤房，明日，書是以媵侯。

㈠祝心淵手校本，眉注：「當曰：第七等，蓋民公上，尙有國公一等也，否則止二十五等矣。」

㈡「凡宿衛之臣」，諸本皆作「凡」，自刻本作「本朝」。

㈢潘鴻手抄本注：「一本無『之祟』二字。」

㈣祝心淵手校本眉注：「果勇年譜：『九年入覲，以四月十二日陛辭出都。』此所記日月，恐誤。」

㈤祝心淵手校本眉注：「又案：己丑四月二十八日，正定公應殿試後朝考時，恐未暇與果勇相見。」

書番禺許君

粵之東，維帝南服，而天下之雄也。其山怪，其土阻，其水大谿，其物產英詭，其人沈雄多大略。其大政三：曰榷鹽，曰舟師，曰互市；三者恆有聯，事相倚也。番禺許君，家受鹽，董全粵鹽，能靖民之悍然與士爭利者；旣起家，顧不屑自封殖。曰：粵天下雄也，紓朝廷南顧，而下爲里柝燮，其海氛乎！吾當身任之。治海之道有二：曰得卒，曰得船。鄉勇之老於海者，視官兵其生熟相萬也；私船之法式，視戰船之造於官者，其狃鈍相萬也。尙書百文敏公，方銳茹羣言，君進指畫緩急狀。文敏曰：具如君言。則退而自具舟，神機鬼式，百十其舸，疾於飈風，曰紅單船；龍首魚身燕尾，首尾自衛，曰燕尾船。又立募潮少年萬人爲鄉軍，軍於珠光里，而自將之，日散千金，一本「金」下有「人」字。自爲守。其年，敗賊於大洋；明年，盜魁自縛獻百數。一本「百數」作「數百」。文敏爵輕車都尉，粵遂平，實嘉慶十五年某月也。粵大祲，君愾然曰：夫互市之耗中國久矣，獨來洋米，可以償所失。今法，洋米至，則稅一本「稅」下有「之」字。以拒之，又空反以窮之，米益少，客一本「客」下有「民」字。益多，主客皆饑，是與外夷市，勇於招來淫巧，而怯於籌食也！宜蠲其稅之入，而許其貨之出。夷商大悅，則反害而爲利。大吏僉曰：如君言。由是粤雖惡歲，米直平，許君之策也。厥後浙江飢，大吏召臺灣米，由海入浙境，免其鈔，約略祖君策云。予曰祥光，仕爲戶部郎，以諦龔自珍於京師，自珍南向稱曰：君有功於大計者三，非惟照耀其鄉，固世魁傑。宜乘安車，應清問，使公卿識奇士。又知君之不可招也，如祥光言，書一通，以姹升五嶺而望者焉。

——定盦續集

書葉機

鄞人葉機者，可謂異材者也。嘉慶六年，舉行辛酉科鄉試，機以廩貢生治試具，一本「具」下有「將行」二字。凡竹籃、泥爐、油紙之屬悉備。忽得巡撫檄曰：貢生某毋與試。機大詫！初蔡牽、朱濆兩盜，爲海巨癰，所至劫掠戶口以百數；歲必再三至，海濱諸將怵息！俟其去，或揚帆施槍礮空中送之，寇反追，屻不以聞，故爲患且十年。巡撫者，儀徵阮公㊀也。素聞機名，知沿海人信官不如信機；又知海寇畏鄉勇勝畏官兵；又知鄉勇非機不能將。八月，寇〔船〕㊁定海，將犯鄞，機得檄，號於衆曰：我一貧貢生，吮墨執三寸管，將試於有司，售則試京師，不售歸耳。今中丞過聽，檄我將鄉里與海寇戰，毋乃咍乎？雖然，不可已，願諸君助我。衆曰：盍請銀於文官？不可。盍假礮於武官？不可。事亟矣，何以助君？葉君一本「葉君」作「機」。則揎臂大呼，且誓曰：用官庫中一枚錢，借官營中一秤火藥而成功者，非男子也。飛書募健足，至行省，假所知豪士萬金，假縣中豪士萬金，遂濃墨署一紙曰：少年失鄉曲歡致凍餓者，有拳力絕人者，漁於海者，父子兄弟有曾戕於寇者，與無此數端而（一本無「無此數端而」五字。）願從我者，皆畫諾。夜半，賫紙者返，城中村中，畫諾者幾三千人。天明，簿旗幟若干，火器若干，〔船若干〕，㊂糧若干。機曰：烏用衆？以九舟出，餘聽命。是日也，潮大至，神風發於海上，一槍之發抵巨礮，一櫓之勢抵艅艎，殺賊四百餘人。九月，又敗之於岸。十月，又逐之於海中。明年正月，又逐之於島。浙半壁平。出軍時，檣中有紅心藍邊旗，機之旗也。自署曰代山，其村名也。朱濆艦中或爭軋，訌〔於〕㊃神，必曰遇代山旗。阮公聞於朝，奉旨以知縣用。今爲江南〔高郵〕㊄知縣，爲龔自珍道其事。

——定盦續集

㊀阮元，詳阮尙書年譜第一序。
㊁潘鴻手抄本注：「『寇』下脫『船』字。」茲據增補。
㊂同上：「『火器若干』下脫『船若干』。」茲據增補。
㊃同上：「『神』上脫『於』字。」茲據增補。
㊄據江標手批本增補之。

書金伶

金伶德輝，以字行，逸其名矣。吳人。乾隆中，吳中葉先生以善爲聲，老海內。海內多新聲，葉削而律之，納於吭。大凡江左歌者有二：一曰清曲，一曰劇曲。清曲爲雅讌，劇爲狎游，至嚴不相犯。葉之藝，能知雅樂、俗樂之關鍵，分別銖忽，而通於本，自稱宋後一人而已。葉之死，吾友洞庭鈕非石傳其祕；爲第一弟子。德輝故劇弟子也，隸某部，部最無名。顧解書，以書質鈕，而不以歌。一夕歌，鈕刌而律之，納於吭，則大不服。鈕曰：毋曰吾不知劇，若吾所知，殆非汝所知也。即欲論劇，則歌某聲，當中腰支某尺寸，手容當中某寸，足容當中某步。金始駭，就求其術。鈕曰：若不爲劇，寒餓必我從，三年，藝成矣。曰諾。江左言歌，自葉先生之死，必曰鈕生；而德輝以伶工廁其間，奮志孤進，不三年，名幾與鈕抗。乾隆甲辰，上六旬，江南尙衣、鹺使爭聘名一本「聘」下無「名」字。班一本「班」下有「班」字。之某色人，藝絕矣，而某色人頗絀；或某某色皆藝矣，而笛師、鼓員、琵琶員不具；或皆具而有聲無容，不合。駕且至，頗窘，客薦金德輝。德輝上策曰：小人請以重金，號召各部，而總進退其所短長，合蘇、杭、揚三郡數百部，必得一部矣。鹺使喜，以屬金，金部署定，其目錄：琵琶員曰蘇州某，笛師曰崑山某，鼓員曰江都某，各色曰杭州某，曰江都某，而德輝自署則曰正旦色吳縣某，隊既成；比樂作，天顏大喜。內府傳温旨，燈火中下珍饈醞、玉器、宮囊不絕。又有旨詢班名，鹺使奏：江南本無此班，此集腋成裘也。駕既行，部不得析，而寵其名曰集成班，後更曰集秀班。德輝既以稱旨重江左，遂傲睨不業。鈕生屏人戒之曰：汝名成矣，藝未也，當授汝哀祕之聲。明日來，授以某曲。每度一字，德輝以爲神。曲終，滿座燭盡滅，德輝竊譜其聲而不能肖。其年秋，六商延客，召集秀。乾隆時，貴僚賢公子，喜結歡名布衣，當佳晨冶夕，笙簫四座，被服靚耀，姚冶跌逷，時則必有一人，敝衣冠，而目不可喜，而清臞入圖畫者，視之如古銅古玉，娑娑然權奇雜廁於其間以爲常。其人未必天下奇士也，要之能上識貴人、長者、大官走聲譽，下能規㊀名僧、羽士、名倡、怪優、劍俠、奇巧善工之倫。以故非非石不能致德輝；而德輝試技之日，主人以德輝所自薦也，非石爲上座。既就夕，主客譁，惟恐金之不先奏聲；既引吭，則觸感其往夕所得於鈕者，試之忽肖，脫吭而哀，坐客茫然不省，始猶俗者省，雅者喜，稍稍引去。俄而德輝如醉、如寱、如倦、如倚、如眩瞀，聲細而譎，如天空之晴絲，纏綿慘闇，一字作數十折，愈孤引不自已，忽放吭作雲際老鸛叫聲，曲遂破，而座客散已盡矣。明日，鈕視之而病。鈕悔曰：技之上者，不可習也。吾誤子，子幸韜之，而習其中。德輝〔意〕㊁亦悔，徐扶起，燒其譜，故其譜竟不傳；而德輝獲以富，且美譽終。德輝卒時，年約八一本「八」作「四」。十餘。無子。有弟子曰雙鸞，非高弟也，能約略傳其聲，貧甚，走南東，至托予。嘉慶己卯冬，非石在予座上，予謂之曰：雙鸞早出世十年，走公卿矣。龔自珍曰：非石今傑然在酒間，爲予道蘇、揚此類事甚夥。金德輝事，自甲辰起，大約迄癸丑甲寅間。噫！江東才墨之藪，樓池船榻之觀，燈酒之娛，春晨秋夕之游，美人公子，憐才好色，姚冶跌宕之樂，當我生之初，頗有存焉者矣。

——定盦續集

㊀「規」應作「覘」。

㊁潘鴻手抄本注：「『德輝』下脫『意』字。」茲據增補。

松江兩京官

御史某㈠〔公〕㈡與侍郎某㈢相惇也。御史公得大學士和珅陰事，欲劾之，謀於侍郎，侍郎曰：大善。比日上不懌，事不成，徒沽直名；誠恤國體者，遲十日可乎？御史諾：緩急待子而行。上幸木蘭熱河，留京王大臣晨入直，有急報自行在至，發之，和珅答侍郎書，大略云：和珅頓首謝，種種有處（一本「處」作「變」）。置矣。月餘報至，亦和珅與侍郎書，辭甚嘽，謂君紿我。侍郎慚，急詣御史曰：可矣。御史方飲酒，劾竟上。是月以弊典罷官，亦無禍。浙後進曰：御史（一本「史」下有「公」字。）頹放人也，安慮天下有穽己者哉？（一本「哉」下有「侍郎」二字。）欲明不欺，成其獄，雖易地以計，烏可已？烏可已？顧負伉直之意，偵主喜慍，乃一發聲，留隙俟處置以敗，信道可不篤耶？設少年悍者擊之，中矣。

——定盦續集

* 又題書松江兩京官。

㈠ 江標手批本注：「御史某爲曹錫寶。」案曹字鳴書，上海人。官陝西道御史。劾和珅家人，坐不實，革職留任。珅敗，贈副都御史。

㈡ 潘鴻手批本注：「『御史』某下脫『公』字。」茲據增補。

㈢ 江標手抄本注：「侍郎某爲吳省蘭。」案吳字泉之，南匯人。官工部侍郎，侍讀學士。與和珅連結，出賣其友曹錫寶，卒坐敗。

己亥六月重過揚州記

居禮曹，客有過者曰：卿知今日之揚州乎？讀鮑照蕪城賦，則遇之矣。余悲其言。明年，乞假南游，抵揚州，屬有告糴謀，舍舟而館。既宿，循館之東牆，步游得小橋，俯溪，溪聲讙；過橋，遇女牆齧可登者，登之，揚州三十里，首尾屈折高下見。曉雨沐屋，瓦鱗鱗然，無零甃斷甓，心已疑禮曹過客言不實矣。入市，求熟肉，市聲讙；得肉，館人以酒一缾、蝦一筐餽。醉而歌，歌宋、元長短言樂府，俯窗嗚嗚，驚對岸女夜起，乃止。客有請弔蜀岡者，舟甚捷，簾幕皆文繡，疑舟窗蠡觳也，審視，玻璃五色具。舟人時時指兩岸曰：某園故址也，某家酒肆故址也，約八九處，其實獨倚虹園圮無存。曩所信宿之西園，門在，題榜在，尚可識，其可登臨者尚八九處；阜有桂，水有芙蕖菱芡，是居揚州城外西北隅，最高秀。南覽江，北覽淮，江、淮數十州縣治，無如此冶華也。憶京師言，知有極不然者。歸館，郡之士皆知余至，則大讙，有以經義請質難者，有發史事見問者，有就詢京師近事者，有呈所業若文、若詩、若筆、若長短言、若雜著、若叢書乞爲序、爲題辭者，有狀其先世事行乞爲銘者，有求書册子、書扇者，塡委塞戶牖，居然嘉慶中故態。誰得曰今非承平時耶？惟窗外船過，夜無笙琶聲，即有之，聲不能徹旦。然而女子有以梔子華髮爲贄求書者，爰以書畫環瑱互通問，凡三人，凄馨哀豔之氣，繚繞於橋亭艦舫間，雖澹定，是夕魂搖搖不自持。余旣信信，挐流風，捕餘韻，烏覩所謂風號雨嘯、鼯狖悲、鬼神泣者？嘉慶末，嘗於此和友人宋翔鳳側豔詩，聞宋君病，存亡弗可知，又問其所謂賦詩者，不可見，引爲恨。臥而思之，余齒垂五十矣，今昔之慨，自然之運，古之美人名士富貴壽考者幾人哉？此豈關揚州之盛衰，而獨置感慨於江介也哉？抑予賦側豔則老矣，甄綜人物，蒐輯文獻，仍以自任，固未老也。天地有四時，莫病於酷暑，而莫善於初秋，澄汰其繁縟淫蒸，而與之爲蕭疏澹蕩，泠然瑟然，而不遽使人有蒼莽寥泬之悲者，初秋也。今揚州，其初秋也歟？予之身世，雖乞糴，自信不遽死，其尙猶丁初秋也歟？作己亥六月重過揚州記。

——定盦續集

病梅館記*

江寧之龍蟠，蘇州之鄧尉，杭州之西谿，皆產梅。或曰：梅以曲爲美，直則無姿；以欹爲美，正則無景；梅以疏爲美，密則無態。固也。此文人畫士，心知其意，未可明詔大號，以繩天下之梅也；又不可以使天下之民，斫直，刪密，鋤正，以夭梅、病梅爲業以求錢也。梅之欹、之疏、之曲，又非蠢蠢求錢之民，能以其智力爲也。有以文人畫士孤癖之隱，明告鬻梅者，斫其正，養其旁條，刪其密，夭其稚枝，鋤其直，遏其生氣，以求重價，而江、浙之梅皆病。文人畫士之禍之烈至此哉！予購三百盆，皆病者，無一完者，旣泣之三日，乃誓療之、縱之、順之，毀其盆，悉埋於地，解其棕縛；以五年爲期，必復之全之。予本非文人畫士，甘受詬厲，闢病梅之館以貯之。嗚呼！安得使予多暇日，又多閒田，以廣貯江寧、杭州、蘇州之病梅，窮予生之光陰以療梅也哉？

——定盦續集

* 又題療梅說。

問經堂記

乾隆中，杭州先正曰盧學士。㊀所居曰抱經堂。登是堂也，無雜賓，無雜言焉。今大學士儀徵阮公所燕居曰揅經室。入是室也，無雜賓，無雜言焉。夫言之厖，由學之歧也；所居之猥縟，由嗜好之俚也；賓客之蹇執洿講，由主人之不學也。京師宣武坊，有堂辟然，曰問經堂。主人出，窺其容，頎然者，聆其欬，鏗然者，試其行，肫然者，從之遊，效其威儀，速然者。雖以龔鞏祚之吳然喜言百家，登是堂，愀乎非五經之簡畢不敢言焉。主人陳其氏，慶鏞其名，頌南其字，福州其籍，戶部主事其官，龔嘗與鞏祚遊阮公之門者也。鞏祚題其楣之左偏。

——定盦文集補編

㊀盧文弨，字召弓，餘姚人。官至侍讀學士。刊抱經堂彙刻書十五種；又輯羣書拾補；著儀禮注疏詳校、廣雅注、鍾山札記、龍城札記、抱經堂文集。

京師悅生堂刻石*

或問曰：三代之極盛，養民之法備矣，其民猶有飢寒莫告者乎？應之曰：有。三代之貴游士大夫，有施舍振貸，以爲德以爲名者乎？應之曰：有。何以知之？曰：古之農，有大宗，有小宗，必有羨也；羨爲閒民，開民俟轉移執事以生者也，執事不及之，則飢寒矣。其在周禮有六行，六行始於孝而終於卹，四行爲親親之事，二行爲仁民之事，以正三代貴游士大夫之行。其在禮運篇曰：「鰥、寡、孤、獨、廢、絶有養也。」養之之法，古無專官，無條目。無專官，無條目，是費不出於公上也。費不出於公上，設卿大夫義又引嫌，以避民之歸己，則鰥寡將誰養？然則富貴有祿入之家，必佐主上以養民，不始於宋之罕氏、齊之陳氏也明矣。難之（一本「之」作「者」）。曰：開民贍於其大宗。非其宗也，卿大夫弗預聞。應之曰：古之有姓氏，有譜系者，必公卿大夫之族，盡黃炎之裔，姬、姜、子、姒、嬴、芈之人也。若夫草莽市井之人，叢叢而蕃蕃，不出於黃炎，其先未嘗有得姓受氏之榮也。收族之大宗，各收其族，何以處草莽市井之無告者？故知必不然矣！我聖清之休養民，同符乎三代。民固悅其生，然而飢寒之民，未嘗一日絶於天地之間，天爲之，非人爲之也。是故京師有悅生堂，以佐聖天子養民，創之者誰？河南吳侍郎烜也。董成者誰？錢唐陳參議鴻、戚檢討人鏡也。出貲者誰？碑陰所立諸公是也。有其貲，必有其地，有其地，必有其出入會計，有其出入會計，必有章程子目。風雨寒暑也孰親之？扃鑰也孰啓閉之？木石甎瓦孰庀之？與僵侵漏也孰問之？必有司事。司事者誰？都察院經歷汾陽宋銘堯。始末皆在焉爾。宋銘堯記。道光戊戌五月。

——定盦續集

* 原注代宋經歷（銘堯）。

禮部題名記序

道光十七年春三月，仁和龔自珍由宗人府主事改禮部主事，祠祭司行走。夏四月，補主客司，仍兼祠祭司行走。諸老前輩爲國朝禮部題名記成，呼吏補自珍名，諸老前輩則告自珍曰：昔之日，一本「日」作「人」。仕祖宗朝，手定大典細例，役心目焉。今日奉行之，不失尺寸，則無忝禮臣矣。風氣小者，視時遷移，或視乎其人，大端大禮，不卑不亢，百年來無以禮曹爲口實者，皆先臣之賜。受其賜，埋沒其姓氏於簿領塵積可乎？此記之所由作。又曰：百年以外，十二三缺勿具，愈近愈詳。自珍受而讀焉，以爲春秋恩曾祖殺，恩王父加詳，恩父加詳，頗中春秋例也。乃對曰：如前輩言，如律令。按記：乾隆己丑進士，以庚子歲，由吏部改禮部，字匏伯者，自珍〔之〕㊀大父也。嘉慶丙辰進士，除禮部，字賜泉者，自珍父也。掌精膳司印，吾大父之任也；補儀制司，改祠祭司，兼儀制司，又兼精膳司，吾父之累任也。自珍入司門，顧瞻楹題，下上階，思履綦，步弗敢邁越。諸老前輩一本「輩」下有「則」字。目自珍，舊事往往詢自珍，皆以自珍爲嘗聞之也。

——定盦續集

附：國朝春曹題名記序**

道光十七年春，鞏祚由宗人府改官禮部。禮部諸前輩輯春曹題名記，甫成，爰補鞏祚名。鞏祚受而讀焉。自順治來，官四司者，籍貫、名氏，及其履任之歲月咸在。百年以上，十二三闕弗具，益近益詳，中春秋〔曾祖殺父詳〕㊁之義。劬矣哉！文致太平之君子之所爲也。夫六官之事，莫重於禮。六官之律令，古皆謂之禮。昔之君子，佐祖宗定禮，先朝爲著作之臣。巨者，言行在國史，細者，簿領之事，或繁或殺，役其心目，契之事例，一名一數，俾今日便法守。今日茍焯之熟，求之有部居，奉行之不失尺寸，則不忝禮臣矣。何人之賜哉？京曹重風氣，風氣小者，或視時遷移，或視乎其人。至於大綱大體，先臣之遺美，今以爲楷，百年中無以禮曹爲口實者，使諸君子得以不卑不亢，陳誠秉藹乎其間，又何人之賜哉？飲水者思其源；思其人，猶愛其樹。矧奉其著作，蹈其言行，而非埋沒其名氏於簿領塵積也乎？此諸前輩秉心淵雅，用羔絲退食之暇輯是書之志也。禮時爲大，載筆之事亦然。假令爲此書於昔者儀品未大備之世，則不暇爲矣。如暇爲之而莫爲，則掌故不備，掌故不備，則無以儲後史，無以儲後史，則太平不文致，重負斯時。今也諸君子生其世，載筆爲之。鞏祚則不先不後，遘書之成，而名殿簡末，豈偶然耶？豈偶然耶？鞏祚之大父，以乾隆己亥歲由吏部遷禮部，家大人以嘉慶丙辰歲除禮部，名在此記，至鞏祚三世矣。上窺景運之靈長，下撫家門之多幸，以不陶不淑之躬，顧瞻履綦，弗敢邁越。諸前輩命之一言，鞏祚何言哉？魯論曰：「入則事父兄，出則事公卿。」願以其平日聞於事父者，若風氣，若律令，若言，若行，勉奉持旃，以事諸君子而已矣。道光十七年歲在丁酉九月壬辰，仁和龔鞏祚在主客司夜直，秉燭盥手書。

——定盦遺箸

* 張祖廉案：「近歲(吳)伯宛任史館編纂，從廠肆搜集名人年譜傳狀，得春曹題名記殘本，其序言與序中所載絕異，因以移贈，仍編次遺箸。」

** 禮部題名記序與國朝春曹題名序，同篇異名，但略有不同，故附篇後。

㈠潘鴻手抄本注：「『自珍』下脫『之』字。」茲據增補。

㈡據禮部題名記序補之。

徐尚書代言集序

崑山徐家鼐，裒其先所箸述曰徐尚書代言集者若干卷，其曰文集者又若干卷。墨者雕，泐者新，而授浙人龔自珍序其恉。自珍爰大書於代言集之首曰：上帝息其精英之氣，閟之百數十年，眷世而生天子，眷天子而生大臣，有厲劍執槊，定一代大難之大臣，有開一代文教之大臣。生是世也，熏然而釀，爛然而光，芬然而大吉祥，豈惟德之滂流與政之肅？亦文事也。明自中葉以還，洎乎孱亡，華質凋喪，蛙吠廟堂，蝓及四方，纖兒仄豎，爭相怒頏。我世祖章皇帝一統海宇，首開甲乙科，聖祖仁皇帝昌進科目，純用方聞士。數十年間，雲升露降，植效連理，動呈肉角，山川發鮮英，雲物變顥淸，在人爲學士大夫。學士大夫之魁然而秀於一門者，爲江南三徐公：曰元文者季，順治己亥殿試第一，至太子太傅、內宏文院大學士者也；曰秉義者仲，康熙甲辰殿試第三，至吏部侍郎者也；曰乾學者伯，康熙庚戌殿試第三，至太子少傅、刑部尚書者也，實〔家〕鼐㈠高祖。國朝之以科第大其門，世有一品官者，曰桐城張氏、㈡常熟蔣氏、㈢海昌陳氏、㈣雖金壇于氏、㈤錢塘徐氏、㈥德清蔡氏、㈦諸城劉氏，㈧不得比。而徐氏喤然導其先聲，撰箸宏富，皆康熙中大典故。康熙中文學傳人，大半門下士，子孫淵雅，名氏有述，家乘之存，與册府相表裏，可謂瑋矣。謹讀二公之文，規矩肅澹，學副厥遇，而尚書公尤所稱以經術文章施無窮者也。代言集者，尙書代詔制之文，舜聲堯容，羲情軒思，大聲發於天地之間，而用以懿告乎萬代。十讀四歎，雲三色而爲霱也，五色而爲慶也；露結朵而成文也，結味而成甘也。自大小牙門百執事，以及寰海吏士農民，熙熙然如圖畫見於幅上，引吾之神，化吾之情，而游之乎羲、炎、堯、舜之世。嗚呼！公之斯文，於是不專爲公之文之盛矣。自珍又曰：本朝博學宏詞科始發自公，將以收拾明季遺逸之士，集中恭擬諭旨三通是。自珍又曰：仁皇帝撤三藩之謀，公之季預參贊之。公科新而官卑，所傳恭擬癸丑科殿試策問一道，乃宏文作，非公也，家乘中語恐非是。自珍又告家廌曰：王鴻緒之修明史，亦主公；王於徐爲婭，亦文獻家也。今天子諮古姓，錄舊典，必不遺之矣，吾子盍之華亭王氏咨焉？自珍又曰：康熙中，有議政王大臣，而無軍機大臣，大事關大臣，羣事關內閣，譔擬諭旨，則關南書房；南書房之選，與雍正以來軍機房等。是集，公直南書房時筆也。

——定盦文集

㈠此篇首尾皆稱家廌，此當脫誤，補之。
㈡桐城張廷玉家。
㈢常熟蔣溥家。
㈣海昌陳之遴家。
㈤金壇于敏中家。
㈥錢塘徐潮家。

㈦德清蔡升元家。

㈧諸城劉統勳家。

江子屏所著書序

嘉慶中，揚州有雄駿君子，曰江先生。一本「生」下有「藩」字。以布衣爲掌故宗，且二十年。使仁和龔自珍條其撰述大旨，以詔來世。自珍徑求之，縱橫側求之，又求其有所不言者，而皆中律令。其殺也，爲易也；其詳也，則中春秋恩父、恩王父之義。海陬小生，瞪目哆頤，敢問九流最目之言夥矣！子胡張江先生之〔爲〕㈠書？且子所謂律令，誰之爲之也？作而告之曰：聖人之所爲也。傳不云乎？三王之道若循環，聖者因其所生據之世而有作。是故易廢連山、歸藏；誦詩三百，而周詩十九；春秋質文異家；禮從周；皆是義也。孔子沒，儒者之宗孔氏；治六經術，其術亦如循環。孔門之道，尊德性，道問學，二大端而已矣。二端之初，不相非而相用，祈同所歸；識其初，又總其歸，代不數人，或數代一人，其餘則規世運爲法。入我朝，儒術博矣，然其運實爲道問學。自乾隆初元來，儒術而不道問學，所服習非問學，所討論非問學，比之生文家而爲質家之言，非律令。小生改容爲閒，敢問問學優於尊德性乎？曰：否否。是有文無質也，是因迭起而欲偏絕也。聖人之道，有制度名物以爲之表，有窮理盡性以爲之裏，有詁訓實事以爲之跡，有知來藏往以爲之神，謂學盡於是，是聖人有博無約，有文章而無性與天道也。端木子之言一本「言」下有「其」字。謂之何？曰：然則胡爲其特張問學，得無子之徇於運歟？曰：否否。始卒具舉，聖者之事也，餘則問學以爲之階。夫性道可以驟聞歟？抑可以空一本無「空」字。楞一本「楞」下有「腹」字。懸揣而謂之有聞歟？欲聞性道，自文章始。有後哲大人起，建萬石之鍾，擊一本「擊」作「扣」。之以大椎，必兩進之，兩退之，南面而揮之，褫之予之。不以一本「以」作「用」。文家廢質家，不用質家廢文家，長悌其序，臚以聽命，謂之存三統之律令，江先生布衣，非其任矣。曰：江先生之爲書，與其甄綜之才何如？曰：能進之，能退之，如南面而揮之，一本無「如南面而揮之」六字。如一本「如」下有「將」字。褫之予之。曰：請言江先生平生。曰：生於典籍之區，少爲方聞士，一本「士」下有「今老而貧，因一世之獻也」十字。乾隆朝，一本「朝」作「中」。佐當道治四庫、七閣之事，於乾隆名公卿老師宿儒，畢下上齮齕，萬聞千睹。既老，勒成是書，窺氣運之大原，孤神明以深往，義顯，一本「顯」下有「故可以經求指繇」七字。故可以縱橫而側求；詞高，故可以無文字而求。今夫海，不有萬怪不能以一波；今夫岳，不有萬怪不能以一石。飲海之一蠡，涉華一本「華」作「岳」。之一石，如見全海岳焉。磚瓦之所積，塈茨之所飾，風雨乍一本「乍」作「一」。至，尺青寸紅，紛然流離，才破碎也。江先生異是。曰：敬聞教矣。古之學聖人者，一本「者」作「而」。著書中律令，吾子所謂代不數人，數代一人，敢問誰氏也？一本「也」下有「者」字。曰：一本「曰」下有「于」字。漢一本「漢」下有「得兩人焉」四字。司馬子長氏、劉子政氏。一本「氏」下有「今」字。江先生書，一本「書」下有「其」字。曰國朝經學師承記者如干一本「如干」作「三十」。卷，遷之例；其曰國朝經師經義目錄如干一本「如干」作「者十」。卷，向之例。小生降階曰：有是夫！雖瘤也，猶得搴裳中原，於我乎親命之。

——定盦續集

㊂據王文濡校編本增補之。

陳碩甫所箸書序

孔子曰：「吾道一以貫之。」故記曰：「黄帝正名百物，以明民共財。」告仲由曰：「名不正，則言不順；言不順，則事不成，禮樂不興，刑罰不中。」子游曰：「有始有卒者，其惟聖人乎？」古者八歲入小學，敎之數與方名，與其灑掃進退之節。保氏掌國子之敎，有書有數。六書九數，皆謂之小學。由是十五入大學，乃與之言正心誠意，以推極於家國天下。壯而爲卿大夫、公侯，天下國家名實本末皆治。後世小學廢，專有大學，童子入塾，所受即治天下之道，不則窮理盡性幽遠之言。六書九數，白首未之聞。其言曰：學當務精者鉅者，凡小學家言不足治，治之爲細儒。於是君子有憂之，憂上達之無本，憂逃其難者之非正。不由其始者，終不得究物之命。於是黜空談之聰明，守鈍樸之迂迴，物物而名名，不使有遁。其所陳說艱難，算師疇人，則積數十年之功，始立一術。書師則繁稱千言，始曉一形一聲之故，求之五經、三傳、子、史之文而畢合，乃宜於楮帛。而且一戶牖必求其異向也，一脯醢必求其異器與時也，一衣裳必求其異尺寸也。有高語大言者，拱手避謝，極言非所當。於是二千載將墜之法，雖不盡復，十存三四。愚瘁之士，尋之有門徑，繹之有端緒，蓋整齊而比之之力，至苦勞矣。陳碩甫曰：是苦且勞者，有所甚企待於後。後孰當之？則乃所稱聞性道與治天下者也。乃言曰：使黄帝正名，而不以致上世之理，孔子之正名，而終不能以與禮而齊刑，則六藝爲無用，而古之儒之見詬，與詬古之儒者齊類。彼陟顛而棄本，此循本而忘顛，庸愈乎！且吾不能生整齊之之後，既省吾力，而重負企待者。於是始以六書九數之術，及條禮家曲節碎文如干事推之，欲遂以遁於治天下。大凡某書如干篇，如干卷，某書如干卷，都如干卷，如目錄。兵部主事姚先生㈠曰：今天下得十數陳碩甫，分置各行省，授行省學弟子，天下得百十巨弟子，分教小弟子，國家進士，必於是乎取，則至教不躐等，且性與天道之要，或基之聞矣。中書胡先生㈡曰：使碩甫自信所推罙無閡，請從姚先生之言；所推猶有閡，則姑舍是言。整齊益整齊，企待益企待，總之必不爲虛待，無岐謬。是二言者，龔自珍皆聞之，因最錄書指意皆識之。

——定盦文集

㈠姚學塽，詳古史鉤沈論三註。

㈡胡承珙，字墨莊，涇縣人。官至臺灣兵備道。箸毛詩後箋、儀禮古今文疏義、小爾雅義疏、爾雅古訓、求是堂詩文集。

陸彥若所著書序*

陸彥若曰：天下之大富必任土。東西南北，〔人〕㈠苟有六尺土若十尺土，土之毛，皆識其華實，辨其材，節其性，伺其時，其生其死，勿以還土，可以小富；矧夫若百尺千尺萬尺？有百尺之土，役於圃一人，役於市一人，爲天下養二人；千尺者役於圃三人，役於市三人，爲天下養六人，以是爲差；天下之富人，亦必以是爲差。富殖德，故曰德產焉，傳其術以德後生，富又殖壽。龔自珍曰：五經財之源也，德與壽之溟渤也。成周書眞僞半，勿具論，論堯時。堯典言百穀矣，其後但言五穀、六穀、九穀，五六九以外，蔬蓏可材，盡堯典之所謂穀也。漢儒馬融說咎繇謨之文曰：[1]「庶艱食，猶庶根食也。」謂凡草木有根者根可食，或實可食，或華葉可食，皆曰根食。然則庶根食者，其猶百穀歟？彦若知經術矣。自珍又曰：古農書四篇，呂不韋采之矣，氾勝之書闕不具；魏高陽太守賈思勰書二十篇，箸錄家皆錄之；一本「之」下有「今」字。文淵閣又錄之矣。漢大儒司馬氏爲貨殖傳，所以記禹貢，[2]續周禮，與天官書同功。不學小夫乃僅指爲詼嘲游戲憤怒之文章，顛夫！今彦若所箸書，祖古農書，禰司馬氏，而伯仲於氾勝之、賈思勰之閒，宜急寫副，德後世。曰種樹方者三卷，曰種菜方者一卷，曰種藥方者一卷，都五卷，著錄之如此。又規之曰：[3]往往錯舉古今名，古今語未可同，又不分析東西南北之所宜，試者或不得種，得其種，或效或不效，宜小字細目，以江河界限之。彦若亟出都，未暇治也。丙申九月九日。

——定盦續集

* 陸彦若（獻）所箸書，已佚。遜敏齋叢書有陸獻庚辛日記，非此序所及。

[1] 據江標手批本增補之。

[2] 「所以記禹貢」，吳刻本作「記」，誤。遂漢齋校訂本、王文濡校編本、扶輪社本作「配」，是。

[3] 潘鴻手抄本注：「衍一『曰』字。」

邵子顯校刊婁東雜箸序*

國家以蘇州、松江、太倉州爲一道，睿皇帝朝，命家大人分巡之，自珍實侍任。凡關甄綜人物，搜輯掌故之役，大人未嘗不以使自珍焉。大人去治十五年矣。自珍仕京師，賓客一本「客」下有「散」字。且盡，遺聞墜歡，無可語者，悽黯而已。歲己亥，乞羅南下，信信揚州。揚州教諭邵子顯，太倉人也，方校刊婁東雜箸成。自宋始迄於當代，凡五十六部，大抵四庫所未錄，藏弆家所未見。邵君有心哉！蘇若松未之聞也；若徽州，若吾浙西三府，若揚州，若常州，愛其鄉先輩，而樂以其言餉天下者，豈乏其人，何居乎不效子顯之所爲？尚書陶澍嘗語李兆洛曰：願輯本朝江左人書，萃四庫已收未收者。李辭茲事體大，不敢承。噫，江左百數州縣耳，使一州有一邵子顯，各纂其州，予限七年，此事何患不成？春秋時，周室有百四十國之書，固出自百四十國者也，仲尼賴之。此事成，可以傲嬴劉，婉柱下，儲以俟後聖。邵君爲予渡河所見第一士。邵君餉書爲渡河第一樂。曩予營別墅於崑山縣，距太倉一舍，天如予我以蕭閒，箸述於其中，當效邵君之所爲，且挐舟商榷之。

——定盦續集

* 符葆森寄心庵詩話：「（邵）子顯……嘗搜輯婁江前輩所箸，爲棣香齋叢書，刊以行世。」案：婁東雜箸，即棣香齋叢書，則與題稍異。乙亥雜詩注：「太倉邵子顯輯太倉先哲叢書。」與題又異。

劉禮部庚辰大禮記注長編序

庚辰秋七月，仁宗睿皇帝木蘭熱河大行，問至京師，禮部堂官奔赴熱河者二人，司員奔赴者滿二人，漢一人，留署職大喪檔案者漢一人，則禮部主事武進劉君逢祿實任之。起嘉慶二十五年七月二十七日，軍機大臣、受顧命大臣，飛寄留京辦事王大臣信，留京王大臣傳知百官成服，迄道光元年三月二十六日奉安昌陵，禮成。又恭載四月初六日常雩圜邱升配事，而全檔子告成，所徵者凡十類：一上諭，二隨旨，三題奏本摺，四禮部咨各衙門文移，五各衙門咨禮部文移，六禮部頒各直省及五十一旗蒙古、八十七旗喀爾喀文移，七朝鮮國王咨禮部文移，八禮部存記清、漢字檔子，九內閣恭擬祭文，十翰林院恭擬祭文，而朝鮮國王祭文附焉，敬手勒成六卷。喪紀爲禮之極，大喪爲國家萬事之根本，恭讀遺詔有之曰：書有陟方之文。古帝王崩于巡狩，蓋有之矣，則是不得以爲變禮。今所記注，皆經常也，敬以告儒臣之纂官書及後世攷禮儀者。嗚呼！我朝列祖列宗大慈、大孝、大法、大守之原，至尊至重，禮官不能詳也，禮官所能記載，蹟焉而已。道光二年秋，內閣中書仁和龔自珍序。

——定盦文集補編

錢吏部遺集序

錢吏部枚卒且八年，遺詩始寫定，是爲辛未歲。越丁丑，錢廷烺走訪龔自珍海上，屬之曰：先人詩出父七年，未有最錄之言，將惟天下善言文章之情者是屬。自珍悄然不能辭，乃滌筆而稱曰：今天子始親政之歲，舉己未科會試，主者大興朱文正公；㈠榜出，省貢士之邃於經〔者〕，㈡雄於辭者，雅治一藝者畢在，可八九十人，而吾浙二十一人。其以文采妙當世者，譁譁以十數，噓矣哉！先若後未之聞也！君實以是科成進士，氣文而身頎，黝然黑，謖然清，仿佛如有思。諸君先後躋九萬里之上，君意善感慨，又清貧甚，浮湛卒。文正惋歎，杭州以爲失方聞士。詩十卷，無囂濁俚窳佻詭之言，如坐杭州山水間，重山二湖，孔翠鸞之屬，往來鳴一本「鳴」作「嗚」。歎，天清日沈，風起卉木，泠泠乎琴筑語而竽笙鳴，是其可狀者也。小樂府一卷，幽窅而情深，言古今所難言，疑澀於口而聲音益飛，殆不可狀。前哲有言，古今情之至者，樂器不能傳，文士不能狀，意者然乎？嗟嗟！慼前修之易淪，睠華士而踵起，名滿天下，才嗇於命，情又嗇於才。是集也，宜吾微吟焉，寂聽焉，低徊獨抱焉，非可已矣！

——定盦續集

㊀朱珪，詳顧學士像題辭注。

㊁潘鴻手抄本注：「『經』下脫『者』字。」茲據增補。

江左小辨序

江左小辨二卷，失撰者姓氏。有明中葉，嘉靖及萬曆之世，朝政不綱，而江左承平，斗米七錢。士大夫多暇日，以科名歸養望者，風氣淵雅，其故家巨族譜系多聞人，或劖一書，或刻一帖，其小小異同，小小源流，動成掌故。使倥偬拮据，朝野騷然之世，聞其逸事而慕之，攬其片楮而芳香惻悱。俗士耳食，徒見明中葉氣運不振，以爲衰世無足留意，其實爾時優伶之見聞，商賈之氣習，有後世士大夫所必不能攀躋者。不賢識其小者，明史氏之旁支也夫？爲此辨者，其江左之俊辨也夫？吁！

——定盦續集

袁通長短言序

錢唐袁通長短言六卷。今夫閨房之思，裙裾之言，以陰氣爲倪，以怨爲軌，以恨爲旆，以無如何爲歸墟，吾方知之矣。若其聲音之道，體裁之本，短言之欲其烈，長言之欲其淫裔，莊言之欲其思，譎言之欲其不信，謬言之欲其來無所從，去又無所至也。怪哉！使我曼聲吟歔，壽命訖而不知厭。招我魂於上九天，下九淵，旬日而不可返，泊然止寂寥兮，無讃於先王，而豈徒調夔、牙之一韶，割騷之一乘也哉！卒無如何，命筆爲之序。

——定盦續集

上海張靑琱文集序*

嘉慶二十一年，治河方略館移內閣，借順治朝及康熙初紅本備考核，館不戒於火，紅本燬，嗣是內閣求順治典故難。二十五年，龔自珍筮仕，得內閣中書，求順治前輩文章於江南上海縣李家，得張宸所爲文集三十卷，㊀中書述一篇，其所述與今大異，其高論今日益難施行。內閣應官文章三十餘篇，其哀册文一類，甚哀異。雜事記五篇，述所見當日儀官未定之事，可以廣異聞。其他文章，出於陳子龍、吳偉業之間。同時三吳以東，跨婁越泖，至海濱而止，甚多文士。君之爲未大異乎諸君之爲之也。自珍喜而寫其副，以如京師。職方述一篇，代大臣馬思哈。北征日記一篇，則兵部郎中程同文就自珍舍寫副以歸，京師遂有兩本。道光壬午正月，內閣後進仁和龔自珍序於城南圓通觀。

——定盦續集

* 張宸文集，題名平圃遺稿，則與題異。

㈠ 道州何紹基藏抄本平圃遺稿爲十四卷，與此殊異。

上海李氏藏書志序*

龔自珍曰：目錄之學，始劉子政氏。嗣是而降，有三支：一曰朝廷官簿，荀勖中經簿，宋崇文總目、館閣書目，明國史經籍志是也；一曰私家著錄，晁公武郡齋讀書志、陳振孫書錄解題以下是也；一曰史家著錄，則漢藝文志、隋經籍志以下皆是也。三者其例不同，頗相資爲用，不能以偏廢。三者之中，其例又二：或惟載卷數，或兼條最書旨。近世好事者，則又臚注某鈔本，某槧本，某家藏本。茲事殊（一本「殊」作「雖」）。細，抑專門之業，必至於是，而始可謂備，則亦未易言矣。純皇帝開四庫，建七閣，海內之士，畢賂官簿。大江以南，士大夫風氣淵雅，則因官簿而踵爲之，往往瑰特，與中朝之藏有出入者。而上海李氏，乃藏書至四千七百種，論議臚注至三十九萬言。承平之風烈，與鄞范氏、㈠歙汪氏、㈡杭州吳氏、㈢鮑氏㈣相輝映於八九十年之間。李君猶且恨生晚，不獲遇純皇帝朝親獻書。顧異日數本朝目錄，必不遺李氏。吾生平話江左俊游賓從之美，則極不忘李氏，東南顧脩脩踞天半矣哉！李君名筠嘉，議敘光祿屬官銜，不仕。道光六年丙戌六月龔自珍在京師寄此序。

——定盦續集

* 案龔暘谷薦周中孚主持上海李筠嘉藏書，李氏藏書志，實周代撰。

㈠ 鄞縣范氏天一閣藏書。

㈡ 歙縣汪氏開萬樓藏書。

㈢ 杭州吳氏瓶花齋藏書。

㈣ 杭州鮑氏知不足齋藏書。

附：慈雲樓藏書志序*

目錄之學，始於劉向。嗣是而降，約分三支：一曰朝廷官簿，荀勗中經簿，宋崇文總目、館閣書目類是也；一曰私家著錄，晁公武郡齋讀書志、陳振孫書錄解題類是也；一曰史家著錄，則班史藝文志、隋書經籍志以下是也。三者體例不同，實相資爲用，故不能偏廢。三者之中，體例又二：史家著錄，惟載卷數；其他一則載卷數，一則條書旨。其最詳者，則又臚注某抄本、某槧本，旁及行款印記題跋。茲事雖細，抑專家之業至於是而始可謂備，則亦未易言矣。我朝右文之治，敻絕千古。純皇帝開四庫、建七閣後，海內之士，臻於斯路，承平日久，士夫風氣淵雅，好事有力者，不侈聲色之娛，好聚圖籍，夥者甲其郡縣，東南數行省往往有之。予以嘉慶丙子，侍任東海上，海上言文獻舊家，皆推李氏，李君有園亭花竹，數招集名士爲文酒之樂。茲以所編藏書志□卷屬爲序，予覽之，書凡六千種，㈠ 論議臚注凡（三十九）㈡ 萬言，一以四庫提要爲宗法，折衷無遺憾。竊惟往者明中葉以後，言藏庋者，屈指十餘家，豈無富於是祕於是者？兵燹風雨之餘，梗概尚可見。惜明人學術蕪陋，荆楛珠玉，雜然並陳，至於論議之際，罕所發明。予故不惟欲李君之勤，而又幸其遭際承平，涵泳於累朝右文之澤長也。或謂李君生稍晚，不遇純廟開局時，獻書於朝，遭逢容奬，如鄞范氏、歙汪氏、吾杭吳氏、鮑氏比。不知我朝右文之盛，繩繩未有極，天下名山石壁，日出其藏，番舶或往往攜異書至，爲乾隆四庫諸臣所未見。尚書阮公撫吾浙時，歲進四庫未錄書十餘種，共得百二十餘種，是生稍晚未爲不幸也。況李君甚好學，行將遍咨中原士大夫，博收而精辨之，我知他日談本朝目錄之學者，必曰：四庫七閣既爲七略以來未有之盛，而在野諸家，如上海李氏，亦足以備上都之副墨而資考鏡者也。顧不瑋歟？是爲序。嘉慶二十五年六月朔仁和龔自珍。

* 羅振常善本書所見錄錄慈雲樓藏書志序，與上海李氏藏書志序，同篇異名，但有繁簡，故附此。

㈠「予覽之書凡六千種」，案上海李氏藏書志序：「乃藏書至四千七百種。」後説爲是。

㈡ 據上海李氏藏書志序增補之。

金孺人畫山水序*

嘗以後世一切之言皆出於經，獨至窮山川之幽靈，嗟歎草木之華實，文人思女，或名其家，或以寄其不齊乎凡民之心，至一往而不可止，是不知其所出。嘗以叩吾客，客曰：是出於老、莊耳。老、莊以逍遙虛無爲宗，以養神氣爲用，故一變而爲山水草木家言。昔者劉勰論魏、晉、宋三朝之文，亦幾幾見及是，或者神理然耶？吾友王曇仲瞿，有姊曰金，字曰五雲，能屬文，又能爲畫，其文皆言好山水也；其所畫，有曰山居圖，極命物態。仲瞿實未廿即隱逸，以從〔狎〕㊀魚鳥之游。五雲爨筆研而祝之曰：必得山水如斯畫之美而偕隱焉。曇曰：諾。吁！曩者同時之士，固嘗擬仲瞿似晉宋閒民，一本「民」下有「惜」字。不聞其有奇婦。余窺其能事，與其用心，雖未知所慕學何等，要眞不類乎凡之民矣。抑又聞老、莊之言，或歧而爲神仙，或歧而爲此類，將毋此類之能事與其用心，其亦去去有仙者思歟？大夫學宗，尙其思之！庶嬪百媛，尙其慕之！歎息不足，從而緣之辭。

——定盦續集

* 又題最錄金孺人畫山水指意。

㊀ 潘鴻手抄本注：「『從』下脫『狎』字。」茲據增補。

江南生橐筆集序*

江南生有奏議十九卷。國朝法度，大臣不敢以奏議入私集，況士乎？生佐督撫爲政，居幕下，歷七省，客十九主。此代十九主之所爲，有擬藁未用者，有一事前後數易奏稿並存之者，不得曰奏議以惑來者，予正其名曰：江南生橐筆集。集中言天下財賦，大指不當豐於入，而當嗇於出，有百餘事；言天下刑名，大指謂本朝刑太寬，民太不畏；又有殺人不死，傷人盜，皆不抵罪者；又本朝糾虔士大夫甚密，糾民甚疏，視前代矯枉而過其正。此其平生蓄於中心，時時露於文采者也。龔自珍曰：江南生之言當否，後世有折衷之者，予不深論。竊聞其爲人，取於所主甚介，談笑精悍，指示曲折，文辭甚辨麗，於屬辭輕重緊簡，往往因一言爭軋往復，必欲達其意而後已。當此時，朝廷詔令，琅琅動數千言，督撫奏議，亦皆虎虎有生氣，朝野不病君狂也。

——定盦續集

＊又題書江南生。張澍養素堂集書江南生事：「……不言姓名。年可三十。……於嘉慶十四年游瀘溪。……或曰：生姓李，以貽後客詩，自署李我也。……或又曰：即楚之王乃齡也，迹之，皆非是。」

張南山國朝詩徵序

周公何人哉？尹吉甫、譚大夫何人哉？逐臣放子，棄妾怨婦，舉何人哉？周雖文，其殆無有詩人之名也。後之爲詩，業之別有籍焉，成之別有名焉，二者轍孰舊？網取所無恩，恩殺，至所恩之人而臚之，高下之，名曰作史；網取其人之詩而臚之，或留或削，名曰選詩。皆天下文獻之宗之所有事也。二者名孰高？作史者曰：我古史氏家法，於史爲大宗。選詩者則曰：孔子嘗删詩矣！我七十子家法，於經爲別子。二者指孰優？其名與實孰合分？龔自珍年三十四，箸古史鉤沈論七千言，於周以前家法，有意宜究之矣。既具稿，七年未寫定。夫自珍之世，非周之世，天下久矣有詩人之名也；天下久有詩人之名，天下獻宗選詩，固宜選詩矣。受而視其目，其眞以詩名者，未嘗漏焉。而不可名爲詩人者十八九，是何人哉？自天聰、崇德，迄於今八朝，其姓名爲專家詩人所熟聞者無幾，詩人聞而咸異焉！曰舉何人哉？自珍受而疑，俯而得其故，曰：若人殆樂網取其人而臚之，而高下之歟？殆非徒樂網取其詩也歟？然則若人號稱選詩也何故？曰：是職不得作史，隱之乎選詩，又兼通乎選詩者也。其門庭也遠，其意思也謫，其體裁也賅。吁！詩與史，合有說焉，分有說焉，合之分，分之合，又有說焉。畢觸吾心而赴吾志，吾所箸書益寫定。偉夫若人！懷史佚之直，中孔門之律令，虎虎歃血龔氏之庭者哉？張維屏，字南山，番禺人，官黃梅令。

——定盦續集

續溪胡戶部文集序

古之民莫或強之言也。忽然而自言，或言情焉，〔或言悟焉〕，㊀或言事焉，言之質弗同，一本無「言之質弗同」五字。既皆畢所欲言而去矣。後有一本「有」作「世治」。文章家，一本無「家」字。強尊爲文章祖，彼民也生之年，意計豈有是哉？且天地不知所由然，而一本無「而」字。孕人一本無「人」字。語言；人心不知所由然，語言變一本無「變」字。爲文章。其業之有籍焉，其成之有名焉，殺爲若干家，釐爲總集若干，別集若干。又劇論其業之苦與甘也，爲書一通。又就已然之迹，而畫其朝代，條其義法也，爲書若干通。舁人輿者，又必有舁之者，曾曾雲礽，又必有祖禰之者。日月自西，江河自東，聖知復生，莫一本「莫」作「未」。之柰何也已！龔自珍不弢於言，言滿北南；績谿胡子㊁則詣自珍舍，就求文章術。自珍正告一本無「正告」二字。曰：一本「曰」下有「繆矣」二字。不幸不弢於言，言滿北南，口絕論文，痞於苦甘；言之不戢，以爲口實；獨不論文得失，未嘗爲書一通。高居筲中，效韓娩一本「娩」作「輿」。柳，以筆代口，以論文名，覆按無有；子胡決其藩而鋠其例？且自珍嘗聞胡子之言之質矣，粹然胡子之言也，非如自珍之言之旁出氾涌，而更端以言〔也〕。㊂是謂七十子苗裔之言，是謂禮家大宗之言，其言式古訓，力威儀焉。大之言禮經焉，中之言禮節焉，小之言禮牘簡策焉。譚山水，問掌故，求建置，辨沿革，又胡子所言不一言者也。自珍一本「珍」下有「乃」字。作而言曰：將強名此以爲文章豈可哉？然一本「然」作「顧」。名此爲文章又豈不可哉？設又從而區論之，甲幅近文章，乙幅不近文章，又豈可哉？其率是以言，繼是以言，勤勤懇懇，以畢所欲言，其胸臆滌除餘事之甘苦與其名，而專壹以言！如其不然，一本「然」作「信」。而強龔自珍論文章，則胡子瘁矣。

——定盦續集

㈠潘鴻手抄本注：「『或言情焉』下脫『或言悟焉』一句。」兹據增補。

㈡胡培翬，字載屏，績谿人。官戶部主事。著儀禮正義、燕寢考、研六室文集。

㈢潘鴻手抄本注：「『言』下脫『也』字。」兹據增補。

四先生功令文序

其爲人也惇博而愈一本「愈」作「愉」。夷，其文從容而清明，一本「清明」作「明清」。使枯臞一本無「臞」字。之士，習之而知體裁，望之而有不敢易視先達之志。盛世之盛，唐之開元、一本「開元」下有「貞元」二字。元和，宋之慶曆、元祐，明之成化、弘治，倘近似之哉！倘近似之哉！其人多深沈惻悱，一本有「之士」二字。其文叫嘯自恣，芳逸以爲宗，則陵遲之徵已。夫莊周、屈平、宋玉之文，別爲初祖，而要其羡周任、史佚、尹吉甫之生，而願游其世，居可知也。自珍嘗之五都之廛，市諸物，見有內外完好不呰窳者，必五十歲前物，曷嘗不想見時運之康阜，民生之閒暇，雖形下之器，與夫專道藝者等。又況學士大夫，生賜書之家，而澤粥於爾雅之林者歟？四先生其倫也。四先生皆生世家，皆起家甲科。其仕也，始終全盛之朝，意氣雍容可觀。其在官也，皆肯徵賓客，買圖史；其未第也，所與游鄉黨間，亦必無穢流不悅學之士。如甘露惠風，夕泫其條，而晨洽其柯，欲梧桐柟梓之不扶疏而榮華，不可得已，宜茲文之進 一本「進」作「躋」。於雅與頌之堂也。我朝山川發泄，自康熙初元以來，如日炎炎；乾隆之文，一康熙之文，視開元、慶曆、成化，善氣之長，數倍過之。然生其間，仕其間，而能爲四先生之文者，良亦不衆。今付合 一本「付合」作「莊」。寫一通，而序之如此。隽雅奇崛，時發其聲，欲隃 一本「隃」作「喻」。契乎千鐘萬鏞，鏘喤闓鞈之奏者也，非廿叫嘯者也。武進管 一本「管」下有先生二字。世銘、歙朱 一本「朱」下有「先生」二字。承寵、仁和陳 一本「陳」下有「先生」二字。登泰、桐鄉諸 一本「諸」下有「先生」二字。汝卿。

——定盦續集

鴻雪因緣圖記序*

鴻雪因緣圖記者，兵部侍郎江南河道總督長白麟公㈠之所作也。自髫丱之歲，至四十歲，爲圖八十，是爲第一卷；自四十至五十，爲圖復八十，爲第二卷。其第一卷，阮相國、祁尚書序之矣。道光辛丑秋，自珍遊淮，以內閣後進禮謁公浦上，晬乎其容，慰勞有加，使自珍綴言於第二卷之簡端。微公命，自珍固有所欲言，重以公命，烏能無言。古今名臣碩輔所遇之世不齊，爲承平之臣易乎？爲憂勞況瘁、盤根錯節、立奇功、戡大變之臣易乎？則必曰爲承平者易矣。雖然，固有辨。今使所遇而永承平無事也，起家功名，致身華膴，一切勿問，固不得預於賢大夫之數，其人固良易賢矣，不廿以科名華膴竟矣，不過博覽書史，周知掌故，上足以備人主燕閒一本「燕閒」作「幾暇」。之顧問，宦轍所至，宏奬士類，進其春華秋實之士而揚扢之，其人雖賢，誠無甚難及者；若乃內韞韜略，外示紓餘，蓄孟門、積石於方寸，可以談笑生風雷，而汪洋澹涵，冲乎夷易，使人不見駃疾驚駭之迹，猝有事變，投袂而起，若勁弩激箭之發，若儲之數十年於其懷抱間者，之人也，蓋於天下可以常、可以變之全局大勢，爛熟於胸中，而不可方物以透迤於承平華膴者也，斯豈尋常意計所能以臆軒輊者？今我麟公，殆其人哉，殆其人哉！百有六十圖，雖亦談人倫之樂事，侈門內之祥和，簪筆以入，承韶以出，無亢厲之言，有迴翔之態。公弱冠通籍於全盛之朝，家世翔華，山川清晏，宜其然也。然而微窺公行部所及，山川形勢，人民謠俗，古蹟今狀，皆備載之，非為無本之說，與不急之言，而又問民生之疾苦，討軍實之有無，天下形勢，半在於是。而姑韜晦其所學，不欲張大其名目，以託於百六十篇之繪事記云爾。即如在河南箸河工器具劃說圖說，古今之奇作，天下有用之書，孰加於是！然其目不過曰謙豫編圖，非其章章明驗耶？今天下承平日久，而海氛未靖，此公所以有石公驗礮之舉也。公以河督兼著制軍，特小試其端耳。天子且益大用公，公行且總攬四海財賦而籌之，使公私上下交裕，然後入相天子，激揚清淑，煥發士大夫之耳目，以振厲一世，此海宇所喁喁望公者，百六十篇皆其嚆矢也。更十年，當更序之，敬濡筆以俟。道光二十一年歲次重光赤奮若孟秋上旬三日，內閣後進仁和龔自珍頓首拜纂。

——定盦文拾遺

* 又題鴻雪因緣圖記三序，案序在原書二集，當誤。

㊀ 麟慶，字伯餘，滿洲鑲黃旗人。官至庫倫辦事大臣。著凝金室詩集。

蒙古像教志序

夫染衣出家，沙彌之律也；肉食不淨，大慧之聞也；諸肉勿食，泥洹之訓也；讚歎毀戒，波旬之徒也。然其生於邊地，不生地穀，以畜牧爲耕作，以血肉爲饔飪。宗教既黄，相沿已久，有乖壞色之訓，聊別白衣之儔，戒或遮之，教必諒之。蒙古五十一旗及喀爾喀四部皆宗黄教。黄教之祖曰宗喀巴，若具云者（租烏）榦（卡巴羅阿阿鄂）補（匝阿）昂（查阿）克（巴阿）也。自稱文殊師利之瑚必勒罕，生於額納特珂克地，而唐古特、庫車淖爾一本「庫車淖爾」作「青海」。四衛拉特之地遍相宗祖。其法嗣之派，繁衍難備述。述兩大支：曰在藏坐牀者；曰到蒙古住持者。在藏坐牀者，又分兩支：宗喀巴第一弟子曰根敦珠巴，實第五十四輩之一本無「第五十四輩之」六字。達賴喇嘛，是爲舍位出家之第一輩，遞傳至七一本「七」作「六」。輩噶爾藏加莫嗟。一本「嗟」作「磋」。當準噶爾擾藏時，聖祖救其亂，一本「亂」下有「以兵送」三字。噶爾藏加莫嗟避至青海一本「避至青海」作「自青海歸藏」。坐牀。聖祖送之，俾歸於藏，一本無「聖祖送之，俾歸於藏」八字。至今傳付不絕，皆以其呼必勒罕爲之。此一支也。第二弟子號爲班禪額爾德尼，名曰刻珠尼曲結，若具云者刻珠尼馬曲結嘉勒布格爾也。一本無「名曰刻珠尼曲結，若具云者刻珠尼馬曲結嘉勒布格爾也」二十三字。至第四輩，名羅卜藏曲結嘉勒燦者，始與蒙古通。自蒙古一本「自蒙古」下有「又偕達賚遣使」六字。至盛京，受一本「受」作「與」。我一本有「相通」二字。太宗皇帝册封歸。死後，一本無「太宗皇帝册封歸，死後」九字。其一本「其」下有「後世」二字。瑚必勒罕遂有喀木之地，又九傳矣，此一支也。兩支外，又有兩小支。一曰紅帽噶瑪巴，一曰黑帽沙瑪納，皆稱呼圖克圖，避達賴、班禪位號。一本「避達賴、班禪位號」作「不敢與黃教齒」。沙瑪納呼圖克圖之後日就衰滅。噶瑪巴之後，近世有林沁班珠爾者，稱沙布嚨一本「嚨」作「隴」。於庫車淖爾，一本「庫車淖爾」作「青海則」。為庫車淖爾一本「庫車淖爾」作「青海」。察罕諾門一本「門」下有「喇嘛」二字。之屬僧，則並不敢號呼圖克圖矣。其一本「其」下有「黃教」二字。來蒙古住持者，又分三一本「三」作「二」。支。最先者曰帕克巴巴喇密特，是其道北行之始，凡六傳，至元順帝時，阿難達瑪第喇嘛與帝爭政事，怒而歸於唐古忒，中絕凡八九十年，而索諾木札木蘇重至，又十餘傳，至邁達哩止，為一支。一本無以上十二句。宗喀巴有第三傳嫡嗣，曰蘇爾第，其瑚畢勒罕託生喀爾喀地方，稱哲卜尊丹巴呼圖克圖，又兩傳，進丹舒克於世祖朝，至今凡十六次瑚必勒罕，號位亞於西藏之達賴，而幾與班禪埒，又一本「又」作「是」。一支也。康熙間，有喇嘛章佳胡圖克圖，自藏來朝，其人乃是第六輩達賴羅卜藏札木蘇之支嗣，聖祖優禮之，命其住持於多倫諾爾之彙宗寺；其第二次瑚必勒罕，世宗優禮之，命其住持多倫諾爾之善因寺；其第三次瑚必勒罕，賜對高宗朝，大加獎異，命其來京，更定大藏經咒應真名號，乃取自後漢至唐各譯主所譯，悉以今藏語更校成，又以其國首楞嚴已亡，借此土本四譯而歸；又佐莊親王辦理同文韻統，於四十一年，跌逝京師。今又再瑚必勒罕矣，是最盛而最後出，又一支也。五支一本「五支」作「四支」。之徒，其論輪迴因果報應，與古德神不滅論合；其論刼初形狀，天地衆生日月，種種成立，種種出生次序，與樓炭經合；其書與符印明合，其念咒與聲明合。自漢以來，譯經之例，例不翻咒，疏抄之例，亦不妄一本無「妄」字。釋咒。咒是密語，咒是祕印。佛無祕密義，有祕密語，既一本「既」作「咒」。不譯不疏，徒恃音準；音若不準，妙陀羅尼雖誠求之，亦恐迂窎矣。

今按自修多羅至優波提舍各有神咒，小者取用禁制神鬼，作諸幻術；大乘之咒，三世諸佛，由此出興，不可思議，具如首楞嚴說。且凡外道六師，亦能幻出宮殿、天龍、女樂、大火、大水，乃至幻一日演成極長，幻長日促成刹那境界，種種靈怪，咒聲靈故，符佛口故。又凡人世所求，年命五欲，誦咒皆得。咒聲靈故，符佛口故。以上之事，（一本無「今按」至「之事」一百二十五字。）天竺神僧生於拉撒，視爲固然；即蒙古道高喇嘛，尚能近似。而此震旦耳根非劣，耳識非殊，雖有高僧，不臻神悟，故撰象教志，專以推尊因明門中聲明一門，而非讚歎夫食肉衣黃，墮邪師見也。

——定盦文集

蒙古水地志序

河西來，受者三部：曰烏喇忒，曰鄂爾多斯，曰歸化城土默特；羣水南來，受者七部：曰喀喇沁，曰土默特，曰敖漢，曰奈曼，曰翁牛特，曰巴林，曰喀爾喀左翼；水東行，入黑龍江，未至，（句）經大川四：曰潢河，曰大遼河，曰諾尼江，曰混同江；（一本「混同」作「松花」。）水北行，入色楞格河，未至，（句）經大川三：曰愛畢哈河，曰土喇河，曰鄂爾渾河。黑龍江入東海，色楞格河徑俄羅斯入北海。東以黑龍江爲主，其目四，又其目曰受某部某某水。北以色楞格河爲主，其目三，又其目曰受某部某某水。具如志。以西塞小水，附黃河流入中國者，別爲卷。

——定盦文集

蒙古臺卡志序

惟皇地祇，爲主山川，不能自辨自位，是故古昔書有八索，以政其人民。周之諸侯史氏率不能讀，其名存者有戎索，有周索。以侯以公，以郡縣，以城郭，以行國，皆將於是乎東，於是乎西，於是乎南，於是乎北。我國家君蒙古五十一旗、喀爾喀四部地，且二百年，一吏不妄行，一馬不妄芻，一兔一鹿不妄趨走，是亦有政。撰臺卡志，志郵，志新郵，志喀爾喀自備郵，志鄂博，志察哈爾牧廠鄂博，志卡倫，志圍場卡倫，志柳子邊。郵：(句)康熙三十一年，議自古北口至於烏朱穆秦置臺九；又自獨石口至於蒿齊忒置臺六；又自張家口至於四子部落置臺五；又自張家口至於歸化城置臺六；又自殺虎口至於吳喇忒置臺九；又自歸化城至於鄂爾多斯置臺八；又自喜峯口至於札賴特置臺十有六。新郵：(句)乾隆三十四年，議喜峯口路，札賴特盡處起，置郵十有四；古北口路，烏朱穆秦盡處起，置臺六；殺虎口路，烏喇忒大路外，置臺七；張家口路，自四子部落盡處起，置臺十有六；穆哈哩喀遜爲起處，哈拉尼敦爲住處。喀爾喀自備郵：(句)東路首站曰尼爾得尼拖羅海，曰他爾袞柴木達；後路首站曰肯特山；西路首站曰哈拉尼敦；三音諾顏首站曰博羅布爾哈蘇。凡册汗、册王、册妃、册格格、賜賻、賜祭天使至，皆設之，汗王一本「王」作「至」。貝勒公等自備夫馬，警晨夜，伺畜牧，過則徹焉。鄂博：(句)以山爲鄂博，以河爲鄂博，以壘爲鄂博，二十五部落如其境。察哈爾牧廠鄂博：(句)以山爲鄂博，以河爲鄂博，以壘爲鄂博，八旗如其境。卡倫：(句)以山爲卡倫，以河爲卡倫，以樓望爲卡倫，二十五部四喀爾喀如其境。圍場卡倫：(句)規高以爲之卡倫，(句)於陊，於阪，於谽，於隙，山之隙，川之隙。東，(句)柳子匡口。(句)西，柳子濟爾哈朗圖。(句)北，(句)柳子塞堪達巴漢色欽，又柳子阿魯色呼，又柳子阿魯呼魯，又柳子英格，又柳子拜牲圖；乃西，柳子庫爾陀羅海，又柳子納喇蘇圖和碩，又柳子沙勒當，又柳子錫喇札巴色欽。(絕)南，(句)柳子木曼喀喇沁，又柳于古都古爾，又柳于察罕札巴，又柳于汗特穆爾，又柳于納喇蘇圖；乃西，柳於噶海圖，又柳于卓索，又柳于什巴爾臺，又柳于麻巴圖，又柳于博多克遜。西，柳于珠爾噶岱，又柳于蘇克蘇爾臺，又柳于卜克，又柳于燕子窩，又柳于卓索溝。(絕)西，(句)柳于察罕布爾臺，又柳于阿爾散朗，又柳于麻尼圖，又柳于齊呼拉臺，又柳于布哈渾爾；又南，柳于海拉蘇臺，又柳于姜家營，又柳于西燕子窩，又柳于郭拜，又柳于和羅博爾奇。東，柳于巴倫克得伊，又柳于烏喇臺，又柳于錫喇諾海，又柳于納林，又柳于格爾齊老。柳在外，卡倫在裏。故地：(句)周陸之中，若爲翁牛特故地，若爲喀喇沁故地，敖漢故地，奈曼故地，土默特故地，巴林故地，喀爾喀左翼故地。茲事嚴武，既麗既博，號令散見，未有總述。於古之世，帝朔未或訖也，王教未或經也。由今之年，文符武節，所以旌也，舜跡禹踵，所以步也，按籍受成，里史之書歟？

文體仿太僕盤銘。自記。

——定盦文集

蒙古聲類表序

自國語以至額訥特珂克、土伯特，以至天山北路準部、南路回部，皆有方語，則皆有字頭呼韻之學，而五十一旗部屬及喀爾喀四大部反無之。今蒙古語言文字具在，沿流以溯原，因子而識母，因其自然，而不惟師心之尙，能之乎？曰：不能則無爲貴聰矣。但其義例觸手鉤棘，道出於天，籟無不同，法成乎人，例實不一。自國書十二篇外，經典白氎，同爲世尊之所宣說，同是阿難之所結集。一本無上兩句。譯祖東游，震旦筆受，一經之文，先後數譯，倘爾乖迕。若夫神珙所製，司馬光所圖，與德幹一本「幹」作「幹」。必特雅星哈所受，通密織布喇所傳，乾隆初，仰承睿指，或煩定正，而後臚列一本「而後臚列」作「如得分配」。整齊，源流明備，各還其一家之言，重以一本「各還其一家之言，重以」作「然亦各自羅列，不冒說同，又況」。準部有託忒體，回部有彈舌聲；下士譾愚，冥搜博采，求其貫通，不亦勞矣！今先舉諸家各不同處，然後準的可得而審，義例可得而擇也。諸家不同，約有七事。按僧伽婆羅譯師利問經，舉五十字；不空譯文殊問經，舉五十字；竺曇摩羅察譯光讚般若經，舉四十一字；無羅叉譯放光般若經，舉四十二字；鳩摩羅什譯摩訶般若經，舉四十二字；元奘譯大般若經，四十三字；佛䭾跋陀羅譯華嚴，四十二字；實叉難陀譯華嚴四十二字；地婆訶羅譯華嚴四十二字；三藏般若譯華嚴四十二字；不空譯華嚴四十二字；金剛頂經五十字；曇無讖譯大般涅槃經如來性品六十二唱，實舉一本無「舉」字。五十字；（六十二字，約以十四音，有重見之字，故止五十也；有初短、次短、次長三種別，佛言皆以舌齒喉而有差別。此經未經同文韻統采摭，故特詳之。）凡十三種，皆一母一一本「一母一」作「系單」二字。聲，欽定天竺五十母，西番三十母，回部二十九母皆同。惟聖朝一本無「聖朝」二字。國書之母，則以阿、額、衣、鄂、烏、謂六字爲第一類，餘至十二字不等；（如八、撥、逼以下，乃十二字。）準部十五母，則亦以阿至互七字爲第一類，餘亦七字成類，而非一本「成類而非」作「不」以額、依等字爲所生之聲。此例之異者一也。天竺母所生，一本無「生」字。可舉者一千二百一十二字。西番舊六字，（紗、殼、婀、妻鴉合、齊雅合、齋雅合，凡六。）所一本無「所」字。生纔一本無「纔」字。二十四字，合新舊三十字所生，可舉者共四百三十四字。回部所生字，單字一百七十四字，連字則一本「則」作「系」。以一字領二十八字，輪流統領，又兼本字自領，本字如阿阿、衣衣、烏烏之屬，計八百四十一字，共計一千零十五字。國語則除第一烏珠爲十一部之綱，其第二部起，自阿衣、額衣、阿拉、額拉以下，共生一千二百四十（餘）㊀字。而準部十五母，尙無推衍成圖之作者。（準部若以國書比較，只抵有國書之第一圖耳。）中華見、溪、羣、疑三十六字，一本無「三十六字」。舊法有一本「有」下有「各」字。演出十二攝各一本無「十二攝各」四字。四聲一本「聲」作「字」。者。又藏經十三種，惟華嚴實叉難陀本，每卷畢唱演三節，每節十字起，至十一本「十」下有「三」字。四五字不等，而仍收聲於第一字，是亦譜生聲之例；而彼十二家無聞。此例之異者二也。同爲母生子，而所以能生，又分兩種。國書彷照天竺之例，定有主輔二類，其一本「主輔二類，其」作「音均字有反切」。字之一本「之」作「有」。收聲於阿者，定納阿至髻阿二十四一本「二十四」作「各」。字爲輔字一本「輔字」作「反切」。也，阿至鄂六字，主字一本「主」字作「音韻」。也。（第一部之納奴窩起，皆收聲於阿，皆輔阿而行。）天竺自阿至阿斯十六字，主字一本「主」字作「音韻」。也，自嘎至嘎刹三十四字，輔字一本「輔」字作「反切」。也。涅槃凡六十二唱，而佛言十四音，亦具主輔之理。餘如西番之三十母，即不能分主輔矣，而餘十二經、準之一本「之」作「部」。託忒一本「忒」下有「神珙字母」四字。皆不能分矣。且西番舊六字無所配合而生聲，一本「聲」下有「華嚴」二字。實叉難陀本無所配合而生聲，一本「聲」下有「近代演神珙者，亦無配合而生聲」十三字。即回部加記號之百七十四單字，不能不以爲子，而以爲二十九頭之輔也。蓋單字從字母生，一本「生」下有「八百四十一」五字。連字又從單字生，比各家又中隔一重，如算法家之有祖孫位，是其特異；然亦無所一本「無所」作「不必有」。配合而生聲。司馬氏以十二攝演神珙近之矣。但上爲雙聲，下爲疊韻，一言瞭然，不必謂之配合而生聲。一本無上六句。此例之異者三也。南北等韻各家，或用喉舌脣齒分配陰陽，而難有定論。惟元人周氏作中原音韻，不用分配，而陰陽乃確乎不易，（人之喉舌脣齒，皆各兼陰陽，豈必分配乎？周但以字區之。）南北人皆同之。此例之異者四也。恭稟容指，國書以阿字爲元聲，實抉古來聖神未發之祕，胎八極於一喉，自然之符也。大藏十二種皆一本無「皆」字。同，天竺同，準部同，而間有小異者，西番之不於發聲也，回部之不於字頭而於化單字也。涅槃之不於第一，而於第四、五、六、七也。（又複見第二十三字。）推本以譚，西番自阿努之子遜密織布喇，一本「喇」作「剌」。至天竺取三十四字歸，删其十一，加舊傳一本「舊傳」作「自造」。紗等六字，又加一本「加」下有「本來」二字。兩國同舊一本無「舊」字。有之阿字，爲三十字，見徹辰薩囊書，則原非以爲殿後字，而章佳國師序次之小倒也。回部之單字，一轉移而即成愛里普，固即阿也，涅槃之首三噁，以義從，非必以聲從也。皆不出大聖人指授之範圍矣。一本「出」下無「大」字。雖小異不閡大同，惟大同可臚小異。此例之異者五也。中國等韻，諸家舊法無文，空圈記聲；其二合之字，獨見佛經瑜伽師地論中，馳字是也；竇又難陀於所生字，每用圈，於母字則始一本「則始」作「每」。用二合，室左是也，三合者僅一見，曷攞多是也。一本無此上二句。梁時僧祐作梵漢譯經同異記，辨之博而見之早矣。今一本無「今」字，有「但經中止有二合無三合，其曷攞多乃變例」十七字。準部亦只二合無三合。一本無「無三合」三字。欽定天竺西番皆至三合，（謂所生字，字母則以二合而止。）無四合，國書、一本「書」下有「及」字。回部書，乃有一本「有」作「至」。四合，回部竟至一本無「回部竟至」四字。五合，舌一本無「舌」字。愈捷而法愈邃矣。一本作「愈加邃密」。此例之異者六也。天竺西番有紗補住、吉固徹卜、納囉雙納、囉哈蘭答、雅答克、巴魯達札、麻嚕烏巴達麻諸記號，回部則一本無「則」字。有則爾、則白爾、帕尺、都則爾、都則白爾、都帕尺諸記號。因思大海、烏巴什等之因蒙古書加圈點爲國書，亦即此例。蓋以形命聲，而一本無「而」字。不必本有其聲，並不必別創其形，至敏捷也，餘家無之。此例之異者七也。今欲推見蒙古字母，則一本無「則」字。諸家之法具在。其若之何而用所當用，棄所當棄，立於不可易之地哉？按明初陶氏㊀曰：「元國字以可侯爲母。」此言巨繆者也。則恭擬小兒初生之聖訓以斥之。一本無「按明初」至「以斥之」三十三字。至其一本「至其」作「曰其」。都數，則定以十一本「十」作「九」。部，每部一本「部」作「頭」。之數，則以三爲例，凡三一本「三」作「二」。十一本「十」下有「七」字。聲爲第一總圖，兼用百五音隸十五類之一本無「之」字。例。天山北路與喀爾喀接壤同祖故也。不以第一頭爲九一本「九」作「八」。頭之綱，不必於巴、博、卜下收聲，於阿不必配有一本無「有」字。主輔而生聲，此則不泥於例也。三一本「三」作「二」。十一本「十」下有「七」字。字中，有兩字書成一，一本「一」下有「止」字。作一聲讀一本無「讀」字。者，凡五；一本「五」作「四」。其二十五，一本「五」作「六」。皆單聲一本「聲」作「字」。也，所生之圖，首一本「首」作「皆」。分陰陽兩大支，爲兩圖。何爲陽？以中國有平聲無上聲之字爲陽；何謂陰？以中國四聲具足之一本無「之」字。字爲陰，此元人周德清例也。陽凡十七一本「七」作「六」。母，陰凡十三一本「三」作「二」。母也，陰陽各舉字，七倍於母，餘可以一本無「以」字。推也。又使三十一本「三十」作「二十七」。頭以一領二十九，一本「九」作「六」。互相領而疊書之，上書大，下書小，成一圖，得九一本「九」作「七」。百一本「百」下有「二十九」三字。聲，一本「聲」下有「則」字。回部連字例也。又於三一本「三」作「二」。十一本「十」下有「七」字。頭之下，各加一瓊都記號，各一本「各」作「改」。成一聲；又於三一本「三」作「二」。十一本「十」下有「七」字。頭之一本無「之」字。下，各加一天竺雅答克記號，改成一聲；一本「聲」作「音」。

又於三一本「三」作「二」。十一本「十」下有「七」字。頭之下，各加一吉固記號，改成一聲；一本「聲」作「音」。共又得九一本「九」作「八」。十一本「十」下有「一」字。聲。回部單字例也。第五、第一本無「第」字。六、第一本無「第」字。七圖，猶國書總圖外之十一圖也，其書連字樣，則亦國語及天竺一本無「及天竺」三字。例也。有二合、三合、四合，一本「合」下有「但」字。無五合，參用國語、天竺、西番例，一本「例」下有「也」字。而不用回部例也。一本無「而不用回部例也」七字。每頭之下，必註明今一本無「今」字。蒙古語之一本無「之」字。某句一本「句」下有「之」字。某字，以見圖爲一本「圖爲」作「徒爲」。蒙古作也。蓋爲圖凡七，爲聲凡一千四百有一本「一千四百有」作「八百又」。十，第一母阿字，（阿實達之阿。）第二和字，（和拉哈喇之和。）第三伊字（伊蘇之伊）爲一類；第四母巴字，（巴拜岱之巴。）第五母一本無「母」字。博字，（卓齊博哈之博。）第六卜字（實喇卜之卜。）爲一類；第七母一本無「母」字。圖字，（約蘇圖之圖。）第八騰字，（騰吉思之騰。）第九坦字（哈坦之坦。）爲一類；第十哲字，（哲卜尊之哲。）第十一札字，（札木楚之札）。第十二春字（庫春之春。）爲一類；第十三蘇字，（舒蘇之蘇。）第十四蘇圖，第十五索圖（和即阿之轉，索圖即蘇圖之轉，如笛家之有撟指聲。）爲一類；第十六喇字，（喇呼濟之喇。）第十七拉厄字，（即喇轉。）第十八朗字（達朗達賚之朗。）爲一類；第十九一本無以上四句。穆字，（圖薩特穆之穆。）第二十一本「二十」作「十七」。曼字，（曼濟鼐之曼。）第二一本無「二」字。十一一本無「一」字。穆爾字（穆之爲穆爾，猶蘇索之加圖，此如琴家之有汎聲。）爲一類；第二十二一本「二十二」作「九」。母一本無「母」字。諸爾字，（諸穆親之諸。）第二十三一本無「三」字。囊字，（他布囊之囊。）第二十四一本「四」作「一」。鼐字（鼐曼之鼐。）爲一類；第二十五一本「五」作「二」。丹字，（羅丹之丹。）第二十六一本「六」作「三」。等字，（鄂等荅之等。）第二十七一本「七」作「四」。特字（土默特之特。）爲一類；第二十八一本「八」作

「五」。根字，（棍楚克之棍。）第二十九一本「九」作「六」。肯字，（色徹肯之肯。）第三十一本作「二十七」。克字（克呼之克。）爲一類。

〔程兵部曰〕：㊂治六書小學與四裔之學，兩不相涉也，因小學中有聲一門，聲之中有大韻、今韻、等韻三門，等韻中有西番一門，〔因忽觸其所欲撰之圖志〕，暇日以意推之，推之而畢通也，學恣哉！又曰：如此則凡史籍中聲音轉變之地名、人名、官名，未易從今讀者，亦旣挈其樞紐矣。㊃

——定盦文集

㊀據邃漢齋校訂本補之。

㊁陶宗儀，字九成，黃巖人。著輟耕錄，述及女眞及蒙古繙譯名文。

㊂諸本作自記，誤。茲據師友批校本補正。

㊃師友批校本此語爲程兵部（恩澤）眉批，原爲兩節。吳刻本未收。邃漢齋校訂本、王文濡校編本、扶輪社本併爲一節，略加竄改，冠以自記曰，或繫自記，皆誤。

蒙古寄爵表序

賽音部之有兩厄魯特，猶青海部之有賀蘭山厄魯特與額濟納土爾扈特也，皆各有爵，疆域則統之，如古附庸國。賽音西壤，茂有水草，其始也，皆居推河矣。其繼也，皆居烏蘭烏蘇矣。今阿剌布坦裔，見旗一爵一；丹濟蘭裔，見爵一旗一。爵皆貝子，地皆削推河之稱；官書紀載，或贅或歧，故考檔宜愼也。㊀

——定盦文集補編

蒙古字類表序

蒙古文字爲國書之祖。大海烏巴什未奉詔時，國初所用，所謂無圈點檔案者也。又爲準部託忒之祖，託忒十五頭，皆略仿蒙古無圈點，而末筆直下，波磔方闊者也。國書有聯字一體，佛典謂之滿字，蒙古無之，乃皆單行，佛家謂之半字，準部亦無之也。然則蒙古之字曷可不勒成一書以備外史？今以波磔多寡爲次序，不以天地人物爲類，欽定三合音清文鑑之載蒙古字，以明聲也。西域同文志之附載蒙古書，撮舉天地人物相比，乃借蒙古字形以明西字形也。是表之作，乃專以明形也。若夫蒙古喇嘛所諷唐古忒諸經，有見於今中國大藏本者，如大涅槃之△字，又∴△字，（隋章安頂師强音之以伊字。）又華嚴經實叉難陀本有四畫相，如髻形、杵形、華形等，又各經皆有卍字、卐字等，居然符合。今故標撮一二，聊資考證。此方僧言，聲在空中，是無常法，未久則變；形在實處，其變尙遲。又言有有聲而無形者，此土空圈記是也；有有形而無聲者，室利靺瑳相之屬是也。洵智者之論矣。

——定盦文集補

蒙古氏族表及在京氏族表總序

浩繁乎 一本「乎」作「矣」。欽吉思汗之子孫！恭讀高宗皇帝上諭有之曰：「三代而降，惟元系至今未絕。」

御製文辨史家稱奇渥温氏誤也。驗以蒙古語，定帝姓爲博爾吉吉特氏。元史各姓氏皆驗以今蒙古語，定爲瓜爾佳、赫舍哩、鄂通等如干氏。古今聲轉，實則一也。其未見元史者，在蒙古最顯著，則有喀喇沁、土默特之爲烏梁海氏；在厄魯特最顯著，則有杜爾伯特、準噶爾之爲綽羅斯氏；餘如部氏，其四衞拉特三有氏，惟土爾扈特無有。蓋三姓之先，皆以地爲氏，今鈎索羣書，定爲恭博必塔氏，外至額濟內河之土爾扈特亦同氏。洪惟太祖、太宗統有諸部，大小君長，先後絡附。天聰九年，始議定設蒙古固山額眞八員，如滿洲都統；蒙古梅勒章京八員，如滿洲副都統。順治元年，諸部扈駕入關，百七十年來，按旗界處，彯爲功宗，其官至一品爵至民公者，登進士科者，列於表，而以某氏原出某部，分疏其下，八旗各一表。

——定盦文集補

蒙古册降表序

康熙二年，始詔禮官查國朝公主之下嫁外藩者，給予謚號。於是追謚太宗文皇帝朝噶爾一本「爾」作「烏」。思所尙主曰端獻長公主。追謚世祖章皇帝朝噶爾瑪索諾所尙主曰端順長公主。禮臣定例，閱十二年，凡外藩王妃郡主未册封者，理藩院會禮部具題，遣使册封，皆以三四五品滿員往。夷攷前史，漢、唐有國之年，降主遠嫁，謂之和婚；其外藩遣子入侍，則曰盛事。此皆孱弱，不洽於遠。我聖朝以中外爲一家，四十九旗中，匪但開國佐命之勳，媲於內臣，亦且世世有甥舅之戚，宿衞內庭，宴賚如諸王。其額駙專爵，班次在民公下，矦伯上。而京師府第，城中相望，或別賜海淀宅。內務府掌湯沐，禮官攷儀品，工部司製造，出則奉嗳轎朱輪車，皆金黃雲綺之蓋，紅雲綺之幃，垂金黃雲綺之幨，引之以絳繡曲柄之蓋，寶相華之轍，黑雲綺角之蘿，孔雀之扇，行朱髦七尺香草之仗，綴珠龍首之立瓜。易稱帝妹，詩美王姬，綦威嚴矣。今以國朝公主之適外藩者，一本無「以國朝公主之適外藩者」十字。謹依玉牒一本無「依玉牒」三字。詮次其一本「共」作「各」。諡號，而以外藩福晉郡主之荷册封者，貂冠毳袜之倫，綴於後爲一表，曰哈屯者視福晉；曰格格者視郡主也。

——定盦文集補

青海志序

青海在甘肅西寧府邊外，唐吐谷渾之分也。三十九族，奉佛而好兵，會盟之事弗與，故文移甚少。其地，始盡番子有也，三十九族之人，盡後徙也。瓦剌與蒙古實一而二，始元、明間，爲蒙古屬國。視蒙古微賤，和碩特之得姓博爾吉吉特氏，當是冒貴種，未必本姓，然弗可攷也。今依欽定世系表，以和碩特之顧實汗爲首，巨細之故，咸詮次于下。雍正後，顧實裔亡，而和碩特不盡亡，存者如干族，其事次矣；其徙往以實地者，有喀爾喀、輝特、土爾扈特各部，其事又次焉。其關界以鎮海堡爲首，其地形以河爲領，具如志。

——定盦文集補編

烏梁海表序

皇與極北境也，其人與明阿特同祖，喀爾喀四部輕之，蓋微種也。頗役附北厄魯特、噶爾丹，不能自通。康熙三十六年，漠北平；五十四年，烏梁海來貢貂，有詔隸札薩克圖汗部。乾隆三十九年，始與木蘭之圍，命與烏蘭烏蘇厄魯特、杜爾伯特、青海爲一隊，謂之四別隊。嗣是進年班矣。其部落以在唐努山者爲大支，以牧阿勒坦山、牧阿勒坦淖爾者爲屬國，實一種而三國。有總管大頭目一員。今鈎考唐努山世系，自和羅爾邁以下，列於表。

——定盦文集補編

阮尚書年譜第一序

今皇帝御極之三年，天晴地爽，日月穆耀，美陽之氣，諭於耆臣。是歲，太子少保、兵部尚書、都察院右都御史、兩廣總督儀徵阮公年六十矣。海內之士，懷觚握槧之倫，介景者鏘羊，祝延者漎萃。其門下士大理少卿程同文等，就內閣中書龔自珍而謀曰：自古重熙累洽之朝，則有康彊竺犖之佐，贊醲迪蕙，黼黻紀，相一人而壽世，爲百族之福宗。蓋殊尤絕迹，有震於金石炳若神人者，今吾座主阮公亦其人也。汴宋而降，多祝史之壽言；晚唐子弟，訂父兄之年譜。二者孰華孰質？孰古孰今？孰可傳信？龔自珍曰：年譜哉。大理因探懷袖，出書二十四卷，請曰：是公子長生之所爲也，子其序之。自珍既卒業，乃撮其括要而言曰：聞之：道隘者所任少，名譾者所成寡，德褊者所積薄，位庳者所覆狹。史册之事，一優一絀，將相之美，或初或終。今阮公任道多，積德厚，履位高，成名衆，如大理言，如大理言。公鯨性儒風，勵精樸學，兼萬人之姿，宣六藝之奧。嘗謂黄帝名物，宣尼正名，篇者句所造，句者字所積，古者有聲音而有語言，有語言而有文字，自分隸之迭變，而本形晦矣，自通假之法繁，而本義晦矣。公識字之法，以經爲詁，解經之法，以字爲程。是公訓故之學。中壘而降，校讎事興，元朗釋文，喜臚同異，孟蜀槧本，始省寫官。公遠識駕乎隋、唐，雜技通乎任、尹。一形一聲，歷參伍而始定，舊鈔舊槧，斯厓略之必存。是公校勘之學。國朝四庫之纂，百代所系，一本「系」作「希」。七閣之藏，九流斯萃。公名山别寶，番舶求奇，馳副墨乎京師，錫佳名以宛委。蓋自子政而下，鄱陽以前，公武郡齋之志，振孫解題之作，莫不討其存佚之年，審其完缺之數。焦書楊目，斯瑣瑣焉。是公目錄之學。公精研七經，覃思五禮，以爲道載乎器，禮徵乎數。今尺古尺，求累黍而易誣，大車小車，程攷工而易舛。故大而冢土明堂，辨禮之行於某地，小而衣冠鼎俎，知禮之繫乎某物。莫遁空虛，咸就繩墨，實事求是，天下宗之。是公典章制度之學。公又謂讀史之要，水地實難，宦轍所過，圖經在手。以地勢遷者，班志、李圖不相襲，以目驗獲者，桑經、酈注不盡從。是以咽喉控制，閉門可以談兵，脈絡毗聯，陸地可使則壤，坐見千里，袛接遠古，是公之史學。在昔叔重董文，識郡國之彝鼎，道元作注，紀川原之碑碣。金石明白，其學古矣。歐、趙而降，特爲緒餘，洪、陳以還，聞多好事。公謂吉金可以證經，樂石可以劻史，瓻好之侈，臨摹之工，有不預焉。是以儲彝器至百種，蓄墨本至萬種，椎拓徧山川，紙墨照眉髮，孤本必重鉤，偉論在箸錄。十事彪炳，冠在當時。是公金石之學。公又謂六書九數，先王並重，旁差互乘，商高所傳。自儒生薄夫藝事，泰西之客擣其虛，古籍霾於中祕，智計之士屏弗見。於是測步之器，中西同實而異名，巧捷之用，西人攘中以成法。公仰能窺天步，俯能測海鏡，藝能善輥彈，聽能審律呂，爲秦、劉一本作「劉秦」。之嫡髓，非薩、利㊀之别傳，是公九數之學。文章之別，論者夥矣，公獨謂一經一緯，交錯而成者，綺組之飾也。大宮小商，相得而諧者，韶濩之韻也。散行單詞，中唐變古，六詩三筆，見南士之論文，杜詩韓筆，亦唐人之標目。上紀一本「紀」作「稽」。范史，牋記奏議不入集，聿攷班書，賦頌箴誄乃稱文。公日奏一本「奏」作「走」。萬言，自裒四集，以沈思翰藻爲本事，別說經作史爲殊科。是公文章之學。聖源旣遠，宗緒益分，公在史館，條其派別，謂師儒分隸，肇自周禮，儒林一傳，公所手創。談性命者疏也，恃記聞者陋也，道之本末，畢賅乎經籍，言之然否，但視其躬行，言經學而理學可包矣，覘躬行而喙爭可息矣。且夫不道問學，焉知德性？劉子以威儀定命，康成以人偶爲仁，門戶之見，一以貫之。是公性道之學。公揚歷清華，洊升一本「升」作「陟」。卿士，熟於載筆之禮法，嫺於內廷之故實，三朝文物，觸之則緒若懸河，九卿行列，諮之則動中律令。是公掌故之學。凡若此者，固已匯漢、宋之全，拓天人之韜，泯華實之辨，總才學之歸。彼區區文儒之異傳，斷斷經人之異師，皆所謂得支亡幹，守隅昧方。偉哉絕業，莫之與京已。嘗觀道之豐也，命必嗇之；德之亨也，遇必窒之。兩漢以降，爲世儒宗者，伏生沈淪，賈生放黜，子政子雲，所遭良阨，康成、邵公，皆在黨錮，叔重終於庳官，仲翔竄於遠土；或藉階經術，致身卿相，非其名德之無偶，一本「偶」作「稱」。則必世主之非聖。唐、宋之世，韓、蘇之倫，衡厥所遭，十九同慨，求其出秉斧鉞，入總圖師，一本「師」作「史」。朝宁倚焉，師儒宗焉，豈可遘歟？公宦轍半天下，門生見四世；七科之後輩，倚長齒髮，三朝之巨政，半在文翰；幽潛之下士，拂拭而照九衢，蓬蓽之遺編，揚扢而登國史；斗南人望，一而無兩，殿中天語，字而不名。吁！富貴不足爲公榮，名譽不足爲公顯。九川行地，溯學海而波澄；三台燭天，指文星而度正。其在漢也，譬以伏、孔居邴、魏；其在唐也，譬以韓、李一本「韓李」作「燕許」。兼房、杜。然而矜遭際之隆，不如稽勳閥之舊也，侈福德之符，不如陳黎民之感也。睿廟親政，公受殊知，謂先皇將任汝樞臣，今汝其作朕疆吏。公辭不獲，爰始受命，亦越於今，先後廿年，撫浙撫豫者皆再，撫閩撫江右各一；先督全漕，繼督兩湖，繼而督兩廣，復六年於玆矣。公知人若水鏡，受善若鍼芥。爨材牛鐸，入聽耳而咸調，文梓朽木，經大匠而無棄。器萃衆有，功收羣策。公文武兼資，聰明異稟，胸中四庫，妙運用於無形，目下十行，識姓名於一過。凡在僚友，畏其敏，服其大，此公之功在察吏者也。仁心爲質，施於有政，每問風俗，先及桑麻。昔餌浙人之饉，遠汎舟於蜀江；今來番舶之粟，平居賈於粵市。其通有無也，兼惠商民，其化疆界也，並泯中外，此公之功在撫字者也。文翁治郡，禮容蔚於石室；樂浪著縣，契令代夫寫官。公先視浙學，成經籍纂詁二百六卷，及乎持節，乃設精舍，顏曰詁經；背山面湖，左圖右史，於政餘親課之。及涖江右，刋宋本十三經若干卷。今玆來粵，暇日無多，又復搜其文獻，勒成巨編，刋廣東通志若干卷。斠士之堂，榜一本「榜」作「顏」。曰學海，想見俊髦之翕集，與其波瀾之壯闊焉，此公之功在訓迪者也。嘉慶之初，海氛方熾，大爲逋逃之淵藪，實恃糧兵之藉賫，公以淸野之法，爲出海之禁，推轂武臣，訓練舟旅。時則安南僞帥，潛結內盜，倚剽掠以贍孱邦，傾醜類以弄巨艇，久肆寇攘，漸圖窺伺。公傳檄諸鎭，勒兵松門，指揮方定，颶風大作，海若効靈，順逆異勢。是役也，獲其王一本「王」作「僞」。印及銅礮重二千觔者甚夥，海寇殲焉。厥後蔡牽往來閩浙，公首薦壯烈伯李公㈢俾爲統帥，壯烈成名，牽亦尋滅，鯨浪遂息，鼉更不驚。餘干姦民，蠢焉煽亂，勾結黨徒，譸造名號，妖鳥已翼而未飛，長蛇流沫而思噬。公則斬彭蠡之菰盧，禱匡廬之煙雨，發之也不旬日，破之也不崇朝，是曲突徙薪之善謀，㊂有勁弩激箭之捷手，夷大難如一反掌。其於閩一本「閩」作「粤」。也，特於海渚，大築礮臺，㊃時出新意，水法陸法之圖，天雷地雷之譜，厥後各吏，則而彷之。粤東互市，有大西洋，近惟英夷，實乃巨詐，拒之則叩關，狎之則蠹國；一本「國」下有「公」字。備戒不虞，綢繆未雨，深𡨴祕計，世不盡聞。蓋身本將門，夙嫻韜祕，謝公雅量，草木識其威名，叔子高懷，裘帶寓其將略，此公之功在武事者也。承平日久，海宇蕃庶，物盈而楞，吏猾而蠹，是以彌補之詔，三十年於茲矣。金粟之藏，按簿則有其名，闕市之權，撫實盡無其物。公在浙之日，議謂其事當信而勿欺，其期宜緩而勿迫。久之竟獲全効，卒如初議，他行省勿及也。此公之功在治賦。京師轉漕東南，歲七百萬，積以升斗，極於京垓，盤倉古法，今也失傳，其數至賾而不可稽，其欺至隱而不可詰，公準之斛法，定爲尺長，布算則有目皆知，執度則布指成寸，既有定式，遂爲捷法。又以比歲淮弱黄強，重運空晚，發議盈廷，圖改運道，公乃攷有元之成規，得海運之故道，計舟檣豐儉之用，較時日往返之程，度其險夷，權其常變，中流一壺，成書具在。此公之功在治漕。凡此者，妕盤㊄雖麗，難鑴彤矢之勳；智鼎良珍，莫馨赤環之績。自非張華腹中，千門萬戶，孫武囊底，八地九天，而枚舉焉，汎測焉，竊以爲輕塵難語於崧嶽之高，爝火奚裨於陽烏之炤者也。右廿四卷，宜置册府，宜藏京師，宜付寫官，宜詔僚友。古之不朽有三，而公實兼之。古之上壽百有二十，而公甫半之。古說經之辭：君主日，臣主月。詩曰：「如月之恆。」言初弦也；五岳視三公，詩曰：「崧高維嶽。」言大而高也。由斯以譚，其諸光明之日進，生物之方無窮也乎？敬語程公，爲我報公子，俟公七秩之年，更增十卷之書，一本「書」作「譜」。當更序之，此其第一序云爾。癸未正月。

——定盦續集

㈠ 藴，疑爲艾儒略，意大利人。著職方外紀、西學發凡。利，即利瑪竇，意大利人。著乾坤體義、幾何學原本。

㈡ 李長庚，字超人，同安人。官至浙江提督。著水戰紀略。

㈢ 潘鴻手抄本注：「衍一『普』字。」

㈣ 祝心淵手校本眉批：「『閩』當爲『粤』。築礟臺乃粤任之事，公未嘗實任閩撫也。」

㈤ 案妕盤應作散氏盤。

懷寧王氏族譜序

民之生，盡黃帝、炎帝之後也，盡聖者之後也。蔀而有國，殺而有家，各私其子孫。夫使私其子孫，乃各欲其子若孫之賢也，起中古家天下之聖人而問之，不易此心矣；又使天下有子孫者，皆如此心，天下後世，庶幾少不肖之人矣乎！起黃帝、炎帝而問之，不易此心矣。欲子孫之必賢，有道乎？曰：聖者弗能。無已，姑稱祖父之心，而明惠之以言，則有二術焉。曰家法，曰家訓。家法，有形者也；家訓，無形者也。家法，如王者之有條教號令；家訓，如王者之有條教號令之意。家訓，以訓子孫之賢而智者；家法，以齊子孫之愚不肖者。由是臚而爲家譜，則史表之遺也；廣而爲家乘，則史傳之遺也。二術立，譜乘舉矣。譜何起？起江左，濫於唐，誕於明。賢矣，有祿於朝，則引史書貴官聞人以爲祖。江左諸帝倡之，又品差之。明之文士述家譜，誕者至八十世婚姻，必書漢郡，李必隴西、陳必潁川、周必汝南、王必太原是也。儒者實事求是，又思夫大本大原皆黃、炎，漢郡何足書？我則笑之。懷寧（戶部）㈠主事王璪，示我家譜十卷，有法，有訓，有譜。法甚法，訓甚良，譜起明中葉，以字某甫諱某者之始遷於懷寧也，謂之始遷祖，謂之懷寧王氏譜，不濫，不誕，甚善。我讀而善之，則避席擇言曰：古者祭禮，嘏傳皇尸之命，命主人曰：皇考某甫，以汝曾孫能帥從皇考之言，降福于曾孫，享汝飲食，宜稼于田，汝曾孫若我壽考。戶部祭，自珍願爲王氏嘏。

——定盦續集

㈠潘鴻手抄本注：「『懷寧』下脫『戶部』二字。」茲據增補。

徽州府志氏族表序

龔自珍始爲徽州府表氏族也。先王以人道序天下，故氏族壁焉。我大清文物備億，山川穆清，瀕海而東，置行省者一十有八，其縣一千三百有奇，縣之民籍皆億萬；民皆能言所姓，而姓以世德家行，及勳貴之迹有述者，謂之大。自珍所至縣多矣，皆諏而記之。夫以大姓雄于縣而詘于府者，有之矣；以大姓雄于府而詘于一行省者，又有之矣；以大姓雄于一行省，而詘于總知天下掌故之宗所記聞者，又有之矣。龔者家大人知徽日，命自珍任徽討文獻之役。徽之大姓，則固甲天下，粲然散著，靡有專紀，是故削竹而爲之表。其義例曰：載大宗，次子以下不載。夫宗法立而人道備矣，次子之子孫，官至三品則書，不以宗廢貴貴也。其有立言明道，名滿天下則書，不以宗廢賢賢也。自今茲嘉慶之世，推而上之，得三十世以上者，爲甲族，得三十世者，爲乙族，得二十世者，爲丙族。幾何所尚？尚于恭舊。遂箸錄洪氏、吳氏、程氏、金氏、鮑氏、方氏、汪氏、戴氏、曹氏、江氏、孫氏、畢氏、胡氏、朱氏、巴氏，凡十有五族，其餘羣姓附見焉，弗漏弗濫。書旣成，閲六年，嘉慶庚辰之歲，則開篋而最錄之如此。若夫齊、梁之浮譚，江左之虛風，侈心齋梁之名，詭言氏族之學；朝之失政，野之失德，作者何師焉？

——定盦文集補編

長短言自序

情之爲物也，亦嘗有意乎鋤之矣；鋤之不能，而反宥之；宥之不已，而反尊之。龔子之爲長短言何爲者耶？其殆尊情者耶？情孰爲尊？無住爲尊，無寄爲尊，無境而有境爲尊，無指而有指爲尊，無哀樂而有哀樂爲尊。情孰爲暢？暢於聲音。聲音如何？消瞀以終之。如之何其消瞀以終之？曰：先小咽之，乃小飛之，又大挫之，乃大飛之，始孤盤之，悶悶以柔之，空闊以縱游之，而極於哀，哀而極於瞀，則散矣畢矣。人之閑居也，泊然以和，頑然以無恩仇；聞是聲也，忽然而起，非樂非怨，一本「怨」作「悲」。上九天，下九淵，將使巫求之，而卒不自喻其所以然。疇昔之年，凡予求爲聲音之妙蓋如是。是非欲尊情者耶？且惟其尊之，是以爲宥情之書一通；且惟其宥之，是以十五年鋤之而卒不克。一本無以上四句。請問之，是聲音之所引如何？則曰：悲哉！予豈不自知？凡聲音之性，引而上者爲道，引而下者非道；引而之於旦陽者爲道，引而之於暮夜者非道；道則有出離之樂，非道則有沈淪陷溺之患。雖曰無住，予之住也大矣；雖曰無寄，予之寄也將不出矣。然則昔之年，爲此長短言也何爲？今之年，序之又何爲？曰：爰書而已矣。

春秋決事比自序

龔自珍曰：在漢司馬氏曰：「春秋者，禮義之大宗也。」又曰：「春秋明是非，長於治人。」晉臣荀崧踵而論之曰：「公羊精慈，長于斷獄。」九流之目，有董仲舒一百二十三篇，其別公羊決獄十六篇，頗佚亡，其完具者，發揮公羊氏之言，入名家；何休數引漢律，入法家；而漢廷臣援春秋決賞罰者比比也，入禮家矣，又出入名法家。或問之曰：任禮，任刑，二指孰長？應之曰：刑書者，乃所以爲禮義也；出乎禮，入乎刑，不可以中立。抑又聞之，春秋之治獄也，趨作法也，罪主人也，南面聽百王也，萬世之刑書也。決萬世之事，豈爲一人一事？是故實不予而文予者有之矣，豈賞一人？借勸後世曰：中律令者如是！實予而文不予者有之矣，豈誅一人？借誡後世曰：不中律令者如是！嗚呼！民生地上，情僞相萬萬，世變徙相萬萬，世變名實徙相萬萬，春秋文成纔數萬，指纔數千，以秦、漢後事，切劘春秋，有專條者十一二，無專條者十八九，又皆微文比較，出沒隱顯，互相損益之辭。公羊氏所謂主人習其讀，問其傳，未知己之有罪者也。斯時通古今者起，以世運如是其殊科，王與霸如是其殊統；考之孤文隻義之僅存，而得之乎出沒隱顯之間；由是又欲竟其用，逕援其文以大救裨當世，悉中綮理；竹帛爛，師友斷，疑信半；爲立德、適道、達權之君子，若此其難也。自珍既治春秋，䚡理鑢隙，凡書弑、書篡、書叛、書專命、書僭、書滅人國火攻詐戰、書伐人喪、短喪、喪娶、喪圖婚、書忘讎、書游觀傷財、書罕、書亟、書變始之類，文直義簡，不俟推求而明，不深論。乃獨好刺取其微者，稍稍迂迴贅詞說者，大迂迴者。凡建五始，張三世，存三統，異內外，當興王，及別月日時，區名字氏，純用公羊氏；求事實，間采一本「采」作「用」。左氏；求雜論斷，間采一本「采」作「用」。穀梁氏，下采漢師，總得一百二十事。㊀獨喜効董氏例，張後世事以設問之。以爲後世之事，出春秋外萬萬，春秋不得而盡知之也；春秋所已具，則眞如是。後世決獄大師，有能神而明之，闚一知十也者，吾不得而盡知之也；就吾所能比，則眞如是。每一事竟，慨然曰：假令董仲舒書完具，合乎？否乎？爲之垂三年，數數之，六七紬繹之，七十子大義，何邵公所謂非常異義可怪，惻惻乎權之肺肝而皆平也。竊所謂出沒隱顯于若存若亡也者，朗朗乎日月之運大圜也，四宮二十八宿之躡四序也。傳曰：「不察之，寂若無，深察之，無物不在。」又曰：「篤信謹守。」世有疑而不肯察，聞道而不肯信，與土苴殘闕而不肯守，吾末如之何也已矣。既成，部爲十一篇，命之曰春秋決事比。其本之禮部主事武進劉君㊁者凡七事，大書劉禮部曰別之，如公羊子稱沈子、女子、北宮子曰故事。

附：春秋決事比目錄

君道篇第一，引經傳十三事。

君守篇第二，引經傳十事。

臣守篇第三，引經傳十事。

不應重律篇第四，引經傳十四事。

不應輕律篇第五，引經傳十四事。
不定律篇第六，引經傳十一事，附答問十事。
不屑教律篇第七，引經傳四事，附答問三事。
律目篇第八，引經傳十一事，附答問十事。
律細目篇第九，引經傳十四事，附答問九事。
人倫之變篇第十，引經傳十九事，附答問八事。
自序篇第十一。

——定盦文拾遺

㈠ 吳昌綬手校本眉注：「引經傳一百二十事（原六卷）已佚，惟存答問一卷。」

㈡ 劉逢祿，詳春秋決事比答問注。

昇平分類讀史雅詩自序

語云：人日戴天而不知天之高。其今之士民耶？蓋相與世之（一本「之」作「世」）。游乎廓然大順，若寒暑晝夜，而不知歷（一本「歷」作「列」）。聖實生我也，鞠我也。等百世之王，難比仁也。意士不談（一本「談」作「讀」）史之過耶？史之百王，仁不仁之差，大端有三：視其賦，視其刑，視其役而已矣。本朝自聖祖之年，屢問所以損上益下者。世宗初，遂用怡賢親王言，減蘇松一道地丁銀四十五萬兩；南昌一道地丁銀十七萬兩。乾隆二年，又減江、浙兩省地丁銀二十萬兩，減明賦十之四。東南天下華，然而所食於東南者止此矣。獨粟米漕東南。乾隆朝，凡錫七省漕米者三，普錫天下地丁銀者亦三，史所未有。且地丁者，丁統於地，非計丁而出賦也。有漕省，幷地丁計，爲十一；無漕省，只計地丁，尙未及三十分之一。雖曰玉食萬方，而所食於一千四百五十一州縣者，又止此矣。此本朝之賦。本朝死刑別二等：曰情實，曰緩決。又有情實而不予勾者。勾囚之日，皇帝賜漢大學士一人坐，一一商榷之，講官科道皆侍；先期由有司詳一本「詳」下有「部」字。部臣核定；又有九卿會議簽商；有刑部簽商。蓋自有司初定讞，以至於予勾，中間更心目十數，更手百數。仕者罪至死，子孫應試入仕如故。此本朝之刑。中外一家，無漢、唐戍邊塞之民，而一切城工河防，以及內廷營造，行在一本無「在」字。所幸，一本「所幸」作「幸所」。治蹕道，皆雇民給直；國家雖費帑巨萬，民不知，知受傭而已。至於南河，國家痔漏，所費者國之帑金也，所救者民之田廬也，似宜藉民力。乃役夫歲數百萬，無空役者，是故本朝絕無力役之事。史之百王，其酷虐無道，生人丁其阨者，不必徵也，平世中主，亦不屑與度也；請徵三王。三王且十一，況其降乎？酒誥之殺濫，甫刑之條繁，漢文雖除肉刑矣，而夷人之三族，何足數也？況其降乎？三王於農隙使民，用民力歲三日，況其降乎？至其鼎鑊、碪質，夷三族之刑，士大夫妻女發樂籍之刑，言官受廷杖、下鎭撫司獄之刑，計口出錢，髫齔皆算，算及車船牛馬之賦，治宮室，築城戍邊，盡閭左以發之之力役，二百年之民，或甚以古事，駭然不信，曰：史豈有是耶？而古者日日習之，若寒暑晝夜。彼非圓頂方趾，父母所生之民耶？非今之士民之先祖耶？何其慘也？昇平分類讀史雅詩一卷，十有五篇，內閣中書仁和龔自珍之所造也。自珍自言曰：今之世，有窮阪荒濱，貊鄉鼠攘，一本「攘」作「壤」。悍頑煽亂，而自外於天地父母者，閒歲上聞，爲支一本「支」作「肢」。未憂，謂宜有文臣，附先知覺後知之義，作爲歌詩，而使相與弦歌其間。詩之義，貴易知也。犯上作亂之民，必有自搏顙泣者，必有投械而起，仰祝聖清千萬年，俯祝雲礽之游其世者。擇言而與，不避在位。

——定盦續集

* 又題戴天偶述。

干祿新書自序

序曰：凡貢士中禮部試，乃殿試。殿試，皇帝親策之，簡八重臣，讀其言。皇帝制曰：無隱直言，朕將采擇。又曰：朕將親覽焉。八人者則朝服北面三跪九叩頭，率貢士亦三跪九叩頭，就位有虔。既試，八人者則恭遴其頌揚平仄如式，楷法尤光緻者十卷，呈皇帝覽，皇帝宣十人見。翼日鑾儀衛陳法駕，和聲署設樂，皇帝升太和殿，貢士畢見。前三人賜進士及第冠服，由午門中道出，乃出自端門、天安門，皆當馳道，賜宴禮部如故事。先殿試旬日爲覆試，遴楷法如之。殿試後五日，或六日、七日，爲朝考，遴楷法如之。三試皆高列，乃授翰林院官。本朝宰輔，必由翰林院官。卿貳及封圻大臣，由翰林者大半。其非翰林官，以値軍機處爲榮選。軍機處之職，有軍事則佐上運籌決勝，無事則備顧問祖宗掌故，以出內命者也。保送軍機處，有考試，其遴楷法如之。京朝官由進士者，例得考差，考差入選，則乘軺車衡天下之文章。考差有閱卷大臣，遴楷法亦如之。部院官例許保送御史，御史主言朝廷是非，〔陳〕㊀百姓疾苦，及天下所不便事者也。保送後有考試，考試有閱卷大臣，其遴楷法亦如之。龔自珍中禮部試，殿上三試，三不及格，不入翰林，考軍機處不入直，考差未嘗乘軺車。乃退自訟，著書自糾，凡論選穎之法十有二，論磨墨膏筆之法五，論器具五，論點畫波磔之病百有二十，論架構之病二十有二，一本「二」作「四」。論行間之病二十有四，論神勢三，論氣稟七。既成，命之曰干祿新書，以私子孫。時道光十有四年內閣中書龔自珍謹序。

——定盦續集

㊀潘鴻手抄本注：「『百姓』上脫一『陳』字。」茲據增補。

太倉王中堂奏疏書後

皇清故太子太保、文淵閣大學士太倉王公掞，字藻儒，奏疏一卷。聖朝受天大命，以聖傳聖，家法相詒，不立皇太子。純皇帝嘗申命曰：萬世子孫之朝，有奏請冊立太子者，斬毋赦。以數大聖人之用心持識，敻然前後千萬歲，不但漢、唐、宋諸朝不足以爲例，即羲、炎、頊、嚳以來，統祚之正，氣運之隆，豈有倫比！掞區區抱螻蟻之忠，逞隙穴之窺，於康熙五十六年、五十九年、六十年，奏請冊立皇太子，疏前後十餘上。聖祖始優容不報，掞疏不止，自攖震怒，然猶擴天地之量，垂日月之鑒，愍其愚忠，憐其髦㊀昏，廷議以遠戍上。其子奕清請代父往，覺曲從之，革職，有旨不開缺。元旦行大賀，章上。諭內閣：王掞何故不列名？諸臣以革職對。有旨令列名大學士次中，如在任時。以世宗即位之二年，薨於京師，年已八十有六。嗚呼！爲人臣子如掞，遭遇君父如我聖祖、世宗，可以觀矣，可以觀矣。恭讀㊁聖祖諭曰：「王掞敢將國家最大之事妄行陳奏。」又曰：「朕心深爲憤懣。」又曰：「王奕清代父譴戍，伊等既自命爲君爲國之人，著即前往西陲軍前效力。」是故君父之慈臣子，無所不容，敎誨委曲，至夫斯極。「王氏世世萬子孫，宜何如感泣高厚，以塞罪過者哉！高宗皇帝臨御六十年，如堯倦勤，乃兢兢付託，爲百神擇主，爲先聖擇後聖，爲兆民擇父母。誕以我皇帝册立皇太子，明年行授受禮，堯坐於上，舜聽於下，重光疊照者且四年，〔且〕㊂不徒如前史册太子事。則固出於一人之斷，而豈待夫奏請之者？一本無此上兩句。可見至大至深之計，聖明天縱之主，又自能運於一心而成之，固不必區區儒生，抱螻蟻之忠，逞隙穴之窺，自命忠孝，一本無「自命忠孝」四字。始克贊夫景烈與一本無「與」字。鴻祚也。惟是夷考掞上疏之年，一本「年」作「歲」，無下一句。亦恭值仁皇帝倦勤之際，與高宗六十年時，時埒事均，又值廢太子理密親王鎖禁後。老臣衰憊，其愚忠近似於不得已者。意者純皇帝讀實錄之暇，俯見掞之私憂過計，默思仁皇帝不加罪之故，翻然以泰山而取塵，以東海而受勺，故卒有是至大至深之顯休命耶？未可知也。信若斯，公一本「公」作「掞」。雖一時觸忤君父，而其言且大用於七八十年之後，爲神聖師，公一本「公」作「掞」。顧不榮也哉！

〔此嘉慶丁丑夏在海上作，越七年癸未始理篋存之。自記。〕㊃

——定盦文集

㊀「髦」應作「耄」。

㊁祝心淵手校本眉批：「某抄本『恭讀』下，有純皇帝諭曰：『原任大學士王掞，當日不知聖祖默定儲位之心，冒昧陳奏，固屬不合，但伊身居政府，爲國本起見，尚屬分所應言。朕垂念舊臣，加恩宥過，其賜祭葬如例。』是公之愚忠，奕世尚蒙曲諒，蒙褒錄，國家體下勸忠，一至此極。」下接「王氏世世」云云。

㊂原作「盟丁」。祝心淵手校本據自刻本補「且」字。茲據補。

㊃各本皆注：「此篇原刻末，有定公自識年月，似有關係。」但未錄所識年月，茲據自刻本補之。

識某大令集尾

某大令，㊀我不暇與之言佛儒之異同矣，言大令。大令爲儒，非能躬行實踐，平易質直也。以文章議論籠罩從游士，士惛然。一本「然」作「焉」。聰明旁溢，姑讀佛書，以炫博覽。於是假三藏之汪洋恣肆，以沛一本「沛」作「飾」。其文章，文章益自喜。此其第一重心。然而漸一本「漸」作「微」。聞佛氏之精微，似不盡乎此，恧焉，怯焉，退焉，阻焉，悔焉。此其第二重心。名漸成，齒漸高，從游之士之貌而言儒與貌而言佛者，益附之矣。則益傲慢告人曰：佛未可厚非。若以佛氏蒙其鑒賞者然，若以其讚佛爲佛教增重者然。此其第三重心。有聊竊其一本無「其」字。旁文賸義，以詁儒書，頗有合者。於是謗儒之平易質直、躬行實踐者，曰：聰明莫我及。又深沒其語言文字，諱其所自出，以求他年孔廡之特豚。一本有「焉」字。此其第四重心。如之何而可以諱之也？莫如反攻之，乃猖狂而謗佛。其謗佛也，無以自解其讀佛也，於是效宋、明諸儒之言曰：不入虎穴，焉得虎子，我昔者讀佛，正爲今者之闢佛。於是幷其少年之初心而自誣自謗。此其第五重心。見儒之魁碩而尊嚴者，則憚而謝之曰：我之始大不正，一本「正」下有「好異端」三字。不敢卒諱，與前說又歧異。所遇強弱異，故卑亢異。然而又謗儒書，所謗何等也？孔子、孟子之言窮理盡性以至於命之事，易、詩、書、中庸之精微，凡與佛似，則謗之曰：儒之言絕不近佛，儒自儒，佛自佛。如此立言，庶幾一本無「幾」字。深沒其迹矣。此其第六重心。儒之平易者受謗，儒之精微者又受謗，讀儒謗儒，讀佛謗佛，兩不見收，覆載無可容，其軍敗，其居失，其口呻嚘，其神沮喪，其名不立，其踝旁皇，如嬰兒之號於路。一本「路」下有「如」字。丐夫之僵於野。老矣，理故業，仍以文章家自遁。遁之一本無「之」字。何如？東雲一鱗焉，西雲一爪焉，使後世求之而一本「而」下有「或」字。皆在，或皆不在。此其第七重心。或告之曰：文章雖小道，達可矣，立其誠可矣。一本「矣」下有「不應」二字。又告之曰：孔子之聽訟，無情者不得盡其辭。今子之情何如？又不應。乃言曰：我優也，言無郵，竟效優施之言，以迄於今死。

——定盦續集

㊀龔橙云：大令爲惲敬。案：惲敬，字子居，陽湖人。著大雲山房文集。

書湯海秋詩集後

人以詩名，詩尤以人名。唐大家若李、杜、韓及昌谷、玉谿，及宋、元，眉山、涪陵、遺山，當代吳婁東，皆詩與人爲一，人外無詩，詩外無人，其面目也完。益陽湯鵬，海秋其字，有詩三千餘篇，芟而存之二千餘篇，評者無慮數十家，最後屬龔鞏祚一言，鞏祚亦一言而已，曰：完。何以謂之完也？海秋心迹盡在是，所欲言者在是，所不欲言而卒不能不言在是，所不欲言而竟不言，於所不言求其言亦在是。要不肯撏撦他人之言以爲己言，任舉一篇，無論識與不識，曰：此湯益陽之詩。

——定盦遺箸

題白石山館詩

道光二年中秋，秋舫㊀殿撰見眎詩卷，盥讀已，輒取朱墨各加一遍，無所容宣發揮，甚辱見諮之盛心。敬識年月，爲異時覆視痕迹。仁和同年生龔自珍瑶人甫拜識。

——白石山館詩稿本（興化雙湖書屋陳氏藏）

㊀陳沆，字秋舫，蘄水人。著近思錄補註、詩比興箋、簡學齋詩、白石山館詩。

跋王百穀詩文稿

王穉登南有堂集四册，未見梓本，此其手稿。壬寅元日起，至除夕亡兒之戚詩止，未過第二歲，名則四册，乃壬寅一歲之詩文，平生之一鱗甲也，其富如此。詩接武徐昌穀、高叔嗣無愧色；文亦完密有意度，此集不流傳，惜哉！如有肯梓行之者，即不分詩文排比，一則存其本眞，二則唐賢笠澤有此例也。默深以爲何如？道光辛丑，距此集成之二百四十年，仁和後學龔自珍盥手識於揚州魏默深舍人之寓園。如因壬寅一集推廣搜輯，則穉登書畫跋及題畫詩，平生所遇不過數數，亦足補滄溟之涓流也，當錄十數事寄默深。珍又識。

——定盦遺箸

跋少作*

龔自珍自編次甲戌以還文章，曰文集者十卷，曰餘集者又三卷，既竣，於敗簏中，見所删棄者，倍所存者，䌹之崢嶸，憶之纏綿，因又淘揀其稍稍可者，付小胥，附餘集之尾。以少作之居太半於是也，統題曰少作，合一十八篇，別爲卷。癸未仲夏朔自珍識。

——定盦文拾遺

*又題跋少作一卷。

跋破戒草

余自庚辰之秋，戒爲詩，於弢言語簡思慮之指言之詳，然不能堅也。辛巳夏，決藩杝爲之，至丁亥十月，又得詩二百九十一本無「十」字。篇，自周迄近代之體，皆用之；自雜三四言，至雜八九言，皆用之。不自割棄，而又詮次之，錄百二十八篇，爲破戒草一卷。又依乙亥、庚辰兩例，存餘集，凡五十七篇，亦一卷。大凡錄詩百八十四篇，删勿錄者，尚百五篇。錄詩則以掃徹公塔詩終。乃矢之曰：余以年編詩，閱歲名十有八。自今以始，無詩之年，請更倍之，惟守戒之故，使我壽考。汝如勿悛，勿自損也，俾無能壽考於而身，至於沒世，汝亦不以詩聞，有如徹公。㊀道光七年丁亥十月丁亥〔日〕。㊁龔自珍一名易簡伯定父自識。

翌日，付小胥，越十有三日己亥竣，得三十六紙，如其戒詩之年，定公又識。

——定盦文集補

㊀際醒，字徹悟。著夢東禪師遺集（即徹悟禪師語錄）。

㊁據浦炳手校本增補之。

最錄尙書古文序寫定本

龔自珍曰：聞之外王父段先生，⊖僞孔氏尙書，視馬、鄭本文字無大異也。枚賾及僞孔罪雖大，未嘗竄改文字，又非別有經師相承，能異文字者也。尙書如此，書序亦然。自珍今寫定書序，即用僞孔氏本，知枚氏罪在妄造故，僞孔罪在妄析故，罪皆不在文字間故。

又聞之段先生，凡經異師，異師則異字，家法相沿，其來絕舊。非考文之聖出于世，有德有位，未易言其是非而定于一者也。以尙書言，古文爲冏命，今文爲臩命。何由知冏之是耶？臩之是耶？古文爲粊誓，今文爲肸誓、獮誓。何由知粊之是耶？肸、獮之是耶？但依古文寫，則作冏、粊，依今文寫，則作肸、獮爾。自珍今依古文。

又聞之段先生，知漢師異字之不必改，則知後此無師妄改經者之亟當改。羣經之厄小，書之厄大，僞孔之罪小，衞包之罪大。惟漢師異字不必改，「西伯戡黎」不依史記改「戗耆」。牧誓不依說文改坶誓，「賄肅慎之命」不依史記改「息慎」。冏命不依史記、說文改臩命，呂刑不依史記改甫刑，粊誓不依史記改肸誓，餘可推。惟唐以來，妄改經者亟當改，故費誓亟正之爲粊誓，「東郊不開」亟正之爲「東郊不闢」。凡衞包所改字及板本誤字，皆可推。

聞之禮部主事劉先生，⊖史記：「仲丁遷于囂」，作仲丁。「仲丁文闕不具。」此孔門原文也。遷之時，闕不具者多矣。胡爲特言之，乃孔門所見仲丁之闕不具也。自珍謹受教，寫本增六字。

又聞之劉先生，成政當爲成王征。龔自珍曰：王莽說明堂位之天子爲周公，說康誥之王若曰亦爲周公。此今文、古文大師所同。非宋儒胸臆所窺測也。朝諸侯則稱天子，攝王則稱王，何嫌何忌？朝野皆稱王，史官書王，何嫌何忌？豈逆避王莽哉？公自公，莽自莽，又不係乎稱王不稱王。馬融、鄭玄受杜林漆簡，酒誥之首，固曰成王若曰，成王也，在史臣區別之詞，可謂一字千金也。然則書序何以概屬之成王，成王有統有年，周公無統無年。

宋儒疑書序，最疑者，此篇也。何以疑？曰：此武王非成王也。自珍則以鄭意而申其說曰：寡兄，周公稱武王也。寡者，無二無匹最尊之詞，孤亦無二無匹最尊之詞，人君稱君與夫人曰寡君、寡小君，皆非謙詞。如曰謙詞：「毋壞高祖寡命。」亦謙乎？予一人，亦謙乎？蔡沈語甚辨，不知訓詁，又□聞大義矣。

見之兵備孫先生，㊂劉歆三統曆引畢命、豐刑之篇十七字：「惟十有二年六月庚午朏王命作册書豐刑。」當于畢命下，增豐刑字。自珍以爲然，寫本增兩字。自珍又曰：畢命是古文多十六篇之一，鄭康成見之，云是册命霍侯事，與序不相應，今三統曆所引十七字，則不知其爲册霍侯耶？册畢公耶？歆所見，與康成所見一書耶？兩書耶？僅存舊題，大義蓋闕。龔自珍曰：馬、鄭皆曰：百篇之序，孔子之所作也。繹其文章、沖然渾圜，與易彖相似，縱非孔子，意者其游、夏乎？

段先生云：書有七厄。自珍則曰：書有七厄，亦有一幸，何謂幸？爲序完具，是幸也。以視三百十一篇之詩序，四家各自爲序，又支離塗傅，大抵取賦詩者斷章之義以爲本義，此誠金玉、彼誠糞土矣乎。

——定盦佚稿（仁和吳昌綬藏）

㈠段玉裁，詳明良論注。

㈡劉逢祿，詳春秋決事比答問注。

㈢孫星衍，字淵如，陽湖人。歷官山東督糧道。著尚書古今文注疏、周易集解、史記天官志考證、寰宇訪碑錄、平津館文稿等。

最錄古經羣書*

龔自珍好寫古籍之不繁重者，既寫屈原賦以下如干事，寫弓人、地員竟，客獻疑曰：是可以別行乎？告之曰：可。自七十子而降，至於先秦，著書者之例，往往采古篇入其書，不必作者自造，或一子造而諸子述之，或一子述古篇而諸子盡述之，不相避，其號采撰羣書如大小戴之倫，亦不相避。然則凡所爲篇，皆如爲一書者也。若弟子職在班志孝經家，保傅、勸學二篇，其最顯然者也。淮南賓客二篇亦然；知古之例矣。漢文帝召竇生獻其書，乃大司樂章。然則周、秦時，周禮每官皆別行。予刺取弓人，蔡邕章句月令，道家取莊子半篇，定爲廣成子。朱文公之大學、中庸；王伯厚之踐阼篇；近世則夏小正、曾子十篇之在戴記，弟子職之在管子，小爾雅之在孔叢，皆有別注本。予故刺取地員。成周吉金、仲尼以前之文章，可補雅、誥之罅，知其眞僞而寶其眞者希矣。一本「矣」下，有「特錄於茲」四字。

——定盦年譜外紀

* 案龔自珍嘗寫陰符、公孫龍子、穆天子傳、靈樞經、黃庭經、屈原賦（九歌）、漢唐山夫人房中歌、漢郊祀歌、禮

運、考工記（梓人、弓人。）、越絕、史游急就、管子地員、司馬法、保傅篇、商子一篇、曶鼎、太媄盤、楚夜雨雷鐘鏡、剛卯一事、焦山鼎（無叀鼎）、附春秋元命苞、保乾圖、二緯逸文輯、漢官儀逸文輯，都二十六事。此爲題記。

最錄穆天子傳

穆天子傳六卷。自第一至第四，書天子西巡狩之事。第五第六，書畿內畋遊之事，又具書盛姬事。天子自北而西而北，凡行一萬三千三百里，其征比反，史臣具書日。龔自珍謹由日推月，得月周天二十又八。

龔自珍曰：天子西征，得羽琌之山，東歸，蠹書于羽陵。畿內有羽陵，何也？樂羽琌之遊，歸而築羽陵也。天子西征，得樂池，東歸，葬盛姬于樂池。畿內有樂池，何也？樂樂池之遊，歸而築樂池也。晉臣郭璞語非是，洪氏頤煊、孫氏星衍語皆非是。

此籒文也，籒文孰作之？宣王朝太史臣籒之所作也，非西周世所行之文也。曷爲明之？明非古文也。孰謂爲古文？晉臣荀勗以爲古文也，元、明契書家因以爲古文也。古文簡，籒文繁，古文但有象形指事，籒文備矣，晉臣不知其異。

六卷，文闕不具，何也？荀勗云：「汲郡收藏不謹。」是其故也。自珍曰：今闕文有二種：有闕甚多，不知若干名者，事更端也，寫書者宜書之曰闕；有闕一二名者，事無更端，則食也，寫書者宜爲方空於行間，不言闕。今寫定本，第一卷第一行，先書闕，乃書飲天子蠲山之上，是其例也。如此，庶讀者瞭其事起訖矣。

由闕故知有逸文，可摭拾歟？可。曩者刺取羣書補食字，洪頤煊、孫星衍兩家善矣。龔自珍取列子周穆王篇事、抱朴子君子化猿鶴小人化蟲沙事、羣書中帝臺事、壇山刻石事、應語之鏡事，定爲此傳逸文，爲摭逸一篇，附卷尾。

晉書束晳傳曰：「此書本五卷，末卷乃雜書十九卷之一。」孫星衍曰：「尋其文義相屬，應歸此傳。束晳傳別出之者，非也。」龔自珍曰：孫說是也。

今所據有元劉氏庭榦本；明吳氏琯本、何氏鏜本、邵氏蘉古本、汪氏明際本、吳山、華陰兩道藏本；國朝洪氏頤煊本、孫氏星衍本。洪氏、孫氏爲善。

龔自珍曰：古者神君高后，所以享帝者之樂，左史之所莊記，周史之最古者。後王德薄，神人遠之，天地旣漓，山川衰濁，神物徂謝，下逮草木，不孕金玉。鄒子之言曰：「不能紀遠，乃紀於近。」重以史降爲儒，耳剽目誦，不如鄒子，驚而削之，使天靈迹，惚怳夷于稗家，尙不得媲國語，不亦倹乎？

——定盦文集補編

最錄列子

列子八卷，晉張湛注；明嘉靖中，吳郡顧春依宋景定改元龔自萬本重刻者。自珍曰：列與莊異趣。莊子知生之無足樂，而未有術以勝生死也，乃曰：死若休，何容易哉。列子知內觀矣。莊子欲陶鑄堯、舜，而託言神人。列子知西方有聖人矣，其曰：「以耳視，以目聽。」曰：「視聽不以耳目」。於聖人六根互用之法，六識之相，庶近似之，皆非莊周所知者。求之莊，未可以措手足；求之列，手有捫而足有藉也。莊子見道十三四，列子見道十七八。丁大法之未東，皆未脫離三界。惜哉！

——定盦文集補編

最錄司馬法

予錄書至司馬法，深疑焉。古有司馬兵法，又有穰苴兵法，齊威王合之，名曰司馬穰苴兵法，此太史公所言司馬法宏廓深遠，合于三代。穰苴區區小國行師之法而已。又太史公所言，二者合一百五十篇，宋邢昺所見也。見三卷者，晁氏也，見一卷者，陳氏也。實止一卷，爲書五篇，則今四庫本及一切本是也。其言孫吳之輿臺，尚不如尉繚子，所謂宏廓深遠者安在？疑者一。自馬融以降，引之者數十家，悉不在五篇中。疑者二。佚書乃至百四十有五，疑者三。存者是司馬法，則佚者是穰苴法矣。齊威王合之之後，何人又從而分之，使之蕩析也？疑者四。馬融以下，羣書所引，頗有三代兵法，及井田出賦之法，是佚書賢于存書遠矣，是穰苴法賢于司馬法遠矣。疑者五。邢、陳、晁三君之生，不甚先後，所見懸殊，疑者六。道光壬辰閏九月，寫司馬法竟，并質六疑。

聞蘇州黃氏㊀有宋刻本司馬法，不知幾卷，惜未見。邢昺親見司馬法百五十篇，出論語義疏。

——定盦文集補編

㊀蘇州黃丕烈百宋一廛藏書。

最錄易緯是類謀遺文

易緯最無用，獨卦氣法或出于古史氏，而緯家傳之。何以疑其出于古史氏？曰：古者頒時月日之曆，與三易之法，皆出于王者，掌于史氏，故僞爲時月日者有誅焉，僞爲卜筮之書者有誅焉，其大原一也。春分之日，與秋分之日同，占一卦爻又同，其吉凶必殊矣。冬至之日與夏至之日同，占一卦爻又同，其吉凶必殊矣。推而至于三百六十六日，設日日遇卦同，爻又同，其吉凶必日日殊矣。是故震、兑、坎、離之主二十四氣，餘六十卦之各主六日八十分日之七，此必古法，必古憲令也。易緯通卦驗、乾元序制記、是類謀，皆載此法。是類謀最詳，故錄一通，以爲今筮家言值日者之祖。

——定盦文集補編

最錄尚書攷靈耀遺文

似張衡靈憲之支流，尚不及衡密，矧揆諸今日所實測者乎？其言天地之距，七曜之度，恣胸臆而只言之，殆無一言之近事實者。獨地與星辰四遊之義，或者有徵。過而錄之，俟司天采擇。

——定盦文集補編

最錄春秋元命苞遺文

春秋緯於七緯中，最遇古義矣。元命苞尤數與董仲舒、何休相出入。凡張三世，存三統，新周故宋，以春秋當興王，而託王于魯，諸大義往往而在，雖亦好言五行災異，則漢氏之恆疾，不足砭也。凡予錄緯三家，用閩趙在翰本。

——定盦文集補編

最錄漢舊儀

衛宏漢舊儀，後漢書衛宏傳著之曰四篇，隋書經籍志、唐藝文志同。國朝七閣本，從永樂大典輯錄者二卷，補逸二卷。龔自珍依七閣本寫定，又爲補逸一卷。龔自珍曰：司馬遷禮書所述，皆古禮家言也。宏斷代爲書，使漢禮後事有徵。宏書勝遷書。自珍又曰：繼宏而爲之者凡五家：一曰丁孚漢儀，二曰蔡質漢儀，三曰王隆小學漢官篇，四曰胡廣漢官解詁，五曰應劭漢官儀。自班固著本志及百官表，號函雅故爲學林，固猶頗祖之，況五家乎？自珍又曰：宏說詩，多以周末斷章賦詩者之義，以爲詩本義，其附於毛也，特張古文之學，其於詩書也，劉歆餘焰，材能非高於博士也。宏之平生，說漢事爲上，說書次之，詩爲下。自珍又曰：宏事世祖作漢舊儀，猶叔孫通之遇高祖也。應劭事獻帝，亦作漢官禮儀，書既成，而代漢者起，無所用之。高材識掌故，一丁初陽，一丁蒙汜，幸不幸何如哉！

——定盦佚稿（仁和吳昌綬藏）

最錄漢官儀

應劭漢官儀，今亡。龔自珍據羣書所引寫定，以意分析爲四卷。自珍曰：衛宏書專說西京事。丁孚、蔡質專說東京事，王隆、胡廣及劭此書，或說西京事，或說東京事，是謂通說漢事。自珍又曰：劭著書多，自劭以前未之有也，皆佚不傳。傳者風俗通義，小學之旁支，小説之别祖也，予無所取。

——定盦佚稿（仁和吴昌綬藏）

最録漢詩三種

郊祀歌一卷，依宋景祐刊禮樂志寫定。安世歌一卷，依宋景祐刊禮樂志寫定。魏繆襲曰：「漢安世房中歌，所言皆孝享宗廟之事，與周世房中樂異，是頌之流，非周南之流。」龔自珍曰：繆説是也。其曰房中者，徒以唐山夫人造故歟？樂府詩十八曲一卷。龔自珍曰：周詩有四：南也，風也，雅也，頌也。漢詩有三：郊祀歌也，房中歌也，樂府詩十八曲也。郊祀、房中班固録之，十八曲固不録。垂四百歲，梁臣沈約爲宋書而録之，目曰短簫鐃歌，恃沈約而存也。宋郭茂倩、吴兢二家又依沈約録之，字句互出入，目之曰鼓吹曲詞，恃沈而存，又恃郭、吴而章也。自宋鷺汔石留，凡十八。務成、玄雲、黄爵三篇，其目存，其辭亡。郭、吴又與沈同也。問何由知炎漢詩？曰：約所録晉、宋樂章，其聲挫，其詞餒，其義又窶，不能爲此言也。班固見之乎？曰：見之。於禮樂志不存其詩，於藝文志存其目，目曰詩二十八家，三百十有四篇。約所録，即三百十四中之十八也。問某篇當隸漢志某家？曰：其聲或亢焉，或噍焉，或曼焉，或譎焉。其噍者，燕、代嘔也；其亢者，燕門、隴西、雲中歌詩也；其曼者，黄門倡歌詩耶？其譎者，送迎靈頌詩耶？然而我能言之，我不能徵之。問蔡邕、沈約皆以是爲鐃歌，吾子獨不名之鐃歌何也？曰：鐃歌，軍中樂也。此十八篇，有軍中樂，有非軍中樂，邕與約比而同之。何由知之？曰：采詩者，武宣之盛事也；樂府者，漢官中之雅材者也。采詩還報天子矣，樂府職審其聲音而別所用，或於祀甘泉、泰時、汾陰、后土焉用，或於祀宗廟陵園焉用，或於祠神仙焉用，或於設九賓單于焉用，或於游畋夸禽獸焉用，或於遣軍、皷軍、勞軍焉用。禮樂必相應。禮樂不相應，則樂府協律失其職。武宣之世，必不然矣。予讀十八篇，或以爲從軍之言焉，或爲侍從之言焉，或爲里巷之言焉，或爲女子之言焉，是故其言或詘或謹，或敷腴夷猶焉，或頌禱嫺靡焉，或媟嬻焉，或飄渺而無稽焉，或怨思愁苦焉，各不同，故曰有軍中樂。問其詁如何？曰：有可詁有不可詁。沈約曰：「聲詞雜：聲細字，詞大字。」細大又雜，自約之時已然，約闕之；郭茂倩、吳兢亦謹而闕之，不可以詁。問有謁正文字之役存乎？曰：國朝武進莊先生㊀善思誤書，今依莊改者十有七字，闕疑尚多，莊亦不能明也。是爲吾羽琌之山寫定漢樂府詩十八曲也。

——定盦佚稿（仁和吳昌綬藏）

㊀ 莊存與，詳資政大夫禮部侍郎武進莊公神道碑銘。

最錄急就

急就三十二章，章六十三字，依王伯厚寫本。伯厚所稱碑本作某某者，頗疑之。趙孟頫嘗臨皇象矣，墨蹟貯大內，乾隆初，詔刻石嵌於西苑之閱古樓者是也。予家有拓本，以校伯厚語，知其不然；豈趙臨皇象，而偏旁實不從之耶？抑皇象有二碑耶？第三十一章最舛亂難讀，各本皆然。予以臆正之，合作者分別部居之意，且以地名爲殿，庶伯厚所言前章末句與後章起句相躡者。

——定盦文集補編

最錄中論

徐幹中論，論儒者之蔽，既見要害，擊而中之。七十子歿，不數數遇斯言，異哉！吾乃遇之於漢與魏之交也。爰依何鏜本寫定，甚完具。自珍曰：漢初元于孝武，能成一家之言者甚衆，昭、宣以降，督不逮古，下汔魏世，合而論之，譬適于野焉，或千里鼠壤，不逢可材，則楊雄法言、荀悅申鑑是也。平蕪生之，灌木叢之，剔而薙之，乃覯瑤草，拾而佩之，如桓寬鹽鐵論、劉向說苑、王符潛夫論是也。若乃傾匡量芝，到橐載大藥，其徐氏中論耶？

——定盦文集補編

最錄歸心篇

歸心篇，一千九百四十二字，顏之推家訓二十篇之第十五也。高安朱軾本十九篇，此篇見廢。予依宛平黃叔琳、同縣盧文弨兩本，參校付寫。夫說法人者，立宗、立因、立喻，道大原，覺羣聾，華雨自天，天樂墮空，斯比丘之躅，非居士之宗。居士者，詞氣夷易，略說法要，引人易入也，而不入于窔。在家爲家訓，在敎爲始敎，以儒者多樂之。

——定盦文集補編

最錄李白集

龔自珍曰：李白集，十之五六僞也：有唐人僞者，有五代十國人僞者，有宋人僞者。李陽冰曰：「當時著述，十喪其九，今所存者，得之他人焉。」陽冰已爲此言矣。韓愈曰：「惜哉傳於今，泰山一毫芒。」愈已爲此言矣。劉全白云：「李君文集家有之，而無定卷。」全白貞元時人，又爲此言矣。蘇軾、黃庭堅、蕭士贇皆非無目之士，蘇、黃皆嘗指某篇爲僞作，蕭所指有七篇，善乎三君子之發之端也。宋人各出其家藏，愈出愈多，補綴成今本。宋人皆自言之。委巷童子，不窺見白之眞，以白詩爲易效。是故效杜甫、韓愈者少，效白者多。予以道光戊子夏，費再旬日之力，用朱墨別眞僞，定李白眞詩百二十二篇。於是最錄其指意曰：莊、屈實二，不可以幷，幷之以爲心，自白始。儒、仙、俠實三，不可以合，合之以爲氣，又自白始也。其斯以爲白之眞原也已。次第依明許自昌本。

——定盦文集補編

最錄南唐五百字*

南唐保大四年，韓熙載奉敕集王羲之、獻之書撰幷書 一本無「撰幷書」三字。一卷，凡爲句百二十有四，爲字四百九十有六，以較梁周散騎千文，無復字。江南宮中，藏王氏筆蹟數十軸，取材易給故也。韓書紆徐頗似之，一本無「韓書紆徐頗似之」七字。其言如謠如讖，如頌如諷，如繇如廋，雖瑣屑，有足喜者。梁千文，學僮皆習之，此作恐遂無詷者。乙未三月，付寫定：懿鑠祖考，蒼昊配崇。盪氛掃寇，討旉除凶。旌旗藏怒，祝禴牖衷。蒐苗獮狩，三蘂十攻。歆至妥侑，延進瞽曚。泰元后媼，櫄燎熏穹。璵琚瑤珮，紀一本「紀」作「胙」。烈采風。狄鞮滇僰，閟燧消烽。館豳游澗，壞确冰冲。韭稻葵菽，艱沃劬豐。兕觥介壽，旨畜禦窮。搜山掘穴，軫瓌抱痌。茯苓枸杞，昌歜鹿茸。朱砂鍾乳，參朮芷芎。徵材斆藥，博晰牢籠。坐佛誕降，僧剎棟隆。宏誓脫度，浩刼乍逢。楗椎雷吼，梵唄潮雄。琉璃現界，菡萏呈峯。拯蘇焚溺，警咽逖聲。閨闈稟哲，筭翟祁僮。鶴鸞嵌飾，鴗鵲鑽銅。漣紋瀿影，鉛粉浣紅。鏡篋屑桂，闐鴿寧蓉。啼妝斂妒，冶夢憐忪。頳鬟暱枕，搦管汗彤。娉婷綷縩，婭姹玲瓏。葳蕤芳澤，霁豔嬌融。梅蜷竹亞，窈窕邃穠。愁眉睞睯，姞邁姬禯。春臺霽敞，行 一本「行」作「紡」。閣鬟虹。禨祥褫祉，禔㦤龐鴻。巫芭選隊，干戟侲童。儺禳疫癘，祈 一本「祈」作「祉」。畀蝗蝨。咸秩郊祇，鬯圭臚旅。礫擾婆娑，肸蠁肺滑。已祓辛祈，禖弓雩舞。禡禱蚩尤，蜡餞貓虎。札瘥夭昏，砭邪愈蠱。漕粟牽船，征商榷鹽。緡泉貸逋，關津弛罟。幼狎囊鞬，耄肄豆俎。饋鈴寢弢，颺笏笥觿。識綷眾錄，匱册襲弆。一夔膺寄，六籍司詁。彝斝鼎卣，珩璜琮瑀。齹篆蝌籀，刓摹拓補。玫瑰伴函，珊瑚裝柱。癖尙浸淫，醃醖肺腑。籛掩円智，馮陵魄膂。諜祕算殫，財贏勇賈。鬼閟呼吸，電激吐茹。乾元坤喪，翮反拏汝。隼擊歘逝，麗技危許。皈縱牟尼，蹈轍鄒魯。殲殄謗讟，緦輯肱膂。揮波瀰㵎，贈申慰甫。鴛鴦戢梁，鳧鷖熙渚。陔邱懲佚，蓑固饌譜。原隰騆騏，蘋蘩筐筥。麟趾褭蹏，物庫溢階。眷錫曼羨，耆耋純嘏。

——定盦續集

* 李詳窳記：「此定盦謎詞也，疑即定盦自作。內多小學訓詁家言，二王書未必具有其言，可決定其僞……。」

最錄平定羅刹方略

平定羅刹方略四卷，無纂修銜名。始於康熙二十一年八月，遣副都統郎坦等偵探羅刹情形事，終於二十八年，內大臣索額圖立碑，與羅刹定地界事。羅刹者，謂俄羅斯國之人也。俄羅斯以順治時擾黑龍江，踞雅克薩、尼布楚二城而有之。至是三十年，我聖祖仁皇帝命將克復，逐其人，首尾七年而定。詔史館作是書也，最簡明。四庫著錄諸方略，獨遺此，四庫未見之也。在事之人，將軍巴海、都統薩布素先往，無功，且意在久師。卒成大功者，都統公彭春，護軍統領佟寶、侍郎薩海也。方略之要，薩海督耕，彭春、佟寶督戰，蓋且戰且耕也。兵器以福建所進籐牌爲主，領籐牌兵者，漢鑾儀使侯林興珠，臺灣投誠授左都督何祐也。定界在何處？碑二通：一在格爾必齊河，一在額爾古納河。二河，皆黑龍江之上游也。郎坦始之，彭春、薩海中之，索額圖善其後也。仁皇帝諭曰：逐之而已。不戮一人，如天之仁也。又諭曰：渠所竊踞，距我發祥之地甚近。此逐之之意也。

——定盦文集補編

最錄邦畿水利圖說

一、運河。子牙河。滹沱河。滏陽河。南北二泊。

二、東西兩淀。

三、永定河。唐河。漳河。衛河。以上皆京師西南之水。

四、京東諸水（附總論）急工緩工。

五、九十九淀考。

仁和後學龔自珍敬讀數過，時道光壬午閏三月。

——邦畿水利圖說鈔本（上海合衆圖書館善本室藏）

最錄西藏志

道光壬午春日，從春廬㈠先生廷尉家借錄一通，取布顏罕、庫庠木罕、葉倫罕三奏與彥諾林親、噶奏兩奏，選入續文斷中，以備盟府副藏。此書無作者名氏，㈡取和泰庵、㈢松湘浦㈣兩尚書之書觀之，百餘年來，西事備矣。

——西藏志鈔本（南潯嘉業堂劉氏藏）

㈠程同文，字春廬，桐鄉人。官大理寺少卿。箸密齋文集。

㈡西藏志相傳爲果親王撰。乾隆刊本。和寧得鈔於成都，始傳於世。

㈢和寧，蒙古鑲黃旗人。箸三州紀略、讀易匯參、易簡齋詩鈔。案此指西藏賦。

㈣松筠，蒙古正藍旗人。箸古品節錄、綏服紀略、伊犁總統事略。案此指西藏巡邊記、西藏圖說。

最錄段先生定本許氏說文

漢臣許愼造說文解字十五篇，愼之言曰：「後有達者，理而董之。」歷二千載，本朝金壇段先生㈠始生，始言許之例，始取流俗竄俗非其例者副之故之，別寫定。是故有流俗本說文，有段先生定本說文。

一、本義也。段先生曰：許氏書與他師訓詁絕異，他師或說其初引伸之義，或說其再引申之義，許則說其倉頡、史籀以來之本義，然本義十七八，非本義亦十二三，何也？本義亡則姑就後義說之，去古稍稍遠，時爲之勢爲之也。

一、本字也。段先生曰：羣經諸子百家假借同聲之字，東漢而降，增益俗字，則並不得稱爲假借字。假借字行，而本字廢矣，俗字行，而本字廢矣。許書絕用本字，若曰訓某之字，當如此作。後儒反疑其迂僻，則由沿習假借與沿用俗字二端之中也。

一、次第也。段先生五百四十部次第相蒙，所謂據形繫聯者也。每部之中，其臚字又次第相蒙，學者苟澄心以求之，易知也。流俗本有顛倒置者，及羼入非其次者，於是乎別寫定。

一、變例也。段先生曰：許法後王，以小篆爲質，以古文爲附見，此常例也。其有一部之文，皆從古文之形，不從小篆之形，則不得不列古文爲部首矣。又有古文之所從隸於部首，篆文之所從不隸部首，則不得不先列古文矣。淺人不察，改其變例，使皆合於常例，亦有改之未盡改者，乃于二，（古文上。）于呂、于帀諸部，發其凡而別寫定。

一、字複舉也。段先生曰：許之例十九，於小篆下，複舉一字，後人刪之，亦有刪之未盡刪者，乃于艸、于木、水諸部，發其凡而別寫之。

一、以聲爲義也。段先生曰：古今先有聲音而後有文字，是故九千字之中，從某爲聲者，必同是某義，如從非聲者定是赤義，從番聲者定是白義，從于聲者定是大義，從酉聲者定是臭義，從力聲者定是文理之義，從劦聲者定是和義，全書八九十端，此可以窺上古之語言。于劦部發其凡焉。

一、引經以說字也。段先生曰：許引經以說字，後人不察而改經，如艸部有䕻，引易之麗以說之，豈許所見易有作䕻者哉？金部有鎎，引左傳之鎎以說之，豈許所見左傳有作鎎者哉？引左傳厖涼，引孟子「原原而來」，皆其本如此者十數端，後儒不察，先改許，又據所改許以改經，於是別寫定。

一、今訓密，古訓寬，無兩讀也。段先生曰：後世以平聲之予爲我訓，以上聲之予爲錫訓，爾雅、說文無此區別也。以平聲之相爲相予訓，以去聲之相爲相度訓，毛萇傳、說文無此區別也。似此者數十端，後儒分析，亦其時世使然。然以治古書，鮮不悖者。許氏之義古矣，義古故例簡，例簡故詞殺。

一、古字不止九千也。段先生曰：古字少，今字多，固也。然經典正字，許有不收者，鐘鼎吉金遺文，尤多不收者，又如由、如妥、如敝、如免，從其文而得聲者反收，而謂古無由、妥、敝、免可乎？是古字不止九千也。拘謹太過之士，懲徐氏新附之汎濫，見說文偶無之字，即搖手戒勿用，豈定論哉？然則許之僅收九千餘字何也？曰尉律課九千也。

一、許稱經不可執家法求也。段先生曰：漢氏之東，若鄭若許，五經大師，不專治博士說，亦不專治古文說，詩稱毛而兼稱三家，春秋稱左而兼稱公羊、穀梁，餘經可例推。於心、肝、脾、肺、腎五篆下發其凡焉。

龔自珍曰：以上十條，自珍親聞之外王父段先生。先生書今行海內，學士能自得之，毋俟自珍述。自珍聞之爲最早爾。或詰自珍曰：段先生所謂「理而董之」其人者，則許之功臣歟？曰否！段先生借許氏之書，以明倉頡、史籀，乃倉頡、史籀之功臣，豈直功在許而已乎？又使段先生生東漢之年爲說文，其精與博與其獲本義，又豈許書之比而已乎？此則自珍所智及之者，亦願謂君子也。

——定盦佚稿（仁和吳昌綬藏）

㈠段玉裁，詳明良論注。

說宗彝

史佚之裔官曰：彝者，常也，宗者，宗廟也。彝者，百器之總名也，宗彝也者，宗廟之器。然而暨於百器，皆以宗名，何也？事莫始於宗廟，地莫嚴於宗廟。然則宗彝者何？古之祭器也。君公有國，大夫有家，造祭器爲先。祭器具則爲孝，祭器不具爲不孝。宗彝者何？古之養器也。所以羞耇老，受祿祉，養器具則爲敬，養器不具爲不敬。宗彝者何？古之享器也。古者賓師亞祭祀，君公大夫享器具則爲富，享器不具爲不富。宗彝者何？古之藏器也。國而既世矣，家而既世矣，富貴而既久長矣，於是乎有府庫以置宜器，所以鳴世守，侈祖禰，矜閥閱也。宗彝者何？古之陳器也。出之府庫，登之房序，無事則藏之，有事則陳之，其義一也。宗彝者何？古之好器也。享之日，於是有賓，於是有好貨。宗彝者何？古之征器也。征器也者，亦謂之從器；從器也者，以別於居器。宗彝者何？古之旌器也。君公大夫有功烈，則刻之吉金以矜子孫。宗彝者何？古之約劑器也。有大訟，則書其辭，與其曲直而刻之，一本「之」下有「器」字。以傳信子孫。宗彝者何？古之分器也。三王之盛，封支庶以土田，必以大器從。宗彝者何？古之賂器也。三王之衰，割土田以予敵國，必以大器從。宗彝者何？古之獻器也。小事大，卑事尊，則有之。宗彝者何？古之媵器也。君公以嫁子，以鎮撫異姓。宗彝者何？古之服器也。大者以御，次者以服，小者以佩。宗彝者何？古之抱器也。國亡則抱之以奔人之國；身喪則抱之以奔人之國。宗彝者何？古之殉器也。襚之外，棺之中；棺之外，槨之中；槨之外，冢之中；於是乎有之，起於中古。宗彝者何？古之樂器也。八音金爲尊，故銘之，衎神人也。宗彝者何？古之儆器也。或取之象，或刻之銘，以自敎戒，以敎戒子孫。宗彝者何？古之瑞命也。有天下者，得古之重器，以爲有天下之祥；有土者，得古之重器，以爲有土之祥；有爵邑者，得古之重器，以爲有爵邑之祥。凡有徵於先史之籍，有此十九說者，皆不可以不識也，不可以不類識也。古者之於器，又有二大端焉，又不可以不辨也。一曰自造器；一曰以古人之器。蓋於祭、於養、於享、於約劑、於旌，古者必自造器；於分、於藏、於陳、於好、於獻、於賂，則以其古人之器。自夏后氏以降，莫不尊器者，莫不關一本「關」作「官」。器者；其吉凶常變、興滅存亡之際，未有不關器者。是以君子樂論之焉。

——定盦續集

說爵

羽琌山民曰：天下先有雀，後有爵。先有爵之器，後有爵之字。雀也者，兆爵者也；爵也者，兆古文爵者也。古文也者，兆小一本無「小」字。篆一本「篆」下有「文」字。者也。謂爵象雀可乎？可。謂古文篆文象爵可乎？可。一本無「謂古文篆文象爵可乎，可」十字。謂古文篆文象雀可乎？不可。曷爲不可？中隔一層一本「層」作「重」。矣。先言爵之象雀也何如？曰：前有流，咮也；甚修，頸也；後有尾，尾也，甚銳，尾之末也；腹，腹也，甚圓，腹之鶱也；腹旁有柄，可容手，翨也；甚疏，一本「疏」作「疎」。翨之擧也。古者旣取諸雀以爲爵矣，而加之以制度，是故慮鬯之泄其祕也，爲之蓋；慮飲之饕也，爲之三一本「三」作「二」。柱，植然辥然；慮二足之不安也，爲之減一翼，增一足，踆踆然；慮太素之不可爲禮也，刻畫雲雷胡蘇然。制若此，此聖智之所加於爵者也。於雀何預？何以一本「何以」作「害」。言無預？雀二角，一翼，三足，一本「足」作「趾」。未之聞，未之聞！夫古文篆文之象爵也何如？曰：亦象爵形而已矣，遑問雀哉？小一本無「小」字。篆一本「篆」下有「文」字。上有蓋，（說文：盇下云，覆也，从皿大。盍下云，从大，象其蓋也。）承之以二柱，其中爲腹，其右象前，其左引而下垂也象後；於是乎从鬯，从又，鬯以實之，又持之者。㊀一本此四句作「省其足而加鬯加手，手以持之，鬯以實之」。若夫古文則無鬯一本「鬯」作「又」。也，無又一本「又」作「鬯」。也。上有覆如屋，非蓋而何？有二柱有腹，腹中有文相背，如一本無「文相背，如」四字。刻畫文章；下垂三足，非爵之全形而何？曰：爵之有蓋者無二柱，有二柱者無蓋。而制文字必兼象之，何也？曰：制文字與制器固不同也，古文篆文皆象爵形而已矣，遑問雀哉！夫古文篆文易知也，遇古器難。予獲古爵七，有柱無蓋者六，有蓋無柱者一，既手搨以詒學徒。學徒見搨本，識古器矣；夙習古文又難。不識字而獲其器，將疑器爲康瓠；未見器而讀其字，將疑字爲字妖。且夫徒獲其器，而不識字，則曰古彝器賾矣，此有蓋非爵；徒識其字而未見器，則曰先民所言象形，乃象咮腹尾翼趾，兩不可也。予兩遴天幸，竊望達者，說器徵諸字，說字徵諸器，又兩俟之。

大息曰：彝器文有𡗬形，許氏書未收，與爵中之𠀌，一省一不省，皆眞古文之傳於今者。攷工記梓人：「凡試梓飲器，鄉衡而實不盡，梓師罪之。」今大人獲爵，一本無「爵」字。實賜大息偏飲之。又同時山右閻氏藏十又九，大息亦盡取而飲之。鄉衡而實盡者，無一焉。有蓋無蓋，疑皆非眞古爵一本無「爵」

字。也。記之。㊁

——定盦續集

㊀祝心淵手批本改作「又以持之」，疑是。

㊁扶輪社本眉批有橙又曰：「攷工記梓人：『試梓飲器，鄉衡而實不盡者，梓師罪之。』今大人獲敦及同時藏敦十數，徧酌，無一鄉衡而實盡者，則皆不古也。大人命記之。」與上文略異。

說刻石

羽琌山民曰：古者刻石之事有九：帝王有巡狩則紀，因頌功德，一也。有畋獵游幸則紀，因頌功德，二也。有大討伐則紀，主於言勞，三也。有大憲令則紀，主於言禁，四也。有大約劑大訊則紀，主於言信，五也。所戰，所守，所輸糧，所瞭敵則紀，主於言要害，六也。决大川，濬大澤，築大防則紀，主於形方，七也。大治城郭宮室則紀，主於考工，八也。遭經籍潰喪，學術岐出則刻石，主於攷文，九也。九者國之大政也，史之大支也。或紀於金，或紀於石。石在天地之間，壽非金匹也，其材巨形豐，其徙也難，則壽侔於金者有之，古人所以一本「以」作「由」。舍金而刻石也歟？若夫文臣學士書體之美，魏、晉以後，始以爲名矣；唐以後，始以爲學矣；南唐、北宋，始刻於石，以爲天子右文，儒生好古，頗在於是矣，名爲帖。治帖有專門，其事則非刻石倫也；祠墓之碑，一家之事，又非刻石倫也。此二者，宜更端以言者也。

——定盦續集

說碑

廟有碑，繫牲牷也，刻文字非古也。墓有碑，穿厥中而以爲窆也，刻文字非古也。刻文字矣，必著族位，著族位矣，必述功德。夫以文字著族位，述功德，此亦史之别子也。仁人孝子，於幽宮則刻石而埋之，是又碑之别也。自漢氏始，訖宋之南，錄此三類，義雖弗古，抑其事與其言富觀覽矣，豈可以不論哉？乃疏原流，諗學者，以竟刻石之說。

——定盦續集

說衛公虎大敦

道光辛巳，龔子在京師，過初彭齡尚書之故居，始得讀大敦之打本。道光丁亥，初尚書之孫抱初氏之重器，入於城北閻氏。龔子過閻氏，始見大敦，魂魄震懼，既九拜。言三月恭，步三月縮縮，息三月不能屬。乃退而治其文。一本「文」下有「糾」字。阮一本「阮」下有「尚書三事」四字。尚書箸錄此器云召虎。㊀今諦眂文从革，是衛虎，非召虎一本無此三字。也。一本「也」下有「云」字。王在紡，今諦眂文从蹛，是王在豐，非王在紡一本無此四字。也。云衛有臣名一本無「衛有臣名」四字，作「告」。愛。今諦眂文从鹿，是衛有臣名慶。非名愛一本無「非名愛」三字。也。龔子之藏器，無及百名者，衛公虎大敦，百有三名，龔子是以求得衛公之大敦。龔子不忘南，不敢盡取京師之重器以南，龔子是以不得衛公之大敦。龔子望南中幽幽，有小羽琌之山，他日欲以華其山，龔子是以求得衛公之大敦。臥而思之，急起箸錄之，奚猶其有之？龔子是以不得衛公之大敦。龔子有方一本「方」作「㕣」。鼎，有龍一本「龍」作「㠯」。勺，一本「勺」下有「有魚敲」三字。有魚敲。

有父丁𣪘，有立戈𣪘，一本「𣪘」作「爾」。有癸一本「癸」作「〼」。飲觚；欲以儷方一本「方」作「彡」。鼎，龍勺，癸觚，而鎮撫三一本「三」作「四」。𣪘，龔子是以求得衛公之大敦。南中土淺水深，一本「深」作「升」。不如北方之一本無「之」字。陵原，懼其谿，龔子是以不得衛公之大敦。龔子不知天命，不知其身之東西北南，龔子是以不得衛公之大敦。龔子德薄，不知壽命之短長，懼弗敢有，龔子是以不得衛公之大敦。龔子之語言肖姬周，願得成周之重器，以自榮其言，龔子是以求得衛公之大敦。龔子不自知其子孫之賢否？亡之，是我亡古文百又一本無「又」字。三名矣，龔子是以不得衛公之大敦。㊁龔子說敦。

——定盦續集

㊀召伯虎𣪘有二，此器阮元積古齋鐘鼎彝器款識箸錄，第二器吳式芬攈古錄金文（二卷二五頁——二六頁）箸錄。

㊁召伯虎𣪘後歸龔自珍藏，見定盦年譜外紀。

說印

瘁哉！自著錄家儲吉金文字，以古印爲專門，攻之者有二。或曰：是小物也，不勝錄；或曰：即錄，錄附鐘彝之末簡。昔者劉向、班固皆曰：繆篆，所以摹印章也。漢書有八，而摹印特居一。古官私印之零落人手也，小學之士，以古自華之徒，別爲一門，固有說乎？夫苕、泖之士愛古甓，關隴之士愛古瓦，善者十四，至于魚形獸面之製，吉陽富貴之文，或出于古陶師，多致之，不足樂也；且別爲一門，儲印豈不愈於是？若夫第其鈕，別其金三品，則亦攷制度之一隅也。官名不見于史，是亦補古史也。人名大縣白乎史，是則思古人之深情也。夫官印欲其不史，私印欲其史，此羽琌之山求古印之大旨也，體或繆篆，或省不爲繆篆。

——定盦文集補編

商周彝器文錄序

羽琌山民曰：商器文，但〔有〕㊀象形指事而已，一本無「指事而已」四字。周器文，乃備六書，一本無「乃備六書」四字。乃有屬辭。周公訖孔氏之間，佚與籀之間，其有一本無「有」字。通六書，屬文辭，載鐘鼎者，皆雅材也，又皆貴而有祿者也。制器能銘，居九能之一，其人皆中一本無「中」字。大夫之材者一本無「者」字。也。凡古文，可以補今許愼書之闕；其韻，可以補雅頌之隙；其事，可以補春秋之隙；其禮，可以補逸禮；其官位氏族，可以補世本之隙；其言，可以補七十子大義之隙。三代以上，無文章之士，而有羣史之官。羣史之官之職，以文字刻之宗彝，大抵爲有士之孝孫，使祝嘏告孝慈之言，文章亦莫大乎是，是又宜爲文章家祖。其及五百名者，有曶鼎；六百名者，有西宮襄一本「襄」下有「戎」字。父盤，㊁則與周書七十一篇相出入矣。摹其篆文，以今字錄之，如孔安國治尚書，以今文讀讀古文也。

——定盦續集

㊀ 潘鴻手抄本注：「『但』下脫『有』字。」玆據增補。

㊁ 匏廬流碧精舍小學金石論叢西宮襄父盤攷：「……余謂平戎鬲，庶乎近之。……就中天子錫命之物，與城濮

之戰，雄平蠻功，不相上下，兩錫晉侯，先後一轍，不無可疑。」器見白魯睿爾（BRUSHALL）中國古器物學綱要。(INTRODUCTION OF CHINESE ARCHAEOLOGY)

金壇方言小記

人曰甯。人無老少男女皆殿以老。如此曰葛。如之何曰那甯處，亦曰那甯達。不曰弗。問詞曰爹。問何所作曰作爹特。問何等物也曰爹東西。特者指事詞，又已然之詞。曾祖曰曾公。祖曰耶耶。祖母曰埋埋。父曰爹爹。母曰孃。兄曰大郎。弟曰弟子。城中二讀如泥，其四鄙二讀如市。上讀如釀。去讀如磕。遊謂之弗相。（長言之曰弗相相。）呼取物來曰捉了來。立曰踦。挾一人與俱曰孿。揭壁上敗楮曰亨。以火熱物曰篤。雞卵子曰子。豆腐之豆讀如頭，是以去爲平也。凡杭州言陽平聲十九爲陰平聲，如魚龍貓是也。口吃者謂之篤篤。自謂其曹曰我家，亦曰我龕。日曰聶。晝曰聶脚。夜曰夜頭。式活助詞也。法猶否也。勗猶休也。能穀者甚詞，亦至於此極之詞。凡一切鬼神皆曰菩薩。

先母金壇段氏，考諱玉裁，妣于氏。金壇在明嘉靖朝以迄崇禎，其大姓五，曰虞、段、高、馮、尹；入國朝則曰于、王、曹、蔡。先母告自珍如此。但自珍攷明進士碑，于、王已登進士科，又有聞人，則似不在五姓之後。先母云爾者，入本朝五姓頗不振，段氏亦力田，而于氏乃兩中狀元，故士人以耳目所見聞爲界限之。士人思舊德，則誦五姓，且別有軒輊之詞，先母意亦不謂然也。先母以道光三年癸未卒，甲申七月，自珍既小祥，作此記。自記。

龔定盦集外文（杭州丁鶴廬藏）

說文段注札記*

丨部

丨，有引而上者，有引而下者，皆不可涵。惟中字㫃字，可上可下，故入丨部。

艸部

蕃蔷苜，一曰蔷英。段⊖注未詳。

苡英一聲之轉。

莙，君聲，讀若威。

君姑之爲威姑是其證。

⿱艹𡈟，从艸，𡈟聲，𡈟，籀文囿。

石鼓文第十有此字。

荓，从艸，幷聲。

凡幷聲之字，皆有使義。典引之絣萬嗣，亦使也。

蔈，苕之黃華也，从艸，𤐫聲，一曰末也。段注：「金部之鏢，木部之標，皆訓末。蔈，當訓艸末。」

以聲爲義，發凡此字。

蔕，瓜當也。

瓦之圓柄爲當，當字同訓。

茇，段注引氾勝之書曰：「春土長冒橛。」

韋昭引，無長字，此衍。

薙，段注：「周禮雉氏掌殺草，雉或作夷。」

新雉即新夷。

芁，遠荒也。

今以爲秦芁字。

茆，鳧葵也。段注：「魯頌毛傳同。周禮醢人茆菹，鄭大夫讀爲（龔改如字。）茅。或曰：茆，水艸。杜子春讀爲茆。後鄭曰：茆，鳧葵也。今周禮轉寫多譌誤，爲正之如此。漢時有茆、茆二字，經文作茆，兩（龔改作「後」。）鄭皆（龔改作「乃」。）易字爲茆也。」

韋昭音萌藻反，則係詩頌有從茆者，三家異文也。先鄭所據周禮作茆，杜及後鄭所見作茆，亦本不同故也。先鄭不以鳧葵訓矣。又按：鄭大夫讀爲茆，當是讀如茅。杜子春乃是讀爲，杜乃改易，先鄭不改易，非讀爲也。今本周禮注，則云杜子春讀爲卯。夫茆之與卯，何必讀爲？故先生糺訛如此。又按：後鄭所以不出當爲明文者，以杜子春已改易於前，但申杜說曰鳧葵足矣。其實即當爲例。今周禮共訛兩字，如字訛爲字；（鄭大夫句。）茆字訛卯字。（杜子春句。）先生但糾其一處，甚矣，校書如掃葉也。

讀如是比擬之詞，讀爲是變化之詞，當爲是更正之詞。

八部

介，段注：「兩則云閒介。」

閒介，出孟子，後人以介屬下讀。

公，韓非曰：背厶爲公。段注：「五蠹篇：『自環者謂之私。』」

自環即自營，詩「子之還兮」。三家作「子之營兮」。

牛部

犥，牛黃白色，从牛，麃聲。段注：「黃馬發白色曰驃，票麃同聲。然則犥者，黃牛發白色也。內則：『鳥皫色，亦謂發白色。』」

以聲爲義。

口部

𠱩，古文象君坐形。

禮引書：「自君有終，相亦惟終。」是君字，以形誤而爲周。蓋禮家所見書，是壁中古文故也。梅氏未曾親見古文，故誤寫周。後人又據梅以改禮文。

丞部

𧺆，趨也。从夭止，夭者，屈也。

鈕㊀曰：「走字从犬，犬善走也。見嵩少開母銘。」按：鈕說是也。故蒙哭字而次之，犬屈亦雙聲。

只部

只，象气下引之形。

凡引有上引下引，見丨字說。

言部

譒，商書曰：「王譒告之。」段注：「般庚上篇文。今尚書作播。」

般庚以修屬下讀。

誃，離別也。段注：「釋言：斯、誃，離也。郭云：誃，見詩。今毛詩未見誃字，疑『析薪杝矣』。容有作誃者。」讀若論語「跢予之足」。段注：「泰伯篇『啓予足，啓予手』。鄭云：啓，開也。誃當是啓誤。或曰：當作哆予之足；哆猶開也。」

或「蛇蛇碩言，出自口矣」之別字。跢、啓、只是聲同假借，不必改哆，以義求此讀若，正是擬其聲。

訏，詭譌也，从言，于聲。

凡大言不慚者皆譌詭。于之聲處處訓大也。芋爲大葉之艸，其一也。

訶，大言而怒也。从言可聲。

凡从可聲之字，亦往往訓大，荷亦大葉駭人也。

廾部

[illegible]，从廾甾。

甾字隸作畄，或又作畄，皆變。

攴部

敳，周書以爲討。段注：「今尚書周書中無討字。」

此周書，或逸七十一篇。

羽部

翡，赤羽雀也。从羽，非聲。

凡从非之字，古皆有赤義，若緋之爲赤帛，琲之爲赤珠。雖許書所未收，要之古也。

放部

放，逐也。

攴者，所以逐之。

瓦部

瓹，一曰空也。段注：「甑下孔謂之窐，窐亦作瓹，是其義也。吉鐲即吉圭。」

竹部

篁，竹田也。段注：「今人訓篁爲竹，失其本義。」

起於六朝詩：「初篁苞綠籜。」當是古有此別一義。

說文解字第六篇（此篇係阮尚書先刻，故有讀。）

林部

林，平土有叢木曰林。段注：「釋詁、毛傳皆曰林，君也。假借義。」

王氏念孫曰：「爾雅一書，不但見古人形少，亦見古人義少，以少賅多，義渾圓故也。即如君字、羣字，不但假借通用，抑且一字而本義、引申義、假借義悉渾備。作爾雅者，遂歷指經傳之本義、借義以釋之。君兼君、羣二聲、二義。爾雅之帝、皇、王、后、辟是釋君也；林、烝是釋羣也。玉裁按：台、卬、畀、卜，皆訓予也：台、卬，是釋我也，後人讀爲平聲之字；畀、卜，是訓錫予之予也，後人讀爲上聲之字。此說精絶，東漢人已不解，所舉皆分析之碎義。

囧部

盟，殺牲歃血，朱盤玉敦，以立牛耳。从囧，皿聲。段注：「鍇皿作血，云聲字衍。鉉因作从血，朙聲字。今與篆體皆正，盟與孟皆皿聲，故盟津、孟津通用，朱盤玉敦，器也，故从皿。」

血字：亦从皿也，从血亦無妨，其从血爲會意，而血之所从自在，則形聲自在。

禾部

穎，禾末也。詩曰：「禾穎穟穟。」段注：「今詩作禾役，役者，穎之假借字。」

陳奐曰：「禹貢三百里納秸服，禮器注納秣服，地理志納戛服，可證秸服二字連文得義。斷去其稾，又去其穎，是謂之秸；帶稃言謂之秸服。僞孔傳曰：秸，藁也。服，藁役。此可以證詩之禾役，而不可以注書之秸服。蓋禹貢言穎，生民言莖。秸者，實也。秸服者，粟之皮也。禾者，苗也。禾役者，藁之皮也。若以藁役爲秸服，則與納總重複，文理不順矣。三家詩『禾穎穟穟』，指采說，不指苗說。」爾雅「穟穟，苗也」，是毛所本。穎與役大異，足見詩不專稱毛。凡同義異文，可云假借，此實異義，非假借，乃經師各家耳。

宀部

寠，無禮尻也。段注：「邶風：『終寠且貧。』傳：『寠者無禮也，貧者困於財。』箋：『君於己祿薄，終不足以爲禮，又近困於財。』按：無禮因於祿薄，故釋言寠貧也。然倉頡篇云『無財曰貧，無財備禮曰寠』，則貧寠有別。」

爾雅是旁義。倉頡篇是相反而相成之義。說文稱毛是本義。

帛部

錦，从帛，金聲。

形聲左右互易，亦許書變例。

頁部

䫥，無髮也。从頁、困聲。段注：「按毛刻作困（湘潭劉氏肇隅曰：按原刻困誤困，此从徐松改。）聲，篆左从困，不誤。凡困聲之字，亦入魂韻矣。」

錢少詹㊂以爲即髡字。

許無髡字，此从毛刻，聲亦近。

馬部

騡，驢子也。

韓愈文：「以我騡去。」

炎部

燅。段注：「禮有司徹：『乃燅尸俎。』鄭注：『燅，温也。』古文燅皆作尋。記或作尋，按燅者正字，尋者同音假借字，注中尋字，唐人譌作燖。論語注：『温，尋也。』又中庸：『温故而知新。』注曰：『温讀如尋温之温。』尋本皆無火旁。」

鄭注禮與論語注，相爲轉注。許書無燖字。按尋之本義，訓尋繹；其引申之義，則以火熱物亦得曰尋。天下事理，以尋繹而漸熟，猶之以火燔物而漸熟也。燅之古文爲尋，爲尋字引申之義，義同故作之，非音同假借也。此條予得之外祖口授，而成書時乃改之曰：音同假借，亦通。似不及前說之備。

夨部

奊。段注：「賈誼傳奊詬無節，假奊爲謑。」

奊之假謑，十五、十六部往來也。

心部

怵。詩曰：「視我怖怖。」段注：「小雅白華：『視我邁邁。』毛傳：邁邁，不悅也。釋文云：韓詩及說文皆作怖怖。邁者，怖之假借。」

此即南字所从。㳄，今刻成市，誤。釋文亦誤。宋本釋文不誤。

水部

濫，氾也。一曰清也。段注：「此又别一義，與濫蓋相反而相成也者。」

濫氾則水濁，與訓清正相反。治、亂之例。

濆。詩曰：「敦彼淮濆。」段注：「敦彼，當是鋪敦之誤。」

疑三家詩，非誤字。

女部

婢，女之卑者也。段注：「左傳『秦穆姬言，晉君朝以入，則婢子夕以死』，是貴者以婢子自謙。」

此左氏，係六朝人所增，見釋文。

甾部

甾。段注：「廣雅謂即艸部之甾字，甾上从一雝川、此象缶之頸少殺，安得云同字？今隸當作甾。」

特甾从甾得聲耳。

糸部

緹，或作衹。段注：「衹訓適，以其音同在十六部，而得其義。凡古語詞，皆取諸字音，不取字本義，皆假借之法也。」

王氏經傳釋詞一書，無訓詁之所以然，言其已然之迹而已。蓋取聲者無義，聲即其義。古者未有形，先有聲，而及其有形也，則不爲一語助而造一字，故語助各有本義，凡爲助者，皆假義。

綦，緋或从其。段注：「大徐所補。」

不補，則从綦之字無所統，猶補由、妥之例。

紞，冕冠塞耳者。段注：「紞所以懸瑱，瑱所以塞耳。紞、非塞耳者也。薛綜東京賦注曰：『黈纊，言以黃綿大如丸，懸冠兩邊當耳，不欲妄聞不急之言。』此薛氏緣辭生訓。」

即使許與薛同意，而冕冠塞耳四字，亦不詞矣。

土部

墉，城垣也。𩫏，古文墉。段注：「五篇曰：『𩫏，度也；民所度尻也，字音古博切。此云古文墉者，蓋古讀如庸，秦以後讀如郭。」

陳東之先生云：此當是作[illegible]，而佚其半，不必強爲之說。

圮，从土，巳聲。[illegible]，圮或从手配省，非聲。

巳聲在一部，非聲在十五部，以爲一字，疑誤。

金部

鋗，小盆也。

元延四年銅鍔，今存人間。

鎦，殺也。从金刀，丣聲。段注：「丣聲非丣聲，絕無可疑。東漢一代持卯金刀之說，謂東丣西金，从東方王於西也。此乃讖緯鄙言。」或疑卯金刀三字，向來連屬，恐有所受之，非始於委巷符讖之談。按王莽傳：莽以泉文有丣金刀，故正月剛丣、金刀皆廢不行。正月剛丣一物，金刀一物，不得以卯字屬下讀甚明，是三字未嘗本連也。莽信符讖語，而不認字，其廢金刀是也。廢及剛卯，是惡丣而廢酉，可笑之尤者也。又疑剛卯之字，亦當作丣。丣主金，金刀剛而辟邪，較剛卯爲有說。王莽亦未嘗不識劉字，惟其識从丣之劉字，故廢剛丣。今漢書本皆譌刻之字耳。蓄此論久，後得虞道園八分書漢玉剛卯文，上畫正聯，可爲快證。惜終未見漢玉拓本何如？

斤部

所，詩曰：「伐木所所。」

顏師古漢書注曰：所，許也。漢時語，幾所，猶幾許。蓋二字古聲同。

𨸏部

陼，如渚者。陼丘，水中高者也。

義形亦與瀦相近。

叙

形聲以事爲名，取譬相成。

有一字三聲者，丨是也。

𣪘崇般中。段注：「般，盛也。中，成也。」

當用爾雅「般齊中也」之訓。

江沅後叙

本義明，而後餘義明，引申之義亦明，假借之義亦明。假借之樞，又在聲音，未有聲不類而可假借者也。故王懷祖、伯申說經，皆以聲說之是也。

——定盦遺箸

* 卷盦書跋云：「……得見（徐）積餘所藏定盦父子批校段氏說文注。」疑即此札記所本。此題殆爲葉德輝所加。但札記內有非讀段注說文者，而又存說文解字第六篇小標題，下繫「此篇係阮尙書先刻故有讀」，知錯亂不備。字行間小註，顯爲後人批校語竄入，亦難定爲誰氏手筆，姑仍其舊。

㊀ 段玉裁，詳明良論注。

㊁ 鈕樹玉，字匪石，吳縣人。布衣。箸說文新附字考、說文解字校錄。

㊂ 錢大昕，字竹汀。嘉定人。官少詹事。箸十駕齋養新錄、潛揅堂詩文集等。

秦漢石刻文錄序

文體五百歲一變，書體五百歲一變，金石義例五百歲一變。自秦王盟版、㊀揗夷刻石㊁之歲，迄孫皓言天發神讖刻石之歲，中間文字之役甚衆，役無當我九者之義例，擯之；書體不足以俟考文之聖，擯之；碑文無事實，擯之；乃實與四史無出入者，擯之。凡龔自珍所錄者三十有三篇，錄亦約矣。何所據？據史。司馬遷以下是也。又據史注，李賢、裴松之以下是也。又據金石家，宋洪适、陳思，本朝王昶、畢沅是也。又據孤墨本，則如華山延熹刻石是也。有所闕陷引爲恨者乎？有之，不生晉以前，不見熹平石經，恨者一；不與蘇望並生，不見邯鄲三體石經，恨者二；東漢繁多，西漢蹟蔑如也，恨者三。若夫搜羅著錄之功尚矣，策功誰爲首？曰：王君兆蘭㊂獲秦二世皇帝刻石碣石之詞，與史遷多不合，重刻之石，立于焦山，王紹蘭㊃功首。

——夢碧簃石言

㊀ 秦王盟版，未見著錄，疑爲詛楚文之誤。

㊁ 揗夷刻石，亦未見著錄，疑爲紅崖石刻之誤。

㊂㊃ 顧燮光夢碧簃石言案語：「兆蘭、紹蘭，必有一誤」，是。惟未肯定其一。王紹蘭許鄭學廬存稿有重摹秦刻碣石門碑文記，知爲紹蘭不誤。秦泰山刻石殘字跋尾，亦舉紹蘭，「兆」當作「紹」，更無疑義。

自晉迄隋石刻文錄序

自晉迄隋之亡，垂五百歲，龔自珍所錄十有四篇，錄又褊矣。何所據？據史。又何所據？總集、別集。又何所據？據地理志。又何所據？據金石家。又何所據？據墨本如上清眞人館壇碑是也。有所闕陷引爲恨者乎？有之，北魏、北齊、北周，存者十倍於宋、齊、梁間，江左土薄，近水石易爛，恨者一；南北書體同時大壞，無一事足儲以俟考文之聖，恨者二；作佛事功德，造象繁興，十居八九，無關故實，非有嘗於吾九者之例也，恨者三；又不如祠墓之碑之近於史也，恨者四。若夫搜羅著錄之功孰爲首？曰：曲阜桂馥游滇中獲爨氏碑，出荆榛而登諸册府，蓋劉宋之世一瓌祕也。桂馥爲功首。

——夢碧簃石言

漢器文錄序

余嘗考漢氏雖用徒隸書書一切奏記，而宮府崇尙篆學，非兼通倉頡以來衆體，不得爲史；君后通史書者，班、謝皆濡筆以紀，夫亦可以知其貴重矣。金玉刻辭，以視刻碑，尤所特加意也。余最錄墨本，曰：阮氏藏史賓鉼一，古文也；林華館燈一，定陶鼎一，㊀小篆兼隸書也。汪氏藏陵陽鼎一，㊁小篆。文氏藏五斗銗一，㊂錠一，小篆。秦氏㊃藏魯共王熏盧一，小篆兼隸書。李氏㊄藏郲公鼎一，籀文。顏氏㊅藏虒傂一本「傂」下有「尺」字。一，小篆。王氏㊆藏雁足燈一，隸書兼小篆。予自藏棜豆一，古文；王剛卯一，籀文；鴻嘉鼎一，一升十四龠熏盧一，小篆兼隸書。㊇合諸家藏，大小洗十有五，皆小篆兼隸書。長白斌良藏嘉量一，小篆兼隸書。起高、文之世，汔乎孝安之朝，以二十九物者發其凡，而泉印鏡之簿，不僂指焉，馣[illegible]麗碩，又往往璆然，振其銘辭，可續周天府矣。

——定盦文集補編

㊀案阮元所藏史賓鉼爲周器；華林館燈爲華林觀行燈；定陶鼎爲陶陵鼎。

㊁汪萊，字孝嬰，歙縣人。藏陵陽鼎，僞器。

㊂文鼎，字學匡，秀水人。藏漢元延銷，署其居曰三斗銷齋，此云五斗銷，誤。

㊃秦恩復，號敦夫，江都人。所居玉笥仙館，收蓄甚富。

㊄李璋煜，字方赤，諸城人。著愛吾鼎齋藏器目。案陳邦福先生億年堂金石續記：「定盦文集所謂鄀公鼎，即鄀字之誤。定盦復加公字，遂不可曉。愛吾鼎齋藏器目未著錄，或編目時，器未歸李氏。」陳先生說確，筠清館金文收李氏藏大鄀鼎，可證。

㊅顏崇槼，曲阜人。建初慮俿尺，爲曲阜孔廟禮器，此云顏藏，誤。

㊆王昶，字蘭泉，青浦人。藏建昭三年鴈足燈，隸書，此云兼小篆，稍誤。

㊇龔自珍藏器，見定盦年譜外紀、筠清館金文，不具引。

鏡錄序

鏡別爲專門，何也？其四言在易繇與詩之間；三言至七言，在謠諺之間。體裁尤芳異，文章家喜之，錄之以睨夫言詩者也。其用韻，則不可以周之諧聲求之矣；其文字，大小篆與隸書相雜爲體。起於秦，迄于齊、梁間。自藏五，諸家墨本三十有九，總四十有四。

——定盦文集補編

瓦錄序

漢氏宮殿之名，不可得而簿録也。其瓦黝以温，其文字多哀麗傷心者，觀其體，皆深習八體六技者之所爲，非壼陶師之爲也。夫後漢祠墓之刻碑，皆石工書；而前漢瓦文，乃兼大小篆。嘻！可以識炎運之西隆，窺劉祚之東替也矣。予所録五十有五：曰「長生未央」。曰「長樂未央」。曰「長生無極」。曰「與天無極」。曰「千秋萬歲，與地無極」。曰「億年無疆」。曰「永奉無疆」。曰「高安萬世」。曰「宗光萬世」。曰「千秋萬歲」。曰「金」。曰「千金」。曰「衞」。曰「騑」。曰「便」。曰「蘭池宮當」。曰「椒風嘉祥」。曰「嬰桃轉舍」。曰「都司空瓦」。曰「上林農官」。曰「甘林」。曰「甘泉上林」。曰「宗正宮當」。曰「八風壽存當」。曰「右將」。曰「有萬憙」。曰「大廄」。曰「金廄」。曰「宜富貴當」。曰「平樂宮阿」。曰「漢并天下」。曰「狼干萬延」。曰「永望芒芴」。曰「嵬氏冢舍」。曰「萬歲冢當」。曰「萬石君倉」。曰「六畜蕃息」。曰「方春蕃萌」。曰「駘蕩萬年」。曰「仁義自成」。曰「延年益壽」。曰「延壽萬歲」。曰「萬物咸成」。曰「長毋相忘」。曰「維天降靈」。「延元萬年」。「天下康寧」。文之可以目治者九：曰鳳形，曰飛廉形，曰飛鴻形，文曰「延年」。曰三雀形，曰朱鳥形，曰龜蛇交形，曰饕餮形，曰二馬形，文曰「甲天下」。曰魚形。其諸家箸録有之，而予未見者三：曰「衞屯」。曰「揜依中庭」。曰「黄山」。

——定盦文集補編

兩齊侯壺釋文*

「齊侯中䦆爲器句其旅齊侯命：句大子〔乘〕成周〔叩〕宗伯，聽命於天子。曰：諆則爾諆，余不其

〔吏汝〕受〔册〕歸〔遵受〕御，爾其齊受〔御〕。齊侯拜嘉命。于〔上〕天子，用璧玉備一紹，乃大舞紹，〔誓〕于大司命，用璧兩壺八鼎于南宮，子用璧二備玉二紹，鼓鐘一肆。齊侯既齊洹子孟姜器，具入乘都邑廑夏舞。同御賚大樂，用鑄爾羞𨥶，用御天子之事。洹子孟姜用乞嘉命，用旬眉壽，萬年無疆，用御爾事。」㈠

前器爲阮儀徵藏，此器在蘇州〔貝〕氏，齊侯取湯相中罍之名以爲名，前器無中字耳。齊侯中罍不見年表、世家，古器物之人名，不必盡在經史，况年表書十二諸侯侯名闕弗具，此器不得定爲某公。其文則東周後之籀文也。公羊傳曰：「成周者，東周也。」大略齊之君臣，受嘉命于周室，因備樂、用玉、大舞以祭；南宮又鑄器銘之所，銘皆旅嘉命之事，文不可盡屬讀。南宮如周有西宮，衛有北宮，亦不能定爲誰氏之廟，所可言者，如是而已。舊釋器爲喪，古無因訃喪而受嘉命者，樂舞是吉祭，亦無以喪入時而乞眉壽者，今諟正。堇同覲，廈同夏，洹同桓，爲晏桓子爲陳桓子皆未可知，不必求其人以實之；既齊之齋讀爲齋，（前器無既字。）肆爲肆之異文，紹爲詔之或字，𨥶與曶鼎𨥶字相似，皆彝之異文。彝者百器之總名，舊以此二器爲罍，乃因齊侯之名而致誤。今定爲壺，彝可以賅之，銘又有兩壺八鼎，今兩器俱存人間，俱在江左，意者即是此兩壺耶？仁和龔鞏祚考釋。時道光已亥八月。

——定盦遺箸

附：齊侯罍釋文㈡

「齊侯罍〔爲器〕，其旅齊侯命〔大子乘□周柰叩〕宗伯。聽命于天子。曰：〔朞則爾朞，余不〕其〔使〕女〔貝冊。歸傳惠受御爾其〕齊〔邦，受奉〕齊侯拜〔嘉〕命。〔于上〕天子，用璧玉備于大舞紹，誓于大紹命，〔用璧〕兩壺八鼎于南宮，〔子用璧〕玉二紹，鼓鐘，〔齊〕洹子孟姜器，其〔入民都〕，乙堇〔宴〕舞，用〔從〕爾大樂，用鑄爾〔羞釿〕，用御天子之吏。洹子孟姜〔用〕其〔入民都〕，乙堇〔宴〕舞，用〔從爾〕大樂，用鑄爾姜紉，用御天子之吏。〔洹子孟〕姜用气䜌鈴，用介眉壽，萬年無〔疆，用御爾事〕。」

罍，齊侯名。乙堇爲邑董。紉爲釿。气䜌鈴爲乞嘉命。

* 此釋齊侯中罍（從筠清館金文釋），而題兩齊侯壺釋文，誤。此器徐同柏從古堂款識學作陳洹子壺，吳式芬攈古錄金文作齊侯壺，郭沫若兩周金文辭大系圖錄作洹子孟姜壺。

** 據己亥雜詩注「在京師，阮芸臺師屬爲齊侯中罍二壺釋文。」前篇己亥（一八三九年）重遊揚州時稿，茲從筠清館金文覓第一器釋文附後，以示完備。並據兩罍軒墨本校補。

㊀ 原釋不備，據懷來山房墨本校補，但原有誤釋，仍存其舊。

跋商仲束尊

「中束作旅車尊彝。」㊀

旅是祭名，車形則取車服之錫而告其祖。旅與出師載主卿行旅從皆無涉。古器凡言旅者，皆祭器；凡言從者，皆出行之器，如從斨、從鐘、從彝是也。祭器不踰境，踰境者用器耳。於此發其凡焉。

——筠清館金文

㊀「仲𣪘作𩰫尊彝」六字，此釋七字，誤。

跋周癸豊觚*

「酉㐅。」

酉㐅，倒讀癸豊。㊀

——攈古錄金文

* 吳式芬攈古錄金文作酉癸觚，是。

㊀ 吳式芬云：「定盦倒讀以爲癸豊二字，恐誤。」知爲龔自珍釋文。

跋商內言卣*

「內言。」（器蓋同。）

龔自珍曰：史記集解引鄭康成書序注曰：「伊尹作肆命。」肆，陳也，陳其政教之命。可見商有內言之官。大誥序注曰：「洪大誥治者，洪代言也。」可見周有內言之官。此銘云內言，不能斷爲商爲周，以其近古文，存爲商代似可也。

——筠清館金文

* 吳大澂愙齋集古錄作𦣻壺，是。

跋商七月爵*

「七月爲（以）太子嗣彝。」㊀

七假桼爲之，月象哉生明之形。此以紀月包紀日矣。爲，象母猴形而省篆文爲之。半尊从司，司者治也。古文有合數文而會意者，其文隨地隨時更易，假令此器作於七月望，則月字必爲圓形，作於上弦，則月字必爲形，作於下弦，則爲形。此商及西周古文之例，亦銘器之例。

——筠清館金文

* 愙齋集古錄作諸女爵。

㊀ 據雙虞壺齋墨本校補。

跋周睘卣

「隹十又九年，王在室，王姜令作册，睘安从皕賓，睘貝布揚王姜休，用作文考癸寶尊器。」（器蓋同。）

此成王祭文王廟器也。室即清廟中央之室。書洛誥：「王入太室祼。」祼，獻尸也。禮酳尸，尸獻而祭畢，王祭畢入太室，行獻尸之禮，故曰王在室。因而王姜得行祭禮。作册命自王姜，故曰王姜令作册。令，命也。睘安，史氏名。从或釋作人重文；今按：从人，从二，二人爲从，定爲从字。睘安从者，从王姜在廟也。皕或釋作伯重文。今按：从百从二，二百爲皕，定爲皕字，即奭之省文。說文：奭，此燕召公名，史篇名醜。硒賓者，時召公助祭，王以賓禮禮之。書：「王賓殺禋咸假。」王賓，即諸侯助祭者。易曰：「利用賓于王。」禮郊特牲：「諸侯爲賓，灌用鬱鬯。」謂諸侯來朝，王以賓禮待之，是諸侯有爲賓於天子之義，故曰賓也。睘貝布揚王姜休者，睘受王命以貝布揚王姜休也。文考即文王。癸，古紀鼎彝器次第常語。

——筠清館金文

跋周盄卣*

「盄宏作寶尊彝。」

盄者，用爲歃血之器。

——筠清館金文

* 攈古錄金文作盄弘卣。

跋周父癸角（二）*

「丙申，王錫南亞喪幼貝十鬲，用作父癸彝。」（器蓋同。）

說文：鬲部，鬲實五觳。五觳者，六斗也。許書於器名，則不言其所容受，於量名則言之，可見鬲是古量名，其重文从瓦，蓋以陶爲之。貝或以朋計，或以器計，或以量計，此十鬲則六十斗，大略侈其多也。幼之異文从大者，古者字義以相反而相成也。幼本从幺，幺貝最小，幼貝次之。王莽時嘗行之。

——筠清館金文

* 朱善旂敬吾心室彝器款識作南亞角。攈古錄金文作丙申父癸角。

跋周父癸角(二)*

甬，用之古文，甬微省。小雅「謀夫孔多，是用不集」。用，以也。或是坒，至之古文也。亞，埊本字。禮：三年之喪，盧埊室之中。或訓以飾亦可。貝上是綬，青地綠文曰綬。貝十下是𠪚，說文𠪚𩵋，上體顯作屯，知非从瓦也。

——筠清館金文

* 吳榮光筠清館金文此篇原以爲吳子苾(式芬)說。據攈古錄金文：「筠清載定盦後說，(指此篇)以爲芬說，乃誤記。」故知爲龔自珍釋文。

跋周師寰敦*

「王若曰：師寰戚，淮人(繇)我(員)晦臣，今敢博乃衆叚，反乃工事，弗速我東域。今余肈令汝遳齊師其贅(棘及)左右虎臣正淮人，即(貿)乃邦嚚，曰冉，曰萃，曰鈴，曰達。師寰虔不墜，夙夜卹乃(牆)事，休既又工，折首執(訊)，無諆徒馭，毆孚士女羊牛，孚吉金。今余弗叚組，余用作朕後男巤尊敦，其萬年子子孫孫永寶用享。」㊀(蓋有十三字，較器少「乃我齊」三字，又「子子孫孫」作「孫孫子」，「子」無重文，餘悉同。)

籀文子字與巤字同。字詳說文子部及囟部。叔重之意，蓋曰：巤本非子字，而籀文以爲子字也；亦形近而假借之例。此男子即囟部說解之左證。

——筠清館金文

* 此器作師寰𣪕。

㊀據筠清館墨本校補。

跋周伯箕父簠*

「唯白箕父䴡作旅瑚，用丐眉壽萬年，子子孫孫永寶用之。」

讀唯白箕父作旅瑚爲句，鹿䵼二文別讀，是蘄年之吉語，非白箕父名鹿䵼也。

——筠清館金文

*積古齋鐘鼎彝器款識作伯其父簠。

跋韓侯伯晨鼎*

「唯王八月，辰在丙午，王命韓侯白晨曰：嗣乃祖考侯于韓，錫女秬鬯一卣，元袞衣，轡夫赤旅，駒輦、畫旂、韉爻，虎（韋）冕（袞）、里轡（攸）驖，旅五旅，弓三矢二，旅弓旅矢，必戈綏克，用夙夜事，勿渫朕命。晨拜䭫首，敢對揚王休，用作朕文考德公宮尊鼎。子孫其萬年永寶用。」㊀

夫赤旅也者，大赤旂也，大假夫，旂假旅者，古文以爲大，古文以爲旂也。駒隸作駕。說文巾部有幬，韋部無韝，幬，襌帳也。从馬从壬者，鐵之省文，（非壬癸之壬，音他鼎切。）驖者，黑馬也。珌之爲必，省文也。攷工記縪借必爲之，圭之飾；此珌借必爲之，刀之飾。虎下一字疑韔之省文，交韔、虎韔見詩。爻也者，交之假也。旅五旅者，徒衛二千五百人也。里轡義未聞。弓三矢二爲合文，弓何以三？矢何以二？義未聞。旅弓旅矢，則盧弓盧矢之假也。勿渫朕命也者，渫，媟也。

＊曹奎懷米山房吉金圖作伯晨鼎。——筠清館金文

㊀據筠清館墨本校補。

跋周兵史鼎＊

「齊兵（必左右兩手形）史喜作寶鼎，其眉壽萬年，子子孫孫永寶用。」

齊下非莽史，莽从四中，細讀搨本，不見四中形，莽史亦不見故書雅記，此兵史耳。説文：兩手奉戈爲戒，兩手奉斤爲兵，奉干爲兵，奉盾亦爲兵；奉干者古文，奉盾者籀文，奉斤者小篆也。此爲兩手奉必，必者戈柲也。周禮夏官：司兵，史二人，司戈盾，史四人，皆即兵史之謂歟？——筠清館金文

＊兵史鼎銘僞刻。

跋周冏鼎＊

「冏作𪗉。」

𪗉，不見説文，齊盛非鼎實，此齍之通假，説文不收是也。——筠清館金文

跋周晉姬鬲*

「晉姬作異齊鬲。」

說文己部有異，訓長踞，於義無取。齊歸父盤己作忌，此作異，實皆己字。古人施身自謂曰己者，何也？謙詞也。己在天干爲第六，自居卑幼，故曰己。後世自稱曰某甲某乙，亦其例也。籀文繁而喜新，假从己之文爲之，或作忌，或作異也。

——筠清館金文

*晉姬鬲僞器。

跋周宥旅彝*

「宥作旅彝。」（器蓋同。）

宥非人名，此殉器，無陶之類。

——筠清館金文

*攈古錄金文作宥彝。

跋周兮中鐘*

「兮中作大龢鐘，其用追孝于皇考。巳伯用侃喜壽文父，子孫永寶用享。」

兮乃義之省，義中所作器非一，舊釋皆作乎中，誤。

——筠清館金文

*兮仲鐘有第二、第三、第四器及兮仲編鐘，散見攈古錄金文、愙齋集古錄、劉心源奇觚室金文述。此爲第一器。

跋周虢叔編鐘*

「虢叔旅曰：不顯皇考惠叔，穆秉元明德，御于乃辟，得屯乍攸。旅敢儀帥井皇考威儀，〔欲〕御于天子，迺天子多錫旅休，旅對天子魯休揚，用作朕〔皇考惠叔大醬鐘。皇考覆在上，異在下，數數熊熊，降旅多福，旅其萬年，子子孫孫永寶用享。〕」㊀

此銘後半闕，大意與前鐘同。㊁第二十三字右从卒，㊂極似醉，但未諦其左所从，姑闕。

——筠清館金文

*虢叔編鐘有第一、第三器，散見積古齋鐘鼎彝器款識、攈古錄金文、從古堂款識學、愙齋集古錄、奇觚室金文述、端方陶齋吉金續錄、濱田耕作泉屋清賞。此爲第二器。

㊀銘文半闕，據清儀閣墨本校補。

㊁此指第一器，（虢叔大林鐘）誤合爲一，非是。

㊂銘文第二十三字，龔原作啐，此爲吳式芬改，亦非。

秦天禽四首鏡拓題字

此羽琌山人平生第二寶也。手拓本丁亥付裝。記之。都一百十又四字，別有釋文。㊀

㊀ 鏡文一百十四字者，從未見箸錄。釋文已佚。

——定盦遺箸

跋明搨石鼓殘本

問渠㊀出石鼓打本兩事，屬爲評審，皆明楮也。惟余於石墨之事，不爲不涉其藩，獨未致石鼓多字本。自所見天一閣本外，竟未見「辛」鼓有字之本，不免抱生晚之悲耳！聊識數言於「辛」鼓尾。龔自珍記之。

——明搨石鼓殘本跋尾（杭州唐大石藏）

㊀ 徐楙，字問蘧（問渠），錢塘人。精研金文、篆刻。

宋搨孤本漢婁壽碑跋尾

道光四年冬十有二月，由吳門寄來，時在海上備兵官舍。此是宋搨孤本，又經諸老輩鑒賞，其爲人間墨寶，何待擬議？但隸法非漢人最瑰瑋之製。其事其人亦與史家無大關繫，故是賞鑒家物耳。

嘉慶二十有四年，歲在己卯，陽月，仁和龔自珍識於吳門吳氏之宋松書屋。同觀者：同里何元錫夢華及吳縣江沅鐵君。澿連記。

——宋搨婁壽碑跋尾（日本墨苑影印本）

秦泰山刻石殘字跋尾

自珍曰：阮公㊀言是也，史記實有闕文，又有倒文，與石刻不符。前年於王侍郎（紹蘭）齋中，獲見北宋搨碣石秦刻文，與史記絕異。可見文寶㈡只解鈔史記，非解造秦刻，作僞亦須學問耳。洪稚存詩曰：「若將一字比一星，二十八宿中添伐。」豈料未及五十年，人間又少十九字耶？可爲浩歎！自珍贊記。

——定盦文集補

㈠阮元，詳阮尚書年譜第一序。

㈡鄭文寶，字仲賢，寧化人。爲其師徐鉉刻摹本嶧山碑。

書張子絜大令薦桼所藏玲瓏山館本華山碑跋後

整紙本，初在天一閣范氏，後在嘉定錢氏，㈠今歸阮氏，笥河先生本，㈡以丙申歲歸於長樂梁茝林侍郎；成邸本，在諸城劉氏；㈢此本由玲瓏山館馬氏㈣洞庭鈕非石介紹，歸我同年陽城張子絜大令，此子絜戊子歲在京師胭脂胡同寓齋手跋也。海內紙墨雲煙事，予上下三十餘年，幸皆在見聞中。道光庚子秋，游秣陵，子絜嗣君拜蕁重出此本屬題記，如見故八摩挲法物逌然燕笑時。仁和龔自珍時年四十九。

——定盦遺箸

㈠王昶金石萃編按語：「錢詹事大昕得鄞天一閣本（即四明本），未經割裂，可與隸釋互證。」案本文後歸阮元。

㈡朱筠（笥河），大興人，藏商丘侯氏本。關中金石記作宋犖（牧仲）本，殆爲宋得自於侯。

㈢劉統勳（爾鈍），其子墉（石菴），諸城人。藏華山碑成親王邸本。

㈣馬曰琯（秋玉），其弟曰璐（佩兮），江都人。家築叢書樓，藏書甚富。園亭有小玲瓏山館、街南老屋等。

跋宋搨本裴岑紀功碑

此谷口先生㊀所藏，咄咄奇異！此碣近已不可辨，重摹本有二，字畫皆可醜。遠在萬里，椎拓爲艱，但是原石，即可珍重，況舊拓乎？此乃百金之寶。

——定盦遺箸

㊀鄭簠，號谷口，上元人。善書。

跋北齊蘭陵王碑

此碑未見諸家箸錄。即趙氏金石錄，於北齊搜采略備，亦未及之。一本作「此獨遺爲」。藏錢唐何夢華家，庚辰孟冬，舉以相贈。隸法蒼鬱怒遒，一本作「蒼而鬱，遒而勁」。〔絕〕㊀類蔡中郎夏承碑，又類趙圉令碑，百金之字，寶之！定盦道人跋。

——定盦文拾遺

㊀據定盦遺箸補增。

上清眞人碑書後*

余平生不喜道書，亦不願見道士，以其勦用佛書門面語，而歸墟只在長生，其術至淺易，宜其無瓌文淵義也。獨於六朝諸道家，若郭景純、葛稚川、陶隱居一流，及北朝之鄭道昭，則又心喜之，以其有飄颻放曠之樂，遠師莊周、列禦寇，近亦不失王輔嗣一輩遺意也，豈得與五斗米弟子並論而並輕之耶？至唐而又一變，唐之道家，最近劉向所錄房中家，唐世武曌、楊玉環皆爲女道士，而至眞公主㊀奉張眞人㊁爲尊師。一代妃主，凡爲女道士，可攷於傳記者四十餘人，其無攷者，雜見於詩人風刺之作；魚玄機、李冶輩應之於下，韓愈所謂「雲窗霧閣事窈窕」，㊂李商隱又有「絳節飄搖空國來」一首，尤爲妖治，皆有唐一代道家支流之不可問者也。因跋上清眞人碑，忽然感此，牽連記。姑蘇女士阿箭㊃侍，附記。

——定盦文集補

＊題爲後人所擬，據秦漢石刻文錄序，應作上清眞人館壇碑書後。楊守敬觀海堂摹本，稱舊館壇碑，翁大年箸舊館壇碑攷，此題疏失，明甚。

㊀新唐書無至眞公主，此當爲玉眞公主，爲唐睿宗之女。此爲傳寫之譌。

㊁玉眞公主與金仙公主同師史崇玄，玉眞進號上清玄都大洞三景師。此云張眞人，乃記誤。

㊂「窈窕」，韓愈華山女詩作「恍惚」。

㊃阿箭，又名靈簫（自珍之妾），蘇州人。案己亥雜詩：「定公四紀遇靈簫。」此當爲龔氏四十八歲跋。

跋張司直從申元靖先生碑

此碑名甚重！自明時賞鑒諸公而已然。今日石亡，更爲拓本增價矣。其實司直書品，僅在李北海、張增之間，唐人可與伯仲者尙多，特勝蘇靈芝一籌耳。定盦乙品廚。

——明搨張元靖碑跋尾（常熟鐵琴銅劍樓瞿氏藏）

跋浯溪題名殘刻

每欲剔浯溪、君山諸石刻，以斠唐文粹之誤，而無好拓本。安得精好悉如此拓本耶？又平生未見浯廎銘，不知與峿臺篆書結體同異何似也。牽連記。庚子小除夕，龔自珍記。

次山文格，在初唐爲別調，平生遊跡在君山、浯水間，如鄭道昭父子之於雲峯山，石刻中可補集庫者也。自珍再記。

——定盦遺箸

跋宋搨蘭亭定武本

合以子敬洛神，兩本並庋並臨，終身弗離，王侯可讓也，寢饋可廢也。嗚呼！江左風流，盡在茲矣，不大幸歟？甲申初春題。

得之也廉，用番錢當九百者五十有二枚，並識之。宋刻無上神品、聖品，千金之寶。

——定盦遺箸

重摹宋刻洛神賦九行跋尾

龔自珍云：王子敬洛神賦九行，百七十六字，用麻牋寫，宋徽宗刻石祕府，拓賜近臣者也。靖康亂，并石北去，賈似道得四行，欲以續旃刻一石，自稱十三行，與此蓋不相涉，且似道疑四行非眞，第十行用胡盧印界之，再刻一于闐玉，不復鈐別，尤鐵鼚瘦媚，而玉版十三行，特諜人世，非子敬大厄耶？初，柳公權實見十三行，響搨行世，猶定武蘭亭之出歐搨也，柳家氣體，倘遠歐、虞，何論晉賢？宋人謂是眞子敬書，賈之續，徒欲附會唐本，姚美柳所見云爾。天下知有洛神賦，言洛神稱十三行，言十三行稱兩派：一柳派，一玉版派。柳派以唐荆川藏玄晏齋刻者第一，文氏本次之，玉版則雍正中濬西湖得之，入內府，拓本徧杭州，杭人言有篙痕者善，鑒賞家言盡於此矣。靖康後不百載，金亡，元室不崇圖書，無祕府。趙子昂仕元，知九行在北方，輾轉迹北人獲之，閱喪亂，卒藏宗匠之庭，豈非神物能自呵護，大照耀一世歟？文徵仲、董玄宰、孫退谷皆見宋拓本，源也委也，語焉而弗詳。此本即孫氏藏，箸錄庚子銷夏記者也。入歙吳蘇谷家，又入揚州秦編脩恩復家，秦丈以貺余。二百年凡四易主。抱孤本，擔願力，乞于鏐，伐樂石，祈此石，壽千億，見予石，勿妒毀，隔癡㦎，一重爾。佛言當生歷刼難遭遇想，予言亦如是。同者吳縣顧蒓、昌平王蔆舲、大興徐松、侯官林則徐、泰興陳潮、陽城張葆采、邵陽魏源、道州何紹基、長樂梁逢辰、金壇于鏐。道光九年，歲在己丑。

——定盦遺箸

跋唐人臨晉本黃庭經

此卷之爲唐臨晉蹟，不在缺筆一證，㈠審其氣韻，殆仙品也。嘉慶庚辰冬得之，歡喜無量。越八年，道光丁亥，重展看，涿州老奴之言，竟無以易之。㈡

與趙緹仔玉璽，同弆之。世人獲一宋刻本，寶如球璧，造物之待我，何其厚哉？

——定盦遺箸

㊀娟鏡樓本此句下有陳元祿謹案：「此卷遇『淵』皆缺筆，蓋避唐高祖諱，所謂一證也。」

㊁同上有陳元祿謹案：「前有涿州馮銓一跋，謂今人不善學者，便成一種俗書。今流落人間，在紹興吳氏。」

跋十三行白玉本

雍正庚戌，漁人得此於西湖葛林園，所謂白玉本有篙痕者也，不及碧玉本之肥古，而白以神采勝。漁人以歸童氏，㊀童氏以歸制府李公，李公進之於朝，版在童氏才十日，在制府五日，人間拓本，皆此十五日幸而留者也。其石歷三朝，至嘉慶三年，乾清宮災，石燬。此前水後火之中，吾浙一小小掌故也。故記之。予蓄此本凡二，皆當什襲矣。

——定盦遺箸

㊀張廷濟十三行白玉本跋：「賈相（似道）玉刻十三行，爲數百年來第一寶蹟，康熙時翁蘿軒（嵩年）經進，人間寘本有日少之勢。」此說稍異。

書蘇軾題臨皋亭子帖後

「東坡居士睡足飯飽，倚於几上，白雲左繞，清江右回，重門洞開，林巒齊入，當此時，若有思而無所思，以受萬物之備。元豐四年五月，蘇軾臨皋亭之上。」

龔鞏祚曰：夫睡足飯飽者，二十五種前方便之二。倚於几上者，智者曰：合眼不受外光，合口不受外風，是其義。夫左繞，表假；右回，表空；重門，言出二邊也，重門洞開，表中道；林巒齊入，表三千具也。復次，無思，表寂；有思，表炤；有思無思同時，表寂炤雙現前。萬物備，表三千具也。何謂受？受亦不受，不受亦不受，非受非不受亦不受，亦受亦不受亦不受，如是之人，則能受萬物之備矣。當此時也者，以無去來今之一時，以具去來今之一時，悉檀而說，說有此時，是故阿難結集五時教例系一時。道光十七年三月，書蘇軾題臨皋亭子帖後。

——定盦文集補編

跋某帖後

嘉慶甲子，余年十三，嚴江宋先生璠於塾中日展此帖臨之。余不好學書，不得志於今之宦海，蹉跎一生。回憶幼時晴牕弄墨一種光景，何不乞之塾師，早早學此？一生無困阨下僚之歎矣，可勝負負！壬辰八月望，賈人持此帖來，以制錢一千七百買之，大醉後題。翌日見之大哭。

——定盦遺箸

跋趙文敏小眞書赤壁賦

此帖直接洛神賦及破邪論，祖子敬而禰永興，更無他家能羣行高出之者，謂不及唐人，眞皮毛之論也。唐人靈飛經則逸品，又當別論。

——定盦遺箸

書文衡山小眞書諸葛亮出師表後

小楷書自黄庭、洛神九行後，惟虞永興破邪論得其神髓，其他寫經人雖工極，但成唐人寫經字，未必嗣晉賢也。獨鍾紹京爲逸品，又當別論。唐後惟趙吳興直接虞公，觀赤壁賦，一種沉鬱蕭疏，不敢疑趙爲宋、元人物。予弆臧拓本一紙，寶之直欲入枕函中，裱裝於洛神册尾，自信標舉源流無漏。茲又於吳興後見文徵仲書出師表，則請以續吳興作永興之嫡孫可乎？見此種，始知世傳四山絕句，固依託徵仲盜名也。字旣輕剽，蔡詩又惡，何肯替人書惡詩乎？此表沉鬱熨貼，何嘗類輕儇供事書？世人欲辨衡山眞僞，以此爲的。

褚河南陰符經刻於叢帖中者，未必褚面目如此；以褚臨黃庭思古齋刻較之，唐見故不數之云。

願爲不侵不叛之臣，稽首皈依竟。

日課四百字可矣。唐高達夫五十學詩，我今四十學書，亦未晚也。徵仲晚年書最恭雅，眞賞齋銘，則八十八矣。

——定盦遺箸

跋傅徵君書册

傅青主逸事甚多。有內閣老茶房，山西人。予癸未夏，夜直內閣，此茶房爲予煮粥，說傅青主至今不曾死也。爲言其嬸母入山爲尼，師傅青主云。俄王供事呼茶甚急，未竟其說。越十九歲，記於揚州絜園。

石韞玉而山輝，水懷珠而川媚，養生之訣也；旣因方而爲珪，亦遇圓而成璧，處世之方也。忽見傅青主字，忽思此數言。羽琌山民贅字於絜園。

人活百六七十歲不奇，嵇康說之。又贅。

——定盦遺箸

擬進上蒙古圖志表文

臣伏處下士之列，縱觀史册之盛，翹首昭代之蹟，遊心官書之府，仰天章之有爛，測地輿之至賾。我朝之盛，乃自羲、炎、堯、禹以降，文儒武臣，目所不能殫，耳所不能聞，帝者號令所不能逮，史官文章所不能記。有一臣於此，遭遇隆代，明聰特達，能通文學，能見官書，能考官書，能見檔册，能考檔册，能鉤稽補綴，能遠遊，能度形勢，能通語言文字，能訪問，能強記，能思慮，能屬詞比事，信或有之，其福甚大，求之先士，無有倫一本「倫」作「能」。比者也。臣珍禱昧，乃非其倫，竊見國朝自西域盪平後，有欽定西域圖志五十卷，專紀準部、回部山川種系聲音文字，及於國朝所施設政事，箸錄文淵閣，副墨在杭州、鎮江、揚州，既富既鉅，永永不朽。臣考前史，動稱四海，西北兩海，並曰蓋闕。我朝之有天下，聲敎號令，由回部以達於葱嶺，嶺外屬國之愛烏罕、那木干以迄於西海；由蒙古喀爾喀四部，以達於北方屬國之鄂羅斯，以迄於北海。回部爲西海內衞，喀爾喀爲北海內衞。今葱嶺以內，古城郭之國，既有成書，而蒙古獨靈丹呼圖圖滅爲牧廠，其餘五十一旗，及喀爾喀四大部，縱橫萬餘里，臣妾二百年，其間所施設，英文鉅武，與其高山異川，細大之事，未有志，遂敢伸管削簡，爬理其迹，闓豁其文，作爲蒙古圖志，爲圖二十有八，爲表十有八，爲志十有二，凡三十篇。私家箸述，所得疏漏，不敢仰與官脩各件絜短長於萬一。顧見欽定四庫書目，箸錄文淵者，於下士私述，間蒙俯采，不遺其勤，凡若干種。竊願是書，他日附官書以傳，得箸錄四庫之末簡，則無其才也，而福與之並矣。述曰：

聖祖高宗，文冠古后，剸而比之，武文咸富。述天章志第一。

滿洲祭天，則有禮書，茂彼北裔，亦考厥圖。述禮志第二。

古舞侏僸，廟門之下，號噂者何？以侑詐馬。述樂志第三。

人戴北斗，中言匪西，出地入地，測之用圭。述晷度志第四。

內四十九，如康田功，附土默特，西旗既同。述旗分志第五。

如古康侯，盟用刑牛，畫社爲六，理藩所區。述會盟志第六。

有哲卜尊，北方大師，如宗喀巴，宏於西陲。述象敎志第七。

摩騰演漢，章佳贊聖，彼徧此宏，本師所印。述譯經志第八。

小東大東，渀渀烏龍，亦有北海，厥受則同。述水地志第九。

古兀落素，今也卡倫，匪愛其獸，以防人民。述臺卡志第十。

貢用九白，始自崇德，王會徵之，如典屬國。述職貢志第十一。

敎駣攻駒，詁儒失傳，北方大政，以牧代佃。述馬政志第十二。

斯者託忒，不資豪毛，國書因之，落葉龍艘。述字類表第十三。

民生啞啞，後立文字，聲在形先，我聽厥際。述聲類表第十四。

天子命輿，地則必書，曰討曰巡，請詹起居。述臨莅表第十五。

粲粲中原，有削有吞，浩彼諸藩，豈無革沿？述沿革表第十六。

林丹旣夷，旁支具安，如鄂承丕，雲礽磐磐。述氏族表第十七。

收其大人，扈入居庸，固山梅勒，轄是功宗。述在旗氏族表第十八。

愛猷之遜，隔三百年，天聰以前，系闕弗全。述世系表第十九。

古稱封建，聖不得已，因乎自然，匪我錫祀。述封爵表第二十。

碩矣天姬，爲之哈屯，禮官擇言，匪古和婚。述釐降表第二十一。

準有鄂拓，蒙古之旗，如我京城，參佐所治。述旗職表第二十二。

推河二族，今則烏蘭，名曰寄牧，牛羊宴然。述寄爵表第二十三。

濟濃岱青，其汗其王，漠南視之，以爲朔方。述喀爾喀總表第二十四。

帝姒天姬，再世降靈，匪戚伊勳，邊於廟庭。述賽因諾顏總表第二十五。

民貴見幾，智者全生，四衛特拉，爾安爾榮。述新遷之杜爾伯特表第二十六。

昔也五族，今也二存，督之縣之，臣有瑰文。述四衛拉特總表第二十七。

唐努之山，爲北屬國，臣請上言，置札薩克。述烏梁海表第二十八。

帝平羅刹，嘗用其人，海西漠北，厥居屢遷。述巴爾虎表第二十九。

藐吐谷渾，五部無統，和碩少文，台吉之總。述青海蒙古表第三十。

羼欽吉思，逐蘇勒坦，何如今朝？玉茲奉版。附述哈薩克爲一表。

抱羊乞錢，西東奉藩，偕哈薩克，拱我天山。附述布魯特爲一表。（以上二表，用前編修徐松所述。）

道光元年十一月朔，內閣中書龔自珍撰表。

〔是書成者十之五六，擬俟其成而別行。道光壬午九月二十八日，吾家書樓災，此書藁本之半，及爲此書而收聚之檔册圖誌，世所弗恆見者，盡燬。遂輟業弗爲。以總表文及序文若干篇，附存文集中，非初心矣。自記。〕㊀

——定盦文集

㊀ 據自刻本增補之。

擬上今方言表

臣一本「臣」上有「昔」字。自珍言，臣在京師，造今方言書，徂江之南，〔逾〕㊀一本「逾」下有「四」字。歲而成。首滿洲，尊王也；臚十八行省，大一統也；終流求一本「流求」作「琉球」。、高麗、蒙古、喀爾喀，示王者無外也。民之所異於禽獸也，則聲而已矣。人性智愚出於天，聲清濁侈弇鴻殺出於地。每一本「每」下有「行」字。省各述總論，述山川氣也。氣之轉無際，際乎氣者有際；寸合而尺徙，尺合而咫徙。故府、州、縣以漸而變，不敢紊也。董之以事，部之以物，俾可易考也，天道十年而小變，百年而大變。人亦小天，古今朝市城邑禮俗之變，以有形變者也，聲之變，以無形變者也。撢擇傳記，博及小說，凡古言之存者，疏於下方，知今之不自今始也。及今成書，以今爲臬也。音有自南而北東西者，有自北而一本「北而」作「而北」。南而東西者，孫曾播遷，混混以成，苟有端緒，可以尋究，雖謝神瞽，不敢不聽也。旁采字母翻切之旨，欲撮舉一言，可以一行省音貫十八省音，可以納十八省音於一省也。臣又言曰：三皇之世，未有文字，但有人聲，五帝三王之世，以人聲爲文字。故傳曰：「聲之精者爲言，言之精者爲文。」㊁ 聲與言，文字之祖也。文字有形有義，聲爲其魂，形與義爲體魄。魄魂具，而文字始具矣。夫乃外史達之，太史登之，學僮諷之，皆後興者也。是故造作禮樂，經略宇宙，天地以是靈，日月以是明，江河以是清，百王以是興，百聖以是有名，審聲音之教也。

——定盦文集

㊀ 據祝心淵手校本補之。

㊁ 韓愈昌黎全集送孟東野序：「聲之精者爲言，言之精者爲文。」此冠以「傳曰」，蓋以韓愈爲諸子之一，而仿孟子「於傳有之」語例。

上鎮守吐魯番領隊大臣寶公書

不礱顔色已八年，自珍至京師之前一月，始聞西命。一本無上三句。吾師㊀禁近大官，出萬里之磧，統中一旅，同朝者惜公，門下士爭慰公，自珍謂內廷少吾師一人，天子未闕於侍從。漢大臣得罪者，或削職歸田里，吾師猶冠三品冠，以大臣印行；一本無上四句。且翰林多不更於政，部閣又不足以老公之才，吾師感激報効，翻一本「翻」作「正」。在今日。故於庚午同年之公卿而西也，一本無「於庚午同年之公卿而西也」十字。附區區所欲言者，以訊於隊下之吏。吐魯番故無領隊將也，自闢展移駐後，遂與四大城跪尾而五。自素賚璘襲爵後，南路無事，遂五十年矣。南路之民，與準部異，性情懦直，一異；面貌平正似內地，兩異；其文字聲音易通曉，三異。故天心之待之，亦大與準夷異。我高宗皇帝豈樂於窮武以炫史乘哉？我國家坐食數千城，何貪於準夷哉？實以準夷迫逐回人，北徙而南，天愍回人之無辜，故開高宗皇帝，起之鄙邑，隸之天廷，出之幽谷，暴之白日。準夷又積狡爲叛，其性惡，自祖先而然；氣感於天，而怒觸於帝。高宗，一天也，是故準噶爾故壤，若庫爾喀喇烏蘇，若塔爾巴噶台，若巴爾庫勒，若烏魯木齊，若伊犂東路西路，無一廬一帳，是阿魯台故種者。覩天之不慈不佑於準部，即知其不絕佑於回部。巨物不兩立，亦不兩仆；回部多古民，叢叢犇犇，漢世三十六城之孽裔，尚有存者。天存之，高宗存之也。高宗，一天也。自波羅泥都、霍集占助逆背德，高宗始用兵於回；烏什之叛，乃再用兵於回。然而兩和卓木之罪，視準夷之達瓦齊、阿睦爾薩納爲殺；烏什之酋長罪，視兩和卓木爲又殺。微大和卓木之殺阿敏道一事，地雖大，高宗不欲取，民雖富，高宗不欲臣。洎乎臣之取之，回國亡而種姓不亡，或一姓亡而羣姓不亡，阿渾伯克得翎頂以從滿州世臣之後；甚至如烏什之滅，聖天子且未嘗如搜捕準夷例。故曰：高宗一天也。今之守回城者何如？曰：天天而已矣，天高宗而已矣。鄰國者，國之鑑也，吾師亦知烏什往事乎？素誠者，旗下役也，叨竊重寄，爲領隊大臣，占回之婦女無算，笞殺其男亦無算，奪男女之金銀衣服亦無算，烏什殺素誠以叛；烏什之叛，高宗且撻伐，且憐哀，聖諭以用素誠自引咎。御製詩，時以激變爲言，謂素誠死有餘罪。納世通卞塔海之誅也，非以失機也，以平日擾回也。明將軍、㊁阿將軍㊂之出也，非爲素誠報仇也，以警羣回也。至聖至明，未嘗稍有偏護及好殺之意。嗣後各城相顧，自疑自怖。

數十年來，上賴朝廷德厚，下賴賢將軍、賢大臣等明示胸肝，告以天朝雖疆回地，斷無喜殺回人意，大臣皆奉公法。屯說戶演，賴以無事。今之守回城者何如？曰：令回人安益安，信益信而已矣。信，生信，不信，生不信。不以駝羊視回男，不以禽雀待回女。回人皆內地人也，皆世僕也，回人老一本「老」作「明」。於禍福最老久，祭天而祈，拜佛而誓，寫氈而記之，刻刀而銘之，以烏什爲恐。吐魯番爲南路建首地，一王歸然，有僕三千戶，皆以吐魯番爲望。恐之言曰：莫更爲烏什矣。望之言曰：安得如吐魯番矣？故吐魯番安，而四大城皆安；四大城安，而天山南路舉安；天山南路安，而非回之天山北路安；天山北路安，而安西南路北路舉安。伊犂將軍無內顧之憂，蘭州總督無外顧之憂，如此則回部之紅銅常貢於法局，回部之大頭羊常充於天廚，吾師乃不愧爲高宗皇帝之臣僕。夫高宗皇帝之臣僕，回長之所敬也，回民之所愛也。郭勒之神，達巴之靈，亦必福吾師矣。且吾師亦知準噶爾部之所由屠滅無遺種乎？珍又有說：始噶爾丹入居喀爾喀賽因諾顏部，（超勇親王未稱賽因諾顏汗時。）不過北陲一嗜肉之獸，不但東南不近札薩克，東不近牧廠；而且以西論，并不有後來準部全地。亡何，漸念貪，漸念忿，入寇赤臣土謝兩汗，兩汗亦有邊境細夫，不勝而入控聖祖；我聖祖乃奮天威，三起而三逐之。每一次之入，必深於前次；聖祖之創懲之，亦嚴於前次；卒至噶爾丹棄地西走而死，謂可以集矣。不幸而其兄子能收舊人，又不幸而其族收其西境地，又不幸而輾轉強大，不北噬而西嗥也，逐回部，擾青海，直西藏，鄰俄羅斯。我朝一祖二宗，三世西顧，龍顏焦勞，幸而其國篡弒相繼，幸而三策凌來歸，幸而阿睦爾薩納來歸，謂可以集矣。詎知幸者皆不幸之伏，不幸者又幸之伏，幸不幸凡幾相迸激，而遂致我高宗皇帝之大怒。帝怒於上，將帥怒於下，自天而下，自地而上。大蹂大膊，千里一赤，睢盱之鬼，浴血之魂，萬億成羣，泰岱不籙，天帝不直，何爲而至是哉？彼回部者，亦有經卷，亦談因果，試召阿渾而問之，因何其細？果何其大？抑造因之時，能豫知果之至如是哉？是故今日守回之大臣，惟當敬謹率屬，以導回王回民，刻刻念念，知忠知孝，愛惜翎頂，愛惜衣食，唪誦經典。耕者毋出屯以墾，牧者毋越圈而刈，上毋虐下，下毋藐上，防亂於極微，積福於無形，則可謂仰體上天好生之德，乃亦毋負高宗用兵之意者哉！若夫議遷議設，撤屯編戶，盡地力以劑中國之民，自珍另有西域置行省議一卷，用厚白紙寫上塵覽。珍受恩最深，受恩最早，故敢越分而多言。一本無上三句。惶悚！

——定盦文集

㈠寶興，字見山，滿洲鑲黄旗人。由編修累遷少詹事，鎮守吐魯番領隊大臣，四川總督，文淵閣大學士。

㈡明瑞，字筠亭，滿洲鑲黄旗人。由官學生授二等衛，官至雲南總督。著北窗吟稿。

㈢阿桂，字廣廷，滿洲正白旗人。以蔭入官，擢至武英殿大學士。

上國史館總裁提調總纂書*

內閣中書、本館校對官龔自珍上書各中堂各大人各先生閣下：本館現在續修大清一統志，自乾隆三十九年書成後，伏遇今日重修，欣賀無量。續者纂其所未載，修者訂其所已成。自珍與校對之役，職校讎耳。書之詳略得失，非所聞，亦非所職。雖然，竊觀古今之列言者矣，有士言於大夫，後進言於先進之言，有僚屬言於長官之言。僚屬言於長官，則自珍職校讎而陳續修事宜，言之爲僭、爲召毁，士言於大夫也，後進言於先進也，則雖其言之舛，先進固猶辱誨之。自珍於西北兩塞外部落，世系風俗形勢，原流合分，曾少役心力，不敢自祕，願以供纂修協修之采納，而仍不敢臆决其是否，特中堂以下之必辱誨之也。不得以官牘請，爲書一通，如干條，如後方：

一、欽定西域圖志，及皇朝文獻通考四裔考，皆於西邊新疆外臚屬國一卷；西邊有布魯特、哈薩克、愛烏罕、納木干、安集延、痕都斯坦諸類，舊志約略開載。竊謂西有西屬國，北有北屬國，北屬國之情形，與西國一本「國」作「屬」。尤不同。北屬往往錯處喀爾喀、伊犂之間，東北則錯蒙古、黑龍江之間。天朝亦往往用其兵力，如烏梁海，則聖祖平漠北用之，高宗平準噶爾用之；巴爾虎，則聖祖平羅刹用之。科布多七旗，則以貿市至，無虚月。皆見忠悃，非安集延等孤懸葱嶺者可比。是故欽定蒙古王公表傳，則嘗取科布多之扎哈沁一旗，考其世系，書其功績，以壯盟府之藏。而烏梁海一國，三支分處，自討噶爾丹招降後，和羅爾邁遣使貢貂，至今年班不絕。在唐努山者，則有和羅爾邁，見檔册；在阿勒坦淖爾者，則有特勒伯克、札爾納克，皆見檔册；於功不爲鮮矣，於恩不爲殺矣。舊一統志於新舊藩服外，一字不及之，疑於無此屬部者然。今開館續修志，似宜行文理藩院，徵檔册，將三處烏梁海頭目宰桑各部落界送館，以便增補。

一、本館現存貯聖祖聖訓及平定羅刹方略一書。方略爲文淵閣未箸錄之書，內各有巴彥虎事蹟數條，各官於巴彥虎皆不及之，但稱巴彥虎現有借牧呼倫貝爾一事。按巴爾虎舊牧，當在尼布楚、雅克薩城之間，與內藩之烏珠穆秦地勢正相直，宜檄理藩院行文黑龍江將軍，將其頭目遷徙年月部落界，移送到館，本館以聖訓、方略核對之，即可纂補。

一、扎哈沁族類雖細，已蒙欽定表傳臚入，宜將碼木特一旗，現在牧科布多之何所，補入北屬國，如補烏梁海巴爾虎之例。

一、北之有科布多，猶西之有青海也。青海爲部五，而科布多爲部七，考現在檔案，其不與商民通市者二部，曰土爾扈特，曰和碩特；其與商民交易者五部，曰杜（一本「杜」作「札」）。爾伯特，曰額魯特，曰明阿特，曰札哈沁，曰烏梁海。此七者，惟札哈沁得上見於表傳，六部無聞。表傳原爲紀功績而作，無功者不書。一統志，地書也，焉得而削之？考科布多地界，在喀爾喀之西北，伊犂東路之東南，宜行文參贊大臣，將札哈沁及六旗土界旗分，一一移覆本館開載。又此處烏梁海之與唐努山、三烏梁海同異合分之故，遷徙之年月，可一并移覆，藉略見焉。（按此在科布多與哈薩克接壤之處，距唐努山三支太遠，故疑非同類。）

一、北厄魯特者，本準噶爾、綽囉斯同族，阿逆未叛時，首先來歸，詔隸三音諾顏部。據理藩院檔册稱：現在附盟於齊齊爾里克地方，見旗二，爵二，貝子二人。一稱厄魯特旗，一稱厄魯特前旗者是，與皇朝文獻通考合。舊會典稱一旗先駐達拉爾河，一旗先駐喀爾喀河，文獻通考襲是語。按（一本無「按」字。）欽定王公傳，稱阿喇（一本「喇」作「利爾」）。布坦一族，先牧喀爾喀河，後牧推河，後乃徙牧烏蘭烏蘇。丹濟蘭一族，先牧喀爾喀河，後牧西舍穆稜，後又牧推河，後乃徙牧烏蘭烏蘇。年月皆在，始皆當稱推河厄魯特也，繼皆當稱烏蘭烏蘇厄魯特也，何有曾牧達拉爾河之文？舊典一歧矣。於烏蘭烏蘇外，別出推河厄魯特之號，似乎以阿喇布坦族爲烏蘭烏蘇，以丹濟蘭爲推河者然，兩（一本「兩」作「二」）。歧矣。細繹王公傳，推河始立六旗，一旗是輝特，一旗是賀蘭山之分支，與此無涉，此其四旗；茂海一旗，叛亡亦弗數，阿喇布坦之兩旗，後幷兩札薩克爲一，兄終弟及，兄無嗣，故其一旗則丹濟蘭子也。舊會典係乾隆二十六年所修，此幷旗年月，亦難臆斷，大約與典不甚相先後。典乃稱烏蘭烏蘇爲兩旗，而不道所謂推河者歟，若曰從其朔，則朔當是五旗，何但二乎？三歧矣。舊典外，余一本「余」作「自珍」，或「鞏祚」。所藏戊戌內版搢紳書與典同。又王公傳、王公表皆稱丹濟蘭先封貝子，其子先封公，後封貝子，並無先封台吉語，舊典及戊戌內板搢紳，皆於烏蘭、烏蘇則注曰兩旗，貝子二人，於推河則注曰一旗，台吉一人，四歧矣。官書處處不合。再四考訂，惟有敬遵欽定王公表傳爲的，餘書盤戾糾紾，而舊一統志遂一字弗及之，無可考。

一、所貴乎重修者，謂將糾舊誤，補舊闕，亮非抄襲沿承而已。舊一統志於兩附牧地，既不道及矣，而於西套賀蘭山厄魯特之下，忽注云一旗係阿喇布坦裔，一旗係丹濟拉裔。賀蘭山在青海之東，烏蘭、烏蘇在沙磧之北，相去將六千里。一係綽囉斯族，一係和碩特族，今置和羅理名氏於不問，以北人之祖先，移贈於西，亦豈舛之細者矣？糾而正之，諸公豈有意乎？

一、舊志於青海下，奮書云：青海爲四衛拉特之一，於西套下又注云：四衛拉特中，北厄魯特居其一。考四衛拉特皆在天山北路準噶爾地，一綽囉斯，二杜爾伯特，三和碩特，四土爾扈特，後土爾扈特逃往俄羅斯，乃補入輝特，見於高宗皇帝御製文，及種種官書，種種檔册，無弗合。青海是地名，非部落名，非種族名，其地則和碩特族居之，後輝特有居者，後土爾扈特種有居者，後綽囉斯種有居者，後北方之喀爾喀種有居者，又番僧察罕諾們漢之屬僧，亦編旗而處之，將合此六者，而指爲四之一乎？北厄魯特乃綽羅斯之一支，以北爲四之一，將置其全部於何稱？今之修官書者閱至此，其謂之何？

一、西套厄魯特兩支，一和碩特，一土爾扈特，皆與青海近。戊戌內板搢紳，臚序青海之後，不誤。舊會典乃於兩支中，夾敍一烏蘭烏蘇，失之矣。舊一統志僅開載賀蘭山之厄魯特，而不載額濟內河之土爾扈特，應補。

一、地名半以種族而得名，人皆知之。至地有以人徙者，無城郭之民類然，如明時兀良哈三衞，福餘衞是嫡酋所居，出口即是，泰甯衞出關即是，始則地因人得名，繼且挾地名而徙，今之烏梁海，遂爲皇朝極北境矣。和碩特有借牧科布多者，嘗見科布多大臣章奏，遂稱其一區爲和碩特矣。札哈沁本西域汛卒之稱，自安放科布多後，北方遂增一部落稱呼矣。舊地名，新地名，類此者極多，考沿革者，宜略知此。

一、修書宜略知鉤稽法，如四衞拉特，三有姓，獨土爾扈特無姓。由後言之，雖謂土爾扈特即是姓可也，謂和碩特即姓和碩特，無不可也。由前言之，固皆以地名爲姓，敢據撒辰薩囊書，稱其出恭博地方，定土爾扈特爲恭博姓。

一、衞拉特是五族公共之稱，各種官書，獨於綽囉斯一族則單稱厄魯特，不知始於何例。然如西套賀蘭山及青海之厄魯特廿有一旗者，細考實非綽囉斯，乃和碩特也，與屯處又不畫一，今宜定一例，遠姓稱綽囉斯厄魯特，而西套青海皆改書和碩特。

一、青海四部，爲旗二十有九，此外實尚有綽囉斯遺民一類，於乾隆二十九年前移徙，而無編旗明文，歷來只數四大部而遺其一，舊志因仍。宜一面行文貴德循化辦事大臣查覆，一面恭檢欽定平定準噶爾方路續編闕載。

一、各處里差經緯度數，舊典頗多舛，如阿霸垓、阿霸哈納爾，皆左翼有之，右翼無之，左右翼里差，斷乎弗同。又如科爾沁六旗，只詳一旗；鄂爾多斯七旗，只詳一旗；宜行咨欽天監考補。

一、引書用舊說，宜加排比，各具體裁，官書中如三通，大抵沿舊文，少所發揮。如撰七音略，取之欽定同文韻統；撰六書略，取之欽定西域同文志。夫西域同文志，專爲譯西而作，故於國書下，先注明西域書，乃次各種書，而所臚僅西域地名、人名、山川名，若以皇朝全代全輿論，西域亦一隅之一隅，自宜分類博徵，備詳訓詁，以淸文鑑爲主，以滿、漢官名、地名舉例，不得以西域山川舉例，是撰皇朝六書略，而獨以西域爲主矣。三通爲本館朝夕編摩取材之書，故特發其凡，以勸愼重。

一、舊志驛站下云：自獨石口至蒿齊忒九百餘里爲一路，置驛九。考理藩院檔册稱，實六百里，置郵六。又志於古北口、喜峯口外，載乾隆三十六年之新郵，而張家口外，亦有新郵，自穆哈哩喀遜爲新站起處，哈拉尼敦爲住處，凡十六站，何以失載？又喀爾喀汗自備之郵站，亦宜略志一二，俾往來天使，知厥隘略。

一、回部風俗，亦佛教之支流，其人祖曰阿旦，其教祖曰默赫爾默特，其師曰阿渾，其同種曰穆哩斯瑪奈，其學問曰二佘，戒邪淫，戒殺，一本「殺」作「食犬豕」。戒妄語，戒酒，戒盜；其字頭，始愛里普；其曆元，亦不拘至朔同日分杪無餘之法，而自成章蔀，不置閏，大約爲西洋新法曆書之所祖，或云頗近授時曆也。其教實與西洋耶蘇教大異。唐時流行中國之景教，水經注之祆祠，自是耶蘇教，非默赫爾默特教，皆佛典所稱九十六種旁門之一。要之比於準部之黃教食肉衣黃之制，不猶未遠佛意哉？一本無「要之比於準部之黃教食肉衣黃之制，不猶未遠佛意哉」二十二字。自珍另有內典旁師考一篇，呈覽。竊按在西洋則爲耶蘇教，在蒙古準部則爲宗喀巴教，在回部則爲默赫爾默特二令教。風俗一門，宜區以詳焉，以彰兼收並畜之蹟且盛。（皈依回教曰以瑪納底，齋期則旨瑪督阿勒黑勒正月也，勒比歐十月也。撮記之。）㈠

一、西域屬國，如布魯特之在南部，哈薩克之在北部，向於天朝恭謹，各官書只記大概。今中書徐松在西域時，曾鉤稽兩部世系地界沿革成兩表，當代奇作，此可以沿用者。

一、西藏亦有屬國，猶喀爾喀之附見巴爾虎、烏梁海、科布多，回部之附見布魯特、安集延、痕都斯坦，準部附見哈薩克之例。曰廓爾喀實最大；其次曰作木朗，曰布魯克巴，曰哲孟雄，曰落敏湯，皆宜附見。廓爾喀本名巴勒布，國初，巴勒布三罕，曰葉楞罕，曰布顏罕，曰庫庫木罕，於雍正九年，各奏金葉文，遞哈達，譯出詞旨甚恭順，命以玻璃磁器賞之。後三罕合爲一。故巴勒布益強大，戊申辛亥兩用兵，亦皇朝巨事實也。風俗形勢，宜備載。

以上都一十八條，皆舉其炳炳顯顯者，餘小事，頭緒尚多，未易罄宣。懼循襲而不改，闕略而不補，顛舛而不問，苟簡而不具，棄置而不道，迴護而不變，有重修之費，有重修之名，將使後之專門者，靡所鏡也。中華文獻，夥有通人，無甲第名位，弗敢妄議；惟此類語言文字，求之親到其地者，尚或懵昧，答不中問，可知從事鉛槧之難。珍雖非絕詣，自是孤學，倘蒙垂擇，致爲榮幸，而一本無「而」字。於己非有利焉。不勝悚惶待教之至！

——定盦文集

*又題在一統志館上當事諸公書。

㊀自刻本有此注，吳刻本、扶輪社本删去，誤。邃漢齋校訂本、王文濡校編本皆錄之，是。玆據自刻本增補之。

上大學士書

中書龔自珍言：自珍少讀歷代史書及國朝掌故，自古及今，法無不改，勢無不積，事例無不變遷，風氣無不移易，所恃者，人材必不絕於世而已。夫有人必有胸肝，有胸肝則必有耳目，有耳目則必有上下百年之見聞，有見聞則必有考訂同異之事，有考訂同異之事，則或胸以爲是，胸以爲非，有是非，則必有感慨激奮，感慨激奮而居上位，有其力，則所是者依，所非者去，感慨激奮而居下位，無其力，則探吾之是非，而昌昌大言之。如此，法改胡所弊？勢積胡所重？風氣移易胡所懲？事例變遷胡所懼？中書仕內閣，糜七品之俸，於今五年，所見所聞，胸弗謂是；同列八九十輩安之，而中書一人，胸弗謂是，大廷廣衆，苟且安之，夢覺獨居，胸弗謂是；入東華門，坐直房，昏然安之；步出東華門，神明湛然，胸弗謂是；同列八九十輩，疑中書有痼疾，弗辨也，然胸弗謂是。如銜魚乙以爲茹，如藉蝟栗以爲坐，細者五十餘條，大者六事，玆條上六事，願中堂淬厲聰明，煥發神采，賜畢觀覽。

一、中堂宜到閣看本也。大學士之充內廷者，例不看本。伏考雍正十年以後，內廷之項有五：一、御前大臣，二、軍機大臣，三、南書房，四、上書房，五、內務府總管是也。五項何以稱內廷？內閣爲外廷故也。内閣何以反爲外廷？雍正後，從内閣分出軍機處故也。大臣帶五項者，除出南書房、上書房總師傅不日入直，不常川園居；日入直，常川園居者，三項而已。此帶三項之大學士，不到閣看本之緣由也。幸大學士不盡帶三項，内閣日有大學士一員到，漢侍讀上堂，將部本通本，各籤呈定迎送如儀，中書有關白則上堂，無關白則否，此國初以來百八十年不改，而且雍正壬子以後，九十年來莫之有改者也。惟中堂到閣，侍讀以下賢否，熟悉胸中，輔臣掌故，亦熟悉胸中，内閣爲百僚之長，中書實辦事之官，此衙門一日未裁，此規矩一日不廢。道光元年，大學士六人，滿洲伯中堂，㈠托中堂，㈡協辦長中堂，㈢漢則曹中堂，㈣戴中堂，㈤協辦孫中堂，㈥是年到閣看本者三人，托、戴、伯是也。戴予告，孫大拜，協辦爲蔣中堂；㈦伯休致，長大拜，協辦爲英中堂；㈧則道光二年之事。曹、蔣皆軍機大臣，長伊犁將軍，孫兩江總督，英内務府總管，其日日看本者，只托中堂而已。托中堂在嘉慶朝任御前大臣、軍機大臣，常川園居，聖眷隆重，至是乃日日看本，原屬偏勞，一日召見，乘便口奏，内閣只臣一員，日日看本，部旗事繁，必須分身等語。於是乞旨派漢學士三人，輪流看本。噫！學士職過硃，看本非所掌也，此乃第一大關鍵。然而一時權宜之法，豈以爲例？他日無論某中堂開缺，局勢即全變，局勢全變，舊章不難立復。設竟從此改例，須大學士奏明，將漢學士添此職掌，纂入會典，並將大學士永遠作爲虛銜之處，纂入會典，萬無不奉明文，淡然相忘之理，所以托中堂此奏權宜，自無妨礙，而後來永遠如此，並托中堂所不及料者也。孫革職，蔣大拜，協辦爲汪中堂；㈨汪，上書房總師傅也。按嘉慶九年，上諭曰：南書房、上書房行走大臣，俱著輪流入署辦事。其上書房總師傅，不過旬日一入直，尤不得藉口内廷，常川園居。聖訓煌熄，（在會典第七十四卷。）汪中堂不知也，侍讀不知也。汪到任日，滿侍讀探請意指，汪艴然曰：我外廷乎？一本此句作「我非內廷乎」。乃止。是日絕無援甲子年上諭以明折之者。不但此也，前此嘉慶七年六月上諭曰：「內閣重地，大學士均應常川看本；其在軍機處行走者，每年春夏在圓明園居多，散直後，勢難赴閣。至在城之日直機務稍簡，朕令其赴衙門辦事，即應閣部兼到；若不在內廷之大學士，票擬綸音是其專責，豈可閒曠？保寧到京後，雖有領侍衛內大臣，朕不令其在園居住。嗣後軍機處之大學士，直朕進城後，諭令到衙門時，著先赴內閣，再赴部院；其不在內廷之大學士，著常川到閣，以重綸扉，以符體制。」此諭更明白矣！亦無援引以折之者。大官不談掌故，小臣不立風節，典法陵夷，紀綱積壞，非一日之積，可勝痛哉！假使汪肯看本，則托、汪隔日一到，與托原奏所稱只一員到閣之語情事異；與所稱日日到閣之語情事又異。夫復何辭？惜哉！此第二大關鍵也。汪病逝，協辦為今盧中堂；㊀英降熱河都統，協辦為今富中堂；㊁兩中堂不但不在三項內廷，並不在五項之列，尤宜到閣，以重本職，而侍讀懲前事，不復探請。兩中堂原未諳閣故，不知大學士之本職，因何而設，各自不在兩公，遂兩相忘；此第三大關鍵。合署人員，舉朝科道，亦皆淡然相忘；比之汪中堂到任之年，情事又一變；而漢學士之看本，局遂不變。時人戲語陳學士嵩慶、張學士鱗曰：兩君可稱「協辦」協辦大學士。兩君笑應之。三十年後，後輩絕不解今日嘲戲語矣。盧中堂全銜為：太子少保、協辦大學士、吏部尚書、國史館總裁、兼管順天府事務，富中堂全銜為：太子少保、協辦大學士、理藩院尚書、正白旗滿洲都統、閱兵大臣。今吏部、順天府知有盧中堂，內閣不知有盧中堂也。理藩院、正白旗知有富中堂，內閣不知有富中堂也。黜陟之事，托中堂獨主之，內閣不知中堂凡有六缺也，而本朝大學士一官，遂與保傅虛銜，有銜無官者等。自尚書至巡檢典史，皆不以兼攝事廢本缺事，獨大學士有兼事無本事矣。自尚書至未入流，皆坐本衙門堂上辦事，內閣爲衙門首，堂上閴然無堂官矣。而太宗文皇帝以來，設立大學士之權之職之意，至托中堂而一變，汪中堂而再變，盧、富兩中堂而三變。托創之，汪中之，盧、富成之。依中書愚見，今宜急請托中堂、盧中堂、富中堂輪流到閣看本，（今曹係軍機大臣，長係御前大臣，蔣係兩江總督。）如不看本，宜急奏明改定會典，不得相忘。此當世第一要事。

一、軍機處爲內閣之分支，內閣非軍機處之附庸也。雍正辛亥前，大學士即軍機大臣也。中書即章京也。壬子後，軍機爲諭之政府，內閣爲旨之政府，軍機爲奏之政府，內閣爲題之政府，似乎輕重攸分。然寰中上諭，有不曰內閣承發奉行者乎？寰中奏牘，有不曰內閣抄出者乎？六科領事，赴軍機處乎；赴內閣乎？昔雍正朝以軍務宜密，故用專摺奏，後非軍事亦摺奏，後常事亦摺奏，後細事亦摺奏。今日奏多于題，諭多于旨，亦有奏訖在案，補具一題者，絕非雍正朝故事。故事何足拘泥？但天下事，有牽一髮而全身爲之動者，不得不引申觸類及之也。國朝仍明制，設六科，其廨在午門外，主領旨，主封駁，惟其爲上諭也，諫臣或以爲不可行，而封駁之，諫臣之所以重。今內閣擬旨所答，皆題本也，所循字句，皆常式也，旨極長，無過三十字，誠無可封駁者。自閣臣爲閒曹冗員，而並科臣亦成閒曹冗員，果依現在情形，何不以六科移駐隆宗門外，專領軍機處上諭，而主其封駁乎？又惟內閣爲至近至貴之臣也。外吏不敢自通於主上，故仍明制，由通政司達內閣，謂之通本，果依現在情形，通政司亦閒曹冗員，可以裁；如不裁，何不移駐隆宗門外，爲奏事處之咽喉乎？此二説，原屬迂腐不可行，然援據立法之初意，而求其䚡理，核其名實，必遭天下後世辨口，如此重重駁詰而後已，亦何以禦之哉？又六部尚書皆直日，而大學士獨不直日；侍郎直日，而内閣學士不直日。立法之初，豈不以絲綸之寄，百僚之總，不直日者，無日不直也乎？内閣與軍機既分，大學士反恃部院旗務以爲重，而直日召見。嘉慶中，御史蔡炯奏大學士勿令兼他務，其論實近正也，其事則幸而不行。萬一行，則大學士既不直日，又不到閣看本，終歲不召見，又不趨公，與冗食需次小臣何以異？天下後世姍笑，何以禦之哉？故曰：必也正名。名之不正，牽一髮而全身爲之動者此也。雍正壬子，始爲軍機大臣者，張文和公、㊁鄂文端公、㊂文和攜中書四人，文端攜中書兩人，詣乾清門幫同存記及繕寫事，爲軍機章京之始，何嘗有以六部司員充章京者乎？文和兼領吏部戶部，何嘗召吏戶兩衙門司官幫存記繕寫乎？厥後中書升主事，即出軍機處，何也？六部各有應辦公事，占六部之缺，辦軍機處之事，非名實也。其升部曹而奏留内廷者，未考何人始，至于由部員而保充軍機處者，又未考何人始。大都于文襄、㊃傅文忠㊄兩公，實創之主之，其後遂有部員送充之例，内閣占一半，六部占一半，閣部對送，閣所占已不優矣，但閣與部，未嘗分而爲七。嘉慶二十一年，睿皇帝顧謂董中堂㊅曰：此次保送，内閣獨多。董中堂衰耄，未遑據大本大原以對，反叩頭認過，於是特諭内閣與六部衙門，均平人數，而閣與部遂爲七。今中書在軍機者最希，最失本眞，職此故也。伏思本原之中，又有本原，從本原更張，必非一介儒生口舌所敢議。依中書愚見，姑且依雍正中故事，六部專辦六部之事，内閣辦絲綸出内之事，停止六部送軍機處，其由軍機中書升任部員後，不得奏留該處，立飭回部當差。如此，庶變而不離其宗，漸復本原，漸符名實。

一、侍讀之權，不宜太重也。自中堂不到閣，而侍讀之權日益重，凡中書一切進取差使，侍讀不呈大官單，袖中出寸紙，書姓名一兩行，口進數詞，中堂漫頷之，即得之矣。遇有協辦侍讀出缺，則侍讀之門如市，故侍讀以上官自處，中書以下屬自處，明悖會典。試思六部卿寺衙門，皆用大官單白事，何內閣獨廢單不用？由各衙門堂上皆有堂官，官有几案，可閱官單。今侍讀之見中堂也，大率宮門風露之中，立譚之頃，使非袖中出寸紙，實不簡便，此其所苦也。論者曰：侍讀于中書近，中堂于中書遠，藉加延訪。此論不然！大官單既備載中書之履歷、年齒、食俸深淺、功過次數，及何項行走名目矣，何獨憑袖中寸紙之爲延訪，而閱官單之反非延訪歟？中堂領百僚，爲皇上耳目，其於四海之内，滿、漢文武，大小賢否，罔弗知也，何至本衙門二三筆札小生，尚有弗知，而待臨歧延訪歟？豈中堂之聰明，中于天下，而獨詘于侍讀歟？依中書愚見，一切中書差使，宜由侍讀手奉全單，默然鵠立，中堂坐堂上，朱筆點出，明降堂諭，不許仍沿袖中出紙，以肅瞻聽。

一、漢侍讀宜增設一員，使在典籍廳掌印也。國初漢侍讀本三人，今滿洲、蒙古、漢軍侍讀缺十二人，漢缺二人，內閣爲掌故之宗，典籍廳爲儲藏之藪。近御史王贈芳有陳奏添設漢侍讀一摺，部議不行。其原奏但爲疏通人員起見，且仍係辦理票籤之事。票籤甚不乏人矣，何用添設？議寢良是。愚以爲侍讀必宜添設，以復舊制，而非專爲疏通起見也，又非爲票籤處添缺也。今漢缺典籍二員，皆不在廳行走，或在票籤委署侍讀上行走，或在稽察房行走，或在票籤直房行走，或在副本庫行走，其中書幫辦典籍者一兩員，孤立于廳，廳待之如客。彼實缺典籍，尚不過而問一切矣，安能責幫辦之中書？問其何故？由廳無漢人前程。故典籍雖有深俸，苟非委署侍讀，必不準擢侍讀，假使擢侍讀，而其人又離廳矣，又況實缺典籍，由中書論俸而升。俸已深矣，不久出衙門矣，即與在廳行走，而視廳如傳舍，無足整頓固也。此漢人于內閣掌故，十九茫然，而滿員直視爲文移檔案之區，緊缺不欲令漢人分權，其勢遂成，遂不可反。此依中書愚見，欲名實之符，莫如添漢侍讀一員，在廳掌印，與滿侍讀和衷辦事。此缺出，以實缺典籍升用，典籍缺出，以在廳幫辦之中書升用。如此，則國家多熟諳掌故之小臣，爲太平潤色，即以疏遠而論，漢人之升侍讀也，分爲二支，一支由票籤處委署侍讀升用，一支由典籍升用，全局均勻，無要津擠塞之患。

一、館差宜復舊也。各館官書，以內閣翰詹衙門充總纂、纂修、協修官，此國初以來定例。近日尚有明文可見，一見於嘉慶六年十月，大學士王杰等會典館原奏；再見於嘉慶七年十一月，大學士保寧等會典館原奏；弁冕會典者也。會典館如此，歷一本「歷」作「列」。聖實錄館如此，一切官書局無弗如此。嘉慶七年，王文端公[七]送中書蔡毓琳等充協修，而以葉一本「葉」作「桑」。繼雯充纂修。葉君負文望，辭至再，欲待三召，文端怒，遂停止中書送纂修之例，於是終會典館全書告成之年，無以中書續送者。仁宗睿皇帝實錄，凡六年告成，亦無以中書送纂修者。在文端爲遷怒，爲變舊章。從而沿之，非文端諍友矣。但文端未嘗奏明裁汰，未奉明文，從而沿之，以爲前規後隨，恐文端不受。且停止送纂修、協修矣，而獨送分校。分校之役，與供事等。夫中書與翰詹同爲清秩，翰林纂書，中書分校之，書內得失，一切不當問，中書深以爲恥。又按：嘉慶末，楊宜之係副貢生出身，八品京官，而充會典館總纂；中書王璟等，以進士出身，七品官，而充其分校。揆之國家用人之法，豈爲平允？此必當復其舊物，幷行知各館者也。

一、體制宜畫一也。漢中書充文淵閣檢閱、軍機章京者，挂朝珠。今中書紛然挂朝珠，或以爲非，或以爲是。以爲是者曰：內閣本內廷，與軍機無區別。以爲非者曰：今之內閣一切，非軍機處，事勢本殊，何獨挂珠？兩說皆中理，此宜奏定章程，或全準，或全裁，或何項應準，或何項應裁，奉明文而載會典。又如中書初到閣見大學士儀，平日侍讀中書因公見大學士儀，後輩初次謁前輩儀，亟宜斟酌卑亢之間，纂成一書，以便循守，顧文物斐然，以章百司領袖之盛。道光九年十二月朔，中書龔自珍謹議。

——定盦文集補編

㈠伯麟，滿洲正黃旗人。累官協辦大學士，兵部尚書。

㈡托津，滿洲鑲黃旗人。累官東閣大學士，管理戶部事務。

㈢長齡，正藍旗人。累官刑部尚書，協辦大學士。

㈣曹振鏞，字儷笙，歙縣人。累官體仁閣大學士。

㈤戴均元，字修原，大庾人。累官文淵閣大學士。

㈥孫玉庭，字寄圃，濟寧人。累官體仁閣大學士，兩江總督。

㈦蔣攸銛，字穎芳，遼陽人。（隸漢軍旗籍。）累官文淵閣大學士，兩江總督。

㈧英和，字定圃，滿洲正白旗人。累官戶部尚書，協辦大學士。

（九）汪廷珍，字瑟庵，山陽人。累官禮部尚書。

（十）盧蔭溥，字南石，德州人。累官體仁閣大學士，直軍機處。卒謚文肅。

（十一）富俊，蒙古正黃旗人。累官東閣大學士。

（十二）張廷玉，字衡臣，一字硯齋，桐城人。累官保和殿大學士，封三等勤宣伯。卒謚文和。

（十三）鄂爾泰，字毅庵，滿洲鑲藍旗人。累官保和殿大學士，軍機大臣。卒謚文端。

（十四）于敏中，字叔子，金壇人。累官文華殿大學士，文淵閣領閣事。卒謚文襄。

（十五）傅恒，號春和，滿洲鑲黃旗人。累官協辦大學士。卒謚文忠。

（十六）董誥，字雅倫，富陽人。累官東閣大學士。卒謚文恭。

（十七）王杰，字偉人，韓城人。累官東閣大學士。卒謚文端。

在禮曹日與堂上官論事書

主客司主事兼坐辦祠祭司事龔鞏祚謹啓大人閣下：鞏祚以去年春，由宗人府主事調任今職，受事以來，於今一年，措者之効，無所表見，而胸臆間有所欲言，不揣冒昧，欲以上裨高深於百一。大人觀覽之餘，加以采訪，采訪之後，如可行，次第施行。條目如左：

一、則例宜急修也。定制各部則例，十年一修，天運十年而小變，人事亦然。十年之中，凡欽奉上諭，及臣工條奏，關係某部事宜，經某部議準者，該部陸續纂入，以昭明備。今按禮部則例，自嘉慶二十一年重修後，今二十三年矣。祠祭司典禮最爲重大，應行纂入者，較三司繁賾數倍。三司亦有應纂入者。署中因循，憚于舉事，若再積數年，難保案牘無遺失者，他日必致棘手。禮曹爲朝廷萬事折衷之地，較五部最重，今各部皆無二十年不開則例館者，揆其輕重，未爲允洽。又鞏祚讀嘉慶二十一年所修則例，舛錯極多，此日重修，見聞相接，尚易訂正，若遲至數年而後，舊人零落，考訂益難。宜飭首領司詳議，迅辦奏稿，本年夏間舉行。

一、風氣宜力挽也。鞏祚先祖官禮部，鞏祚之父又官禮部，今三世矣。髫丱以來，頗聞掌故，且知本部風氣，在京曹最爲雅正，乃近今則有難言者矣。向來司員，名爲坐辦司事，至於掌印，尤繫一司之雅望，豈以趨蹌奔走爲才？嘉慶初，司員有於宮門風露中，持稿乞畫者，使少年新科爲之，謂之觀政，資格稍舊，則不爲之矣。或筆帖式爲之，主事不爲之矣。近日專以赴宮門說稿爲才，自掌印以下，有六七輩齊聲說一件事者，有六七輩合捧一稿者，鞏祚實羞爲之。至於本部赴圓明園直日，是日也，四司不聞一馬嘶，不見一皁隸迹矣。定例部臣赴園直日，輪派一人留署，注明摺尾。是皇上尚不欲堂官之全赴園也，況司官哉！堂官直日耳，司員自有其坐辦之事，直日何預于四司哉？夫部中多一趨蹌奔走乞面見長之人，則少一端坐商榷朴實任事之人。且司官日赴宮門見堂官，則堂官因之不必日至署，司官爲無益之忙，堂官偸有辭之懶，所繫豈淺鮮哉！宜頒發堂諭一通曰：內廷尚書侍郎，不能日日入署者，應畫之稿，積至第八日，（直日八日一周。）遣筆帖式二員，彙捧至宮門面畫，主事以上官，不許前來。如此，則司事簡矣。又頒堂諭一通：不在內廷行走之尚書侍郎，日日入署，無須在宮門畫稿。如此，則堂事肅矣。又定章程曰：遇奏事之期，其奏稿係由某司辦者，許本司原辦之官前來一員，隨同聽旨，餘員不必來。如此，則司事益肅。夫館以肅，則復乾隆以前之氣象矣。又有請者，本部遇題缺及派差使時，竟有對衆夸張：堂官向我詢賢否，我保舉誰，我保全誰者。此輩不學淺夫，於大局亦無能損益。但禮曹爲風氣之宗，一嚬一笑宜謹之，以防五部淸議。

一、祠祭司宜分股辦公也。祠祭司關係至重，甲於諸司；官懈吏疲，散漫無紀，亦爲諸司最！推其故，由不分股辦公故也。現在儀制司分股，故人知奮勉，無旬日不到署者，亦無呈堂乞畫時而本員尚不知此稿底裏者。祠祭司不然，除掌印以外，並無專責，人人可問。夫天下事至人人可問，則人人不問，固不獨祠祭司然矣。嘉慶間，王侍郎引之知其如此，命以祠祭司仿照南司，分股辦事。行之未久，有掌印者，志在獨辦，不願均勞，以爲若分辦則掌印者與餘員何以異？乃力白其不便而止。此時幸無此專嫉之員。北司頭緒頗多，宜悉心詳議，復王侍郎之舊，或一股一人，或一股數人，或數股一人。此番議定，永遠遵行。此亦造就人材之一道。

一、主客司宜亟加整頓也。主客司者，爲天朝柔遠人，使外夷尊中國，地綦重也。近日至於大敗壞不可收拾，爲四夷姍笑。原其故，由百務一諉之四譯館監督，而本司無權也。館監督之設，由外夷戾止，夫馬衆多，資其彈壓而已。天家有餼廩之給，俾司賓客適館授餐之事而已。至有事關中外大體大計者，宜責成該司，或白堂，或具奏，不得任館監督一人，欲重即重，欲輕即輕，欲行即行，欲止即止也。道光四年，越南國王使陪臣呈請改貢道，爾時掌印邊廷英具奏稿，尚書文孚奏駁之而止。十五年前，風氣尚未大壞，若在今日，主客司恐不得預聞。禮部之有四譯館，猶戶部之有寶泉局，兵部之有馬館而已。附本部以上通，其印現貯本部後庫，非眞京堂與六部卿貳抗衡者也。監督以京堂自處，以主客司爲贅疣。去年高驪貢使，呈請裁減通官，其詞剴切，監督福肇不問其是非，獨駁斥之，堂司皆弗預諾。鞏祚以爲宜奏乞聖裁，不見聽。未幾，果有使臣倭什訥明訓擾驛站之事，即係通官之害，明效大驗。如一切事宜皆依乾隆、嘉慶故事，主客司預聞，豈有此事哉？又伏檢舊案，主客司掌印滿郎中不兼四譯館監督。四譯館監督，以三司郎中爲之，何也？外夷在館，錢糧出入，例由館造册報司，由司覆核，咨戶部報銷，今監督即係本司，是自支自銷，自造自報，自核自移，自咨自結，無此政體。客歲高驪三來，越南亦來，簿籍之閟，同官不寓目焉。同官未必以不肖相疑，該監督何以自明，何以自處？宜急定章程，四譯館監督用三司郎中爲之，在主客司者迴避，永爲定例。凡遇外夷具呈言事，令該司各員中明白大計者議，其或準或駁，共見共聞，小事白堂官，大事具奏。中外之情，不壅遏于一夫，天朝永無失大體之羞矣。

以上四條，主事龔鞏祚謹議。道光十八年正月開印日。

——定盦文集補編

與番舶求日本佚書書*

昔在乾隆之年，皇侃論語疏至；邇者，佚存叢書至；所著七經、孟子攷文亦至。海東禮樂之邦，文獻彬蔚，天朝上自文淵著錄，下逮魁儒碩生，無不歡喜。翹首東望，見雲物之鮮新。側聞海東禁令，以唐以後書入境者罪之。中朝一士，願因貿易之便，附宣鄙陋，蛟龍有靈，不攫吾言。吾賤士也，祿位無籍，名聲不表于當時。班固云：「攄懷舊之蓄念，發思古之幽情。」我則居之。竊謂唐以後之學，造物者閑之，開則變師，師變則書奪，奪則亡。東國力守舊而遏新，雖異乎大易「窮則變，變則通」之義，抑所以慰巷士之思慕者，情甚幽，義甚高，力甚鉅。不敢以汛及，不敢以遠徵，謹願求先儒詁經之遺文，及文章家漢魏間作者。附上隋唐兩朝史家簿錄之言，計兩册，苟迹介存亡之間，而可以求之萬一者，各加一紅規于其目上，凡七十規；又別紙疏其亡佚之年，希覆加考核。如有存者，願以家藏三代鐘彝吉金之打本易，亦約七十事。往來之郵，賫劑之平，有長年在。如曰大夫無域外之交，則魯仲尼何爲問官于郯子乎？吾知貴國通儒大夫，若山君井鼎、滕君信篤其人者流，必有以教之。削札扃函，齎此拳拳，夢魂有靈，以爲先驅。

——定盦文集補編

＊自刻本題與日本商舶求佚書書。

答人問關內侯

漢有大善之制一，爲萬世法，關內侯是矣。漢既用秦之郡縣，又兼慕周之封建，侯王之國，與守令之郡縣，相錯處乎禹之九州，是以大亂繁興。封建似文家法，郡縣似質家法，天不兩立。天不兩立，何廢何立？天必有所趨，天之廢封建而趨一統也昭昭矣。然且相持低卬徘徊二千餘年，而後毅然定。何所定？至我朝而後大定。關內侯者，一本「者」下有「何」字。漢之虛爵也。虛爵如何？其人揖讓乎漢天子之朝，其湯沐邑之入，稍稍厚乎漢相一本「相」作「朝」。公卿。無社稷之祭，無兵權，無自辟官屬。雖有百主父偃、賈誼、鼂錯之誅，無所用。漢待功臣盡如此，無韓、彭矣；待宗室盡如此，無吳、楚七國矣。後世待將帥如此，無唐方鎮矣；待宗室如此，無明燕王及宸濠矣。莫善乎唐宋之待宰輔文臣也，位之以王公侯伯開國子，冠之以姬周大國名一本「名」下有「之」字。號，食邑數千戶，而不生殺其戶，留其人於京師，而無尺土以擅其子孫。有怨者乎？無有。子孫且無怨者，及身之受保全大矣。龔自珍曰：唐宋待宰輔法，漢關內侯法也，惜乎其猶多魯、衞、萊、莒、荆、申之名之擾擾也。我聖祖仁皇帝既平吳耿大逆，雖元功親王，畢留京師；大制大勢皆定，宗室自親王以下，至於奉恩將軍，凡九等，皆撥予之以直隸及關東之田，以抵古人一本無「人」字。之湯沐邑。以漢制準之，則關內侯也。功臣自一等公以下，至於恩騎尉，凡二十六等，二十六等之人，皆予俸，無官受世職單俸，有官受雙俸；其世數，一等公襲二十六次，以是爲差。以漢制準之，亦皆關內侯也。且夫自我朝以前三千年，未有定制，自周已然。周之制，文、武、成、康之支子母弟封，昭、穆以降之支子母弟不封。然則宣王之世，鄭伯何以又出封？夫支孽盡封，則國祚愈長久，愈窒礙難行。寰海不能容支孽；支孽不盡封，則守府之支子母弟怨。故支孽盡封，必速亡；不盡封，則子頹、子帶之倫，伺肘腋以怨，非上策也。如皆獲虛爵，如漢關內侯，則皆受恩，皆受制。我朝之制，除開國功王，襲王爵罔替外，世世嗣服之主，皆封子弟爲王、爲貝勒，則皆降等以襲，以世次爲差；以世次爲差，至四品閒散而止，則不受田矣。是恩與制皆善，國家萬年，京師數數營造王府、貝勒府耳，無所窒礙，超越二千載，最平允易行者也。問：功臣一等公以下之俸，足以抵古之食邑戶者乎？答：不如也。如有肯上言於朝，增二十六等之俸，此易施行者也。問：王以下之田，與其大制？一本「制」下有「願知一二」四字。曰：皆善矣。自珍官宗人府知之，親王藍甲六十副外，白甲一百七十副，護軍領催三十分，共錢糧二百分；郡王藍甲五十副外，白甲百二十副，護軍領催三十分，共錢糧百五十分；貝勒藍甲四十副外，白甲八十副，護軍領催二十分，共錢糧百分；貝子藍甲三十副外，白甲六十四副，護軍領催十六分，共錢糧八十分。親王無故出京師六十里，罪與百官同。親王以下，貝子以上，其戶下五旗包衣之人，見王、如家奴見家長之禮；包衣一本「之」下有「人」字。之女，許親王等揀選爲媵妾。雍正元年，議準包衣人應試入仕，得以籍自通於朝。

——定盦續集

答人求墓銘書

藏幽之有文，又從而諧其詞，炎漢以來，未有改也，顧禮何心哉？吾遇人求請藏幽之文，輒心動。不悄戚其容，與區別其狀之詞而來者弗許也；悄戚而來者，亦戚而應之。怊悵鋪敍，既成，意尚未能和，何哉？古之始爲是制者何心哉？雖巨富貴，重以賢聖，至於殷湯，猶不能以爭天下古今之勢，故詩曰：「高岸爲谷，深谷爲陵。」仁人者姑盡吾愛，以附不欲速朽之義。謂夫功德文章行誼之蹟，與其有令聞之子孫，具於辭，冀哀而掩之。掩之者誰歟？至於冀夫掩之也，而尚忍問歟？仁人孝子，其遂忍逆計至於是？抑又忍弗計至是歟？是求請者與爲文者所皆艱言也。而乃昌昌愉愉以命之，從夫乞爲傳、爲誄之義同歟？甚者辭曰：或錫之誄，或錫之傳，或錫之誌銘，詞體如是。固若是其易而無擇歟？君家有世德，法宜爲文章，又辱吾子諉責，不可辭，而特不忍爲誌銘，謹撰上墓表。

——定盦文集

與徽州府志局纂修諸子書

示條例十五紙，謹代達家大人矣。氏族表發凡，大人最所佩服，餘名目皆有法。二三君子鈎鈲理解之符，動合經術，後賢必知之。各傳卷帙，視采訪局原議，已減十之四。蒙有未安，不識乃繆其指一本「不識乃繆其指」作「意者矯枉過正」。以發其愚歟？敢貢其一端，一本「一端」作「臆」。而睎通人之擇。府志非史也，尙不得比省志。今法，國史取大清一統志，一統志取省志，省志取府志，府志特爲底本，以儲它日之史。君子卑遜之道，直而勿有之義，宜繁不宜簡。設等而下之，作縣志必應一本「必應」作「宜」。更繁於是，乃中律令，何一本「何」作「無」。疑也？蒙知二三君子，必不忍重翦除埋沒忠淸文學幽貞郁烈之士女，以自試其文章，而特恐有不學苟夫，爲不仁之言，以刺侍者之耳，徽人亦懼矣。明寧陵呂氏㊀嘗曰：㊁「史在天地間，如形之影。」人皆思其高曾也，皆願覩其景。至於文儒之士，其思書契已降之古人，盡若是已矣。是故良史毋吝爲博，多以貽之，以饜足之。良史者，必仁人也，且史家不能逃古今之大勢。許叔重解字之文曰：字，孳也，孳生愈多也。今字多於古字，今事賾於古事，是故今史繁於古史。等而下之，百世可知矣。等而上之，自結繩以迄周平王，姓氏其何幾？左邱明聚百四十國之書爲春秋，二百四十年之間，乃七十萬言，其事如蟻。豈非周末文勝，萬事皆開於古，而又耳目相接，文獻具在，不能以已於文，遂創結繩以還未嘗有者乎？聖門之徒，無譏其繁者。設令遇近儒，必以唐虞之史法繩之，議其縟而不師古矣。二三君子，他日掌翰林，主國史，走猶思朝上狀，夕上狀。自上國文籍，至於九州四荒，深海窮峪，爽㊂臣蠻妾，皆代爲搜輯而後已，而不忍以簡之説進，今事無足疑也。康熙間，崐山徐尚書㈣主修一統志，吏上節婦名多至十餘卷，門下士請核減，公正色曰：國朝風教邁前古，宜備載其盛，矜後世也。嗚呼！是公之所見者甚大，抑其詞令，可謂有文者矣。如二三君子病蒙之言爲狂，或一本「狂或」作「僑野」。難以塞邦之拘古敢論議者，則請置蒙之狂一本無「之狂」二字。言勿道。道尚書語爲雍容可也。賓館戒寒，伏承不一一。

附：復札

汪龍、洪飴孫、武穆淳、胡文水頓首。璱人世兄史席：來札言者是也，不特見識卓越，具仰見廣大慈祥之襟抱，他日登史館，係文獻之望，敢在下風，不任佩服之至！龍偶與同局言及一本無「及」字，有「范蔚宗不得不增文苑傳，宋史不得不增道學傳，古今之勢然也」三句。㈤漢文帝本紀九年，止書春大旱一事，後三年，亦止書二月行幸代一事，假令爲唐書，則不能矣，降而爲明史帝紀，益無取矣。劉向、班固錄舊三十八種，一萬三千二百六十九卷，其中秦漢以降之書，倍蓰於三代，風運日開，言行日出，盡爲史家所不能廢，何嘗以孔子删詩書自比？玆龍等依來字告同局諸君，凡傳目中應補之人，及藝文志應補書名，苟不悖義例者皆羼入。傳曰：「善善欲其長」，亦春秋之志也。君子之言，信而有徵，能通經史之理，可與徵斯言矣。附問近祺。謹肴代問尊大人政祉。不具。十一月某日。㈥ ㈦

——定盦文集

㈠呂坤，字心吾，寧陵人。理學家。著呻吟語等書。

㊁祝心淵手校本眉批：「某鈔本『寧陵呂氏曰』下有『史事簡者，學不能博物也，史文繁者，氣不能舉事也，必也其文簡，其事繁，作者舉所事，讀者厭其求，斯言也，良史之遺言也』四十七字。下接『史家不能』云云。」

㊂「爽臣」，吳刻本、扶輪社本、王文濡編校本皆作「爽」，誤。邃漢齋校訂本作「爽」，是。

㊃徐乾學，字原一，崑山人。官至刑部尚書。主修一統志、會典、明史。輯著亦富。

㊄一本有「范蔚宗不得不增文苑傳……」三句，蓋誤將胡文水、汪龍兩家言竄入正文，爲曹籀刪去。

㊅胡氏文水曰：「或謂古書亡而近書存，非古書少而近書多。不知古書即不亡，古人之事本不如後人之多，後人既有古人未有之事，史家便當增一目矣。范史增文苑傳，宋史增道學傳，亦其說也，能避繁乎？是文古今之大勢，一語抵八千古。」

㊆汪氏龍曰：「或謂子繁而文簡，似乎無害。不知即以文章之道論，有以簡爲貴者，亦有以繁爲貴者，且有以極拉雜瑣碎爲貴者，必曰簡乃高，唐以前無此語。」（右兩則，自刻本繫於復札後，爲諸本所無。）

與人箋一*

客言：足下始工於一本「工於」作「治」。文詞，一本「詞」下有「好諸子」一句。近習考訂。僕豈願通人受此名哉！又云：足下既習考訂，亦兼文詞。一本「亦兼文詞」作「兼考本朝掌故，進於文獻」。又豈願通人受此名哉！足下示吾近作，一本「足下示吾近作」作「所示近篇」。勇去口吻一本「口吻」作「比戶」下之治倹，一本「治倹」作「伊啞」。爲汪洋鬱栗沖夷，是文章之祥也，而頗喜雜陳枚舉夫一二瑣故，以新名其家，則累矣累矣。一本「喜雜陳枚舉夫一二瑣故，以新名其家，則累矣累矣」作「貪賾穀不辟揉雜，猶未闚其窔奥，豈以是爲無窔奥耶」。古人文學，同驅並進，一本無「同驅並進」四字。於一物一名之一本無「之」字。中，能言其大本大原，而究其所終極；綜百氏之所譚，而知其義例，徧入其門徑，我從而筦鑰一本無「鑰」字。之，百物爲我隸用。苟樹一義，若渾渾圜矣，則文儒之總也。

——定盦文集

* 又題與魏默深箋一。

與人箋二

少習名家言，亦有用。居亭主獱獱嗜利，論事則好爲狠刻以取勝，中實無主。野火之發，無司燧者，百里易滅也。某公端端，醉後見疎狂，殆眞狂者。某君借疎狂以行其世故，某君效爲駭稺以行其老詐。某一席之義前後不相屬，能勦說而無綫索貫之，慮不壽。朝士方貴，亦作牢騷言，政是酬應我曹耳。善忌人者術最多，品最雜；最工者，乃借風勸忠厚，以濟勦而行伐，使受者傷心，而外不得直。鶩名之士如某君，孤進宜憫諒也。某童子妍黠萬狀，志賓長者，奸而不雄，死而謚愍悼者哉！

——定盦文集

與人箋三

吾子改之！夷坦酣嬉於人，人以機械至，吾子覺，大恨，屢受侮。吾子必改之！道無畦者，事有閾也。中無險者，貌有畔也。與之爲無滓無擇，又不制於外，吾子必受侮矣。言難則聽者重，步難則與遊者重，愛憎難則受者重，重則不予侮，乃全吾愛。書曰：「剛而無虐，簡而無傲。」論語曰：「君子敬而無失，與人恭而有禮，四海之內，皆兄弟也。」從吾子之行，必且曰：恭敬爲僞薄，胡不與人坦夷而酣嬉？市人之兄弟，異乎士大夫之所聞。纖夫佻人當吾前，而不有忌憚，君子深恥之！曰：我之不足忌，彼窺之矣。

——定盦文集

與人箋四

手敎至，引拙集知歸子贊無不隨也相詰，隨之義，自與前札無剌謬。足下之疎輕而酣嬉，屢受侮，愼毋以吾隨藉口；善交友而無受侮，如吾箴㊀中言，是亦隨而已矣；因其當恭敬而恭敬之，是亦隨而已矣。吾子何所見之偏側哉！引莊子益繆！莊子曰：「吾虛而與之委蛇。」委蛇耳，而與之乎騁馳，而與之乎沈溺，而與之乎上九天，絕九淵，眞吾子所謂隨矣。心一本「心」作「必」。奪其中矣，烏能虛？

——定盦文集

㊀ 自刻本存目鍼魏上下篇，此即所指。

與人箋五*

手敎言者是也。人才如其面，豈不然？豈不然？此正人才所以絕勝。彼其時，何時歟？主上優閒，海宇平康，山川淸淑，家世久長，人心皆定，士大夫以暇日養子弟之性情，旣養之于家，國人又養之于國，天胎地息，以深以安，于是各因其性情之近，而人才成。高者成峯陵，碓者成川流，媚者成阡陌，幽者成蹊逕，駛者成瀧湍，險者成峒谷，平者成原陸，純者成人民，駁者成鱗角，怪者成精魅，和者成參苓，華者成梅芝，戾者成棘刺，樸者成稻桑，毒者成砒附，重者成鐘彝，英者成珠玉，潤者成雲霞，閒者成丘垤，拙者成㠑崋，皆天地國家之所養也，日月之所照也，山川之所咻也。將日月之光，久于照而少休歟？將山川之氣，久于施而少浮歟？遂乃縛草爲形，實之腐肉，教之拜起，以充滿于朝市，風且起，一旦荒忽飛揚，化而爲沙泥。子列子有言：君子化猿化鶴，小人化蟲化沙。㊀等化乎？然而猿鶴似賢矣。噫嚱，噫嚱！

㊀葛洪抱朴子：「周穆王南征，三軍之衆，一朝盡化，君子爲猿爲鶴，小人爲蟲爲沙。」案列子周穆王篇無此語，誤。

——定盦文集補編

與人箋〔六八〕*

走心與跡異，非咎跡之謂，謂心之向背趍舍其定矣，跡之隱顯去留未定也。以有定馭無定，三五年前，始學爲此語，今乃端然當之矣。書來論文指甚善，稱列子語非是，造化之棄，以俄瞚無算數名其家者也。宋人之棄，以三年一楮名其家者也，造化不名宋人，宋人豈必名造化哉！名家之言，正名實而兩還之，道家之言，其爲逍遥一也。皆賢此義也。

——定盦文集補編

與人箋〔七〕☆

示與某學士書，稱爲某官先生，而以其主書院，故自稱門生，非禮也。漢儒自一經相授受外，無師弟子。東京處士喜標榜，然史稱會葬者三千人，皆交游，非弟子。師弟子分至嚴，唐、宋人猶知之。故以韓愈之賢，而李翺、皇甫湜不以門生自居。惟大臣愛士而薦之於朝者，或稱門生，范文正公之於晏元獻是也。唐、宋科目士有此感恩知己之論，而亦非古道也，特未乖名教。君子生唐、宋以後，則貌而從之。若夫書院之設，山長之名，南宋始有，不與三代家塾、黨庠、州序同制，與提舉宮觀之祠官並興。私立名字，號召徒衆，人樹一幟。至於明季東林、復社之徒，雲合霧散，所在響應，有數千人而出一人之門者，明之亡雖不盡繫此，此師此門生與有力焉。然猶可言者，曰志私而號則公，學非而名尚正。故其時門生無不歸美其師曰：吾師講學也；或曰崇名節也。今之書院，則又宋、明書院之罪人也，假借權要，薦之郡縣之長，遑問經師人師？忝然擁席坐，實干謁之客耳。然猶可言者，曰致其羔雁，而甲乙其時藝，則亦舉業之師也。若某學士，則又今之書院之罪人也。學士主新安書院三年矣，未嘗至徽也，徽之十不識一面，三百人中，無稱門生者。古人爲師心喪三年，比於君父，民生之義固然。師如是其易且多也，今之士將終身治其心喪而不暇也。又今世通例，凡稱彼夫子者，自稱門生，或稱受業；稱彼某官、某先生者，自稱後學。二者不相溷。足下於某學士既稱之某先生矣，而又自亂其例稱門生，何也？倘改曰：歙後學某，奉書學士先生左右，則士於大夫禮亦宜然。足下講古學之日久，故僭商定如此，其他詞義皆善。不宣。

——定盦文集補編

與人箋（八）*

今有家於此，鄰人諍其東，市人譟其西，或決水以灌其牆，或放火以燒其籬，舉家惶駭，似束手無策矣。

入其門奴僕鵠立，登其庭子姓秩然，奴僕無不畏其家長者，子姓無不畏其父兄者。然則外來者舉無忌憚，而其家必不遽亡。又有家於此，賓客望門而致敬，四方財貨麕至，門庭丹雘，奕奕華好，入其門則奴僕箕踞而嬉，家長過之，無起立者，登其堂，有孫攘臂欲箠笞其祖父，祖父欲愬於賓客，面發赬而不得語，此家寧可支長久耶？開闢以來，民之驕悍，不畏君上，未有甚於今日中國者也。今之中國，以九重天子之尊，三令五申，公卿以下，舌敝脣焦，於今數年，欲使民不吸鴉片煙而民弗許；此奴僕踞家長，子孫箠祖父之世宙也。即使英吉利不侵不叛，望風納款，中國尚且可恥而可憂，願執事且無圖英吉利。道光庚子冬十有一月初九日，自珍頓首。

——定盦文集補編

*與人箋五，原題與人箋，此從邃漢齋校訂本改之。

**與人箋六、七、八，原皆從屬與人箋題下，此從邃漢齋校訂本增之。

與人箋*

委檢各件，敬檢上。青海本番地也。番子是吐谷渾之裔，唐以前實強，後少弱，亦不失爲大國。一見逐於正德間之（一本作「之間」）。蒙古阿爾禿斯，再見逐於國初衞拉特、固實汗，三見逐於三傳之羅卜藏丹津。羅卜藏丹津者，叛世宗朝，以覆固實祀，故今之青海和碩特，則並非固實嫡種矣。今和碩特二十有一旗，是不從羅卜藏丹津叛者，其餘喀爾喀一旗，輝特三旗，土爾扈特四旗，皆以雍正末、乾隆初陸續徙往，以地未實，故與和碩特分居番子故地。天道好還，強弱迭代，今番子之事，必聲言報先世之讎，名近正，力近強，必非各旗所能禦。湟中諸旗，距番遠尚可自活，河北之帳必危，自然之勢也。聖者貴因天運之自然，矧番子未嘗獲罪天朝，古未有外夷自相爭掠，而中朝代爲之用兵者。且蒙古亦何可令之強？強即弗恭順。傳曰：「狧康及米。」一本無此兩句。羅卜藏丹津一本「津」下有「非其」兩字。之前事。一本「事」下有「可爲之續耶」。番人蒙古皆信佛，大剌麻察汗諾門汗一旗，最富盛，貧番一本多一「子」字。往往賴其牛羊以活。剌麻位號，在西藏達賴、班禪一本無「班禪」二字。之下，並在漠北哲卜尊丹巴之下，僅與後藏班禪比。若朝廷許進一本「進」作「褒」。以封號，一本作「許進其位號」。許造廟宇，必肯出力，以佛法兩勸而兩罷之，不調一兵，不費一粟，以外夷和外夷，智之魁也。今兵力物力，皆非開邊釁之會，克則殺機動，不克則何以收事之局？於事前思之，惟大剌麻雖富而弗傳子，雖有功而無後患。無事則無患，有事則可用，此列聖尊崇黃教微指也。走雖明習，何敢妄論邊事？承咨采再四，故條出大概，以附直而勿有之義。其地形道里各件，程府丞㊀昔歲開斜方而得之者，想明核，走處僅一分，覽畢當見還也。不偒。一本無「不偒」以下九字。

壬午十一月八日。

——定盦文集補編

＊又題與人論青海事書。或題與人論青海事宜書。

㊀程同文，詳最錄西藏志註。

與人箋＊

蒙左右咨訪，願得芻蕘之言，上裨太平之盛德，下增文臣之奏議。方今聖朝，豈有闕遺？淵淵夜思，其爲今日易施行之言，又爲雖不施行而言不駭衆之言，又爲閣下用文學起家分所得言之言，又爲自珍所得言於閣下而絕非自珍平日之狂言，總得五事，條而箸之：

一事，歷代皆有石經，本朝尚無石經。乾隆中，江南蔣衡獻所書十三經，賞給舉人，刻石國子監，其事甚細，此不得爲本朝石經。本朝經師，駕漢氏而上之，豈可不諟正文字，爲皇朝之定本，昭示來許，豈僅如唐開成、宋紹興之所爲而已乎？夫定石經，必改流俗。改流俗，大指有四：一曰改僞經，東晉僞尚書，宜遂削之，其妄析之篇，宜遂復幷之。一也。一曰改寫官，秦漢以來，書體屢變，歷代歷書之官，展轉訛奪，其的然可知爲訛奪者，宜改之。二也。一曰改刻工，孟蜀以來，槧本繁興，有功於經固丕，罪亦有之，展轉訛奪，流布浸廣，不如未有槧本時雌黃之易，其的然可知爲訛奪者，宜改之。三也。一曰改妄改，唐、宋君臣，往往有妄改經籍者，如衛包受詔改尚書之類；宋、元淺學，尤多恣改，以不誤爲誤，今宜改之如舊。四也。其似可改而不可改，大指亦有四：周末漢初，不著竹帛，經師異字，不能擇於一以定，此不可改也。漢世今文古文異家法，則異字不能擇於一以定，此又不可改也。經籍假借之字，由來已久，不能必依本字，此又不可改也。疑爲寫官之誤，刻工之誤，而無佐證，思之誠是一適，改之恐召衆口，此又未可改也。何不上書乞開石經館？前四者旌校讎之功，後四者俟攷文之聖。

二事，故和碩禮親王（諱昭槤）。嘗敎自珍曰：史例隨代變遷，因時而創。國朝滿洲人名易同難辟，其以國語爲名者，如那丹珠、穆克登布、瑚圖禮、札拉芬、色卜星額、福珠靈阿之類，相襲以萬計；其以漢語爲名者，則取諸福德吉祥之字，不過數十字而止，其相襲以十萬計，賢不肖智愚貴賤顯晦，後世疑不能明，此讀國史一難也。宜創一例，使各附其始祖之傳，合爲一篇，則漢書楚元王傳例也，而可以代魏書官氏志，可以代唐書宰相世系表，兼古史之衆長，亦因亦創。爲此語時，禮部尙書侯恭阿拉訃至，王云：即如此公，鈕祜祿氏也，宜在額宜都傳下矣。自珍怖服。王於天聰、崇德以降，瑣事丕事，皆說其年月不誤；每一事輒言其原流正變分合，作數十重問答不倦。自珍所交賢不賢，識掌故者，自程大理同文而外，莫如王也。王沒矣，無以報王。執事在史館，謹述緒言，代王質之執事。

三事，前辱問國朝名臣奏議。國朝奏議，私家敢當抄，不敢當選，其體裁大略，則固知之，嘗役抄故也。大抵國朝奏議，自雍正以後，始和平謹質，得臣子之體矣。自乾隆三十年以後，始圓美得臣子之例矣。追而上之，頗猶粗悍，或紛披扶疎，沿明臣習。甚矣！風氣之變之必以漸也。自珍所抄康熙以前一册，不足儲百一，雍正至乾隆三十年一册，不足儲五十分之一，近今六十年，尙未動手。若役心力搜羅，益非私家所能任，何不上書，乞開館選定？

四事，聖聖相承，皆有故事。此次恩詔條款，皆依嘉慶元年條款，推恩如故事。惟嘉慶元年，有賢良後裔一款，大略云：凡入祀賢良祠大臣後裔，倘本支無在仕版者，著各督撫據家譜咨禮部，禮部奏請賞給舉人一名。此條情文斐亹，實聖朝之美譚。此次詔書遺漏此事，故家中落，賜書之不保，似所宜言。

五事，今世科場之文，萬喙相因，詞可獵而取，貌可擬而肖，坊間刻本，如山如海。四書文祿士，五百年矣，士祿於四書文，數萬輩矣，既窮既極，閣下何不及今天子大有爲之初，上書乞改功令，以收眞才。餘不賜。道光二年閏三月朔自珍再拜。

——定盦文集補編

*朱刻本總題與人箋，似欠明確。又題擬釐正五事書，較當。

與江居士箋

別離以來，各自苦辛，榜其居曰「積思之門」，顏其寢曰「寡懽之府」，銘其凭曰「多憤之木」。所可喜者，中夜皎然，於本來此心，知無損已爾。自珍之學，自見足下而堅進，人小貧窮，周以財帛，亦感檀施，況足下敎我求無上法寶乎？人小疾痛，醫以方藥，亦感恩力，況足下敎我求無上醫王乎？人小迷趺，引以道路，亦感指示，況足下敎我求萬刼息壤乎？別離已深，違足下督策，掉舉轉多昏沈不懟。至於手敎，慮信根退，想戲弄之言。自珍久不見有信根，信是何根？根何云信？本來如是而已，何況有退失耶？重到京師又三年，還山之志，非不溫縈寤寐間，然不願汩沒此中，政未易有山便去，去而復出，則爲天下笑矣。顧彼語言，簡文字，省中年之心力，外境迭至，如風吹水，萬態皆有，皆成文章，水何容拒之哉！萬一竟可還，還且不出，是亦時節因緣至爾。至於與人共爲道，夙所願也。淩負至今，雖遇聰明貴人，祇宜用一切世法而隨順之。陳餓夫之晨呻於九賓鼎食之席則叱矣，愬寡女之夜哭於房中琴好之家則誶矣，況陳且愬者之本有難言也乎？行願品久收到。圓覺疏聞蘇州刻成，前約所云不忘也，當自致貝居士。㊀伏惟吉祚，不宣。癸未六月二日自珍和南。

——定盦文集

㊀貝墉，號簡香，蘇州人。好藏書。築千墨庵，藏唐碑千種。嗜古，不事生產，貧其家。

與徐廉峯書

余以戊寅歲來遊洞庭兩山，有紀遊詩一卷。庚辰春又遊，補前遊所未至，得詩不盈卷也。玆錄四章，㊀坐舟中作，塵廉峯先生大壇坫。

——昭代名人尺牘(續)

㊀此詩四章，另見庚辰編年詩(發洞庭舟中懷鈕非石樹玉、葉青原昶、此遊。)

與陳博士箋

靜盦博士足下：自古以陰陽五行占驗災異，與推步家術絕不相同，不能并爲一家之言。梓愼、裨竈之流，無能推日食者，況月食！近世推日月食精矣，惟彗星之出，古無專書，亦無推法，足下何不請于鄭親王，㊀取欽天監歷來彗星舊檔案彙查出，推成一書？則此事亦有定數，與日食等耳。自珍最惡京房之易，劉向之洪範，以爲班氏五行志不作可也。此書成，可以摧燒漢朝天士之謬說矣。

——定盦文集補編

㊀鄭親王，名烏爾恭額，字石琴。著石琴室稿。

與江子屏牋*

大著讀竟。其曰國朝漢學師承記，名目有十不安焉，改爲國朝經學師承記。敢貢其說：夫讀書者實事求是，千古同之，此雖漢人語，非漢人所能專。一不安也。本朝自有學，非漢學，有漢人稍開門徑，而近加邃密者，有漢人未開之門徑，謂之漢學，不甚甘心。不安二也。瑣碎餖飣，不可謂非學，不得爲漢學。三也。漢人與漢人不同，家各一經，經各一師，孰爲漢學乎？四也。若以漢與宋爲對峙，尤非大方之言；漢人何嘗不談性道？五也。宋人何嘗不談名物訓詁？不足概服宋儒之心。六也。近有一類人，以名物訓詁爲盡聖人之道，經師收之，人師擯之，不忍深論，以誣漢人，漢人不受。七也。漢人有一種風氣，與經無與，而附於經，謬以裨竈、梓慎之言爲經，因以汨陳五行，矯誣上帝爲説經，大易洪範，身無完膚，雖劉向亦不免，以及東京內學，本朝何嘗有此惡習？本朝人又不受矣。八也。本朝別有絶特之士，涵詠白文，創獲于經，非漢非宋，亦惟其是而已矣，方且爲門戶之見者所擯。九也。國初之學，與乾隆初年以來之學不同；國初人即不專立漢學門戶，大旨欠區別。十也。有此十者，改其名目，則渾渾圜無一切語弊矣。自珍頓首。丁丑冬至日。

——定盦文集補編

* 此篇原附江子屏所著書敍後，故冠「附」字，茲刪去「附」字。

與吳虹生書（一）*

弟因歸思鬱勃，事不如意，積痗所鼓，肺氣橫溢，遂致嘔血半升，家人有咎酒者，非也。但嘔後仍跳如生黌。昨仍徒步出門，到黟館訪俞理初劇譚以散之，滌盪之；歸來不加劇，想無事矣。承訪，承存問之，感不可言。今日又得橋尾之賜，仍賒酒與兒女共酌之，仍無所苦，惟午倦思就枕，餘無異平日。明日，先詣龍泉寺餞伊蒲畢，赴子瀟㊀約。聞高巳生允爲嫂夫人設祭，固見兩君交誼如此深篤，亦由昔年中饋待賓客之賢，惜爾時弟未登堂，相知在巳生後也。明日，或寺中、或子瀟處，必有相見之緣，但不能定何晷刻。前託查棐坦齋（煒）同年請誥封一事，未知巳託誥勑房友人否，棐來催問也。榜信在邇，恐諸君（今年最熱鬧。）不日風流雲散，弟不知能隨同鄉下第人，執鞭鐙而渡黃河否？不盡欲言，謝謝！紅生仁兄，四月初七日。

——定盦遺箸

＊仿遂漢齋校訂本例，題下增一數字，以醒眉目。下皆同。不贅。

㊀蔣湘南，字子瀟，固始人。箸七經樓文鈔、春暉閣詩集。

與吳虹生書（二）

弟事尚無準駁明文，而有一書辨來求見，弟不屑見之，該吏留一札而去，大指欲挑斥呈中詞，與例文稍有未符之處。謂家大人現既不就養京師，即係不符，且勸弟撤謊，謂家大人業已來京，即可邀準。弟寧化異物做同知，而斷不願撤此謊也。只合瞑目，聽其自然，聽諸一定之數，使夢寐中無愧怍，不肯欺親，又欺君，又欺子孫耳。適楊忠武公㊀之孫送來楊公中外勤勞錄一册，飲酒讀之，壯心勃勃！且知楊忠武年未四十，鬚髮盡白，而弟亦如此，甚以自慰。如明日部中竟惟書辦是從，將弟駁斥，弟亦俯首就選，投筆出都。男子初生，以桑弧蓬矢，射天地四方，何必一生局促軟紅塵土中，以爲得計乎？惟望閣下勉事聖朝，不日躋九列，弟翹首青雲，預有榮施。其準信明晚自知，然巳知十之九也。醉後狂書一紙，先以報左右。圓圓曲云：「錯怨狂風颺落花，無邊春色來天地。」以此自祝。又云：「此際豈知非薄命，此時只有淚霑衣。」則今日我兩人之情也。十九日，無名氏。

——定盦遺箸

㊀ 楊遇春，字時齋，崇慶人。官至陝甘總督。卒謚忠武。

與吳虹生書（三）

舊署已辭，新銜未授，此身清暇，索逋者又暫相貰，無剝啄聲，而荷屋㊀中丞騶從光臨，面談一切，㊁雨中暢讀吉金樂石，奇文異字，此皆閣下及廖鹿儕之賜，感何如也。明日文戰想不改期，先此布謝閣下嘘枯吹生之賜。又如崇效寺（三官廟亦妙。）花開，何日偕鹿儕作半日看花之游。此候紅生先生韜安。

——定盦遺箸

㊀ 吳榮光，字荷屋，南海人。箸歷代名人年譜、白雲山人詩稿、吾學錄、綠伽南館集、筠清館金文。

㊁ 此事見筠清館金文自序：「……廖工部（甡）來請曰：子之金文，龔定盦禮部（鞏祚）欲任校訂。余固知定盦研精籀篆，與家子苾編修搜訪若干，悉以付之。……此事屬陳禮部（慶鏞）敦促成書，書存陳處。」事詳已亥雜詩「手捫千軸古瑯玕」註。

與吳虹生書（四）

有戴雲帆一札，吾兄閱之自悉，第不知兄已與丹木㊀往還否？又不知已入他同年之局否？丹木則譚次聞極欽慕吾兄，且囑弟云：足下如見招，必須有紅生云云。言之再矣，爲此布商。再丹木十九日公局不到，渠不喜絲竹。我等請之，自十四以至十八，此五日內，無不可也。此候紅生十四哥親家大人升安。

——定盦遺箸

㈠朱䑼，字丹木，石屏人。道光進士。箸味無味齋詩鈔。

與吳虹生書（五）

惠鵝，當以蠟丸體臨黃庭經爲報。明日趨賀雲南典試之喜也。此候不一。

——定盦遺箸

與吳虹生書（六）

趙伯厚云：吾兄欲約弟及渠作西郊之游。弟係十五日下園，十六引見；而從者係十四日下園。（伯厚亦同日。）此游作何期會，作何章程，願惟命是聽，惟馬首是瞻，勝于在家窮愁也。乞開示一切。即問紅生十四兄軺安。

——定盦遺箸

與吳虹生書（七）

今年尚未與閣下舉盃，春寒宜飲，乞于明日未刻過敝齋，翦韭小集。坐間蘭谷、㈠醇士、㈡鷗隣、㈢東之㊃也。此訂。紅生年十四兄先生史席。

——定盦遺箸

㊀王言，號蘭谷，杭州人。著桂陽草堂集。

㊁戴熙，號醇士，錢塘人。官至兵部右侍郎。工畫。著習苦齋畫絮、粵雅集。

㊂于鷗隣，未詳。

㊃陳潮，字東之，泰興人。工篆書，精六書音韻以及公羊學。案此作「東之」，誤。

與吳虹生書（八）

弟此節俗冗，焦頭爛額，對月對酒皆不樂。樽前月下，倘有剝啄之聲，如禦十萬敵，必須在家首先搪拒，竟無福前來望見顏色矣。紅生十四哥大人節喜。

——定盦遺箸

與吳虹生書（九）

琴譜凡有幾種？尊齋現有者幾種？均求開示借閱爲幸。此候紅生老閣長道安。

——定盦遺箸

與吳虹生書（十）

晤馬止齋細商榷，又查明史詩會中不錯，沈歸愚亦不錯。三關，即山西也。徐星伯先生註三關下云：在大同外，大錯。三關者，雁門、甯武、偏頭也。皆在太原之北、大同之南，不在大同外。本朝君臨蒙古，大同外，鄂爾多斯始通職貢。明時九邊，大同已屬極邊，豈復有外哉？惟三關在大同內，謂之山西亦可，謂之太原亦可。明史作太原，廣輿記作三關，其實一也。其延綏當統以榆林，榆林地名古，又近邊，延綏在內，榆林在外，以榆林爲主可也。山西三關得爲九邊之一，猶宣化之有居庸，所謂重門疊戶者也。鞏祚白事紅生几下。

——定盦遺箸

與吳虹生書（十一）

虹生老閣長年十四兄親家大人侍史：閱邸抄，知坐炕之喜。江湖憔悴之人，原不必讀邸鈔，乃于邸鈔得此一喜，使弟神往于東華矣。弟去年遊秣陵，有宜興吳生者，索長安知交書，予以一函囑進見，其人忽輟棹不北。今有同鄉馬孝廉，新發于硎，索長安知交書，仍予以一函，囑進見。弟搜索枯腸，長安知交，固惟有一虹生，使更有數人乞書，弟亦荐向尊齋耳。馬生自博雅可談，進而教之可耳。家大人病新起，氣血大損。弟今年仍不能不出門，向來薄宋士大夫罷官後乞祠官，今之書院講席，又出領祠之下，乃今日躬自蹈之。已就丹陽一小小講席，歲修不及三百金，背老親而獨游，理兎園故業，青鐙顧影，悴可知已。新正三日，即出門，今日爲辛丑第二日，大雪中作此，老梅蜷曲，吐兩三花，黯黯有別意。前此寄己亥雜詩一本，想收到。劉星舫過杭州，弟時秣陵未返，未一見。（長女今秋出閣，知關廑念，以聞。）孔繡山孝廉想必計偕在京師，小女生年支干，寄呈左右。前孔宅郎君支干，由尊處寄下，已收到；此事仍浼年大人爲介，何如也？孔與尊府親戚，一也；與弟有鶺鴒之好，孔所深知，二也。杭州斷斷無寄曲阜信之便，此後消息，只好由京師轉達，不能徑達曲阜，三也。此懇此懇，釃酒遙祝寄兒聰穎，他日文章如龔定盦，位業則如其阿翁，以此兩言爲報謝。此賀新禧。不盡。

又有欲言者：哲兄公祖竟未得一見，昨在杭，知其已投牒欲歸，（大吏縻之不可。）不知還都下乎，抑竟歸山也。如在都下，則此後消息，尚易知也。高巳生，弟訪之于崇文書院，爲抄夾帶之士子所叱，（賃書院過夏，抄夾帶。）不得入，遂不得見，此事絕奇！（杭州之奇獄也。）蔣子瀟想在都禮部試，馬湘帆已服闋還都否？此信到，想諸君遊崇效寺看海棠歸，然絳蠟一枝，共讀我蠟丸書可乎？

——定盦遺箸

與吳虹生書（十二）*

虹生十四兄親家年大人侍右：別吾虹生十閱月，固未嘗有隻字與一切朋舊，并無隻字與虹生，蓋欲致虹生書，即萬言不能了矣。（近來胸中怕觸動哀樂事。）而弟頹放無似，往來吳越間，舟中之日居多，在家則老人且不得蕭閑如先輩林下之樂，況弟乎？出門則干求諸侯，不與筆硯親，幸老人有別業在蘇州府屬崑山縣城，距杭州可三日程，弟月必一至，內子亦暫頓于是。弟至其地，則花竹蔚然深秀，有一小樓，面山，樓中置筆硯，弟偸閑暫坐臥于是。今日北客欲行，催我作書與虹生，墨不及濃，即在此樓之所爲也。弟去年出都日，忽破詩戒，每作詩一首，以逆旅雞毛筆書于帳簿紙，投一破簏中；往返九千里，至臘月二十六日抵海西別墅，發簏數之，得紙團三百十五枚，蓋作詩三百十五首也。中有留別京國之詩，有關津乞食之詩，有憶虹生之詩，有過袁浦紀奇遇之詩，刻無抄胥，然必欲抄一全分寄君讀之，則別來十閱月之心跡，乃至一坐臥、一飲食，歷歷如繪。此詩夏日必到大川店，今日固不暇也，須排比之故也。奇遇一節，記君餞我于時豐齋之夕，言定盦此遊，必有奇遇合。何以君能作此讖？但遇合二字甚難，遇而不合，鏡中徒添數莖華髮，集中徒添數首惆悵詩，供讀者迴腸盪氣，虹生亦無樂乎聞此遇也。江春靡靡，所至山川景物，好到一分，則憶君一分，好到十分，則憶君亦到十分，所至恨不與虹生偕，亦不知此生何日獲以江東游覽之樂，當面夸耀于君，博君且羡且妬，一拊掌乃至掀髯一相嘲相詬病。已矣，恐難言之矣。今秋努力，江浙兩省爲一副考官，目下爲欲復晤龔定盦，而埋頭作小楷，以冀一得當焉，何如？去年謁孔林，有「清樽三宿孔融家」之句，愛其淳古，與繡山之弟經閣㊀六兄言及，欲締一重姻好于君家，爲他年重到之緣，經閣許之。茲繡山書來，又承虹生作媒，欣慰！欣慰！小女篦下婢所生，（名阿尊，年五歲矣，其母已死，內子鞠之。）人固不論其所自生也。（男子尙然，女子似可不深論。）繡山降心許之，乞虹生爲我致詞曰：謹遵嘉命而已，繁文縟禮，弟皆不知，此後但以一紙書來爲定。外有地脚一紙，乞致繡山弟，此時斷斷不暇作書與繡山矣。星房、星垣兩同年可常常見？見時說定盦心緒平淡，雖江湖長往，而無所牢騷，甚不忘京國也。順問合潭安樂。

——定盦遺箸

* 此書，王文濡校編本爲殘稿，題下註「庚子春作」。

㊀ 孔憲庚，字經之，曲阜人，箸十三經閣詩集，故號經閣。

與何子貞書

雪中之炭，感不可言。謹謝謹謝！附呈一條，乞入之筠清館陵陽子明醱跋尾中，勿遺忘之，至屬至屬！天台宗書，不可緩也。歲杪人事蹙而天心復，無暇爭閒事。即頌子貞仁兄椒祉。鞏祚和南。

附：復牋

錢牧齋杜詩注引陵陽子明經春食朝霞。（在空囊詩注。）

顧予咸温飛卿詩注引陵陽子明經：倒景，氣去地四千里，其景皆倒。（在太液池頭注。）

（按：陵陽子明經當是道書，國初如錢牧齋、顧小阮皆見之引之，而今無刻本，恐道藏中尚有之，未及檢也。）㊀

——定盦遺箸

㊀ 案語爲何紹基所加。

與秦敦夫書*

士大夫多瞻仰前輩一日，則胸中長一分邱壑；長一分邱壑，則去一分鄙陋；潛移默化，將來或出或處，所以益人家邦與移人風俗不少矣。

——定盦書札（江安傅增湘藏）

* 此札見今傳是樓詩話所引，惜乎不全。

論京北可居狀

京師春益早，冬益燠，客益衆，土著益詐。吾相北方，獨宣化府、承德府之間，可以居，可以富，可以長子孫。今夫東南草木，朮朮然易榮也，易高大也，易槁也，蠹空其中，雨漬其外，有園圃者，不規久遠，不能儲以爲美材。宣化承德間少木，木四月始榮，其華肥，其葉長，其材堅，得三頃之磽确以種木，三十年而材之，棟宇棺槨之利，可以專數縣。恆寒，故腠理實，恆勞，故筋骨固。食妖、服妖、玩好妖不至，故見聞定。居天下極北，仕者賈者不取道，不取道，無過客矣，故家室姻戚皆舊。我祖我宗，蹕路之所出入，承德則山莊在焉，近宮牆蹕路，不爲陋，子孫如智慧，亦可以窺掌故矣。東南生齒密，邱墓密，歲歲埋之，歲歲掘之，故土浮，故土多石少。宣化、承德間，平地皆巨石，地氣不洩，氣不洩，故無蚊蚋毒蟲，亦無癘疫痁疾，人畜皆壽。如夾山而居山之坳，縱可四百丈，橫四之一，可以牧牛羊犛牛。牧可以代田，石炭可以代薪，狼、狐、野貓之皮可以代蠶。子孫如聰慧者，宜習蒙古書，通喇嘛經咒。習蒙古書，通喇嘛經咒，可以代東南書記之館，敎讀之師。吾有丈夫子二，如一支回南，一支遷北，他日魂魄，其歆北乎？噫！吾少年嘗東南山居，中年仕宦，心中温温然不忘東南之山。居京師，既不欲久淹，天意詞我，人事甚我，又未必使我老東南從曼妙之樂也，我方圖之矣。丁酉十月，與客言志，既送客，書示兒子。㊀㊁

——定盦文集補編

㊀龔橙，字孝珙。箸詩本誼、六典、象書、六經傳記逸詩周書均表、重訂易韻表、論語諸子原均表、元志、雁足燈考、古俗通誼。

㊁龔陶，字念匏。（自珍次子。）官金山知縣。

正譯第一 正法華經秦譯

妙法蓮花經入震旦之一千四百四十四年，爲大清道光之丁酉歲，龔鞏祚始正之曰：譯者誤也。誤奈何？曰：此書實二部，各有序、正、流通，合并之，誤者一。前經十品，後經十一品，無二十八品，今二十八品，其七僞也，其一別行也，誤者二。二經各有蔓衍，後經尤雜糅，譯者不察，誤者三。顚倒失其次，移安樂行品於後經之中間，誤者四。移囑累品於藥王普門諸品之上，使已沒之寶塔復有言辭，使未離佛側之文殊來自大海，疑惑衆生極矣，誤者五。又告之曰：第五事，晉譯、隋譯不誤。

——定盦別集

正譯第二 正大品彌陀經魏譯

或問龔鞏祚曰：阿彌陀四十八願有之乎？曰：龔鞏祚曰：蛆蟲師之言也，若非蛆蟲師之言，則譯者爲之。昔者法藏比丘之發願也，有本有迹，有理有事。本也者，泯一切數，立一切數，一數攝無量數，無量數入一數。若十方，若過去世，若見在世，若未來世，無一色非我願者，無一香非我願者，乃至若地，若水，若火，若風，若耳，若眼，若鼻、舌、身，若意，若我願，若它願，無非我願者。是故我願實不可得；是故我願實無有數。盡十方衆生皆成阿羅漢，測量卜度，欲照明其數，終不可得，如其迹則必有定矣。我在西方，非東，非北，非南，亦非四維，亦非上下。成佛以來，十刧而已。非一刧、二刧，乃至九刧，亦非多刧。娑婆衆生，不感我說，釋迦代說。自說其迹不定，法藏誑衆生矣，代說之不定，釋迦誑衆生矣，結集之者書其數不定，阿難誑衆生矣。梵册貝葉，以意增損，以意排比，以意合之分之，譯者從而受之。大藏所見，或以四十八願，或以三十六願，或以二十八願，或以二十四願。四十八願，獨見流通，乍聾乍眩，詎可信受者乎？

——定盦別集

正譯第三　正大本彌陀經

問：依魏康僧鎧譯四十八願，何不可也，詎知非衆生因緣，當信受是四十八願也哉？答：不可也。我爲一一正之如左，盡平心察文義矣！

第十七願，衍文也。十方諸佛說經行道之迹，各各不同。衆生因緣不同故，非佛有優劣故，乃言十倍于諸佛，爲是十倍誰耶？

第二十五、第二十六，只是一願，非二也。

第二十八、第二十九、第三十願三段，可并入第二十七願中。第三十一願，可并入第二十三願中。

第三十四願，衍文也。我刹中人欲生他方，前文明其本願矣，乃慮墮三惡道，此義不必宣矣。

第三十五、三十六願，皆可并入第二十二願中。

第三十七願、三十八願，只是一，非二也。
第四十一願，衍文。爲道場樹耶？道樹不必當一願。㊀爲菩薩知見耶？菩薩知見，具如上文矣。
第四十四願，衍文。具見上文，且疊見矣。
第四十五、四十六、四十七、四十八願凡四段，只是一，非四也。
然則法藏本願如何？曰：佛有願而已，不臚願之數也。

——定盦別集

㊀「道樹不必當一願。」案「道樹」亦當作「道場樹」，風雨樓叢書本校誤。

正譯第四 正彌陀經

凡淨土衆經各各異，發願多少異，予揭之矣。有明袁居士爲西方釋異篇，㊀有身城大小異釋，有壽量多少異釋，有花輪大小異釋，網其衆說，彌縫同異，可謂勤矣。予乃正告震旦曰：不足辯！凡言大小、高卑、延促、多寡之數，十九是西竺注疏小師依托爲之。一切經預設架構，言一、言二、言三、言四、言五，乃至言八萬四千，此方師筆之書，爲大明三藏法數篇，以非佛口親說，是以處處異。又凡言若干那由他，若干恆河沙，若由旬，若刼，若國土，十九以意增益，氣喘詞窘，無益至教，亦處處異。佛言豈若此其絮絮猥鄙如兒女子語哉？五痛五燒，最不詞，寶積經中無量壽如來會，無是文也。若金口親宣，曷爲有譯有不譯？於正是譯也，發其凡焉。

——定盦別集

㊀袁宏道，字中郎，公安人。箸中郎集，並箸西方合論，後人刻入淨土十要，此即其中一篇之別行本。

正譯第五　正大般若經

龔鞏祚曰：唐玉華寺譯大般若經六百卷十六分，是西土僞經也。第二分，用秦譯摩訶般若波羅密經，又模擬此經造四百卷，立初分，又橅擬此經造百餘卷，立第三分、四分、五分、六分；又取此經餘滓，造數十卷，立第七分，至第十六分。獨第二分是眞經也。何以明此眞？曰：龍樹大士依此造論也。眞經不恃唐譯，鳩摩羅什、僧叡兩大師，先勒成三十卷九十品，流通震旦矣。西土如別有六百卷者，龍樹不應不言，羅什不應不見。且夫摩訶者，大也，三十卷九十品，已得一稱，無容更有繁于此，更得大稱者。蓋判教諸師，判立三宗，中西並然。相宗、性宗，卷氈繁重，此師習此破相宗，欲敵餘宗，恨文不富，門戶小見，漸至僭僞。豈知教縱分三，佛止一佛，矧教縱分三，豈必卷氈相敵，始成三峙耶？龍樹大士依三十卷九十品文，作釋論一千卷，又名大智度論，羅什存一删九。龍樹之言，圓賅三藏十二部教，不專詁破相。又龍樹借此經，廣明三藏十二部教，不專執破相。又龍樹釋論論也，十倍原文，體裁可爾，秦二師尚以爲廣而删之。唐師乃以經爲略，又取西土僞經而譯之，唐師所見，遜秦師遠矣哉！唐圭峯大師曰：「般若諸經，一氣數百非字，一氣數百不字，一氣數百無字。」夫佛一代時教，立此一門，顯此一境，標此一諦。判三宗者，是破相攝。判三乘者，是大乘攝。判四教者，是別教攝。審三諦者，是眞諦依止。修三止者，是體眞止依止。修三觀者，是空觀依止。發此音聲，有此卷氈，有此言句矣。此言句者，不同相宗之艱言，不同性宗之辯言，不同小乘經之確言，不同陀羅尼之密言，不同伽陀之文言，最易剽竊，最易模擬，敷衍萬倍，登龍宮之華嚴。求其後義，仍是前義，造作何難？然且校量功德，倍其文焉，然且廣明罪報，恫喝挾制，又倍其文焉，使人敢怒而不敢議，我佛豈有是哉？使圭峯知予說，早唾置之矣。乃辟喻說之曰：佛說般若，醍醐也，模彷附益者，水也；醍醐一滴入一盞盂水，水多醍醐少矣，乃至入七盞盂水，水益多醍醐益少；大般若六百卷，是取醍醐一滴，入四大海水。

——定盦別集

正譯第六 正密部、正偈頌

龔鞏祚曰：夫稱理以況，簡及苕帚；就事以詮，則有密部。密部所貴者，聲而已矣，聲所貴，輕重分寸間而已矣，輕重分寸間，在乎正音與帶音之間。正音宜大書，帶音宜旁書，二合以濟聲之窮，三合以濟二合之窮，四合以濟三合之窮。今回部語用彈舌音，乃至五合，其宜以大字攝細字書。譯師無知，用一律書，間用二合矣，而無三合四合，無三合四合，故密部不符佛口，密部不符佛口，故理一事二，疑惑衆生。聖清控馭天竺額納特珂克之地，達賴、班禪額爾德尼、章佳胡土（一本「土」作「圖」。）克圖，先後來朝，世宗、高宗命譯諸陀羅尼以進，爰肖其音，用大攝小，書之鏤之，藏板雍和宮，印行以賜天下諸寺。偉矣，邁矣！天龍鬼神八部呵護，在此不在彼矣。且夫西竺之國，威儀文詞之美，古德慕之。凡見佛者，則有唄偈、樂器贊頌；問佛咨義，往往用偈頌。佛說法畢，則有重宣之頌，如東土之有歌詩諧聲者也。中西聲不同，不可以諧，不如勿譯；譯焉而拙直，無唱歎之旨，徒復正文而已，不如勿譯。震旦人造偈，沿彼譯師，承厥譌謬，截割字數，俾就整壹，若四字，若五字，若七字，不叶韻，中西皆無此律令，不知何名，鬏耶角耶？文筆之痾耶？

——定盦別集

正譯第七　總正歷代所譯一切經

釋迦牟尼之興也，有語言，無文字，有付囑法，無付囑經。釋迦既沒，阿難結集釋迦一代五時之教，五味以判，三藏以位，十二部以分，經之名以起。如是者何也？謂自法也。我，阿難自我也；聞，阿難自聞也。某品某品，皆阿難所定也，阿難不得以記事記言之我，而僭曰佛也；亦猶佛不得預攘記事記言之阿難，而誣曰我也。今之經凡云佛說，是經時追稱之詞，謂之小不辭；凡云佛說是其品時，謂之大不辭；亦有問答未竟，佛遽唱言持此經功德、謗此經罪報者。日中相不應見日入相。愍哉！西竺既尊佛，國王貴官長者皆事佛，其以名聞相高，必在佛經焉；利祿之門，必在佛經焉；由是門戶之爭，朋黨之立，亦必在乎佛經焉。由是人尊一經，經立一師，家抱一册，戶名一偈，各立原委，各造文字，或損改，或顛倒，或附益，猶不售，則又加之以恐喝挾制，校量罪福。罪福之文，十倍其原文矣。由是各經流通分，各各自名經中之王，序分各各造法會，各各名無量會；此文又三十倍其正文。佛清淨誨，汩沒其中，若存若亡，其言有曰：如遇持是經者，出其過惡，若實若不實，此人現世得白癩病。此其言爲是佛言，爲是持經者言，尙待問耶？佛言：「我如師子王，一切無畏，畏師子身自生蛆蟲，食師子肉。」〔吾本是訓，名之蛆蟲僧。〕㊀

譯主不察，盡譯之以貽震旦，震旦之謗佛，譯主之咎。

㊀「吾本是訓名之蛆蟲僧」，鄧實案：「此句爲（龔）孝珙所增。」

妙法蓮華經四十二問

第一問：三藏十二部，妙法蓮華經爲經之王，何也？答：隋以來判教諸師，皆曰華嚴日出時，法華日中時，涅槃日入時。明藕益大師曰：「諸經有法華，王者之有九鼎，家業之有總帳簿也。」與一切經各各自言經中之王不同，欲備知之，則在天台玄義矣。

第二問：是經紀事多於記言，何也？答：明幽溪大師曰：「是經說綱不說目，說意不說義，一切經所說，統於是經說。」是經所說，則有三焉。何謂三？一、不說之說，二、正說之說，三、辟喩說之說。放光示瑞，天雨四華，地六種動，此不說之說。方便品說一大事因緣出見於世，說我但一乘，尚無有二，何況有三？此正說之說。以下乃辟喩說：一、火宅喩，二、藥草喩，三、化城喩。且說法，且授記，法華第一會畢矣。

第三問：此經應作何科判？答：吾初讀法華白文，審是二分；及見智者文句，果判二分，大喜曰：凡夫知見，乃與大師闇合。又讀七周，乃言曰：智者文句，大綱舉矣，條別未盡也。吾大意符智者，別出科判，自序品至學無學品訖爲一會；以安樂行品爲流通，自見寶塔品以至妙莊嚴王品爲一會；以法師功德品及囑累品爲流通。

第四問：如子之言，兩部各別行可矣。答：如是。

第五問：問其目。答曰：序品第一，方便品第二，授舍利弗記并說火宅喻品第三，須菩提迦葉等說窮子喻品第四，藥草喻品第五，授迦葉等記品第六，說大通智勝如來并說化城喻品第七，授五百弟子記弟子說衣珠喻品第八，授學無學人記品第九，安樂行品第十，以上法華經第一會竟。見寶塔品第一，授提婆達多記龍女獻珠品第二，從地湧出品第三，如來壽量品第四，常不輕本事品第五，藥王本事品第六，（此品今删少半。）妙音菩薩來往品第七，普門品第八，妙莊嚴王本事品第九，法師功德品第十，囑累品第十一，以上法華又一會竟。

第六問：何以删法師品？答：辨士之虛鋒，墨士之旁瀋。

第七問：何以删持品？答：無意義，非佛語。

第八問：何以删分別功德品？答：凡校量罪福，最繁重。閒文之諄，三十倍於正文，非佛語也。

第九問：何以删隨喜功德品？答：同上。

第十問：何以删如來神力品，答：無實義。

第十一問：陀羅尼可删乎？答：一切經陀羅尼，皆宜别行在密部，於此經發其凡。

第十二問：何以删普賢勸法品？答：僞經之最可笑者。凡恫喝挾制之言，皆西竺蛆蟲師所爲也。（詳正譯第七。）又此經自有囑累品，不容益此品。

第十三問：何以移安樂行品於前經之末？答：以文殊始，以文殊終，說髻珠喻以申前三喻，經之首尾如是矣。陳南岳大師以此品別行，有玄義一卷。

第十四問：何以移法師功德品於後？答：依智者師，此品譚神通名發得通，是說果，非說因也，宜入之流通。問：何以知是後會之流通，不是前會之流通？答：前會不以神通爲流通，此多寶佛所被譏耳。

第十五問：何以移囑累品於最後？答：晉譯如此，隋譯亦如此，獨秦譯不然。依晉隋兩譯以正秦譯，不亦可乎？此一端可正全經之顚倒竄亂，非阿難原文矣。又此品佛明言多寶佛塔，還可如故，法會遂散，而下品藥王品中多寶佛贊宿王華何哉？普門品中觀世音以一分瓔珞供多寶佛塔又何哉？其倒置不屑辯矣。

第十六問：今本大錯亂安在？答：文殊師利在八萬菩薩上首，彌勒問焉，未離佛側。提婆達多品佛留智積云：「且待須臾與文殊相見。」文殊乃與無數菩薩自龍宮涌出。不識文殊以何時入海耶？後經更端與前經不相承，別爲首尾，不待深明文義者察之矣。

第十七問：願聞第二會何爲而作？何人所作？何時所作？十一品之中，大綱細目，脈絡所在，首尾之指，可得而覼陳乎？答：阿難作。其時在授三根記訖以後，久遠矣！其文以多寶佛爲主，以塔見塔沒爲首尾；又以下方海衆爲由緒，以如來壽量爲正宗，如智者大師說。又十一品中龍女也，藥王也，常不輕也，妙音也，觀世音也，妙莊嚴王也，此六人者，皆證明如來壽量者也。以六重證明之，以六番指點之，以六事敷演之，以前經例之，此皆不說之說。如來壽量，是正說之說。又第十一品亦名多寶塔滅品，多寶佛爲證明之始，爲證明之終。

第十八問：何以言藥王品有蔓益？答：較量罪福入此品，不倫最甚也。

第十九問：仁言有非阿難原文者何也？答：某品某品名目，阿難所定。凡阿難記事之言，不得僭稱佛言。如云：佛說是妙音菩薩來往品時，阿難原文當作是妙音菩薩來往時；佛說是普門品時，阿難原文當云（一本「云」作「作」）。是無盡意菩薩供養觀世音時；持地白佛言有人聞是普門品者，原文當作有人聞佛說觀世音功德者；以此例推，可一一臆改也。

第二十問：後經前經，意指分別。答：前經說迹，迹中有本；後經說本，本中有迹；無以易天台矣！迹猶他也，本猶自也。

第二十一問：使與前經銜尾相承，由迹生本可乎？答：不可。各自爲經，多寶佛爲證明壽量，出見於世可矣；如其銜尾，則是前說已說，後說未說，多寶只證明前說，不證明後說，一不安也。則是下方海衆，只擁護前說，不擁護後說，不安二。則是三周說法、三根授記，但爲如來壽量品之序分，如此科判，不安三。設非因前言生後言，因前事生後事，則如來壽量，其終閟而不宣乎？正宗分是佛大事，不得因前事始生後事，不得因前言始生後言，如此科判，不安四。一經之中，乃各自爲序、正、流通，斷無此例，不安五。不但文殊入海，脫文窒礙而已。

第二十二問：天台判本門迹門，截然兩大支，兀然相對峙，吾子之先聲也，以下方涌出品，爲如來壽量之由序，以見寶塔品、龍女獻珠品還於前半，目爲前半之流通，何害於義而不可哉？子殆欲與天台立異？答：多寶佛品是更端之相，非流通之相，不可還前半。何也？多寶佛是十一品主，是十一品脈，是十一品線，是十一品筋，是十一品眼，是十一品鑰匙，是十一品歸墟，我故與天台小異，龍女品文殊出海與前不屬，我故與天台小異。

第二十三問：後十一品之名妙法蓮華經，多寶佛所名，不可易矣。許有異名乎？答：亦得名爲平等大慧經，亦得名爲釋迦壽量經，亦得名爲多寶佛出見經，亦得名爲多寶佛證明釋迦壽量經。

第二十四問：佛於授舍利弗記之時，金口親宣，自名所說爲妙法蓮華法，何也？答：妙法蓮華法，三世佛所說，曠劫預定，故釋迦三周說法之中，一字一句，皆自名爲妙法蓮華法，此無可疑者。

第二十五問：十方三世所說妙法蓮華經可知者凡幾？答：見於妙法蓮華經稱引者凡五，與今經而七：一、日月燈明佛說，（文殊說。）一、日月淨明德佛爲一切衆生喜見菩薩說，（佛說。）一、提婆達多夙世所說，（佛說。）一、大通智勝如來說，（佛說。）一、威音王說，（佛說。）是爲五，與今經而七也。

第二十六問：文殊入海所以敎龍女者，當是何等妙法蓮華經？答：是釋迦牟尼佛在娑婆世界所說，即此前十品三周說法、三根授記、以四安樂行爲流通者也。何用知之？曰：釋迦見主，文殊見輔。

第二十七問：如仁所說，震旦通行之經，譌闕、顚倒、蔓衍、復重如亂絲，已舉數事。更有明徵乎？答：天台玄義有之曰：他經皆說經題，此獨不說，非不說，其文未度也。（凡經皆是追稱，詳正譯篇。）〔此一徵也。又此經爲北朝宮女㊀所亂，後來南岳大師復理之，見文句，此又一徵也。」㊁

第二十八問：更有否？答：普門品偈：「偈答無盡意」五字，應入阿難語；應是爾時佛以偈答：「無盡意曰……」十字，不應誤入祇夜。譯者憒憒，一至于此，餘可例矣。

第二十九問：前經別行不連後，于震旦有徵乎？答：有之。六祖大鑑大師壇經第七則曰：有人咨問法華經大義，祖命誦其文，誦至化城喻品，祖遽曰：止，即口授大義云云。六祖所言與天台智者大師之言，無二無別，謂之六祖所撰法華玄義可矣，謂之六祖所授摩訶止觀、六祖法華三昧，無不可矣。夫六祖者，文殊化身也。㊂

第三十問：以何因緣，二經俱至震旦？答：衆生因緣，根性、福力，各各不同，合而讀之，用證三昧，分而讀之，用證三昧，無不可者。他方世界種種國土所感，種種言詞，種種音聲，種種文字，或一句、或半偈，乃至一會，乃至如此間聞二會，乃至聞恆河沙數會，種種別異，必可知矣。

第三十一問：見寶塔品以爾時二字發端耶？答：必有如是我聞，必有序法會云云，必有當說妙法蓮華經云云，譯主欲衍尾，因删之矣。餘可例知。

第三十二問：後經有多寶佛，猶前經之有文殊耶？答：如是。

第三十三問：文句間尚有纖疑存者乎？答：提婆達多品，前半記授記事，後半記龍女事，不相屬，疑二品誤合也，姑仍厥舊。

第三十四問：前三周簡矣，何以言初善、中善、後善？答：就三周而論，爲上根說法，授上根記，初善也。爲中根說法，授中根記，中善也。爲下根說法，授下根記，後善也。就每周之中而論，初中後具在經文；就全經而論，方便品說一大事因緣，初善也。三周辟喻，中善也。文殊問四安樂行，說髻珠喻以終之，後善也。

第三十五問：流通屬累繁何傷乎？答：向不云乎？有不說之說，有說之說，佛之本懷，視說之說不如不說之說之妙，說已贅矣，而說此至無意味之說豈妙耶？天台九旬譚妙，亦曾譚囑累妙、流通妙、自讚妙、校量罪福妙耶？

第三十六問：全經顛倒、重複、蔓衍之故。答：易知也！西土有諸講師，家置一編，斤抱一偈，名聞利養之故。造作文字，有經之臣僕，有經之輿儓，輿儓又有輿儓焉。假如西土人來譚春秋、論語，我土儒者，取春秋、論語付之，又誤取二書之注疏付之，又誤取二書之近世制舉文付之，又誤取制舉文之坊刻評論付之，西土人不別也，盡譯之以歸。法華二十八品之束，亦若是乎。

第三十七問：阿難記事倍於記言。佛言本簡，今又頗乙去佛贊，此經之文，佛言益簡。答：榛楛翦而栴檀出矣，礫石去而甄叔迦見矣。前經三周說法，後經說壽量，一切經所說統於是說，而重之以說妙音菩薩事，說常不輕事，說藥王事，說觀世音事，說妙莊嚴王事，以證明之。上根之者，但聞一事，疾得三昧，何苦簡乎？

第三十八問：嘗讀吾子正譯七篇矣，抑十不二門，大開圓解心，具三世法，固無所謂先後、延促、始終、來去者也。五十小刼禮佛，佛神力故，才如半日。據此，則凡形跡之不符，文氣之不承，教相之不同世相，文法之不同世傳記，願皆勿疑。答：凡此圓解，我皆具知，有理有事。稱理而論，無延促、先後、去來、終始，就事而論，則不然，佛不壞假名而說實相。種種示見，如來壽量品後半既自明之矣，當其示見佛，亦人也，亦一立言之大師也。阿難一載筆之史也，一代時教無此立言之相矣。釋迦謚爲文，無此文章之體裁矣。非立言之相，非文章之體裁，非示見矣。

第三十九問：何以須論文義？答：報文佛恩故。

第四十問：日月燈明佛之經，提婆夙世說之經，藥王夙世聞之經，大通智勝如來之經，威音王之經，與今之二經，七者同乎不乎？答：非同非不同，亦同亦不同。刼不同，世界不同，佛身大小不同，佛壽延促不同；衆生有福無福根利鈍不同，經之字句多寡不同，說之之延促不同，此吾迹門也。心具十方、三世，法無多寡、延促，同且爲贅詞，何況不同！以要言之，十方三世，我不見有一色一香非是法華經者，此吾本門也。今方與汝重定法華文句，科判其品，攷核其文，甄中西之末流，補古師之千慮，就示見相而論其示見之始終本末。我寧論迹，我不暇與汝論本也。

第四十一問：願聞法華玄義。答：義學之淵海，三藏之總龜，法王之首輔，大士之化身，願盡刼皈依，爲不侵不叛之臣。

第四十二問：子重定法華之文，悍如此，不問罪福乎？答：凡我所說，不合佛心，凡我所判，不合阿難原文，我爲無知，我爲妄作，違心所安，誑彼來學，我判此竟，七日命終，墜無間獄，我不悔也。如我所言，上合佛心，我所科判，上合阿難原文，佛加被我，智者大師加被我，我疾得法華三昧，亦得普見一切色身三昧，見生蒙佛夢中授記，得阿耨多羅三藐三菩提。

時道光丁酉春正月，實法華經入震旦之一千四百四十四年。計定盦所删七品，定爲兩部，存者二十一品，又删藥王半品。

——定盦別集

㊀「北朝宮女」，已亥雜詩注作「北涼宮中」。
㊁「此一徵也……此又一徵也。」鄧實案：「……三十一字，乃龔孝拱手增。」
㊂「夫六祖者，文殊化身也。」風雨樓本此九字爲龔橙删去。

中不立境論

宗——今立中不立境。

因——因何以故？曰：因佛恆依兩邊而說法故。

喻——喻如一月中，以自朔至望十五日爲前半月；以自望後一日至月晦日，凡十五日爲後半月；中在何處？又喻一尺之箠，以五寸爲半之長；又以五寸爲半之長，折而爲兩，兩頭等長，中在何處？

頌曰：我立中無境，佛依空假境，空假拶已竟，見不思議境，亦無雙非境，亦無雙亦境，不墮四句境，我强立中境。

——定盦別集

法性即佛性論

宗——今立法性即佛性。

因——因何以故？曰：竪曰三世，橫曰十方。十方、三世，所有微塵非他，知見而巳矣。自佛知見，乃至地獄知見，皆遍一切處；汝開餓鬼知見，鬼法界遍一切處；開畜生知見，畜生法界遍一切處；開地獄知見，地獄法界遍一切處。今開佛知見，知見如何？曰：了知十方、三世微塵，一一塵皆無相，於無相中而發互相，即立即破，無前無後，不容商量，不受脣吻，不墮卜度，無可取，無可舍；如是之相，既無有相，無相之相，強名實相；此實相者，一倘証得，那有十方、三世、森羅分別之微塵耶？故但名佛性，不名法性。又此十方、三世、森羅分別性相，強名法界，又名法性，此法性者，原無定名，名曰鬼性，名曰畜性，名曰獄性，隨汝知見，無不可者。我今仰承佛力，開佛知見，故名爲佛性矣。難之曰：若爾則法爾空，法爾具，法爾中道，法自然，佛但攘法性之自然，以自名其功德，我疑佛別有功德，不攘自然。應之曰：般若經中千言萬句，只是告汝佛無所得。誰人告汝佛出於世，曾有一事一言，而稱功德？

喻——喻云：如大地、山河、城土、人民、國邑，有一國王出生東方，合南西北三方人土㊀以爲我臣，名爲（一本「爲」作「曰」）大東；此三方者，全土隸東無有遺者。又有國王，出生南方，其北西東全土隸附，名曰大南，亦復如是。而此四方東西北南，各各平等，各各不動，亦復如是。

頌曰：法名不覺本無性，佛名妙覺覺法性，佛以我覺覺彼性，是故不名九界性。

——定盦別集

㊀「合南、西、北三方人土」，案「人」當作「全」，有「此三方者，全土隸東無有遺者」可證，風雨樓叢書本校誤。

以天台宗修淨土偈

立量云：不墮四處墮，爲宗。

因云：一者，偏執墮。生假也，無生空也，念假也，無念空也，執念、執生，爲假墮，執無念、無生，爲空墮。

二者，先後墮。虎谿云：㈠「忘照何曾有先後？」何謂先後？曰：從念入於無念，從生悟於無生，此先假後空也；明知無可念乃熾然念，明知無所生熾然求生，此先空後假也，此皆墮。三者，取舍墮。離念立無念宗，離生立無生宗，此取空舍假也；離無念立念宗，離無生立生宗，此取假舍空也。此皆墮。四者，諍論墮。何謂諍論墮？前三家義，往反無窮，盡成欹側，欹側無窮；圓家不屬前三，不離前三，東則全東，收亦全收。由汝偏執，生偏執念亦許，偏執無念、偏執無生亦許，由空入假亦許，由假入空亦許，取空舍假亦許，取假舍空亦許；不爾者，名諍論墮。

喻云：古德云：「般若如大火聚，四面不可觸，觸之皆燒。」又云：「般若如清涼池，四面可入。」飛錫師云：「如盡大地以爲射的，豈有箭發而不中者哉？」

偈曰：不舍知解，我說爲病；執舍知解，我說亦病。如何便是？瞥認者是。如何便是？擔得者是，直下者是，當處者是。念外無佛，佛者念是。佛外無念，念者佛是。無量強名，從此安立。無量強義，從此發生。我說此偈，我強說竟。

——定盦別集

㈠虎谿（懷則），元代人，著天台傳佛心印記。又，虎谿（了然），宋代人，非此。

五重證義

第一重，煩惱空也，衆生性空也，依止毗舍浮如來偈，依止圓覺普眼品，依止南岳止觀，衆文炳炳，爲我作證。爾時龍樹四不、天台四運，皆來作證。第二重，清淨亦空也，佛性亦空也，依止六祖曰：「佛性是無常。」又依止南岳止觀爲證。第三重，煩惱亦假立也，衆生相亦假立也，依止法華偈曰：「世間相常住。」又依止普眼品曰：「四大、十二處、十八界、淸淨平等不動，偏滿法界。」又依止法華玄義曰：「不離苦道，別有法身。」又依止六祖曰：「衆生性是常。」又大智度論喜根菩薩曰：「淫怒癡相，是諸法實相」爲證。又觀世音用耳根，香積佛衆香世界用鼻根，智者大師用意根，即是六根眞常之證。第四重，假立佛性也，假立淸淨相也，依止一切經論，如敎而住，壞空相而住。又依止淨土一切經論住，爲我作證。第五重，煩惱性相中、衆生性中、佛性中、淸淨性相中，依不著二邊見而住。又眞如二字分呼，眞即三千空義，如即三千假義，眞如合呼，即三千中義。證之曰：心、佛、衆生，三無差別。

——定盦別集

釋二門三點同異

二門三點，有二種釋，先釋二門，止、觀是，乃釋三點，空、假、中是。二門各有三點，是前釋；二門分配三點，是後釋。二門各有三點，是諸家通釋；二門分配三點，是予別釋。止門有三點者何？體眞止是止中空，隨緣分別止是止中假，息二邊分別止是止中中。觀門三點者何？空觀第一番說，假觀第二番說，中道正觀第三番說。心無前後，說須次第。在首楞嚴名妙湛，名空如來藏，在天台玄義說十法界，十字獨呼，法界合呼，說十如是，十統于如，在覺意三昧謂之觀亂心，在龍樹大智度論謂之空三昧，仁王瓔珞經謂之眞諦，皆空所攝。在首楞嚴名總持，名不空如來藏，在玄義說十法界，十法合呼，界字別呼，說十如是，如別爲十，在覺意三昧謂之觀定心，在龍樹大智度論謂之無相三昧，仁王瓔珞謂之俗諦，皆假所攝。在首楞嚴名不動，名空不空如來藏，在玄義說十法界，三字合呼，說十如是，十者如于實相之是，在覺意三昧謂之觀觀心，在龍樹謂之無作三昧，仁王瓔珞謂之中諦，皆中所攝。大凡此土各論師宗天台者，莫不具以止觀爲綱，三點爲目，例上可知，以上釋第一種竟。二門分配三點者何？告之曰：止配空，觀配假，止觀合配中。楞嚴有奢摩它，圓覺有奢摩它，涅槃有奢摩它。奢摩它翻止，皆空所攝。楞嚴有三摩鉢提，圓覺有三摩鉢提，涅槃改爲毗婆舍那；三摩鉢提，翻觀也，毗婆舍那，翻觀幻也，皆假所攝。楞嚴有禪那，圓覺有禪那，涅槃改爲優畢叉；禪那翻定中炤也，優畢叉翻不舍舍也，皆中所攝。大凡此土論師有言定者，言慧者，言定慧力均等者，分配例上可知，又此土師有言寂者，有言炤者，有言寂炤雙見前者，分配例上可知。復次，此土論師，獨唐永嘉大師十篇，用涅槃經名，餘師皆用楞嚴、圓覺名，以上釋第二種釋竟。問：後釋何所本也，告之曰：讀圓覺經知之，讀西土馬鳴大師大乘起信論第六卷㊀益知之，讀此土永嘉十篇益知之。震旦佛弟子龔自珍釋二門三點同異竟。

——定盦別集

㊀馬鳴大乘起信論，梁眞諦譯一卷，唐實叉難陀譯二卷，此云第六卷，誤。

二十三祖二十七祖同異

梁時達摩西來，述七佛偈，密相授受。又述二十七祖，自迦葉始，至般若多羅止，已爲第二十八祖。自後曹溪壇經述之，宗鏡錄又述之，景德傳燈錄又述之：獨天台大師摩訶止觀所稱，以師子尊者止，實二十三祖，無後四人，又不言七佛偈。天台所本，本于付法藏因緣經，唐僧神機據此，大弘厥辯，以爲禪門人安增；元虎谿大師更從而排之，著天台傳佛心印記，曰：天台直接師子比丘，中間厥絶。天台得之南岳，南岳是聞而知之者也。宋明教禪師契嵩著鐔津集，則以神機爲不然，言達摩的有師承云云，凡數千言。予謂六祖豈誑語者？天台據師子兵解法絶，各稟攸聞，闕數四人，非擯之也，不料後代横分門戶如此，鐔津言是也。又七佛偈，必非支那人所能造，欲尊台宗，謗及此偈，罪過，罪過！予以天台裔人而奉事六祖，爲二象一龕供養之，我實不見天台、曹溪二家纖豪之異。

——定盦別集

簡煉法

簡煉法者，不墮四處墮。何謂四處墮？一者，孤執墮。念假也，生假也，執念執生，爲執假墮；無念空也，無生空也，執無念，執無生，爲執空墮。二者，先後墮。何謂先後？從念入於無念，從生悟於無生，此先假後空也，義墮。知無可念，而熾然念，知無所生，而熾然生，此先空後假也，義墮。三者，取舍墮。離念立無念宗，離生立無生宗，取空舍假也，義墮。離無念立念宗，離無生立生宗，取假舍空也，義墮。四者，諍論墮。念與無念，生與無生，一低一卬，一往一返，歷刼不窮，當知不在前三，當知不離前三，束則全束，收則全收，孤執之者全體許之，先後之者全體許之，取舍之者全體許之；若不爾者，名諍論墮。不墮四墮。念即無念，無念是念竟；生即無生，無生是生竟；直下便圓，開口便無八萬四千病症矣。此圓家往生淨土，中道簡煉法。

——定盦別集

定盦觀儀

依南岳天台圓教儀，立觀儀。初觀阿彌陀佛見小身，頂有圓光，結加趺坐，住我頂上。次觀左觀世音菩薩、右大勢至菩薩，各現小身，頂有圓光，結加趺坐，住我頂上。乃觀十大菩薩，各現丈六尺身，如紫金山，頂光一尋，護我左右。一菩薩前白願一支，支支互涉，各各圓具。十大菩薩，各領一萬菩薩，以爲徒衆；此十萬菩薩，身皆一丈三尺，紫金色，頂有光，左右相向，如十大菩薩之位。乃觀一大菩薩正當吾前，不向不背，一面安立，丈六尺身，如紫金山，頂光一尋，手持金瓶，瓶可三尺哆二尺。別觀羣魔，大身小身，上下竄遶，如軍將摧，慘澹獰異，死力撐扛，徧娑婆界。次觀西方聖衆，四十九萬，身皆一丈三尺，紫金色，頂有光，分作七重，每重七萬，向此菩薩而立。我誦拔一切業障根本得生淨土陀羅尼一通已。聖衆出一金菽，拋金瓶中，有聲呟呟，入我耳根，令極了了。擲一菽已，百千魔滅，此聖者隨亦滅。滅已，觀令向西而去，誦數漸盈，金光漸滅，聖衆漸減，爲前我驅。弟子龔自珍稽首釋迦牟尼文佛、阿彌陀佛、觀世音菩薩、大勢至菩薩及南岳思大師、天台智者大師，立觀儀竟。或問聖衆以何爲依止？答以心爲依止。眞心耶？妄心耶？答以妄心爲依止，全妄即眞故。

——定盦別集

通明觀科判

禪波羅密有十八章，今不具列，列通明觀。通明觀次第有九門：一、初禪，二、二禪，三、三禪，四、四禪，五、空處定，六、識處定，七、少處定，八、非想非非想定，九、滅盡受想定。

初禪分五支，二禪分三支，三禪分五支，四禪分四支，空處以下五門不分支。

初禪五支如左

覺。覺之前有如心，乃前方便也，不入五支。觀。喜。安。定。

二禪三支如左：

喜。安。定。

三禪五支如左：

念。舍。慧。安。定。

四禪四支如左：

念。舍。不苦不樂。定。

初禪第一支之覺，又分五如左：

覺。（俗諦）大覺。（眞諦）思惟。（俗諦）大思惟。（眞諦）觀於心。（中諦）

初禪第二支之觀，又爲四支如左：

觀心行。大行。徧行。隨意。

初禪第三支之喜，又爲三支如左：

如眞實知。大知。心動至心。

初禪第四支之安，又爲四支如左：

心安。身安。受安。受於樂觸。

初禪第五支之定，又爲五支如左：

住。大住。不亂於緣。不謬。不顚倒。（此即中道義。）

初禪第一覺支下之覺大覺，又分三根如左：

下根，根本世間，出世間。（世間即覺，出世間即大覺。）中根，義世間、出世間。上根，事世間，出世間。

初禪第一覺支下之思惟大思惟，又分三根。例如覺大覺不別判。

（此兼言六神通）

下根覺大覺，又爲三，如左：

分別假名爲異。（異即世間即覺。）四大同體名下如（如即出世間即大覺。）分別地大、非餘三大，名爲異。

同無常生滅不異，名次如。無常生滅，名爲異。生滅即空無異，名上如。

中根覺、大覺，又爲三，如左：

分別內外二種，名爲覺。覺一切外依內，名大覺。覺五藏異名，名爲覺。覺肝等法無常，四藏無常不異，名大覺。覺肝等八相別異，名爲覺。覺肝等本寂無異相，名大覺。

上根覺、大覺，又爲三，如左：

用天眼通徹見非一，名爲覺。覺世間所有皆假施設，名爲大覺。用天眼通即知四大性異，名爲覺。知四大性無差別，名大覺。用天眼通八相有異，名爲覺。八相空寂，一相無相，名爲大覺。

三根思惟大思又各爲三例，此可知，不更判。觀於心無文。觀、喜、安、定四支文略，無庸判釋。二禪以後文略，無庸判釋。空處定以後，文尤略，無庸判釋。

——定盦別集

南岳大師大乘止觀科判

五番建立，一、止觀依止，二、止觀境界，三、止觀體狀，四、止觀斷得，五、止觀功用。依止分三科：一、明何所依止，二、明何故依止，三、明以何依止。何所依止分三科：一、出心衆名，二、釋心衆名之義，（以上卷一竟。）三、辯心體狀。（入卷二。）辯心體狀又分三科：（亦得云四科。）一、舉離相以明淨心，二、舉不一不異以明淨心，三、舉二種如來藏以明眞如。（一空如來藏，二不空如來藏。）不空如來藏又分二科：一、明具染淨二法，以明不空，二、明藏體一異，以釋實有。（此支下又分六支不具判。）（以上卷二。）何故依止文異無判？以何依止又分三科：一、明體狀，二、破小乘執，三、破大乘執。此三科中明用第六識法門，乃天台之前導也。止觀境界分三科：（以上卷三）一、眞實性，即眞如，一、依他性，即第八阿黎耶識，一，分別性，即第六、第七識。一、眞實性分兩科：一有垢以爲眞實，二無垢以爲眞實。二、依他性分兩科：一淨分依他，二染分依他。三、分別性分兩科：一清淨分別性，二染濁分別性。止觀體狀分兩科：（入卷四。）（按全書大旨贊英尤在此科。）一就染濁性，二就清淨性。就染濁性又分三科，自佛門所攝：一依分別性以明，二約依他性以顯，三對眞實性以示。就清淨性，又分三科，他佛門所攝：一明分別性中止觀體狀，二明依他性中止觀體狀，三明眞實性中止觀體狀。止觀斷得分三科：一分別性除障益，二依他性除障益，三眞實性除障益。止觀功用分二科：一止行成，二觀行成。五番建立汔歷事指點分三番：一、禮佛止觀，二、食時止觀，三、便利時止觀。止觀各分三門：一、止門，二、觀門，三、止觀雙行門。判汔。按此書大位分三軌則：眞實、依他、分別性三者是也。後來天台智者大師摩訶止觀分十軌則，十軌三軌同異，則藕益大師注詳之。

——定盦別集

六妙門科判

一、數，二、與數應，三、隨，四、與隨應，五、止，六、與止應，七、觀，八、與觀應，（以假入空觀。）九、還，十、與還應，（以空入假觀。）十一、淨，十二、與淨應，（中道觀。）此六妙門於八教，是不定教。

——定盦別集

重輯六妙門序*

昔者大師判八教曰：藏、通、別、圓、頓、漸、祕密、不定。前四教之儀，後四教之相。自初禪、四禪、四無量心，展轉至於師子奮迅三昧，漸也；摩訶止觀、覺意三昧兩部，頓也。祕密，未說。六妙門、十六特勝門、通明觀三部，不定也。六妙門何以不定？曰：門門不定，因不定，果不定。一曰數，數者，三藏教五停心之一停心。但契經不云乎？阿那波那，三世一切佛入道初門，此門徹下徹上，不局藏教。不定者一也。二曰隨，隨者，十六特勝門中之先鋒，因隨以知息出入相，冷暖澀滑，促長相，除身相，恃隨階神通特勝攝，不專取通妙門攝，隨之本旨異矣，隨以後次第又異。不定者二也。問：數隨二門，凡觀不淨，大不淨者，必先由之；故合不淨觀，謂之二甘露門，要是凡夫禪，小乘法。若夫圓人、四念處總十法界以爲處，觀非淨非不淨；又觀息法，觀無常也；圓人則觀非常非無常；此爲淺狹，彼爲高遠。應之曰：汝論理，非論事，理則誠然。六祖門徒元策，游河朔，遇禪人智隍，見其入定而笑之曰：定有入出耶？理亦誠然。我以事論，則大不然，不跏趺坐，則四威儀中，取何者爲相？不停心，則雖有無上知見，爲煩惱風，動搖慧燈，若存若滅，不知風相，那知地水火相？不知內四大相，那獲天眼通，見千世界相？常行常坐，半行半坐，古人尅期爲之，尅期則有出入明矣。故有慧行，有行行，圓悟者側修，下學者上達。且夫安心不異於眞心者，豈指下手處言？安之不揀，難用功故。聞訶栴一本「訶栴」作「河旃」。檀，不得反取糞故。十五門禪，㊀一本「門禪」作「禪門」。古德目初禪爲根本禪，以用阿那波那故。摩訶止觀有二十五科，爲前方便，方便中亦有調息一門，息如不調，心如猿猴，難可制故。三曰止，用制心止也。雖云用制心止，不及三大止，但視乎其人爾。未開圓解，且用制心止，制心一處，何事不辦？如開佛知見矣，於跏趺時，用三種大止，用體眞止，即空而假而中焉可矣；用隨緣方便止，即假而空而中焉可矣；用息二邊分別止，即中而空而假焉無不可矣，神明規矩，弘道者人。不定者三也。四曰觀，此部之觀，先觀息，乃觀身受一本「受」作「愛」。心法四倒，成四念處，其觀息也略；但四念處之喤引而已。特勝通明，由觀息兌取神通，故詳；此門或取通，或不取通，故略。及其成四念處也，是四枯四念處，非四榮四念處，爲未圓人聊說如此。圓人三種大觀，不縱不橫，全體大用，正在此時，借在此時，無不可矣。不定者四也。五曰還，此門還是裂小網，開佛知見曰裂大網，還者非他，覺意三昧之觀，觀心是也，夫亦各還其所還而已矣。不定者五也。六曰淨，準上此淨，但是聲聞淨，聲聞析假入空得稱淨，緣覺體假入空亦稱淨；乃知如來四德，亦受淨名。不定者六也。有至定者存乎？曰：名目定，網格定，次第不可紊則定，首尾相注則定。元藏目錄六妙門三卷，在「謹」字函，爲大師全書二十七種之一。明藏南北皆闕，惜哉，痛哉！讀釋禪波羅密次第門十卷，其第七卷曰：六妙門纔二千言，非元藏單行本。元藏既不可見，此亦足以窺全指於十四乎？未可知也。刻木行，以少慰天台裔人求古笈之志，微此，不定一門熄矣。大清道光十八年仲冬朔日觀實相之者㊁滌筆敍。

——定盦文集補

* 又題最錄六妙門。

㊀「十五禪門」，案「十五」當作「十二」，諸本皆誤。案圭峯禪源諸詮、玄應一切經音義有「十二門禪」可證。

㊁吳昌綬定盦先生年譜道光丁酉條：「重輯六妙門，寫定法華宗魏南岳思大師、隋天台智大師、唐荊溪湛然大師、涅槃宗唐永嘉無相大師，華嚴宗唐帝心大師、圭峯密大師各書爲支那古德遺書，自署名曰：觀實相之

者。」

支那古德遺書序*

觀實相之者愾然曰：學術有升降，人心有誠僞，水有淄、澠，樂有雅、鄭，豈獨九流之遞蔽，儒門之口實而已乎？原夫禪者，佛說六波羅密門之一門，古所謂禪，盡事禪也。千佛所胎息，三乘所劬勞，八教所筦鑰，盡事禪也。入之也有門，踐之也有途，譬彼登山，足無藉則何以爲之階？手無捫則何以爲之援？而且導之也有師，扶持之也有相，尙猶慮夫涉之也有淺深，閱之也有久暫，則有諸境以爲之策，有化城以爲之止息，乃有大事因緣以爲之歸墟。其言明且淸也，故被乎三根，其術至樸實平正也，故其書一⊖根學焉而各無弊，莊論法語，尙懼不聽，烏有所謂機鋒者乎？名身句身，尙懼不明，烏有所謂參悟者乎？是非有檢束，烏有所謂一千七百則公案者乎？通塞覘前途，烏有所謂看話頭者乎？慈和煖愛，烏有所謂棒喝者乎？有聞、有思、有修，以言說說其無言說，以思議思議其不思議，必有悉檀焉，烏有一切鑱者乎？傾肝吐鬲而予之，烏有設伏以俟敵者乎？蓋惟恐人之不好問也，烏有來即攔，到即斫者乎？無量人問，當用無量法門悉檀答之，譬如醫門四百四病，四百四藥，診脈處方，臨時區配，烏有以現成語句，囫圇籠罩人者乎？或宗華嚴經，或宗法華經，或宗涅槃經，荆谿讚天台云：「依經帖釋，理富義順。」烏有所謂教外別傳者乎？或難之曰：天台所云云，都在法華七卷內耶？應之曰：書不盡言，言不盡意，作者撫之，述者有之，九流之通例如此矣。智者大師即補結集者之略，又正翻譯者之拙，又或囊括大意，或融合衆文，或發揮孤文，或不忽旁瀋，或搜剔隙罅，或舉一例諸，微獨禪人而已。支那賢者讀周公、孔父之書，皆如此矣，烏有所謂教外之别傳者乎？如靑天白日，欲人之無不見也，烏有所謂祖師向上事，密密不通風者乎？幽探冥討，旁引穀證，尚懼靈文之不富也，烏有撥去語言文字者乎？其書不幸而埋藏，千載無詗者宜也，其書幸而流布，得道者如麻、如菽、如竹葦又宜也，烏有所謂拈提祖印，密付衣盋者乎？以佛爲師，以佛知見爲歸，以經論爲導，以禪爲行，烏有所謂不向如來行處行者乎？悲夫！晚唐以還，像法漸謝，則有斥經論用曹溪者，則有祖曹溪並失夫曹溪之解行者，愈降愈濫，愈誕愈易，昧禪之行，冒禪之名，儒流文士，樂其簡便，不識字髡徒，習其狂猾，語錄繁興，夥於小說，工者用廋，拙者用謠，下者雜俳優成之，異乎聞於文佛之所聞，狂師召伶俐市兒，用現成言句授之，勿失腔節，三日，禪師其偏市矣。佛言：吾如師子王，不畏百獸，畏師子身自生蛆蟲，噉師子肉。佛法之衰，爲支那所詆，不絶如綫，則豈非蛆蟲僧之召之也哉？予疚焉！又蠹焉！亟思所以報佛恩者，乃寫法華宗魏南岳思大師㊁書一種四卷，隋天台智者大師書若干種，唐荆溪湛然大師書若干種若干卷，涅盤一本「盤」作「槃」。宗唐永嘉無相大師書一種一卷，華嚴宗唐帝心大師書一種一卷，圭峯密大師書一種二卷，書其地曰支那，尊其人曰古德，目其教，信其必不離語言文字也，故謂之遺書。既寫定，藏之乎羽琌之山，支那緇白，容有續九流諟古今審正變者焉。以二百本施諸寺。

——定盦文集補

＊支那古德遺書，已佚，據高麗藏及宋、元、明藏校其異同，大體相合。惟疑智者摩訶止觀二十卷、湛然止觀

輔行宏決四十卷，卷帙浩繁，未輯入。宗密圓覺經略疏，已另刊（見重刊圓覺經略疏後序、助刊圓覺經略疏願文），不在此輯中。

㈠「故其書二根學焉而無弊。」董瑞椿案：「二」當作「三」。

㈡慧思，天台宗三祖，居南岳。梁天監十三年生，陳太建元年卒。此云：「魏南岳思大師」，誤。

重刊圓覺經略疏後序*

唐書藝文志曰：「圓覺經大小疏一本「疏」下有「鈔」字。各一卷，釋宗密撰。」裴休圓覺疏一本「疏」下有「鈔」字。序曰：「凡大疏三卷，大鈔十三卷，略疏二卷，小鈔六卷。」今藏本疏與鈔皆一本無「皆」字。合，不各自爲本，大疏鈔合十二卷；略疏二卷，各分上下；略一本「略」作「小」。鈔或十二卷，或二十五卷；多寡之數，一本「數」作「故」。析者之年，皆不可考矣。圓覺之爲圓覺，我佛自言之；疏鈔之爲疏鈔，圭峯師自言之。夫賦天地者迂，贊日月者妄，名字功德，吾無贅言。若其祖荷澤，禰遂洲，㈠則傳法之緒可言也；胎慈恩，息賢首，其講經之宗可言也。大疏雖繁，不可謂多，略疏雖簡，不可謂少。其二而一者，同是經之津筏；其一而二者，各具疏之體裁。玆取略疏梨之，使學者先讀是，次第尋求也。唐志又曰：「禪源諸詮集一百一卷，起信論疏鈔三卷，原人論一卷，皆宗密撰。」裴休撰樂石之文，㈡舉師所箸，有華嚴、圓覺、涅槃、金剛、起信、唯識、盂蘭、法界觀、行願等經論疏鈔，及法義類例，及禪藏總九十餘卷。以諭今藏，佚者半，存者尚半。今先取圓覺梨之，亦使學者先讀是，次第一本「次第」作「使」。尋求也。梨之者誰？吳縣貝居士墉也。

助之喜與與其役者誰？吳縣江居士沅及仁和龔自珍也。道光四年八月朔龔自珍合十，說由緒竟。

——定盦文集補

* 又題最錄圓覺略疏指意。

㊀「禰遂洲」，諸本作「遂洲」，誤。風雨樓叢書本作「遂洲」，是。

㊁裴休，字公美，唐孟州濟源人。撰圭峯定慧禪師傳法碑銘。

助刊圓覺經略疏願文

大清道光四年，佛弟子仁和龔自珍同妻山陰何氏㊀敬捨淨財，助刊大方廣圓覺修多羅了義經疏成，並刷印一百二十部，流傳施送。伏因先慈金壇段氏㊁煩惱深重，中年永逝，願以此功德，迴向逝者，夙業頓消，神之淨土。存者四大安和，盡此報身，不逢不若。命終之後，三人相見於蓮邦，乃至一生補處。

——定盦遺箸

㊀何吉雲，詳江南安慶知府何公墓表銘注。

㊁段馴，字淑齋，金壇人。箸綠華吟榭詩草。

國淸百錄序

借四教儀於龍泉寺，在「弊」字函；與同函者，國淸百錄也，灌頂撰，大師訓言，暨大師所歷梁、陳、隋三朝帝王，至於緇白問答，文筆、表啓、牋謝，往返蹤轍，一字一句，靡不搜載。此大師年譜，不必有年譜矣。

此天台志，不必有山志矣。百有四篇曰百錄，舉成數也。師生梁武帝大同四年戊午；滅於隋文帝開皇十七年丁巳，示年六十。姓陳氏，漢陳仲弓其八世祖也。（彭氏淨土聖賢錄、智顗傳曰：年六十七，未知何據？）㈡

——定盦別集

㈡據道宣續高僧傳、宏贊法華傳均云：智顗示年六十七。此云「（彭紹升）不知何據」，疏誤。

禮龍樹齋結髮都序*

此結髮分解行兩門；解門又爲十有八門。心無自性宗第一門，引經論衆說十有四事，偈曰：「六塵不自立，何況六塵景？」十法界無自相宗第二門，引經論衆說十有四事，偈曰：「畫師不自立，況乃所畫色。」建立無自性之妄心宗第三門，引經論衆說二十有一事，偈曰：「行人自擇，何利何害，將錯就錯，一眞法界。」建立十法界爲帝網宗第四門，用智者大師具字門，亦引帝心大師法界觀，偈曰：「惟無自性，乃有互性，互互三千，本師所印。」收無情宗第五門，引荆谿大師金剛錍，偈曰：「內觀心，外觀礫，外即內，慈氏舌。」又一偈曰：「華影横窗夕，微風搦扇時。」收四大妄身宗第六門，引大師通明觀，偈曰：「收則全收，何遺四大，見聞觸知，壽齊空界。」一切遍一切處宗第七門，引禪門八勝處，十一切處，亦引經論衆說二十一事，偈曰：「一漚攪全海，一綠稟全春，不信枝葉遍，憑君訊本根。」遍義普義，即唯義宗第八門，引經論衆說二十一事，偈曰：「曰入曰攝，世諦未捐，佛法既絕待，世法則亦然。」一切不可壞、不可亂、不可失宗第九門，引通明觀，亦引經論衆說十四事，偈曰：「如本來住。」具三世宗第十門，引經論衆說七事，偈曰：

「無去來今，非斷滅相。」物不遷宗第十一門，引僧肇論，偈曰：「東飛一刼無網羅，東亦不減西不多，衆生成佛相則那？」法自然宗，亦名法爾宗第十二門，引經論衆說二十一事，偈曰：「本自不動何所止，本自不昏何所觀？諸法本寂，誰空之也？諸法本炤，誰假之也？諸法不著兩邊，何中道之云也？」亡能所宗第十三門，引六妙門還字門，亦引經論衆說十四事，偈曰：「粲然所觀，熾然能觀，不觀二心，佛法欠半。」中不立境宗第十四門，引經論衆說十四事，偈曰：「尺木破兩，兩頭五寸。」用四句之後一句以爲門宗第十五門，引經論衆說七事，偈曰：「清涼四門，我用後兩，須知此是門，勿死門臼上。」不東宗第十六門，引經論衆說十四事，偈曰：「沒迴避處，由法身遍，拔木毁舍，是誰知見？」即立即破宗第十七門，引經論衆說七事，偈曰：「龍猛四句，亟讀自見，若用商量，有如捉電。」九法界以爲一法界宗第十八門，引智者大師觀心論，亦引法華玄義，偈曰：「六道無間，六道知見，開佛知見，佛界自遍。」行門七門：持少分戒第一門，半跏第二門，治阿那波那第三門，持名第四門，坐時歷別觀時不二第五門，行起解絕第六門，結不思議金色光世界第七門。

——定盦別集

* 張祖廉定盦年譜外紀：「道光壬辰讀妥書，有名龔自某者，惡之；乃更名爲鞏祚；尋復名自珍。學佛名曰鄔波索迦，顏所居曰禮龍樹齋……。」

爲龍泉寺募造藏經樓啓

大法之東也，寄囑人王，寄囑宰官、長者、居士。予讀全藏，有官譯，有官寫，有官判，其目錄盡在官。宋藏、元藏，今頗有存者，皆官紙，紙尾有官牒。其世近尤易徵者，永樂中詔刊全藏一萬一千餘卷，依周興嗣千字臚而次之，頒天下諸寺。今在大江以南者爲南藏，在京師者爲北藏，香木銅鐶，象玉錦繡，以爲裝函，高樓飛宇，以爲庋閣，名稱歌曲、香火之田，以爲贊歎、護持、供養。明祚久長，十五陵歸然。明之士大夫，席承平之清暇，往往探祕典，問玄文，支那盛有述作。萬曆中，浙之徑山，始易梵夾爲册書，別刊經論五千卷，剞劂浩穰，亦問之一時士大夫。予讀徑山藏，識其卷尾，考其出貲之家，盡科目之選，而志乘之傑也。垂三百載，其雲礽遺裔，多豐饒貴顯未艾者，功德吉祥，豈其誣乎？微獨往古，我世宗憲皇帝，神聖天縱，留意內學，謂是與周孔之言，異名同實，不可執一廢一者也。爰頒大帑，槧衆經二十八種，合二百餘卷；又刊古德祖師語錄三十八種，百餘卷；㊀又刊宗鏡錄百卷，頒諸寺。又詔以潛邸之雍和宮爲奉佛處，以大臣專領之。高宗朝，益置內府匠人其中，月塐象三百尊，萬世勿滅，其象歲頒京師諸寺。自法流此土，功德無如聖清者；國祚世運，自有書契，則亦無如我聖清者。〔通儒大方，可以篤信，可以力行也矣。〕㊁夫有倡於上，則必有貴種福德之臣助於下，相與報佛恩，祈福德，以合成一世界之福德，豈可闕也？㊂永樂北藏全千函而不缺者，今茲僅矣。京師九門，不滿三十分。宣武門西南龍泉寺，古刹也，實有一分，完不蝕，望之櫛然，觸之翾然。寺卑溼，慮其久而蠹也，無樓居，慮不足以極崇奔之美也。且龍泉地勢淸遠，水木之表，宜有鬱然鑁然者峙焉，使民望焉爲祈嚮之宗，百福之匯，而以庇國庇民，不亦美乎？王公貝勒，貴官大夫，無使徑山專美明代！

——定盦別集

㈠ 據清史稿藝文志、殿版書目考正，雍正選刊禪宗語錄十九卷。孫殿起販書偶記釋家類，雍正朝僅有語錄一種。此云：「又刊古德祖師語錄三十八種，百餘卷」，疑將順治、康熙兩朝所刊者，溷而爲一。

㈡ 「通儒大方，可以篤信，可以力行也矣。」鄧實案：「此三句爲(龔)孝珙所增。」

㈢ 「豈可闕也？」鄧實案：「原本作『豈非事理之必然者哉？』此句爲(龔)孝珙所改。」

誦得生淨土陀羅尼記數簿書後

龔自珍以辛卯歲發願：願誦大藏「貞」字函拔一切業障根本得生淨土陀羅尼五十九言四十九萬卷，願祕密加被，滅我定業，疾證法華三昧。上品上生，生阿彌陀佛常寂光土，限戊戌歲畢之。又爲之記數簿，書其尾曰：威儀不二門，若行則誦，若立則誦，若坐若臥則誦。聲音不二門，古譯音不準，既辯之矣，予能肖彈舌，依今譯大攝小，亦能以大攝小書，然而不廢古譯。夫不知今譯而至心持古譯者，如麻似菽，責譯主可矣，豈虞持者之不靈，與我佛之不委曲聰聽哉？願不二門，予有本願十焉，一願中具有九願，九願中一一有彼九願，如環無端，如黃鐘旋相爲宮，如牽一髮，全身知覺，杜順師漩復頌曰：「時處帝網見重重」者也。自它不二門，予誦咒時，觀恆河沙衆生，無一衆生不同時誦此咒者；恆河沙世界，無一色一香非此咒相貌者。挹注不二門，予所有持咒功德，往往觀想用施一衆生，亦用施恆河沙衆生，于我功德，不增不減。老子曰：「既以與㈠人己愈有，既以爲㈡人己愈多。」天台四念處第四卷曰：「不積藏。」予稟此旨時，不二門初發心時，未誦時，已滿四十九萬卷。數不二門，一一卷中具有四十九萬卷。心法不二門，或心系佛，或心系願，或無心，或用一切處心。一切處心可用乎？應之曰：飛錫師曰：「盡大地以爲的，烏有箭發而不中者哉？」顯密不二門，此陀羅尼即一切陀羅尼，誦之即是誦大小彌陀諸經，即是誦法華經，亦即是誦一切經，十方三世佛經。敎相不二門，佛言法華三昧，即是言上品上生也。華果不二門，此方爲華，西方爲果；此生爲華，生彼爲果。十方不二門，如天台智者大師說不可具說。三世不二門，如天台說。心佛不二門，如大勢至菩薩說。

——定盦別集

㊀「與」老子作「爲」。

㊁「爲」老子作「與」。

發六心文

震旦苦惱衆生某，稽首盡十方三世諸佛前：伏以人身難得，佛法難聞，我今得少善力，得生人中，正像云遐，末法現在，欲報大恩，須發大願，依經論說，行是車船，願是馬檝，有船無檝，難可到也。我自諸刼以來，佛加被我，佛敎誨我，佛憶念我；我有眼根不見，耳根不聞，意根不覺，流轉生死，旋出旋沒，至於今生，今生更遲，何生可待？父母生我，善友敎我，一切有情，咸加被我，況自諸刼來，若父若母若眷屬，或生天中，或生人中，或生畜生中、地獄中；我若不以今生坐大願船，自鼓願檝，盡諸後身，終成蹉忽，負恩無極，是謂枉得人身，虛聞佛法。是故欲修檀者，一本「檀者」作「布施」。發心爲先；欲修羼提，一本「羼提」作「安忍」。發心爲先，欲修尸羅，一本「尸羅」作「止得」。發心爲先；欲修毘黎耶，一本「毘黎耶」作「精進」。發心爲先；

欲修禪那，一本「禪那」作「靜慮」。發心爲先；欲修般若，一本「般若」作「智慧」。發心爲先。我今先願斷種種心。何謂種種心？瞋心差別有三：曰嫉惡心，曰怨懟心，曰難忍辱心。貪心差別有三：曰樂世法心，曰羨慕心，曰憶世法心。癡心差別有五：曰善感心，曰纏綿心，曰疑法心，曰疑因果心，曰昏沈心。有境相應行心，有非境不相應行心；若廣分別言，則有八萬四千塵勞，皆起一心。我今誓發大心，凡生人倫，受種種惱，大心菩薩深知因果，各各有故，略可設說。脫令我今世適發善念，欲入正受，即有魔事，不得成就，便當知前生善根微淺，嬈善友故。脫令我今世出誠實言，而以懟人，人反譏笑，便當知我前世信根微淺，不聽它言故。脫令我今生多受浮言，無情淺夫，或用見成言說而成謗論，便須知我前世處境亨泰，但能坐議，不察人世一切眞實煩惱故。脫令我今世於人有禮，人見凌侮，便須知我前生忍辱根淺，或加報復，或喜我慢，今迴報故。脫令我今生如孩如提，純取眞初而以待人，人一本「人」作「大」。相機詐，受種種惱，便須知我前生閱歷太深，厚貌深中，今受報故。脫令我今世既招謗議，復值嫌疑，難可解說，便須知我前生坐於堂上，身爲理官，但據形迹故。脫令我今世自細及巨，萬事萬狀，不得擇術直行，如頭欲前而足欲後，便當知我前生直截如意，平生處置，數言可了，不知它苦故。脫令我今世進身坎軻，橫見貶抑，便須知我前生僥取榮利，貪賂罔法，不畏人王，一本「王」作「言」。不恥姍笑故。脫令我今世種種處置，雖竭仁智，終無善局，便須知我前生害他眷屬，累其一生故。脫令我今生於世間愛樂，百求無遂，凡所施作，垂成忽敗，便須知我前生於它若有仇若無仇，一切破壞故。脫令我今生遇有孽緣，未可明言，便須知我前生誤作媒孽害它人故。脫令我今世受無量冤讒，無量憂泣，不可明言，便須知我前生順遂享福過故。脫令今生遇凶人暴辱，如豺虎行，便須知我前生無禮以淩人故。復次諸佛，我若後身仍生人倫，或生此世界，或生餘世界，依雜華普賢說，東南西北世界，東西南北四角世界，上方下方世界，乃至盡毘盧遮那海世界，皆當發心而正思惟。如遇它橫逆，應正思惟，生安受心；遇它機械，應正思惟，生憐他心；遇他作惡，應正思惟，生度他心；遇他冥頑，不忠不孝，不存血性，於家於國，漠然無情，應正思惟，生感動他心；遇他遏抑我，噬負我，皆正思惟，而生憐他心；遇他頑癡，應正思惟，生敬他心；遇它妬忌，生讓它心；遇它醜惡，應正思惟，生愛它心；乃至見他十惡五逆，亦將我心置他胸臆，而替他想，生種種憐他心，宥他心，度他心，乃至一切施不如願於我，我皆如是思惟，此我夙業，今生幸已受報，已償已訖，生自慶幸心。復次，諸佛，我若後身仍生天倫，若日天子，若月天子，若星辰天子，或生忉利天，或生須燄摩天，或生四天王天，或生它化自在天，乃至生諸梵天，乃至生五不還天，生色究竟天，皆當發心，憶見衆生，照見衆生。我生天上，入於內院，值補處佛，佛已降時，最先請佛說法，佛涅槃時，受我最後法供，如純陀事，佛祐第一，當念世人不值佛世，或又遭遇滅法人王，我皆衍佛法緒而以度之。我生天上，身有千頭，頭有千舌，舌有千義，氣足音宏，辯才第一，當念衆生冤枉蹇澀，若忠臣，若孝子，若賢婦、孝女、奴僕，種種屈曲繚戾，千幽萬隱，我皆化身替他分說而以度之。我生天上，威德自在，尊嚴第一，當念衆生賤苦而以度之。我生天上，寂然安隱，得諸三昧，陀羅尼門定慧第一，當念衆生或困色陰，或困想陰，種種顛倒，我施安隱而以度之。我生天上，壽命第一，當念衆生朝有夕無，哭泣相續，我施壽命而以度之。我生天上，安居第一，當念衆生或涉大水而困濤波，或從高山跌落，不得至地，心怖神飛，我當化身空中，爲其接住而以度之。我生天上，調適第一，當念衆生生惡毒瘡，種種苦病，或遇刀刃，或落半頭時，或斷手脚時，或刳腸胃及兩眼時，求死未死時，我皆分身而以度之。我生天上，潔淨第一，當念衆生在於地獄，旣受無量痛苦，仍在沸屎，受無量穢，我皆不憚親往而以度之。我生天上，慧照天人，多聞第一，當念衆生少見寡聞，於一切處自疑自駭，我當令其到心皆平，而以度之。我生天上，久遠超出因明、內外五明，神明第一，當念衆生小聰小辨，世法多聞，或困名身，或困句身，或困文身，顛倒日夜，我先化身令其成就，然後解脫而以度之。我生天上，春吐栴檀氣，夏吐芬陀利氣，秋吐蘭氣，冬吐須曼那氣，身長由延，端正第一，當念衆生現富單那形，鳩槃茶形，夜迦形，或人生中粗弊如畜，福力輕微，或生疣贅，五官不全，同倫譏厭，己亦厭苦，我當巧術而以度之。我生天上，八萬四千微妙侍女，來相親娛，著微妙衣，出微妙聲，或以攜手爲極樂，或以相笑爲極樂，當念衆生困於粗重淫欲，不知厭苦，復有慧根男女，想陰熾盛，生諸疾病，種種粗細境界，我皆化作色身，爲其成就如願，然後解脫而以度之。我生天上，供養第一，當念貧窮衆生，我以法力取龍宮寶貝，或美衣食，而以度之。復次：諸佛，我若度人，當發大願心，先度此生父身、母身、眷屬身，再度曠刼以來，不可說、不可說、父身、母身、眷屬身；又當度此世一切知識我之身，又當度曠刼以來，不可說、不可說、知識我之身，又當度曠刼以來至於此世，與我有仇、有怨之身，乃至遍度曠刼以來，至於今世，若因緣，若增上緣，若等無間緣，若所緣緣，若有情而作緣，若無情而作緣，人所不見天眼乃見之身，依首楞說，十二類生，各各入其類中，而說法要而化導之。雖有化導化身勞苦，我實寂然，不出於定，安坐本所，不離三昧，身心如故。凡此所願，我實誓發，無虛誑心，所願佛加被我，佛證知我，佛提撕我，佛成就我，使我盡此一形，乃至千形萬形無量形，盡諸後有。一本「有」作「身」。無凡夫障，無小乘障，無中乘障，無外道障，無魔民障，無魔王障。正念相續，正願相續，正知相續，正見相續，正行相續，我盡諸身，若毛髮，若肝腦，若頭目，而以作供，不作爲報。我雖化身，橫盡虛空，竪盡來刼，作其塵沙，一一沙中，有一一舌，一一舌中，出一一音，而以讚佛，不能盡也。又以化身，竪盡來刼，橫盡虛空，作其塵沙，沙中一一舌，舌中一一音，而以勸人讚佛，不能盡也。世界無盡，佛力無盡，衆生無盡，一切法無盡，我願亦無盡。

——定盦文集

知歸子讚*

懷謫子㊀曰：震旦之學於佛者，未有全於我知歸子㊁者也。佛之徒吾能言之，大都夙生所造，糾纏至煩重，其生也，必抱民生絕幽苦之一境，㊂所苦不同，要皆今古無比例，語言文字所窮，以爲其根本，於以束其靈異智慧之心，而不得試於外，則尙不知有佛也，乃遁而之于惝怳、曲屈、淒異、幽靈、孤詭之一境。語言文字所窮，以爲其徑竇，久久而自知其不得以試於世，乃姑蓄之而佯與世謀。於是食萬斤之牛，建摩天之旗，以號於天下曰：吾當即世謀。自義、炎以來文字，無不受也；日星河海之行，帝王、妃后、臣宰、農工、徒隸之法，無不籀也；當世人民、鳥獸、龍魚、蚰蟲之情狀，無不隨也；身命色力，畢耗於是，久久而自思其何所返？且求諸外，且索諸內，皆不厭吾意。於斯時也，猝焉而與其向者靈異智慧之心遇；

遇而不逝，乃决定其心，蓋三累三折之勢，知有佛矣。之人也，設震旦之人，從而尸祝之，則徒能見其中央而已矣。其學於佛也，又以其十之四習密部，以祈其災而禬其憂，其爲第一大事謀，十之六耳。惟知歸子不然，初亦不然，中亦不然，終乃愈全，豈非大菩薩度世示現者哉？合十翹誠而製讚曰：有美一人不可測，色究竟天三昧出，示來震旦往淨域。眷屬如意名聞昌，衆生大福一身當，之人倘然思故鄉，汝何人斯戀一方？重曰：有美一人兮青蓮之華，美人思我兮無以爲家。嗚呼！我如肯思兮亦既有家。

——定盦文集

＊又題知歸子贊序。蓋龔橙刪改；讚亦刪去。

㈠龔受佛學於江沅，江受佛學於彭紹升，紹升號知歸子，故龔自珍號懷歸子。案梁啓超清代學術概論：「……自珍受佛學於紹升」，誤。

㈡彭紹升，字允初，法名際清，號知歸子。長洲人。精研佛學。箸二林居士集、一行居集、居士傳、善女人傳。

㈢「必抱民生絕幽苦之一境」，風雨樓叢書本作「其所獨知者絕幽苦」。乃龔橙改。

南岳大師像贊

圓教十四燈：龍樹、慧文、南岳、天台、章安、永嘉、終南、荆谿、四明、陳瑩中、虎谿、幽溪、㈠百松、㈡藕益是也。南岳不興，則龍祖之論息，文師之名滅。抑南岳不作，則天台孰辟之？永嘉孰證之？而終南念佛三昧孰授之？諸師益將無徵，震旦如長夜也已。是故稽首贊曰：佛滅燈興，十有四焉；震旦十三，我所第焉；見知聞知，仿儒例焉；儒尊德性，問學次焉；德性曷尊？萬物備焉；末法衆生，怯劣墜焉；師大訶之，勇其氣焉；尊衆生心，泯眞僞焉；僞且不柬，眞可議焉；八識心王，擇用意焉；竟爲元戎，將羣細焉；繁與大用，摧大慭焉；五通仙人，肉身致焉；十方淨土，肉眼視焉；何以得此，匪他自焉；寂無一塵，照萬類焉；苦心毒手，歸簡易焉；明白直捷，大犀利焉；天台晚出，出具字焉；永嘉歌頌，洋洋繼焉；由此菩薩，縣圜諦焉。悍乎其須眉，栗乎其輝光。山岳之形，日星之芒。此苦惱衆生所夢而獲之，覺而繪之，乃因而虔祀之，不侵不叛，以明盡形歸命之志者也。

——定盦別集

㊀㊁齊召南訂傳燈天台方外志要錄(明)屠隆新建天台祖庭記：「於是妙峯、百松以上智之質……紹天台之宗，起而振之，……而其徒無盡燈師(即幽溪)，又以宿慧種智闡揚而光大之……。」案百松、幽溪師承次序倒置，誤。

雙非雙亦門頌

昔龍樹菩薩作四不偈，六祖大鑒大師作識智頌，杜順和尚作漩澓（一本「澓」作「復」）頌，宋瑩中大師作三千有門頌。予讀天台師覺意三昧竟，發明之，乃製雙非雙亦門頌，頌曰：既雙遮，那雙照？先遮後照，拖泥帶淖。既雙照，那雙遮？先照後遮，忙如亂麻。遮墮三句，照墮四句，墮三四句，那有是處？離三四句，別無言句，佛依二邊，我依四句，謗佛謗我，莫謗龍樹。破者立之，立者破之，即立即破，我無兩時。你謗你捉，是思議境，不思議境，豈復立境？我不立境，我無凡聖，你今說空，所空何物？囫圇現成，雙非雙亦。天台龍樹，龍樹天台，大事出現，佛知見開。

——龔定盦集外文（杭州丁鶴廬藏）

附：重定雙非雙亦門頌一首*

丁酉九月二十五一本「五」作「四」。日，一本無「日」字。天將曙，一本無「天將」，「曙」作「夜」。夢梵僧告予：龍樹因緣偈，須以一口氣急讀之，不得擬議。旣寤，一本「寤」作「且」。取筆改定舊所製頌。一本「取筆改定舊所製頌」作「援筆製是頌」。是爲重定雙非雙亦門頌。一本無此十字。

捉雙遮，放雙照，先遮後照，拖泥帶淖。捉雙照，放雙遮，先照後遮，忙如亂蟆。一本「蟆」作「麻」。立者破之，破者立之，即破即立，無呼吸時。遮墮三句，照墮四句，我墮四句，我無是處。你一本「你」作「爾」。離此句，別無言句，滑澾一本「澾」作「達」。失步。佛依二邊，我依兩句，謗我謗佛，莫謗龍樹。你一本「你」作「爾」。謗龍樹，謗一切處，我禮龍樹，禮一切處。你一本「你」作「爾」。捉一境，道有凡聖，我捉一境，是不立境。我不立境，聖凡凡聖，道我捉空，空何等耶？空受我捉，何所本耶？現成現成，㫚圇㫚圇。天台龍樹，龍樹天台，大事出現，知見華開。一本「開」作「聞」。

* 龔定盦集外文稿本收雙非雙亦門頌兩篇，此篇題下注：「前頌乙未年作，非定本也。」案與前頌及定盦別集雙非雙亦門頌相較，有異同處，故附此。

最錄八識規矩頌

〔八識規矩頌〕㊀唐玄奘師撰。自天親造三十頌，護法等十菩薩各敷演之，各爲十卷。師受窺基之請，合百卷之書，刪其義之不可立者，與義之不並立者爲十卷。則今藏本成唯識論是，學者覩慈恩宗如日在天矣。師復念言法相宗大綱在八識，大緯在四分，乃製此頌一十二章，分四大支，初三頌眼等識，次三頌意識，次三末那，次三賴耶。每支各攝證自證分、自證分、相分、見分等。又每支前三章頌凡也，後一章頌聖也，昔世尊說經，必重宣厥義而說偈言，此亦大師說唯識竟，重宣說偈者也。又其名身句身，與天親之頌相似，將毋天親示見者哉？

——定盦別集

㊀據定盦別集最錄文例，增補之。

最錄三千有門頌

三千有門頌，三十六句，二百五十六字，宋陳瓘瑩中撰。明僧百松解；附瑩中與南湖講師書一篇，合一卷。其曰有門頌，書中目詳之矣，不贅論。自珍始讀天台性具宗，駭而仇之，何也？佛具佛性，我知之，九界具佛性，我知之，九界具九界性，我知之，佛具九界性，獨未之聞。嘗欲改百界爲九十一界，改千如爲九百十如，改三千門爲二千七百三十門。壬辰歲，得此書于龍泉寺，思之七晝夜，乃砉然破！駭者成粥飯，仇者成骨肉，移之念佛三昧立證。三昧云何？曰：以彌陀性具法界中之我，念我性具法界中之彌陀，非三昧乎？乃莊寫最錄之如此。最錄竟，誦法華偈曰：「是法住法位，世間相常住。」

——定盦別集

最錄七佛偈

七佛偈總一百八十八言，元虎谿師疑其僞。龔自珍曰：七佛偈無可疑也。凡虎谿所疑，及踵虎谿而疑者，總有四義，作九重破之：第一疑，謂大藏中無單行，故疑。破曰：敎外別傳，不在阿難結集中，破之一。復次，三藏十二部，各有體裁，伽陀祇夜皆不單行，此伽陀也，前後無附麗牽連之文，不得單行，破之二。復次，達摩西來，口述梵語，未入大藏，破之三。第二疑，謂無譯主之名，故疑。破曰：西土無齎來之貝氎，此土無詔譯之帝王，譯主輩焉何見之，而焉何譯之？破之四。復次，達摩口傳，即是達摩所譯，譯主許譯經，達摩何以不許譯偈？破之五。第三疑，謂天台慈恩賢首三家，皆不引其文，故疑。破曰：達摩口傳至于六祖，六祖壇經數佛，必數釋迦以前之六佛，壇經豈亦不可信乎？破之六。支那撰述引之者，有永明壽師宗鏡錄、景德傳鐙錄、契嵩大師鐔津集，皆北宋以前矣，何必天台賢首？至慈恩宗，本不譚此義，宜其不引也。破之七。復次，六祖壇經不引之引，何子明引其文首尾具，始爲引乎？破之八。第四疑，謂付法藏因緣傳無之，故疑。破曰：著書者各有託始，此傳託始釋迦，有何可疑？破之九。以上九重義破四重疑竟。問：有舛文乎？答：拘留孫偈，第二句第七字是了字，非幻字，作幻字則蔓矣。宗鏡錄不誤。近世獨鼓山刻禪海十珍集不誤，天下叢林處處誤。

——定盦別集

最錄達摩大師說四行

達摩說四行一卷，僧璨之所傳也。一、報寃門，無怨忿行；二、隨緣門，無忻喜行；三、無求門，無所求行；四、波羅蜜門，不取相行。自珍曰：自祖之東，指人心，遮語言文字，此雖語言哉，愨乎愨，齊乎楪，冲乎奓乎其易知。自珍又曰：似四十二章經。

——定盦別集

最錄壇經

記者冗不殺，故精英奄然，示宋景德以來所錄，此最樸直，最雅馴矣。祖所獲于法華、涅槃也，與吾智者大師同，謂之六祖撰法華玄義可，謂之涅槃玄義可，謂之六祖摩訶止觀，無不可矣。其斥淨土也，開唯心之宗，最上法門，我實不見其謗淨土。五燈以還，險語過此者多有，何獨議六祖？嗚呼！如六祖，我敢謂禪不可捕捉也哉！

——定盦別集

最錄大乘止觀

魏㊀南岳慧思大師大乘止觀四卷。龔自珍曰：此龍樹涅槃後，第一出世法王子也，故天台標三止，此先標止；天台標三觀，此先標觀；天台以止爲觀，以觀爲止，此先標止觀雙行。天台說性具，一念十法界，此性具宗之始。天台云：八識中第六功能大，此用意識之始。天台十重軌則，此六重括十重也。此書唐時亡，慈雲大師知白購之海船中，仍魏世本，明藕益大師智旭注之，國朝單居士炤刻之，支那撰述無更古于是者，稱說贊歎，如贅疣然。所能言者，盡於此矣。

——定盦別集

㊀「魏」當作「陳」，風雨樓叢書本校誤，詳支那古德遺書序註。

最錄禪波羅蜜門

禪有三翻：定也，思惟脩也，功德林也，此六波羅蜜之第五門。經言非禪不智；又言無定之慧，如風中鐙，照物不了故，此波羅蜜猶密室鐙也。書分四分，未說一分，說三分，三分共十五門。十五門之脩行下手處，分三門，曰觀息，曰觀身，曰觀心。觀必以止爲門，故此書亦得稱止觀，乃南岳所授三種止觀之一也。止爲前方便，觀是正宗分，觀息謂之阿那波那門也。觀身即不淨觀、大不淨觀也，此二者，謂之二種無上甘露門。全書十卷，菁華不外此二義，有所觀淺深不同，層纍盤旋，如鳥道而漸上，以爲詮次耳。觀息與身詳，觀心略，惟通明觀中，近似觀心論耳。著書各體裁，不以觀心爲主，欲知觀心三千具，觀心即假即空即中，有摩訶止觀百軌則在，至此書歸墟，在乎神通，觀息亦得通，觀身亦得通，實乃修通之大宗也。無記化化禪，則有妙玄在。原錄云：「大師于瓦棺寺說大莊嚴寺法愼私記，凡三十卷，章安頂禪師治定爲十卷，八九十略，無七修證中四別，惟至第三出世，但至對詒㊀云，大師嘗在高坐曰：『若說次第禪門，年可一徧，若著章疏，可五十卷。』今刊頂示大科云云。」序判並精細明白，不知何人所爲？在北藏「煩」字函。丁酉九月記。

——定盦別集

㊀「詒」當作「治」，風雨樓叢書本校誤。

最錄覺意三昧

或問之曰：天台智者大師舍八而用六何也？答曰：舍六無可用也，天台之功，斯爲最大。今夫八識衆生，不自知其有；不知其有，而欲用力以扼之也末由。六識衆生，自知其有，自知其有，則可以扼其四運，用其雙照，以入乎中道。語曰：「一夫當關，萬夫莫開。」天台之功，斯爲最大。先說四念處，後說覺意三昧，皆說三十七道品也。徑山刻本有四念處，無覺意三昧，予故表微。梵本六卷，假之龍泉寺。

——定盦別集

最錄四念處

四念處四卷，隋天台山智者大師之所說，門人灌頂大師之所筆受；明吳江吳士龍從藏本刻者。四念處者，三十七助道品之四也。天台判四教，第一卷說藏教五停心四念處，第二卷說通教五停心四念處，第三卷說別教五停心四念處，第四卷說圓教五停心四念處。五停，緯也；四念，經也。藏、通、別，客義也，圓，主人義也。提綱用四義攝，曰：生生四念處，生不生四念處，不生生四念處，不生不生四念處。何所祖？祖龍樹中論也。天台如日出，龍樹其啓明也。推之七菩提分，八聖道分，亦必各具四教儀，惜不可聞矣。

——定盦別集

最錄法界觀

法界觀一卷，凡三篇，附漩澓頌一篇，唐釋法順撰。自珍曰：法順，唐高祖賜號帝心國師者也。傳一世曰雲華，二世曰賢首，三世曰澄觀，四世曰宗密。宗密取而注之，在「跡」字函。梵本學者頗言賢首宗矣，言澄觀、宗密兩大師種種造述矣。不讀此觀，知祀其祖，而不知禘其祖之所自出者也。天台觀門，震旦雷行，不讀此觀，知大指可以標月，而不知餘指者也。發心表微，寫一通，假之慈仁寺。

——定盦別集

最錄原人論

自珍遊於毘盧遮那教相之海，而卒不識遊者之爲誰。及讀圭峯大師此論竟，復尋華嚴，如數家寶，一一無誤認者。此論始束終收，束則全束，收則全收，束者爲始教、終教，收者爲頓教、圓教。賢首之五教、與天台之四教，果有以異耶？無以異耶？此本錢居士㊀刻，與唐書藝文志卷數正合。

——定盦別集

㊀錢林，號東父居士，仁和人。官至侍讀學士。著玉山草堂集、文獻徵存錄。

最錄禪源諸詮

〔禪源諸詮〕，㊀唐圭峯大師宗密撰，明徽州居士吳繼勳刻，本朝頻牧師㊀重刻，上下各二卷，都四卷，見於唐書藝文志者，即此本也。一切世間欲知一切經、一切論者，此書是總眼，是總門戶，是總橋梁，是總導師，是總目錄，是總注疏，宜盡娑婆世界，家置一編，人守一册，各各供養。有議之者乎？有明天台宗藕益大師於所著閱藏知津中，摘其名句而致詰之，所詰良是，無可回護者。自珍則曰：居末法中，欲敵生死，如救頭然。達摩、天台、賢首，同是菩薩；華嚴、法華，同是圓教。起禪教分別想，於教中又起教相分別想，於達摩及天台及賢首生軒輊想，於華嚴、於法華生軒輊想，皆是也，皆非也，皆不必，皆不暇。

——定盦別集

⊖據定盦別集最錄文例，增補之。

⊜匏廬流碧精舍譚藝瑣錄：「頻牧師疑爲卑牧之誤。」

最錄永嘉集

唐永嘉師遺書十章，慶州刺史魏靜所傳，題曰禪宗永嘉集。自珍曰：禪宗，蓋衍文也。奢摩它頌，天台空諦也，毘婆舍那頌，天台假諦也，優畢叉頌，天台中諦也。求之圓覺，所謂二十五輪之三輪者乎？求之首楞嚴，所謂空如來藏，不空如來藏，空不空如來藏者乎？坐天台之席，闖南岳之門，撼龍樹之樹。師諱圓覺，⊖及見曹溪，則高宗時人歟？

——定盦別集

⊖「師諱圓覺。」案「圓」當作「玄」，風雨樓叢書本校誤。

最錄黃檗大師傳心法要

予聞斯聱言久矣，懼其無以敵生死也。及讀黃檗書，亦指人心，亦遮語言文字，遮思量，遮動念，乃至遮以佛捉佛，以心捕心者，乃驚曰：予聞此久矣，乃今信其眞可以敵生死，信易，從不信過難，從懼生死入尤難。師諱希運，字曰斷際。裴休所序，本朝康熙六年楞嚴寺所刻。⊖予昨年書其册端曰大龍吼者，⊜即此本是也。

——定盦別集

㊀孫殿起販書偶記：黃檗大師傳心法要：康熙六年嘉興楞嚴寺般若堂重刊本。

㊁道宣廣弘明集沈約佛記序：「法吼震瀧於無外，甘露炳煥於龍宮。」句意稍異。

最錄念佛三昧寶王論

念佛三昧寶王論三卷，（分二十門，上卷七門，中卷六門，下卷七門。）唐沙門飛錫撰。此書八千言，以兩句爲宗，曰：「必不離念立無念，必不離生立無生。」淨土勸進之書，山積雲興，此最順佛語者，最平實者；彼高譚自性之彌陀，惟心之淨土，亦豈師所不知者乎？所罕言爾。此書在智者大師淨土十疑論以後，袁居士西方合論以前，孤鐙在空而照前後。京師衍法寺表章刻之。其道闓衆生續佛慧命者矣。

——定盦別集

最錄金剛錍

金剛錍一卷，唐僧湛然因講涅槃、迦葉品之所作也。天台立性具宗，此書立無情有性宗，無情指虛空而言，指一微塵而言，有性指十法界而言，若曰虛空一微塵，且有十法界性。然則佛之必具九法界性，九法界之必具佛性，皆可知矣。蓋天台疏附臣。

——定盦別集

最錄天台傳佛心印記

天台傳佛心印記一卷，元釋懷則撰。天台之言具也，儒家言性者十數宗，內典有賢首宗，莫能尙矣，莫能外矣，我又知其莫不信受矣。孔子復生，我知不易其言；一切佛出世，我知不易其言。至矣，定矣，未用擬議，亦未可贊歎。于末擬議中，一一擬議；于末贊歎中，熾然贊歎，則有此記在。其曰傳佛心印何也？達摩之東，此方人爭言西土二十八祖佩佛密印，又曰是教外別傳。師則曰：法自師子絕，天台聞而知之者。且曰：佛果有密印歟？教外果有別傳歟？自達摩至惠能，有出于吾天台宗之外者歟？不在天台宗外，而反在釋迦一代時教之外歟？皆招禪人之詞。

——定盦別集

最錄神不滅論

神不滅者，敢問誰氏之言歟？精氣游魂，吾聞之大易；於昭在上，又聞之詩；魂升魄降，又聞之禮。儒家者流，莫不肄易，莫不肄詩，莫不肄禮。頋儒者曰：神不滅，佛之言也。吾儒不然，此身存即存，此身滅即滅，則吾壹不知儒之於易、於詩、於禮，盡若是其莽莽耶？盡若是其墨墨耶？盡若是其孰視如無覩耶？抑達中之佞耶？神不滅論一卷，設四難四答，三千名有奇，鄭鮮之撰。鮮之不知何代人也？㊀此宋槧本，楊傑序，蘇州江沅藏。其詞旨與顏之推相似，必南北朝人也。江沅曰：此讀佛書之初階，可以種信根，亟寫副墨一通。自珍曰：此亦讀易、詩、禮者之所必欲知也。亟寫副墨一通，人間遂有第三本。

——定盦文集補編

㊀鄭鮮之，字道子，開封人。見宋書（六十四卷）南史（三十三卷）。此云「鮮之不知何代人也」，疏誤。

水僊華賦

有一仙子兮其居（一本作「居于」）。何處？是幻非眞兮降於水涯。彈翠爲裾，天然粧束；將黃染額，不事鉛華。時則豔雪鋪樹，懿芳蘭其未蕊；玄冰薦（一本「玄冰薦」作「清霜蝕」）。月，慼雅蒜而先花。花態瓏鬆，花心旖旎。一枝出沐，俊拔無雙；半面凝粧，容華第幾？弄明豔其欲仙，寫澹情於流水。磁盆露瀉，文石苔皴。休疑湘客，禁道洛神。端然如有恨，翩若自超塵。姑射肌膚，多逢小刼；玉清名氏，合是前身。爾乃月到無痕，煙籠小暈。未同汀蓼，去摹秋水之神；先比海棠，來占春風之分。香霏蓉渚，水雲何限淒愁；冰泮晨洲，環珮一聲幽韻。別見盈盈簾際，盎盎座隅。璧白琮黃，色應中西之位；磬紅梅素，吟成兄弟之呼。霧幃低徊而欲步，冰綃掩映以疑無。水國偏多，仙臺誰是？姿旣娉乎美人，品又齊乎高士。姸佳冷邁，故宜滌筆冰甌者對之。

建德宋先生㊀命作此賦。〔甲子〕㊁自記。

——定盦文拾遺

㊀ 宋璠，詳宋先生述。

㊁ 據自刻本補之。

燕昭王求僊臺賦

燕昭王登乎西郊之臺，郭隗侍前，劇辛侍後。望氣之徒，咸在左右。淫雨久極，黔黔汩汩。泥泥沒沒，萬民蹙額。燥風枯人，大川生塵。晦晦蠢蠢，渴我萬民。重以三門六衢，上輂鹵車，下不通淸渠。百腥塞塡，七竅不得以暫舒，萬民魷荼。於是王乃凭窗而望之。有氣自東南隅來者，冉冉兮若靑雲之始翔，藹藹兮若初日之未央。始凝睇於山隅，繼纏結乎城岡。優星辰，招鸞凰。即之溫溫，吸之英英。外澤淳氣，中含幽光。胡觸手而盤拏，忽値吐其燿芒。手攬之而纏繇，乃颺去其無方。王使下臺求之，三返而無見也。於時燕國之徒，搢紳大夫，西秦、南楚、韓、魏、趙之上卿客儒，咸斯氣也，盎然而和，惚然而靈。眩者遇之而明，瞀者遇之而精。朝不嗛者遇之而飽，夕醉者觸之而醒。燕王神思屏然，穆若有閒，以屬大夫。上大夫樂毅起對曰：斯殆仙者氛歟？臣聞有道之國，至德之君，則是氣從而降之。蓋山川所以福祥吾君，與謀休光玉體之令問者，於是乎聞之。昭王色喜，羣臣上壽起賀。上大夫毅乃重曰：斯氣也，浩蕩兮無極，淒迷兮不識。胎乎無始之鄉，釀乎自然之域。巫陽招之不能降，馮相禳之不能息。接晤之而如眞，求尋焉而無質。善能入城市而變化兮，又委隨乎邑國。瞥兮若海鳥之轢秋雲，宛兮若女手之弄白雪。抱之兮若冬雷之不可親，思之兮若春女之不忍別。徒欲求之，羣代馬而影迷，亂燕蘭而香失。願王嬋媛其心，令聞孔嘉。菹鮮道德，(一)藥餌雲霞。澹二帝之制作兮，思三皇之所華。儼王之神，疏王之聰明，以引王之眞，斯氣必且復見。乃擊磬而歌曰：王國之福，四方是則。王國之和，四方攸歌。使王夜擁燕女，不若斯氣之翔媢於宇。使王晝夢召公，不如斯氣之鬱淵於宮。王曰善。遂率羣臣致齋，更其宮曰齋靈之宮，名其臺曰求僊之臺。

——定盦文集

㊀「蒩鮓道德。」俞樾云：「『鮮翻』爲古恆語，此作『蒩鮓』，疑誤。論衡作『麤苴』，晏子春秋作『麄苴』，墨子作『且苴』，又作『芊䱉』，未見『蒩鮓』。」

哀忍之華

有植焉，在天地間，不能以名，強名之曰忍。是能華而香不外出，氳氳沈沈，以返乎其根。爲之哀曰：雲猗霞猗，天女所憐猗，而投之人間猗。飄搖猗，悲風颸猗。慘怛猗，陰氣戕猗。淒心魂猗，鬱猗，坱猗，又孔之飄猗。何以寵之？棘十重猗。春不得抽蕤，夏殞妍猗，塞以盤猗。毒霾霾猗，蛇虺所蟠猗。心苦猗，不可以傳猗。材孔清猗，性孔靈猗，悦不可以名猗。哀此忍樹猗，毋久閟汝香猗。行歸而鄉猗，雲霞之樂長猗。

——定盦文集

別辛丈人文

新安郡齋古桂，唐時植也。尊之曰辛丈人。相依者四年，茲將別去，爲文使聽之。其詞曰：我來新安，神思窈冥。晝夕何見？丈人青青。我歌其文，丈人常聽。我思孔煩，言爲心聲。傷時感事，懷都戀京。歌不可止，舞亦不停。別有妙詞，一家不名。雲煙消渺，金玉瓏玲。文奇華古，文逸華馨，文幽華邃，文怨華零。有鸞來窺，翔顛自鳴。匪其和余，丈人之靈。山雨春沸，城雲暮扃。簡而不僵，丈人之形。辛而不煎，丈人之情。逝今去茲，何年再經？華開月滿，照吾留銘。

戒將歸文

予幼遘厥心疾兮，背吉祥而䀭馳。下上無所泊於天淵兮，結靈光而內回。民莫予于衆所食兮，予窈眇以吟呻。殺類草於旁秋，斥吟華於上春。予幽幽以自娉兮，非衆磨之能穴。恥列炬之平然兮，非孤光之所逼。塞萬歧之恆由兮，乃谽然而怒出。精炯炯其獨寤兮，物温温其燭楹。拂清輝而不御兮，嫌太陰之尚墮乎形。忽皇皇其悲無依兮，客迭索而無贈。娦衆心以爲才兮，亦聊棲而強定。久浮浮而變化兮，羌即事而成逕。入屏處而自探兮，乃大哀而亡命。嗟微塵之不九竅兮，驅匠灝而宅之。造亭亭之高宮兮，接玉女於雲涯。蘇予息之奄奄兮，未成象而目眙。諒空蒙之不我搆兮，陳文言以遨嬉。舍芳香而誰御？夐澄照以長辭。忞毀桀以轚堯兮，冀萬福之登來。駭制作於三皇兮，予又勇乎瑕疵。蠹孤義之俯天兮，無譬喻以詞之。散餘愎而之形骸兮，乃𥉻睨而側頸。絕千載而蘇一笑兮，亦斛淚之所孕。萬常不得安居兮，再玄黃之紜紜。諒鬼雄之弊濁兮，終結愬而徒勤。啻靈怨之沉沉兮，倏予到乎名言之外。轉圜常而大覩兮，曾不立乎一義。玉女乃召予高雲兮，音琅琅其詔予。汝奚墜于狂慧兮，非出離之所塗。館汝以寒春之宮兮，從無愁之攸居。汝東游見毒龍兮，龍族曾不醉汝乎酒。西見宛宛之弱妃兮，又嬌獰而誶汝。義何孤而非繁兮？情何予之非儔。予東見童蒙兮，顯威孔神。脊百淬之美心兮，祭以娟天。西見夆雙兮，曰禍福在予。貢繚戾之淒淸兮，亦伺人而闇投。其佐戉律兮分神化軀。棲人睫兮據人劇，尸神笑逆兮肝靈怒。悅神明之一霧，夜秋秋而亂語。何智可摧兮，何思能降？龍夔夔以怒心，電偟偟以收風。玉冰冰兮無愁，愁思不可以久淫。汗淫淫兮旣雨，戕思林兮伐智樹，放聰輪兮黜明御。歸來乎，歸來乎，泊兮吾以寤。重曰：心疾之搆，光景聚兮。屛營寂忽，无適主兮。百愁往來，召羣苦兮。匪智匪道，逢玉女兮。久游不歸，慈所牵兮。空首稽首，禮則眞兮。而今而往，得所門兮。而將誰與游？而何歸之休？而寧汎汎以湛浮。逌爾靡有言兮。

——定盦文集

皇朝碩輔頌二十一首 存序

我朝龍飛東海，霆響中夏。廟謨睿武，先後繼承。自尼堪外蘭始征以還，薩滸、松山凡數大戰，未及百年，傳檄區宇，定鼎以後，又百七十年。祖恢九有之勳，宗紀十全之績。聲靈則雷厲風飛，景運則天翌神贊。其中蕩定三藩，親征漠北。冉驪㊀睢盱之國，臺灣澔汗之鄉，西戎二萬里，部落數百支，乃洪荒所未通，洎累朝而大定。自帝鴻禦火災，共工定水害以來，武功之盛，未有少及本朝者也。自古平地成天之主，必有文經武緯之臣，指顧中外，驅畫山河，捧日月之光華，策風雲而後先。天祐聖淸，篤生碩輔。朝夕降乎崧嶽，日月下其列星。佐命定中原，建策揚大伐。倚劍崑崙之山，飲馬星宿之海。八地九天之奇兵，祕乎豹略；五行十守之正道，撻此龍庭。亦有保釐揚末命，公高亮四世；無開疆之績，有論道之忠。凡若此者，豈僅營平、龍頟增徹侯之戶；黃海、樓船建將軍之號；蘭臺濡筆，頌封閬顏之山；博士矢歌，美平淮西之績而已矣？實乃考於詩書，無此偉者；讀其姓氏，恍若神人。懽山澤之癯，有不盡知，用敢仰裦國史，作贊二十有一。若夫璿牒親藩，瑤圖上爵，同姓大功，邈朱虛、東牟之至親；文子武弟，有周公、康叔之明德。此其地位尊崇，祀典不名，國史乃敢敬書，下士不容僭頌也。又有亡殷事周，相韓歸漢，雖亦從旗鼓，著勛勩，恭稟特筆，列於貳臣，玆亦不及之云爾。

——定盦文集

㊀「冉驩」，「驩」當作「駹」，史記南西夷傳「冉駹最大」可證，諸本作「冉驩」皆誤。

天琴頌

龔自珍夢衆神人立於朝，授一卷書，讀未終，一神人告予，此天琴也，趣作頌，頌之有福。援筆而奏之，凡四十四言：於皇穆清，我宅大宇。重華在堂，周公在下，蕩蕩有日月而無風雨。余鼓斯彝斯，黃斯玄斯，哲斯文斯，萬靈其徹聞斯。

——定盦文集補編

寫神思銘

夫心靈之香，較温於蘭蕙；神明之媚，絕嫮乎裙裾。殊呻窈吟，魂舒魄慘，殆有離故實、絕言語者焉。鄙人稟賦實沖，孕愁無竭，投閒簉乏，沉沉不樂。抽豪而吟，莫宣其緒；欲枕內聽，莫訟其情。謂懷古也，曾不朕乎詩書；謂感物也，豈能役乎聲晲。將謂樂也，胡迭至而不和；將謂哀也，抑屢襲而無疢。徒乃漫漫漠漠，幽幽奇奇，覽鏡忽唏，顔色變矣。是知仁義坐忘，遠慚淵子之聖；美意延年，近謝郇生之哲。不可告也，矧可療也？爲銘以寫之。銘曰：熨而不舍，襲予其洿；咽而復存，媚予其長。戒神毋夢，神乃自動。黯黯長空，樓疏萬重。樓中有鐙，有人亭亭。未通一言，化爲春星。其境不測，其神習焉。峨峨雲王，淸淸水仙。我銘代紘，希聲不傳，千春萬年。

——定盦文集

黃山銘 有序

予幼有志，欲徧覽皇朝輿地，銘頌其名山大川。甲乙間，滯淫古歙州，乃銘黃山：我浮江南，乃禮黃嶽。秀吞閩風，高建杓角。沈沈仙靈，浩浩巖壑。走其一支，南東磅礴。蒼松髯飛，丹砂飯熟。海起山中，雲乃海族。雲聲海聲，軒后之樂。千詩難窮，百記徒作。惜哉夏后，檋車未經。惜哉姬王，八駿未登。中原隔絶，版圖晦冥。珪升璧瘞，赧岱慚衡。

——定盦文集

紙冢銘*

龔子瘞其所棄之言，三千七百九十一紙，旣築甶以封之，並爲玄石之辭曰：一言一魂氣上縱，大光下泣萬星動。心界續續內無空。百朔望血勿汝慟。埋汝恃汝積者衆。李氏㊀云：「當其無有車之用。」

——定盦文集補編

* 自刻本存目文冢銘，疑即此。

㊀李耳，苦縣人。著道德經。

定盦七銘

禮所居以輔名字，古未之有也。雖然，古文變而篆，大篆變而小篆，小篆變而隸，一本「隸」下有「亦」字。則一本「則」作「亦」。若是已矣。余猶爲之，且系以七銘：

枕之銘曰：以蛇而去蛇，安眠者如是耶？

鐙之銘曰：如擎油滿中，不動無所棄。

硯之銘曰：十二煩惱汝志之，煩惱俾汝志也。

眼鏡之銘曰：潰者利逼，心光之則。

盂之銘曰：惜於水，渟於盂，不渟汝智，孰惜汝智之枯？

坐之銘曰：天九萬，淵九萬，尼汝於一斡。㊀

一切處之銘曰：不送汝，矧逆汝，煩惱身，亦委蛇而畢汝。

——定盦文集

㊀「斡」當作「斡」，即「看」字，與「萬」字韻叶。

金釧銘　回文

腕生蘭，卷袖紈，款所歡，煩與寒。

——落花春雨巢日記

定盦八箴

大思箴

嗚呼！萬夫相倚，而有此勢。予處其內，不處其外。不君萬夫，道弗能制。不先萬夫生，孰言其原。思自外裹之，爲狂爲昏，苟焉而已。勿代造物者謀。予相予頂踵，豈賢蚍蜉。

極思箴

嗚呼！蛇之赴壑，亦有所終。鄰虛者虛，不可以用聰。極思極思，其心送蛇。勿恃而心光，以贏而扁，女不懲嗟。

志未逮箴

嗚呼！獵萬物以食，是有狸德。攘以自畀，又有雞鶩之德。吐絲自纏，蠶欲死而祈年。有躬七十年，假諸皇天，有墳五百年，假諸後昆之賢。惟未逮之志，不可以假，亦不可以止。何以止之？曰臣昔死矣。

削成箴

嗚呼！天地之間，几案之側，方何必皆中圭，圓何必皆中璧，斜何必皆中弦，直何必皆中墨。有無形之形受形敝，有無名之名受名闕。有零有賸，數樂其遁。有畸有餘，亦不可以爲儲。有虛有隙，乃亦所以爲積。齊物以朝夕，不齊而勞。皆名其名，皆形其形，是爲好削成。大命以傾。

童心箴

嗚呼！思童之年，晝視此日而長。一物摩挲，有濕在眶。子在川上，歎彼逝水。軻亦有言，大人赤子。雖無罪于聖哲，而懼傷其神髓。姬公有祝，棄爾幼志。吾從姬公，神明澹止。

懷我生之先箴

嗚呼！予之懷矣，逮予祖矣。予未生之年，氣已古矣。父兄明清，子弟暇矣。言滿朝野，氣虎虎矣。吾未從而游，吾恍惚與言言，與語語。雖然，必戒之。不聞尼父，不樂今人與居；不聞尼父，懷史佚周任而不懌今大夫。天干硠硠，地支氣昌，帝組織我陰陽，庸詎知非我符？

勇言行箴

嗚呼！古之人有言，思慮不違親，有父兄在，聞斯行而非仁。吾得春三十有五，得秋三十有六，親則老矣，吾幸猶爲子之年。以爲子之年，而有父兄之色，又屢有父兄之言，忍曰非專？言不稱親，不遜而已矣，行不稱親，行無本而已矣，名滿天下，交滿天下，私友猥而已矣。其精神外矣，其根荄誖矣。君子之于萬物也，不敢蓋之，而矧敢蓋其親？而蓋其親，而勇于言，以長其不仁乎？

文體箴

嗚呼！予欲慕古人之能創兮，予命弗丁其時！予欲因今人之所因兮，予荍然而恥之。恥之奈何？窮其大原。抱不甘以爲質，再已成之紜紜。雖天地之久定位，亦心審而後許其然。苟心察而弗許，我安能頷彼久定之云？嗚呼顛矣，旣有年矣。一創一蹶，衆不憐矣。大變忽開，請俟天矣。壽云幾何，樂少苦多。圜樂有規，方樂有矩。文心古，無文體，寄于古。

——定盦文集補編

石言

䆁山之松五百歲死，攝山之松千歲死，包山之松二千歲死，黄山之松三千歲死。鬣死肉死，液死榦死，芳香亦死。有不死者，化而爲石，五牛勝一枚。石自言曰：予肩天之戕，冬雷夏霜，予耍奴王，不識姬昌。今何世矣，升共工氏之堂。

——定盦文集補編

語錄*

示子宣㈠：毛詩篤公劉篇「何以舟之？」曰：舟字近儒以爲是般字之脫半，鞶也。詩但作般字，比左氏傳鞶字爲古。此說甚通，宜知之。

解論語「齊之以禮」。曰：齊者何？齊貧富也。又齊賢者過之，不肖者不及也。

解孔子謂季氏全章。曰：孔子言此，明見後來逐君之禍，季逐哀公，而魯之春秋終矣。三綱淪、九法斁，於其僭禮預知，蓋叛臣、賊子，皆一忍字釀而成也。

解「夏禮吾能言之」全章。曰：聖人神悟，不恃文獻而知千載以上之事，此之謂聖不可知，此之謂先覺。但著作之體，必須信而有徵，無徵不信，不信民弗從。聖人不肯以我一人之神悟，而疑惑天下後世之學者，且壞千古著作之例，故闕其言爾。（「闕言而死」，見大戴禮記。）此章深責杞、宋子孫，不守祖宗之法籍，蓋不啻魯失寶玉、大弓，罪當絕也。

解子路誦之。曰：「子路誦之」，即是誦雄雉之詩。惟詩可加一誦字，非誦孔子之言，言如何可誦？詩有臧字，故孔子言「何足以臧」。兩臧字相應，朱注模糊。

解月無忘其所能。曰：人之所以自忘其能者有二病：一則見異思遷，新近所見所聞益多，則昔年得力之地，以精力不能兼顧而遺忘之，此賢者之過也。一則暮年積痡，新亦無所見聞，而舊時所得，與精力而俱謝，此愚不肖之不及也。

論論語集註㈡之誤。曰：鎰之兩數誤；㈢仞之尺數誤；執圭非命圭誤。

解中庸書同文。曰：同文有三訓：一形，二聲，三義。形，謂古文變而爲大篆，即籀文，東周時所用，觀周銅器與商器迥殊自知。義者，周公作釋詁，故孔子告哀公：爾雅以觀於古，足以辨言矣。聲，謂諧聲，馬季長訓子所雅言，以爲於詩、書、禮，皆正其聲音，試觀十五國風，用韻部居皆同，不啻後世之有詩韻。是形同義同聲同而總謂之書同文，三者具而一文完。

論大戴禮記曰：二戴之記，皆七十子以後，逮乎炎漢之儒所爲，源遠而流分，故多支離猥陋之詞，或庸淺無味，敷衍成篇。蓋雜家喜依託黃帝，而儒家喜依託孔子，周末漢初人習尙類然。合兩戴所記，淘之澄之，孔子之言，亦必居十之四，究賢於雜家之託三皇也。又曰：大戴實與小戴無大優劣，一則立於學官，一則退於百家，何有幸有不幸歟？

又曰：保傅篇見賈子，勸善、㈣五義見荀子，其餘複見小戴記者又數篇，不藉德以傳，藉德傳者，最古夏小正；其次武王踐阼，眞三代法言也。禮經遺文四篇，亦無甚關繫，且公冠篇乃漢人所造，非周之文，大約禮家之支裔。曾子十八篇，此存其十篇，乃曾子數傳以後之門人掇拾而成；天圓篇叵有可笑，曾子豈不知天大地小，而慮四角之不掩？今世童子不屑作是言，此篇雖藉德以傳，非不可亡之古書，非天地瓌寶故也。

又曰：「主言、四代及曾子十篇中，間多精語可采，而間有怪麗之詞，非六經之文也。餘篇亦有可采，當作漢時雜家觀，賢於讀魏晉後文章遠矣。

又曰：有欲作注者，余謂此書無甚典章、名物、象數，所賅不富，尚未及左氏春秋之博麗，容易下手爲之注，不足以見所學，必不能如鄭氏注小戴之所託勝也。蓋小戴亘得其腴，此書亘得其腊，退於百家，不立於學官，未爲全不幸也；獨夏小正賢於月令，已有單注本。

五義篇：「故其事大配乎天地，參乎日月，雜於雲蜺。」先生論曰：荀卿無「雜於雲蜺」句，偶增一言，即不通。

論保傅篇曰：此與月令、勸學篇，皆三代以來古籍，或七十子以後受授，故荀況、呂不韋、賈誼同采之，猶管子之有弟子職，非管子自作也，特漢人有增益之語耳。雖各以己見增益，而原本深微。

「所以明有別也」。別本又作「臣」。（武英殿校本據永樂大典改。）先生曰：臣字爲長。

又謂：「昔者禹以夏王」以下數節，多蕪冗浮詞。

論曾子疾病篇曰：此篇最精微。

論衛將軍文子篇曰：此篇皆膚辭賸義，文尤平淺，與五帝德篇，皆無一字可取。殆漢人之至庸極陋者造之，得罪孔子者也。

千乘篇：「千乘之國，受命於天子，通其四疆，教其書社，循其灌廟。」公⑤曰：灌爲濯，濯即祧也，見鄭氏春官注，古濯祧音近。此循其祧廟，文義明白。

四代篇：「子曰：平原大藪，瞻其草之高豐茂者，必有怪鳥獸居之。且草可財也，如艾而夷之，其地必宜五穀。高山多林，必有怪虎豹蕃孕焉，深淵大川，必有蛟龍焉，民亦如之。君察之，此可見器見才焉。」先生曰：孔子之觀人如此，今之觀人者，喜平原之無草木者，見虎豹，則卻走矣。

「見才色修聲不視，聞怪物恪命不改志。」先生曰：精語！或孔子之遺言歟？

論誥志篇曰：此等依託，乃得罪孔子之尤，荒謬絕倫之作，作者可醢也。又曰：本小兒語，其文義之拙，又小兒之下愚也。

「聖人有國，則日月不食。」又曰：「蠭蠆不螫嬰兒，蟁蝱不食夭駒。」先生曰：恐無是理。

論文王官人篇曰：名家言之至庸極陋者。

論諸侯遷廟篇、諸侯釁廟篇曰：此二篇禮家之支流。盧注亦博雅。

論小辨篇曰：此篇間遇孔門墜緒之言，善觀而謹擇之。

公曰：「請學忠信之備。」子曰：「惟社稷之主，實知忠信，若丘也，綴學之徒，安知忠信？」先生論之曰：自發其端，而固不言以要君，前後不相屬，斷非聖人氣象。

「公曰彊避，子曰彊侍。」先生曰：彊，疑必臣名。

「丘聞之，忠有九知。」先生曰：先舉一總數，此與齊論子張篇同一惡習，斷非孔子微言。

用兵篇：「疏遠國老，幼色是與。」注：「言疏遠老成而與幼色者，若楚恭王遠申叔時而用子反也。」先生曰：未聞子反爲幼色，何弗引宋朝？

先生曰：衰周及漢代，多至庸極陋之書，而善依託，周書中之太子晉解，大小戴記之五帝德、坊記、表記、緇衣等篇，其尤者也。揚雄法言、王通中說，是其嫡傳。

又曰：七十子之徒，周末漢初，去聖人則近矣，彼其徒之識道理，與屬詞比事，或尚不及後之大賢也。若非後之大賢識之，是弗好古也，若謂過於後之大賢，則是古之瓦甑賢於今之金玉也。

公羊傳昭公二十五年：「子家駒曰：諸侯僭於天子，大夫僭於諸侯久矣。」先生曰：何氏曰：石經有「天子僭天」四字。㈥

故工部尚書王文簡公引之所譔經傳釋詞，先生曰：古今奇作，不可有二。

經傳釋詞：「與，猶以也。」引易繫辭、禮記、檀弓、玉藻、中庸、論語陽貨篇、史記袁盎傳、貨殖傳、漢書揚雄傳證之。先生曰：禮記禮器：「禮之大倫，以地廣狹；禮之厚薄，與年之上下」，言以年之上下也。越語：「持盈者與天，定傾者與地，節事者與地。」三與字亦訓以。

又：「孔，甚也。」引爾雅、書禹貢證之。先生曰：詩孔字極多，「降福孔皆」、「謀夫孔多」，不勝引。

論茶字曰：說文有薾字，引詩「彼薾維何」，訓華盛，某謂隸變爾，（尙非臆造之變。）省作尒，因造茶字，音當隸十五部。今世茶字，訓靡弱之貌，華貌以柔弱爲悅目，故曰華盛。今訓尚不悖古訓，引申之，凡一切柔弱皆爲薾，實乃詩人之狀華，是本義。尒、迩字，說文皆有之，而薾不當省作尒，作茶更繆中之繆。

——定盦年譜外紀

＊陳元祿輯龔自珍語錄，經張祖廉增訂，輯入定盦年譜外記，原注有關校勘、考證，仍存字行間，餘刪去，茲增補

者，另以〔〕區別。

㈠龔橙，又名宣，詳京北可居狀注。

㈡「論語」應作「孟子」。

㈢孟子公孫丑：「於宋餽七十鎰而受。」朱熹孟子集註：「鎰，二十兩也。」不誤。焦循孟子正義：「秦策高誘注：二十兩爲鎰。閩、監、毛三本（孟子注疏）誤作二十四兩。」案：趙岐注誤，朱注不誤。

㈣荀子有勸學篇而無勸善篇。

㈤「公」應作「先生」。

㈥阮元公羊注疏校勘記：「唐石經諸本同。考工記：『畫繢之事……其象方，天時變。』注引子家駒曰：『天子僭天。』今何本無此記。」此以何休解詁本有此句，誤。

〔甲乙編曰：「鐘鼎、石鼓、說文古籀、魏三字石經、汗簡、古文四聲韻，擇其信而有徵者爲正字。」先生曰：夏竦、郭忠恕二人，非能知古文者，大半鄙誕如碧落碑之流。有文見於鐘鼎，以意說之而未有確據者，有文不見於鐘鼎，以偏旁推測而知者，爲闕疑。文見於說文、汗簡、古文四聲韻，相沿用之，而其實從小篆羼入，非眞古文者，亦可以備采用爲演篆。小篆相傳，沿譌日久；大抵由漢時里閭書師所見隸書，傳授其徒，但取應用，又目不見倉籀古文，並非李、胡毋、趙之書，今備列之爲辯誤。古文舊說本無此義，爲斯、高之徒，傅會以刑名家說者，今悉辨正爲復古。〕

〔甲乙編曰：「六經遭嬴秦之厄，幸存於今，其無缺誤者蓋少，毛詩最古，餘如易、書、春秋，則多晉以後之俗字。」先生曰：穆天子傳出汲冢，瑰怪奇麗，千古鴻寶，其字盡籀文也，惜傳寫譌誤，人間無善本耳。又曰：黃帝素問雖出六國人手，然甚有古字，後人無雜亂之者。又曰：三家詩除齊詩逸文最少，魯、韓兩家似有足供搜獵者。又曰：羣經中唯尙書罹厄最甚，一厄於孔安國以今讀古；再厄於衞包妄改古文。人知罪衞包之改，而不知咎在孔安國之讀，不知衞包所改已非古文原本。據唐人本改漢人本尙或可尋，安國乃以漢徒隸之文讀倉頡、孔子科斗之文，竊謂罪浮於唐人也。又曰：兩漢一代經師皆今文家，其兼通孔壁者寥寥，而古文竟不列學官，利祿之門，不在經文多俗字，太常豈得無咎？劉歆、賈逵欷歔致慨，良有以也。」

〔甲乙編曰：「古金待問錄錄神農幣，按其文乃赤金第布四字，第布乃新莽十布之一。」先生曰：世所傳神農幣，乃春秋列國時幣之一品也，以爲神農幣固誕妄，以爲莽十布之一，則大不然。莽之十布，余獲藏其八品，獨少壯布、幼布耳。大布最大，以次而小，如第布當小於壯布而大於差布。今此幣傳者，形製絕大，倍於大布，又當鑄第布七百四字。如大布黃千、次布九百、壯布八百之例，不當言赤金第布也。莽雖矯誣復古，而其十布，上鑿一孔，以受穿紐，其形製絕不與周幣相似。又周幣有倒文省文，如所云管子之術是也。莽十布則文字整齊，一劃不苟，絕無古意，安得以省且倒者屬之莽乎？見拓本多，不如收古器物多。此條似疏誤。又曰：以列國幣而託之上古，乃宋洪遵泉志之誤，不始於路史。近杭人徐問瞿已訂洪氏之謬，而斷爲列國幣矣。」

——甲乙編鈔本（上海圖書館善本室藏）

先生好讀老子，撰老氏綱目曰：凡老氏之大訓九：曰虛，曰柔，曰默，曰靜，曰退，曰守，曰慈，曰嗇。（不嘗先即退也；知足知止，即嗇也；儉亦嗇也。）（案老氏大訓有九，先生所舉乃僅得其八，疑有奪文。）凡大戒亦九：曰剛，曰盈，曰輕，曰躁，曰敢，曰銳，曰僞，曰爭，曰壯。凡老氏之歸宿有五：曰求則得，曰有罪則免，曰生，曰取天下，曰莫與爭。此綱目也。

又曰：道經、德經，唐人所分，㈠其不知老子，與僞河上公之強分八十一章，一也。老子本不分章，亦不分上下篇，亦無道德經之名，亦無軒輊。

「天下有道，却走馬以糞，天下無道，戎馬生於郊。」先生曰：天下有道，奸雄大智大勇無所用之，故雖有奇駿千里之馬，但以糞田代犢而已；天下無道，羣雄並起，以戎馬生郊爲喻，即國家昏亂有貞臣之意也。

「取天下常以無事，及其有事，不足以取天下。」先生曰：老氏不以欲得天下爲諱，其術固取天下之要也。

「治大國若烹小鮮，以道蒞天下，其鬼不神；非其鬼不神，其神不傷人，非其神不傷人，聖人亦不傷人。」先生論之曰：傷人，猶言禍福人也。鬼神亦道中一物，執鬼神之權，故鬼神無權。凡禍人、福人，皆傷人也。聖人不殺人亦不生人，因道之自然，故曰不傷人。此章義甚奧，非明於老子全體大用，不能講也。福人、生人之傷人，與禍人、殺人之傷人同，此老氏大指。

「坦然而善謀」。先生曰：坦當作繟，音闡。（案今本已作繟，不知先生所據何本？）㈡

「聖人之道，爲而不爭。」先生曰：爲者，自爲也。爲學，爲道，皆自爲也；爭者，與人爭。此言良人求己之分也。

論張平子論貢舉疏曰：文苑有傳，始於東京，可以觀古今之變，亦天地自然所開，非人力也。道學有傳，始於宋史，其爲自然之勢同。平子此疏，古今正論，先昌黎而鳴。

論橫渠西銘曰：朱文公云：「前半篇是棋盤，後半篇是下棋子。」又曰：即以文章論，亦北宋第一篇文字。昔年悔不讀，自今始願讀三千過。又曰：亞於佛經一等耳。（案此先生道光壬辰十月朔之言。）

論嘉定錢宮詹大昕潛研堂集曰：新楣少詹，考證瑣碎，絕無關繫，而文筆亦拙，無動人處。晚年掌教吳中，三吳名士，推其博聞，至有言之朝，登之國史儒林傳者，予不敢非薄，采其小辯可也。養新錄曰：「說文示部有祇、祗二字。一爲神祇字，从氏，地示提出萬物者也；一爲祗敬字，从氐，敬也。又別有禔字，从是，安福也。引易『禔既平』。今易作祇，古文氏是通用，則禔、祇亦可通用，但相承讀爲支音，與神祇音少異耳。復卦『无祇悔』。王肅作禔。九家本作多字，音支。案左氏襄二十九年傳：『祇見疏也。』服虔本：祇作多。論語『多見其不知量也』。多與祇同。疏家謂古人多、祇同音，祇訓適。史記韓安國傳『禔取辱耳』。徐廣云：禔作祇。漢書亦作祇。禔既訓福、訓安，安與適義亦相承，則祇訓適者，即與禔通之祇，非別有它字矣。乃玉篇於衣部添衹字，讀之移切，訓爲適，此六朝俗體。說文但有從氏適短衣之衹，初無衹字也。而張參五經文字衣部，承玉篇之誤，亦收此字，訓作適，且以从示爲誤，則大謬矣。唐石經：『无祇悔』，从示，从氏，『衹既平』，从衣，从氏，此又承張參之誤。」先生駁之曰：說文系部有衹字，在緹字云緹或从氏，古書適義多用此，五經文字、唐石經、玉篇、廣韻皆遵舊說。石經於毛詩、左傳皆从衣，有所自來。此等字，取音不取義也。

養新錄曰：「易『朋盍簪』。古文簪作貸，京作撍，馬作臧，荀作宗，虞作戠，戠，叢合也。」余謂三代以前無簪笄字，當以戠爲正。」先生曰：古文，簪作兓，凡字从兓聲者多矣，安得云三代以前無簪字耶？

養新錄曰：「詩王、鄭、唐風『揚之水』，今本揚皆从手旁，王風釋文揚如字，或作楊木之字，非。而太平御覽八百十五，八百十六並引唐第二章『楊之水』，三百三十三引詩序『楊之水』，又九百五十六引毛詩義疏『楊之水』，皆从木旁，據此知王、鄭、唐風『揚之水』，本皆作楊。」先生申之曰：廣雅曰：「楊，揚也。」字本相通。

養新錄曰：「瞿中溶云：禮經朴字，鄉射篇凡十五見，大射篇凡廿一見，石經初刻並从木，後磨改从扌，其有未經磨改而作朴者，皆朱、梁補刻。案：古無扑字，說文木部，朴訓木皮。鄭注取朴，云朴所以撻犯教者，蓋古人止用木皮撻人，以爲教學之刑，其物即名之曰朴。虞書所謂朴作教刑是也。後人緣朴有撻意，遂改从扌。張參知朴不从手，故五經文字手部不收此字，九經字樣乃收之，則此磨改之弊，或即出唐元度之手，今本皆緣其謬矣。」先生駁之曰：扑在說文作攴，隸變作扑，扌即又也。扑訓擊，而所用擊之物，因名曰朴，此古用字之法也。凡經典皆作扑，不从木，此石經初刻从木，而後改之从扌也。木皮不可用擊。記曰：「夏楚二物，收其威也」，則其木用夏楚矣。

養新錄曰：「『大學之道在親民。』『民之所好好之，民之所惡惡之，此之謂民之父母。』此親民之實也。宋儒改親爲新，特因引康誥『作新民』一語，而不知『如保赤子』，亦康誥文。保民同於保赤，於親民意尤切，古聖人保民之道，不外富、敎二大端，而親字足以該之，改親爲新，未免偏重敎矣。竊謂大學親民，當仍舊文爲長。」先生申之曰：前明王文成、國朝湯文正，皆云當如字。

養新錄曰：「左傳成二年『韓厥夢子輿謂己曰：且辟左右』。唐石經且作旦。凡夢必在夜，故左氏紀夢每言旦，庚宗之夢則云『旦召其徒』，社宮之夢則云『旦而求之曹』是也。石刻字畫分別，可證俗本之譌。顧寧人轉以石刻爲誤，顚倒甚矣。」先生駁之曰：左氏成二年且字，即夢中語，斷非旦字，他處夢後書事，故云旦也。竹汀亦誤。

唐石經鬻作䰞。（周禮、爾雅。）養新錄謂爲俗體。先生駁之曰：䰞是也，非俗體。

說文：褫，奪衣也，讀若池。養新錄謂說文無池字。先生駁之曰：說文有池字，今本失之。

又，人部，偶，桐人也，養新錄謂桐當作相。先生曰：桐字不誤，段先生已辨之。

養新錄曰：「豆部：『豋讀若鐙，同鐙。』當作登。案說文云：讀若者，皆經典通用之字。詩『于豆于登』，爾雅『瓦豆謂之登』，本是𢍚字，而相承以登陟字代之。故許云讀若登，同鐙，二文皆从豆。豆、登聲相近，則𢍚亦有登音矣。」先生駁之曰：錠，鐙，見金部，謂豆也。許謂其聲義皆同，改鐙爲登，誤。毛傳：瓦曰登，以薦大羹也。非薦肉之器也。然則不當以說文𢍚與詩相牽也。」

養新錄曰：「說文讀若者，皆經典通用字。」先生曰：此說不的。

養新錄曰：「古書音與義多相協，釋詁『林，君也』，是林有君音。」先生曰：可謂好爲異說。

養新錄曰：「唐書，歐陽修撰本紀、志、表，宋祁撰列傳，後世重歐公之名，頗惜列傳不出公手。予讀儒學傳啖助論云：『啖助在唐，名治春秋，撫詘三家，不本所承，自用名學，憑私臆決，尊之曰孔子意也。趙、陸從而倡之，遂顯於時。嗚呼！孔子沒乃數千年，助所推著，果其意乎？其未可必也，以未可必而必之，則固，持一己之固而倡茲世，則誣。誣與固，君子所不取。助果謂可乎？徒令後生穿鑿詭辨，詬前人，捨成說，而自爲紛紛，助所階已。』此等議論，歐陽所不能道。歐陽之詩童子問，正宋所譏捨成說而詬前人者也。」先生申之曰：歐陽之春秋論，固與誣之甚者也。

養新錄曰：「程伯淳之卒也，文潞公題其墓曰：大宋明道先生程君之墓。案明道，仁宗年號也，不當爲人臣之私稱，而潞公以題墓，伊川受而不辭，皆所未喻，後人亦無議及此者。」先生曰：是不然。

養新餘錄曰：「明史耿炳文傳：建文元年，燕王兵起，命炳文爲大將軍，次眞定，與燕軍戰，敗，帝遣李景隆往代。燕王稱帝之明年，刑部尚書鄭賜、都御史陳瑛，劾炳文衣服器皿有龍鳳飾，玉帶用紅鞓，僭妄不道，炳文懼，自殺。功臣表亦云：永樂二年，以嫌自殺，除。成祖紀：永樂二年十月，籍長興侯耿炳文家，炳文自殺。此本諸永樂實錄，自必可信，而顧應祥長興縣志，謂洪武末，鎮守遼東，以兵入援眞定陣亡，不知何據。予嘗見朱竹垞與馬寒中帖，其一云：劉三吾集，乞覓便借愚一讀。記有爲耿炳文墓碑，乃卒於洪武二十七年，今正史、野錄俱載建文命帥師討燕，此大可疑事，蓋實錄爲西楊改削，（先生曰：西楊豈得憑空改竄至此？）文獻無徵，不可不辨明，恐貽誤國史，所關非小耳。三吾集予訪之未得，姑記竹垞語，俟異日攷論之。」先生曰：劉三吾坦齋文集有耿炳文追封三代神道碑銘，非炳文墓碑也。其碑撰刻於洪武二十七年，故自二十七年後事實不書，非謂炳文卒於是年也。竹垞記憶不眞，故有此札，想寒中復之，朱已了然矣。

養新錄卷一詩序一條，先生曰：此條大謬，此非辛楣所知，予別有說數千言。㊂論卷三程子言「性中無孝弟」一條，曰：此非程子說，乃出於後漢書。論卷三「頑夫廉」一條，曰：此條甚謬。又曰：廉乃稜角之義，非僅主與貪對。頑則頑鈍，與刓通，刓去稜角則鈍，故廉訓爲廉，刓訓爲鈍，對文也。

論卷三爾雅釋親「妹當爲女叔」一條，曰：此本段先生說，是也。

論卷四「說文連上篆字爲句」一條，曰：此條與段氏大不合，段是此非也。

論卷十五雲麾將軍李秀碑一條，曰：予見金沙于氏㊃一本，六礎全，文具完好，海內所存，大約于氏蔣氏㊄各一本而已。

論餘錄卷中一字、三字石經一條，曰：此條竹垞已有之。

論卷中南宋事略一條，曰：文藝傳似尚有可補者，如姜夔、張炎何如？又隱逸傳，曰：鄙意仇遠可補入。

書戴氏定本水經曰：東原翰林授金壇段玉裁若膺，玉裁授仁和龔自珍瑟人。自珍爲玉裁女之子。又曰：是本孔氏繼涵刻入微波榭叢書中，不爲孤學墜緒矣。

論小安樂窩文集記收書目錄後曰：「其言似可存，然亦不中窽要。」又其文曰：「西河之徒，妄挾其泛濫之所得，集矢於紫陽。闢卜筮，譏先天，而易本旨晦；尊小序，而詩雅、鄭亡。」先生曰：易無先天，詩小序亦非學士之所尊，然小序差勝朱文公。

又論水北盦祭嚴夫子記曰：枯窘題，乃就夫子字生波，此時文家無題有文之陋法，巡檢打弓兵，熱鬧衙門者也。我則異是，無題即無文。（陳元頤曰：嚴夫子者，漢嚴忌也。班史不爲立傳，散見於司馬相如諸傳中，不能不敷衍成文。）

小安樂窩文集答某書曰：「昔朱子之世，有與爭王伯者矣，有與爭先後天者矣，明季以來，尤不勝屈指。然如黃晦木、毛大可、戴東原之輩，爭在經義可也，李剛主則爭在理道矣。至吾丈又爭在事功矣。」先生曰：千古論晦庵者，當以陳同甫對孝宗之言爲定評定讞，此外不足較也。經學錯也不妨，不錯也不妨。

經笥質疑五服圖說，右禹貢，左周禮，曰：「竊以爲禹貢言服以裒計，服雖五而所拓之地已宏。周禮言服以方計，方雖九，而所區之地甚隘。」先生曰：才人之辨，匪夷所思。（案經笥質疑，張瓚昭撰。）

辨古文苑曰：僞本無疑。

——定盦年譜外紀

㈠漢書魏豹傳引老子道經，田橫傳引老子德經，道、德分篇久矣，非自唐始。

㈡案：呂惠卿、宋徽宗、明太祖諸本皆作「坦」，校記疏誤。

㈢己亥雜詩注：「爲詩非序、非毛、非鄭各一卷。」已佚。

㈣于敏中，詳上大學士書。

㈤蔣廷錫，字揚孫，常熟人。工畫。著尙書地理今釋、青桐軒集、秋風集、片雲集。

〔論白石山館詩：「虛懷發高論，獨許吾知音。」先生曰：此種稍滑，擺開膺體。〕

〔又論「終歲與君處，尋常無殊異。坐我明鏡中，自然呈浮僞。能使妄者心，照之發深愧。」先生曰：詩不當避道學，固也。但詩自氣體，即如此詩起六語，意則佳絕，但作二句疏還，此乃傷格乎！古人五字賅括矣，即多亦十字，足見道學不當與詩歧視也。語錄則不入詩，此持平之論也。」

〔又論「知在見君時，還相許與否？」先生曰：許與二字擬易之，以其弱腐。」

〔又論「熱士趨勢要，冷士趣林幽，所趨異楚越，各抱無涯憂。」先生曰：起四語即莊生臧、穀亡羊之旨。」㈠

〔又論「君看出山雲，崇朝幾沈浮？眞山久不動，玆焉庶堪儔。」先生曰：雲自沈浮，山自不動，所謂千軍萬馬中本無一事，如果實證實悟到此地位，則勢要可也，林幽亦可也，無涯之憂，總是憂道，非爲冷熱憂矣。此詩大指，此是如此，惜中幅多蕪詞累之耳。㈡又曰：此章嫌起四語陳義太高，而中以常語，爲不相應，辭語亦率。」㈢

〔又論大觀亭遲汪均之兄弟。先生曰：當去其滑處。又曰如第四、第十等句，包所點化者是也。㈣使夫效之者貌焉而幾焉，則非詩之至者也。」

〔又論入小龍山拜稼門師墓與均之時均之久病新愈詩題。先生曰：「時均之……七字可删。」

〔又論入小龍山拜稼門師墓與均之時均之久病新愈第一首。先生曰：吾聞之江鐵君亦云□□先□良史，非嗑象也。」

〔又論小除日景州道中感賦，先生曰：此詩是倒裝筆法，惟星霜憀慄之際，乃生骨肉之感也，不得反□末語。」

〔又論劉貞女行，先生曰：包此評極是，猶未盡也。」㈤

〔又論到湘陰哭張一峯姊丈，先生曰：其拙頽之句，墨所點中者，是也，然正不可及。」

〔又論「晚來風更好，無奈泊船時。」先生曰：結語中有史事。〕

〔又論「順逆天何意？窮通我自疑。」先生曰：實不工，不如比興之爲愈也。〕

〔又論出江聞劉芙初前輩死耗哭之以詩。㈥先生曰：詩之瘠而露筋者，終非合作。〕

〔又論立春。？先生曰：語無湊泊。〕

〔又論送默深歸邵陽。先生曰：二律乏神味，語語促節，其脂頗枯。〕

〔又論揚州城樓。先生曰：裂笛之作。曰：□體此壓卷。〕

〔又論「窮商日夜荒歌舞。」先生曰：窮字不好。〕㈦

〔又論「道誼旣輕名利重。」先生曰：亦露筋。〕㈧

——白石山館詩稿本（興化雙湖書屋陳氏藏）

㈠㈡㈢ 此皆論陳沆白石山館詩丁丑十一月默深留長沙相聚旬餘得詩四首之四，前後故有關連。

㈣ 案：白石山館詩（第七次稿本）此詩包世臣批語：「換意換筆，乃佳。」即所指。

㈤ 白石山館詩（第七次稿本）此詩包世臣批語：「奇語直逼古樂府，而長短伸縮處，尚未恰好。」

㈥ 此詩後經白石山館詩著者刪去。

㈦㈧ 同爲揚州城樓一首。

先生曰：書家有三等：一爲通人之書，文章學問之光，書卷之味，鬱鬱於胸中，發於紙上，一生不作書則已，某日始作書，某日即當賢於古今書家者也，其上也。一爲書家之書，以書家名，法度源流，備於古今，一切言書法者，吾不具論，其次也。一爲當世館閣之書，惟整齊是議，則臨帖最妙。夫明牕淨几，筆硯精良，專以臨帖爲事，天下之閒人也。吾難得此暇日。偶遇此日，甫三四行，自覺胸中有不忍負此一日之意，遂輟弗爲，更尋他務，雖極瑣碎，亦苦心耗神而後已，卒之相去幾何？眞天下之勞人，天下之薄福人也。

辨王羲之書金剛經曰：考姚興即位，在晉孝武帝太元十九年，又三年，鳩師西來，始譯經於逍遙園，上距永和之世四十年矣。金剛經有譯本三種：一後秦譯，一涼譯，一唐譯。羲之之時，三本皆未到東土也。明之墨客作僞，可入笑史。邵寶云：金剛爲經中之王，右軍爲書中之聖，世間之二妙。我聞瞎驢語，每引一大白解穢。

——定盦年譜外紀

〔先生曰：西山有時渺然隔雲漢外，有時蒼然墮几榻前，不關風雨晴晦也。〕

——習苦齋畫絜

先生曰：吾不以藏漢碑名其家，唐、宋所錄亦希，漢以後隋以前最精博矣。自絜印曰：「漢後隋前有此家」，志所樂也，與所學也。

——定盦年譜外紀

己卯

吳山人文徵、沈書記錫東餞之虎邱

一天幽怨欲誰諳？詞客如雲氣正酣。我有簫心吹不得，落花風裏別江南。

題吳南薌東方三大圖。圖爲登州蓬萊閣，爲泰州山，爲曲阜聖陵*

禽父始宅奄，猶未荒大東；周王有名祀，名山止龜蒙；尙父賜履海，泱泱表大風；時無神仙言，不睹金銀宮。春秋貶宋父，坐失玉與弓；祊田富湯沐，季旅何懵懵？秦穆作西畤，帝醉終可逢；恆無三脊茅，遂毀登山蹤。頑哉魯與齊，靈氣不牖衷，孤負介海岱，海深岱徒崇。素王張三世，元始而麟終；文成號數萬，太平告成功；其文富滄海，其旨高蒼穹。於是海岱英，盡入孔牢籠。熙朝翠華至，九跪迎上公；厥典盛謁林，漢後無茲隆。惜哉有闕遺，未舉金泥封；小臣若上議，廷臣三日聾。首謁孔林畢，繼請行升中；繼請射滄海，三事碑三通。古禮日霾晦，但嗤秦漢雄；周情與孔思，執筆思忡忡。

* 又題：吳南薌東方三大圖圖爲登州蓬萊閣爲大山爲曲阜聖陵，乃龔橙删節。

行路易

東山猛虎不吃人，西山猛虎吃人，南山猛虎吃人，北山猛虎不食人。漫漫趨避何所已？玉帝不遣牖下死，一雙瞳神射秋水。袖中芳草豈不香？手中玉麈豈不長？中婦豈不姝？座客豈不都？江大水深多江魚，江邊何嘵呶？人不足，盱有餘，夏父以來目矍矍。㊀我欲食江魚，江水澀嚨喉，魚骨亦不可以餐；寃屈復寃屈，果然龍蛇蟠我喉舌間，使我說天九難、說地九難，踉蹌入中門。中門一步一荆棘，大藥不療膏肓頑，鼻涕一尺何其孱？臣請逝矣逝勿還。嘈嘈舟師，三五詈汝：汝以白晝放歌爲可惜，而乃脂汝轄；汝以黃金散盡爲復來，而乃鞭其脢。紅玫瑰，青鏡台，美人別汝光徘徊。膈膈膊膊，雞鳴狗鳴；淅淅索索，風聲雨聲；浩浩蕩蕩，仙都玉京。蟠桃之花萬丈明，淮南之犬彳亍行；臣豈不如武皇階下東方生？亂曰：三寸舌，一枝筆，萬言書，萬人敵，九天九淵少顏色；朝衣東市甘如飴，玉體須爲美人惜。

㊀「夏父以來目矍矍」，「矍矍」應作「瞿瞿」，諸本皆誤。

夢得「東海潮來月怒明」之句，醒，足成一詩*

曇誓天人度有情，上元旌節過雙成。西池酒罷龍嬌語，東海潮來月怒明。梵史竣編增楮壽，花神宜敕詞精。不知半夜歸環佩，問是空峒第幾聲。（空峒，天上琴名。）

* 又題：紀夢，乃龔橙竄改。

又成一詩

東海潮來月上弦，空峒撫罷靜諸天。西池一宴無消息，替管桃花五百年。

鄰兒半夜哭

鄰兒半夜哭，或言憶前生；前生何所憶？或者變文名。我有一篋書，屬草殊未成，塗乙迨一紀，甘苦萬千幷！百憂消中夜，何如坐經營？剪燭蹶然起，婢笑妻復嗔；萬一明朝死，墮地淚縱橫。

雜詩，己卯自春徂夏，在京師作，得十有四首

少小無端愛令名，也無學術誤蒼生。白雲一笑懶如此，忽遇天風吹便行。

文格漸卑庸福近，不知庸福究何如？常州莊四能憐我，勸我狂刪乙丙書。（莊君卿珊語也。）

情多處處有悲歡，何必滄桑始浩歎！昨過城西曬書地，蠹魚無數訊平安。（過門樓胡同宅。）

手種江山千樹花，今年負殺武陵霞。夢中自怯才情減，醒又纏綿感歲華。

龐眉名與段公齊，一脈東原高第題。回首外家書帙散，大儒門祚古難躋。（謁高郵王先生，㈠座主伯申侍郎之父也，八旬健在，夙與外王父段先生㈡著述齊名。）

昨日相逢劉禮部，高言大句快無加；從君燒盡蟲魚學，甘作東京賣餅家。（就劉申受問公羊家言。）

十年提倡受恩身，慘綠年華記憶眞。江左名場前輩在，敢將名氏廁陳人。（謝吾師蔣丹林副憲語。）

偶賦山川行路難，浮名十載避詩壇。貴人相訊勞相護，莫作人間清議看。（謝姚亮甫丈席上語。）

萬柳堂前一柳無，詞流散盡散樵蘇。山東不少昇平相，爲溯前茅馮益都。㈢（同人訪萬柳堂址。）

荷葉黏天玉蝀橋，萬重金碧影如潮。功成倘賜移家住，何必湖山理故簫？（玉蝀橋馬上戲占。）

交臂神峯未一登，夢吞丹篆亦何曾？丈夫三十愧前輩，識字游山兩不能。（江都汪孟慈見示其先人所爲鐵筆篆書，所篆乃黃山三十六景也，悵觸昔游。）

樓閣參差未上燈，菰蘆深處有人行。憑君且莫登高望，忽忽中原暮靄生。（題陶然亭壁。）

東抹西塗迫半生，中年何故避聲名？才流百輩無餐飯，忽動慈悲不與爭。

欲爲平易近人詩，下筆清深不自持。洗盡狂名消盡想，本無一字是吾師。

㈠王念孫，詳工部尚書高郵王文簡公墓表銘。

㈡段玉裁，詳明良論註。

㈢馮溥，字孔博，益都人，官至文華殿大學士。著佳山堂集。

題紅蕙花詩册尾 幷序

蘇州袁廷檮，字又凱，有王晉卿、顧仲瑛之遺風，文酒聲伎，江南北罕儷者。當時座客，極東南選，而家大人未第時，亦曾過其宅。君死後，家貲泯然。今年冬，有皙而秀者，來謁於蘇松太道官署，寒甚，出晉硯求易錢，則又凱嗣君也，大人贈以貲，不受其硯。噫！西華葛帔，劉竣著書，所從來久矣。鈕非石亦其座上客，非石嘗爲君致洞廷山紅蕙花一本，君大喜，貯以汝州瓷，繪以宣州紙，顏其室曰：紅蕙花齋，名其詩文曰：紅蕙齋集；刻其管曰：紅蕙齋筆；又自製紅蕙花樂府，付梨園部；又徵人賦紅蕙詩，海內詞流，吟詠殆遍。今嗣君抱來烏絲闌素册高尺許，皆將來蕙故也。君之風致可想見矣。余悲盛事不傳，感而題於册尾。

香滿吟箋酒滿巵，楓橋賓客夜燈時。故家池館今何許？紅蕙花開空染枝。

讀罷一時才子句，騷香漢豔各精神。十年我恨生差晚，不見風流種蕙人。

歌板無聊舞袖涼，江南詞話斷人腸。人生合種閒花草，莫遣黃金怨國香。

眼前誰是此花身？寂寞猩紅萬古春。花有家鄉儂替管，五湖添箇泛舟人。（非石云：「山中此花易得。」余固有買宅洞庭之想，故云爾。）

——定盦集外未刻詩

庚辰

驛鼓三首

河燈驛鼓滿天霜，小夢温黁亂客腸。夜久羅幬梅弄影，春寒銀銚藥生香。慈闈病減書頻寄，稚子功閒日漸長。欲取離愁暫抛卻，奈君針線在衣裳。

釵滿高樓燈滿城，風花未免態縱橫。長途借此銷英氣，側調安能犯正聲？綠鬢入嗤愁太早，黃金客怒散無名。吾生萬事勞心意，嫁得狂奴孽已成。

書來懇款見君賢，我欲收狂漸向禪。早被家常磨慧骨，莫因心病損華年。花看天上祈庸福，月墮懷中聽幻緣。一卷金經香一炷，懺君自懺法無邊。

發洞庭，舟中懷鈕非石樹玉、葉青原昶*

西山春晝別，兩袖落梅風。不見小龍渚，尚聞隔渚鐘。樽前荇葉白，舵尾茶華紅。仙境杳然杳，酸吟雨一篷。

此遊*

此遊好補前遊罅，揮手雲聲浩不聞。兩度山靈濡筆記，錢塘君訪洞庭君。（余家錢唐，戲用唐小說爲此。）

（舟到西山岸，尋幽迤邐斜。居然六七里，無境不煙霞。遂發石公寺，定過神女家；雲和風靜裏，已度萬梅花。）㊀

（風意中流引，香煙古嶼遲。悠揚聞杜若，髣彿邀蛾眉。白日憺明鏡，春空飄彩旗。湖東一回首，萬古長相思。）㊁

＊＊昭代名人尺牘（續）錄龔氏致徐廉峯書，附詩四首，（包括發洞庭舟中懷鈕非石樹玉葉青原昶、此遊三首。）茲缺二首，殆爲龔橙所刪。

㊀㊁ 據昭代名人尺牘（續）補之。

過揚州

春燈如雪浸蘭舟，不載江南半點愁。誰信尋春此狂客，一茶一偈到揚州。

觀心

結習眞難盡，觀心屏見聞。燒香僧出定，譫夢鬼論文。幽緒不可食，新詩如亂雲。魯陽戈縱挽，萬慮亦紛紛。

又懺心一首

佛言刼火遇皆銷，何物千年怒若潮？經濟文章磨白晝，幽光狂慧復中宵。來何洶湧須揮劍，去尚纏綿可付簫。心藥心靈總心病，寓言決欲就燈燒。

因憶兩首

因憶横街宅，槐花五丈青。文章酸辣早，（年十三住横街宅，嚴江宋先生㈠評其文曰：「行間酸辣。」）知覺鬼神靈。（作知覺辨一首，是文集之託始。）大撓支干始，（是爲甲子歲。）中年記憶熒。東牆涼月下，何客又横經？

因憶斜街宅，情苗茁一絲。銀缸吟小別，書本畫相思。亦具看花眼，（年八歲是爲嘉慶己未，住斜街宅，宅有山桃花。）難忘授選時。（家大人㈡於其放學後，抄文選授之。）泥牛入滄海，執筆向空追。

㈠宋璠，詳宋先生述。

㈡ 龔麗正，字暘谷。（自珍之父。）官至蘇松太兵備道。著國語補正、三禮圖考、兩漢書質疑、楚辭名物考。

客春，住京師之丞相胡同，有丞相胡同春夢詩二十絕句。春又深矣，因燒此作，而奠以一絕句

春夢撩天筆一枝，夢中傷骨醒難支。今年燒夢先燒筆，檢點青天白晝詩。

春晚送客

潞水滔滔南向流，家書重疊附征郵。行人臨發長亭晚，更折梨花寄暮愁。

琴歌

之美一人，樂亦過人，哀亦過人。（一解）

月生於堂，匿月之精光，睇視之光。（二解）

美人沈沈，山川滿心。落月逝矣，如之何勿思矣？（三解）

美人沈沈，山川滿心。吁嗟幽離，無人可思。（四解）

偶感

崑山寂寂弇山寒，玉佩瓊琚過眼看。一事飛騰羨前輩，昇平時世讀書官。

趙晉齋魏、顧千里廣圻、鈕非石樹玉、吳南薌文徵、江鐵君沅，同集虎邱秋讌作

盍道相逢日苦短，山南山北秋方腴。兒童敢笑詩名賤，元氣終須老輩扶。四海典彝旣旁達，兩山金石誰先儲。（趙、鈕各有金石著錄之言。）影形各各照秋水，渣滓全空一世無。

題虎跑寺

南山蹕路丙申開，庚子詩碑鎖綠苔。曾是純皇親幸地，野僧還盼大行來。（時大行遺詔，尚未頒至浙中。）

杭州龍井寺

紅泥亭倒客來稀，鐘磬沈沈出翠微。無分安禪翻破戒，盜他常住一花歸。

懷沈五錫東、莊四綬甲

白日西傾共九州，東南詞客愀然愁。沈生飄蕩莊生廢，笑比陳王喪應、劉。

嗚嗚硜硜

黃犢怒求乳，朴誠心無猜；犢也爾何知，旣壯恃其孩。古之子弄父兵者，喋血市上寧非哀？亦有小心人，天命終難奪；授命何其恭？履霜何其潔？孝子忠臣一傳成，千秋君父名先裂。不然冥冥鴻，無家在中路；悊哉心無瑕，千古孤飛去。嗚嗚復嗚嗚，古人誰智誰當愚？硜硜復硜硜，智亦未足重，愚亦未可

輕。鄙夫較量愚智間，何如一意求精誠？仁者不訹愚癡之萬死，勇者不貪智慧之一生。寄言後世艱難子，白日青天奮臂行。

幽人

幽人媚清曉，落月澹林光。欲采蘅蘭去，春空風露香。阿誰叫橫玉？驚起綠煙床。亦有梅花夢，穨鬟待太陽。

寒夜讀歸佩珊夫人贈詩，有「刪除藎篋閒詩料，湔洗春衫舊淚痕」之語，憮然和之*

風情減後閉閒門，襟尚餘香袖尚溫。魔女不知侵戒體，天花容易隕靈根。蘼蕪逕老春無縫，薏苡讒成淚有痕。多謝詩仙頻問訊，中年百事畏重論。

* 又題：寒夜讀歸佩珊贈詩有「刪除藎篋閒詩料，湔洗春衫舊淚痕」之句，憮然和之，乃龔橙刪節。

昨夜

昨夜江潮平未平，篷窗有客感三生。藥爐臥聽渾如沸，不似牆東釵釧聲。

種花都是種愁根，沒箇花枝又斷魂。新學甚深微妙法，看花看影不留痕。

紫雲迴三疊 有序

宋于庭妹之夫曰繆中翰，㊀分校禮部試，于庭以迴避不預試。予按樂府有紫雲迴之曲，其詞不傳，戲補之，送于庭出都。

安香舞罷杜蘭催，水瑟冰璈各費才。別有傷心聽不得，珠簾一曲紫雲迴。

神仙眷屬幾生修，小妹承恩阿姊愁。宮扇已遮簾已下，癡心還竚殿東頭。

上清丹籙姓名訛，好夢留仙夜夜多。爭似芳魂驚覺早，天雞不曙渡銀河。

㊀繆薇初，官內閣中書。

詠史

宣室今年起故侯，銜兼中外轄黃流。金鑾午夜聞乾惕，銀漢千尋瀉豫州。猿鶴驚心悲皓月，魚龍得意舞高秋。雲梯關外茫茫路，一夜吟魂萬里愁。

一樣蒼生繫廟廊，南風愁絕北風狂。羽書顛倒司農印，幕府縱橫急就章。奇計定無賓客獻，寃氛可願子孫殃？何年祕客搜詩史，輸與山東客話長。

逆旅題壁，次周伯恬原韻

名場閱歷莽無涯，心史縱橫自一家。㊀秋氣不驚堂內燕，夕陽還戀路旁鴉。東鄰嫠老難爲妾，古木根深不似花。何日冥鴻蹤跡遂，美人經卷葬年華。

㈠案周儀暐夫椒山館詩集：富莊驛題壁和龔孝廉自珍韻一首，第二句韻與此有異。

贈伯恬

毗陵十客獻清文，五百狻猊屢送君。從此周郎閉門臥，落花三月斷知聞。（五百狻猊在蘆溝橋。）㈠

㈠風雨樓本、秋星社本，此注俱有魏曰：「蘆溝橋安有五百狻猊？」案魏源批語，誤以爲注，刪去。

廣陵舟中爲伯恬書扇

紅豆生苗春水波，齊梁人老奈愁何！逢君只合千場醉，莫恨今生去日多。

讀公孫弘傳

三策天人禮數殊，公孫相業果何如？可憐秋雨文園客，身是貲郎有諫書。

馬

八極曾陪穆滿遊，白雲往事使人愁。最憐汗血名成後，老踞殘芻立仗頭。

吳市得題名錄一册，乃明崇禎戊辰科物也，題其尾一律

天心將改禮闈徵，養士猶傳十四陵。板蕩人才科目重，蓁蕪文體史家懲。朱衣點過無光氣，淡墨堆中

有廢興。資格未高滄海換，半爲義士半爲僧。

以漢瓦琢爲硯賜橙兒，因集齋中漢瓦拓本字成一詩，並付之

平生自熹，傳世千秋，高官上第，甘與阿侯。（「平樂宮阿」瓦，「長生未央」瓦，「仁義自成」瓦，「有萬熹」瓦，「傳」字瓦，「高安萬世」瓦，「千金」瓦，「千秋萬歲」瓦，「與天無極」瓦，「上林農官」瓦，「上林」瓦，「第二十五」瓦，「甘林」瓦，「宜侯王」磚。）

才盡

才盡不吟詩，非關象喙危。青山有隱處，白日無還期。病骨時流恕，春愁古佛知。觀河吾見在，莫畏鏡中絲。

鐵君惠書，有「玉想瓊思」之語，衍成一詩答之

我昨青鸞背上行，美人規勸聽分明；不須文字傳言語，玉想瓊思過一生。

戒詩五章

蚤年攖心疾，詩境無人知。幽想雜奇悟，靈香何鬱伊？忽然適康莊，吟此天日光。五嶽走驕鬼，萬馬朝龍王。不遇善知識，安知因地孽？戒詩當有詩，如偈亦如喝。

百臟發酸淚，夜湧如原泉。此淚何所從？萬一詩祟焉。今誓空爾心，心滅淚亦滅。有未滅者存，何用更留迹？

行年二十九，電光豈遽收？觀河生百喟，何如泛虛舟？當喜我必喜，當憂我輒憂。盡此一報形，世法隨沈浮。天龍爲我喜，波旬爲我愁。波旬爾勿愁，咒汝械汝頭。

律居三藏一，天龍所護持。我今戒爲詩，戒律亦如之。墮落有時有，三塗報則否。舌廣而音宏，天女侍前後。遍召忠孝魂，座下賜巵酒。屈曲繚戾情，千義聽吾剖。不到辨才天，安用哆吾口？

我有第一諦，不落文字中。一以落邊際，世法還具通。橫看與側看，八萬四千好。泰山一塵多，瀚海一蛤少。隨意撮舉之，龔子不在斯。百年守尸羅，十色毋陸離。

——定盦集外未刻詩

辛巳

能令公少年行 有序

序曰：龔子自禱祈之所言也，雖弗能遂，酒酣歌之，可以怡魂而澤顏焉。

蹉跎乎公！公今言愁愁無終。公毋哀吟娅姹聲沈空，酌我五石雲母鍾，我能令公顏丹鬢綠而與年少爭光風，聽我歌此勝絲桐。貂毫署年年甫中，著書先成不朽功，名驚四海如雲龍，攫拏不定光影同。徵文攷獻陳禮容，飲酒結客橫才鋒，逃禪一意皈宗風，惜哉幽情麗想銷難空。拂衣行矣如奔虹，太湖西去青青峯。一樓初上一閣逢，玉簫金琯東山東。美人十五如花穠，湖波如鏡能照容，山痕宛宛能助長眉丰；一索鈿盒知心同，再索班管知才工，珠明玉煖春朦朧，吳歈楚詞兼國風，深吟淺吟態不同，千篇背盡燈玲瓏。有時言尋縹渺之孤蹤，春山不妬春裙紅，笛聲叫起春波龍，湖波湖雨來空濛，桃花亂打蘭舟篷，煙新月舊長相從。十年不見王與公，亦不見九州名流一刺通。其南隣北舍誰與相過從？痀瘻丈人石戶農，嶔崎楚客，窈窕吳儂，敲門借書者釣翁，探碑學搨者溪僮。賣劍買琴，鬭瓦輸銅，銀針玉薤芝泥封，秦疏漢密齊梁工，佉經梵刻著錄重，千番百軸光熊熊，奇許相借錯許攻。應客有玄鶴，驚人無白驄，相思相訪溪凹與谷中，采茶采藥三三兩兩逢，高談俊辯皆沈雄。公等休矣吾方慵，天涼忽報蘆花濃，七十二峯峯峯生丹楓，紫蟹熟矣胡麻饛，門前釣榜催詞筩。余方左抽豪，右按譜，高吟角與宮，三聲兩聲棹唱終，吹入浩浩蘆花風，仰視一白雲卷空。歸來料理書燈紅，茶煙欲散頹鬟濃，秋肌出釧涼瓏鬆，夢不墮少年煩惱叢。東僧西僧一杵鐘，披衣起展華嚴筒。噫嚱！少年萬恨塡心胸，消災解難疇之功？吉祥解脫文殊童，著我五十三參中，蓮邦縱使緣未通，他生且生兜率宮。

寥落

寥落吾徒可奈何！青山青史兩蹉跎。乾隆朝士不相識，無故飛揚入夢多。

暮雨謠三疊

暮雨憐幽草，曾親擷翠人。林塘三百步，車去竟無塵。

雨氣侵羅襪，泥痕黦畫一本作「華」。裳。春陰太蕭瑟，歸費夕爐香。

想見明燈下，簾衣一桁單。相思無十里，同此鳳城寒。

城北廢園將起屋，雜花當楣，施斧斤焉。與馮舍人啓蓁過而哀之，主人諾，馮得桃，余得海棠，作救花偈示舍人

門外閒停油壁車，門中雙玉降臣家。因緣指點當如是，救得人間薄命花。

柬陳碩甫奐，并約其偕訪歸安姚先生㈠

中夜慄然懼，沈沈生髩絲。開門故人來，驚我容顏羸。霜雪滿天地，子來寧無饑？且坐互相視，冰落鬚與眉。

切切兩不已，喁喁心腑溫。自入國西門，此意何曾宣？飴我客心苦，驅我眞氣還。華冠闖然入，公等何所論？

進退兩無依，悲來恐速老。愁魂中夜馳，不如起爲道。枯庵有一士，長貧顏色好。避人偕訪之，一覿永相保。

㈠姚學塽，詳古史鉤沈論三注。

冬日小病寄家書作

黃日半窗煖，人聲四面希，餳簫咽窮巷，沈沈止復吹。小時聞此聲，心神輒爲癡；慈母知我病，手以棉覆之，夜夢猶呻寒，投於母中懷。行年迨壯盛，此病恆相隨；飲我慈母恩，雖壯同兒時。今年遠離別，獨坐

天之涯，神理日不足，禪悅詎可期？沈沈復悄悄，擁衾思投誰？（予每聞斜日中簫聲則病，莫喻其故，附記於此。）

夜讀番禺集，㊀書其尾

靈均出高陽，萬古兩苗裔。鬱鬱文詞宗，芳馨聞上帝。

奇士不可殺，殺之成天神；奇文不可讀，讀之傷天民。

㊀指屈大均翁山詩略、詩外、文外。屈集觸忌，故作廋詞。

又書一首

卷中覩幽女，悄坐憺妝束。豈無紅淚痕，掩面面如玉。

夜直

天西涼月下宮門，夕拜人來第一番。蠟燭飽看前輩影，屋梁高待後賢捫。（累朝硃簽及絲綸簿，皆庋牀頂，須梯而升，皆史官底本也。）沈吟章草聽鐘漏，迢遞湖山赴夢魂。安得上言依漢制？詩成侍史佐評論。

賦得香

我有香一段，煎熬剜斲成。德堅能不死，心苦惜無名。大玉煩同薦，羣靈感至誠。偶留閨閣愛，結習愧平生。

奴史問答

朝犇一巵，五百學士僉文詞。暮酒一杓，四七辨士記厓略。長眉寫書小史云：主人者誰？入亦無姝，出亦無車。一史致詞：出無車，迷不知東街與西街，懷中墮出西海圖；入無姝，但見瑤琴愔愔，紅燭華都。主人中夜起，彈琴對燭神踟躕。隣宅大夫，私問奴星：主人者誰？朝誦聖賢文，夕誦聖賢文。奴言：從主人一紀有餘，主人朝癯夕腴，夕腴朝又癯。尙不見主人之眉髮美與醜，惟聞喃喃呢呢朝誦貝葉文，夕誦貝葉文。比來長安，出亦無車，入亦無姝；日籍酒三五六斤，苦犇亦三斤。長安無客不踏主人門；客稱主人人一喙，不知主人誰喜誰所嗔？歲星在前奴在後，又聞昨夜宅神巷鬼言：包山老龍饞不得歸，談破長安萬張口。萬張口奴皆聞之；奴能算天九，算地九，能使梭化龍而雷飛，㊀石赴波而海走；又能使大荒之山麒麟之角移贈狗。奴不信主人行藏似誰某。

㊀「能使梭化龍而雷飛。」案晉書陶侃傳：「網得一梳（梭）縣壁化龍而去。」借「梳」作「梭」。唐李咸用披沙集：「縣梭待化龍。」扶輪社本作「校」或作「蛟」，皆誤。

辛巳除夕，與彭同年蘊章同宿道觀中，彭出平生詩，讀之竟夜，遂書其卷尾

亦是三生影，同聽一杵鐘。挑燈人海外，拔劍夢魂中。雪色憺恩怨，詩聲破苦空。明朝客盈座，誰信去年蹤？

周信之明經中孚手拓吳興收藏家吳晉宋梁四朝磚文八十七種見貽，賦小詩報之

人間漢磚有五鳳，廣陵尙書色爲動！（阮公元。）十笏黃金網致回，歐陽欲語瘖猶夢。（歐陽公嘗恨平生見東漢人字多，見西漢字少。）西京氣體誰比隣？下有六代之芳塵。我生所恨與歐異，但恨金石南天貧。（嘗著錄吳、東晉、宋、齊、梁、陳六代金石刻，不過十種，而北魏、北齊、北周乃十倍之。）非金非石非誄謚，獸面魚形錯文字。淸華想見館壇碑，（梁上淸眞人許君館壇碑，顧亭林猶見拓本，今人間無片楮矣。）倔強偏殊國山制。（赤烏磚字勢，絕不與國山碑同。）君言解饞良不惡，通人識小聊爲樂。（君著金石小品錄。）翠墨淋漓繭紙香，余亦裝潢滕瘞鶴。（凡箸錄六朝石刻，以瘞鶴銘爲殿，而磚文則又爲附見矣。）就中吉語紛嬋嫣，作詩謝君君囅然！生兒且覓二千石，（亦磚文語。）出地何愁八百年！（舊藏「王大令保母」磚拓本，有「後八百載君子知之」語。）

吳市得舊本制舉之文，忽然有感，書其端*

紅日柴門一丈開，不須踰濟與踰淮。家家飯熟書還熟，羨殺承平好秀才。

耆舊辛勤伏案成，當年江左重科名。郎君座上談何易？此事人間有正聲。

國家治定功成日，文士關門養氣時。乍洗蒼蒼莽莽態，而無儚儚恫恫詞。

刻畫精工直萬錢，靑燈幾輩細丹鉛。南山竹美蘭膏賤，累我神遊百廿年。（以康熙三十年鐫成，丹鉛之徒，亦必康熙前輩矣。）

* 又題：吳市得舊本制舉之文書其端。乃龔橙刪節。

蕭縣顧椒坪工詩，隱於逆旅，恆自刲芻秣，伺過客，乞留詩，欲陰以物色天下士，亦留一截句

詩人蕭縣顧十五，馬後談詩世罕聞。如此深心如此法，奈何長作故將軍！（顧嘗仕。）

小遊仙詞十五首

歷刼丹砂道未成，天風鸞鶴怨三生。是誰指與遊仙路？抄過蓬萊隔岸行。

九關虎豹不譏訶，香案偏頭院落多。賴是小時清夢到，紅牆西去即銀河。

玉女窗中梳洗成，隔紗偸眼大分明。侍兒不敢頻頻報，露下瑤階溼姓名。

珠簾揭處佩環搖，親荷天人語碧霄。別有上清諸女伴，隔窗了了見文簫。

寒暄上界本來希，不怨仙官識面遲。僥倖梁清一私語，回頭還恐歲星疑。

雅謎飛來半夜風，鰲山徒侶沸春空。頑仙一覺渾瞞過，不在魚龍曼羨中。

丹房不是漫相容，百刼修成忍辱功。幾輩凡胎無覓處，仙姨初象可憐蟲。

露重風多不敢停，五銖衫子出雲屏。朝眞袖歷都依例，第一難箋瓔珞經。

不見蘭旌與桂旄，九歌吹入鳳凰簫。雲中揮手誰相送，依約湘君舊姓姚。

仙家雞犬近來肥，不向淮王舊宅飛。卻踞金牀作人語，背人高坐著天衣。

諦觀眞誥久徘徊，仙楮同功一繭裁。姊妹勸書塵世字，莫瞋倉頡不仙才。
祕籍何人領九流，一編鴻寶枕中抽。神光照見黃金字，笑到仙人太乙舟。
金屋能容十種仙，春嬌簇簇互疑年。我來敢恨初桄窄，曾有人居大梵天。
吐火吞刀訣果眞，雲中不見幻師身。上方倘有東黃祝，先乞靈符制雹神。（雹神姓李，見神仙鑑。）
衆女蛾眉自尹邢，風鬟露髻覺伶俜。捫心半夜清無寐，愧負銀河織女星。

野雲山人㊀惠高句驪香，其氣和澹，詩酬之

但來箕子國，都識畫師名。云是王宮物，申之異域情。和知邦政美，淡卜主心淸。爲報東華侶，何人訟客卿？（是年，東國上書，辨官書中記其世系有誤，語特婉至。）

——定盦詩集

㊀朱鶴年，詳朱瑒女碣注。

壬午

桐君仙人招隱歌 有序

吳舍人嵩梁嘗與婦蔣㊀及兩姬人㊁約偕隱桐江之九里梅花村，不能果也，顏京邸所居曰九里梅花村舍，以自慰藉。嘗以春日，輧車枉存道觀，因獻此詩，蓋代山靈招此三人也。

春人蜚夢梅花眠，醒聞雜佩聲璆然。初疑三神山，影落窗戶何娟娟！又疑三明星，灼灼飛下太乙船。三人皆隸桐君仙，山靈一謫今千年；胡不相逢桐江之濱理釣舷？又胡不采藥桐山顛？乃買黃塵十丈之一廛，殳書大署庭之楣。梅花九里移幽燕，毋乃望梅止渴梅所憐。過從誰歟客盈千，一客對之中悁悁，亦有幻境胸纏縣，心靈構造難具宣。乃在具區之西、莫釐之北、大小龍渚相毘連。自名春人塢，樓臺窈窕春無邊；俯臨太湖春水闊，仰見縹渺晴空懸；中間紅梅七八九，輪囷古鐵花如錢。兩家息壤殊不遠，江東浙東一棹堪洄沿；相嘲相慰亦有年，今朝筆底東風顛。請爲莫釐龍女破顏曲，換我桐君仙人招隱篇，相祈相禱春陽天。開簾送客一惆悵，簾外三日生春煙。

㈠蔣徽，字琴香，東鄉人。善畫。箸琴香閣詩箋。

㈡岳綠春，善畫，爲吳嵩梁姬人。

漢朝儒生行

漢朝儒生不青紫，二十高名動都市。易通田何書歐陽，三十方補掌故史。門寒地遠性儻蕩，出門無階媚天子。會當大河決酸棗；願入薪楗三萬矢。路逢絳灌拜馬首，拜則槃辟人不喜。歸來仰屋百喟生，箸書時時說神鬼。生不逢高皇罵儒冠，亦不遇灞陵輕少年。愛讀武皇傳，不遇武皇祠神仙。神仙解詞賦，大人一奏凌雲天。枕中黃金豈無藥？更生誤讀淮王篇。自言漢家故事網羅盡，胸中語祕世莫傳。略傳將軍之客數言耳，不惜箝我歌當筵。一歌使公懼，再歌使公悟，我歌無罪公無怒！漢朝西海如郡縣，蒲萄天馬年年見。匈奴左臂烏孫王，七譯來同藁街宴。武昭以還國威壯，狗監膺媒盡邊將。出門攘臂攫牛羊，三載踐更翻沮喪。三十六城一城反，都護上言請勤遠；期門或怒或陰喜，喜者何心怒則憤。關西籍甚良家子，卅年久縮軍符矣；不結椎埋兒，不長鳴珂里；聲名自震大荒西，飲馬昆侖蘯海水；不共郅支生，願逐樓蘭死。上書初到公卿驚，共言將軍宜典兵。麟生鳳降豈有種？況乃一家中國猶弟兄。旌旗五道從天落，小印如斗大如斛。盡隸將軍一臂呼，萬人側目千人諾。山西少年感生泣，羽林羣兒各努力。共知漢主拔孤根，坐見孤根壯劉室。不知何姓小侯瞋，不知何客惎將軍？將軍內顧忽疑懼，功成定被他人分。不如自親求自附，飛書請隸嫖姚部。上言乞禁兵，下言避賢路。笑比高皇十八侯，自居蟲達曾無羞。此身願爵關內老，黃金百斤聊可保。嗚呼！漢家舊事無人知，南軍北軍頗有私。北軍似姑南似嫂，嫂疏姑戚羣僮窺。可憐舊事無人信，門戶千秋幾時定？門戶原非主上心，詄蕩吾知漢皇聖。是時書到甘泉夜，答詔徘徊未輕下；密問三公是與非，沮者不堅語中罷。庾詞本冀公卿諒，末議微聞道塗罵。拙哉某將軍，非火胡自焚？非蠶胡自縛？非蠆胡自螫？有舌胡自撟？有臂胡自掣？軍至矣，刺史迎，肥牛之腱萬鑊烹。軍過矣，掠童女，馬踏燕支賤如土。嬴家長城如一環，漢家長城衣帶間。嬴家正爲漢家用，坐見入關仍出關。入關馬行疾，（一本作「蹴」。）出關馬無力。丞華廄裏芝草稀，水衡金賤苦乏絕。卜式羊蹄尚無用，相如黃金定何益？珠厓可棄例棄之，夜過茂陵聞太息！漢家廟食果何人？未必衛霍無儕倫。酎金失侯亦有命，人生那用多苦辛？噫嚱！人生那用長苦辛？勿向人間老，老閱風霜亦枯槁。千尺寒潭白日沈，將軍之心如此深！後世讀書者毋向蘭臺尋；蘭臺能書漢朝事，不能盡書漢朝千百心。儒林丈人識一本作「爲」。此吟。

投宋于庭 翔鳳

遊山五嶽東道主，擁書百城南面王。萬人叢中一握手，使我衣袖三年香。

投包愼伯 世臣

鄭人能知鄧析子，黄祖能知禰正平。乾隆狂客發此議，君復掉罄今公卿。

柬秦敦夫編修二章 有序

辛巳秋，始辱編修惠訪余居，歲餘，無三日不相見。編修固乾隆朝耆舊也，閱人多，心光湛然，而氣味沈厚，温温然耐久長，適其家有漢物二，故遂假譬喻之詞，爲二詩以獻，亦冀讀余詩者，想見其爲人。

君家有古鏡，曾照漢時妝。三日不相見，思之心徊徨。願身爲鏡奩，護此千歲光。（鏡。）

君家有熏爐，曾熏漢時香。三日不壓挲，活碧生微凉。願身爲爐煙，續續君子旁。（熏爐。）

餺飥謠

父老一青錢，餺飥如月圓，兒童兩青錢，餺飥大如錢。盤中餺飥貴一錢，天上明月瘦一邊。噫！市中之饞兮天上月，吾能料汝二物之盈虚兮，二物照我爲過客。月語餺飥，圓者當缺；餺飥語月，循環無極。大如錢，當復如月圓。呼兒語若：後五百歲，俾飽而玄孫。

送劉三㊀

劉三今義士，愧殺讀書人。風雪銜盃罷，關山拭劍行。英年須閱歷，俠骨豈沈淪？亦有恩仇託，期君共一身。

㊀劉鍾汶，字方水。行三。俠士。

十月廿夜大風，不寐，起而書懷

西山風伯驕不仁，虓如醉虎馳如輪；排關絕塞忽大至，一夕炭價高千緡。城南有客夜兀兀，不風尚且淒心神。家書前夕至，憶我人海之一鱗。此時慈母擁燈坐，姑倡婦和雙勞人。寒鼓四下夢我至，謂我久不同艱辛。書中隱約不盡道，惚恍懸揣如聞呻。我方九流百氏談宴罷，酒醒炯炯神明眞。貴人一夕下飛語，絕似風伯驕無垠。平生進退兩顛簸，詰屈內訟知緣因。側身天地本孤絕，矧乃氣悍心肝淳！欹斜謔浪震四坐，即此難免羣公瞋。名高謗作勿一本作「忽」。自例，願以自訟上慰平生親。一本作「願以自訟平生自訟慰平生親。」縱有噫氣自塡咽，敢學大塊舒輪囷。起書此語燈焰死，貍奴瑟縮偎幬茵。安得眼前可歸竟歸矣，風酥雨膩江南春。

女士有客海上者，繡大士像，而自繡己像禮之，又繡平生詩數十篇綴於尾

珠簾翠幕栖嬋娟，不聞中有堅牢仙。美人十五氣英妙，自矜辨慧能通禪；遂挾奇心恣縹渺，別以沈痼搜纏綿；吟詩十九作空語，夙生入夢爲龍天；妝成自寫心所悟，宗風窈窕非言詮。維摩昨日扶病過，落花正遶蒲團前；欲罵綺語心未忍，自顧結習同無邊；散花未盡勿饒舌，待汝撒手歸來年。

李復軒秀才學璜惠序吾文，鬱鬱千餘言，詩以報之

李家夫婦各一集，數典唐宋元明希；婦才善哀君善怒，哀以沈造怒則飛。（君配歸夫人，著詩千餘篇。）江郎昨日罵金粉，謂爾難脫千生羈；其言往往俊傷骨，歲宴懷哉共所歸。（江鐵君嘗勸君夫婦學道，看內典，慮君之不能從也。）

歌哭

閱歷名場萬態更，原非感慨爲蒼生。西鄰弔罷東鄰賀，歌哭前賢較有情。

送南歸者

布衣三十上書回，揮手東華事可哀。且買青山且鼾臥，料無富貴逼人來。

薦主周編修貽徽屬題尊甫小像，獻一詩

科名幾輩到兒孫，道學宗風畢竟尊。我作新詩侑公笑，祝公家法似榕門。㊀（陳文恭公，其鄉先輩也。）

㊀陳宏謀，字榕門，臨桂人。官至東閣大學士。著五種遺規、培遠堂稿。卒謚文恭。

黃犢謠，一名佛前謠，一名夢爲兒謠

黃犢躑躅，不離母腹。躑躅何求？乃不如犢牛。（一解）

晝則壯矣，夜夢兒時。豈不知歸？爲夢中兒。（二解）

無聞於時，歸亦汝怡。矧有聞於時，胡不知歸？（三解）

歸實阻我，求佛其可。念佛夢醒，佛前涕零。（四解）

佛香漠漠，願夢中人安樂。佛香亭亭，願夢中人苦辛。苦辛恆同，樂亦無窮。（五解）

噫嘻噫嘻！歸苟樂矣，兒出辱矣。夢中人知之，佛知之夙矣。（六解）

——定盦詩集

城南席上謠，一名嘲十客謠，一名聒聒謠

一客㊀談古文，夢見倉頡享籀史。一客談山川，掌紋西流作弱水。一客談高弧，神明怛怛念弧矢，泰西深瞳一何似？一客談宗彝，路逢破銅拭雙眥，發邱中郎倘封爾。一客談遺佚，日挾十錢入西市，五錢麥糊五錢紙，年年東望日本使。一客談讎書，蝨脛偏旁大排比。一客談詁訓，夜祠洨長配顏子，不信識字憂惱始。一客談蟲魚，草間聞蛙臥帖耳。一客談掌故，康熙老兵僂而俟。一客談公羊，端門血書又飛矣。

⊖相傳原注古文家、西北地理家、算學家、金石家、輯佚家、校勘家、說文家、動物學家、掌故家、公羊家十客，姓名累累。今佚。——定盦集外未刻詩

癸未

午夢初覺，悵然詩成

不似懷人不似禪，夢回清淚一潸然。瓶花帖妥爐香定，覓我童心廿六年。

三別好詩 有序

余於近賢文章，有三別好焉，雖明知非文章之極，而自髫年好之，至於冠益好之。茲得春三十有一，得秋三十有二，自揆造述，絕不出三君，而心未能舍去。以三者皆於慈母帳外燈前誦之，吳詩出口授，故尤纏綿於心；吾方壯而獨遊，每一吟此，宛然幼小依膝下時。吾知異日空山，有過吾門而聞且高歌，且悲啼，雜然交作，如高宮大角之聲者，必是三物也。各系以詩：

莫從文體問高卑，生就燈前兒女詩。一種春聲忘不得，長安放學夜歸時。（右題吳駿公梅邨集。）

狼藉丹黃竊自哀，高吟肺腑走風雷。不容明月沈天去，卻有江濤動地來。（右題方百川遺文。）

忽作泠然水瑟鳴，梅花四壁夢魂清。杭州幾席鄉前輩，靈鬼靈山獨此聲。（右題宋左彝學古集。）

漫感

絕域從軍計惘然，東南幽恨滿詞箋。一簫一劍平生意，負盡狂名十五年。

夜坐

春夜傷心坐畫屏，不如放眼入青冥。一山突起邱陵妬，萬籟無言帝坐靈。塞上似騰奇女氣，江東久隕少微星。平生不蓄湘纍問，喚出姮娥詩與聽。

沈沈心事北南東，一睨人材海內空。壯歲始參周史席，髫年惜墮晉賢風。功高拜將成仙外，才盡迴腸盪氣中。萬一禪關砉然破，美人如玉劍如虹。

人草藁

陶師師媧皇，摶土戲爲人，或則頭帖帖，或則頭頵頵；丹黃粉墨之，衣裳百千身。因念造物者，豈無屬稿辰？玆大僞未具，媧也知艱辛；磅礴匠心半，斕斑土花春。劇場不見收，我固憐其眞。謚曰人草藁，禮之用上賓。

寄古北口提督楊將軍芳

絕塞今無事，中原況有人。昇平閒將略，明哲保孤身。莫以同朝忌，慚非貴戚倫。九重方破格，肺腑待奇臣。

暮春以事詣圓明園，趨公既罷，因覽西郊形勝，最後過澄懷園，和內直友人春晚退直詩六首

西郊富山水，天子駐青旗。元氣古來積，羣靈咸是依。九重阿閣外，一脈太行飛。何必東南美？宸居靜紫微。

一翠撲人冷，空濛湖卻遙。湖光飛闕外，宮月淡林梢。春暮煙霞潤，天和草木驕。桃花零落處，上苑亦紅潮。

恍惚西湖路，其如悵望何？期門矚威武，賤士感蹉跎。囿沼輸魚躍，峯巒羨鳥過。周阹新令在，不得覩卷阿。（雍正二年，設八旗官兵處，今額倍於初額。）

掌故吾能說，雍乾湖以還。禪心闢初地，小幸集清班。遂進羣藩宴，兼怡聖母顏。昇平六十載，乃大啓三山。（曰靜宜，曰靜明，曰清漪，皆乾隆中建。）

警蹕聞傳膳，樞廷述地方。（凡車駕有所幸，謂之傳地方。）宸遊兼武備，（香山有健銳、火器二營。）大典在官常。禁額如雲起，仙人隔仗望。萬重珊翠裏，不數尙書郎。

此地求沿革，當年本合并。林巒陪禁近，祠廟仰勳名。水榭分還壯，雲廊改更清。諸公齊努力，誰得似桐城。（澄懷本張文和公㊀賜園，今內直諸公分居之，又纔澄懷之半耳。）

㊀張廷玉，字衡臣，桐城人。官至保和殿大學士。著澄懷園語、傳經堂集。卒謚文和。

辨仙行

噫嚱！瘤仙之瘤毋乃貧，長卿所賦亦失眞。我夢游仙辨厥因，齋莊精白聽我云：仙者乃非松喬倫，亦無英魄與烈魂，彼但墮落鬼與神，太一主宰先氤氳。帝一非五邪說泯，唐堯姬旦誠仙人，厥光下界呼星辰。不然詩書所說陳，誰在帝左福下民？五行陰隲誰平均？享用大樂須韶鈞，蓬蓬槱燎高薦禋。號曰宗祖冠以神，其次官貴貌必文；周任史佚來斌斌，配食漆吏與楚臣；六藝但許莊騷鄰，芳香惻悱懷義仁。荒唐心苦余所親，我才難饋仙官貧。側聞盲左位頗尊，姬孔而降三不湮。大篆古文上帝珍，帝命勒之天上珉，椎拓萬本賜解人。魯史書秋復書春，二百四十一瞋陳，九皇五伯升且淪，大槐以來未浹旬。爲儒爲仙無滓塵，萬古只一本作「讀」。似人間寅；使汝形氣長和淳。一雙仙犬無狉獉，人間儒派方狺狺；飢龍悴鳳氣不伸，鳳兮欲降上帝嗔；鉏商所獲爲諵麟，愼旃莫往罹采薪。（公羊家言獲麟，薪采之也。）

送端木鶴田出都

天人消息問端木，著書自署青田鶴；此鶴南飛誓不回，有鸞送向城頭哭。鸞鶴相逢會有時，各悔高名動寥廓。君書若成願祕之，不局三山置五嶽。

柬王徵君蘧齡，并約其偕訪歸安姚先生

歸安醰醰百怪宗，心夷貌憲難可雙。徵君力定乃其亞，大呂合配黃鐘撞。

歸安一身四氣有，舉世但覩爲秋冬。亟拉徵君識姚子，高山大壑長相逢。

飄零行，戲呈二客

一客高談有一本作「無」。轉輪，一客高談無一本作「有」。轉輪。不知泰華嵩衡外，何限周秦漢晉人。臣將請帝之息壤，慚愧飄零未有期。萬一飄零文字海，他生重定定盦詩。

——定盦詩集

題紅禪室詩尾

惝恍聰明未易才，仙緣佛果自疑猜。須知一點通靈福，豈食人間煙火來。

畢竟恩輕與怨輕？自家脈脈欠分明。若論兩字紅禪意，紅是他生禪此生。

不是無端悲怨深，直將閱歷寫成吟；可能十萬珍珠字，買盡千秋兒女心。

——劉大白舊詩新話

自癸未七月至乙酉十月，以居憂無詩。自記。

乙酉

補題李秀才增厚夢遊天姥圖卷尾有序

夢遊天姥圖者，崑山李秀才以嘉慶丙子應北直省試思親而作也。君少孤，母夫人鞠之，平生未曾一朝夕離，以就婚應試，往返半年，而作是圖。圖中爲夢魂所經，山殊不類鏡湖山之狀。其曰天姥者，或但斷取字義，非太白詩意也。越九年乙酉，屬余補爲詩，書於幀尾。時母夫人辭世已年餘，而余亦母喪闋才一月，勉復弄筆，未能成聲。

李郎斷夢無尋處，天姥峯沈落照間。一卷臨風開不得，兩人紅淚溼青山。

詠史

金粉東南十五州，萬重恩怨屬名流。牢盆狎客操全算，團扇才人踞上游。避席畏聞文字獄，箸書都爲稻粱謀。田横五百人安在，難道歸來盡列侯？

乙酉臘，見紅梅一枝，思親而作，時小客崑山

一十四年事，胸中盎盎春。南天初返棹，東閣正留賓。（全家南下之歲，迄今十有四年。）芳意驚心極，愁容入夢頻。嬌兒才竟盡，不賦早梅新。

絳蠟高吟者，年年哭海濱。明年除夕淚，灑作北方春。（母在人間，百事予不知也。記丙子至戊寅三除夕，燒蠟兩枝，供紅梅、牡丹各一枝，讀漢書竟夜。）天地埋憂畢，舟車祖道頻。（明春復入都矣。）何如抱冰雪，長作墓廬人？（杭州墓上植梅五十本。）

乙酉除夕，夢返故廬，見先母㊀及潘氏姑母㊁

門內滄桑事，三人隱痛深！凄迷生我處，宛轉夢中尋。窗外雙梅樹，牀頭一素琴。醒猶聞絮語，難謝九原心。（余以乾隆壬子生馬坡巷，先大父中憲公戊申年歸田所買宅也，今他人有之。）

㊀段馴，詳重刊圓覺經略疏願文注。

㊁龔氏（自珍姑母），適福建興泉永道潘本義次子立誠。

丙戌

乙酉十二月十九日，得漢鳳紐白玉印一枚，文曰緁伃妾趙，既爲之說載文集中矣，喜極賦詩，爲寰中倡，時丙戌上春也*

寥落文人命，中年萬恨幷！天教彌缺陷，喜欲冠平生。掌上飛仙墮，懷中夜月明。自夸奇福至，端不換公卿。

入手消魂極，原流且莫宣。姓疑鉤弋是，人在麗華先。暗寓拚飛勢，休尋德象篇。定誰通小學？或者史游鐫。（孝武鉤弋夫人亦姓趙氏，而此印末一字爲鳥篆，鳥之啄三，鳥之趾二，故知隱寓其號矣。德象篇，班緁伃所作。史游作急就章中有緁字，碑正作緁，史游與飛燕同時，故云爾。）

夏后茗華刻，周王重璧臺。姒書無拓本，姬室有荒苔。小說冤誰雪？靈蹤閟忽開。（嘗論西京雜記，出六朝手，所稱漢人語，多六朝語，未可信，客曰：「得印所以報也。」）更經千萬壽，永不受塵埃。（玉純白，不受土性。）引我飄搖思，他年能不能？狂臚詩萬首，（擬徧徵襲中作者爲詩。）高供閣三層。拓以甘泉瓦，燃之內史燈。（內史第五行燈，亦予所藏。）東南誰望氣？照耀玉山稜。（予得地十笏於玉山之側，擬構寶燕閣它日居之。）

* 又題：紀得漢鳳紐倢伃妾趙玉印，乃龔橙竄改。

紀遊

春小蘭氣淳，湖空月華出。未可通微波，相將踏幽石。一亭復一亭，亭中乍曛黑。千春幾輩來，何況嬋媛客？離離梅綻蕊，皎皎鶴梳翮。鶴性忽然馴，梅枝未忍折。並坐戀湖光，雙行避蘚跡。低睞有誰窺？小語略聞息。須臾四無人，顏弱未工熱。安知此須臾，非隸仙靈籍？侍兒各尋芳，自薦到扶掖。光景不少留，羣山媚暝色。城闉催上燈，香輿佇煙陌。温温懷肯忘，噯噯眴靡及。祇愁洞房中，餘寒在鴛屧。

後遊

破曉霜氣淸，明湖斂寒碧。三日不能來，來覺情瑟瑟。疏梅最淡冶，今朝似愁絕。尋常苔蘚痕，步步生悱惻。寸寸蚴蟉枝，幾枝捫手歷；重重燕支蕾，幾朶挂釵及。花外一池冰，曾照低鬟立。彷彿衣裳香，猶自林端出。前度未吹簫，今朝好吹笛。思之不能言，捫心但先熱。我聞色界天，意凝離言說。攜手或相笑，此樂最爲極！天法吾已受，神親形可隔。持以語梅花，花頷略如石。歸途又城闉，朱門叩還入。袖出三四華，敬報春消息。

夏進士詩

我欲補謚法，曰沖暨曰淳；持此當謚誰？夏璜錢塘人。
我生有朋友，十六識君始；我壯之四年，君五十一死。
君熟于左氏，隻字誦無遺；下及廿二史，名姓胸纍纍。
形亦與君忘，神亦與君忘；策左五百事，賭史三千場。
識君則在北，哭君在杭州；時乙酉既臘，西湖寒不流。
作夏進士詩，名姓在吾集；如斯而已乎，報君何太嗇？

京師春盡夕，大雨書懷，曉起柬比鄰李太守威、吳舍人嵩梁

春風漫漫春浩浩，生人死人滿春抱。死者周秦漢晉纔幾時？生者長吟窈窕天之涯。閉門三日欲腸斷，山桃海棠落皆半，東皇灑然下春霰。西鄰舍人既有惆悵詞，對門太守禪定亦惱亂。太守置酒當春空，舍人言愁愁轉工。三人文章乃各異，心靈惻愴將毋同。文章之事蔑須有，心靈之事益負負。蟠天際地能幾時，萬恨沈埋向誰咎？歸來春霰欲成雨，春城萬家化洲渚。山妻貽我珊瑚枝，勸讀騷經二十五，不

惜珊瑚碎，長吟未免心肝苦。不如復飲求醺醺，人飲獲醉我獲醒，逌然萬載難酩酊。一燈晃晃搖春屏，四更急雨何曾停，恍如波濤臥洞庭。嗟哉此燈此雨不可負，披衣起注陰符經。

有所思

妙心苦難住，住即與之期。文字都無著，長空有所思。茶香砭骨後，花影上身時。終古天西月，亭亭悵望誰？

美人

美人清妙遺九州，獨居雲外之高樓。春來不學空房怨，但折梨花照暮愁。

以奇異金石文字拓本十九種，寄秦編修恩復揚州，而媵以詩

異人延年無異方，能使寸田生異香；食古欲醉醉欲狂，娛魂快意宜文章，以代參朮百倍強。秦君耄矣癖弗荒，何以明我長毋忘？我拓古文璆琳琅，熏以桂椒襲以緗，楮精墨勻週豪芒，願君自發君吉陽。獲燕三喙芝三英，（中有趙緹伃印拓本一事，龔趙君魏以爲芝英篆也。）慈鬘㊀（公侍姬字。）箸錄客亦商；客其誰歟有鄭堂，（江君藩。）同聲念我北斗傍。桂樹瓏璁白晝長，園亭清夏卮酒黃；如作器者言詞良，長生長樂未央。

㊀端木守柔，字慈鬘，清江人。善畫。秦恩復側室。吳刻本、邃漢齋校訂本、王文濡校編本、扶輪社本作「慈鬟」，

誤。吳昌綬手校本作「慈鑾」，極是。

反祈招 有序

序曰：一本無「序曰」二字。反祈招，何爲而作也？夫瑤池有白雲之鄉，赤烏爲美人之地，舂山寶玉異華之所自出，羽陵異書之所藏。凡厥數者，有一于此，老焉可矣，何必祇宮爲哉？穆王自賦詩有之曰：「居樂甚寡。」即穆王實錄也。夷攷王自入南鄭以還，鬱鬱多故，東土山川非清和，人壽至促夭，韡韡盛姬，返蹕道死，左右既無以爲娛，車馬所費，用度不足，更制鍰贖，以充軍國，史臣以耄荒書之。恩愛死亡，金錢乏絕，暮氣迫于餘生，醜名垂於青史，貴爲天子，何異鰥民？享國百年，何翅朝露？蓋西王母早見及此也，是以其謠有之曰：「將子毋死，尚復能來。」豈非悼此樂之不重，識人命之至短？諷之以留八駿之馭，決之以舍萬乘之尊，窈窕傷骨，飄搖動心者乎？穆王不悟，不以樂生，乃以戚死。嗚呼！慕虛名，受實禍，此其最古者矣。萬乘且然，何況下士？嘗以暇日讀祈招之詩，翩然反之，作詩二章，以貽後之自桎梏者，所以祛羣言、果孤往。世有確士，必曰：夫龔子之志荒矣。

舂之厓，白雲滿家，褰其巽花。何山不可死，使我東徂？

舂之麓，白雲盈谷，褰其巽玉。何山不可死，使我東復？

爐餘破簏中，獲書數十册，皆慈澤也，書其尾

欲溯百憂始，殘書亂一堆。㊀ 青燈爾何壽？卅載影霏微。乍讀慈容在，長吟故我非。收魂天未許，醞夢夜仍飛。

㊀「殘書亂一堆」，祝心淵手校本眉批：『堆』當作『帷』。未確。

二哀詩 有序

爲謝學士階樹、陳修撰沆作也。兩君皆以巍科不自賢，謂高官上第外，有各家師友文字，皆樂相親近，而許貢其言說。辛巳冬迄癸未夏，數數枉存余，求師友，有造述，皆示余，余僭疏古近學術源流，及勸購書，皆大喜。學士德量尤深，莫測所至。修撰閉門，斐然懷更定之志，殊未成，而忽然以同逝，命也。作二哀詩，時丙戌夏。

讀書先望氣，謝九癯而温。平生愛太傅，匪徒以其孫。翰林兩抗疏，志欲窺大源。春華不自賞，壯歲求其根。誰謂尋求遲？邁越雕與藩。造物吝君老，一邱埋蘭蓀。

讀書先審器，陳君虛且深。榮名知自鄙，聞道以自任。聞道豈獨難？信道千黃金。遂使山川外，某某盈君襟。幸哉有典則，惜哉未酬沈。手墨浩盈把，甄搜難爲心。

祭程大理同文於城西古寺而哭之*

憶昔先皇己未年，家公與公相後先，家公肅肅公跌宕，斜街老屋長贏天。閨中名德絕天下，（吳玖夫人）嗚琴說詩鏘珮瑱。卅年父執朝士盡，回首髫丱中悄悄。姬劉皆世太史氏，公乃崛起孤根中。公才十伯古太史，曰邦有獻獻有宗。英文鉅武鬱浩洶，天圖地碣森龍從。賤子不文復不達，愧彼後哲稱程龔。北斗眞人返大荒，彭鏗史佚來趨蹌。借書不與上天去，天上定有千縹緗。（予與公辛壬間相借書，無虛日。）天上豈無一尊酒，爲我降假僚友旁。掌故雖徂元氣在，仰窺七曜森光芒。

＊又題：祭程大理同文於城西古寺哭之，乃龔橙刪節。

投李觀察 宗傳

吏治緣經術，千秋幾合并？清時數人望，依舊在桐城。肅穆眞儒氣，沈雄壯歲名。汪汪無盡意，對面即滄瀛。

賦憂患

故物人寰少，猶蒙憂患俱。春深恆作伴，宵夢亦先驅。不逐年華改，難同逝水徂。多情誰似汝？未忍託禳巫。

丙戌秋日，獨遊法源寺，尋丁卯戊辰間舊遊，遂經過寺南故宅，惘然賦髫年抱秋心，秋高屢逃塾。宕往不可收，聊就寺門讀。春聲滿秋空，不受秋束縛。一叟尋聲來，避之入修竹。叟乃噴古笑，爛漫晉宋謔。寺僧兩侮之，謂一猿一鶴。歸來慈母憐，摩我百怪腹。言我衣裳涼，飼我芋栗熟。萬恨未萌芽，千詩正珠玉。醰醰心肝淳，莽莽憂患伏。浩浩支干名，漫漫人鬼籙。依依燈火光，去去門巷曲。魂魄一惝恍，徑欲叩門宿。千秋萬歲名，何如小一本作「少」。年樂？（叟爲金壇段清標，吾母之叔父也。）

秋心三首

秋心如海復如潮，但有秋魂不可招。漠漠鬱金香在臂，亭亭古玉珮當腰。氣寒西北何人劍？聲滿東南幾處簫。斗大明星爛無數，長天一月墜林梢。

忽筮一官來闕下，衆中俯仰不材身。新知觸眼春雲過，老輩塡胸夜雨淪。天問有靈難置對，陰符無效勿虛陳。曉來客籍差夸富，無數湘南劍外民。

我所思兮在何處？胸中靈氣欲成雲。槎通碧漢無多路，土蝕寒花又此墳。某水某山迷姓氏，一釵一佩斷知聞。起看歷歷樓臺外，窈窕秋星或是君。

同年生徐編修寶善齋中夜集，觀其六世祖健庵尚書遂園修褉卷子，康熙三十年製也。卷中凡二十有二人。㊀遂園在崑山城北，廢趾余嘗至焉。編修屬書卷尾崑山翰林召詞客，酒如淥波燈如雪。八人忽共遊康熙，二十二賢照顏色。七客沈吟一客言，請言君家之遂園。一花一石有款識，袖中拓本春煙昏，背煙酹起尙書魂。二十二賢不可再，玉山峨峨自千載。東南文獻嗣者誰？剔之綜之抑有待。布衣結客妄自尊，流連卿等多酒痕。十載狂名掃除畢，一丘倘遂行閉門，以屬大人君子孫。（康熙朝士評三徐曰：公肅仁人君子，果亭正人君子。）

㊀王汝玉梵麓山房筆記：「徐健庵尙書遂園修禊圖，禹鴻臚所繪，會中十二人，俱爲寫照。……常熟錢湘靈陸燦……崑山盛誠齋符升……長洲尤悔庵侗……太倉黃與堅忍庵……華亭王却非日藻……長洲何棅涵齋……常熟孫赤崖日暘……華亭許鶴沙纘曾……崑山徐健庵乾學……上海周礪巖金然……無錫秦對岩松齡……是年係康熙甲戌，作記者錢湘靈。其不預會而在坐者，詩僧紺池，渭公也。……」毛慶臻攷古雜記：「客有持遂園修禊圖來觀者，褚篆題首，禹之鼎圖，畫十二人象：盛符升、尤侗、秦松齡、許纘曾、孫暘、徐乾學、徐秉義，又徐子姪孫俱列，錢陸燦爲記，……有一僧，已忘其名。」秦瀛小峴山人集：「……康熙甲戌三月三日，其主人爲司寇公及公弟中允，客則舉人常熟錢燦、御史崑山盛符升、檢討長洲尤侗、贊善太倉黃與堅、尙書華亭王日藻、僉事長洲何棅、舉人常熟孫暘、按察使華亭許纘曾、洗馬上海周金然及先高王父宮諭公，共十二人，……而詩僧宗渭偕尤檢討至，亦與會。」案：各家所記卷中姓名，雖互有不同，但云：「卷中凡二十二人」，似記誤。

墮一齒戲作

與我相依卅五年，論文說法賴卿宣。感卿報我無常信，瘞向垂垂花樹邊。

寒月吟 有序

寒月吟者，龔子與其婦何⊖歲暮共幽憂之所作也。相喻以所懷，相勗以所尚，鬱而能暢者也。

夜起數山川，浩浩共月色。不知何山青？不知何川白？幽幽東南隅，似有偕隱宅。東南一以望，終戀杭州路。城裏雖無家，城外卻有墓。相期買一丘，毋遠故鄉故。而我屏見聞，而汝養幽素。舟行百里間，須見墓門樹。南向發此言，恍欲雙飛去。

雙飛去未能，月浸衣裳濕。愀焉靜念之，勞生幾時歇。勞者本庸流，事事乏定識。朴愚傷于家，放誕忌於國。皇天誤矜寵，付汝憂患物。再拜何敢當，藉以戰道力。何期閨闥中，亦荷天眷別。多難淬心光，黽勉共一室。憂患吾故物，明月吾故人。可隱不偕隱，有如月一輪。心迹如此清，容光如此新。

我讀先秦書，萊子有逸妻。閨房以逸傳，此名蹈者希。勿慕厥名高，我知厥心悲。定多不傳事，子孫無由知。豈但無由知，知之反漣洏。羞登中壘傳，恥勒度尚碑。一逸處患難，所全浩無涯；一逸謝萬古，冥冥不可追。示君讀書法，君慧肯三思。

我生受之天，哀樂恆過人。我有平生交，外氏之懿親。自我慈母死，誰饋此翁貧？江關斷消息，生死知無因。八十罹飢寒，雖生猶僇民。昨夢來啞啞，心肝何清眞？翁自鬚髮白，我如髫丱淳。夢中既觴之，而復留遮之，挽鬚搔爬之，磨墨揄揶之，呼燈而燭之，論文而諱之。阿母在旁坐，連連呼叔爺。今朝無風雪，我淚浩如雪。莫怪淚如雪，人生思幼日。（謂金壇段玉立，字淸標，爲外王父段若膺先生之弟。）俠曉隣僧來，饋我佛前粥。其香何淸嚴，臘供今年足。我因思杭州，不僅有三竺。東城八九寺，寺寺皆修竹。何年捨家去，慧業改所託。掘筍慈風園，參茶東父屋。鐘魚四圍靜，掃地潔如沐。白晝爲之長，倦骸爲之肅。供黃梅一枝，朝朝寫圓覺。（慈公深於相宗，錢居士東父則具教、律、禪、淨四門，乃吾師也。）

㊀何吉雲，詳江南安慶府知府何公墓表銘註。

夢中述願作

湖西一曲墜明璫，獵獵紗裙荷葉香。乞貌風鬟陪我坐，（一本作「許借卿卿從祀我」）。他身來作水仙王。

釋言四首之一

東華環顧愧羣賢，悔著新書近十年。木有文章曾是病，蟲多言語不能天。略耽掌故非匡濟，敢侈心期在簡編。守默守雌容努力，毋勞上相損宵眠。

同年生胡戶部培翬集同人祀漢鄭司農於寓齋，禮既成，繪爲卷子，同人爲歌詩，龔自珍作祀議一篇質戶部，戶部屬檃括其指，爲韻語以諧之

我稽十三經，名目始南宋。異哉北海君，先期適兼綜。詩箋附庸毛，易爻辰無用。尙書有今文，隻義餽貧送，四辨餽堯典，三江餽禹貢。晉論與孝經，逸篇不可諷。爾雅賸一鱗，引家亦撫弄。排何發墨守，

此獄不可訟，吾亦姑置之，說長畏驚衆。唯有孟七篇，千秋等塵封，我疑經籍志，著錄半虛哄，義與歆莽違，下筆費彌縫，何況東漢年，此書未珍重。余生惡周禮，考工特喜誦。封建駁子輿，心肝爲隱痛！五帝而六天，誕妄讖所中。同時有四君，偉識引余共。堂堂十七篇，姬公發孔夢，經文純金玉，注義峙麟鳳。吾曹持議平，功罪勿枉縱，鄭功此第一，千秋合崇奉。（鄭兼治十三經，人間完本有詩、三禮，輯錄本有箴膏肓、起廢疾、發墨守、易、書、魯論、孝經、爾雅注也。孟子注見隋經籍志，隋志殆未可信。莊君綬甲、宋君翔鳳、劉君逢祿、張君瓚昭言封建，皆信孟子，疑周禮，海內四人而已。張說爲尤悲也。）

——定盦詩集

丁亥

元日書懷

癸秋以前爲一天，癸秋以後爲一天；天亦無母之日月，地亦無母之山川。孰嬴孰絀孰付予？如奔如雷如流泉。從玆若到歲七十，是別慈親卅九年。（癸未失恃，三十二歲，日者謂予當七十一歲。）

退朝遇雪，車中忽然有懷，吟寄江左

青瑣門邊雪，還疑海上看。花花萬行樹，鶴鶴一閒官。幽想忽飛去，無由生彩翰。江東謝道韞，憶我早朝寒。

撰羽琌山館金石墨本記成，弁端二十字

坐耗蒼茫想，全憑瑣屑謀。羽琌山不見，萬軸替人愁。

自寫寒月吟卷成，續書其尾

曩者各不死，多生業未空。天仍磨慧骨，佛倘鑒深功。意識千秋上，光陰八苦中。即將良友待，落落亦高風。

婆羅門謠

婆羅門，來西胡。勇不如宗喀巴，智不如耶穌。繡衣花帽，白若鵠鳧。娶妻幸得陰山種，玉顏大脚其仙乎！女兒十五賣金線，歸來洗手禮曼殊。禮曼殊，膜額角。天見膜額角，地見斷牛肉。地不湧諂藥叉，天不降佞羅刹。曼殊大慈悲、大吉祥，千年大富萬年樂。

同年生與侍御傑疏請唐陸宣公從祀瞽宗，得俞旨行，侍御屬同朝爲詩，以張其事，內閣中書龔自珍獻侑神之樂歌

曆在聖清，君師天下。提命有位，暨於髦士，以古爲矩。孰爲臣鑒？孰師表汝？甄綜祭法，於孔之一本「之」作「子」。廡。

唐步方中，主瞶臣聾。天將聰明之，乃生陸公。天厚有唐，降三代英，而左右德宗。如仲山甫，納言姬邦。

聖源既遠，其流反反。坐談性命，其語喧喧。喧喧齗齗，其徒白千。何施於家邦？何裨於孔編？小大稽首，以攘犧牷。

御史臣傑，職是標舉。曰聖之的，以有用爲主。炎炎陸公，三代之才。求政事在斯，求言語在斯，求文學之美，豈不在斯？

我有髦士，執簜受膰，毋過貌儒之門。我告髦士，暨百有位，木無二本，川無二源，道無二歧；請以一貫之，名臣是師。

自春徂秋，偶有所觸，拉雜書之，漫不詮次，得十五首

道力戰萬籟，微芒課其功。不能勝寸心，安能勝蒼穹？相彼鸞與鳳，不棲枯枝松。天神俯下來，淸明可與通。返聽如有聲，消息鞭愈聾。死我信道篤，生我行神空。障海使西流，揮日還於東。

黔首本骨肉，天地本比隣。一髮不可牽，牽之動全身。聖者胞與言，夫豈誇大陳？四海變秋氣，一室難爲春。宗周若蠢蠢，嫠緯燒爲塵。所以慷慨士，不得不悲辛！看花憶黃河，對月思西秦。貴官勿三思，以我爲杞人。

名理孕異夢，秀句鐫春心。莊騷兩靈鬼，盤踞肝腸深。古來不可兼，方寸我何任？所以志爲道，淡宕生

徵吟。一簫與一笛，化作太古琴。

我有秦時鏡，窈窕龍鸞痕。我有漢宮玉，觸手猶生溫。我有墨九行，驚鴻若可捫。玉皇忽公道，奇福三至門。欲供三炷香，先消萬古魂。古春伴憂患，詰屈生酸謇。且摺三千本，贈與人間存。

朝從屠沽遊，夕拉騶卒飲。此意不可道，有若茹大鯁。傳聞智勇人，傷心自鞭影。蹉跎復蹉跎，黃金滿虛牝。匣中龍劍光，一鳴四壁靜；夜夜輒一鳴，負汝汝難忍。出門何茫茫，天心牖其逞。既窺豫讓橋，復瞰軹深井。長跪奠一卮，風雲撲人冷。

造化大癰痔，斯言韓柳共。我思文人言，毋乃太驚衆。儒家守門戶，家法毋徇縱。事天如事親，誰云小兒弄。我身我不有，周旋折旋奉。不然命何物，夏后氏特重。亦有衞武公，靡樂在矇誦。智慧固不工，趨避矧無用；一日所履歷，一夕自甄綜。神明廿如飴，何處容隱痛？沈沈察其幾，默默課於夢。少年譾語多，斯言粹無縫。患難汝何物，屹者爲汝動。

我生愛前輩，匪盡獲我心。論交少年場，歲月逝駸駸。少年太飛揚，由哀樂不深。礌砢聽高談，有譎難爲尋。風霜欺脆枝，金石成苦音。前揩即背謬，厥謬亦沈沈。

弱齡羨高隱，端居媚幽獨。晨誦白駒詩，相思在空谷。稍長誦楚些，招魂招且讀；陳爲樂之方，巫陽語何縟？嘉遁苦太清，行樂苦太濁；願言移歌鐘，來就伊人躅。天涯富蘭蕙，吾心富邱壑；蹉跎復蹉跎，芳流兩寂寞。忽忽生遐心，終朝閟金玉。

一代功令開，一代人材起。雖生雲礽朝，實增祖宗美。曰開國之留，其言在青史。何代無先君？何時無哲士？煌煌祖宗心，斯人獨稱旨。天姿若麟鳳，宏加以切劘；稽古有遙源，遵王無覂軌。在昔與先民，三稱口容止。少壯心力殫，匪但求榮仕，有高千載心，爲本朝瑰瑋！人或玷功令，功令不任誹。屋漏胎此心，九廟赫在咫。天步其艱哉！光嶽鍾難恃。肓一本作「盲」。氣六合來，初日照濛汜。抱此葵藿孤，斯人拙無比！一夫起耡之，萬夫孰指使？一夫怒用目，萬夫怒用耳。目怒活猶可，耳怒殺我矣。去去亦何求？買山請歸爾。不先百年生，難向蒼蒼理。箸書落人間，高名亦難毀。其言明且淸，胡由姤神鬼？大藥可延年，名山可送死，死生竟何憾？將毋九廟恥。

蘭臺序九流，儒家但居一。諸師自有眞，未肯附儒術。後代儒益尊，儒者顏益厚。洋洋朝野間，流亦不止九。不知古九流，存亡今孰多？或言儒先亡，此語又如何？

壽短苦心長，心緒每不竟。豈徒庸庸流，賢志有賢聖。爲鬼那能續？他生渺茫更！所以難放達，思得賢子孫。繼志與述事，大哉孝之源。長夜集百端，早起無一言。倘能心親心，即是續親壽。呼兒將告之，讟然先自疚。

中年何寡歡？心緒不縹渺。人事日齷齪，獨笑時頗少。忽憶姚歸安，錫我箴銘早。雅俗同一源，盍向源頭討？汝自界限之，心光眼光小。萬事之波瀾，文章天然好。不見六經語，三代俗語多。孔一以貫之，不一待如何？實悟實證後，無道亦無魔。

曉枕心氣淸，奇淚忽盈把。少年愛惻悱，芳意嫭幽雅。黃塵澒洞中，古抱不可寫。萬言摧燒之，奇氣又瘖啞。心死竟何云？結習幸漸寡。憂患稍稍平，此心即佛者。獨有愛根在，拔之暑難下。夢中慈母來，絮絮如何舍？危哉昔幾敗，萬仞墮無垠。不知有憂患，文字樊其身。豈但戀文字，嗜好雜甘辛。出入仙俠間，奇悍無等倫。漸漸疑百家，中無要道津。縱使精氣留，碌碌爲星辰。聞道幸不遲，多難乃緣因。空王開覺路，網盡傷心民。

戒詩昔有詩，庚辰詩語繁。第一欲言者，古來難明言。姑將譎言之，未言聲又吞。不求鬼神諒，矧向生人道？東雲露一鱗，西雲露一爪；與其見鱗爪，何如鱗爪無？況凡所云云，又鱗爪之餘。懺悔首文字，潛心戰空虛。今年眞戒詩，才盡何傷乎！

棗花寺海棠下感春而作

詞流百輩花間盡，此是宣南掌故花。大隱金門不歸去，又來蕭寺問年華。

西郊落花歌

出豐宜門一里，海棠大十圍者八九十本，花時車馬太盛，未嘗過也。三月二十六日，大風；明日風少定，則偕金禮部應城、汪孝廉潭、朱上舍祖轂、家弟自穀出城飲而有此作。

西郊落花天下奇，古來但賦傷春詩。西郊車馬一朝盡，定盦先生沽酒來賞之。先生探春人不覺，先生送春人又嗤。呼朋亦得三四子，出城失色神皆癡。如錢唐潮夜澎湃，如昆陽戰晨披靡；如八萬四千天女洗臉罷，齊向此地傾胭脂。奇龍怪鳳愛漂泊，琴高之鯉何反欲上天爲？玉皇宮中一本無「中」字。空若洗，三十六界無一青蛾眉。又如先生平生之憂患，恍惚怪誕百出難窮期。先生讀書盡三藏，最喜維摩卷裹多清詞。又聞淨土落花深四寸，冥目觀想尤神馳。西方淨國未可到，下筆綺語何瀰瀰？安得樹有不盡之花更雨新好者，三百六十日長是落花時。

述懷呈姚侍講元之 有序

憶在江左之歲，喜從人借書，人來借者尤盛。鈕非石樹玉、何夢華元錫助其搜討。凡文淵閣未著錄者，及流傳本之據善本校者，必輾轉錄副歸。辛巳之京師，則有程大理同文、秦編修恩復兩君，皆與予約，每得一異書，互相借抄，無虛旬。無何大理使關東，編修還揚州，而余竟以母憂去。先母憂半年，吾家火。至丙戌，復之京師，距煨燼已五年，書頗少；又客籍皆變易，好事者希，此事闃寂久矣。丁亥春，姚侍講忽來借乙部諸書。以歲月之不居也，與學殖之就荒落也，慼而作詩。

祭書歲歲溯從壬，（自壬午災後，歲以酒醴祭亡書百種。）無復搜羅百氏心。爲道敢云能日損，崇朝結習觸何深？上方委宛空先讀，（阮公元撫浙日，進七閣未錄書百種，審閱時錫名委宛別藏，副墨浙中有之。）同志徐王仗續尋。（星伯㊀舍人、北堂㊁徵君蒐羅精博，日下無過之者。）定有雄文移七閣，跂公好事冠儒林。

㊀徐松，字星伯，大興人。官禮部主事。箸新疆識略、唐兩京城坊攷、唐登科記考、宋三司條例考、後漢書西域傳補正、西域水道注、西遊記考。

㊁王萱齡，字北堂，昌平人。官新安教諭。箸周秦名字解詁。

哭鄭八丈師愈，秀水人。

醇古淡泊士，滔滔辯有餘。青燈同一笑，恍到我生初。頑福曾無分，清才清不臞。四方帆馬興，千幅鳳鸞書。爲有先生在，東南意不孤。論交三世久，問字兩兒趨。（余兩幼兒曰橙，曰陶，丈爲啓蒙，設臯比焉。）天命雖秋肅，其人春氣腴。鄉音譁謇謇，破帽惻吾吾。儻蕩爲文罷，欹斜使酒餘。心肝纖滓盡，孝友閫門俱。科第中年淡，星壬暮癖殊。卜云來日少，笑指逝川徂。老健偏奇絶，神明少壯無。別離剛歲換，問訊訝春疎。訃至全家詫，三思忽牖予。由來炊火絶，窮死一黔婁。天道古如此，知之何晚歟？不知段（清標丈。）與李（復軒茂才。），今夕復何如？

歌筵有乞書扇者

天教僞體領風花，一代人材有歲差。我論文章恕中晚，略工感慨是名家。

夢中作

不是斯文擲筆驕，牽連姓氏本寥寥。夕陽忽下中原去，笑詠風花殿六朝。

僞鼎行

皇帝七載，青龍麗於丁，招搖西指，爰有僞鼎爆裂而砰訇。孺子啜泣相告，隸妾駭驚，龔子走視，碎如琉璃一何脆且輕？佤離疥癩百醜千怪如野干形，厥怒虎虎不鳴如有聲。然而無有頭目，卓午不受日，當夜不受月與星；徒取雲雷傳一本作「傳」。汝敗漆朽壤，將以盜羶腥。內有饕餮之饞腹，外假渾沌自晦逃天刑。四凶居其二，帝世一本無「世」字。何稱？主人之仁不汝埋榛荆，俾登華堂函牛羊，垂四十載，左揖鐘右與甗鑊抃。主人不厭戮汝，汝宜自憎！福極而碎，碎如琉璃脆且輕。東家有飲器，咋墮地碎聲嘤嘤；西家有屠狗盎，今日亦墮地不可以盛。千年決無土花蝕，萬年弔古之淚無由生。吁！寶鼎而碎則可惜，斯鼎而碎兮於何取榮名？請詆龔子僞鼎行。

四言六章 有序

龔子掃徹悟禪師塔作也。在西直門外紅螺寺。

悠悠生民，孰不有覺？孰知固然？孰知生之靡樂？（其一）

孰爲大人？蟠物之先。以闡以引，引我生民。（其二）

吁嗟小子，聞道不遲。造作辨聰，百車文詞。雹光暫來，一貧無遺。不可捉掇，倏既逝而。（其三）

晞其逝矣，不可恃矣。恃先覺之言，其言明明。無言不售，無謀不成，無堅不摧，以祈西生。（其四）

先覺誰子？西山徹公。我受之東父，以來報功。云何報功？余左挈東父，右隨慈公，又挾江子，四人心同。以旅於西邦。（浙居士錢東父、吳中居士江鐵君、慈風和上與予四人者，皆奉徹公書，篤信讚歎。）（其五）

旣至於西，西人浩浩。余慈母在焉，迎予而勞。各知其夙，而無憶悼。遐哉邈哉！孰肯不到，亦惟徹公是報。（其六）

春日有懷山中桃花，因有寄

東風淋浪捲海來，長安人道青春迴。春迴不到窮巷裏，忽憶山中花定開。山中花開，白日皓皓。明妝子誰？温馨清妙。夕爇熏爐擣蕙塵，朝裓清淚鄴遠人。粉光入墨墨光膩，昨日正得江南鱗。葆君青雲心，勿吟招隱吟，花開歲歲勿相憶，待君十載來重尋。我有答君詩，殷勤兼報桃花知：勿惜明鏡光，爲我分光照花枝；勿惜頮面水，爲我浴花傾臙脂。但惜芳香珍重之幽意，勿使滿園胡蝶窺。託君千萬詞，詞意不可了。長安桃李漸漸明，何似春山此時好？春縱好？山寂寂。清琴玉壺罷消息，蠟燭彈棋續何夕？安能坐此愁陽春，不如歸侍妝臺側。

菩薩墳 有序

菩薩墳者，亦曰公主墳，遼聖宗第十女墓也。小字菩薩，未嫁而死，遼史無傳。北方海棠少，此地始生之。自是海棠之盛，遜於江國，土人因以海棠謚主云。墳在西山無相寺。

菩薩葬龍沙，魂歸玉帝家。餘春照天地，私謚亦高華。大脚鸞文靸，明妝豹尾車。南朝人未識，拜殺斷腸花。

太常仙蝶歌 有序

太常仙蝶，士大夫知之稔矣。曷爲而歌之？蝶數數飛入姚公家，吾歌爲姚公也。姚公者，太常少卿仁和姚公祖同也。公爲大吏歷五省，易事難說，見排擠不安其位，公嶽立不改，雖投閒，人忌之者尙衆。異哉！蝶能識當代正人，不惟故實之流傳而已。吾歌以紀之，且招蝶也。

恭聞故實太常寺，蝶壽三百猶有加。銜玉皇之明詔，視臺閣猶煙霞。不聞顧見不？（一本作「即」）。許見，矧聞飛入太常家。本朝太常五百輩，意者公其飛仙之身耶？仙人正人事一貫，天上豈有仙奸邪？所以公立朝，人不識，仙靈識公非誣誇。慰此蹇蹇，其來衎衎。感德輝而下上，助靈思之紛拏。我聞此事，就公求茶。道焰十丈，不敵童心一車。鸞漂鳳泊咄咄發空喟，雲情煙想寸寸淩幽遐。人生吉祥縹渺罕並有，何必中秋兒女睹璧月之流華？玉皇使者識我否？寓園亦在城之涯。幽夏靈氣怒百倍，相思遲汝五出紅梨花。（予寓齋紅梨一樹，京師無其雙也。）

世上光陰好

世上光陰好，無如繡閣中。靜原生智慧，愁亦破鴻濛。萬緒含淳待，三生設想工。高情塵不滓，小別淚能紅。玉茁心苗嫩，珠穿耳性聰。芳香箋藝譜，曲盞數窗櫳。遠樹當山看，雲行入抱空。枕停如願月，扇避不情風。晝漏長千刻，宵缸夢幾通。德容師窈窕，字體記玲瓏。朱戶春暉別，蓬門淑晷同。百年辛苦始，何用嫁英雄？

投錢學士 林

晚達高名大隱身，對門蹤迹各淸眞。恍逢月下騎鸞客，何處容他啖肉人？

顧丈千里得唐睿宗書順陵碑，遠自吳中見寄，余本以南北朝磨厓各一種懸齋中，得此而三，書於幀尾

南書無過瘞鶴銘，北書無過文殊經；忽然二物相顛啞，排闥一丈蛟龍青。（文殊經在山東水牛山。）唐二十帝帝書聖，合南北手爲唐型；會見三物皆卻走，召伯虎敦赫在庭。（召伯虎敦百有三名，余所獲器也。）

四月初一日投牒更名易簡

匪慕宋朝蘇易簡，翻似漢朝劉更生。從此請歌行路易，萬緣簡盡罷心兵。

常州高材篇，送丁若士履恆

丁君行矣龔子忽有感，聽我擲筆歌常州。天下名士有部落，東南無與常匹儔！我生乾隆五十七，晚矣不及瞻前修。外公門下賓客盛。（謂金壇段先生）始見臧（在東）顧（子述）來裒裒。奇才我識惲伯子，絕學我識孫季逑，最後乃識掌故趙（味辛），獻以十詩趙畢酬。三君折節遇我厚，我益喜逐常人游。乾嘉輩行能悉數，數其派別徵其尤：易家人人本虞氏，毖緯戶戶知何休；聲音文字各窔奧，大抵鐘鼎工冥搜；學徒不屑談賈孔，文體不甚宗韓歐；人人妙擅小樂府，爾雅哀怨聲能遒；近今算學乃大盛，泰西客到攻如讎。常人倘欲問常故，異時就我來諮諏：勿數耆耋數平輩，蔓及洪（孟慈）管（孝逸）莊（卿山）張（翰風）周（伯恬）；其餘鼎鼎八九子，奇人一董（方立）先即邱；所恨不識李夫子（申耆），南望夜夜穿雙眸，曾因陸子（祁生）屢通

訊，神交何異雙綢繆？識丁君乃二十載，下上角逐忘春秋。丁君行矣龔子忽有感，一官投老誰能留？珠聯璧合有時有，一散人海如鳧鷗。噫！才人學人一散人海如鳧鷗，明日獨訪城中劉（申受丈）。

秋夜花游

海棠與江蘺，同豔異今古，我折江蘺花，間以海棠嫵。狂呼紅燭來，照見花雙開，恨不稱花意，踟躕清酒盃。酒盃清復深，秋士多春心。且遣（一本作「遺」）。秋花妬，毋令秋魄沈。云何學年少？四座花齊笑。踟躕取鳴琴，彈琴置當抱。靈雨忽滂沱，仙眞窗外過。雲中君至否？不敢問星娥。

猛憶

狂臚文獻耗中年，亦是今生後起緣。猛憶兒時心力異，一燈紅接混茫前。

銘座詩

精微惚恍，少所樂兮。躬行且踐，壯所學兮。曰以事天，敢不諾兮？事無其耦，生靡樂兮。人無其朋，孤往何索兮？借瑣耗奇，㊀嗜好託兮。浮湛不返，狥流俗兮。吁瑣以耗奇兮，不如躬行以耗奇之約兮。迴念故我，在寥廓兮。我詩座右，榮我獨兮。

㊀「借瑣耗奇。」龔橙云原本有「兮」字，疑是。

東陵紀役三首

天俔徽音在，龍飛故劍亡。兩宮儀斐亹，七萃淚淋浪。鬱律川原勢，低徊葆吹長。東行三百里，何處白雲鄉？

帝子華年小，初弦寶月沈。端嫻三肅禮，憫動六宮深。徒殯飛秋雪，迎神下彩禽。松楸依在咫，慈孝萬年心。

閤事疎朝請，君恩許看山。口銜星宿去，袖拂鳳凰還。望眼將連海，詩聲欲過關。雲旗風馬隊，旬日夢魂間。

李中丞宗瀚家獲觀古拓隋丁道護書啓法師碑，狂書一詩

羽琌山館三百墨，妬君一紙葵花色。何不贈歸羽琌山，置之漢玉秦金側。

九月二十七夜夢中作

官梅只作野梅看，（似是宋句）月地雲階一倍寒。翻是桃花心不死，春山佳處淚闌干。

夢中作四截句 十月十三夜也。

拋卻湖山一笛秋，人間無地署無愁。忽聞海水茫茫綠，自拜南東一作「東南」。小子侯。

黃金華髮兩飄蕭，六九童心尚未消。叱起海紅簾底月，四廂花影怒於潮。

恩仇恩仇日苦短，魯戈如麻天不管。賓客漂流半死生，此公又築忘憂館。

一例春潮汗漫聲，月明報有大珠生。紫皇難慰花遲暮，交與鴛鴦訴不平。

——定盦詩集

程秋樵江樓聽雨卷，周保緒諡

周郎心與筆氤氳，天外驚濤落紙聞。絕憶中唐狂杜牧，高樓風雨定斯文。賈誼長沙謫未還，江東文酒緒闌删。論文賸有何無忌，指點吾徒夢裏山。

——定盦集外未刻詩

庚寅

紀夢七首

好月簾波夜，秋花馥一牀。神機又靈怪，仙枕太飛揚。帝遣奇文出，巫稱此魄亡。飄搖穹塞外，別有一齊梁。

十部徵文字，犛牙爲審音。雖非沮頡體，而有老莊心。萬枋獅油燭，三抽象罔琴。恭聞天可汗，賜塹在書林。

大辨聲音重，琅琅先自聞。陣圖攢密雨，疑義抉重雲。白馬刑何益？黃龍地遂分。夜臨千帳語，爭祀某參軍。

持問臙脂色，南人同不同？模糊綃帕褶，慘憺唾盂中。我有靈均淚，將毋各樣紅。星星私語罷，出鞘一刀風。
按劍因誰怒？尋簫思不堪。月明漽酒薄，天冷塞花憨。駝帽春猶擁，貂靴舞不酣。忽承飛騎賜，行帳下江南。
明鏡如錢小，新妝入佩環。來朝聞選馬，昨夜又開關。燈火秋潮至，人聲畫角間。一丘狐兔盡，諸婢獵前山。
八部諸龍孽，旁師鬪幾家？歸依誤天女，密咒比瑜伽。玉貌猶餐肉，經筵不供花。宗風向西極，吾道化龍沙。

題盆中蘭花四首

憶昨幽居絕壁下，漠漠春山罕樵者。薜荔常爲苦竹衣，鴂鶗誤僦毾㲪舍。天榮此魄不用媒，可憐位置費君才。珍重不從今日始，出山時節千徘徊。
華堂四篋下紅羅，謝家明月何其多？鬱金帳中聞夜語，謝娘新病能詩魔。二月奇寒折萬木，嚴霜夜夜彫明燭。小屏風下是何人？剪搣雲鬟換新綠。
詒汝合歡者誰子？一寸春心紅到死。旁人誤作淡妝看，持問燕姬何所似？吾琴未碎百不憂，佳名入手還千秋。合歡人來夢中去，安能伴卿哦四愁？

燕山𪊧𪊧雲不嬌，靈藥幾堆春未茁，菖蒲茸生恰相似，女兒甘遜神仙驕。宣州紙工渲染薄，畫師黄金何處索？一別春風小景空，磁盆倚石成零落。

飲少宰王定九丈鼎宅，少宰命賦詩

天星爛爛天風長，大鼎次鼐羅華堂。吏部大夫宴賓客，其氣上引爲文昌。主人佩珠百有八，瑚璉在冒凝紅光。再拜酹客客亦拜，滿庭氣肅如高霜。黄河華嶽公籍貫，秦碑漢碣公文章，恢博不棄賤士議，授我筆硯温恭良。擇言避席何所道？敢道公之前輩韓城王：與公同里復同姓，海內側佇豈但吾徒望？狀元四十宰相六十晚益達，水深土厚難窺量。維時純廟久臨御，宇宙瑰富如成康。公之奏疏祕中禁，海內但見力力持朝綱。閱世雖深有血性，不使人世一物磨鋒芒。邇來士氣少凌替，毋乃大官表師空趨蹌；委蛇貌託養元氣，所惜內少肝與腸。殺人何必盡砒附？庸醫至矣精消亡。公其整頓煥精采，勿徒鬢鬖矜斑蒼。㊀ 乾隆嘉慶列傳誰？第一歷數三滿三漢中書堂。國有正士士有舌，小臣敬覩吾皇福大如純皇。

㊀ 此十二句，魏源改作：「公之奏疏祕中禁，海內但知元老持朝綱。閱世雖深有血性，不使朝宁爭鋒芒。邇來士氣少凌替，如魚逐隊空趨蹌；委蛇貌託養元氣，疇肯報國輸肝腸。殺人何必盡砒附？庸醫至矣精消亡。得公整頓換士氣，豈惟鬢鬖矜斑蒼。」未從。

哭洞庭葉青原 昶

黑雲雁背如磐墮，蟋蟀酸吟蟪蛄和。欲開不開蘭蕊稀，似淚非淚海棠臥。主人對此情無聊，早起脈脈容光彫。果然故人訃書至，神魂十丈爲飄搖。故人葉氏子，家在洞庭山之東里。孝友纏綿出性情，嗜好卑紈綺。更兼愛客古人風，名流至者百輩同，已看屋裏黃金盡，尙恐人前淥酒空。湖山窟宅仙靈地，兩度詩人載詩至。料理盤餐料理牀，縱橫談笑縱橫字。貽我聰明一片心，我詩未成君替吟。此生欲踐買鄰約，此日猶難息壤尋。君言吾約終難踐，人事天心異所願。有如王家玉茗席家梅，買山不成不相見。（山中茶花數王園，梅花數席園。）與君分袂時，祝我歸來遲，我歸可憐十分早，歸來睹此難爲詞。難爲詞，況尋約，白日西傾花亂落，買山縱成良不樂，放聲問君君定哭。東山烏飛飛滿陲，西山秋老雨如絲。君魂縹渺歸何處？吹裂湖心笛一枝。

秋夜聽俞秋圃彈琵琶賦詩，書諸老輩贈詩册子尾

秋堂夜月彎環碧，主人無聊召羈客。幽斟淺酌不能豪，無復年時醉顏色。主人有恨恨重重，不是諸賓噓不工。羈客由來藝英絕，當筵躍出氣如虹。㊀ 我疑慕生來撥箭，又疑王郎舞雙劍。（皆昔年酒徒事。）曲終却是琵琶聲，一代宮商創生面。我有心靈動鬼神，却無福見乾隆春。席中亦復無知者，誰是乾隆全盛人？君言請讀乾隆詩，卅年逸事吾能知。江南花月嬌良夜，海內文章盛大師。弇山羅綺高無價，倉山樓閣明如畫。范閣碑書夜上天，江園簫鼓春迎駕。（弇山謂畢尙書沅，倉山謂袁大令枚，范閣在浙東，有進書事，江園在揚州，有迎駕事。）任吾談笑狎諸侯，四海黃金四海遊。爲是昇平多暇日，爭將餘事管春愁。諸侯頗爲春

慾死，從此寰中不豪矣。詞人零落酒人貧，老抱哀絃過吾子。我從瑣碎搜文獻，絃師笛師數徵宴。鐵石心腸愧未能，感慨如麻卷中見。今宵感慨又因君，婁體詩成署後塵。（語予倘贈詩，乞用吳婁東體。）擕向名場無姓氏，江南第一斷腸人。

——定盦集外未刻詩

㊀「當筵躍出氣如虹」，魏源改「躍」爲「請」，未從。

辛卯

題鷺津上人書册

上人不知何代客？手書古德雙箴銘。圭峯慈雲各一偈，台宗賢宗無渭涇。上人定生南宋後，慈雲懺師其祖庭。絕似初本破邪敍，不數僞刻遺教經。永興逸少具可作，雙赴腕底輸精靈。別有法乳出智永，骨眞髓肖無瞞詗。眞贓見獲祖禰定，此原此委吾瀉瓶。師乎豈墮文字海？小游戲耳大典型。嗟予學書苦濁惡，百廿種病無參苓。腕僵爪怒習氣重，抑左申右敧不寧。子昂墨豬素所鄙，玄宰佻達如蜻蜓。古今幽光那悉數？珠埋滄海玉閟扃。香花旦旦願供養，詩讚侑之師其聽。由於虛和絕點翳，所以高秀干青冥。氣莊志定欸肅肅，筆沖墨粹神亭亭。筆未著紙早有字，紙上筆墨翻不停。天女身騎落花下，顧眄中有風與霆。青鸞紫鳳雖冶逸，翔啄一一梳其翎。盪掃萬古五濁惡，不示迹象留芳馨。美人眉宇定疏朗，才許縹緲而娉婷。愁容雖然亦幽窈，夢雨何似皎月瑩？毫端妙藏相丈六，八十種好無定形。橫看豎看八萬態，朝離暮合碧化靑。以詩通禪古多有，以禪通字譬喻醒。師如法王法自在，吾誓願學修吾今。明珠什襲三百顆，顆顆夜射春天星。羽琌山人函著錄，十華三祕吉金樂石暉瓏玲。

——定盦集外未刻詩

張詩舲前輩游西山歸索贈

鸞吟鳳嘂下人寰，絕頂題名振筆還。樵客忽傳仙墨滿，禁中才子昨遊山。

去年扈從東巡守，玉佩瓊琚大放辭。等是才華不嶮削，願攜康樂誦君詩。

畿輔千山互長雄，太行一臂怒趨東。祝君腰脚長如意，吟徧蜿蜒北幹龍。（禹貢：「太行恆山，至於碣石，入於海。」則形家所稱北幹龍也。君去年出山海關，今年游西山，已畧太行首尾。）

甲午

題蘭汀郎中園居三十五韻。郎中名那興阿，內務府正白旗人，故尚書蘇楞額公之孫。園在西淀圓明園南四里，淀人稱曰蘇園

山林與鍾鼎，時命視所遇。菀枯良難論，神明各成痼。我當少年時，盛氣何跋扈？安思兼得之，咄咄託豪素。蹉跎復蹉跎，造物尚我妬。一官蝨人海，開口見牴牾。羽陵雖草創，江東渺雲樹。經濟本非材，進退豈有據？羸馬嘶黃塵，默默入冷署。居然成兩負，有若沾泥絮。偉哉造物偏，福命別陶鑄。熊魚

許緐兩，豈曰匪天助？兼之者誰與？之子美無度。蘭汀司空孫，華年擅翰藻。勳戚邁百年，風煙喬木故。貂褕馳朱輪，而不傲韋布。兄弟直明光，車蓋瀼曉露。瑤池侍宴歸，賓客雜鷗鷺。有園五百笏，有木三百步。清池足荷芰，怪石出林樾。禁中花月生，天半朱霞曙。黃封天府酒，白鹿上方胙。詩壁挾談兵，文場發武庫。收藏浩雲煙，鬻鼎不參預。金題閒玉躞，發之羨且怖。讀罷心怦怦，願化此中蠹。羽陵書畫籍，對此不足簿。唐有何將軍，晉有謝太傅，謝無賓客傳，傳何者鄭杜。我生老著述，歲月輸君富。夢景落江湖，束縛那得去？遁五志終決，壯六跡猶佇。一丘縱華予，林林朱顏暮。幽幽空谷駒，莽莽江關賦。長爲山澤癯，諒君肯南顧。

寓蘇園五日，臨去，郎中屬題水流雲在卷子，二首

水作主人雲是客，雲留五日尚纏綿。不知何處需霖雨？去慰蒼生六月天。（時予預考試差，故郎中以應使祝予。）

雲爲主人水爲客，雲心水心同脈脈。水落終古在人間，那得與雲翔紫極？（君官內務府，予奉職外廷，故云耳。）

——定盦集外未刻詩

丙申

贈行

同年馮文江官廣西土西隆州，以事得譴，北如京師，老矣，將南歸鴛鴦湖，索詩

馮君才大行孔修，少年挾策長安游，金門獻賦不見收。一官謫去南蠻陬，僮花佗鳥盈炎州，爰有土司新改流。土城十雉山之幽，榕樹漠漠天風遒，白象在箐蛇在湫，山鬼睇月蘭桂愁。土官部族各有酋，中華姓苑愕弗搜，蘆笙銅鼓沸以啾，可駭可喜姑可留。狂吟百篇森百憂，男兒到此非封侯，雄長魑魅欲與猴。豈知造物忌未休？齮之齕之詗且求，書下下考一牒投。君辭瘴癘走挾輈，拂衣逝矣鷹脫韝，北還京華尋故儔，訪我別我城南頭。此別誓買三版舟，誓還鄉里狐枕丘，宦海浩浩君身抽，魂安夢穩非贓賕。走萬里路汔小休，閉門風雨百慼瘳，樵青明爐宜菱謳，菱田孰及鴛湖秋？

——定盦集外未刻詩

丁酉

題王子梅盜詩圖

歲丁酉初秋，龔子爲逐客。室家何搶攘，朝士亦齮齕。古書亂千堆，我書高一尺。呼奚抱之走，播遷得小宅。當我未遷時，投刺喜突兀。刺字秦漢香，入門奇氣溢。衣裾莓苔痕，乃是泰岱色。曾甫宰山左，弱歲記通籍。年家禮數謙，才地笑談勃。愁眉暫飛揚，窘抱一開豁。琅琊晉高門，龍優豹乃劣。讀我同年詩，奇夢肖奇筆。令叔詩效韓，字字捫葎崒。我欲躋登之，氣餒言恐窒。君才何槃槃，體制偏朧列。君狀亦僥僥，可啖健牛百。早抱名山心，潔錦自編輯。媿予汗漫者，老不自收拾。壯歲富如此，他年充棟必。奇寶照庭戶，光怪轉紆鬱。自言有所恨，客歲遇山賊，劫掠資斧空，禍乃及子墨。今所補存者，賊手十之七。我獨不弔詩，弔賀意相埒。若輩徧朝市，何必盡胠篋；若輩忌語言，（賊嚇君語。）明目恣恐嚇。語言即文字，文字眞韜匿。賊語可悟道，又可抵閲歷。我喜攻人短，君當宥狂直。從來才大人，面目不專壹。菁英貴醞釀，蕪蔓宜抉剔，葉翦孤花明，雲淨寶月出。淸詞勿須多，好句亦須割，剝蕉層層空，結穗字字實。願君細商量，惜君行將發，我貧無酒錢，不得留君啜。君行當復還，鹿鳴燕笙瑟，遲君菊花大，再與暢胸肊。室家幸粗定，筆研甦其魄，送君言難窮，東望氣滲泬。

——定盦集外未刻詩

戊戌

會稽茶

茶以洞庭山之碧蘿春爲天下第一，古人未知也。近人始知龍井，亦未知碧蘿春也。會稽茶乃在洞庭、龍井間，秀穎似碧蘿而色白，與濃綠者不同，先微苦，滌脾，甘甚久，與龍井驟芳甘不同；凡所同者，山水芳馨之氣也。其村名曰平水，平水北七里曰花山，土人又辨花山種細於平水，外人益不知。戊戌七月，會稽人來餽此，予細問其天時、地力、人力，大抵花山采以淸明，平水采以穀雨。明年當謁天台大師塔，歸路訪禹陵舊遊，再詣稽山，印之詩以代發願。明年不反棹浙江，有如此茶矣。

茶星夜照越江明，不使風篁（即龍井）負重名。來歲天台歸檝罷，春波吸盡鏡湖平。

題梵冊

儒但九流一，魁儒安足爲？西方大聖書，亦掃亦包之。即以文章論，亦是九流師。釋迦謚文佛，淵哉勞我思。

以「子絕四」一節題，課兒子爲帖括文，兒子括義云：「天地不仁，以萬物爲芻狗；聖人不仁，以天地爲芻狗。」閱之大笑，成兩絕句示之

造物戲我久矣，我今聊復戲之。誰遣春光漏洩，難瞞一介癡兒。

造物儘有長技，死生得喪窮通。何物敵他六物？從今莫問而翁。

乞糴保陽*

〔長安有一士，方壯鬢先老〕。㊀讀書一萬卷，不博侏儒飽。掌故二百年，身先執戟老。苦不合時宜，身名坐枯槁。今年奪俸錢，造物簸弄巧。相彼蚴蟉梅，風雪壓攲倒。剝啄討屋租，詬厲雜僮媼。筆硯欲相弔，藏書恐不保。妻子忽獻計，賓朋僉謂好。故人有大賢，盍乞救援早？如臧孫乞糴，素王予上考。西行三百里，遂抵保陽道。

大賢爲誰歟？邈邈我托公，壁立四千仞，氣象如華崧！見我名刺笑，不待閽言通。蒼生何芸芸？帝命蘇其窮。故人亦蒼生，此責在吾躬。置酒急酌之，煖此冬心冬。三鳳出堂後，峙立皆溫恭。冬心煖未

已，餽我孤館中，朝餽四簋溢，夕餽籃豐隆。賤士不徒感，默默捫其衷。默默何所捫？憶丙子丁丑，家公領江海，四坐盡賓友。東南騷雅士，十或來八九，家公徧觴之，館亦翹材有。我器量不宏，我情誼不厚，豈無綈袍贈？或忘穆生酒，求釜但與庾，求奇莫與偶。嗚呼此一念，澆漓實可醜。上傷造物和，下介福德朽。所以壯歲貧，天意蓄報久。昔也雛鳳蹲，今也餓鴨走。既感目前仁，自慚往日疚。我昔待賓客，能如托公否？

嫠不恤其緯，憂天如杞人。賤士方奇窮，乃復有所陳：冀州古桑土，張堪往事新。我覩畿輔間，民貧非士貧，何不課以桑，治織紝組紃？昨日林尚書，㊁銜命下海濱，方當杜海物，氄毳拒其珍。中國如富桑，夷物何足擄？我不談水利，我非勦迂聞。無稻尚有秋，無桑實負春。婦女不懶惰，畿輔可一淳。我以此報公，謝公謝斯民。

＊又題過保陽四首，乃龔橙竄改。

㊀「長安有一士，方壯鬢先老。」乃龔橙所增。

㊁林則徐，詳送欽差大臣侯官林公序注。

退朝偶成

夕月隆宗下，朝霞景運升。天高容婞直，官簡易趨承。口轂漸如炙，心輪莫是冰。屠龍吾已矣，羞把老蛟罾。

——定盦集外未刻詩

辛丑

書魏槃仲扇

女兒公子各風華，想見皇都選壻家。三代以來春數點，二南卷裏有桃花。

——定盦年譜外紀

編年未詳

失題

未定公劉馬，先牽鄭伯羊。海棠顚未已，師子吼何狂？楊叛春天曲，藍橋昨夜霜。微雲纔一抹，佳壻憶秦郎。

——小横香室清人佚事記

龔自珍全集 第十輯

己亥雜詩

著書何似觀心賢？不奈卮言夜湧泉。百卷書一本作「全集寫」。成南渡歲，先生一本作「定盦」。續集再編年。

我馬玄黃盼日曛，關河不窘故將軍。百年心事歸平淡，删盡蛾眉惜誓文。

罡風力大簸春魂，㊀虎豹沈沈臥九閽。終是落花心緒好，平生默感玉皇恩。

㊀「罡風力大簸春魂」，龔橙云：「罡」字太俗，似即「罡」字。

此去東山又北山，鏡中強半尙紅顏。白雲出處從無例，獨往人間竟獨還。（予不攜眷屬傔從，雇兩車，以一車自載，一車載文集百卷（一本無「百卷」兩字。）出都。）

浩蕩離愁白日斜，吟鞭東指即天涯。落紅不是無情物，化作春泥更護花。

亦曾橐筆侍鑾坡，午夜天風伴玉珂。欲浣春衣仍護惜，乾清門外露痕多。

廉鍔非關上帝才，百年淬厲電光開。先生宦後雄談減，悄向龍泉祝一回。

太行一脈走蝹蜿，莽莽畿西虎氣蹲。送我摇鞭竟東去，此山不語看中原。（別西山。）

翠微山在潭柘側，此山有情慘難別。薜荔風號義士魂，燕支土蝕佳人骨。（別翠微山。）

進退雍容史上難，忽收古淚出長安。百年綦轍低徊徧，忍作空桑三宿看。（先大父宦京師，家大人宦京師，至小子三世，百年矣。以己亥歲四月二十三日出都。）

祖父頭銜舊頫光，祠曹我亦試爲郎；君恩彀向漁樵說，篆墓何須百字長。（唐碑額有近百字者。）

掌故羅胸是國恩，小胥脫腕萬言存。他年金匱如搜采，來叩空山夜雨門。

出事公卿溯戊寅，雲煙萬態馬蹄湮。當年筮仕還嫌晚，已哭同朝三百人。

頹波難挽挽頹心，壯歲曾爲九牧箴。鐘簴蒼涼行色晚，狂言重起廿年瘖。

許身何必定夔皋，簡要清通已足豪。讀到嬴劉傷骨事，誤渠畢竟是錐刀。

棄婦丁寧囑小姑，姑恩莫負百年劬；米鹽種種家常話，淚溼紅裙未絕裾。（有棄婦泣於路隅，因書所見。）

金門縹緲廿年身，悔向雲中露一鱗；終古漢家狂執戟，誰疑臣朔是星辰？

詞家從不覓知音，累汝千回帶淚吟；惹得而翁懷抱惡，小橋獨立慘歸心。（吾女阿辛書馮延巳詞三闋，日日誦之，自言能識此詞之恉，我竟不知也。）

卿籌爛熟我籌之，我有忠言質幻師；觀理自難觀勢易，彈丸累到十枚時。（道旁見鬻戲術者，因贈。）

消息閑憑曲藝看，攷工古字太叢殘。五都黍尺無人校，搶攘廛間一飽難。（過市肆有感。）

滿擬新桑徧冀州，重來不見綠雲稠。書生挾策成何濟？付與維南織女愁。（議陳北直種桑之策於畿輔大吏。）

車中三觀夕惕若，七藏靈文電熠若，懺摩重起耳提若，三普貫珠纍纍若。（予持陀羅尼已滿四十九萬卷，乃新定課程，日誦普賢、普門、普眼之文。）

荒村有客抱蟲魚，萬一談經引到渠。終勝秋燐亡姓氏，沙渦門外五尚書。（逆旅夜聞讀書聲，戲贈。沙渦門即廣渠門，門外五里許，有地名五尙書墳。五尙書，不知皆何許人也？）

誰肯栽培木一章？黃泥亭子白茅堂。新蒲新柳三年大，便與兒孫作屋梁。（道旁風景如此。）

椎埋三輔飽于鷹，辥下人家六萬增；半與城門充校尉，誰將斜谷械陽陵？

逝矣斑騅罥落花，前村茅店即吾家。小橋報有人癡立，淚潑春帘一餅茶。（出都日，距國門已七里，吳虹生同年立橋上候予過，設茶灑淚而別。）

秀出天南筆一枝，爲官風骨稱其詩。野棠花落城隅晚，各記春騮戀畢時。（別石屏朱丹木同年澍。丹木以引見入都，爲予治裝，與予先後出都。）

不是逢人苦譽君，亦狂亦俠亦溫文。照人膽似秦時月，送我情如嶺上雲。（別黃蓉石比部玉階。蓉石，番禺人。）

觥觥益陽風骨奇，壯年自定千首詩。勇於自信故英絕，勝彼優孟俯仰爲。（別湯海秋戶部鵬。）

事事相同古所難，如鶼如鰈在長安。自今兩戒河山外，各逮而孫盟不寒。（光州吳虹生葆晉，與予戊寅同年，己丑同年，同出淸苑王公㊀門，殿上試同不及格，同官內閣，同改外，同日還原官。）

㊀王植，字曉舲，淸苑人。官至江西巡撫。著經解述、深柳書堂詩文集。

本朝閩學自有派，文字醰醰多古情。新識晉江陳戶部，談經頗似李文貞。（別陳頌南戶部慶鏞。）

何郎才調本孿生，不據文家爲弟兄。嗜好畢同星命異，大郎尤貴二郎淸。（別道州何子貞紹基、子毅紹業兄弟。近世孿生，皆據賈家爲兄弟。）

少慕顏曾管樂非，胸中海嶽夢中飛。近來不信長安隘，城曲深藏此布衣。（別會稽少白山人潘諮。）

龍猛當年入海初，娑婆曾否有倉佉？祇今曠刼重生後，尚識人間七體書。（別鎭國公容齋居士。居士睿親王子，名裕恩，好讀內典，徧識額納特珂克、西藏、西洋、蒙古、回部及滿漢字；又校定全藏，凡經有新舊數譯者，皆訪得之，或校歸一是，或兩存之，或三存之，自釋典入震旦以來，未曾有也。）

丱角春明入塾年，丈人摩我道蕲然！恍從魏晉紛紜後，爲溯黃農浩渺前。（別大興周丈之彥。）

多君媕雅數論心，文字緣同骨肉深。別有樽前揮涕語，英雄遲暮感黃金。（別王秋晼大令繼蘭。秋晼，濟寧人。）

三十華年四牡騑，每談宦轍壯懷飛。樽前第一傾心聽，兕甲樓船海外歸。（別直隸布政使同年托公。公名托渾布，蒙古人。）

五十一人皆好我，八公送別益情親。他年臥聽除書罷，冉冉脩名獨愴神。（別南豐劉君良駒、南海桂君文燿、河南丁君彥儔、雲南戴君絅孫、長白奎君綬、閩黃君驤雲、江君鴻升、褒強步君際桐，時己丑同年留京五十一人，匆匆難徧別，八君及握手一爲別者也。吳虹生已見前。）

朝借一經覆以簦，暮還一經龕已燈。龍華相見再相謝，借經功德龍泉僧。（別龍泉寺僧唯一。唯一，施南人。）

北方學者君第一，江左所聞君畢聞。土厚水深詞氣重，煩君他日定吾文。（別許印林孝廉瀚。印林，日照人。）

子雲識字似相如，記得前年隔巷居。忙殺奚僮傳搨本，一行翠墨一封書。（別吳子苾太守式芬。子苾，海豐人。）

夾袋搜羅海內空，人材畢竟恃宗工。笥河㈠寂寂覃谿㈡死，此席今時定屬公。（別徐星伯前輩松。星伯，大興人。）

㈠朱筠，號笥河，大興人。官至翰林院侍讀學士。著笥河集。

㈡翁方綱，號覃谿，大興人。官至內閣學士。著兩漢金石記、復初齋全集。

聯步朝天笑語馨，佩聲耳畔尚泠泠。遙知下界覘乾象，此夕銀潢少客星。（別共事諸宗室。）

霜豪擲罷倚天寒，任作淋漓淡墨看。何敢自矜醫國手？藥方只販古時丹。（己丑殿試，大指祖王荆公上仁宗皇帝書。）

眼前二萬里風雷，飛出胸中不費才。枉破期門佽飛膽，至今駭道遇仙回。（記己丑四月二十八日事。）

彤墀小立綴鵷鸞，金碧初陽當畫看。一隊佽飛爭識我，健兒身手此文官。

終賈華年氣不平，官書許讀興縱橫。荷衣便識西華路，至竟蟲魚了一生。（嘉慶壬申歲，校書武英殿，是平生為校讐之學之始。）

萬事源頭必正名，非同綜核漢公卿。時流不沮狂生議，側立東華佇佩聲。（官內閣日，上書大學士，乞到閣看本。）

東華飛辯少年時，伐鼓撞鐘海內知。牘尾但書臣向校，頭銜不稱閷其詞。（在國史館日，上書總裁，論西北塞外部落原流，山川形勢，訂一統志之疏漏，初五千言，或曰：非所職也。乃上二千言。）

千言只作卑之論，敢以虛懷測上公？若問漢朝諸配享，少牢乞祔叔孫通。（在禮部上書堂上官，論四司政體宜沿宜革者三千言。）

客星爛爛照天潢，許署頭銜著作郎。翠墨未乾仙字蝕，雲煙半榻掖門旁。（官宗人府，奉旨充玉牒館纂修官，予草擬章程，未竟其事，改官去。）

齒如編貝漢東方，不學咿嚘況對揚。屋瓦自驚天自笑，丹毫圓折露華瀼。（予每侍班引見，奏履歷，同官或代予悚息。丁酉春，京察一等引見，蒙記名。）

半生中外小迴翔，樗䤈翻成戀太陽。揮手唐朝八司馬，頭銜老署退鋒郎。（選授楚中一司馬矣，不就，供職祠曹如故。）

科以人重科益重，人以科傳人可知。本朝七十九科矣，搜輯科名意在斯。（入歲，得舊登科錄讀之，是搜輯二百年科名掌故之始。）

手校斜方百葉圖，官書似此古今無。祗今絕學眞成絕，册府蒼涼六幕孤。（程大理同文修會典，其理藩院一門及青海、西藏各圖，屬予校理，是爲天地東西南北之學之始。大理沒，予撰蒙古圖志竟不成。）

孔壁微茫墜緒窮，笙歌絳帳啓宗風。至今守定東京本，兩廡如何闕馬融？（戊子歲，成尙書序大義一卷，太誓答問一卷，尙書馬氏家法一卷。）

姬周史統太銷沈，況復炎劉古學瘖。崛起有人扶左氏，千秋功罪總劉歆。（癸巳歲，成左氏春秋服杜補義一卷，其劉歆竄益左氏顯然有迹者，爲左氏決疣一卷。）

張杜西京說外家，斯文吾述段金沙。導河積石歸東海，一字源流奠萬譁。（年十有二，外王父金壇段先生授以許氏部目，是平生以經說字、以字說經之始。）

端門受命有雲礽，一脈微言我敬承。宿草敢祧劉禮部，東南絕學在毘陵。（年二十有八，始從武進劉申受受公羊春秋，近歲成春秋決事比六卷。劉先生卒十年矣。）

華年心力九分殫，淚漬蟫魚死不乾。此事千秋無我席，毅然一炬爲歸安。（抱功令文二千篇，見歸安姚先生學塽，先生頗獎借之，忽正色曰：我文著墨不著筆，汝文筆墨兼用。乃自燒功令文。）

軒后孤虛縱莫尋，漢官戊己兩言深。著書不爲丹鉛誤，中有風雷老將心。（訂裴駰史記集解之誤，爲孤虛表一卷，古今用兵孤虛圖說一卷。）

古人製字鬼夜泣，後人識字百憂集。我不畏鬼復不憂，靈文夜補秋燈碧。（嘗恨許叔重見古文少，據商周彝器祕文，說其形義，補說文一百四十七字，戊戌四月書成。）

經有家法夙所重，詩無達詁獨不用。我心即是四始心，泬寥再發姬公夢。（爲詩非序、非毛、非鄭各一卷。予說詩以涵泳經文爲主，於古文、毛、今文三家，無所尊，無所廢。）

熙朝仕版快茹征，五倍金元十倍明。揚扢千秋儒者事，漢官儀後一書成。（年十四，始考古今官制，近成漢官損益上下二篇，百王易從論一篇，以竟髫年之志。）

文侯端冕聽高歌，少作精嚴故不磨。詩漸凡庸人可想，側身天地我蹉跎。（詩編年始嘉慶丙寅，終道光戊戌，勒成二十七卷。）

西京別火位非高，薄有遺聞瑣且勞。只算粗諳鏡背字，敢陳法物詰球刀。（爲典客道古錄、奉常道古錄各一卷。）

十仞書倉鬱且深，爲誇目錄散黃金。吳回一怒知天意，無復龍威禹穴心。（年十六，讀四庫提要，是平生爲目錄之學之始。壬午歲，不戒於火，所蒐羅七閣未收之書，燼者什八九。）

北游不至獨石口，東游不至盧龍關。此記游耳非著作，馬蹄蹀躞書生孱。（東至永平境，北至宣化境，實未覩東北兩邊形勢也，爲紀游合一卷。）

晉祖平生好孟堅，丹黃鄭重萬珠圓。不材竊比劉公是，請肆班香再十年。（爲漢書補注不成，讀漢書，隨筆得四百事。先祖匏伯公㊀批校漢書，家藏凡六七通，又有手抄本。）

㊀龔敬身，號匏伯，自珍祖父。官至雲南迤南兵備道。著桂穩山房遺稿。

麟經斷爛炎劉始，幸有蘭臺聚祕文。解道何休逐班固，眼前同志只朱雲。（癸巳歲，成西漢君臣稱春秋之義考一卷，助予整齊之者，同縣朱孝廉以升。）

剔彼高山大川字，簿我玉篋金扃中。從此九州不光怪，羽陵夜色春熊熊。（年十七，見石鼓，是收石刻之始。撰金石通考五十四卷，分存、佚、未見三門，書未成；成羽琌山金石墨本記五卷。郭璞云：「羽陵，卽羽琌也」。）

少年簿錄睨千秋，過目雲煙浩不收。一任湯湯淪泗水，九金萬祀屬成周。（撰羽琌之山典寶記二卷。）

奇氣一縱不可闔，此是借瑣耗奇法。奇則耗矣瑣未休，眼前臚列成五嶽。（爲鐵苑一卷，瓦韻一卷，輯官印九十方，爲漢官拾遺一卷，泉文記一卷。）

登乙科則亡姓氏，官七品則亡姓氏。夜奠三十九布衣，秋鐙忽吐蒼虹氣。（撰布衣傳一卷，起康熙迄嘉慶，凡三十九人。）

不能古雅不幽靈，氣體難躋作者庭。悔殺流傳遺下女，自障紈扇過旗亭。（年十九，始倚聲塡詞，壬午歲勒爲六卷，今頗悔存之。）

文章合有老波瀾，莫作鄱陽夾漈看。五十年中言定驗，蒼茫六合此微官。（庚辰歲，爲西域置行省議、東南罷番舶議兩篇，有謀合刊之者。）

厚重虛懷見古風，車裀五度照門東。我焚文字公焚疏，補紀交情爲紀公。（壬辰夏，大旱，上求直言。大學士蒙古富公俊五度訪之，予手陳當世急務八條，公讀至汰冗濫一條，動色以爲難行，餘頗欣賞。予不存於集中。）

狂禪闢盡禮天台，掉臂琉璃屏上回。不是瓶笙花影夕，鳩摩枉譯此經來。（丁酉九月二十三夜，不寐，聞茶沸聲，披衣起，菊影在扉，忽證法華三昧。）

手捫千軸古琅玕，篤信男兒識字難。悔向侯王作賓客，廿篇鴻烈贈劉安。（某布政欲撰吉金款識，屬予爲之。予爲聚拓本穿穴羣經，極談古籀形義，爲書十二卷，俄布政書來請絕交，書藏何子貞家。）

夜思師友淚滂沱，光影猶存急網羅。言行較詳官閥略，報恩如此疚心多。（近撰平生師友小記百六十一則。）（一本無「百六十一則」五字。）

歷刼如何報佛恩？塵塵文字以爲門。遙知法會靈山在，八部天龍禮我言。（佛書入震旦以後，校讎者希，乃爲龍藏考證七卷；又以妙法蓮華經爲北涼宮中所亂，乃重定目次，分本迹二部，删七品，存廿一品，丁酉春勒成。）

龍樹靈根派別三，家家楖栗不能擔。我書喚作三椏記，六祖天台共一龕。（近日述天台家言爲三普銷文記七卷，又撰龍樹三椏記。）

只籌一纜十夫多，細算千艘渡此河。我亦曾糜太倉粟，夜聞邪許淚滂沱！（五月十二日抵淮浦作。）

白面儒冠已問津，生涯只羨五侯賓。蕭蕭黃葉空村畔，可有攤書閉戶人？

津梁條約徧南東，誰遣藏春深塢逢？不枉人呼蓮幕客，碧紗幮護阿芙蓉。（阿，讀如人痾之痾，出續本草。）

鬼燈隊隊散秋螢，落魄參軍淚眼熒。何不專城花縣去？春眠寒食未曾醒。

故人橫海拜將軍，側立南天未蕆勛。我有陰符三百字，蠟丸難寄惜雄文。

河干勞問又江干，恩怨他時邸報看。怪道烏臺牙放早，幾人怒馬出長安。

學羿居然有羿風，千秋何可議逢蒙？絕憐羿道無消息，第一親彎射羿弓。

過百由旬煙水長，釋迦老子怨津梁。聲聞閉眼三千劫，悔慕人天大法王。

北俊南孏氣不同，少能炙轂老能聰。可知銷盡勞生骨？即在方言兩卷中。（凡騶卒謂予燕人也，凡舟子謂予吳人也，其有聚而轇轕者，則兩為之舌人以通之。）

不容水部賦清愁，新擁牙旗拜列侯。我替梅花深頌禱，明年何遜守揚州。（同年何亦民俊，時以知府銜駐黃河。）

金鑾並硯走龍蛇，無分同探閬苑花。十一年來春夢冷，南游且喫玉川茶。（同年盧心農元良，時知甘泉。）

黃金脫手贈椎埋，屠狗無悰百計乖。僥倖故人仍滿眼，猖狂乞食過江淮。（過江淮間不困戹，何亦民、盧心農兩君力也。）

大宙南東久寂寥，甄陀羅出一枝簫。簫聲容與渡淮去，淮上魂須七日招。（袁浦席上有限韻賦詩者，得簫字，敬賦三首。）

少年擊劍更吹簫，劍氣簫心一例消。誰分蒼涼歸棹後，萬千哀樂集今朝。

天花拂袂著難消，始愧聲聞力未超。青史他年煩點染，定公四紀遇靈簫。（人名。）

一言恩重降雲霄，塵劫成塵感不銷。未免初禪怯花影，夢回持偈謝靈簫。（翌晨報謝一首。）

能令公慍公復喜，揚州女兒名小雲。初弦相見上弦別，不曾題滿杏黃裙。

坐我三熏三沐之，懸崖撒手別卿時。不留後約將人誤，笑指河陽鏡裏絲。

美人才調信縱橫，我亦當筵拜盛名。一笑勸君輸一著，非將此骨媚公卿。（友人訪小雲於揚州，三至不得見，慍矣，箴之。）

網羅文獻吾倦矣，選色談空結習存。江淮狂生知我者，綠牋百字銘其言。（讀某生與友人書，即書其後。）

附錄某生與友人書

某祠部辨若懸河，可抵之隙甚多，勿爲所懾。其人新倦仕宦，牢落歸，恐非復有網羅文獻、蒐輯人才之盛心也。所至通都大邑，雜賓滿戶，則依然渠二十年前承平公子故態，其客導之出游，不爲花月冶游，即訪僧耳。不訪某輩，某亦斷斷不繼見。某頓首。

梨園爨本募誰修？亦是風花一代愁。我替尊前深惋惜，文人珠玉女兒喉。（元人百種，臨川四種，悉遭伶師竄改。崑曲俚鄙極矣，酒座中有徵歌者，予輒撓阻。）

河汾房杜有人疑，名位千秋處士卑。一事平生無齮齕，但開風氣不爲師。（予生平不蓄門弟子。）

生還重喜酹金焦，江上騷魂亦可招。隔岸故人如未死，淸樽讀曲是明朝。

西來白浪打旌旗，萬舶安危總未知。寄語瞿塘灘上賈，收帆好趁順風時。

少年攬轡澄淸意，倦矣應憐縮手時。今日不揮閒涕淚，渡江只怨別蛾眉。

六月十五別甘泉，是夕丹徒風打船；風定月出半江白，江上女郎眠未眠？

四海流傳百軸刊，皤皤國老尙神完。談經忘却三公貴，只作先秦伏勝看。（重見予告大學士阮公於揚州。）

蜀岡一老抱哀弦，閱盡詞場意悄然。絕似琵琶天寶後，江南重遇李龜年。（重晤秦敦夫編修恩復。）

家公舊治我曾遊，只曉梅郵與鳳洲。收拾遺聞浩無涘，東南一部小陽秋。（太倉邵子顯輯太倉先哲叢書八帙，㊀起南宋迄乾隆中，使予序之。）

㊀邵廷烈輯棣香齋叢書。案文集有邵子顯校刊婁東雜著序，此云太倉先哲叢書，相互歧異。

七里虹橋腐草腥，歌鐘詞賦兩漂零。不隨天市爲消長，文字光芒聚德星。（時上元闞君、太倉邵君，爲揚州廣文；魏默深舍人、陳靜葊博士，僑揚州；又晤秦玉笙、謝夢漁、劉楚楨、劉孟瞻四孝廉、楊季子都尉。）

公子有德宜置諸，有德公子毋忘諸。我方乞羅忽誦此，箴銘磊落肝脾虛。

詩人瓶水與謨觴，鬱怒清深兩擅場。如此高材勝高第，頭銜追贈薄三唐。（鬱怒橫逸，舒鐵雲瓶水齋之詩也；清深淵雅，彭甘亭小謨觴館之詩也。兩君死皆一紀矣。）

荷衣說藝鬬心兵，前輩須眉照坐清。收拾遺聞歸一派，百年終恃小門生。（少時所交多老蒼，於乾隆庚戌榜，過從最親厚，次則嘉慶己未，多談藝之士，兩科皆大興朱文正㊀爲總裁官。）

㊀朱珪，詳錢吏部遺集序註。

中年才子躭絲竹，儉歲高人厭薜蘿。兩種情懷俱可諒，陽秋貶筆未宜多。

姬姜古妝不如市，趙女輕盈蹋銳屣。侯王宗廟求元妃，徽音豈在纖厥趾？（偶感。）

麟趾褭蹄式可尋，何須番舶獻其琛？漢家平準書難續，且仿齊梁鑄餅金。（近世行用番錢，以爲攜挾便也，不知中國自有餅金，見南史褚彥回傳，又見唐韓偓詩。）

作賦曾聞紙貴誇，誰令此紙徧京華？不行官鈔行私鈔，名目何人餉史家？

促柱危弦太覺孤，琴邊倦眼眄平蕪。香蘭自判前因誤，生不當門也被耡。

荒青無縫種交加，月費牛溲定幾車？只是場師消遣法，不求秋實不看花。（所儗寓有治圃者，戲贈。）

六朝古黛夢中横，無福秦淮放棹行。想見鍾山兩才子，詞鋒落月互縱横。（欲如江寧不果，亦不得馬湘帆戶部、馮晉漁比部兩同年消息。）

不論鹽鐵不籌河，獨倚東南涕淚多。國賦三升民一斗，屠牛那不勝栽禾？

殘客津梁握手欷，多君鄭重問烏衣。故家自怨風流歇，肯罵無情燕子飛。（重晤段君果行、沈君錫東於逆旅，執手言懷，兩君，家大人舊賓客也。）

九州生氣恃風雷，萬馬齊瘖究可哀！我勸天公重抖擻，不拘一格降人材。（過鎮江，見賽玉皇及風神、雷神者，禱祠萬數，道士乞撰青詞。）

不容兒輩妄談兵，鎮物何妨一矯情？別有狂言謝時望，東山妓即是蒼生。

漢代神仙玉作堂，六朝文苑李男香。過江子弟傾風采，放學歸來祀衛郎。

黄河女直徙南東，（金明昌元年。）我道神功勝禹功。安用迂儒談故道？犂然天地劃民風。（渡黄河而南，天異色，地異氣，民異情。）

陶潛詩喜說荆軻，想見停雲發浩歌。吟到恩仇心事湧，江湖俠骨恐無多！（舟中讀陶詩三首。）

陶潛酷似臥龍豪，（語意本辛棄疾。）萬古潯陽松菊高。莫信詩人竟平淡，二分梁甫一分騷。

陶潛磊落性情温，冥報因他一飯恩。頗覺少陵詩吻薄，但言朝叩富兒門。

江左晨星一炬存，魚龍光怪百千吞。迢迢望氣中原夜，又有湛盧劍倚門。（江陰見李申耆丈、蔣丹棱茂才。丹棱，申耆之門人也。）

過江籍甚顏光祿，又作山中老樹看。賴是元龍樓百尺，雄談夜半斗牛寒。（陳登之別駕坐上，重晤嚴午洲光祿。）

五十一人忽少三，我聞隕涕江之南。篋中都有舊墨迹，從此襲以玫瑰函。（聞都中狄廣軒侍御、蘇賓嵎吏部、夏一卿吏部三同年忽然同逝。）

偶賦凌雲偶倦飛，偶然閒慕遂初衣，偶逢錦瑟佳人問，便說尋春爲汝歸。

萬卷書生颯爽來，夢中喜極故人回。湖山曠劫三吳地，何日重生此霸才。（夢顧千里有作。憶己丑歲與君書，訂五年相見，君報書云：「敢不忍死以待。」予竟爽約。君以甲午春死矣。）㊀

㊀「君以甲午春死矣。」「甲午」，應作「乙未」。案顧千里年譜：乙未二月十九日卒。此記誤。

故人有子尚饘粥，抱君等身大著作。劉向而後此大宗，豈同陳晁競目錄？（千里著思適齋筆記，校定六籍、百家，諟其文字，且生陳、晁後七百載，目錄方駕陳晁，亦足豪矣。嗣君守父書，京師傳聞誤也。）

今日閒愁爲洞庭，茶花凝想吐芳馨。山人生死無消息，夢斷查灣一角青。（擬尋洞庭山舊游不果，亦不得葉山人昶消息。）

玉立長身宋廣文，長洲重到忽思君。遙憐屈賈英靈地，樸學奇材張一軍。（奉懷宋于庭丈作。于庭投老得楚南一令，「奇材樸學」，二十年前目君語，今無以易也。）

太湖七十漊爲墟，三泖圜斜各有初。恥與蛟龍競升斗，一編聊獻郟僑書。（陳吳中水利策于同年裕膂山布政。郟僑，郟亶之子，南宋人，父子皆著三吳水利書。）

鐵師講經門徑仄，鐵師念佛頗得力。似師畢竟勝狂禪，師今遲我蓮花國。（江鐵君沅是予學佛第一導師，先予歸一年逝矣。千刼無以酬德，祝其疾生淨土。）

少年哀豔雜雄奇，暮氣頽唐不自知。哭過支硎山下路，重抄梅冶一匳詩。（舅氏段右白，葬支硎山。平生詩，晚年自塗乙盡，予尙抱其梅冶軒集一卷。）

温良阿者淚漣漣，能說吾家六十年。見面恍疑悲母在，報恩祝汝後昆賢。（金媪者，曾保抱予者也。重見于吳中，年八十有七。）（「阿者」，出禮記内則，今本誤爲「可者」。「悲母」，出本生心地觀經。）

天教檮杌降家門，骨肉荆榛不可論。賴是本支調護力，若敖不餒怙深恩。（到秀水縣，重見七叔父作。）

徑山一疏吼寰中，野燒蒼涼弔達公。何處復求龍象力，金光明照浙西東。（明紫柏大師刻大藏，板在徑山，康熙中，由徑山遷嘉興之楞嚴寺，今什不存四矣。求天台宗各書印本，亦無所得。）

有明像法披猖後，荷擔如來兩尊宿。龍樹馬鳴齊現身，我聞大地師子吼。（拜紫柏、藕益兩大師像。）

道場䤍馧雨花天，長水宗風在目前。一任揀機參活句，莫將文字換狂禪！（示楞嚴講主逸雲，講主新刻明人楞嚴宗通一書，故云。）

一脈靈長四葉貂，談經門祚鬱岧嶢。儒林幾見傳苗裔？此福高郵冠本朝。（訪嘉興太守王子仁。子仁，文肅公㊀曾孫，石臞孫，吾師文簡公㊁子。）

㊀王念孫，詳雜詩己卯自春徂夏在京師作得十有四首註。

㊁王引之，詳工部尚書高郵王文簡公墓表銘。

祇將媿汗溼萊衣，悔極堂堂歲月違。世事滄桑心事定，此生一跌莫全非。（於七月初九到杭州，家大人時年七十有三，倚門望久矣。）

里門風俗尚敦龐，年少爭爲齒德降。桑梓温恭名教始，天涯何處不家江？（家大人扶杖出游，里少年皆起立。）

小别湖山刧外天，生還如證第三禪。台宗悟後無來去，人道蒼茫十四年。

浙東雖秀太清孱，北地雄奇或獷頑。踏徧中華窺兩戒，無雙畢竟是家山。

親朋歲月各蕭閒，情話纏緜禮數删。洗盡東華塵土否？一秋十日九湖山。

高秋那得吳虹生，乘軺西子湖邊行；一丘一壑我前導，重話京華送我情。（時已知浙中兩使者消息，非吳虹生也，祝其他日使車苞止耳。）

除却虹生憶黄子，曝衣忽見黄羅衫。文章風誼細評度，嶺南何減江之南？（謂蓉石比部。）

家住錢塘四百春，匪將門閥傲江濱；一州典故閒徵徧，撰杖觀濤得幾人？（八月十八日侍家大人觀潮。）

問我清游何日最？木樨風外等秋潮。忽有故人心上過，乃是虹生與子瀟。（吳虹生及固始蔣子瀟孝廉也。）

靈鷲高華夜吐雲，山凹指點舊家墳。千秋名教吾誰愧，愧讀羲之誓墓文。（表弟吳鷲雲先世丙舍，在靈鷲下，繪圖乞一詩。時予不至先慈殯宮十四年矣。）

鄉國論文集古歡，幽人三五薜蘿看。從知閬苑桃花色，不及谿松耐歲寒。（晤曹葛民文昭、徐問蘧楙、王雅臺鼎吉、陳覺葊春曉諸君。）

眼前石屋著書象，三世十方齊現身；各搦著書一枝筆，各有洞天石屋春。（葛民以畫象乞題，爲說假觀偈。）

如何從假入空法？君亦莫問我莫答。若有自性互不成，互不成者誰佛刹？（爲西湖僧講華嚴一品竟，又說此偈。）

振綺堂中萬軸書，乾嘉九野有誰如？季方玉粹元方死，握手城東問蠹魚。（汪小米舍人死矣，見其哲弟又村員外。）

與吾同祖硯北者，（先曾祖晚號硯北老人。㊀）仁愿如兄壯歲亡。從此與誰談古處？馬婆巷外立斜陽。（弔從兄竹樓。）

㊀龔鎮，字典瑞，號硯北老人。（自珍曾祖。）著有不能草。

醰醰諸老愜瞻依，父齒隨行亦未稀。各有清名聞海內，春來各自典朝衣。（時鄉先輩在籍，科目年齒與家大人頡頏者五人：姚亮甫、陳堅木兩侍郎，張雲巢鹺使，張靜軒、胡書農兩學士。）

我言送客非佛事，師言不送非佛智；雙照送是不送是，金光大地喬松寺。（重見慈風法師于喬松庵，叩以台宗疑義，師不答。送予至山門，予辭，師正色曰：「是佛法。」）

震旦狂禪沸不支，一燈慧命續如絲。靈山未歇宗風歇，已過龐家日昝時。（錢伊庵居士死矣，（一本作「西歸矣」。）得其晚年所著宗鑑二卷。）

龔向眞州訂古文，飛龍滂熹折紛紜。經生家法從來異，拓本模糊且餉君。（在京師，阮芸臺師屬爲齊侯中罍二器釋文。茲吾師覓六舟僧手拓精本分寄徐問蘧，屬別釋一通，因柬問蘧。）

閉門三日了何事？題圖祝壽諛人詩；雙文單筆記序偈，筆秃幸趁酒熱時。

磨之道義拯之難，賞我出處好我書。史公副墨問誰氏？屈指首寄虬髯吳。（欲以全集一分寄虹生，未寫竟。）

少年哀樂過于人，歌泣無端字字眞。既壯周旋雜癡黠，童心來復夢中身。

猰貐猰貐厲牙齒，求覆我祖十世祀。我請于帝訊于鬼，亞駝巫陽莅雞豕。

晝夢亞駝告有喜，明年三月猰貐死。大神羹梟殄梟子，焚香敬慰少昊氏。

碧澗重來薦一毛，杉楠喜比往時高。故人地下仍相護，驅逐狐狸賴爾曹。（弔朱大發、洪士華，二人爲先祖守塋者也。先母殯宮在先祖側，地名花園埂也。）

志乘英靈瑣屑求，豈其落筆定陽秋？百年子姓殷勤意，忍說挑鐙爲應酬？（乞留墨數行爲異日相思之資者，填委牖戶，惟撰次先世事行，屬爲家傳、墓表，則詳審爲之，多存稿者。）

瓊林何不積緡泉？物自低昂人自便。我與徐公籌到此，朱提山竭亦無權。（近日銀貴，有司苦之，古人粟紅貫朽，是公庫不必皆納鏹也。予持論如此，徐鐵孫大令榮，論與予合。）

俎膾飛沈竹肉喧，侍郎十日歛清罇。東南不可無斯樂，濡筆親題第四園。（過殿小農侍郞富春山館，觴咏旬日。其地爲明金尚書別墅，杭人猶稱金衙莊。予品題天下名園，金衙莊居第四。）

藏書藏帖兩高人，目錄流傳四十春。師友凋徂心力倦，羽琌一記亦荆榛。（弔趙晉齋魏、何夢華元錫兩處士。兩君爲予讎正金石墨本記者也。）

兒談梵夾婢談兵，消息都防父老驚。賴是搖鞭吟好句，流傳鄉里只詩名。（到家之日，早有傳誦予出都留別詩者，時有詩先人到之謠。）

吳郎與我不相識，我識吳郎拂畫看。此外若容添一語，含元殿裏覓長安。（從妹學生，與予昔別時才齠齔，今已寡矣。妹壻吳郎，余固未識面也，學生以其遺像乞題，因説此偈。）

科名掌故百年知，海島疇人奉大師。如此奇材終一令，蠹魚零落我歸時。（弔黎見山同年應南。見山順德人，官平陽令，卒于杭州。）

惠逆同門復同藪，謀臧不臧視朋友。我茲怦然謀乃心，君已凄然脱諸口。（陳碩甫秀才奐，爲予規畫北行事，明白犀利，足徵良友之愛。）

秋風張翰計蹉跎，紅豆年年擲逝波。誤我歸期知幾許？蟾圓十一度無多。（以下十有六首，杭州有所追悼而作。）

拊心消息過江淮，紅淚淋浪避客揩。千古知言漢武帝，人難再得始爲佳。

小樓寄對鳳凰山，山影低徊黛影閒。今日當窗一匳鏡，空王來證鬢絲斑。

嬌小溫柔播六親，蘭姨瓊姊各沾巾。九泉肯受狂生譽，藝是針神貌洛神。

阿娘重見話遺徽，病骨前秋盼我歸。欲寄無因今補贈，汗巾鈔袋枕頭衣。

雲英未嫁損華年，心緒曾憑阿母傳。償得三生幽怨否？許儂親對玉棺眠。

杭州風俗鬧蘭盆，綠蠟金爐梵唱繁。我説天台三字偈，勝娘膜拜禮沙門。

殘絨堆積繡窗閒，慧婢商量贈指環。但乞崔徽遺像去，重摹一幀供秋山。

昔年詩卷駐精魂，強續狂游拭涕痕。拉得藕花衫子婢，籃輿仍出涌金門。

蟠夔小印鏤珊瑚，小字高華出漢書。原是狂生漫題贈，六朝碑例合鐫無？

花神祠與水仙祠，欲訂源流愧未知。但向西泠添石刻，駢文撰出女郎碑。

小婢口齒蠻復蠻，秋衫紅淚潸復潸，眉痕約略彎復彎，婢如夫人難復難。

女兒魂魄完復完，湖山秀氣還復還，爐香瓶卉殘復殘，他生重見艱復艱。

天將何福予蛾眉？生死湖山全盛時。冰雪無痕靈氣杳，女仙不賦降壇詩。

一十三度谿花紅，一百八下西谿鐘；卿家滄桑卿命短，渠儂不關關我儂。

一百八下西谿鐘，一十三度谿花紅；是恩是怨無性相，冥祥記裏魂朦朧。

草創江東署羽陵，異書奇石小崚嶒。十年松竹誰留守？南渡飛揚是中興。（復墅。）

墅東修竹欲連天，苦費西鄰買筍錢。此是商鞅墾土令，不同鑿空誤開邊。（拓墅。）

靈簫合貯此靈山，意思精微窈窕間。丘壑無雙人地稱，我無拙筆到眉彎。（祈墅。）

此是春秋據亂作，昇平太平視松竹。何以功成文致之？攜簫㊀飛上羽琌閣。（又祈墅。）

㊀阿簫又名靈簫，詳上清眞人碑書後註。

料理空山頗費才，文心兼似畫家來。矮茶密綴高松獨，記取先生親手栽。

君家先塋鄧尉側，佳木生之雜紺碧。不看人間頃刻花，他年管領風雲色。（從西鄰徐屏山乞樹栽，屏山尤至鄧尉求之。）

可惜南天無此花，腰身略似海棠斜；難忘槐市街南宅，小疏羣芳稿一章。（憶京師鸎枝花。）

可惜南天無此花，麗情還比牡丹奢。難忘西掖歸來早，贈與妝臺滿鏡霞。（憶京師芍藥。）

不是南天無此花，北肥南瘦二分差。願移北地燕支社，來問南朝油壁車。（憶海棠。）

弱冠尋芳數歲華，玲瓏萬玉嫭交加。難忘細雨紅泥寺，溼透春裘倚此花。（憶丁香。）

女牆百雉亂紅酣，遺愛眞同召伯甘。記得花陰文宴屢，十年春夢寺門南。（憶豐宜門外花之寺董文恭公㊀手植之海棠一首。）

㊀董誥，字雅倫，富陽人。官至東閣大學士。工畫。卒謚文恭。

空山徒倚倦游身，夢見城西閬苑春。一騎傳牋朱邸晚，臨風遞與縞衣人。（憶宣武門內太平湖之丁香花一首。）

繾綣依人慧有餘，長安俊物最推渠。故侯門第歌鐘歇，猶辦晨餐二寸魚。（憶北方師子貓。）

萬綠無人嘒一蟬，三層閣子俯秋煙。安排寫集三千卷，料理看山五十年。（欲寫全集淸本數十分，分貯友朋家。）

海西別墅吾息壤，羽琌三重拾級上。明年俯看千樹梅，飄搖亦是天際想。

此閣宜供天人師，檀香三尺博士爲。阮公施香孰施字？徐公字似蕭梁碑。（造佛像之匠謂之博士，出摩利支天經。予供天台智者大師檀香像，徐問蘧爲予書扁曰「觀不思議境」，書楹聯曰「智周萬物而無所思，言滿天下而未嘗議」。）

男兒解讀韓愈詩，女兒好讀姜夔詞；一家倘許圓鷗夢，晝課男兒夜女兒。（時眷屬尚留滯北方。近人郭頻伽畫鷗夢圓圖，予亦仿之。）

倘容我老耒耡邊，不要公卿寄俸錢。一事避君君匿笑，劉郎才氣亦求田。（儉歲有鬻田六畝者，予願得之，友人來問此事。）

瑰癖消沈結習虛，一篇典寶古文無？金燈出土苔花碧，又照徐陵讀漢書。（滬上徐文臺得漢宮雁足燈，以拓本見寄，乞一詩。是時予收藏古吉金星散，見於羽琌山典寶記者，百存一二。）

迴腸盪氣感精靈，座客蒼涼酒半醒。自別吳郎高詠減，珊瑚擊碎有誰聽？（曩在虹生坐上，酒半詠宋人詞，嗚嗚然，虹生賞之，以爲善於頓挫也。近日中酒，即不能高詠矣。）

隨身百軸字平安，身世無如屠釣寬。恥學趙家臣宰例，歸來香火乞祠官。

何肉周妻業並深，台宗古轍幸窺尋。偸閒頗異凡夫法，流水池塘一觀心。

皇初任土乃作貢，卅七畝山可材衆。媿神笑予無貨法，丹徒陸生言可用。（昔友陸君獻著種樹書，大指言：天下之大利，必任土，貨殖乃貨植也，有土十畝，即無貧法。昔年曾序之。）

西牆枯樹態縱横，奇古全憑一臂撑。烈士暮年宜學道，江關詞賦笑蘭成。（羽琌之西，有枯棗一株，不忍斧去。）

秋光媚客似春光，重九尊前草樹香。可記前年寶藏寺，西山暮雨怨吳郎？（丁酉重九，與徐星伯前輩、吳虹生同年，連騎遊西山之寶藏寺，歸鞍驟雨。重九前三夕作此詩，閣筆而雨。）

似笑山人不到家，爭將晚節盡情誇。三秋不實夫容马，九月猶開窅窊花。（马，徐鍇音乎感切。）

萊菔生兒芥有孫，（借蘇句。）離披秋氣委黃昏；靑松心事成無賴，只閲前山野燒痕。

銀燭秋堂獨聽心，隔簾誰報雨沈沈？明朝不許沿谿賞，巳沒谿橋一尺深。

空觀假觀第一觀，佛言世諦不可亂。人生宛（一本作「死」。）有去來今，臥聽簷花落秋半。

賸水殘山意度深，平生幾緉屐難尋。栽花鄭重看花約，此是劉郎遲暮心。

復墅拓墅祈墅了，吾將北矣乃圖南。無妻怕學林逋獨，有子肯爲王霸慚？（料理別墅，稍竣厓略，將自往北方，迎眷屬歸以實之。）

從今暫學六朝書，不肄山陰肄隱居。萬古焦山一痕石，飛昇有術此權輿。（涇縣包愼伯贈予瘞鶴銘，九月十一日，坐雨於羽琌山館，漫題其後。）

二王只合爲奴僕，何況唐碑八百通？欲與此銘分浩逸，北朝差許鄭文公？（再跋舊拓瘞鶴銘。謂北魏兗州刺史鄭羲碑，鄭道昭書。）

九流觸手緒縱橫，極動當筵炳燭情。若使魯戈眞在手，斜陽只乞照書城。

詩讖吾生信有之，預憐夜雨閉門時。三更忽軫哀鴻思，九月無襦淮水湄。（出都時有空山夜雨之句，今果應。今秋自淮以南，千里菑雨。）

燕蘭識字尙聰明，難遣當筵遲暮情。且莫空山聽雨去，有人花底祝長生。

連宵燈火宴秋堂，絕色秋花各斷腸。又被北山猿鶴笑，五更濃掛一帆霜。（於九月十五日晨發矣。）

美人信有錯刀投，不負張衡詠四愁。爇罷心香屢迴顧，古時明月照杭州。

阻風無酒倍消魂，況是殘秋岸柳髡？賴有阿咸情話好，一帆冷雨過婁門。（從子劍塘送我於蘇州。）

杭州梅舌酸復甜，有筍名曰虎爪尖。芼以蘇州小橄欖，可敵北方冬菘醃。（杭人擣梅子，雜糖桂糝之，名曰梅舌兒。）

擬策孤筇避冶遊，上方一塔俯淸秋。太湖夜照山靈影，頑福甘心讓虎丘。（上方山在太湖南。）

阿咸從我十日遊，遇管城子于虎丘，有筆可棄不可投，簪筆致身公與侯。（劍塘買筆筩，乞銘之。）

瀰羅鮫綃鏡檻涼，無端重試午時妝。新詩急記消魂事，分與臙脂一掬湯。（重過揚州有紀。）

少年尊隱有高文，猿鶴眞堪張一軍。難向史家搜比例，商量出處到紅裙。

誰肯心甘薄倖名？南艤北駕怨三生。勞人只有空王諒，那向如花辨得明？

怕聽花間惜別詞，僞留片語訂來期。秦郵驛近江潮遠，是剔銀燈詛我時。

停帆預卜酒盃深，十日無需逆旅金。莫怨津梁爲客久，天涯有弟話秋心。（從弟景姚，以丹陽丞駐南河，予到浦，館其廨中。）

豆蔻芳温啓瓠犀，傷心前度語重題。牡丹絕色三春煖，豈是梅花處士妻？（九月二十五日，重到袁浦，十月六日，渡河去，留浦十日，大抵醉夢時多，醒時少也，統名之曰寱詞。）

對人才調若飛仙，詞令聰華四座傳。撑住南東金粉氣，未須料理五湖船。（此二章，謝之也。）

鶴背天風墮片言，能蘇萬古落花魂。征衫不漬尋常淚，此是平生未報恩。

小語精微瀝耳圓，況聆珠玉瀉如泉？一番心上温馨過，明鏡明朝定少年。

何須宴罷始留髡？絳蠟牀前款一尊。姊妹隔花催送客，尚拈羅帶不開門。

去時梔子壓犀簪，次第寒花掐到今。誰分江湖搖落後，小屏紅燭話冬心？（是夕立冬。）

盤堆霜實擘庭榴，紅似相思綠似愁。今夕靈飛何甲子？上清齋設記心頭。

風雲材略已消磨，甘隸妝臺伺眼波。爲恐劉郎英氣盡，捲簾梳洗望（一本「望」作「看」）黃河。

玉樹堅牢不病身，恥爲嬌喘與輕顰。天花豈一本作「那」。用鈴旛護？活色生香五百春。

眉痕英絕語謾謾，指揮小婢帶韜略。幸汝生逢清晏時，不然劍底桃花落。

鳳泊鸞飄別有愁，三生花草夢蘇州。兒家門巷斜陽改，輸與船娘住虎丘。

一自天鍾第一流，年來花草冷蘇州。兒家心緒無人見，他日埋香要虎丘。

難憑肉眼測天人，恐是優曇示現身。故遣相逢當五濁，不然誰信上仙淪？

雲英化水景光新，略似騶鸞縹渺身。一隊畫師齊斂手，只容心裏貯穠春。

釃江作醅亦不醉，傾河解渴亦不醒；我儂醉醒自有例，肯向渠儂側耳聽。

收拾風花儻蕩詩，淩晨端坐一凝思。勉求玉體長生訣，留報金閨國士知。

絕色呼他心未安，品題天女本來難。梅魂菊影商量徧，忍作人間花草看。

臣朔家原有細君，司香燕姞略知文。無須詗我山中事，可肯花間領右軍？

道韞談鋒不落詮，耳根何福受清圓？自知語乏煙霞氣，枉負才名三十年。

喜汝文無一筆平，墮儂五里霧中行。悲歡離合本如此，錯怨蛾眉解用兵。

美人才地太玲瓏，我亦陰符滿腹中。今日簾旌秋縹渺，長天飛去一征鴻。

青鳥銜來雙鯉魚，自緘紅淚請迴車。六朝文體閒徵徧，那有蕭娘謝罪書？

電笑何妨再一回，忽逢玉女諫書來。東王萬八千驍盡，爲報投壺乏箭材。㊀

㊀扶輪社本、王文濡編校本詩下有注：「此定公無博進而作也。魏蕃室云。」

萬一天塡恨海平，羽琌安穩貯雲英。仙山樓閣尋常事，兜率甘遲十刼生。

美人捭闔計頻仍，我佩陰符亦可憑。綰就同心堅俟汝，羽琌山下是西陵。

身世閒商酒半醺，美人胸有北山文。平交百輩悠悠口，揖罷還期將相勳。

金釭花燼月如煙，空損秋閨一夜眠。報道妝成來送我，避卿先上木蘭船。（寱詞止于此。）

未濟終焉心縹渺，百事翻從闕陷好。吟到夕陽山外山，古今誰免餘情繞？（漁溝道中題壁一首。）

欲求縹渺反幽深，悔殺前番拂袖心。難學冥鴻不迴首，長天飛過又遺音。（漁溝道中奉寄一首。）

明知此浦定重過，其奈尊前百感何？亦是今生未曾有，滿襟淸淚渡黃河。（衆興道中再奉寄一首。）

絕業名山幸早成，更何方法遣今生？從茲禮佛燒香罷，整頓全神注定卿。

少年雖亦薄湯武，不薄秦皇與武皇；設想英雄垂暮日，溫柔不住住何鄉？

客心今雨暱舊雨，江痕早潮收暮潮；新歡且問黃婆渡，（袁浦地名。）影事休提白傅橋。㊀（以上順河道中題壁三首。）

㊀眞跡本下注：「作此詩之期月，實庚子九月也。偶遊秣陵小住，青溪一曲，蕭寺中荒寒特甚，客心無可比似。子堅以素紙索詩，書竟，忽覺春回肺腑，擲筆挐舟回吳門矣。仁和龔自珍并記。」

閱歷天花悟後身，爲誰出定亦前因。一燈古店齋心坐，不似雲屛夢裏人。（順河道中再奉寄一首，仍敬謝之，自此不復爲此人有詩矣。寄此詩是十月十日也。越兩月自北回，重到袁浦，問訊其人已歸蘇州，閉門謝客矣，其出處心蹟，亦有不可測者。附記於此。）

此身已作在山泉，涓滴無由補大川。急報東方兩星使，靈山吐溜爲糧船。（時東河總督檄問泉源之可以濟運者，吾友汪孟慈戶部董其事。銅山縣北五十里曰柳泉，泉涌出，滕縣西南百里曰大泉，泉懸出，吾所目見也。詩寄孟慈，幷寄徐鏡溪工部。）

昭代恩光日月高，烝彝十器比球刀。吉金打本千行在，敬拓斯文冠所遭。（謁至聖廟，瞻仰純廟所頒祭器十事，得拓本以歸。）

少年無福過闕里，中年著書復求仕；仕幸不成書幸成，乃敢齋祓告孔子。（龔至兗州，不至曲阜。歲癸未，五經大義終始論成，壬辰，羣經寫官答問成，癸巳，六經正名論成，古史鈎沈論又成，乃慨然曰：「可以如曲阜謁孔林矣。」今年冬，乃謁林，齋于南沙河，又齋于梁家店。）

少爲賤士抱弗宣，壯爲祠曹默益堅。議則不敢腰膝在，廡下一揖中夷然。（兩廡從祀儒者，有拜有弗拜，亦有強予一揖不可者。）

曩將奄宅證淹中，肅肅微言礬欻逢。肯拓同文門畔石，古心突過漢朝松。

江左吟壇百輩狂，誰知闕里是詞場！我從宅壁低徊聽，絲竹千秋尙繞梁。（時曲阜令王君大淮，其弟大堉、其子鴻，皆工詩，孔氏則有孔繡山憲彝，憲彝弟憲庚，孔氏之甥鄭憲銓，皆詩人也。）

嘉慶文風在目前，記同京兆鹿鳴筵。白頭相見山東路，誰惜荷衣兩少年！（酬曲阜令王海門。海門，吾庚午同年也。）

少年奇氣稱才華，登岱還浮八月槎。我過東方亦無負，淸尊三宿孔融家。（館于孔經閣憲庚家，題經閣觀海圖。）

子雲壯歲雕蟲感，擲向洪流付太虛。從此不揮閒翰墨，男兒當注壁中書。（經閣投詩江中，作雲水詩瓢圖。）

倘作家書寄哲兄，淮陰重話七年情。門前報有關山客，來聽西齋夜雨聲。（時經閣兄緗山方遊京師，淮陰鴻爪圖，緗山、經閣所合作也。）

家有淩雲百尺條，風煙培護漸岧嶢。生兒只識秦碑字，脆弱芝蘭笑六朝。（海門種松圖。）

盜詩補詩還祭詩，子梅詩史何恢奇！鄙人勸君割棨者，努力删詩壯盛時。（王子梅鴻祭詩圖。）

詩格摹唐字有稜，梅花官閣夜鐙冰；一門鼎盛親風雅，不似蒼茫杜少陵。（王秋垞大堉蒼茫獨立圖。）

八齡夢到夔相圃，今日五君來作主。我欲射侯陳禮容，可惜行裝無白羽。（王海門及弟秋垞、嗣君子梅、孔經閣、鄭子斌五君餞之於夔相圃。）

忽向東山感歲華，恍如庾嶺對橫斜。敢參黃面瞿曇句，此是森森闕里花。（時纔十月，忽開蠟梅一枝，經閣折以伴行。）

前車轍淺後車縮，兩車勒馬讓先躍。何況東陽絳灌年，賈生攘臂定禮樂。（見兩車子相掉磬有感。）

古人用兵重福將，小說家明因果狀；不信古書愎用之，水厄淋漓黑貂喪。（或薦僕至，其相不吉，自言事十主皆失官，予不信，使庀物，物過手輒敗，使雇車，車覆者四，幸予先辭官矣。法苑珠林及明小說皆有此事，記之以貽纂類書者。）

天意若曰汝毋北，覆車南沙書卷溼，汶陽風雨六幕黑，申以東平三尺雪。

蒼生氣類古猶今，安用冥鴻物外吟？不是九州同急難，尼山誰識憮然心？（北行覆車者四，車陷淖中者二，皆賴途人以免。）

九邊爛熟等雕蟲，遠志眞看小草同。枉說健兒身手在，青燈夜雪阻山東。

任邱馬首有筝琶，偶落吟鞭便駐車。北望觚稜南望鴈，七行狂草達京華。（遣一僕入都迎眷屬，自駐任邱縣待之。）

房山一角露崚嶒，十二連橋夜有冰。漸近城南天尺五，迴燈不敢夢觚稜。（兒子書來，乞稍稍北，乃進次于雄縣，又請，乃又進次于固安縣。）

艱危門戶要人持，孝出貧家諺有之。葆汝心光淳悶在，皇天竺胙總無私。（兒子昌匏書來，以四詩答之。）

雖然大器晚年成，卓犖全憑弱冠爭。多識前言畜其德，莫拋心力貿才名。

儉腹高談我用憂，肯肩樸學勝封侯？五經爛熟家常飯，莫似而翁啜九流。

圖籍移從肺腑家，而翁學本段金沙。丹黃字字皆珍重，爲裹青氈載一車。

欲從太史窺春秋，勿向有字句處求。抱微言者太史氏，大義顯顯則予休。（兒子昌匏書來，問公羊及史記疑義，答以二十八字。）

家園黃熟半林柑，拋向筠籠載兩三。風雪盈裾好持贈，預敎詩婢識江南。（眷屬于冬至後五日出都。）

從此青山共鹿車，斷無隻夢墮天涯。黃梅淡冶山礬靚，猶及雙清好到家。

六義親聞經對時，及身删定答親慈。剗除風雪關山句，歸到高堂好背詩。（今年七月，蒙家大人垂詢文集定本，命呈近詩。）

論詩論畫復論禪，三絕門風海內傳。可惜語兒谿畔路，白頭無分棹歸舷。（方鐵珊參軍餞之于保陽。鐵珊，名廷瑚，石門人。父薰，字蘭士，以詩畫名，好佛。君有父風，年七十矣，猶宦畿南。）

使君談藝筆通神，斗大高陽酒國春。消我關山風雪怨，天涯握手盡文人。（陳笠雨明府餞之于高陽。笠雨，名希敬，海昌人，以進士爲令。史甚熟，詩古文甚富。）

畫禪有女定淸眞，合配琳瑯萬軸身。百里畿南風雪路，我來著手竟成春。（鐵珊有女及笄，笠雨喪偶，使予爲蹇修焉。）

古愁莽莽不可說，化作飛仙忽奇闊。江天如墨我飛還，折梅不畏蛟龍奪。（十二月十九日，攜女辛㊀遊焦山，歸舟大雪。）

㊀ 龔阿辛，（自珍之長女。）適南豐劉星舫之子。

惠山秀氣迎客舟，七十里外心先投；惠山粧成要粧鏡，惠泉那許東北流？（廿二日攜女辛遊惠山。）

丹實瓊花海岸旁，羽琌山似岦之陽。一家可惜仍煙火，未問仙人辟穀方。（歲不盈五日，安頓眷屬于海西羽琌之山，戲示阿辛。）

吟罷江山氣不靈，萬千種話一燈靑。忽然閣筆無言說，重禮天台七卷經。

——己亥雜詩

天下震矜定盦之詩，徒以其行間璀璨，吐屬瑰麗；夫人讀萬卷書供驅使，璀璨瑰麗何待言？要之有形者也。若其聲情沈烈，惻悱遒上，如萬玉哀鳴，世鮮知之。抑人抱不世之奇材與不世之奇情，及其爲詩，情赴乎詞，而聲自異，要亦可言者也。至於變化從心，倏忽萬匠，光景在目，欲捉已逝，無所不有，所過如掃，物之至也無方，而與之爲無方，此其妙明在心，世烏從知之？夙知之而卒不能言之。嘗聞神全者，哀不能感，樂不能眩，風雨不能蝕，晦朔不能移，乃至火不能燒，水不能溺，此道家言，似不足以測學佛者之涘，抑古今語言所可到之境止於此，定公其殆全於神者哉！全於神者哉！寫己亥雜詩竟，聊書簡末。庚子穀雨日，新安女士程金鳳。

無著詞選

菩薩蠻

文廊匼匝屏風曲，輕寒一本作「秋陰」。惻惻侵簾箔。秋思正沈吟，一本作「圓鏡午粧遲」。秋陰幾許深。一本作「斂綃濯罷時」。　無言垂翠袖，粉蝶窺人瘦。蝶也不禁秋，涼花相對愁。

夢芙蓉 本意

背燈敧鳳枕，見一珠秋弄，水裙風鬟。露華無力，飛下珊珊影。又微芒不定，月墜金波孤迥。小立空塘，怨紅衣半卸，消受夜涼緊。　脈脈鴛鴦眠正穩，乍蓮房紛一本作「粉」。墜驚初醒。香重煙輕，愁絕共幽映。五更魂魄冷，吟斷錦雲休訊。捐佩疑寒，更凌波恐溼，塘外曉風陣。

卜算子 題獨立士女

拜起月初三，月比眉兒瘦。不遣紅燈照畫廊，縹緲臨風袖。　庭院似淸湘，人是湘靈否？誰寫長天秋思圖，熨得闌干透。

點絳脣

日落花梢，懨懨春倦何時省？紗窗又瞑，黃月濛濛影。　沒箇商量，除是和愁等。羅衣一本作「吳棉」。冷，香階一本作「簾旌」。紅陣，燕子歸期定。

虞美人

紗窗暝色低迷綠，猶未傳銀燭。春一本作「暮」。寒瑟瑟晚來添，一本作「鏡奩邊」。玉釧微聞應是換吳棉。　金爐香篆愔愔墮，新月窺人坐。湘簾放下悄含顰，生怕梨花和月射啼痕。

洞仙歌

一梳春月，淡溶溶欲上，一本作「炤」。鸞尾雲晴碧天掃。正文窗四扇，縹緲華空，晶豔豔玉女明燈一笑。幾一本作「前」。番攜手處，曇誓天邊，寒綠深深帳紗悄。親手采瓊芝，著玉盤中，添香水養花還小。見說道仙家夢都無，便夢也如煙，曉涼欺覺。

醉太平

長吟短吟，恩深怨深。天邊一曲瑤琴，一本作「小名合換青琴」。是鸞心鳳心。一本作「會絃中訴心」。　香一本作「窗」。沈漏一本作「慢」。沈，魂尋夢尋。玉階良夜愔愔，一本作「梅花欲抱春衾」。有花陰月陰。一本作「怕天邊轉參」。

清平樂

垂楊近遠，玉鞚行來緩。三里春風韋曲岸，目斷那人庭院。　駐鞭獨自思惟，撩人歷亂花飛。日暮春心惆悵，可能紉佩同歸！

太常行

一身雲影墮人間，休認彩鸞看。花葉寄應難，又何況春痕袖斑？　似他身世，似他心性，無恨到眉彎。月子下屏山，算窺見瑤池夢還。

端正好

數年華間中點點，記不起誰恩誰怨。金爐香裊晝沈沈，並疊作，閒愁片。　月明花滿天如願，也終有酒闌燈散。不如被冷更香銷，獨自去，思千徧。

霓裳中序第一 霓裳羽衣之曲今不傳，戲補之。

當筵問古月，誰向其間起宮闕？風馬雲車歷歷，見桂葉乍迎嬌如雪。遙空聞說，說夜來天袂涼絕。驚鴻起，素衣二八，舞罷老蟾泣。　飄忽，長風吹急，竟一本作「信」。天上人間了一本作「本」。隔。仙聲一半記得，漢武秦皇，有路難覓。開元慶佳節，算合樂圖中應識。（宋苑本有楊太眞合樂圖。）[一] 算前祝，千秋萬歲，不須有離別。

*龔橙手抄本此闋無小序，乃龔橙所刪。

㈠龔橙手抄本無此注，乃龔橙所刪。

長相思

仙參差，佩參差，數罷鸞期又鳳期，彩雲西北飛。　簫一枝，笛一枝，吹得春空月墮時，月中人未歸。

又

住西樓，話西樓，好夢如雲不自由，喚人錫倦眸。　憶從頭，訴從頭，銀漢茫茫入夜流，人間無盡愁。

天仙子　自賦所藏葉小鸞眉紋詩硯*

天仙偶厭住瓊樓，乞得人間一度游，被誰傳下小銀鈎？煙淡淡，月柔柔，伴我熏香伴我修。

*龔橙手抄本，此闋小序云：「葉小鸞詩硯」，乃龔橙刪改。

瑤華　董雙成畫像

雲英嫁了，一本作「杵畔」。弄玉歸來，一本作「簫邊」。向翠樓瓊戶。一本作「愛有人傳語」。虛無萬壘，一本作「小名親錄」。試一本作「更」。問取金闕西廂何處？一本作「許」。容華絕代，是王母前頭人數。看紫衣仙佩非耶，漢殿夜涼歸去。　低鬟小按霓裳，唱月底仙聲，記否親遇？霞宮侍宴，渾忘了聽水聽風前度。天青海碧，也只合其中小住。笑一本作「向」。人間兒女聰明，一本作「婢臾問尋」。倒寫成雙名字。一本作「報宥娥眉深妒」。

浪淘沙 寫夢

好夢最難留，吹過仙洲。尋思依樣到心頭。去也無蹤尋也慣，一桁紅一本作「六扇牕」。樓。　中有話綢繆，燈火簾鈎。是仙是幻是温柔。獨自淒涼還自遣，自製離愁。

如夢令

本是花宮么鳳，降作人間情種。不願住人間，分付藥爐煙送。誰共，誰共？三十六天秋夢。

高陽臺

嚼曲含香，吹笙聘月，華年心緒愔愔。十二重簾，重重閉住春陰。花魂蝶夢飛難度，倩何人料理幽一本作「詩」。襟？問春人，一本作「讓園林」。知否園亭，一本作「閑到山桃」。啼偏流鶯？一本作「薦到林檎」。　生愁一點朝雲散，把青梅一本作「紅豌」。細數，紅豆一本作「青子」。閒吟。尚怯餘一本作「春」。寒，爭教負了一本作「殘缸先別」。香衾。凝鬟不放熏篝穩，一本作「侍兒縱報鶯簧巧」。墜猩紅半幅吳綾。一本作「伴殘梅自有幽禽」。啓湘屏，一本作「爲知音」。多病心情，一本作「細繡文鴛」。忘繫花鈴。一本作「細束金鍼」。

喝火令

欲賦仙模樣，空一本作「先」。愁彩筆彫。藕絲衫子鬱金翹。立到水芝花上，羅襪未香消。　端正當窗斤，停勻舞步搖。斷無幽意上眉梢。只恐凝妝，只恐背人嬌，只恐夢回香淚，揩上枕頭綃。

木蘭花慢

問人天何事，最飄渺，最銷沈？算第一難言，斷無人覺，且自幽尋。香蘭一枝恁瘦，問香蘭何苦伴清吟？消受工愁滋味，天長地久愔愔。　蘭襟，一丸涼月墮，似他心。有夢訴依依，香傳裊裊，眉鎖深深。故人碧空有約，待歸來天上理天琴。（予夢中受詞一卷，讀之，一人告予曰：「此天琴譜也。」）無奈游仙覺後，碧雲垂到而今。

菩薩蠻

行雲欲度簾旌去，啼花恨草無重數。吟淡口脂痕，秋心自覺溫。　秋懷珠與玉，寫上羅箋薄。暮暮與朝朝，工愁要福銷。

惜分釵

金鋪曉，搴幃早，嫩寒漠漠欺人覺。霧沈香，額微黃。報道寒梅，也學晨妝，雙雙。　明一本作「鑑」。窗掩，重一本作「綃」。簾軟，爐香自炙紅絲硯。點銀鉤，記清愁。待把琴心，寄與西洲，一本作「州」。休休。

如夢令

紫黯紅愁無緒，一本作「秉燭餞春三五」。日暮一本作「燭灺」。春歸甚處。春更一本作「斷」。不回頭，撇下一天濃絮。春住，春住，黦了人家庭宇。

金明池

按拍塡詞，拈簫譜字，白日銷磨無緒。春夢斷，拈一本作「黏」。天香草，試悵望美人何處？中餘醒才要醒時，却又被豔想迷漫遮住。早燕子匆忙，楊花零亂，好煞年光將去。料理相逢今又誤。問除却相思，怎生言語？箋閒恨絲煩絮亂，製密意綠愁紅妒。甚天工作就慵時，有萬種忪惺，十分凝佇。便拌一本作「擛」。不懷人，從今決絕，如此情悰消否？

一蕚梅

一丸微月破黃昏。捲定簾痕，劃定爐痕。春歸誰與試溫存？春瘦三分，人瘦三分。柳花桃葉鎮紛紛。掩了重門，閣了芳樽。安排怊悵倚羅屛，一本作「翦裁惆悵付回文」。紅字消魂，香字招魂。

青玉案

韶光不怨匆匆去。祇怊悵，年華誤。目斷遊絲情一縷。斷橋流水，夕陽飛絮，可是春歸路？樓頭盡日還凝佇。欲訴閒愁向誰訴？蕙渚花飛天又暮。醒時如醉，醉時如夢，夢也何曾作？

鶯啼序 用宋人韻

殘年半銷金獸，啓朱簾瑣戶。悄凝盼十里蘅皋，多少心期傷暮？夢回後半霎凭欄，春烟閣斷天涯樹。仗鴛魂，有力喚起，一天濃絮。昨日閒愁，今朝暗恨，似濛雲惹霧。拈彩筆親製紅詞，有人憐賞心素。正沉沉春深似海，低徊煞年華金縷。作人間病鳳啼鸞，原輸鷗鷺。胭脂含怨，一本作「半睇」。錦瑟生愁，一本作「全抛」。恨一本作「笑」。春似逆旅。枉二十四番寒暖，次第催完，變了漫空，撲人一本作「籠山」。花雨。釵寒珮瘦，紅敧絳病，惺惺胡蝶誰家宿？況連天香草崇蘭渡。予懷渺渺，靈修尙隔中央，只恐棄我如土。凌波襪懶，繡線裙鬆，換吳棉白苧。爲一種心情無奈，斷送韶顏，憔悴而今，勸君休舞。渾都不管，愁儂怨汝。靈犀一寸分明見，更無須弄入瑤琴柱。紗窗日落無人，獨倚一本作「管」。黃昏，有誰省一本作「見」。否？

＊龔橙手抄本，此闋小序云：「用吳夢窗韻。」乃橙所增。

菩薩鬘

吳棉一幅單鴛被，一本作「生來不入鴛鴦被」。沈沈一本作「回身」。和霧和香睡。花氣溼銀一本作「螺」。屏，紅窗斜月明。玉一本作「矮」。欄干畔路，曉夢無尋處。夢醒轉沈吟，花寒恐不禁。

臨江仙

一角紅窗低嵌月，矮屏山疊羅紋。梨花情性怕黃昏。淚憐銀蠟淺，心比玉爐温。底事雛鬟憨不醒，冬冬蚪箭宵分。起來親手放簾痕。春空涼似水，西北有嬌雲。

又

酒渴思茶交午夜，沈煙閒撥釵梁。小梅花盒教一本作「合自」。添香。塡詞一本作「敲詩」。渾已慵，何況脫衣一本作「況疊金縷」。裳。　才把夢兒牢捉住，無端又著思量。十分情願是回腸。欲拋拋不得，攲枕數鴛鴦。一本作「明鏡湅飛霜」。

浣溪沙

香霧無情作薄寒，銀燈吹處氣如蘭，凭肩人愛夜闌珊。　花語綠窗一本作「窗間」。涼月聽，雲攲文枕晝一本作「枕上繡」。鸞看，釧聲微戛夢兒難。

又

鳳脛燈青香篆寒，一本作「高花粟圓」。尋思脈脈未成眠，攲鬟沈坐溜犀鈿。　一幢梅花紅似酒，半庭春一本作「落」。月暖於煙，紅欄干外夜闌珊。一本作「春宵原是女郎天」。

夢行雲

曉幃怯一本作「礙」。春冷，重簾下，眠一本作「花」。未醒。休翻翠被，恐教人驚省。一本作「游仙正穩」。一枝豔豔文窗外，梨花涼一本作「丁香寒」。弄影。　唾華襟上，啼紅枕上，悲歡事，留淺印。嬌柔無語，倩人探心性。十分打疊情懷起，怕花愁月病。

洞仙歌

輕寒漠漠，又杏花天氣，卸了吳棉薄紈膩。一本作「裙盆腰細」。把花魂細綰，月夢低敲，閒譜得，十疊新詞堪記。　番番圓豔約，春事迷人，絮影風光太消碎。小病不勝春，嫩想穠愁，拚略受情多一本作「多情」。風味。又銀燭傳來勸箋愁，看比玉能紅，比簫能脆。

導引曲

無情緒，無情緒，寂寞掩重門。銀蠟心多才有淚，寶香字斷更無痕，梨花㊀浸黃昏。

㊀「梨花」，祝心淵手校本作「梨雨」。龔橙手抄本作「梨月」，疑是。

又

空相憶，空相憶，庭院四更天。怊悵綠一本作「落」。梅花下路，半襟斜月不知寒，鳳屧過闌干。

玉聯環影

朧月魂傍花陰立，紅淚留痕，一片花枝溼。袖兒寒，佩兒寒，依舊五一本作「三」。更風急夢吹殘。

南歌子

香霧漫空溼，珠簾窣地橫。雲鬟月擁見卿卿，受盡輕憐痛惜一本作「薄怒」。不分明。　紅淚彈前恨，心香證舊盟。瑤華密帳絮三生，怊悵五更一本作「悵外毘嵐」。風急斷魂驚。

桂殿秋

六月九日，夜夢至一區，雲廊木秀，水殿荷香，風煙鬱深，金碧嵯峨。時也方夜，月光吞吐，在百步外，盪瀣氣之空濛，都爲一碧，散淸景而離合，不知幾重？一人告予：此光明殿也。醒而憶之，爲賦兩解。*

明月外，淨紅塵，蓬萊幽窅四無鄰。九霄一派銀河水，流過紅牆不見人。

驚覺後，月華濃，天風已度五更鐘。此生欲問光明殿，知隔朱扃幾萬重？

* 龔橙手抄本，此闋小序云：「庚午六月望，夢至一區，雲廊木秀，水殿荷香，風煙鬱彌，金碧嵯峨，盪夜氣之空濛，都爲一碧，散淸景而離合，不知幾重？一人告予：此光明殿也。醒而憶之，賦兩解。」乃橙所刪。

憶瑤姬

唳鶴吟鸞，悄千門萬戶，夜靜一本作「色」。塵寰。玉京宮殿杳，一本作「好」。悵一本作「報」。九霄仙佩，不下雲軿。今生小謫，知自何年？消盡煉一本作「涑」。瓊顏，料素娥今夕無人問，裙袂生寒。定一本作「便」。萬古長一本作「只」。對晶盤，斂莊嚴寶相，獨一本作「低」。坐嬋媛。幽懷知有一本作「縱無淪落」。恨，恨玉笙吹徹，徹骨難眠。雙成問訊，靑女凭肩。瑤華筵宴罷，長風起，吹墮離一本作「奇」。愁到世間。

夢玉人引

一簫吹，瓊欄月暖一本作「出」。錦雲飛。十丈銀河，挽來注向靈扉。月殿霞窗，動一本作「漸」。春空仙籟參差。報道雙成，一本作「梁清」。乍一本作「已」。搴了羅幃。陡然聞得，靑鳳下西池。奏記簾前，佩環聽處依稀。不是人間話，何緣世上知？夢回處，摘春星滿把纍纍。

意難忘

涼月珊珊，伴蘭心玉性，一本作「縱來先七夕」。試語還一本作「後約終」。難。秋花分小影，秀句寫冰紈。眉意淺，佩聲殘，有珍重千般。略逗伊，隱花裙上，竹葉斑斑。知音何苦輕瞞？者溫存隱秀，慧思華年。明明通爾汝，瑟瑟數悲歡。攜手際，一本作「霜裏汞」。試蹔間，一本作「雪中丹」。是意暖神寒。玉一本作「更」。漏沈，芙蓉睡也，重靠欄干。

醜奴兒令

鸞箋偸寫伊名字，琴語依稀，箏語依稀，花影無媒忽進幃。　蘭因絮果從頭問，吟也淒迷，掐也淒迷，夢向樓心燈火歸。

鳳棲梧

誰邊庭院誰邊宅？往事誰邊？空際層層疊。坐暖一方屏底月，背人蠟影幢幢滅。　萬種溫磨何用覓？枕上逃禪，遣却心頭憶。禪戰愁心無氣力，自家料理回腸直。

臺城路 送姚怡雲之江南

平生未信江南好，輸君者番歸去。明月揚州，古來英麗，端合仙才人住。俊遊日許，有載酒詞場，吹簫仙侶。豔想穠愁，一齊翻入四紅譜。西風吟緒正苦，又牽情冶柳，離恨千縷。瘦硯敲霜，古箋啼月，眞箇銷凝無主。相思怨汝，敎獨自凭樓，冷吟誰語？一掬芙蓉，送君腸斷句。㊀

㊀「送君腸斷句」，吳刻本、王文濡校編本、扶輪社本作「腸斷」。祝心淵手校本，邃漢齋校訂本作「斷腸」。

鵲橋仙 同袁蘭村、汪宜伯小憩僧寺，宜伯製金縷曲見示，有「望南天、倚門人老，敢云披薙」之句。余驚其心之多感，而又喜其詞之正也，倚此慰之。

飄零也定，淸狂也定，莫是前生計左。才人老去例逃禪，問割到慈恩眞箇？吟詩也要，從軍也要，何處宗風香火？少年三五等閒看，算誰更驚心似我？

浪淘沙 有寄

別夢醒天涯，怊悵年華。懷人無奈碧雲遮。我自低迷思錦瑟，誰怨琵琶？小字記休差，年紀些些。蘇州花月是兒家。紫杜紅蘭閒揹徧，何處蘋花？

水調歌頭 寄徐二義尊大梁

去日一以駛，來日故應難。故人天末不見，使我思華年。結客五陵英少，脫手黃金一笑，霹靂應弓弦。意氣渺非昔，行役亦云艱。湖海事，感塵夢，變朱顏。空留一劍知己，夜夜鐵花寒。更說風流小宋，淒絕白楊荒草，誰哭墓門田？遊侶半生死，想見涕潺湲。（謂嚴江宋先生。）

又 辛未六月二日，風雨竟晝，檢視敗篋中嚴江宋先生遺墨，滿眼淒然，賦此解。

風雨颯然至，竟日作清寒。我思芳草不見，忽忽感華年。憶昔追隨日久，鎮把心魂相守，燈火四更天、高唱夜烏起，當作古人看。一枝榻，一爐茗，宛當前。幾聲草草休送，一本作「詞場意氣方烈」。萬古遂一本作「竟」。茫然。仙字蟫饑不食，故紙蠅鑽不出，陳蹟太辛酸。一掬大招淚，灑向暮雲間。

點絳脣 十月二日馬上作

一帽紅塵，行來韋杜人家北。滿城風色，漠漠樓臺隔。目送飛鴻，影入長天滅。關山絕，亂雲千疊，江北江南雪。

瑤臺第一層 某侍衛出所撰王孫傳見示，愛其頗有漢晉人小說風味，屬予為之引，因填一詞括之，戲侑稗家之言。

無分同生偏共死，天長恨較長。風災不到，月明難曉，曇誓天旁。偶然淪謫處，感俊語小玉聰狂。人間世，一本作「字」。便居然願作，一本作「最模糊怕識」。長命鴛鴦。　幽香，蘭言半枕，歡期抵過八千場。今生已矣，玉釵鬢卸，翠釧肌涼。　賴紅巾入夢，夢裏說別有仙鄉。　渺何方？向瓊樓翠宇，萬古攜將。（某侍衛原序：某王孫者，家城中，珠規玉矩，不苟言笑。某氏，（一有「女」字。）亦貴家也，解詞翰，以中表相見，（一本無「相見」。）相嘉重。杏兒者，婢也。語其主（一本作「女」字。）曰：王孫所謂（一本無「所謂」。）都爾敦風古，阿思哈發都。都爾敦風古，言骨格異也，阿思哈發都，言（一本無「言」字。）聰明絕特也。再三云，女不應。王孫遘家難，女家薄之，求昏，拒不與，兩家兒女皆病。一夜，天大雪，杏私召王孫，王孫衣雪鼠裘至。杏曰：寒矣。爲脫裘，徑擁之女（一本無「女」字。）帳中而出；女方寢，（一本無「方寢」。）驚寤，（一本無「寤」字。）申禮防不從。王孫曰：來省病耳。亦以禮自固也。杏但（一本無「但」字。）聞絮絮達旦聲。且，（一本無「且」字。）杏送之出。王孫以頳綃巾納女枕中，女不知也。嗣是不復能（一本無「能」字。）相見。旬餘，夢見女執巾問曰：此君物也？（一本作「耶」字。）曰：然。寤而女訃至，知杏兒（一本無「兒」字。）取巾以佐殮矣。王孫尋鬱鬱以（一本無「以」字。）卒。杏自（一本無「自」字。）縊。此嘉慶丙寅丁卯間事，（一本作「此嘉慶初年事」。）越（一本作「歲」字。）辛未，予序之如此。（一本作「予爲之傳」。）又乞浙龔君填詞以傳之。（一本作「乞浙龔君爲一詞」。）

附：又*

無分同生偏共死，天長恨較長。蓬萊塵世，前緣後會，兩路茫茫。偶然逢小謫，感夙定偏遇仙郎。今生世，便居然願作，長命鴛鴦。　情傷，玉京回首，驂鸞一去渺何方？人間無奈，玉釵冷落，金釧淒涼。賴芳魂入夢，夢裏說別有仙鄉。竟攜將，向瓊樓翠宇，萬古成雙。（某王孫，鑲黃旗人。美如冠玉；讀書肄射，爲本旗子弟之著者。性溫潤，珠規玉矩，不苟言笑。雖英氣欲踔發，而恆令人可親愛。見者疑爲江南古族子弟，不知爲城中上姓也。年十六，未議婚。中表某氏，正黃旗二甲喇貴家，幼日往還極親洽。有女年十五矣；工填詞，多哀怨語，險麗奇譎語，惝怳迷離語；又多奇夢，若在瑤池、閬苑中，殆非人間人也。每相見，輒兩相許；歸家後，必作百日思；幾於見似目矙，聞名心韞，其情思有曲折難傳者；蓋兩心亦相喻矣。杏兒者，女之婢也。嘗語女云：王孫都爾敦風鈷，阿思哈發都，眞人中之鳳！都爾敦風鈷，滿州語，猶云骨格俊也；阿思哈發都，滿州語，猶云聰明絕特也。杏兒時時以語挑動女，女如弗聞；然心竊韙其言久矣。王孫方遘家多難，居恆鬱鬱不自持；女聞而憐。以近日不得常常見，無由通款曲。適父母將爲娶他氏；兩家兒女旬日間皆以怨病。後議稍寢，然卒不聞有作合意。王孫詣女家，時時與杏兒語，語多酸凉刺鼻；杏兒深訝其不祥！然杏兒能傳白兩人胸中私語。一日語杏云：近者病愁相續，脆弱不自保；況事不如願，當永相訣；使知因伊而死，吾無悔矣。杏云：爲之奈何？王孫云：得以一見，自明此心，乃畢命，子之賜也。杏兒以告女，兼以微詞導之。且云：使王孫心地果俊，吾兩人不爲眼力拙也。再三云；女恐其死也，授意杏兒，引入臥室。時二月下旬，天氣嚴冷，王孫衣長褂，罩褙袍，皆雪鼠裘，繫香包巾，掖小荷囊一雙，芙蓉巾一方；丰致楚楚，瘦不勝衣，迥非舊日豐豔神采。女固多病，近益消損。相見淚各涔涔下，無語良久。杏兒取女猩紅雪衣代衣之，長短悉稱。坐定，仍無語。王孫以生長上閥，讀書接賓客而外，罕習佻達。杏兒素黠慧，眉語授意，令作擁持狀。王孫面赬不前，杏兒促之。良久，女語云：妾侯家女，君亦世代貴藩，妾之身君實主之。今日之見，特用自明衷曲。諧則相敘日正長，不諧唯一死相謝，不三言決。至於其他，則事倘諧耶？終身爲君笑，反授君隙末之柄；不諧耶？妾欲以清白赴九泉，君無取玷妾也。君在家爲佳子弟，出門爲貴官，乃人世至矜貴人，亦何取以福慧之身，忍而爲此？言畢嗚咽。是夕，風雪甚厲，王孫就外室宿焉。是夜，王孫詐稱病，又故作呻吟，若不勝任者然；女並未嘗遣杏兒一撫摩也。次日歸，父母詰之，以當差夜直對。一夕，女忽若與王孫共枕席，展轉之間，似不忍峻拒者。迷離之次，頗自悔恨嗚咽；杏兒呼之，悟爲夢。嗣是，病益不愈；蓋前此數月，已探知父母決無此意矣。兩家皆將議他氏，妁之造門者日相望也。一日，王孫乘間至。杏兒云：王孫來耶？褰簾導之入，逕揭軟紅帳，立於床前。女方睡，張目見王孫，薄怒，召杏詰之。杏託不知。王孫云：無它，來相訣耳。因執手泣。女云：今生今世，難答君恩；死如有知，夜夜與君相夢見。王孫密以紅巾繫女衵衣，女不知也，女以次夕死。後王孫夢女輒至，執巾詢曰：此君物耶？曰：然。每夜至，必歡好如人間兒女，然雖不推拒，而意如嫌其不潔者。嘗語云：妾與君鍾情，似不在此。君以此爲歡，誠何所惜！所以聊支吾者，庶以報君之恩耳。一夕，女忽語云：能相從乎？王孫以事未了對。數歲，父母相繼逝，王孫喪葬成禮。既畢，女來云：妾本校文紫府，注籙上清，小謫人間，行將復位。但以一塵既染，又緣婚嫁不遂而死；今奉玉勑，貶爲綠函侍史，但仍居天界耳。君大事已畢，盍相從乎？王孫竟於是月絕粒。杏兒聞之，縊死，蓋相從於天上矣。初，王孫夢女囑云：吾兩人事，世鮮述之者，其碧天怨史㊀乎！後以諗予。予欲誌入說部中，而說部寥寥不成帙，爰塡此紀之，而序之如此，貽後之有情者覽焉。）

* 龔橙手抄本，此闋小序云：「某侍衛撰王孫傳，愛其有漢晉人小說風味，因塡一詞括之，俏稗家之言。」乃橙所刪。

* 劉大白舊詩新話引此闋並傳，詞意絕異，錄之附後。

㊀ 碧天怨史，乃龔自珍早年別號。

行香子 道中書懷，與汪宜伯。

跨上征鞍，紅豆拋殘，有何人來問春寒？昨宵夢裏，猶在長安。在鳳城西，垂楊畔，落花間。紅樓隔霧，珠簾卷月，負歡場詞筆闌珊。別來幾日，且勸加餐。恐萬言書，千金劍，一身難。（初相見，蒙塡詞見詒，有「萬言奏賦，千金結客」二語。）

附：送龔璱人出都調水龍吟 汪瑔宜伯

長安舊雨都非，新歡奈又搖鞭去。城隅一角，明箋一束，幾番小聚。說劍情豪，評花思倦，前塵夢絮。縱閒愁鬬螘，羈魂幻蜨，尋不到，江南路。從此齋鐘衙鼓，料難忘，分襟情緒。瓜期漸近，萍蹤漸遠，合并何處？易水盟蘭，豐臺贈芍，離懷觸忤。任紅蕉題就，翠筠書徧，餞詞人句。

醉太平 道中作*

鞍停轡停，一本作「南雲似迎」。雲行樹行。一本作「北雲似停」。東風昨夜吹魂，一本作「掠夢回縈」。過一本作「度」。青山萬痕。一本作「層」。 春濃夢沈，一本作「燕闌已零」。愁多酒醒。一本作「江花尙明」。一天飛絮惛惛，一本作「山東柳絮如情」。攪離一本作「簸離」。懷碎生。

*龔橙手抄本，此闋僅題醉太平，「道中作」，由橙刪去。

唐多令 道中書懷

二十五長亭，垂楊照眼青。付春風短夢零星。斜倚雕鞍無氣力，渾不似，俊游人。 春意太愁生，春愁喚不醒。負華年誰更憐卿？惟有塡詞情思好，無恙也，此花身。

浪淘沙 舟中夜起

幽夢四更醒，欸乃聲停。吳天月落半江陰。驀地橫吹三孔笛，聘取湘靈。 螺髻鎖娉婷，煙霧青青。看他潮長又潮平。香草美人吟未了，防有蛟聽。

菩薩鬘 效番錦集

嬌鬟堆枕釵橫鳳（馮延己），青春酒壓楊花夢（戎昱）。翠被夜徙熏（庾丹），嬌郎癡若雲（李商隱）。 波痕空映襪（李商隱），豔淨如籠月（元稹）。明月上春期（無名氏），輕紅擘荔支（杜甫）。

蝶戀花

酒壓春愁春捲絮。燕子歸來，苦説年華誤。半晌懷人搔首佇，落梅風急閒庭暮。　辛苦癡懷何用訴？曲曲香痕，曲到無憑據。安頓惜花心事處，謝他昨夜風和雨。

水龍吟　題家繡山停琴聽簫圖

紅樓一角沈沈，那廂鐙火秋娘院。露寒花重，愁多指澀，酒醒人遠。驀聽離鸞，旋來泣鳳，累人猜偏有相思兩字，呼之欲出，秋意裂，冰紋斷。　兩下衷情低按，者沈吟償他淒怨。分明不是，山重水疊，幾痕紗幔。六曲春星，二分明月，可憐齊轉。把芳心整起，兜衾傍枕，倘能尋見。

高陽臺*

南國傷讒，西洲怨別，淚痕淹透重衾。一笛飛來，關山何處秋聲？秋花繞帳瞢騰臥，醒來時芳訊微聞。費猜尋，乍道蘭奴，氣息氛氲。　多愁公子新來瘦，也何曾狂醉，絕不閒吟。璧月三圓，江南消息沈沈。魂消心死都無法，有何人來慰登臨？勸西風，將就些些，莫便秋深。

* 王文濡校編本、扶輪社本此闋題下有「頗似漱玉」一行，殆將祝心淵批語，誤作小序。

鵲踏枝　過人家廢園作

漠漠春蕪蕪不住。藤刺牽衣，礙却行人路。偏是無情偏解舞，濛濛撲面皆飛絮。　繡院深沈誰是

〔主〕？㊀一朵孤花，牆角明如許！莫怨無人來折取，花開不合陽春暮。

㊀據祝心淵手校本補之。

鵲橋仙 種紅梅一株於竹下，賦此。*

文窗一碧，蕭蕭相倚，靜裊茶煙一炷。籜龍昨夜叫秋空，似怨道天寒如許！　安排疏密，商量肥瘦，自剔苔痕辛苦。從今翠袖不孤清，特著箇紅妝伴汝。

*龔橙手抄本，此闋小序云：「補栽紅梅一株於竹下賦此。」乃橙增改。

金縷曲 沈虹橋廣文小像題詞

老矣東陽沈！算平生徵歌說劍，十分疏俊。太華秋高攀雲上，百首淋浪詩興。有多少唐愁漢恨？忽地須彌藏芥裏，取一痕瘦石摩挲認。顛豈敢，癖差近。（沈遊陝詩極工。性好石硯，圖中列大硯九，小硯十有三，深衣兀坐，非復躍馬華山時豪態矣。）　伊余頑質君休問！笑年來光芒萬丈，被他磨盡。媿煞平原佳公子，駿馬名姝投贈。只東抹西塗還肯。兩載雲萍交誼在，更十行斜墨匆匆印。他日展，寄芳訊。

摸魚兒 乙亥六月留別新安作

者溟濛江雲嶽雨，是誰招我來住？空桑三宿猶生戀，何況三年吟緒？來又去，可題徧蓮花六六峯頭路？幽懷更苦。問官閣梅花，誰家公子，來詠斷魂句？（郡齋梅花三十樹，皆余手植。）　眠餐好，多謝瀕行囑咐。吾家有妹工賦。相思咫尺江關耳，切莫悲歡自訴。君信否？只我已年來習氣消花絮。詞章不作。(去)倘絕業成時，年華尚早，聽我壯哉語。（予有妹㊀嫁新安。）

㊀龔自璋，字瑟君，（自珍之妹。）適徽州朱振祖。箸圭齋詩詞。

賣花聲 舟過白門有紀

帆飽秣陵煙，回首依然，紅牆西去小長干。好箇當壚人十五，春滿壚邊。如此六朝山，消此鴉鬟，雨花雲葉太闌珊。百里江聲流夢去，重到何年？

百字令 蘇州晤歸夫人佩珊，索題其集。

揚帆十日，正天風吹綠江南萬樹。遙望靈巖山下氣，識有仙才人住。一代詞淸，十年心折，閨閣無前古。蘭霏玉映，風神消我塵土。　人生才命相妨，男兒女士，歷歷俱堪數。眼底雲萍纔合處，又道傷心羈旅。（夫人頻年客蘇州，頗抱身世之感。）南國評花，西州弔舊，東海趨庭去。（予小子住段氏枝園，將之海上省侍，故及之。）紅妝白也，逢人誇說親覩。（夫人適李，有女靑蓮之目。）

答龔璱人公子，即和原韻

歸懋儀佩珊

萍蹤巧合，感知音得見風前瓊樹。爲語靑靑江上柳，好把蘭橈留住。奇氣拏雲，淸談滾雪，懷抱空今古。緣深文字，靑霞不隔泥土。　更羨國士無雙，名姝絕世，（謂吉雲夫人。）仙侶劉樊數。一面三生眞有幸，不枉頻年羈旅。繡幕論心，玉臺問字，料理吾鄉去。海東雲起，十光五色爭覩。（時尊甫備兵海上，公子以省覲過吳中。）

摸魚兒 鈕布衣話東西兩湖洞庭之勝，並出示山中探梅卷子，因題。

數東南千巖萬壑，君家第一奇秀。雪消縹緲峯巒下，閒鎖春寒十畝。春乍漏，有樵笛來時，報道燕支透。花肥雪瘦。向寂寂空青，潺潺古碧，鐵幹夜龍吼。　幽人喜，扶杖欣然而走。酒神今日完否？山妻妝罷渾無事，供佛瓶中空久。枝在手，好贈□㊀蘆簾紙閣歸來守。寒圖寫就。看畫稿奴僉，詞腔婢倚，清夢不僝僽。

㊀「好贈□蘆簾紙閣歸來守」，吳刻本、邃漢齋校訂本未闕一字，誤。祝心淵手校本、王文濡校編本、扶輪社本記闕文，是。

減蘭 偶檢叢紙中，得花瓣一包，紙背細書辛幼安「更能消幾番風雨」一闋，乃是京師憫忠寺海棠花，戊辰暮春所戲爲也。泫然得句。*

人天無據，被儂留得香魂住。如夢如煙，枝上花開又十年。　十年千里，風痕雨點斕斑裏。莫怪憐他，身世依然是落花。

* 龔橙手抄本，此闋小序：「紙叢中花瓣一包，乃戊辰暮春京師憫忠寺海棠花也。泫然得句。」乃橙刪改。

長相思

海棠絲，楊柳絲，小別風絲雨也絲，春愁亂幾絲。　早寒時，暮寒時，江上春潮平岸時，謝庭書到時。

滿江紅　代家大人題蘇刑部㈠塞山奉使卷子*

草白雲黃，壁立起塞山青陡。　誰貌取書生骨相，健兒身手。　地拱龍興犄角壯，時清鷺斥消烽久。　仗征人笛裏叫春迴，歌楊柳。　飛鴻去，泥蹤舊。　奇文在，佳兒守。　問摩挲三五，龍泉存否？　我亦高秋三扈蹕，穹廬落日鞭絲驟。　對西風挂起北征圖，沾雙袖。（蘇已逝世七年，哲嗣索題。）㈡

* 龔橙手抄本，此闋小序：「代家大人題蘇刑部塞山奉使遺卷。」乃橙所改。

㈠ 蘇去疾，字顯之，常熟人。　官刑部主事。

㈡ 龔橙手抄本，此闋無此小註，乃橙所刪。

臺城路　女郎有字翠生者，酒座中有摧抑不得志之色，賦此寵之。

城西一角臨官柳，陰陰畫樓低護。　冶葉倡條，年年慣見，露裏風中無數。　誰家怨女，有一種工愁，天然眉嫵。　紅燭歡場，惺忪斂袖鎮無語。　相逢縱教遲暮，者春潮別館，牢記迎汝。我亦頻年，彈琴說劍，憔悴江東風雨。　煩卿低訴，怕女伴回眸，曉人心緒。　歸去啼痕，夜燈瞧見否？

百字令　投袁大琴南

深情似海，問相逢初度，是何年紀？依約而今還記取，不是前生夙世。放學花前，題詩石上，春水園亭裏。逢君一笑，人間無此歡喜。（乃十二歲時情事。）　無奈蒼狗看雲，紅羊數劫，惘惘休提起！客氣漸多眞氣少，汩沒心靈何已？千古聲名，百年擔負，事事違初意。心頭閣住，兒時那種情味。

金縷曲　贈李生

海上雲萍遇。笑頻年開樽說劍，登樓選賦。十萬狂花如夢寐，夢裏花還如霧。問醒眼看時何許？儂已獨醒醒不慣，悔黃金何不敎歌舞？明月外，思淸苦。　奇才未必天俱妬？只君家通眉長爪，偶然仙去。花月湖山驕冶甚，一種三生誰付？只片語告君休怒。收拾狂名須趁早，鬢星星漸近中年路。容傍我，佛燈住。

虞美人　陸丈秀農杜絕人事，移居城東之一粟庵，暇日以綠綃梅花帳額索書，因題詞其上。

江湖聽雨歸來客，手剪吳淞碧。笛聲叫起倦魂時，飛過濛濛香雪一千枝。　少年多少熏蘭麝，金鳳釵梁挂。年來我但寫蓮經，要伴荒庵一粟夜燈靑。

湘月　壬申夏，泛舟西湖，述懷有賦，時予別杭州蓋十年矣。

天風吹我，墮湖山一角，果然淸麗。曾是東華生小客，回首蒼茫無際。屠狗功名，雕龍文卷，豈是平生意？鄉親蘇小，定應笑我非計。才見一抹斜陽，半隄香草，頓惹淸愁起。羅襪音塵何處覓？渺渺予懷孤寄。怨去吹簫，狂來說劍，兩樣消魂味。兩般春夢，櫓聲盪入雲水。（是詞出，歙洪子駿題詞序曰：「龔子璱人近詞有曰：『怨去吹簫，狂來說劍』二語，是難兼得，未曾有也，爰塡金縷曲贈之。」其佳句云：「結客從軍雙絕技，不在古人之下，更生小會騎飛馬。如此燕邯輕俠子，豈吳頭楚尾行吟者？」其下半闋佳句云：「一棹蘭舟迴細雨，中有詞腔姚冶，忽頓挫淋漓如話。俠骨幽情簫與劍，問簫心劍態誰能畫？且付與，山靈詫。」餘不錄。越十年，吳山人文徵爲作簫心劍態圖。牽連記。）

金縷曲 癸酉秋出都述懷有賦

我又南行矣！笑今年鸞飄鳳泊，情懷何似？縱使文章驚海內，紙上蒼生而已，似春水干卿何事？暮雨忽來鴻雁杳，莽關山一派秋聲裏。催客去，去如水。　華年心緒從頭理。也何聊看潮走馬，廣陵吳市？願得黃金三百萬，交盡美人名士，更結盡燕邯俠子。來歲長安春事早，勸杏花斷莫相思死。木葉怨，罷論起。（店壁上有「一騎南飛」四字，爲滿江紅起句，成如干首，名之曰木葉詞。一時和者甚衆，故及之。）

湘月 甲戌春，泛舟西湖賦此。

湖雲如夢，記前年此地，垂楊繫馬。一抹春山螺子黛，對我輕顰姚冶。蘇小魂香，錢王氣短，俊筆連朝寫。鄉邦如此，幾人名姓傳者？　平生沈俊如儂，前賢倘作，有臂和誰把？問取山靈渾不語，且自徘徊其下。幽草黏天，綠陰送客，冉冉將初夏。流光容易，暫時著意瀟灑。

——定盦詞選

水調歌頭　黃河歸櫂圖者，秣陵王竹嶼觀察鳳生之所作也。君老于河防，當局甚向用君，由同知奏擢河北觀察矣。君忽移病歸，指未可知，聊獻感慨之辭焉。

落日萬艘下，氣象一何多？何人輕擲紗帽，帆影掠天過？鄗上通侯如彀，江左夷吾若此，不奈怒鯨何！揮手謝公等，逕欲臥煙蘿。當局者，問何似？此高歌！著書傳滿賓客，餘事貌漁簑。賤子平生出處，雖則閒鷗野鷺，十五度黃河。面皺怕窺景，狂論亦消磨。

前調　竹嶼病起，遂有都轉江淮之命，重晤京師，屬賦一詞送別，仍書于黃河歸棹圖卷尾。

當局薦公起，清望益嵯峨。旌旗者番南下，百騎照濤波。帝念東南民瘼，一髮牽之頭動，親問六州鹺。賓客故人喜，愁緒恐公多。公此去，令公喜，法如何？金錢少府百萬，挽入魯陽戈。公是登場鮑老，莫遣登場郭老，辯口尚懸河。猿鶴北山下，一任檄文過。

菩薩鬘　漢宮熏爐

冶藍活翠沈沈碧，人間無此消魂色。誰爇此爐香，才人居未央。摩挲還未忍，心上温馨肯。夢到古長安，茂陵春雨寒。

洞仙歌　壬辰春，憶羽琌山館之玉蘭花，用錢謝庵集中「病中梅花開到九分」韻。

江東猿鶴，識人間花事，十丈辛夷著花未？憶春分尚早，梅信才完，花開了，狂蝶癡鶯都睡。此花開近處，不是朱樓，傑閣三層絕依倚。高與玉山齊，露下遙天，定勅令井桃回避。又七載低顏軟塵紅，向金馬詞場，訊他榮悴。

前調 青陽尚書㊀有女公子與內子友善，貽內子潭蘭一盆，密葉怒花。俄女公子仙去，蘭亦死，棄盆竈間三年矣。今年夏，竈人來告蘭復生，數之得十有四箭，徙還書齋，賦此記異。則乙未六月十九日也。

香車枉顧，記臨風一面，贈與瑯玕簇如箭。奈西風信早，北地寒多，埋沒了，彈指芳華如電。琴邊空想像，陳迹難尋，誰料焦桐有人薦？甘受竈丁憐，紫玉無言，慚愧煞主人相見。只未必香魂夜歸來，訴月下重逢，三生清怨。

㊀王宗誠，字中孚，青陽人。官至兵部尚書。著其父文僖公行述、說文義例。歿於道光十六年。有女三，適上海趙榮貴、貴州邱煌、上元董斯廣。

江城子 光州吳水部㊀有姬人善製焙青豆；姬亡後，小窗茶話，仍出青豆供客，俊味如昨，而水部霜辛露酸，不可為抱，語余：君如憐此物矜重者，贈我一詞。

不容紅豆擅相思，謝芳姿，嫁多髭。長爪仙人，化去已多時。屏角迷藏簾畔景，留客罷，怪來遲。　小窗梅雨浥空卮，掬芳甤，播幽馡。療可枯禪，難療有情癡。各有傷心茶話在，各焙出，鬢邊絲。

——（龔）孝珙手抄詞

㊀吳葆晉，字信人，號虹生，光州人。道光進士。官至江蘇淮海道。著牛舫館填詞。

百字令 乙未立秋日，同年慶漁山戶部勛，招同吳虹生舍人葆晉、馬湘帆戶部沅、戴雲帆水部絅孫、步香南編修際桐、徐鏡溪水部啓山，集城北積水潭秋禊，登西北高樓縱飲。*

江郎未老，一本作「老去」。倘一本作「又」。追陪采筆多情俊侶。禁苑山光天尺五，西北朱甍一本作「高樓」。無數。珂珮晨聞，文章秋横，祓禊一本作「要祓」。西山雨。尊前酹起，茶陵來和詩句。（地爲李西涯故宅。）㊀ 猛記舊約湖山，長灣消夏，一舸尋幽去。裙褶留仙無處問，瑟瑟秋荷一本作「目極飛雲」。南浦。易穩鷗眠，難消虹氣，且合詞場住。橋名相似，吟鞭醉失一本作「醉中錯措」。歸路。（洞庭西山之消夏灣有香水橋，此地亦有之㊁。）

* 中國學報定盦書札輯此闋尾跋：「丙申立秋後，漁衫仁兄招陪諸同年淨業湖秋禊，棖觸五湖舊遊，塡念奴嬌，用姜石帚荷花元韻，錄呈（吳虹生）正拍。」吳昌綬定盦先生年譜以乙未不足據，此詞列於道光十六年丙申。乙未云云，則知此闋經龔橙竄改。

㊀「地爲李西涯故宅。」中國學報定盦書札輯無此小注，殆爲橙所增。

㊁「洞庭西山之消夏灣有香水橋……。」中國學報定盦書札輯無「之消夏灣」四字，亦橙所增。

青玉案 乾隆壬寅，潘蘭公編修畫柳，自題一詞，甚悽惋。此軸藏沈聽篁編修家，聽篁屬和原韻，書軸尾。

錢塘詞伯春懷動。正獻罷，長楊頌。門外緇塵飛玉鞚。長條冶葉，明窗畫出，西子湖邊夢。　三生淸怨憑誰送？悔向靈和殿前種。頭白沈郎官供奉。要添幾筆，濛濛飛絮，漠漠春蕪重。

南鄉子

相見便情長，只有瑯玡大道王。三百年來文物感，蒼茫，身到亭亭九友旁。（畫中九友圖，煙客先生㊀之所作也。）梅雨好淒涼，點我丹青一扇香。袖裏珍擎懷裏握，收藏，合配君家賦九行。（貽予春山美人便面。予所藏有唐搨王獻之洛神九行，最所珍祕，爲藏帖二千種之冠。今日得紫若㊁扇，取以同貯一篋中，故及之。）

——龔定盦集外文稿本（杭州丁氏藏）

㊀王時敏，號煙客，太倉人。工畫，著西田集。

㊁王應綬，字紫若，太倉人。工畫。

鷓鴣天 題于湘山舊雨軒圖

雙槳鷗波又一時，大堤秋柳夢中垂。關心我亦重來客，牢落黃金揖市兒。 長鋏怨，破簫詞，兩般合就鬢邊絲。兔毫留住傷心影，輸與杭州老畫師。（辛丑初秋，余客袁浦，頗有感於己亥之游，正欲製圖以寄幽恨，適湘山詞兄以舊雨軒圖屬題，即自書其所欲言以報命。自記。）㊀

㊀此註據褚德彝校錄本補之。

賀新涼 長白定圃㊀公子奎耀，㊁示重陽憶菊詞，依韻奉和。

夢斷秋無際。滯幽人一天殘照，蒼涼詩意。何處籬櫳何處院？金管玉簫濃醉。有詞客如雲而至。偎有詞場雲水外，但憑欄送盡征鴻字。芳訊杳，九華佩。春人祗爲春愁死。幾曾諳籬邊酒冷，笛邊風起。性懶情多兼骨傲，直得銷魂如此。與澗底孤松一例。誰料平原佳公子，也一般識得秋滋味？秋士怨，可知矣。

㈠英和，詳上學士書注。

㈡奎耀，滿洲人。官通政使。

鳳凰台上憶吹簫

丙申三月，同年徐廉峯編修寶善，招同朝士十八人，宴集豐宜門外花之寺海棠花下，醉賦。

白晝高眠，清琴慵理，閒官道力初成。任東華人笑，大隱狂名。僥倖詞流雲集，許陪坐裙屐縱橫。看花去，哀歌紘罷，策蹇春城。連句，朝回醉也，縱病後傷多，酒又沾唇。對杜陵句裏，萬點愁人。若使魯陽戈在，挽紅日重作青春。江才盡，抽思嬲妍，廿避諸賓。

——定盦集外未刻詞

影事詞選

暗香

姑蘇小泊作也。紅燭尋春，烏篷夢雨，一時情事，是相見之始矣。

一帆冷雨，有吳宮秋柳，留客小住。笛裏逢人，仙樣風神畫中語。我是瑤華公子，從未識露花風絮。但深情一往如潮，愁絕不能賦。　花霧，障眉嫵。更明燭畫橋，催打官鼓。瑣窗朱戶，一夜烏篷夢飛去。何日量珠願了，月底共商量簫譜？持半臂親來也，忍寒對汝。

摸魚兒　二月八日，重見於紅茶花下，擬之明月入手，彩雲滿懷。

笑銀釭一花宵綻，當筵即事如許！我儂生小幽并住，悔不十年吳語。憑聽取，未要量珠，雙角山頭路。生來蓬戶。只阿母憨憐，年華嬌長，寒暖仗郎護。　箏和笛，十載教他原誤。人生百事辛苦。五侯門第非儂宅，賸可五湖同去。卿信否？便千萬商量千萬依分付。花間好住。倘燕燕歸來，紅簾雙捲，認我寫詩處。

浪淘沙　書願

雲外起朱樓，縹渺淸幽，笛聲叫破五湖秋。整我圖書三萬軸，同上蘭舟。　鏡檻與香篝，雅憺溫柔，替儂好好上簾鉤。湖水湖風涼不管，看汝梳頭。

洞仙歌　雲緬鸞巢錄別

高樓燈火，已四更天氣，吳語喁喁也嫌碎。者新居頗好，舊恨堪銷，壺漏盡，儂待整帆行矣。　從今梳洗罷，收拾箏簫，勻出工夫學書字。鴆鳥倘欺鸞，第一難防，須囑咐鶯媒回避。只此際蕭郎放心行，向水驛尋燈，山程倚轡。

清平樂

人天辛苦，恩怨誰爲主？幾點枇杷花下雨，葬送一春心緒。　夢中月射啼痕，卷中燈灺詩痕。一樣嫦娥瞧見，問他誰冷誰溫？（影事詞出，有屬和者。齊天樂下半闋云：「人天何限影事，待邀他天女，同懺同證。狂便談禪，悲還說夢，不是等閒淒恨。鐘聲梵韻，便修到生天，也須重聽。底怨西窗，佛鐙深夜冷？」前半不錄。）

又

萬千名士，慰我傷讒意。憐我平生無好計，劍俠千年已矣！　西溪西去煙霞，茅庵小有梅花。繡佛長齋早早，懺渠燕子無家。

——定盦詞選

法曲獻仙音 錄言

藍布衫兒，墨紬裙子，未要豔妝明抹。小小吳舠，山平水軟，略昉鴟夷一舸。待月上，清風細，無眠傍人坐。　倦無那！細商量隱淪休錯，年紀小，料理五湖清妥。繞屋種梅花，折梅花供佛供我。相鶴書成，又煩卿紬校燈火。笑平生清恙，閒話一番醫可。

——（龔）孝拱手抄詞

小奢摩詞選

惜秋華 癸酉初秋，汪小竹水部齋中，見秋花有感，一一賦之，凡七闋，棄稿敗篋中，已十一年矣。茲補存其三闋，以不沒當年幽緒云。

瑟瑟輕寒，正珠簾曉捲，秋心淒緊。瘦蝶不來，飄零一天宮粉。莫令眞箇敲殘，留傍取玉妝臺近。窺鏡乍無人，一笑平添幽韻。芳訊寄應準。待穿來弱線，似玲瓏情分。移鳳褥，攲寶枕，露乾香潤。秋人夢裏相逢，記欲墮又還黏鬢。醒醒，海棠邊慰他涼靚。（右詠玉簪。）

減蘭

闌干斜倚，碧琉璃樣輕花綴。慘綠模糊，瑟瑟涼痕欲暈初。秋期此度，秋星淡到無尋處。宿露休搓，恐是天孫別淚多。（右詠牽牛。）

露華

一痕輕輭，愛盡日沈沈，禪榻香滿。別樣瓏鬆，小擘露華猶泫。斜排玉柱停勻，握處兜羅難辨。幽佳地，龍涎罷燒，銀葉微暖。空空妙手親按。是金粟如來，好相曾現。祇樹天花，一種莊嚴誰見？想因特地拈花，悟出眞如不染。維摩至，茶甌經卷且伴。（右詠佛手。）

湘月

朱純子留宿釣魚村三日，歸後代柬，兼乞梅花。

勾留幾日，把六朝俊語，取次聽熟。只說西洲淸怨極，誰分者般穠福？北海琴尊，東山絃管，小部泠泠曲。昨宵夢裏，畫屏猶自銀燭。別後小有淸吟，都無狂醉，冷煞閒官閣。看取蕭蕭鸞尾影，翠袖天寒閒宿。鐵笛吹殘，瑤箋譜勝，料得憐幽獨。一枝贈我，安排早有金屋。

浣溪紗

春倦如雲不自持，起書花葉畏人知，斜陽倭妥繡簾垂。　鳳約倥偬難解恨，鶯期懊惱莫塡詞，淚痕紅上一本作「亂」。海棠枝。一作「絲」。（以上五闋，皆從已删稿復錄出，本在懷人館卷中，今亦不復補入，遂錄於近詞之端。瑟人自識。）

卜算子

江上有高樓，可似湖樓迴？樓外文波曲曲通，不駐驚鴻影。　蘋葉弄斜暉，蘭蕊彫明鏡。翦盡秋花漠漠寒，人卧江南病。

洞仙歌

平生有恨，自酸酸楚楚，十五年來夢中緒。是紗衣天氣，簾捲斜陽，相見了，有陣疏疏微雨。　臨風針線淨，愛惜餘明，抹麗鬟低倚當戶。庭果熟枇杷，親蘸糖霜，消受徹甘涼心腑。索歸去依儂夢兒尋，怕不似兒時，那般庭宇。

附：同時所作

宜興儲徵甲紀堂

梅天過了，尙蕭蕭殘雨，倚與羈人作酸楚。憶秋槎聽徧，春國寒餘，都不似此度凄涼情緒。　瑤臺應不遠，天外朱樓，也聽丁冬鐸鈴語。欹枕度寒宵，入曉行雲，可遞到鄉關煙樹。怕潤逼衣篝未成熏，欲寄與都梁，斷鴻無據。（吾友瑟人以近作洞仙歌見示，適予正成此解，異怨同曲，瑟人以爲幽曼可吟，遂取歸附其詞尾，可見吾兩人之論交，各在迴腸盪氣時矣。紀堂自識。）

高陽臺

宮燭淒煙，庭梅妒月，揚州曾記元宵。幾度相逢，雲萍依舊飄蕭。謝娘風格清寒甚，捧紅絲勸寫無聊。儘辜他，明月樓臺，夜夜吹簫。 明知相約非相誤，奈鶯期不定，鸞鏡終拋。萬一重逢，墨痕留認鮫綃。青衫不漬清樽影，只模糊紅淚難銷。且禁他，今夜江風，明夜江潮。（是詞出，有以金縷曲見答者，其下闋云：「相逢縱晚年華末，者揚州，潮生潮落，年年春水。不信琵琶絃上語，喚汝春魂不起。誰憶慣前塵影事？删却臨歧珍重語，怕尋消問息勞公子。詞料在，且休矣。」前半不錄。）

⊖龔橙手抄本無此注，乃橙删去。⊖

南浦

端陽前一日，伯恬填詞題驛壁上，淒瑰曼絕，余亦繼聲。

羌笛落花天，辨香韉兩兩愁人歸去。連夜夢魂飛，飛不到，天塹東頭煙樹。空郵古戍，一燈欺壁然詩句。不信黃塵消不盡，摘粉搓脂情緒。 登車切莫回頭，怕回頭還見高城尺五。城裏正端陽，香車過，多少青紅兒女。吟情太苦，歸來未算年華誤。一劍還君君莫問，換了江關詞賦。

齊天樂

同年生馮晉漁，海南人，曾兩夢至江南之弇山，自言兩度神遊，毫髮不異。出夢遊弇山第五圖乞題。予幼信轉輪，長窺大乘，執鬼中訊巫陽，知其爲元美後身矣。填此闋奉報，蹈綺語戒，雖未知後何如，要不免流轉文字海也。

東塗西抹尋常有，精靈可憐如許！兜率天中，修羅海上，各是才人無數。魂兮記取，那半壁青山，我儂曾住。花月濛濛，魂來魂往定相遇。多君今世相訪，東南三百載，屈指吟侶。花葉書成，雲萍影合，溝水無情流去。賓朋詞賦，好換了青燈，戒鐘悲鼓。繙徧華嚴，懺卿文字苦。（華嚴疏抄云：「夢有六種境界。」）

綺寮怨 江鐵君近詞有云：「細慧煎春，枯禪蠶夢，都付落葉哀吟。」讀之潸然，因塡此解，用宋人史邦卿韻。*

一榻茶煙午寂，落花天易陰。何人向花外吹簫，惹淸夢飛出幽林。江東俊遊今倦，被怨曲撥起情怎禁？種閒愁容易生苗，怕紅豆綠蕪春又深。　人去休操斷琴。他生何許，此生有約難尋。煙鎖一本作「銷」。登臨，門巷晝沉沉。天涯美人憔悴，雲水外，定傷心。傷心怕吟，要銷遣除聽千偈音。

*龔橙手抄本此闋小序：「江鐵君近詞有云：『細慧煎春，枯禪蠶夢，都付落葉哀吟。』讀之潸然！因塡此解，用史邦卿韻。」乃橙略刪。

長相思 同年生馮晉漁，少具慧根而不信經典，與予異也。嘗有買宅洞庭擱髮吹笛終焉之志，與予同也。軟紅十丈中，塵福易易，恐踐此約大難。兩人者，互相揶揄。一日，同過書肆，見舊册山水絕妙，晉漁購之歸，乃莫釐石公圖也，相對欷歔！予作此二詞，附册尾，既爲禱祝之詞，又以見山川淸福，亦須從修習而來，殆不可妄得也。借以勗之。

山溶溶，水溶溶，如夢如煙一萬重，誰期覺後逢。　恨應同，誓應同，同禮心經同聽鐘，懺愁休更慵。

鐙樓高，畫船搖，君領琵琶儂領簫，雙鬟互見招。　茗能澆，藥能燒，別有今生淸課饒，他生要福銷。

清平樂 以北平石墨數種，拓寄顧澗蘋丈，附以小詞。

黃塵撲面，寒了盟鷗願。問我名場誰數見？冷抱韓陵一片。 別來容易經秋，吳天清夢悠悠。夢到一灣漁火，西山香雪歸舟。（謂辛巳正月探梅之遊。）㊀

㊀「謂辛巳正月探梅之遊。」龔橙手抄本，此注無「探梅」兩字，乃橙刪。

卜算子

曾在曲欄干，曾見紗裙傍。花影濛鬆細步回，月底簾鉤上。 重到曲欄干，記起人模樣。萬劫千生再見難，小影心頭葬。

醜奴兒令

沈思十五年中事，才也縱横，淚也縱横，雙負簫心與劍名。 春來沒箇關心夢，自懺飄零，不信飄零，請看牀頭金字經。

摸魚兒 題顧樹藲桃葉歸舟卷子，時壬午閏春也。

又漫天飛花飛絮，一番春事無據。朝朝送客長亭岸，身似蘆溝柳樹。歸計阻。但打疊吟魂，飛過黃河去。輸君容與。者雙髻吹笙，雙聲問字，雙槳夜呼渡。 他生約，亦在五湖煙雨。笛牀歌板何處？才人病後風情死，負了莫愁龍女。還肯否？重整頓清狂，也未年華暮。幽懷漫訴。要瀹茗煩他，艤舷待我，商略買山句。

清平樂　題胡魚門山居卷子*

東南詞賦，屈指尊前數。雨打風吹潮捲去，依舊能狂只汝。叩君畫裏禪關，憶儂夢裏煙鬟。何日兩枝玉笛，雙雙吹入春山？

* 龔橙手抄本，此闋小序：「題吳魚門山居卷子。」「吳」乃「胡」之誤。

百字令　蔣伯生得顧橫波夫人小像，靳予曰：君家物也。爲塡一詞。

龍華刧換，問何人料理，斷金零粉？五萬春花如夢過，難遣些些春恨。（京師某家劇樓，有楹帖一聯曰：「大千秋色在眉頭，看徧翠煖珠香，重遊瞻部；五萬春華如夢裏，記得丁歌甲舞，曾睡崑崙。」相傳尙書作也。）悵觸春宵，枕敲紅玉，中有滄桑影。定山堂畔，白頭可照明鏡？　記得腸斷江南，花飛兩岸，老去才還盡。何不絳雲樓下去，同禮空王鐘磬。（尙書與錢尙書同在秦淮日，賦詩云：「楊柳花飛兩岸春，行人愁似送行人。」一時傳誦。）靑史閒看，紅妝淺拜，回護吾宗肯。漳江一傳，心頭驀地來省。（忽憶黃石齋先生在秦淮之事，曲終及之。）

齊天樂　重晤宋于庭於都門，酒半，出高樓風雨卷子乞詞。見面殊不易易，故多爲私心禱祝之詞，且堅它年鄰約，非如圖中荒寒本相矣。

相逢怕覓閒文字，替卿療可春病。難道才人，風風雨雨，埋却半生幽恨？維摩消損，有如願天花，泥人出定。一樣中年，萬千心緒待重整。　天涯此樓休問，一番枯寂後，須畫金粉。紅燭填詞，靑綾擁被，春雨勸伊同聽。參禪也肯，笑有限狂名，懺來易盡。兩幅靑山，兩家吟料幷。（予亦有莫愁仙夢卷子乞題。）

——定盦詞選

庚子雅詞

好事近　八月初十日即事

蘭槳昨同游，今日下樓無力。嗔我凌晨來早，道不曾將息。　歡容慘黛霎時幷，此景最難得。別有神方持贈，爲淸明寒食。（末句，乃謎語也。）

生查子　又即事一首

關了綠窗紗，鬆了湘裙衩。言病復言愁，絮絮雲屛下。　我已厭言愁，不理傷心話。翻願得嬌嗔，故惹鶯喉罵。

隔谿梅令　羽陵春晚畫册

矮桃花壓石玲瓏，似巫峯。花底鞋兒花外月如弓，入懷同不同？　鬱金裙褶晚來鬆，倦臨風。莫把胭脂先染玉笙紅，製愁詞思慵。

醜奴兒令　將返羽琌別墅，留別滄浪亭僧。

朱闌橋外垂楊柳，似我秋心，一陣秋陰，摵摵蕭蕭秋便深。　佛前容我攤經坐，細剔龕燈，多謝詩僧，明夜挐舟又羽陵。

人月圓

綠珠不愛珊瑚樹，情願故侯家。青門何有？幾堆竹素，二頃梅花。　急須料理，成都貰酒，陽羨栽茶。甘心費盡，三生慧業，萬古才華。

天仙子

古來情語愛迷離，惱煞王昌十五詞，楚天雲雨到今疑。鋪玉版，捧紅絲，删盡劉郎本事詩。

江城子　自題羽陵春晚畫册，改隔谿梅令之作。

假山修竹隱蒙茸。忒玲瓏，似巫峯。竹外樓臺薄暝一重重。爲數春星貪久立，蒼蘚上，印鞋弓。　留仙裙褶晚來鬆。落花風，去匆匆。先把胭脂染得玉笙紅。此夜酒邊詞筆健，銀燭焰，吐如虹。

阮郎歸　代某校書送某書記

碧桃花底醉春游，橫波先自秋。明朝何況送蘭舟，情多易注眸。　紈扇小，紵衣修，關山寸寸愁。今番嫩約怕沈浮，中江不許流。

臺城路 賦秣陵臥鐘，在城北雞籠山之麓，其重萬鈞，不知何代物也？㊀

山陬法物千年在，牧兒叩之聲死。誰信當年，椎槌一發，吼徹山河大地？幽光靈氣，肯伺候梳妝，景陽宮裏？怕閱興亡，何如移向草間置？ 漫漫評盡今古，便漢家長樂，難寄身世。也稱人間帝王宮殿，也稱斜陽蕭寺。鯨魚逝矣！竟一臥東南，萬牛難起。笑煞銅仙，淚痕辭灞水。

㊀祝心淵手校本，眉批：「鐘近為許仙屏方伯昇起，視之，則款署洪武二十一年九月也。定公此詞，似尚未知其顛末。」

鵲橋仙 秦淮有訪

昨朝相見，渾如不見，鸚鵡催妝無力。香消茶熟等多時，才鏡檻迴廊一瞥。 今朝不見，勝如重見，庭院暮寒時節。城闉燈火促歸舟，露簾裏慘紅裙褶。

隔谿梅令 即景

林檎葉葉拂僧窗，閃青缸。墨菊如煙，淡與影兒雙，吠星何處尨？ 夢中詞筆小琤瑽，寄吳艭。欲剪芙蓉，生恐負蘭茳，不曾輕涉江。

好事近　行篋中有小像一幅，以詞爲讚。

三界最消魂，只有辯才天女。半世從無一句，是平常言語。　倘然生小在侯家，天意轉孤負。作了檻花籠鶴，怎笑狂如許！

臺城路　同人皆詗知余近事，有以詞來讞者，且促歸期，良友多情，增我迴腸盪氣耳。

吳棉已把桃笙換，流光最驚羈旅。蠟屐尋山，黄泥封酒，小有逢迎今雨。懷沙輟賦，夢不到南州，鄧林夸父。且逐寒潮，金閶一角餞秋去。　覺來誰與相遇？有卷中姚合，樓上孫楚。催我歸舟，鴛鴦牒緊，莫戀閒鷗野鷺。青谿粥鼓，道來歲重尋，須攜簫侶。多謝詞仙，低回吟冶句。

附：定盦將歸，託寄家書，賦此送別，調金縷曲*

孫麟趾月坡

把酒留無計！渺煙波，西風一舸，載花歸矣。囊底黄金原易散，空使英雄短氣。問甚日重游勝地？名士高僧何足算，有傾城解珮成知己。題豔句，綠窗裏。（謂阿簫校書。）　飄零我獨懷難理。嘆秋宵寒衾病枕，夢魂千里。鏡閣偎香無此福，冷巷重門深閉。怕憶起當時羅綺。蝶怨蛩淒書不盡，只封將淚點教君寄。橋畔路，可能記？

* 據定盦詞選編例，從流碧精舍精抄本錄月坡詞同時所作補之。

應天長 移寓城北之四松庵，溪山幽絕，人跡罕至，曉起倚高閣，賦此。

山僧許我移茶竈，不用當關仙鶴報。松杉杪，鐘魚杳，天際眞人相揖笑。 夢回曾似到，記得卷中秋曉。（龔藏李成溪山秋曉圖，意境彷彿似之。）我呑長虹一嘯，吳天落月小。

點絳脣 補記四月之游

典卻珠釵，高樓特啓櫻桃宴。江風吹棟，恰喜鰣魚薦。 不許偎紅，只許深盃勸。窗三面，推開一扇，故使雛鬟見。

好事近 補記仲夏情事

名儁出天然，字近曹娥碑格。何以報他紈扇，餽一筐梅實。 平江暮雨太酸生，江上黯行色。行過松陵古道，得斷腸消息。

虞美人

高樓卜罷芻尼至，讀我龍鸞字。門前靑翰泊雙雙，怕見芙蓉未敢涉秋江。 今年靑鬢搔逾短，那有忘憂館？文君倘製白頭吟，爲報相如客裏乏黃金。

醜奴兒令 答月坡、半林訂游*

游蹤廿五年前到，江也依稀，山也依稀，少壯沈雄心事違。 詞人問我重來意，吟也淒迷，說也淒迷，載得齊梁夕照歸。一本作「西」。

*龔橙手抄本，此闋小序：「答人訂游。」乃橙刪改。

定風波

燕子磯頭擫笛吹，平明沈玉大王祠。無數蛾眉深院裏，晏起，曉霜江上阿誰知？　山詭潮奔千萬變，當面，身輕要喚鯉魚騎。驀地江妃催我去，飛渡，樽前說與定何時？

一痕沙　錄言

東指羽琌山下，小有亭樓如畫。松月夜窗虛，待卿居。　閒却調箏素手，只合替郎溫酒。高閣佛燈青，替鈔經。

菩薩蠻　四月十九日薄暮即事

文窗花霧淒然綠，侍兒不肯傳銀燭。樓外月昏黃，口脂聞暗香。　新來情性皺，未敢偎羅袖。此度夾衣單，蒙他訊晚寒。

減蘭

鮆魚橋下，片片桃花春已謝。不怨橋長，行近伊家土亦香。　茶甌香灶，多謝小鬟傳好語。昨夜羅幃，銀燭花明蟢子飛。

賀新涼 僑寓吳下滄浪亭，與王子梅諸君談藝。*

一棹滄浪水。一行行淡煙疏柳，平生秋思。多謝江東風景好，依舊美人名士。有老衲高談奇字。使我吳天詩料闊，策蝌文蠕扁三千事。古香馤，在肝肺。一簫我漫遊吳市。傍龕燈來稱教主，(與諸君談藝，子梅以教主目之。)㊀琉璃焰起。病蝶涼蟬狂不得，還許虎丘秋禊。看磨墨人低雙髻。絕勝山東驢子背，慘郵亭麥飯黃沙裹。擲筆罷，傲吾子。

* 龔橙手抄本此闋小序：「僑寓吳下滄浪亭，與王子梅諸君談藝，即送子梅遊江左，時庚子八月也。」乃橙所增。

㊀ 龔橙手抄本無此注，乃橙所删。

好事近 錄言

細語道家常，生小不矜珠翠。他日郎家消受，願青裙縞袂。畫梁燕子已無家，那有五侯第？等到歲寒時候，折黃梅簪髻。

小重山令

碧玉寒門産麗華，誤隨紅葉去，到天涯。明珠一斛坐陪茶。容我見，容我飯胡麻。倦返七香車，重尋吳苑柳，石湖花。今年愁到莫愁家。黃金少，典去玉丫叉。

調笑四首

花下，花下，金碧朝陽亭榭。獨游無味春時，恨煞佳人起遲。遲起，遲起，孤負江山淸綺。

花月，花月，一片溶溶春闊。佳人情味曹騰，翻愛羅幃擁燈。燈歇，燈歇，我向花陰獨立。

烹茗，烹茗，閒數東南流品。美人俊辯風生，皮裏陽秋太明。皮裏，皮裏，流品如儂第幾？

年紀，年紀，不比十三十四。乳名鄭重曾探，眉樣蹉跎未諳。眉樣，眉樣，難道峯青江上。

定風波

擬聘雲英藥杵回，思量一日萬徘徊。畢竟塵中容不得，難說，風前揮淚謝鸞媒。自古畸人多性癖，奇逸，雲中仙鶴怎籠來？須信銀屏金屋裏，一例，琪花不稱檻前栽。

又

除是無愁與莫愁，一身孤注擲温柔。倘若有城還有國，愁絕，不能雄武不風流。多謝蘭言千百句，難據，羽琌詞筆自今收。晚歲披猖終未肯，割忍，他生縹緲此生休。

賣花聲

近世菊花，紛紅駭綠，無復東籬古意，偶客秣陵，得墨菊二本，甚娟妙，小詞賞之。

我住秣陵西，怪烏秋啼，也無墨客對揮犀。何處尋秋何處醉？小妹靑溪。寒菜兩三畦，花不成蹊，折歸燈下伴凄迷。忽憶靑門人縞袂，淡墨曾題。

前調 紫菊有近似墨菊者

誰研九秋光，玉女玄霜，胭脂隊裏鐵爲腸。聞道豪家開夜宴，肯喚秋娘？　秋味黯然長，不要穠香，紙屏六幅繪湘江。一本作「江湘」。影忒似花花似影，小費評量。

清平樂 朱石梅以紅梅四叠贈行，報謝，即題其畫册後。

芙蓉老去，沒箇銷魂處。今雨不來來舊雨，心與亭臺俱古。　青谿一曲盤桓，粥魚茶板荒寒。多謝畫師慰我，紅妝打槳同還。

南歌子 自題近詞卷尾

靈鵲飛秋夕，香車駕暮煙。針兒七箇盡情穿，略費玲瓏七孔藕心錢。　淋上宜施寶，琴中替辨絃。七襄報我定何年？且喜南樓好夢七分圓。

——定盦詞選

水龍吟 常州湯太夫人斷釵吟卷子，哲嗣雨生總戎乞題。

虎頭燕頷書生，相逢細把家門說。乾隆丙午，鯨波不靖，鳳山圍急。憤氣成神，大招不反，東瀛盪坼。便璇閨夜閉，影形相弔，鬉子矮，秋燈碧。　宛宛玉釵一股，四十年寒光不蝕。微鏗枕上，豈知中有，海天龍血？甲子吟釵，壬申以殉，釵飛吟歇。到而今卷裏釵聲，如變徵，聽還裂。

後庭宴 用南唐人韻

聘乏金錢，貯無金屋，嫁衣不用金泥簇。青裙縞袂話三生，個儂道是樓東玉。蠻箋宮體閒鈔，他日娛卿幽獨。我歌得寶，不唱銷魂曲。何處是新巢？刺桐花麗縠。

定風波 五月十二日即事

十里榴花一色裙，三吳爭賽楚靈均。吳舞傳芭如楚舞，兒女，中流簫管正紛紛。別有高樓人一個，獨坐，背燈偷學製回文。許我幽尋涼月下，閒話，去年今日未逢君。

水龍吟 江東某大姓以禍死，寵姬十輩，挾金珠散去，一婢堅不去，此婢常着葛裙，人以葛裙呼之。自言：主人嘗被酒一召我，我誓報之。豪家吞其屋，葛裙牽木主臥一室堅守，力不支，絕粒斃。豪憫之，扃此室，并其主瘞焉，曰：還汝一塊土。

君家花月笙歌，葛裙那許陪宵燕。嘯如魯柱，才如竇錦，遇如班扇。蓬髮慵妝，蛾眉怕妒，天寒誰管？算平生已矣，春風一度，恩歇絕，何曾怨？　一夕倉皇家變，抱琵琶傾城都散。雍門琴碎，雀臺香燼，西陵墓遠。塊土爭還，芳魂永守，秋燐如電。憶史家杜叔敖公，千載下，今重見。

——(龔)孝拱手抄詞

定盦先生年譜

同縣後學吳昌綬編

先生名自珍，字璱人，號定盦，一名易簡，字伯定，更名鞏祚，案：內閣漢票簽中書舍人題名，龔鞏祚榜名自珍，又名易簡。破戒草有投牒更名易簡詩，在道光七年四月，而其年十月自書破戒草後，則稱龔自珍，一名易簡，似擬改未果也。道光十六年五月，送廣西巡撫梁公序，十八年正月，上堂上官言禮曹事書，署名並稱鞏祚，其時碻已改定。然十六年後文字，亦有仍題自珍者。今據自訂文集重刊，不得不概從原名，附著義例於此。先生初名自暹，又字愛吾。說見後。璱人亦作琗人。見鈕非石詩。姓龔氏。先世隨宋南渡，遷餘姚，後遷杭州，著籍仁和。六世祖煜，原名國昌，字旦公。吳振棫國朝杭郡詩續輯卷三：旦公五歲失怙，事母至孝，母歿，擬屈子九章以鳴其哀，讀者酸然。佐宗人作令閩中，令卒，巨盜猝發，劫庫殺人，遂挺然與盜相持，盜退，身負重傷，與控上官，盜盡獲，乃攜其旅櫬及孤嫠以歸，其智勇絕人，而不以死生存亡易其志有如此。卒年五十二。甘泉令鑑，其孫也。高祖茂城，字汝璞，太學生，累贈朝議大夫，以孝友忠厚重於鄉黨。曾祖斌，初名鎮，字典瑞，號硯北，晚號半翁，邑增生，累封朝議大夫，吳顥國朝杭郡詩輯卷二十三：硯北先生，人品學問，郡人所推重，道貌凝然，從無戲言失色。顥以同里，自幼親炙，欽爲人師，詩文其餘事也。阮文達兩浙輶軒錄卷二十二：張椿年曰：先生有至性，從兄鑑遘奇疾，幾殆，時先生甫就傅，竟夜禱於神曰：兄鑑，宗族鄉黨重其行，朋輩師其學，其人不可死，願減某算，以續其年。鑑病遂瘳。晚年主趙州講席，束脩所入，羸金二百，族子某將令陝西，悉斥以佐治任，族子固具券以行。迨屬纊，謂子曰：吾行無負神明，惟饑族子某以券至，予固卻不可得，今伊廉於官以死，他日其子歸，爾等必召之來，焚其前券，予死蓋無憾。其敦睦類如此。語具成城譔半翁先生傳中。著有有不能草。曾祖母薛恭人。祖敬身，字屺懷，號匏伯，乾隆己卯舉人，己丑進士，龔氏科名錄：公榜姓金，授職後改復本姓，進士題名碑同。由內閣中書轉宗人府主事，遷吏部稽勳司員外郎，兼考功司事，充己亥順天鄉試同考官，遷禮部精膳司郎中，兼祠祭司事，記名御史，出知雲南楚雄府，卓異，擢迤南兵備道，紀文達鮑伯龔公墓志：公天性恬澹，而意氣落落，胸膈間曾無俗事。早歲讀書爲文，皆刻意追古人，不甚摹仿舉子業，後以老親期望，乃以餘力治八比，每一落筆，即出尋常蹊徑外。官京師，雖皆閒曹，其中未嘗無捷徑，公夷然不屑，日惟俯首理案牘，不妄干人，人亦不敢妄干，退食則恆手一編，究訂古義，不廢交游，亦不輕交游，齏鹽風味，宛似寒家，晏如也。久乃循資外轉，得楚雄府，比抵任，杜絕餽遺，凡陋規之病民者，皆汰除之，差徭之累民者，皆籌畫調劑之，月俸雖薄，而營書院，置漏澤園，補多年之闕政，一無所恡，約束所屬，尤嚴厲。戊申四月，大理因鹽務起釁，民變戕吏卒，訛言蠭起。巡撫譚公檄公往案，公廉得其實，惟誅首惡，昭法紀，凡附和者，皆得免，民大感悅。譚公亦重其不動聲色，立弭大難，非徒硜硜自守者，薦擢迤南兵備道。未及上而丁憂，歸，遂不再出。段玉裁鮑伯龔公神道碑：公岐嶷即有成人度，年十一，遭母喪，哀痛特至，及長，至性過人，篤於父母昆弟，凡與人必誠，執事必敬，不爲厓岸斬絕之行，而其中介不可易，自處約，至服官，終其身不改。乾隆四十八年，以郎中俸滿，授雲南楚雄府知府，居官所至輒盡職，顧以爲京職勤簿書而已，太守率有司親民，必民與官休戚一體，呼吸相聞，煦嫗其疾痛，苟可以利益於民，不以官易。七邑之民，感其誠，訟者皆不赴縣，赴府，七邑令長，亦感其誠，不敢不盡心民事。大吏知其能，倚重之，全省刑名有疑，必委復讞，多所平反。五十二年，大計卓異，奏擢迤南道，而公以父憂去官矣。楚雄舊使民出官夫官馬，減其雇值，往來賓客雜遝，咸利是而民重困。又出夫數十名，馬十餘匹，日伺候堂上爲儀衛，名曰站堂，公曰：何用此也？罷之！凡夫馬悉平雇於民，永禁官夫馬，勒於石首。縣民徐姓，訟羅姓舅姑殺其女，以無賴子見屍井中爲證，公使縣令鞫之，井實無屍，令信無賴語，窮治，羅枉誣服。公一日自鞫之，杖無賴及徐，徐不服，公令後堂引徐女出，曰：汝等其識此人耶？二人驚駴歎服。則由被虐，逃傭他鄉，公早使人覓得之者也。大理府突以民變聞，大吏驚，勒所部兵將進，檄公往度形勢。時大理民以勒增鹽價爲苛政，羣起殺役，府縣官不敢出，衆聞兵且至，益兇懼。公單騎入衆中，諭之曰：爾等皆好百姓，奈何作斫頭事？余楚雄龔知府也，來活汝，爾等寧欲活耶？公在滇，滇民無不知龔知府者，千萬厥角環拜，泣曰：幸公來，何以救我？公曰：兵之來，爾等聚衆也。衆苟不聚，兵何施？衆悉散去，杖數人以復大吏，其事遂靖。先是，滇省鹽不由商，官案民戶，分鹽斂價，相沿已久；復議增價，公議曰：案戶給鹽，胥役擱囂，民飲恨久矣，若再益之，虐民何以堪，必滋事變。至是，乃更請停各郡增價之令。順寧府廠銅缺額，大吏以爲憂，公奉檄往勘，至則虔祀山神，銅即大旺，未逾月，竟足額，遠近咸異之。巡撫譚公尚忠歎曰：銅無知，乃識廉吏，孟伯周不能專美於前矣。公之歸也，楚郡之人，祀公於郡城東迎恩寺。國朝百五十年，郡守尸祝於是者，張公允隨及公二人而已。訟棍飭永荷校者二人，公行時，縣釋之，叩頭舉酒於旁，公曰：爾不我怨而我餞乎？對曰：如公爲官，其敢怨乎？小人從此不爲不肖矣！非公政無缺失，烏能姦宄格心如是？五十三年，封公卒於家。初，封公就養都門，以滇道遠，不往，公常不自安，稟請終養，辭旨甚哀，大吏以格於例，不敢奏。及聞喪，痛不欲生，喪畢，遂引疾不赴銓，偕諸弟晨昏情話，種蒔花木以爲樂。蓋公天性孝友，與弟澡身、禔身、理身、治身相愛善。禔身亦以舉人官內閣，公之謹慤，禔身之穎敏，一時稱兩龔，在都同官同居，如左右手。歲丙申至戊戌，禔身及妻潘孺人，及妾王氏，相繼病歿，禔身次子麗正，先爲公後，遺孤六人：履正、繩正、京正、守正及二女，皆幼穉或初咳，守正方出遺腹，啼號滿前，公出入顧復，之滇，則盡挈以行，養敎一如麗正，無纖毫別異。二十年來，宦學婚嫁，一一頭角嶄然：履正官廣東鹽大使，繩正爲諸生有名，京正官河南從九品，守正官翰林院庶吉士，女皆歸士族。年俸無幾，不問田舍，惟以八百兩圭祭祀墳墓，一千八百兩圭宗姻賙卹婚喪之費，分委澡身、治身經理，又買地桃源嶺，葬族中無後者。居恆誡子姪以儉，曰：吾惟儉，故能廉，且吾節損自奉，稍稍分贍宗黨，不亦可乎？公爲諸生時，以理學文章自任，以程朱韓柳爲指歸，晚年嘗以古文稿付繩正，輯若干卷，藏於家。銘曰：古之良吏，最重循吏，馬班之書，不傳孝義。惟孝能循，本無二事，後世分之，源流殊致。我慕陽城，終身偕弟，以刺道州，心勞撫字。世風既澆，子姪異視，不有哲人，何以覲世？原鴒鍛羽，每言灑涕，諸子惸惸，吾敢不子。夫人一心，飲食敎誨，封胡遏末，駢枝成器。公之愛民，與子無二，中夜叩天，甘霖遂沛。革其巫貼，迪之道藝，其學未竟，卷懷自閟。楊播匙箸，姜肱枕被，兄弟怡怡，湖山杖履。子官於朝，夙夜無寐，天不慭遺，凋我善類。不敢寢門，哭君風義。公之文章，昌黎元氣。箸實不文，曷銘公隧？刻石新阡，幸無諛愧。杭郡詩續輯卷十八：鮑伯先生在里中時，淸約自持，無貴侈習，與先王父交甚善，余家橫河，先生居泥橋，兩老人時相過從，方輯杭郡人詩時，先生每有所增益。見先王父原序中。著有桂隱山房遺稿。凡雜文二卷，目次見龔氏家稿。祖母陳恭人。本生祖禔身，字深甫，號吟臞，乾隆壬午舉人，己丑會試中正榜，官至內閣中書軍機處行走，杭郡詩輯卷二十五：吟臞與兄匏伯敬身、雩浦淥身齊名，有東城三龔之目。後與匏伯同官中書，參佐東西，對牀風雨，致足樂也。入直樞廷，爲諸城劉文正所賞。扈蹕至熱河，雖發於肺，亟還京師，逾月而卒。稿中有病中自述一詩，蓋絕筆也。又云：雍正五年，有下第舉人文理明通特用敎職之諭，時謂之明通榜，乾隆三十四年，有選用中書學正之諭，因又謂之中正榜。有吟臞山房詩。本生祖母潘恭人。考麗正，吟臞公次子，嗣爲匏伯公後，字暘谷，又字賜泉，號闇齋，乾隆乙卯舉人，嘉慶丙辰進士，官至江南蘇松太兵備道，署江蘇按察使，著有國語注補、一作國語韋昭注疏，見杭郡詩三輯小傳。三禮圖考、兩漢書質疑、楚詞名物考諸書。見東軒吟社畫象小傳。母段恭人，諱馴，字淑齋，貴州玉屏知縣茂堂先生玉裁女，著有綠華吟榭詩草。杭郡詩續輯卷四十三：淑齋女自璋，字瑟君，能詩工書，綠華吟榭詩草一册，其所手寫，極娟秀可喜。案：瑟君爲先生女弟，歸新安朱氏。見詞注。龔氏世有隱德，匏伯先生以科目起家，簪纓文史，稱浙右族；及闇齋先生爲段氏壻，從茂堂先生受小學訓故，以經學課子弟，先生之學，有自來矣。案：先生自譔龔氏五世述，已佚，今參考諸書，輯其先德行實，經韻樓集尙有仁和龔氏南高峯四世墓碑，文繁不備錄。

乾隆五十七年壬子。

七月初五日壬寅，先生生於杭州東城馬坡一作甎。巷。宅爲匏伯先生戊申歲歸田所置，後歸他氏。

是歲四月二十四日，祖母陳恭人卒。

乾隆五十八年癸丑，二歲。

乾隆五十九年甲寅，三歲。

乾隆六十年乙卯，四歲。

闇齋先生由增生中式本省鄉試第五名舉人。

嘉慶元年丙辰，五歲。

闇齋先生聯捷，會試第三十一名，殿試二甲第十八名，龔氏科名錄誤作第十名，據進士題名碑改。賜進士出身，授禮部主事。

嘉慶二年丁巳，六歲。

嘉慶三年戊午，七歲。

先生小時體弱，聞斜日中餳簫聲則病，迨壯猶然，莫喻其故。段恭人慈愛甚摯。髫齔早慧，好讀吳梅邨詩、方百川遺文、宋左彝學古集，後賦三別好詩，謂自揆造述，絕不出三君，而心未能舍去，以三者皆於慈母帳外鐙前誦之。吳詩出口授，故尤纏綿於心；壯而獨遊，每一吟此，宛然幼小依膝下時也。先生天性淳至，隨在流露，大率類此。

嘉慶四年己未，八歲。

得舊登科錄讀之，是蒐輯二百年科名掌故之始。

嘉慶五年庚申，九歲。

九月初一日，祖匏伯先生卒，壽六十有六。

嘉慶六年辛酉，十歲。

嘉慶七年壬戌，十一歲。

十月，闇齋先生奉匏伯公與陳恭人柩，合窆於施家郁之原。服闋入都，先生侍行，從建德拔貢生宋魯珍璠學。

嘉慶八年癸亥，十二歲。

外王父段先生授以許氏說文部目，是爲以經說字、以字說經之始。在塾中，與袁琴南桐友善。懷人館詞百字令投袁大琴南句云：「放學花前，題詩石上，春水園亭裏。逢君一笑，人間無此歡喜。」自注乃十二歲時情事。

嘉慶九年甲子，十三歲。

宋先生舉順天鄉試，仍館先生家，嘗命作水僊花賦，後編刻少作一卷，以此冠首；又以「伊尹曰：『先知覺後知，先覺覺後覺，知與覺何辨』」發問，於是先生有辨知覺之文。

嘉慶十年乙丑，十四歲。

始攷古今官制，後成漢官損益上下篇、百王易從論一篇，並佚。以竟髫年志。

嘉慶十一年丙寅，十五歲。

古今體詩編年，自是歲始。案己亥雜詩注云：「詩編年，始嘉慶丙寅，終道光戊戌，勒成二十七卷。」蓋先生少壯所作，咸在其中。今自破戒草外，隻字無傳，惜哉！

嘉慶十二年丁卯，十六歲。

始讀四庫全書提要，爲目錄之學，自是蓄書頗富，多七閣未收之本。時先生侍親居京師法源寺南，嘗逃塾就寺門讀書，金壇段叟淸標尋聲尾之，寺僧戲謂一猿一鶴也。段叟名玉立，一字鶴臺，包世臣藝舟雙楫有與段鶴臺明經論書文東坡韻詩段恭人之叔父。識錢塘夏進士璜，是有朋友之始。

嘉慶十三年戊辰，十七歲。

是歲睿廟五旬萬壽恩科鄉試。闇齋先生簡放廣西正考官，時官禮部郎中。案：先生禮部題名記序：闇齋先生由進士除禮部，補儀制司，改祠祭司，兼儀制司，又兼精膳司，前後在儀曹二十年。先生從父文恭公守正，亦以編修典試湖北，兄弟同持使節，時稱盛事。游太學，見石鼓文，大好之，由是始爲金石之學。

嘉慶十四年己巳，十八歲。

是歲闇齋先生入直樞垣。案：段先生與方葆巖制府書，有軍機章京龔麗正云云，乃是歲事，又見杭郡詩三輯小傳。春，秀水王仲瞿孝廉曇見先生於門樓胡同西首寓齋，遂訂忘年交。

嘉慶十五年庚午，十九歲。

秋，應順天鄉試，由監生中式副榜第二十八名，座主長沙劉文恪公權之、新城陳鍾溪少司寇希曾、涇縣朱靜齋中丞理、房考覺羅文莊公寶興。試題君子博學於文二句，故君子以人治人改而止，其爲氣也至則塞於天地之間。賦得正誼明道，得明字。文已佚。始倚聲塡詞，是歲宋先生卒。

嘉慶十六年辛未，二十歲。

段先生賜字曰愛吾。經韻樓集外孫龔自珍字說：龔壻之子，小字阿珍，嘉慶庚午，其父名以自珍，以副車貢於順天，其父書來請字於余。余曰：字以表德，古名與字必相應，名曰自珍，則字曰愛吾宜矣。夫珍之訓，藏也，藏之未有不愛之者也，愛之義，大矣哉！愛親、愛君、愛民、愛物，皆吾事也，未有不愛君、親、民、物，而可謂自愛者，未有不自愛而能愛親、愛君、愛民、愛物，充乎其量，曲當乎其宜，無愧古賢聖者，故必自愛而後能愛人。今之自愛者多途矣，以飽煖竟吾，是鳥獸吾也；以美官榮吾，是傀儡吾也；以貨利贍吾，是商儈吾也；以辭章則說誇吾，是鞶帨吾也；以和光同塵，似忠信、似廉潔偷吾，是則莠紫吾也。吾之不爲鞶帨，不爲莠紫者，天下尠矣，然則孰是其能愛吾也哉？然則何以愛吾者，其必在五者之外哉。陶元亮曰：「衆鳥欣有託，吾亦愛吾廬。」夫惟元亮乃有元亮之廬，不知吾愛而惟廬之愛，雖安，何在也？書以答吾壻，固吾壻命名之意也夫。嘉慶辛未元旦，書於七葉衍祥堂，年七十有七。

案：紀文達匏伯公墓志：孫一，自暹。時先生已九歲，其爲原名無疑。段先生譔神道碑，則作自珍，乃後來追改。據此字說，知庚午以前固未名自珍也。惟愛吾之字，僅此一見而未用耳。

六月二日，風雨竟晝，檢篋獲宋先生遺墨，感賦水調歌頭一闋。後於丙子歲譔宋先生述。宋先生力學，以孝聞，訓先生以敬順父母，先生追隨有年，感念師承，久而彌篤。

嘉慶十七年壬申，二十一歲。

由副榜貢生考充武英殿校錄，遂爲校讐掌故之學。三月，闇齋先生簡放徽州知府，先生侍行。經韻樓集送龔壻麗正之徽州郡守序：唐人之仕，重內而輕外，故昌黎、子厚刺潮州、柳州，非所樂爲也，然二公者，有德於二州，廟食至今不替，二公不以僻遠而鄙夷其民，亦可見矣。昌黎之送陸歙州也，謂陸君之道，行於朝廷，則天下望其賜，刺一州，則專而不能咸，故賢者皆以爲不宜去。夫君子在朝廷，在一州，惟君所使耳，苟有可以及民，不必在朝廷也；郡縣之長吏，親民近而化民速，庶幾可以盡其心，安見不賢於在朝廷也？吾壻龔闇齋麗正，故賢太守匏伯先生之令嗣，匏伯在乾隆年間守楚雄，亦有德於民，廟食其地。今龔正由郎官出守徽州，非有潮、柳、楚雄之遠也，天子之所選用，同於唐之陸君，又適當其地，非韓柳之有不得意可嬉也。專心壹力於是邦，以報天子，以篤家聲，以垂聲名無窮，固予所深信於其素行者矣。麗正平日，視余猶師，既承恩命，即馳書寄余，言當益加小心，謹守先君之法，尤仰丈人誨言。余謂爾法爾之先君，善乎善也，若余，則何可言哉！余壯盛出宰，氣質未化，未能盡心於民，頗以好讀書，玩公事，年已老耄，時用自悔。夫蒞其事而不敬其事，及可爲之時而不爲，皆非忠也，余何足以贈言哉！至誠無僞，惟古循吏及韓柳及爾先君是師，惟余是鑒，勿以勤勞日久，外任可惕，勿以臨深爲高自隘，是則余之贈言也夫。

四月，從段恭人歸寧吳中。初，段先生以女孫許字，至是遂就婚焉。同還杭州。　夏，汎舟西湖，有詞，旋由杭之徽州任所。經韻樓集懷人館詞序：仁和龔自珍者，余女之子也。嘉慶壬申，其父由京師出守新安，自珍見余吳中，年才弱冠，余索觀所業詩文甚夥，間有治經史之作，風發雲逝，有不可一世之概，尤喜爲長短句。其曰懷人館詞者三卷，其曰紅禪詞者又二卷，造意造言，幾如韓李之於文章，銀盌盛雪，明月藏鷺，中有異境，此事東塗西抹者多，到此者少也，自珍以弱冠能之，則其才之絕異，與其性情之沈逸，居可知矣。余少時慕爲詞，詞不逮自珍之工，先君子誨之曰：是有害於治經史之性情，爲之愈工，去道且愈遠。予謹受敎，輟勿爲。一行作吏，俄引疾歸，遂銳意於經史之學，此事謝勿談者五十年，今見自珍詞，乃見獵心喜焉。昔伊川於晏叔原「夢踏楊花」之句，徘徊賞之，矧余遠不逮伊川者，爲所動宜矣。雖然余之愛自珍之詞也，不如其愛自珍也，余之愛自珍也，不如其自愛也。李伯時之畫馬，黃魯直之爲空中語，規之者皆以爲有損於性情，況其入之愈幽而出之愈工者耶？余耄矣，重援昔所聞於趨庭者以相贈也。茂堂老人序，時年七十有八。

嘉慶十八年癸酉，二十二歲。

在徽州，段先生寄書勉學。經韻樓集與外孫龔自珍札：久欲作一札，勉外孫讀書，老嬾中止。徽州有可師之程易田先生，其可友者，不知凡幾也？如此好師友，好資質，而不銳意讀書，豈有待耶？會此時光，禿翁如我者，終日讀尚有濟耶？萬季埜之戒力羆皋曰：勿讀無益之書，勿作無用之文。嗚呼！盡之矣！博聞強記，多識蓄德，努力爲名儒，爲名臣，勿願爲名士。何謂有用之書？經史是也。茂堂汾，時年七十有九。四月入都。七月，元配段宜人卒於徽州府署。先生歸，已不及見。應順天鄉試，未售。在汪小竹水部全泰齋中見秋花有感，賦詞七闋。南旋見驛壁有「一騎南飛」四字，爲滿江紅起句，復成如干首，名之曰木葉詞，一時和者甚衆。

嘉慶十九年甲戌，二十三歲。

三月，攜段宜人柩歸杭暫厝。經韻樓集龔自珍妻權厝志：龔自珍，吾外孫也，其母余女，其妻名美貞，余次子騶之女也。始吾重龔氏孝友，昌熾方未央，故以女孫字自珍。嘉慶壬申四月，自珍從母歸寧，婚於蘇州，同至杭而抵徽州府署，時吾壻任徽守也。美貞歸龔後，遂能聽從家敎，敬事舅姑夫子，而懷病於中，有庸醫誤以爲娠，且半載有餘始覺之，遂至不可治，至癸酉七月卒於府署，年二十有二，傷哉！時自珍先於四月赴京師應鄉試，出闈後遄歸，不見其人矣。甲戌之三月，自珍攜柩歸杭，暫厝於西湖之毛家步，余適至徽，因志之使石焉。銘曰：深深葬玉非余悲，乃爾姑嫜之悲，淚泿泿猶未絕兮。苟非爾之婉嫕兮，曷爲經三時而猶痛其摧折。爾舅爾姑爾夫之厚爾兮，爾亦可以自慰而怡悅。委形付諸空山兮，魂氣升於寥泬。汎舟西湖，有詞。遂由杭州往徽郡。闇齋先生議修徽州府志，延歙汪蟄泉龍、陽湖洪孟慈飴孫、及武穆淳、胡文水諸子纂修，凡甄綜人物，搜輯掌故之役，恆命先生任之。先生謂府志爲省志底本，以儲他日之史，立傳宜繁不宜簡，冀表章忠淸文學幽貞郁烈之士女。移書志局商榷，同人咸爲斂服。又創立氏族表，其義例曰：載大宗，次子以下不載，次子之子孫官至三品則書，其有立言明道名滿天下則書。自嘉慶之世，推而上之，得三十世以上者爲甲族，得三十世者爲乙族，得二十世者爲丙族，箸錄洪氏、吳氏、程氏、金氏、鮑氏、方氏、汪氏、戴氏、曹氏、江氏、孫氏、畢氏、胡氏、朱氏、巴氏凡十有五族，其餘羣姓附見焉。先生平生持論，特重宗法，此其一端也。作明良論四篇，段先生加墨矜寵，甚至謂：「吾且耄，猶見此才而死，吾不恨矣！」元和李四香銳及王仲瞿皆有評識，編錄文集，自是歲始。案：保甲正名闕是歲時事，與地丁正名皆當作於是時。冬，手植梅花三十本於郡齋。

嘉慶二十年乙亥，二十四歲。

六月，闇齋先生擢江南蘇松太兵備道。案：杭郡詩三輯小傳：闇齋先生曾由徽州調守安慶。考先生詩文，似先後未離新安，或未赴調遂遷任歟？先生繼配何宜人來歸。宜人字吉雲，山陰人，安慶知府裕均之從女孫。紀年文有黃山銘、別辛丈人文、明故按察使司僉事金君石闕銘。據金氏世德記年月繫此。

嘉慶二十一年丙子，二十五歲。

春，將之海上省侍，道經蘇州，寓段氏枝園。案：枝園在蘇州閶門外上津橋。見段先生校汲古閣說文識後。旋詣任所。上海縮轂東南，闇齋先生以宿學任監司，一時高才碩彥，多集其門。先生與吳縣鈕非石樹玉、錢塘何夢華元錫諸君搜討典籍，凡文淵閣未箸錄者，及流傳本之據善本校者，必輒轉錄副歸，由是益肆意箸述，貫串百家，究心經世之務。鈕樹玉匪石山人詩：龔君率人出示詩文走筆以贈：「翠蚪游青霄，醯雞舞盆盎，賦形既懸絕，高下焉能仿？大雅久不作，斯文日惝恍，蛙聲與蟬噪，傾耳共嗟賞。浙西挺奇人，獨立絕俛仰，萬卷羅心胸，下筆空依仗。余生實鄙陋，每獲親倜儻，偏覽所抒寫，如君竟無兩。君今方盛年，負志多慨慷，大器須晚成，良田足培養，陽氣已潛萌，萬彙滋生良。率爾成贈言，聊以資撫掌。」章鈺曰：匪石此詩，前二首，有八月下旬琴南袁君邀余信宿南園作，中有「瀛壖本仙鄉」云云。又挽李四香詩：「今春略聚首」，自注同在上海龔觀察署中。知匪石曾爲闇齋先生記室也。王仲瞿來訪，留一月乃别去。秋，應省試，未售。紀年文有乙丙之際箸議。亦作塾議。案：依壬癸之際胎觀例，當是此兩年作。陽湖趙惠父直剌評本則云：乾隆終乙卯，嘉慶始丙辰。似别有微恉也。又案：平均篇，原集次於箸議之前，疑亦此時作，越七年乃作農宗，則當在壬午癸未間矣。

嘉慶二十二年丁丑，二十六歲。

是歲王仲瞿殁，先生助其葬，墓在蘇州虎邱山南，又爲誄表。夏進士將之京師銓縣令，紓道别先生海上，作序送之。紀年文有錢吏部遺集序、江子屏所箸書序附箴、太倉王中堂奏疏書後、安慶知府何公墓表銘，餘見上。

嘉慶二十三年戊寅，二十七歲。

是歲睿廟六旬萬壽恩科。先生應浙江鄉試，中式第四名舉人，案：同治崑新志稿：有先生不屑藉門廕，以縣學生就民卷中式經魁之語。先生庚午已捷副車，志稿語誤。座主高郵王文簡公引之、長安李惇甫太史裕棠，房考富陽知縣向名佚，試文見龔氏科名錄。曰既富矣，又何加焉，曰敎之。議治於既富，亦保其富而已。夫視富爲無加，所以不恆富也。子曰敎之，亦猶保庶以富云爾。且三代之興也，不易民，或謂撫強盛斯易爲功，或謂繼豐亨愈難爲理，皆非也。治無升降，恃地利者卑，俗無汙隆，帥人倫者化，說在冉有與夫子論政於既富後也。未富而諱言利，是謂迂圖，顧往往救時之相，功在厚生，而名世黜其耆，以爲治功僅得半者，何也？未富而恥言財，允爲過計，顧往往雜霸之主，才能裕國，而儒生議其後，竊謂經術未嘗聞者，何也？則請設既富之形，當既富之勢。開大利者，防大患，天地日滋生，山川日吐納，挽數百年凋殘之氣，而償以太平，蚩蚩者不知其至難遇也。　造物之力已勤，而寰區歌舞之俗，日出而方新，吾君吾相，其遂將以此民貽孫子哉？　利百世者憂萬世，士則有舊德，農則有先疇，積十數傳絲粟之餘，而餉茲樂利，昧昧者不知其不足恃也。先民之矩已遐，而鄉里逸諺之夫，不材而自恣，乃祖乃父，寧不以此民望神聖哉？　又何加焉！冉子所以問也。　子曰：不敎之不足爲富。　猶不富之不足爲庶也。　保庶莫如富，　保富莫如敎。　法制者，敎之具也，粲以陳之，其秀而文者，升於國學鄉學，而樸而魯者，亦約束於律令，而勿使來奇衺之氓。　三物以興，　六行以勸，　八刑以糾，永無墜此旣富之規橅而已矣。　綱常者，敎之原也，明以導之，其馴而愿者，蔚爲孝子順孫，其勇而悍者，亦愛惜其聲名，而不至入禽獸之路。　父詔其子，兄詔其弟，婦勉其夫，胥無負此旣富之日月而已矣。敎之一言，爲敎民者計，抑仍爲富民者計也。　尙何加哉！尙何加哉！　忠信重祿，所以勸士也，時使薄斂，所以勸百姓也。　合臣與民而勸，經事之二端也。　蓋士與百姓，胥待勸也。爲之舉曰忠信重祿，又爲之舉曰時使薄斂，經之事有如此。　曰：我國家承平數百年，其所以豢愷悌之庥，而奠魑長之福者，大都不越士氣與民心二端而已。知士氣之關乎天下國家，而歎先王之體恤寒畯者，罔弗至也。知民心之係乎天下國家，而歎先王之子惠困窮者，罔弗濕也。　請繼敬大臣而陳其事。　經言體羣臣，申其義曰勸士，統乎造士、俊士、選士而言之也。　辭其父母，預一命之恩榮；背厥井鄉，望九重之顏色，此際之望恩倖澤者，人情容不免乎，然而大可諒矣。　奠之贄，策之名，我方以忠信繩士也，而我所以待士者安在？　賞可逃，邑可辭，士亦或口不言祿也，而我所以愛士者安在？　是故筐與賓，結其心也，酒與醴，飫其德也，旣聯其心體，　而又贍其身家，追曰養崇高、惜帑藏歟？　且夫爲士者，許身忠孝，自命之常，而他年之操史筆者，必溯厥本原，以爲此國家養士之報，　然則士固無負於天下國家，而先王加之意者，亦豈豢庸人也，尙其法文武之忠信重祿而可哉。　經曰子庶民，申其義曰勸百姓，推乎同姓、異姓、庶姓而言之也。　族黨雖微，天府以登版籍；酒漿雖菲，南畝以奉君王，此際之惜力吝財者，人情大抵同乎，　然而正可憫矣。　書則壤，詩授衣，百姓方冀我之勞之也，而我奈何不愼所以使民？　補在春，助在秋，百姓且顒我之惠之也，　而我奈何不愼所以斂民？是故定公甸，酌以天也，識遠邇，酌以地也，旣惜以歲月，而又予以脂膏，追曰事靡盬、賦無藝歟？　且夫爲百姓者，踴躍奉公，分所宜然，而四方之覘國勢者，輒美其君上，以爲此朝廷愛民之祥，可見百姓固何負乎天下國家，而先王計之深者，夫亦利宗社也，尙其法文武之時使薄斂而可哉。將見蒙爵命之重，而奔走在公；感撫字之深，而謳吟載路。藹藹萋萋，臣盡力也；雝雝喈喈，民協服也。熙熙而遊，于于而至，普天齊進萬壽之觴也。民事不可緩也。詩云：晝爾于茅，宵爾索綯，亟其乘屋。以民事爲國本，即民自言而已先亟矣。夫不知亟民事，則國不立矣，盍亦誦邠民之早亟乘屋乎。若曰：滕於宗盟是長。則當無忘教民稼穡之先，無忘即部家室而後。蓋先世立國久遠，由今日而溯古風，民之綢繆甚切，皆君之綢繆甚殷，其兢兢焉不敢緩而且至亟，有預在未改歲時者。君之有國，猶民之有居，民不偕婦子以保其居，則陰雨迫之，君不恤黎庶以足其國，則惰農安之。在昔締造艱難，勤恤民隱，視在國之宅爾宅者，如一體焉，君其尙守開基之業乎。毋謂民寡也，民知憂而君憂其憂，則無傾，古之人，緜緜保世，而日胥原，曰瞻原，無非爲廬旅飲食之謀，此芮鞫之居所由密也。毋謂民弱也，民知樂而君樂其樂，則弗替，古之人皇皇播遷，而曰乃覯，曰乃依，遂以開牢豕匏酌之俗，此流泉之利所由相也。夫民之有事，至亟也，亟民事不以戰而以耕，亟民事不爲損而爲益，亟民事不恃威而恃恩，彼日以兵餉轉輸者，舍我事此，日以休養生息者備乃事，民之歸之也，猶有感瞻烏而歎誰屋者哉？乃民曰孔亟，君曰姑緩，無惡歈豳之雅頌不得聞，而豳館之遺風不可復也。使其可緩，亦思昔民之宵晝無暇逸，而先亟其功於乘屋也。何居？蓋自君爲國之勢而論，或近於太王之遷岐，當日迺彊迺理，惟於民事謀之諗，而遂能百堵皆興，則境處其變，時處其常也，夫豈緩其所當亟，而使民鮮農桑廬舍之依哉。而自君爲國之本而論，可昉自公劉之居邠，雖至九月十月，似於民事已告成，而不勝塈茨之屋，則時當其逸，民習於勞也，夫且亟其所可緩，而在民有補葺寬閑之待哉。夫乘之爲言，升也、治也。彼日中爲晝，夜中爲宵，何以往取茅歸，而爲繩之絞，則升蓋其野廬之屋也。即曰索綯以待蠶用，治屋以待耘耔，其爲民事則一，由是祈來年百穀於公社，有不可緩者，七月之詩，舊邦之業也。賦得蘆花風起夜潮來，得來字，五言八韻。莽莽扁舟夜，蘆花徧水隈。潮從雙峽起，風翦半江來。鐙影明如雪，詩情壯挾雷。秋生羅刹岸，人語子陵臺。鷗夢三更覺，鯨波萬仞開。先聲紅蓼浦，餘怒白蘋堆。鐵笛衝煙去，青衫送客回。誰將奇句覓，丁卯憶雄才。房考評其文曰：規鍥六籍，籠罩百家，入之寂而出之沸，科舉文有此，海內覩祥麟威鳳矣。又評其詩曰：瑰瑋冠場。

歸安姚鏡塘兵部學塽，闇齋先生丙辰同榜，學行淳備，爲先生所嚴事。嘗柬長洲陳碩甫明經奐、昌平王北堂徵君〔褎齡〕偕訪之。又自言抱功令文二千篇見姚先生，先生初奬借之，忽正色曰：我文著墨不著筆，汝文筆墨兼用。乃自燒功令文。今鄉會試文僅存，亟錄附以餉學子。紀年文有闡告子。案：此文至道光癸巳冬始删定。

嘉慶二十四年己卯，二十八歲。

春應恩科會試，不售，留京師，始從武進劉申受禮部〔逢祿〕受公羊春秋，遂大明西京微言大義之學。自匏伯先生官京師，至先生三世百年。先生少日所交多老蒼，於乾隆庚戌榜過從最親厚，次則嘉慶己未，多談藝之士，洎乎壯歲，所接海內通人勝士，尤不勝數。其爲學，靡書不覽，喜與人辯駁，雖小屈，必旁徵博引以伸己說。旣治西京之學，文章亦淵懿樸茂，雅近匡、劉，推究治學本原，深明周以前家法，其所造述，則益深窈簡覈，但舉大誼，不爲卮詞矣。參用杭州府志本傳暨程庶常說。

嘉慶二十五年庚辰，二十九歲。

會試仍下第，筮仕得內閣中書。案：內閣漢票簽中書舍人題名云：道光元年到閣。此據先生自譔張青㠌文集序，當得其實。先生官中書先後十餘年，於內閣故事最洽熟，識故和碩禮親王〔昭槤〕，多習當代典制。會嘉慶二十一年，治河方略館借內閣所庋順治朝及康熙初紅本，悉焜於火，案：道光二年漢票簽直廬又不戒於火，册籍萃付灰燼，時值班者，歙鮑子堅舍人庋也。先生就藏書故家，求順治前韺文章，鉤索舊聞，又獲窺累朝硃簽及絲綸簿，皆史家底本也。秋，戒詩。北齊蘭陵武王高長恭碑，海內孤本，舊藏何夢華家，是歲孟冬，以贈先生，有跋記之。案：全碑今復出土，碑首有安德王五言詩刻，方嘉道間孤拓僅存，固宜詫爲珍異也。紀年文有東南罷番舶議（已佚）、西域置行省議、徽州府志氏族表序。

道光元年辛巳，三十歲。

正月，在吳中與顧澗薲（千里）作探梅之游。（似於上年秋冬間南旋，闕疑俟考。）旋入都。外王父段先生刻經韻樓集十二卷成，先生與校字之役。在內閣充國史館校對官。時館中方重修一統志，先生上書總裁，論西北塞外諸部落沿革，訂舊志之疎漏，凡一十八條。先是桐鄉程春廬大理（同文）修會典，其理藩院一門，及靑海西藏各圖，皆開斜方而得之，屬先生校理，是爲天地東西南北之學之始，而於西北兩塞外部落、世系、風俗、山川形勢、原流合分、尤役心力，洞明邊事，雅稱絕詣。自譔蒙古圖志，訂定義例，爲圖二十有八，爲表十有八，爲志十有二，凡三十篇，大與徐星伯舍人（松），精於西北地理，先成哈薩克、布魯特二表，先生歎爲當代奇作，遂沿用之。（謹案：道光元年，欽定新疆識略，伊犂將軍松筠奏進，其稿即徐松代譔，初名伊犂總統事略，哈薩克世次表、布魯特頭人表，並在第十二卷外裔門中。）惜程大理歿，孤學無助，志竟不成，集中惟存諸序，亦足見其精博矣。房師覺羅文莊公（寶興）任吐魯番領隊大臣，先生上書，備論天山南路事宜，及撫馭回民之策，幷錄西域置行省議獻之，蓋議遷議設，撤屯編戶，盡地力以劑中國之民，實經畫邊陲至計。己亥雜詩有「五十年中言定論」之句。（合肥李文忠公黑龍江述略序曰：古今雄偉非常之端，往往創於書生憂患之所得，龔氏自珍議西域置行省於道光朝，而卒大設施於今日。蓋先生經世之學，此尤其犖犖大者。）夏，考軍機章京，未錄，賦小遊僊十五首，遂破戒作詩。除夕，與長洲彭文敬公（蘊章）同寓城南圓通觀，（案：集中屢言道觀，據張靑琱文集序，知爲圓通觀也。）彭公出平生詩，讀之竟夜。時同官中書也。紀年文擬有進上蒙古圖志表文、朱殤女碣。

道光二年壬午，三十一歲。

是歲成廟登極恩科。應會試未第。　先生自辛巳後，與程大理及甘泉秦敦夫編修恩復友善，相約得一異書，則互相借錄，無虛旬。其時徐星伯舍人、王北堂徵君，並以搜羅精博聞於日下，先生引爲同志，由是珍笈益萃。是冬，所居不戒於火，藏書燼者十八九，其後歲以酒醢奠亡書百種，皆絕無僅有之本也。豐順丁氏持靜齋書目西藏志四卷，有先生是歲手跋，張石洲爲靈石楊氏刻連筠簃叢書長春眞人西游記二卷，有程大理跋云：此册爲葉雲素給諫所贈，龔定盦嘗借鈔，既而徐星伯復就鈔於定盦，而爲之跋。　昌綬又見長洲陳碩甫徵君家寫本畿輔水利集說，有先生朱字手校，惜未購獲。　並記於此。上海李復軒秀才學璜爲先生作文集序，鬱鬱千餘言，未見。以詩報之。李君配歸佩珊夫人懋儀，工詩，有女青蓮之目，丙子歲，李夫婦客吳中，先生即與倡和，歸夫人詞云：「國士無雙，名姝絕世。」指先生及吉雲夫人也。　吳山人文徵爲作簫心劍態圖。先生壬申泛舟西湖詞有「怨去吹簫，狂來說劍」句，歙洪子駿曰：「二語實難兼得，未曾有也。」因填金縷曲和贈，下半闋云：「俠骨幽情簫與劍，問簫心劍態誰能畫？」越十年乃圖之。先生夙以沈俊自喜，其託意如此。　先是戊戌歲，武進莊卿珊綬甲館先生家，爲言其祖莊公存與事行之美，且曰碑文未具。是夕綬甲夢見公者再，若有所託狀。已卯，先生之京師，識莊公外孫宋于庭翔鳳，復爲推測公志，至是歲不盡三日，始屏棄人事，總羣言而删舉其大者，譔禮部侍郎莊公神道碑銘。　是歲有蜀人掘山藥得一窖，獲漢印涅凡百餘枚，以泥雜膠爲之，估人賫至京師，大半壞裂，先生與諸城劉燕庭各得數枚，以泥質歷二千年而不壞，良可寶，詫在金玉之上。見筠清館金文，此泥封箸錄之始。　紀年文有劉禮部庚辰大禮記注長編序、上海張青琱文集序、與人論青海事書、與人箋論石經五事，餘見上。程庶常曰：先生是歲有蜚語受讒事，屢見詩詞。

道光三年癸未，三十二歲。

春，在都供職，會試未第，以事詣圓明園，趨公既罷，因覽西郊形勝，過澄懷園，和內直友人詩。　送靑田端木鶴田國瑚出都。先生素不輕許可，與鶴田論易，獨歎爲聞所未聞。見處州府志端木太鶴傳。　五月，自編甲戌以還文章爲文集三卷，餘集三卷，既竣，見所棄者倍所存者，因又錄少作一十八篇附餘集之尾。此集爲先生自刻，今流傳本絕少，昌綬搜獲一册，尙是初印稿樣，惟無餘集，所附少作亦祇五篇耳。　六月，刋定無著詞、初名紅禪詞。　懷人館詞、影事詞、小奢摩詞四種，都一百三首。案：無著詞壬午春選定，懷人館詞、影事詞辛巳春選定，小奢摩詞則是歲近作也，此四種與己亥雜詩均有自刻本，未見。　七月，母段恭人卒於蘇松道署，先生解職奔喪，奉櫬還杭州，殯於花園埂，在鮑伯先生塋側，植梅五十本於墓上。　紀年文有五經大義終始論暨答問九篇、壬癸之際胎觀九篇、原刻文目作心書。　阮尙書年譜第一序、與江居士書。

道光四年甲申，三十三歲。

居憂，無詩。　八月，與吳縣貝簡香居士墉、江鐵君居士沅、校契唐釋宗密圓覺經略疏二卷，庋版蘇州婁門內三家邨善慶庵，案：小謨觴館集：彭甘亭先生亦嘗廁此。又葉廷琯鷗波漁話引徐貫時詩序云：沈子珮聲，世以醫名，所謂吳城壩頭沈氏，壩頭在城東偏平江里第二橋圯下之三家邨，蓋宋代已有此名矣。　自爲願文，與妻何宜人均題名篇尾，此刻近於吳中購得。　又譔後序。先生學佛，鐵君爲第一導師，與仁和錢東父居士林、慈風和尙四人，皆奉徹悟禪師之書，篤信贊歎。慈公深於相宗，東父則具敎、律、禪、淨四門。在京師識睿親王子鎭國公容齋居士裕恩，好讀內典，徧識額納特珂克、西藏、西洋、蒙古、回部、及滿漢字，校定全藏，凡經有新舊數譯者，皆訪得之，或校歸一是，或兩存之，三存之，自釋典入震旦以來，未之有也。又借經於龍泉寺僧唯一施南人。持陀羅尼滿四十九萬卷，更日定課程，誦普賢、普門、普眼之文。

道光五年乙酉，三十四歲。

十月，服闋，客崑山，爲李秀才增厚補題夢遊天姥圖卷詩，序云：予母喪闋才一月，勉復弄筆，未能成聲。臘中見紅梅思親有作自注：全家南下之歲，迄今十有四年，母在人間，百事予不知也，猶記丙子至戊寅三除夕，燒蠟兩枝，供紅梅牡丹各一枝，讀漢書竟夜。除夕又有夢返故廬見先母及潘氏姑母詩。案：段先生鮑伯公神道碑：女一，適福建興泉永道潘本義次子鹽大使立誠，即先生姑也。先生孝思肫摯，哀慕無窮，於此可見。夏進士卒，先生二十年故交也。賦五截句以存其人。十二月十九日，得漢鳳紐白玉印一枚，文曰緁伃妾娋印，故明李竹嬾日華六硯齋舊藏，後歸文後山鼎，流轉入先生手。嘉興鮑昌熙金石屑第三册，李竹嬾記曰：漢宮趙飛燕緁伃時印，不知何年流落人間，嘉靖間曾藏嚴氏，後歸項墨林，又歸錫山華氏。余愛慕十餘載，購得藏於六硯齋，爲一奇品，永爲至寶，若願以十五城，豈能易也。又張叔未記曰：昨與几山連牀夜話，知後山近獲此印，翌日往同觀，各印一紙攜歸，並互錄李跋，以志一時淸興云。嘉慶壬戌初冬記。又田恩厚跋曰：李氏藏，後爲阮文達所得，聞龔定盦亦有此印，歸何子貞，何轉售粵東潘某，得價五百金，某之弟鳳岐孝廉公車北上，知其事者詢之而信，但未知龔氏所藏，即出於阮氏否？此朱印本獲於張叔未家，今鉤橅付梓。案：田跋語多未晰，文亦繁猥，此印無歸阮文達事，故節錄其文而附辨之。錢塘韓泰華小亭無事爲福齋隨筆：

趙綎伃印歸粤東潘氏。江編修標曰：標見趙印在金石屑撫本，綎从糸旁，伃从人旁，趙字則从女旁，文極工，肖字首作牂，定盦所云寓飛燕意也。戊子在粤，尚見潘氏藏印檀匣，四面刻字幾滿，印不知何屬矣？鄭中書文焯曰：飛燕印，余曾於石埭徐氏見一拓本，篆文奇古，趙字碻象鳥形，綢繆其體，想見當年宜主風流。龔題四絕句，今不復省揩矣。此印諸家考核綦詳，惟歸海山仙館後，則不知屬誰？江建霞戊子歲在嶺南，已有去珠留櫝之慨。玆遇濰縣陳受卿先生曾孫理臣別裰，始知光緒初葉，有估客何伯瑜攜自粤東，以三百金歸諸簠齋，今存理臣處，因屬其郵寄拓本，爲識流傳本末，亦藝苑之英譚也。甲辰冬孟滬上記。仁和趙晉齋魏以爲芝英篆，先生定是飛燕物，謂末一字爲鳥篆，鳥之喙三，鳥之跡二，故知隱寓其號矣。急就章有綖字，碑本正作綎，史游與飛燕同時，故有「定誰工小學，或者史游鐫」之句。嘗論西京雜記出六朝手，所稱漢人語多六朝語，未可信。客曰：得印所以報也。爲説載文集中，已佚。喜極賦四律以侶，偏徵寰中作者爲詩。平湖朱爲弼椒堂蕉聲館集詠文後山所藏漢趙綎伃玉印序云：印徑漢慮傂尺一寸三分，皃珇純白，珇旁有朱斑半黍，繆篆四字曰綎伃妾趙。案漢書，飛燕、合德皆曾爲婕妤，此印雖定爲誰所佩，第其篆法古渾媚逸，非後人所能作者，矧玉澤温潤，入手凝脂，洵奇寶也。又婕字作綎，足校班書矣。詩曰：「後山雅似文三橋，閣開清閟鄰紫桃，紫桃軒中一方印，入手換卻青瓊瑤。當年姊妹聯春宴，嬌殊赤鳳無人見。何時手截素鵝肪，鳥體綢繆似飛燕。燕子飛來風自芳，纖腰攜佩雜明璫。細看小點黏紅粉，曾寫新歌鈴綠章。歌筵捉搦舞裙髣，珇皃恰仿鴛鴦頸。扶寸瑤華透骨香，平分蛤采纖涪冷。我來雅翫劇傷情，如看鮫綃玉體横。安得金釭與相見，昭陽舊侶話深更。」錢塘陳文述雲伯碧城仙館詩漢趙飛燕玉印歌：「昆刀劃雪流春乳，宛轉雙螭靜無語，胭脂紅暈漢宮春，小印流傳趙宜主。宜主風流舊有名，漢家天子重傾城，平陽歌舞春如海，一顧當筵早目成。便娟最得君王意，蛤帳宵明玉顏麗，石華廣袖紫英裙，頃刻六宮傳故事。蛾眉當日正中宮，椒殿香生四壁紅，赤鳳歌中春正好，綠熊席上煖初融。此印氤氳藹麝，雕鐫小字珍無價，藏處惟宜金屑函，裝出定展香羅藉。精金彊指幾番拈，紫玉膏盛碧玉奩，樊嬿簾中湘碧亞，彭錢書上桂紅鈴。遺條別館開春宴，歸風送遠留題徧，省識何方署最多？七寶屏風九華扇。卷髮新妝麗曉霞，更聞女弟擅容華，金釭銜壁流蘇帶，爭羨昭陽第一花。再拜嘉辰貴人姊，奏書定亦工文史，蓮椀同心菱鏡圓，芳燈照字明如水。亦有當年辭聲人，甘心明月照長門，淒涼一卷東宮賦，華殿蕭條起暗塵。木門罘落倉琅朽，赫蹏書字今何有？衹餘片玉暈桃花，仙乎曾組纖纖手。宮闕西京事總非，鳳凰琴斷冷金徽，一函留得藍田璧，莫化釵頭白燕飛。」錢塘汪遠孫小米借閑生詩論印六絕句之一：「君華小印漢宮春，堯母門開賜號新。底事文人工傅會？倉琅啄矢爾何人。」自注：龔定盦得漢玉印，文曰婕伃妾趙，趙字帶鳥篆形，遂以爲飛燕物。余曰：屬之鉤弋，不較足重耶？

仁和高錫恩古民友石齋詩趙飛燕玉印歌：印藏龔氏定盦家，文四字曰婕伃妾趙，趙左作鳥篆，端木子彝决爲飛燕物。考之漢書：「永始元年四月，封婕妤趙氏父臨爲成陽侯，六月丙寅，立皇后趙氏。」則是印蓋飛燕未爲后時物也。爰爲作歌：「漢家玉璽崩一角，老婦臨朝淚雙落，豈知兆亂在當年，燕燕飛來姿綽約。玉顏昔日承恩沓，紫泥小篆鮮如霞，深情艷逸此四字，肯使泯滅歸塵沙？妾身本出江都尉，歌舞長安偕阿妹，一朝被寵入深宮，夜夜君王自沈醉。紫茸雲氣流蘇帳，綠琉璃隔晶屏望，未並金螭虎紐尊，（漢制，后璽金螭虎紐。）已超列嬪羣妃上。君王與妾心相印，白璧闌前對明鏡，繡裙小袖妹還來，五采組文作符信。一家姊妹眞嬋娟，沈香豆蔻傾温泉，中宮正位自永始，珊瑚枕畔明珠圓。香螺巵與文犀簪，玉玦金彄不知數，想借此印並時藏，百寶摩挲極珍護。閑來何物堪消夏，桃印當門日凝赭，更有端陽朱索懸，牙籤花光倍豔冶。搖搖太液千人舟，仙乎欲去誰爲留？夢餘射鳥憶前事，歌成赤鳳傳新謳。君王就此温柔鄉，曩曩之印環諸王，忠臣檻折亦何益，皇孫啄盡眞堪傷。摩挲此印長太息，玉質玉顏應一色，當日擘思纖手柔，此時看擬瓊肌皙。銀鉤鳥篆工安排，是姊是妹休疑猜，漫將元后石璽比，合配郎官私印來。（謂世所傳董賢玉印。）我聞高帝創業初，刻印銷印無躑躅，暮年亦復戀女子，遂使人彘堪嗟吁。又聞武王好方士，王母來時捧鑱璽，求仙無效悔心生，鉤弋匆匆賜環死。豈知禍水非龍漦，漢家火德於焉衰，坐看剛卯製新莽，難將倒印追前非。流傳片玉能完善，回首西京夢痕短，卯金八寶墜難尋，此印千秋抵金盌。」歙程恩澤春海程侍郎集婕伃玉印詩：「截肪方寸膩可餐，繆篆鳥頭紛屈盤，日華映雪愁淪漪，點朱入肉紅而殷。婕伃妾趙文四言，纏衣爲緹稱（去聲）婦官，亦云緹佽伃舒安，大當以下推崇班。（漢武帝制，中宮以下，即婕伃爲貴。）天水一姓三其娀，

（趙氏位婕伃凡三，一鉤弋夫人，一宜主，一合德。）鉤弋高居堯母門，雙燕飛啄倉琅根。若云拳握玉鈎闌，得無纖指親控摶？金霞帳底月蛤圓，得無擎此掌中看？夜光珠照膚體寒，得無珮此來珊珊？可憐姊妹承恩歡，父馮萬金非趙曼。何如望氣求河間，奇女子有黃雲漫。時無昭儀位尤尊，金章紫綬同賜頒。（鉤弋時婕伃最尊，至元帝，始設昭儀，位在婕伃上。）此紐文采鴛鴦蟠，叩鴛無語深可歎。（「鴛鴦自有分明語」，見唐人小說。）尋其流傳自冰山，（據李竹嬾記，此印嚴東樓曾寶之，冰山錄，乃籍嚴氏譜也。）亦弃畧林紫桃軒。（畧林所藏，後歸竹嬾。）比來歸龔復歸潘，（龔定盦、潘德輿。）日千挼挲百循環。嫵虹媚月秋胥千，想當印信初封完。嬋娟煙視花破顏，無論錦帶誰礱刓。總貯金屋珠匳端，三千年來數梁園，（梁王后璽，見印譜。）此尤芬逸誇季蘭。願將紫泥印千繙，豔呼宜氏留人寰。」歸安楊峴庸齋遲鴻軒詩趙婕伃玉印二首：「漢家寶璽今何在？九字奇觚已渺茫。到眼忽驚婕仔印，千年紅玉煖生香。」「班婕妤方畫眉妒，趙婕妤偏舞袖工。（班趙同侍成帝。）班家團扇空秋月，趙家玉印又春風。」右諸詩就所見輯錄，凡在文氏潘氏時題詠，亦悉存之，以資攷證。復擬構寶燕閣，他日居之。先生夙願恆在具區、莫釐之間，卜宅幽棲，擫鬢吹笛，有終焉之志。中年仕宦，心中温温然不忘東南山居曼妙之樂，嘗賦能令公少年行以自禱嘶；又作莫釐仙夢卷子，仿郭頻伽爲鷗夢圓圖，爲吳蘭雪夫婦作桐君仙人招隱歌，（國朝閨閣詩鈔小傳：吳蘭雪繼配蔣，名徽，字琴香，一字錦秋，號石溪漁婦，善畫山水，著有琴香閣詩箋，其姬人岳綠春，善寫蘭，所謂蓮花博士侍書也。）亦屢及之。迨游崑山，買徐侍郎秉義故宅，（見同治崑新志稿，蘇州府志流寓門采之。）詩注所謂先得地十笏於玉山之側，後來卜居，牓曰羽琌山館，即其地也。紀年文有古史鉤沈論、（案國朝詩徵序：年三十四，著古史鈎沈論七千言，具稿七年，未寫定。己亥雜詩注則繫於癸巳歲，蓋其時方成，今所存四篇，不足五千言，則刪婿多矣。）海壇鎮總兵官丁公神道碑銘。是歲有詠史一律，舊傳爲南城曾賓谷醚使作。（程庶常曰：案詩意，謂曾公罷官也。先是有某官過揚州，索曾餽，不副其意，遂爲詩投曾，有「破格用人明主事，暮年行樂老臣心」之句，又故流播達上聽，曾遂被召入都，坐鹽課惰銷，投秩永廢。此事予聞諸忠州李芋仙刺史士棻，刺史聞諸豐城徐稼軒侍講士穀。

道光六年丙戌，三十五歲。

會試不第。是科劉申受禮部與分校，鄰房有浙江湖南二卷，經策奧博，曰：此必仁和龔君自珍、邵陽魏君源也。亟勸力薦，不售，於是有傷浙江湖南二遺卷之詩，詩曰：「之江人文甲天下，如山明媚兼嶙峋，盎盎春溪比西子，浣花濯錦裁銀雲。神禹開山鑄九鼎，罔兩犀伏歸洪鈞。鋒車昔走十一郡，奇祥異瑞羅繽紛。茲登新堂六十俊，（浙卷七百餘，獨分得六十卷。）就中五丁神力尤輪囷。紅霞噴薄作星火，元氣蓊鬱輝朝暾，骨驚心折且揮淚，綵時良吉齋肅陳。經旬不寐探消息，那知鍛羽投邊塵，文字遼海沙蟲耳，司中司命何歎嗔？更有無雙國士長沙子，孕育漢魏眞經神，尤精選理躒鮑謝，暗中劍氣騰龍鱗。侍御披沙豁雙眼，手持示我咨嗟頻，（湖南玖肆，五策冠場，文更高妙，予決其爲魏君源。）翩然雙鳳冥空碧，會見應運翔丹宸。萍蹤絮影亦偶爾，且看明日走馬塡城闉。」見劉禮部行述及詩集。案詩意，似先生卷即出禮部房薦，先生後三年成進士，其年禮部卒，魏君至乙巳甫登第，則不及見矣。前輩賞譽之盛，於此益見。先生初與程大理齊名，稱程龔，及是學者復稱龔魏云。夏，友人謝向亭學士階樹、蘄水陳太初修撰沆相繼逝，作二哀詩，又祭程大理於城西古寺，賦三律。詩中並及大理配吳夫人。案國朝閨閣詩鈔小傳：吳玖，字瑟兮，石門人，桐鄉程大理同文繼室，著寫韻樓詩草，有寫韻樓畫册，一時名士題詠甚多。同年績溪胡竹邨戶部培翬集同人祀漢鄭司農於寓齋，禮既成，繪爲卷子，先生作祀議一篇貽戶部，已佚。復檃栝其恉，諧爲韻語，大略謂鄭君兼治十三經，惟孟子注見隋志，殆未可信。又言生平惡周禮。莊君綬甲、宋君翔鳳、劉君逢祿、張君瓚昭，案張君字洵甫，湖南平江人，著有天文分野說，見經世文編。言封建皆信孟子疑周禮，海內四人而已，張說尤悲。又云禮經十七篇注，爲鄭功第一，千秋所當崇奉也。先生是歲春入都，何宜人同行，歲暮共幽憂，相喻所懷，相勗所尙，賦寒月吟，慨念勞生，有偕隱之志，自寫成卷，又題一詩。　紀年文有上海李氏藏書志序，餘見上。

道光七年丁亥，三十六歲。

是歲闇齋先生引疾歸，主講杭州紫陽書院。　同年吳每梁侍御傑，疏請唐陸宣公從祀瞽宗，得俞旨行，屬同朝爲詩，以張其事，先生獻侑神樂歌五章。　顧澗薲得唐睿宗書順陵碑，以拓本自吳中遠寄京師，　先生本以瘞鶴銘及北齊水牛山文殊般若經懸齋中，　得此而三。　又藏有宋拓漢元儒先生婁壽碑、清河王琛玉航漢隸今存錄：婁壽碑石久毁，碑本宋時藿良史所藏，明代已闕四十六字，藏於華中甫眞賞齋，後歸朱臥庵，又歸邵僧彌。　國朝藏顧慈閑家，何義門先生爲顧氏外甥，遂爲所得，繼歸同郡蔣春濤，最後歸仁和龔定盦。　錢梅溪從蔣氏借鉤，　寄翁覃谿一本，桂未谷遂以刻於京邸，上元張容園寶德雙鉤刻入鐵硯齋石刻文字。　梟顏書八關齋七十二字。　包世臣藝舟雙楫：杭州龔定盦藏宋拓八關齋七十二字，一見疑爲鶴銘，始知古人鶴銘極似顏書之說有故。　是歲於臨川李春湖中丞宗瀚家，　獲觀古拓隋丁道護啓法寺碑。　四月，投牒更名易簡。　說詳卷首。　十月，錄辛巳以來七年之作百二十八篇，爲破戒草一卷，又依乙亥、庚辰兩例，存餘集凡五十七篇，亦一卷。　歸安孫爕儀秋士詩存題龔中翰破戒草：「服或披居士，身還現宰官。　非非曾想入，　苦苦悉吟安。　謂佛寧徒瘦，如梅卻未寒。　同儕閱雪集，可耐舍人看。」　先生金石之學，精博絕特，剏立義類，時出新解，集中說宗彝、說爵、說刻石、說碑諸文，其椓櫫也。　初擬譔金石通考五十四卷，分存、佚、未見三門，書未成，至是成羽琌山金石墨本記五卷，趙晉齋、何夢華爲之諟正。　又譔羽琌之山典寶記二卷、鏡苑二卷、瓦韻一卷，輯官印九十方爲漢官拾遺一卷、泉文記一卷。　右據己亥雜詩自注。案文集有漢器文錄序、鏡錄序、瓦錄序、秦漢石刻文錄序、自晉迄隋石刻文錄序，與詩注互有出入，皆手裒之本也。某布政欲譔吉金款識，爲聚拓本，穿穴羣經，極談古籀形義，成書十二卷。案：此指南海吳荷屋中丞榮光。筠清館金錄吳書自序云：一日，廖工部甡來請曰：子之金文，龔定盦禮部欲任校訂。余固知定盦研精籀篆，與家子苾編修搜訪若干，悉以付之。余再出爲閩藩，則以此事屬陳禮部慶鏞，敦促成書云云。據此則今刊五卷，未必悉出原稿，惟所收先生藏器及釋文不少，別輯爲卷，附刻集中。在京師爲阮文達譔齊侯中罍二壺釋文。案此即世稱齊侯二罍也，釋文全稿已佚，遺說一二，僅見筠清館金錄中。又作學海談龍，存金石諸題識。所藏彝器之屬，今可考者，如方鼎、龍勺、魚爵、父丁爵、立戈爵、癸歙觚、見說衛公虎大敦、楷寫本此文增兕爵一。商父丙爵、周從鐘鉤、秦豆、漢一升十四龠熏鑪、有嬰桃第一四字。漢剛羿、右尉錐、左尉印、嚴道橘園、嚴道橘丞、牛鞞長印諸笵，見筠清館金錄及趙之謙補寰宇訪碑錄。召伯虎敦、百有三名。內史第五行鐙、見詩注。漢柉豆、鴻嘉鼎、大小洗十有五、見漢器文錄序。古鏡五，見鏡錄序。昌綬得先生鏡拓一紙，自題云：此羽琌山人平生第二寶也。手拓本丁亥付裝，記之。又云：都一百十又三字，別有釋文。案鏡銘罕逾百字者，此鏡徑三寸許，字細如髮，制作精絕，惜釋文已佚，拓本未能悉辨，原鏡不知流轉何所矣？昌綬纂年譜竟，適獲是拓，驚喜逾望，因撫婕伃玉印同裝一册，題曰羽琌雙寶，集同人歌詠張之。又案破戒草丁亥歲雜詩第四首云：「我有秦時鏡，猗貀龍鸞痕；我有漢宮玉，觸手猶生溫；我有墨九行，驚鴻若可捫；玉皇忽公道，奇福三至門，欲供三炷香，先消萬古魂。古春伴憂患，詰屈生酸嚌，且搨三千本，贈與人間存。即指飛燕玉印及此鏡與洛神賦九行本也。古泉則有新莽時次布九百，見戴文節古泉叢話。又唐天寶銅造象。海鹽張燕昌金石契：唐天寶造象題名，銅質，金塗面，刻蠅頭楷書云：大唐天寶五載五月廿日，上爲皇帝，下爲一切蒼生，又爲七代先亡，今爲見存父母，敬造阿彌陀象一鋪，佛弟子張處方一心供養。六行，凡五十言，大唐字嘗於六行之中上，筆法極寬綽有餘，杭郡黃松石樹穀所藏。乾隆乙未春日，偕鮑淥飲廷博訪松石令子小松易於武林門外，借歸寓齋，燈下同梁山舟侍講先生觀。又黃樹穀跋曰：甲寅秋，予得一造佛題名小銅碑，大可二寸，寬八九分許，額以雙龍蟠其上，負重在其下，僅鑄前半身，而中刻小字如半粟，碑背有鼻鈕，大略造佛既成，而繫此碑於佛座間者。案此象又見山左金石志。徐康前塵夢影錄：龔定盦禮曹得唐天寶銅造象，面陽文，佛象背如碑式，小楷陰文，即張芑堂金石契中歷卷者。後爲梁太守恭辰所得，劉方伯喜海亟賞之，太守即持以獻，旋調台州府，隱以報之，爲吳中丞文鎔所劾，列入彈章。先生已亥雜詩注，已自言吉金星散，百存一二，卒後益零落不可問矣。丹徒戴保庸問樵韓履卿寶鐵齋金石跋尾序：金石家言，自歐、趙、洪、薛以來，至我朝而極盛，保庸生平師友間，如阮芸臺相國、朱菽堂尚書、蔣伯生大令、翟文泉進士、龔定盦禮部諸君子，皆獲接其人，讀其書，上下其議論，輒用自愧，又自豪也。又云：阮相國、龔禮部，皆君所善，且一水可達，請更以此書質之。所藏尚有玉剛卯、見漢器文錄序。葉小鸞眉紋詩硯。先生嘗自賦天仙子詞。顧澗薲思適齋集浪淘沙：爲龔定盦賦葉小鸞眉子研，時定盦方談佛也，詞曰：「黛色割遙嵐，墨瀋微酣。是誰收拾小檀函？留得寒篁天下影，長對初三。　居士借經龕，位置偏諳。偷窺曉鏡語重參。不許花箋題豔夢，解脫春蠶。」　歸懋儀佩珊題葉小鸞眉子硯詩：「螺子輕研玉樸温，摩挲中有古吟魂。一泓媛瀉桃花水，洗出當年舊黛痕。」鄭文焯曰：小鸞眉子硯，余見之石埭徐子靜案上，謂於海上得之先生冢子孝拱家，石已中斷，別有舊脫本，名流題詠殆徧。光緒初，余游吳門，猶及見孝拱之妾褚畹香，詢以龔氏遺跡，則云：有書百餘篋，盡售之海客已。名跡則有宋拓蘭亭定武本、洛神賦九行本、此據沈氏樹鏞說。先生又蓄十三行白玉本凡二，與蘭亭跋並見雜著卷中。保母甎拓本、見詩注李成溪山秋曉圖。見詞注。牽連記。紀年文有定盦八箴、說衞公虎大敦。賦常州高才篇贈丁若士履恒，備述乾嘉以來常州諸名流，如臧在東鏞堂、顧子述汝明、惲伯子敬、孫季逑星衍、趙味辛懷玉、管孝逸繩萊、洪孟慈、莊卿珊見前、張翰風琦、周伯恬儀暐、董方立祐誠、陸祁生繼輅，皆先生所素識也。

道光八年戊子，三十七歲。

譔尚書序大義、大誓答問、尚書馬氏家法各一卷，成。案：大誓答問，汪小米先有刻本，今賴以傳，龔氏家稿目錄，亦稱著述甚多，家存惟此一種耳。先生嘗得宋皇祐重摹魏邯鄲淳三體石經尚書三十九字、左傳三十八字，先生盛稱淳親見祕府孔壁古文，且言石經有今文、古文兩者之學，邕一字，今文家也，淳三字，古文家也。見劉禮部集跋杜禮部所藏漢石經後。鄭文焯曰：光緒二十二年，許州出石經尚書殘字，文爲三體書，曰古文篆隸，存一百十一字，殘十字，以漢慮俿尺度之，字徑寸，波磔醇健，與黃氏小蓬萊閣所庋漢石經體格迥異，攷古者以爲魏邯鄲淳之眞跡也，石藏山東黃縣丁氏，余別有攷證，惜先生未及見之。紀年文有最錄尚書古文序寫定本、最錄李白集。

道光九年己丑，三十八歲。

會試中式第九十五名。座主歙縣曹文正公振鏞、滿洲文恭公玉麟、寶應朱文定公士彥、山陽李芝齡大宗伯宗昉、歙縣吳退旃大司農椿，房考清苑王曉舲中丞植。試文見龔氏科名錄。欲速則不達，見小利則大事不成。申言爲政之戒，而恃氣與識者，廢也。夫欲速，恃其氣也，見小利，恃其識也，則弊所生也。决之曰：不達、不成，而二者將毋窮？曰：古今立功名之人不一，其大端曰氣、曰識，僨功名之人不一，要其大端曰恃氣、曰恃識。今驟語之曰：二者可用而不可恃，彼必不信。爲之究其弊曰：是但與無氣無識等，庶其人進於若怯若悔之中，而勇智益爲世用。無欲速，無見小利，抑思欲速、見小利之果何如人哉？抱負無積，但庸衆之胸，而既思速試以售其學，又思小試以暴其才，此其人非無情於天地民物可知也。欃藉未歸，斯局外之見，而業爲其速而人心不驚，業爲其小而國脈已寄，此其人非無責於天地民物可知也。歲月者，豪傑所當惜，然人能惜之，人不能與造化爭之，夫不籌乎氣數之原，而知萬事萬物之有定候焉，將聖賢之惜歲月與豪傑之惜歲月何以異？經濟者，商賈亦能譚，然彼喜譚之，彼不能以學問擇之，夫不總乎成敗之林，而信陰陽人事之無全功焉，將聖賢之譚經濟與商賈之譚經濟何以異？夫然而歎恃氣者憍，非不慕久道化成，而恐天下不及待而疑已，而求天下之信已，疑信相戰，始用是皇皇矣。議因革也，因革皆條約之言，議富教也，富教孰肌膚之受？行一政思畢一政，大都取目前所易爲者而銳爲之。夫然而歎恃識者淺，非不知美利不言，乃恥天下不見功而謗已，因求天下之譽已，謗譽一明，始用是沾沾矣。有司筦出納，惜國帑而國帑空；織人給指使，收人材而人材去。舉一政反廢一政，大都取流俗所共悅者而苟悅之，而何能達？而何事之能成？吾是以思古之能制氣者，或少壯經營，而成功在耄期之日，或祖宗況瘁，而得意於孫子之朝。其定力足以當天下之大疑、而勇可恃、怯更可恃，由體達用密如爾。吾是以思古之能制識者，明知救時孔亟，謝棄策以還明廷，明知出門有功，留有餘以還天地。其定識足以敵天下之大謗，而智可恃，愚益可恃，成允成功泊如爾。莒父雖小，宰天下亦猶是矣，商也鑿之哉。或生而知之，或學而知之，或困而知之，及其知之一也。以知策君，實以天策人也。夫公知生知之異於學困，而不知學困之無異於生知也，子故以一之者策之。且臣言文武之政，至於知天知人，而天下之言道者信矣，天下之言道者又疑矣，信則信夫憲章之法必俟乎講明，疑則疑夫濬哲之原先限乎等殺。夫謂未知之前無等殺焉，不可也，謂已知之後有等殺焉，不可也。何則？形氣未判之始，此知與君臣、父子、兄弟、朋友、夫婦同渾於無形、無端，而知其所以分，又知其所以合，此不特人人所不得私，即文武不得而私之也。而性分之中，無凡無聖，形生神發以後，此知與君臣、父子、兄弟、朋友、夫婦各燦於兩間，由是而當知其何以過，又當知其何以不及，此不特人人所不得同，即文之與武亦必不能一致也。而中道之的，有合有離，於是一知也，而判爲三矣。有言生知而學，而困從此來者，以神孅而開學術，因學術而啓顚蒙；有言困知而學，而生從此溯者，因憂患而嘗學問，以學問而返性天。有生知而下資夫學困者，待旦繼夜，雖神聖而竭憤悱之聰明；有學困偶兼夫生知者，赤子途人，以良知而契無聲之歌泣。凡此者，果有以異乎？無以異乎？以爲無以異，不太早乎？以爲有以異，豈其誣乎？而要未嘗於及其知之而括論之也。道有其當然者，及其所當然而後爲知，聞境淺焉，思境深焉，意境虛焉，身境實焉，知之果肖乎當然，則淺者深，虛者實矣。萬古此作謀作哲，四海而一室一心。而回視夫未覺之先，如何扞格？將覺之際，如何遲徊？一身之前後甘苦，蓋可泯也，舉世之甘苦，何勿泯乎？如既覺而猶差等夢寐之甘苦，則已愚。道有其所以然者，及其所以然而後爲知，或得之積漸焉，或得之倏忽焉，或得之散殊焉，或得之會通焉，知之果踐乎所以然，則漸者頓，萬者一矣，聾聵可合，何況智愚？古今可通，何況旦暮？而回溯夫所契之境，歷歷如此，求契之塗，歷歷如彼，一人之前後優劣，固贅詞也，萬人之優劣，獨非贅乎？如既悟而又剖別迷塗之優劣，則已謬。臣得而斷之曰：及其知之一也。知人此知，知天亦此知也。公其有意乎？　夏曰校，殷曰序，周曰庠，學則三代共之，皆所以明人倫也。人倫明於上，小民親於下。

臚三代學制之異同，而其所大同者可知矣。夫校、序、庠，其制異也，學，其制同也，至於設學之所以然，則異者固同，同者又大同。昔者，三代之制，八歲入小學，十五歲入大學，小學學六書、九數而已，大學之道，在明明德，在親民，夫千古典學之制，雖自有虞氏，曷爲不言有虞？王者奉三政，存三統，與已而三，過三非所考也。故言田制，言學制，皆自夏始。抑聞之，夏有東序，周有鄉校，殷人亦養老，豈無庠？周人亦習射，豈無序？庠、序、校，三代大都同，然而言其同，不如言其異，曷異乎爾？其所偏重者異，其所爲專號者異。夏實曰校，殷實曰序，周實曰庠，夫同之中有異如此，然而其同者自有在矣。三代之天子，天子之元子，公侯之適子，支子卿大夫之門子，罔不學三代之王，若曰有鄉學以化隴畝之民，無國學以儲顯懿之士，非致也。鄉學致士庶，五方之風氣或異宜，國學致貴游，朝廷之掌故必衷一。故國學則三代共之，是謂異之中有同。雖然，此其小異同也。凡三代典故，同中有異，異中有同者，皆異同之小焉者也。然則三代所大同者可知已。六藝、九數，大道所寄，非道也。先知不知後知，先覺不覺後覺，自淑其身，而非淑天下之學也。三代之人才聞大道同，淑其身而必兼淑天下也同，此豈制度名物之可得而與民變革者哉，皆所以明人倫也，此之謂大同。且三代之學士，身處於下，而恆與上之人共其責焉。帝典之文曰：百姓不親，五品不遜。周之制，亦上和親爲一書。夫萬物之命，治亂之紀，聚散之數，久暫之源，在乎親與不親之間而已矣，親則相羣、相別、相安，天下無不人之倫，天下自無不倫之人矣；不親則不相羣、不相別、不相安，天下有一不倫之人，天下漸化爲非人之倫矣。此上之人之所蒿目而憂，而天下人之所延頸以望者也。吾得總揭三代之明效大驗曰：人倫明於上，小民親於下。獨是達道之五，必歸達德，是故明倫有時而變文曰明德；大學之文，不祖康誥，是故親民不必變文爲新民，然而義可兼也。要之三代之學，三代之治，必自攷訂其異同始。

賦得春色先從草際

歸，得歸字。五言八韻。　修到瀛洲草，孤芳敢恨微。花間猶煖薄，柳外未春歸。獨抱靈根活，還先物態非。出山名遠志，入夢戀慈暉。黛色千莖絢，香心一雨肥。西郊初試馬，南浦莫侵衣。拾芥談何易，披榛采正稀。仙毫擒賞後，丹地許長依。　殿試三甲第十九名，賜同進士出身。四月二十八日朝考，奉旨以知縣用，呈請仍歸中書原班。先生廷試對策，大致祖王荆公上仁宗皇帝書。及朝考，欽命題安邊綏遠疏，時張格爾甫平，方議新疆善後，先生臚舉時事，灑灑千餘言，直陳無隱，閱卷諸公皆大驚，卒以楷法不中程，不列優等。是月乙丑，太子太傅固原提督二等果勇侯楊芳自喀什噶爾入覲，先生與相揖於西淀軍機處直房，爲文以紀其事；方癸未歲，楊侯任古北口提督，先生亦有詩寄之。十二月，上大學士書，言內閣故事當循者有六事，寢不行。紀年文均見上。

道光十年庚寅，三十九歲。

四月九日，歙徐廉峯侍御寶善、宜黃黄樹齋編修爵滋約同人花之寺看海棠，注見後。　續江亭餞春之集，會者朱椒堂京兆爲弼、彭荆田太守邦畯、潘研輔解元德輿、周雪橋檢討仲墀、汪小竹比部全泰、簡夢巖孝廉鈞培、魏默深舍人源、湯海秋儀部鵬、陳登之通守延恩、潘星齋待詔曾瑩、紱庭典簿曾綬與先生凡十四人，未至者，李方赤比部璋煜也。見徐廉峯詩集。　紀年文有最錄段先生定本許氏說文。先生自戊子至是，數年在都，皆居上斜街，見此文下題識。

道光十一年辛卯，四十歲。

是歲事實無考。

道光十二年壬辰，四十一歲。

春，招公車諸名士重集花之寺。嘉應楊懋建掌生夢華瑣簿：三官廟中有花之寺，壬辰初入京，龔定盦招余會公車諸名士宋于庭、包愼伯、魏默深、端木鶴田諸公十四五人於其中。余初不知其地所在，年伯御史中丞朱公聞之，笑謂徐少司空師曰：此必君同年生所爲。既而戾止，則綺疏盡拓，湘簾四垂，花之寺綽楔在焉，前後皆鐵梗海棠，境地清華，頗愜幽賞。余詰定盦：蚪戶銑溪，徐彥伯澀體，君奈何亦墮此惡趣？答曰：此曾賓谷舊言也。羅兩峯夢前身爲花之寺僧，故賓谷先生爲署此榜。後閱宋牧仲筠廊偶筆，則花之寺實有其地，在青州。案：王漁洋分甘餘話：沂水縣有花之寺，不解其義，張杞園問之土人，云：以寺門多花卉，而逕路竘折如之字形，故以爲名。周侍郎櫟園詩：「月明蕭寺夢花之」，其長子在浚有花之詞一卷。又楊掌生辛壬癸甲錄：四喜部伶楊法齡瀞卿，居京師，從士大夫，長揖不拜，傖父頗用相訾謷，惟龔定盦禮部議論與予合。此正汲長孺所謂：大將軍有揖客，顧不重耶？夏，大旱，詔求直言，大學士蒙古文誠公富俊五度就訪，先生手陳當世急務八條，文誠讀至汰冗濫一條，動色以爲難行，餘頗欣賞。文不存集中。紀年文有羣經寫官答問、已佚。最錄司馬法。

道光十三年癸巳。四十二歲。

譔左氏春秋服杜補義、左氏决疣各一卷，並佚。又西漢君臣稱春秋之義考一卷，同縣朱孝廉以升助先生整齊之。橙所編文目有之，今未見。紀年文有六經正名篇暨答問五篇。

道光十四年甲午，四十三歲。

紀年文有干祿新書序。

道光十五年乙未，四十四歲。

擢宗人府主事。案選官事，詩文無徵，甲午序干祿新書時，尙官中書，而主事結銜，始見於丙申五月送梁公序，似當在甲乙之間，繫此姑攷。九日，與諸同人集於吳虹生家。會稽潘諮少白林皐間集、秋日集詠記：乙未九日，集吳氏之南軒，主人致客，得通該擅雅望者數人，皆吾浙產也。酒既行，主人欲爲詠，左右談辯之氣，塞空無虛，舉杯濡懷而靜聽之；山陰徐氏說海內山川谿谷，東至滄溟，西至崑崙外，更數千里，天時物氣，指顧畢列；武林龔氏以奇物異事之傳於古者貫之；端木氏以爲人事所至，猶在跡象之內，說二儀陰陽，環轉闔闢，洋洋乎以達無始；宗氏以詩書愜心善語，作訴辯而時吐之，與諸客應問，如歌按拍而爲之節。吾與主人坐聽其間，上下古今，出入霄壤，容與於太虛太始，而歸於人事之內，千態萬狀，以醇酒沃之，豈不偉哉？　紀年文有工部尙書王文簡公墓表銘，最錄南唐五百字。

道光十六年丙申，四十五歲。

長樂梁茝林中丞章鉅任廣西巡撫，陛辭出都，先生與歙程春海侍郎恩澤暨吳虹生、徐星伯，合譔梁公於虹生家，作序以贈。友人王元鳳以陳州知府獲譴，戍軍臺，託弱小於先生所，先生乞假五日，送之居庸關，逾八達嶺而返，時方修蒙古圖志，屬元鳳爲圖所闕部落山形，以門禁嚴，不果。先生居京師久，嘗東游至永平境，此行又北至宣化境，因作紀游合一卷，已佚。猶恨未至盧龍關、獨石口，盡窺東北兩邊形勢也。　立秋日，同年慶漁山戶部勛，招同吳虹生舍人葆晉、馬湘帆戶部沅、戴雲帆水部絅孫、步香南編修際桐、徐鏡溪水部啓山集都城北積水潭秋禊，登西北高樓縱飲，有詞紀之。　紀年文有說張家口、說居庸關、陸彥若所箸書序，代阮中丞兩廣總督盧敏肅公神道碑銘，案揅經室文集別有碑文一首，注云銘乃門下士代作，蓋此碑甚簡要，阮公文則較詳也。　餘見上。

道光十七年丁酉，四十六歲。

正月，宗人府京察一等引見，奉旨記名，充玉牒館纂修官，草擬章程，未竟其事。三月，改禮部主事祠祭司行走，四月，補主客司主事，仍兼祠祭司。選湖北同知，不就，還原官。是歲春，以佛書入震旦，校讎者希，譔龍藏攷證七卷，又重定妙法蓮華經目次，分本跡二部，删七品，存二十一品，復述天台家言爲三普銷文記七卷，及龍樹三極記、重輯六妙門、寫定法華宗魏南岳思大師、隋天台智者大師、唐荊溪湛然大師，涅盤宗唐永嘉無相大師，華嚴宗唐帝心大師、圭峯密大師各書，爲支那古德遺書，自署名曰觀實相之者，齋中供智者大師檀香象，錢塘徐問蘧楙書扁曰觀不思議境，聯曰「智周萬物而無所思，言滿天下而未嘗議」。先生究心大乘，纂述甚富，雜文存目又五十餘篇。九月二十三夜，不寐，聞茶沸聲，披衣起，菊影在扉，忽證法華三昧，自是益臻悟境矣。是月，與徐星伯、吳虹生，聯騎遊西山寶藏寺。紀年文有禮部題名記序、主客司述略、答人問京北可居狀、書蘇軾題臨皋亭子帖後。

道光十八年戊戌，四十七歲。

正月，上禮部堂上官書，論四司政體宜沿宜革者三千言。四月，據商周彝器祕文，說其形義，補說文一百四十七字成。是歲又成春秋決事比六卷，申劉禮部之誼，距禮部卒十年矣。案此書引經傳百二十事，已佚，惟存答問一卷。先生說經之書，尚有詩非序、非毛、非鄭各一卷，平生說詩，於古文、毛、今文三家，無所尊，無所廢，其雜著尚有典客道古錄、奉常道古錄各一卷，布衣傳一卷，平生師友小記百六十一則，訂裴駰史記集解之誤，爲孤虛表一卷，今見集中。古今用兵孤虛圖說一卷。鮑伯先生篤好漢書之學，家藏批校本凡六七通，又有手鈔本，先生因爲漢書補注，未成。讀漢書，隨筆得四百事，皆無作書年月。又今方言僅存擬進表文、升平分類讀史雅詩，盛氏續經世文編收此序，題曰戴天偶述，未詳所本。干祿新書僅見自序，類記於此，稿本咸不可蹤跡矣。十一月，候官林文忠公則徐由湖廣總督入覲，頒給欽差大臣關防，馳往廣東查辦海口事件，水師咸歸節制，從國史原文。先生作序贈行，極言戰守之策，幷陳決定、答難、歸墟諸義，以堅其心，林公深然之，有答書，附載集中。紀年文有代宋經歷京師悅生堂刻石，餘見上。

道光十九年己亥，四十八歲。

先生官京師，冷署閑曹，俸入本薄，性旣豪邁，嗜奇好客，境遂大困，又才高動觸時忌；至是以闇齋先生年逾七旬，從父文恭公適任禮部堂上官，例當引避，乃乞養歸。四月二十三日出都，不攜眷屬傔從，以一車自載，一車載文集百卷以行，夷然傲然，不以貧自餒也。同年石屏朱丹木太守雘引見入都，爲先生治裝，先後出都。湯鵬海秋詩後集贈朱丹木結句云：「苦憶龔儀部，鏟前賦白頭。」自注往時丹木入都，值定盦舍人忤其長官，賦歸去來，今舍人已下世矣。姚瑩湯海秋傳：道光初，余至京師，交邵陽魏默深、建寧張亨甫、仁和龔定盦及君。定盦言多奇僻，世頗訾之。亨甫詩歌，幾追作者。默深始治經，已更悉心時務，其所論著，史才也。君乃自成一子。是四人者，皆慷慨激厲，其志業才氣，欲凌轢一時矣。世乃習委靡文飾，正坐氣茶耳，得諸子者，大聲振之，不亦可乎？歲在丙戌，余服闋入都，諸君與周旋久之。辛卯，再入都，亷峯已病，未幾卒；定盦繼之。案湯、姚二公皆歷叙京師聚散終始，故附於此。距國門七里，吳虹生立橋上，候先生過，設茶灑淚而別。虹生爲戊寅己丑同年，同出淸苑王公門，殿上試，同不及格，同官內閣，同改外，同日還原官，交誼尤摯者也。張大令祖廉，得先生與吳君手簡，審其文，自丙申迄辛丑，凡十二通，錄附雜著卷中。其他同年留京，如南豐劉星房良駒、南海桂皓亭文耀、永城丁樂垞彥儔、昆明戴雲帆絅孫、長白奎□□綬、臺灣黃伯雨驤雲、閩江翌雲鴻升、棗強步香南際桐、直隸布政使蒙古託渾布，以及同官京朝時相過從者，番禺黃蓉石玉階、閩陳頌南慶鏞、道州何子貞紹基、子毅紹業、會稽潘少白山人諮、鎮國公容齋居士見前、大興周□□之彥、濟寧王秋畹瀫闌、日照許印林瀚、海豐吳子苾式芬暨湯海秋、涂星伯諸公，各以絕句別之。五月十二日，過淮浦，遂抵揚州，同年何亦民俊以知府銜駐黃河，盧心農元良知甘泉，過江淮間不困厄，兩君力也。重見予告大學士阮公及秦敦夫編修、魏默深舍人、陳靜弇博士、上元闌□□、太倉邵子顯兩廣文、秦玉笙𤅢、謝夢漁增、劉楚楨寶楠、劉孟瞻文淇四孝廉、楊季子都尉暨段果行、沈錫東諸君。段、沈乃闇齋先生舊日賓客也。在邗上跌宕文酒，憑弔古今，多哀豔之作。欲如江寧，不果。過鎮江，至江陰見李申耆先生兆洛，及其門人蔣丹棱茂才彤，先生賦常州高才篇，恨未識李先生，至是始獲奉襟。養一齋集與鄧守之書：默深初夏見過，得暢談，又得讀定盦文集，兩君皆絕世奇才，求之於古，亦不易得，恨不能相朝夕也。案：此當亦未相見時作。途次夢顧澗蘋，歿六年矣。至蘇州，擬尋洞庭山舊遊，又不果。時宋于庭作令楚南，江鐵君先一年逝，朋舊寥落。舅氏段右白葬支硎山，詩以弔之。金媼者，先生幼時嘗保抱者也，重見於吳中，年八十有七，能言先生家六十年舊事。到秀水縣，見七叔父，訪嘉興太守王子仁壽昌，文簡公子也。拜紫柏、藕益兩人師象，求天台宗各書印本，無所得。見楞嚴講主逸雲，方刻明人楞嚴宗通一書。七月九日到杭州，闇齋先生年七十有三，倚門望久矣。到家之日，杭人早傳誦出都留別詩，時有詩先人到之謠。闇齋先生垂詢文集定本，命呈近詩。先生欲寫全集清本數十分，分貽友朋家，又欲以一分寄吳虹生，未寫竟。　八月十八日，侍闇齋先生觀潮。闇齋先生扶杖出遊，里少年皆起立。時鄉先輩在籍科目年齒頡頏者，姚亮甫祖同、陳堅木嵩慶兩侍郎，張雲巢青選鹺使，張靜軒鑒與胡書農敬兩學士。親舊排日過從，乞留墨數行，爲異日相思之資者，塡委牖戶，惟譔次先世事行，屬爲家傳墓表，則詳審爲之，多存槀者。過嚴小農侍郎富春山館，觴詠旬日，其地爲明金尙書別墅，杭人猶稱金衙莊，先生品題爲天下名園第四。先生出都，有空山夜雨之句，是秋自淮以南，千里苦雨，謂應詩讖，頗軫哀鴻之思。時方患銀貴，先生謂古人粟紅貫朽，是公庫不必皆納鏹也。徐鐵孫大令榮論與相合。昌綬案：象州鄭小谷比部獻甫士農兵鹽四策，有曰：農莫若權穀帛以行，毋得專稅銀，斯銀輕而農重。其持議亦同，雖未易驟行，實儒者經世名言也。九月十一日，坐雨羽琌山館。包愼伯贈瘞鶴銘，以詩代跋。先生評此銘惟北朝鄭文公碑差足相匹。先生眷屬尙滯北方，料理別墅稍露厓略，將自往迎之。陳碩甫爲規畫北行事，明白犀利，先生誌爲良友之愛。遂於九月十五日晨發，從子劍塘送於蘇州。二十五日重到袁浦，從弟景姚以丹陽丞駐南河，館其廨中，留十日，藉讌遊以抒湮鬱之抱，所謂「醉夢時多醒時少」也，賦寱詞三十餘首。十月六日，渡河而北，時東河總督檄問泉源之可以濟運者，甘泉汪孟慈戶部喜孫董其事。先生過銅山縣北，見柳泉湧出，過滕縣西南，見大泉懸出，詩寄孟慈及徐鏡溪工部。先生曩在北，陳北直種桑之策於畿輔大吏，過蘇州，則陳吳中水利策於同年魯山布政裕謙，民物之懷，固無時不睠睠也。先生屢過兗州，未至曲阜，至是自幸箸書有成，慨然曰：可以謁孔林矣！乃齋於南沙河，又齋於梁家店，遂謁至聖廟。瞻仰純廟所頒祭器十事，得拓本歸，兩廡儒者有拜，有弗拜，亦有強一揖不可者。館於孔經閣憲庚家。見庚午同年曲阜令王海門大堉，其弟秋垞大淮、其子子梅鴻、孔繡山憲彝、先生爲孔君母孫孺人撰墓碣，臨桂朱伯韓侍御琦書後曰：仁和龔定盦自珍此志最簡勁。梅伯言農部書後稱敘仲之賢，皆其母孺人之敎。又云：敘仲交廣而不濫，是爲難也。琦與敘仲別十年，復見京師，酌酒論詩，座上客長滿，敘仲信多賢友而獨能爲其難者與！卷中題跋，多余舊遊，海內賢豪長者，豐才博聞之士。嗚呼！梅龔二先生死矣，覽茲遺刻，不獨賢母遺徽，邈不可及，而於友朋離合死生之感，亦不能無慨於中已。咸豐七年六月。案：敘仲，孔舍人別字也。孔氏之甥鄭子斌憲銓，皆詩人也。先生各爲題圖，五君餞於矍相圃，時纔十月，忽開臘梅一枝，經閣折以伴行。至任邱縣，遣一僕入都迎眷屬。公子書來，乞稍稍北，乃進次雄縣，又請，又進次固安縣，眷屬於冬至後五日出都，石門方鐵珊參軍廷瑚、海昌陳笠雨明府希敬餞於高陽。鐵珊爲方蘭坻薰之子，以詩畫名，好佛，年七十猶宦畿南，有女及笄，笠雨喪偶，先生爲之蹇修。十二月十九日，過焦山，攜女辛往遊，歸舟大雪。二十二日，過無錫縣，又攜女遊惠山。先生女亦嫻文翰，嘗書馮延巳詞三闋誦之，自言能識其恉。又好讀白石詞。歲不盡五日，安頓眷屬於海西羽琌之山，自是恆往來吳越間。先生庚子春與吳虹生書云：弟頹放無似，往來吳越間，舟中之日居多，在家則老人且不得蕭閑如先輩林下之樂，況弟乎？出門則干求諸侯，不與筆硯親，幸老人有別業在蘇州府屬之崑山縣城，距杭州可三日程，弟月必一至，內子亦暫頓於是。弟至其地，則花竹蔚然深秀，有一小樓，面山，樓中置筆硯，第偷閑暫坐臥於是。途中雜記行程，兼述舊事，得絕句三百十五首，題曰己亥雜詩，平生出處、著述、交游，藉以攷見。紀年文有己亥六月重過揚州記、病梅館記、邵子顯校刊婁東雜著序、縱難送曹生、徐秦母碣。

道光二十年庚子，四十九歲。

春，寫己亥雜詩竟，新安女士程金鳳書後。八月，至蘇州。旋之金陵，游秦淮，復移寓城北四松庵，溪山幽絕，人跡罕至。重之蘇州，寓滄浪亭，與王子梅諸君譚藝甚懽，子梅以敎主目之。輯庚子雅詞一卷。無錫沈鑿姓庚留滬吟館詞一斛珠：定盦禮部以近製庚子雅詞見示，索題其後：「珠塵玉屑，側商調苦聲鳴咽。愁心江上山千疊。但有情人，才絕總愁絕。板橋楊柳金閶月，累儂也到愁時節。一枝瘦竹吹來折。恰又秋宵，風雨戰梧葉。」又水調歌頭：定盦禮部疊次見示，並蒙贈詞，爰倚原韻奉答。又秋霽，寓館延秋，同集者華亭朱蔗根、仁和龔定盦、旌德江春舲、泰州程小松，主人則南昌萬淵北也。詞不備錄。紀年文有鳳山知縣常州湯公父子畫像記，十一月初九日與人箋。

道光二十一年辛丑，五十歲。

春，就丹陽雲陽書院講席，新正三日，即由杭州出行。三月初五日，闇齋先生卒，壽七十有五。錢塘諸可寶東軒吟社畫象小傳：觀察爲金壇段大令玉裁女夫，獨得漢學眞傳。官京曹時，敝貂粗糲，處之晏如。嘗一典試廣西，於各房考落卷，無不覆校，以汪能肅領解首，汪蓋知名士，實於落卷中拔之也。及出守徽州，擢蘇松太道，監督海關十年，所入羨餘，悉舉畀親族，賴以起家者甚衆，己顧不名一錢，去官日，載石而歸，其淸風可想也。主紫陽書院講席，每以先器識、後文藝勗諸生，然斠課作則又甚嚴，論題輒書至數百言，所謂言行交惕者非歟。與胡學士敬相交，視凡人爲摯；年七十有五卒，學士作聯語挽之曰：「司管榷者十年，宜富而貧，視古名臣無愧色；溥仁恩於三黨，爲善必報，知君後嗣有傳人。」蓋實錄也。兩浙輶軒續錄卷十八暨杭州府志略同，此傳較詳，故錄之。闇齋先生主紫陽講席有年，至是以先生嗣主其事，仍兼丹陽講席。七月，至丹陽，館於縣署。八月十二日，暴疾捐館。紀年文有鴻雪因緣圖記序，手寫刻本題孟秋上旬三日，蓋幾於絕筆矣。先生二子曰橙，曰陶。見哭鄭八丈詩注。橙字昌匏，見己亥雜詩注。更名公襄，字孝拱。陶後更名寶琦，字念匏，官江蘇金山知縣。女辛。又幼女名阿等，先生殁，年纔六齡。寶琦子齊崧，字定孫，以知縣需次江蘇，未幾遽殁，其後益衰替矣。魏源定盦文錄序曰：君於經通公羊春秋，於史長西北輿地，其文以六書小學爲入門，以周秦諸子、吉金、樂石爲崖郭，以朝章、國故、世情、民隱爲質幹，晚尤好西方之書，自謂造深微云。張之洞國朝箸述諸家姓名略：龔自珍經學家，又史學家，又古文家，又經濟家。易順鼎國朝學案目錄通儒學案卷二百七十四至二百八十：龔、蔣湘南、包世臣、魏源、徐松、何秋濤、張穆，皆經學兼經濟、輿地家。湯鵬海秋詩存：答龔膳部越鳥篇：「越有鳥，胡爲乎自名鳳凰？楚有鳥，胡爲乎自名鳳凰？衆中弗可以獨，獨斯不詳。不見訓狐祝鳩，兔車滂澤，羣呼羣從，羣得其所以徜徉，胡爲乎自名鳳凰？（一解）越鳥古光在羽，古淚在心腸，衆於何詗其德昌？匪惟弗詗其德昌，乃又謠諑，乃又相寇攘，越鳥啾啾，出亦以踉蹡，入亦以踉蹡。（二解）楚鳥生於沅澧之陽，飽餐蘭茝以有其文章，文章有神，蘭茝有香，大顛濟蒸變化，上下四旁。名高患作，中道回翔，既懲既創，云胡不臧？不鳴者三年矣，罔或厭於靜，罔或萌於狂。（三解）楚鳥四顧翰弢，抱道不知所屆，呼同志子，來翱來將。瞻彼越鳥，九苞六像，匪衆鳥之行，顧無與衆鳥齟齬棱梗。式導以漸，式自治以莊，式定且詳。匪惟君子之祥，乃亦時之昌。（四解）」蔣湘南子瀟春暉閣詩集：書龔定盦主政文集後並懷魏默深舍人：「文苑儒林合，生平服一龔。朝容方朔隱，世責展禽恭。滄海橫流溢，高山大壑逢。齊名有魏子，可許我爲龍。」楊象濟利叔汲庵詩存：讀定盦先生集：「輿圖學可媲洪九，默深申耆以逮君。新彊置省言諤諤，說居庸者秋水文。」「長吟字字原忠孝，故衍大藏成煙波。要知奇處正平實，抉公祕鑰公毋訶！」「斯才不令修青史，乾隆以還無與倫。衣香禪榻等閑死，應爲皇淸惜此人！」程秉釗潘孫乾嘉三憶詩之一：「我憶仁和龔禮部，盱衡六合逞詞鋒。一蟲獨警誰同覺，萬馬無聲病養癰。（謂所譔西域置行省議。）餘事文章凌賈董，溯源蒼籀訂斯邕。同時未識南豐面，方寸靈香日夕供。」先生歿時，予方數歲。績谿程庶常秉釗，篤嗜定公文，榜所居曰龔學齋，於吳刻文集，評校綦詳。又欲譔年譜，創稾裁數十事，病未卒業，以授錢塘陳編修昌紳，編修爲龔氏姻戚，就其子姓詢訪，又得如干事，復以畀昌綬，留敝篋殆十年，卒卒未暇治，今歲校輯定盦全集，因檢舊稾，銳意爲之，徵之本集，又徵之羣書，依年件繫，首尾麤具，凡庶常原輯十之三，昌綬補輯十之七。庶常久歾，編修今又逝，遺編斷手，期慰地下故人。國步阽危，身世未可知，先哲叢殘之緒，甚賴亟傳之也。助之整齊者，長洲章君鈺、元和張君一麐。庚子仲秋，昌綬謹書定盦先生年譜後。

先生以道光庚子八月遊吳中，越六十年，今光緒庚子八月，昌綬在吳中爲先生纂年譜竟，殆有夙因，非偶然也。記之。

光緒甲辰之冬，北海鄭文焯叔問父校過。

後記

年譜寫定，凡屢易稾，越八年丁未歲，始畀工墨版，攜來京師。續有所得，未遑改補，陽湖呂幼舲前輩錄示尤勤，條繫於後，以竢來賢寀訂。甘遯邨萌記。

[illegible]湖賓手校河朔訪古記　昨作札與仁和龔瑟人中書自珍，勸其就近搜求京畿碑版，彙錄爲一書，將摘

此記常山郡卷內所列目寄之，亦不可少之事。一雲散人書於楓江僦舍，時道光二年穀雨節後五日也。呂景端案：是年定公在京供職，故有就近搜求之語。一雲別號，甚不多見。

吳石華手札　蘭修頓首，復星伯先生閣下：前所贈定盦端硯，乃西洞極純之品，而定盦薄之，大爲此硯抱屈，已以略小者易回。蘭修有藏硯二，有行硯三，今行硯一歸閣下，一歸定盦，一歸默深，皆著作家，亦硯之幸，雖空橐而歸，殊快意耳！　再硯匣前在途中顛損上方，其損者尚在定盦處，未交還，閣下可到彼處索回補之。

光律元有不爲齋隨筆　道光辛巳，余與膠州張曾霮鐵橋爲順天鄉試同考官，首題：「上長長而民興弟。」張得一卷，卓犖奇肆，薦之戴可亭相國，極爲推賞，旋因內用「尺布之謠」四字，嫌係漢事，抑置副榜，逮塡榜，知爲湖南名下魏源，大爲懊惋。下科，魏即中式順天榜第二名。補道光六年丙戌條下。

魏槃仲書傳靑主字册定盦先生跋後　先生卜築於崑山，自稱羽琌山民，時先伯父搆園揚州倉巷，有竹木池亭之勝，奉祖母以居，曰絜園，先生自都中歸，必過園留信宿。道光辛丑八月，彥甫八齡，先生見，輒爲說古今人物以勗之，今展遺墨，猶恍惚總角聽講時也。魏彥。　先生一日問余近讀何書，對曰詩經。先生即取素扇書絕句見貽，詩云：「女兒公主各丰華，想見皇都選壻家；三代以來春數點，二南卷裏有桃花。」並爲解說曰：小子識之。後扇遭揚州兵燹失去，至今思之，先生興復不淺。彥又記。

王定甫太常仙蝶歌，爲孔繡山作，書曲阜女士孔儀吉所畫圖册　曲臺沈沈神所賓，翩然鳳子嬉長春，都人傳是古仙者，五百年餘呼道人。道人方冠黃褶裙，金精炯爍緇衣紋，春花秋月尋常見，風雪夜寒疑楚魂。荆楚仙人有仙意，長歌爲爾高當世。自注謂龔禮部鞏祚。丹青又見戴進筆，自注戴侍郎熙。圖畫流傳珍女士。風物冰清朝士家，道人往往醉停車。達官貴游羣慕道，背台盡欲鳥爪爬。我昔羅浮訪葛仙，梅花邨市空流連。又從梁宋過靑陵，道旁羣松多墓田。祝英臺，梁山伯，兒女鍾情幾魂魄。道人精靈果誰是，苑樹祠雲獨棲息。古來神仙何足憑，歷劫不死惟丹誠。我疑齋郎古忠節，千載遺蜕依王城。漆園傲吏身如夢，日對滕王憶香洞。寂寞庭階秋雨淸，閉門自覺凡塵重。龍壁山房詩草。案：破戒草有太常仙蝶歌，意蓋指此，特誤先生爲楚人耳。

戴文節習苦齋畫絮　龔祠部定盦，嘗語予曰：西山有時渺然隔雲漢外，有時蒼然墮几榻前，不關風雨晴晦也。其西山詩，有云：「此山不語看中原」，是眞能道西山性情矣。擬小李將軍。

又　蝶僊小影　夙聞太常僊蝶好與士大夫游，或數千里訪其友，思一見不獲。道光二十九年，熙以少馬，偕張少宰芾番直南齋，率三四日宿澄懷園，三四日歸宣武城南私宅。立夏日，在私宅晨起，觀穗兒仿書，突見牕上一蝶，黄質黑章，樸古類枯葉，羽毵毵然，因語穗兒：都下盛傳僊蝶，此當是。笙兒適至，曰：兒聞僊蝶四跌。驗之良是。蝶立窗紙，屢張其翅，竊意其索畫，作曰：蝶果僊耶？今乃知來意。輒取箑爲寫影，略具藁，即入署。歸，蝶尚在，又張其翅不已，諦視所寫未似，復細摹形色，又剝落處一一似之，以示兩兒，皆曰肖。蝶乃有去志，因穴窗一隙，翩然出，小駐院牆而逝。賃此屋二載，未見一蝶，是蝶來半日許，院中來三蝶，蓋其侍從云。越五日，潘太常曾瑋過我曰：去冬在李鐵梅學士家見僊蝶，昨日住海淀，蝶忽來訪，迴翔久之去。熙詢狀及剝落處，且示之箑，兩見合，乃更寫而爲之記，將以證見者。

又 僊蜨第二圖 余旣寫蜨僊小影，且爲之記，蘇州潘玉泉見而笑曰：僊亦索畫耶？無怪人矣。復爲是圖：「瞬息幾千里，天空任去來。果然是僊客，何必守瑤臺？冷暖不逾節，交游殊愛才。人間夢幻耳，此相豈眞哉？」

又 僊蜨第三影 余今歲立夏日，見異蜨窗紙上，爲圖其形，以問見太常僊蜨者，或曰眞是，或曰略似，或曰迥非，然四跌馴擾，則幷爲一談也。訊臣許庶子與僊蜨蹤跡最密，謂此乃都中所稱「黃老道」者，但黃質黑章，四趺而馴擾者即是。形忽大忽小，色忽淺忽深，神僊幻化，不可跡象求也。訊臣將秉節粤中，濒行，屬圖此影，攷校之暇，持此影招羅浮僊蜨，當更有奇遇矣。右三事，因王通政詩牽連及之。

定盦先生年譜外紀

嘉善張祖廉纂

先生生於乾隆五十七年七月初五日午時，卒於道光二十一年八月十二日辰時。按吳氏年譜未載生卒之時，今補紀於此。

道光壬辰，讀爰書有名龔自某者，惡之，乃更名爲鞏祚，尋復名自珍。學佛名曰鄔波索迦，顏所居曰禮龍樹齋，曰奢摩它室。

籍隸仁和，而實居於錢塘，先生詩有「一家住錢塘四百春」之句。

童時居湖上，有小樓在六橋幽窈之際，嘗於春夜，梳雙髻，衣淡黃衫，倚闌吹笛，歌東坡洞仙歌詞，觀者豔之。或爲作湖樓吹笛圖以紀其事，余學士集題水仙子詞一闋。

先生廣顙巉頤，戟髯炬目，興酣，喜自擊其腕。善高吟，淵淵若出金石。京師史氏以孟秋祀孔子於浙紹鄉祠，其祭文必屬先生讀之。與同志縱談天下事，風發泉涌，有不可一世之意。而後學有所問難，則源流誨之，循循然似老師，聽者有倦色，先生灑然也。與皂稗販之徒暨士大夫，並謂爲龔獃子。

性不喜修飾，故衣殘履，十年不更。嘗訪錢塘陳太守元祿於京師七井衚衕，時九月也，秋氣肅然，侍者觳觫立，先生衣紗衣，絲理寸斷，脫帽露頂，髮中生氣蓬蓬然。

嗜鷄子，酒闌肴罄，必煑二枚食之，曰：喜其有渾沌之氣。

幼時侍父兵備公官京師，居近法源寺，稍長，保母攜之入寺，輒據佛座嬉戲，揮之弗去。

少時讀東方朔傳，恍惚若有遇，自謂曼倩後身。有「曼倩後身」印，嘉興文鼎鐫之。

先生詩文，搖筆即成，而不苟作。梁侍郎章鉅嘗乞賦虎邱古鼎歌，先生欲仿翁覃溪學士體爲之，自謂遒鬱未及覃溪，遂不報。

少好讀王介甫上宋仁宗皇帝書，手錄凡九通，慨然有經世之志。撰西域置行省議、東南罷番舶議，凡數萬言。

己丑朝考，先生於安邊綏遠疏中，陳南路北路利弊，及所以安之之策，娓娓千言。讀卷大臣故刑部尚書戴敦元大驚，欲置第一，同官不韙其言，竟擯之。

所藏召伯虎敦、大毌鬲，朔望則具衣冠率二子拜之，指示曰：此孔子以前物也。

先生交友嚴，好直言。劉鍾汶者，俠士也。嘗遠行，公送之詩，其序曰：「方水從吾游久矣，而氣益浮，中益淺，吾慮其出門而悔吝多也。然吾方託以大事，倚仗之如左右手，以其人實質無可疑者，特不學無術耳。爰最以一詩送其行。」陳元祿曰：破戒草有送劉三詩，即其人也。

在京師，嘗乘驢車獨游豐臺，於芍藥深處藉地坐，拉一短衣人共飲，抗聲高歌，花片皆落。益陽湯郎中鵬過之，先生亦拉與共飲，問同坐何人，先生不答。郎中疑爲仙人，又疑爲俠，終不知其人。

戊戌還杭州，居恆具盛饌而不召一客，至期設席，舉匕鬯呼名而揖讓焉。最後二人，則吳祭酒錫麒、陳太僕兆崙也。

嘗夢人授以玉印，內孕朱痕一星，後數日，以白金六百九十七兩三錢，於嘉興文氏獲漢鳳紐白玉印一枚，映日視之，朱痕宛然如夢中者。文曰「婕伃妾趙」，定爲飛燕故物。按趙婕伃玉印，先生旣賦詩四律，同時海內賡和篇什甚夥，其後此印流轉他所，均詳見吳氏年譜注中。吳氏年譜於印文「趙」字釋作「娋」字，並注中引元和江氏趙从女旁之言。祖廉細案吳氏所藏玉印，印本「趙」字，實从走，並非从女，願與好古者共證之。

先生所藏葉小鸞眉子硯，作長圓形，縱二寸七分，横一寸六分，厚四分，側鐫「疎香閣」三字，背鐫眞書，云：「舅氏從海上獲硯材三，琢成分貽余兄弟，瓊章得眉子硯，」凡二十二字，更繫二詩。詩曰：「天寶繁華事已陳，成都妙手樣能新。如今只學初三月，怕有詩人說小顰。」「素袖輕籠金鴨煙，明牕小几展吳牋。開簾一硯櫻桃雨，潤到淸琴第幾絃。」己巳寒食題。末刻「小鸞」朱文長圓小印一。先生賦天仙子詞寵之。又藏漢薰鑪，曾賦菩薩蠻詞曰：「冶藍活翠沉沉碧，人間無此傷心色。誰爇此鑪香，才人居未央。　摩挲長未忍，心上温馨肯。夢到古長安，茂陵春雨寒。」今詞集不載。

先生曾作回文金釧銘曰：「腕生蘭，捲袖紈，款所歡，煖與寒。」

錢塘陳元祿曰：羽琌之山藏庋奇物不可勝紀，而三秘、十華、九十供奉，尤爲最。今爲迻錄之如左：

漢趙婕伃玉印，文四，藏於寰中一玉之齋，有櫝用沉水香爲之。

秦天禽四首鏡，文百四十四，藏於秦鏡室，有籢，籢用梓。

唐石本晉王大令洛神賦九行，文百七十六，藏於晉墨齋。

右三秘

大圭有三孔

召伯虎敦

孝成廟鼎

秦鏡十有一字

元虞伯生隸書卷

楊太眞圖臨唐絹本

赤蛟大硯

古瓦有丹砂翡翠之色者一

優樓頻螺花一甕

君宜侯王五銖

右十華

剛卯

古玉四十以爲印

瑑琮一

碧玉版蒙古牌

回回玉劍珌
古刻生死心濃世緣自淡八字玉一片
六朝人麈尾枋子
漢三十六字鏡
漢三十四字鏡
古停空鏡
罩子自盨
姬大毌鬲
商尊
漢雙魚列泉洗
古規金鉤
鳳鐸
宋米家香合子
佛紐六朝印
西番印曰壽
燕姬匜

唐人雙鉤衛夫人殘字
薛素素蘭花卷
管仲姬潑墨山水
小鸞女子寫金剛般若經
吳玖夫人山水
金五雲夫人花葉小卷
横波夫人紅梅一枝
唐甆蛇紋大花甕長三尺者一
霽青一片
墨定盌四事
高句麗花餅
鱔魚黄奇石硯
葉小鸞女子疏香閣詩硯
納蘭公子塡詞硯
青花璞矩一
紫雲平如掌者一

蕉葉痕

青田芳香沉逸之好印

馬湘蘭惜花弄月印

疢疾除樂無事可久長九字印

芒芒前哲十六字印

河淸人壽印

太白先生刻名印

定盦臧器印

太小凡夫頂禮印

漢後隨前有此家印

丁龍泓刻酒祓淸愁花消英氣印

宋印曰食邑萬戶

天下三十八分之一開斜方圖，附欽天監博士陳杰跋尾。按程大理同文在會典館總裁，日爲之，三年而成。先生與人論靑海事書謂：地形道里，昔歲程府丞開斜方而得之者，即是圖也。

康熙朝各行省鑄錢，以二十板爲一塊，得三塊。按陳太守元祿嘗引先生之言曰：是雖法物之小者，讀國史食貨志之一助也。

古布
金錯刀
萬石幣
剺幣文曰「松」。陳元祿曰：監察御史大興徐松，嘗借摹其文以爲名印。
湼金
大安邑
上行文幣有寶字
武安
大布黃千
梁當金
直身古刀第二枚
莒刀桼千
且
坩
安昜七品
定平一百

孝建四銖
大明月
壯泉三十
大貨六銖
王金五銖
漢女錢
七羅漢大造象錢
汗血
渠黃
佛號六字
齊將田單
長年益壽
明搨石鼓文
宋搨漢敦煌太守裴岑紀功碑按此本舊爲鄭谷口所藏，其後又歸陳太守元祿抱潛草堂。
宋搨異本曹娥碑
王稚子石闕

瘞鶴銘陳元祿曰：有段鶴翁跋。

黄初瓦文

隨常醜奴志

水牛山般若經

少室銘

宋搨岳忠武王乾坤正氣㕓

沈傳師書柳州羅池神廟碑陳元祿曰：此碑天下孤本，舊藏吳門繆氏。

宋搨歐陽詢皇甫府君碑

右九十供奉按以上凡玉之屬七，銅之屬十三，書之屬二，畫之屬五，甆之屬四，硯材之屬六，印材之屬十一，法物之屬二，泉之屬二十八，金石文字拓本之屬十二，其中有已見吳氏年譜者，今並仍之以存原目。

先生於左氏春秋，審爲劉歆竄益顯然有迹者，因譔左氏決疣一卷。

先生於所著讀漢隨筆之外，又譔西漢君臣稱春秋之義攷一卷。

嘉慶丙子夏，先生與李尙之商榷禮經，譔丙子論禮一卷。

先生所譔布衣傳一卷，起康熙，訖嘉慶，凡三十九人；師友小記一卷，凡百六十人。按吳氏年譜則云六十一，與此小異。

嘉慶戊寅，纂平生師友言論及所見古物爲學海談龍四卷。按吳氏年譜載學海談龍無卷數。

譔定庵文集百卷，子宣編校之，省爲三十卷。詩編年始嘉慶丙寅，終道光戊戌，勒爲三十卷。破戒草二卷，己亥雜詩一卷，皆別行。按吳氏年譜注云二十七卷，與此小異。

道光壬午歲，勒所作詞爲六卷，曰紅禪詞，曰無著詞，曰懷人館詞，曰影事詞，曰小奢摩詞。按吳氏年譜云：「道光癸未六月，刊定無著詞、懷人館詞、影事詞、小奢摩詞四種，都一百三首。」又云：「無著詞初名紅禪詞，小奢摩詞是癸未年作。」與此小異。其曰：「無著詞爲壬午春選定，懷人館詞、影事詞爲辛巳春選定。」大氐選定在前，則與此說脗合矣。

選功令文，自明逮國朝數千篇，題曰玉山温夢錄。

金壇段先生嘗謂：爲學嗜瑣固所譏，若惡瑣而肆意闊略，亦非積小以高大之義，況學問門徑自殊，既不相謀，遠而望之，皆一丘一壑耳，身入其中，乃皆成泰山滄海，涉歷甘苦皆無盡也。又曰：貧女尙有鍼線纏緜，況學士乎？故單詞碎義雖不成文章，棄之盡可惜。先生曰：自珍服膺弗敢忘。

先生嘗寫文目一通，付子宣曰：此家絃戶誦之文也。今次其目如後：

漢高帝入關諭父老　求賢詔　文帝詔二首　武帝詔　史記屈原列傳　三代世表序　秦楚之際月表序　司馬遷報任安書　賈誼陳政事疏　終軍白麐奇木對　匡衡上書　劉歆讓太常博士書　梅福上書　漢書・文帝紀贊　武帝紀贊　諸葛亮出師表　後出師表　晉杜預左傳序　李密陳情表　孔稚圭北山移文　鮑照蕪城賦　謝惠連雪賦　謝莊月賦　江淹別賦　恨賦　鮑照舞鶴賦　陸機文賦　孫綽天台山賦　庾信哀江南賦　春賦　小園賦　枯樹賦　曹植洛神賦　王羲之蘭亭序　鍾繇與人牋　太上感應

篇　陶潛歸去來辭　五柳先生傳　桃花源記　孟嘉傳　昭明太子文選序　徐陵玉臺新詠序　張說宋公遺愛碑　駱賓王討武氏檄　王維山中與裴秀才書　韓愈進學解　柳宗元封建論　游記　游記二　游記三　游記四　游記五　游記六　韓愈五箴　平淮西碑　諫佛骨表　訟風伯　潮州刺史謝表　祭鱷魚文　祭十二郎文　諱辨　送窮文　柳州羅池神廟碑　伯夷頌　杜牧阿房宮賦　晚晴賦　劉禹錫陋室銘　白居易池上銘　李白春夜宴桃李園序　李華弔古戰場文　韓愈送李愿歸盤谷序　李商隱祭姪女寄寄文陳元祿曰：右目七十四通，迄於唐。寫以紅格紙，凡二紙，紙盡而畢，疑尚有闕佚，其序撰人世次亦有顛倒，或以文爲後先，未可遽斷，蓋稿本也。

論王安石上宋仁宗皇帝書今士之所宜學者一段曰：自珍讀之二十年，每一讀，則浮一大白。又其書曰：「竊惟在位之人才不足，而無以稱朝廷任使之意，朝廷所以任使天下之士者，或非其理，而士不得盡其才。」先生曰：萬言書實二言而已。

明徐貞明潞水客談，論西北水利事實，其一條云：「東南轉輸，每以數石而致一石，民力竭矣，而國計因之以蹙。惟西北有一石之入，則東南省數石之輸，所入漸富，所省漸多。先則改折之法可行，久則蠲租之詔可下，東南民力，庶幾獲甦，其利一也。」先生議曰：東南之漕運，國家設漕務各官兵役胥吏，及一切轉輸之費，濬河道之費，國家亦以數石而致一石也。畿輔稻熟，則取之也近，國帑減省，亦一利也。

吳鶱桃谿客語稱：「俞安期，陽羨人，足跡半天下，平生尤篤於友誼。嘗在金陵鷲峯寺設無遮道場，薦交友至百七十有奇，凡三月始畢。又續薦二十人於瑜珈道場，皆爲位以哭，設饌而祭。」先生曰：此事可補入彭氏淨土聖賢錄。識之。

益陽湯郎中鵬，嘗游江南，有七律百首，其金陵句云：「江水東流終不斷，夕陽西指是相思」，先生數諷之。

先生謂：長恨歌「回頭一笑百媚生」，乃形容勾欄妓女之詞，豈貴妃風度耶？白居易眞千古惡詩之祖。

戒子宣曰：古人云：「腹有詩書氣自華。」氣之不華，是乃眞窶人子。吾家之窶，蓋在彼不在此也。

嘗告益陽湯郎中欲撰捕龍蛇虎豹文，今集中無之。

稱古羅張瓚昭曰：苦心大膽之眞儒者，眞豪傑。又曰：不可輕視此人，惜其老矣，不然眞助我者也。按張氏瓚昭有乞先生注禹貢書，略曰：唐虞三代未有長城，外薄四海，非虛語也。自秦以來，東南薄海，西北不薄海，有長城故也。經生家未能馳域外之觀，狃於長城，於是堯典、禹貢之義，二千餘年，在長夜中無旦時矣。瓚昭實恥之。爰發憤爲書見意，著堯光於四表，明禹蹟於九州，因而剖晰大舜、周公之受誣，辨說論語、孟子之無誤，刊行數萬言以質疑，人未有信之者。惟閣下信之，出所作西北口外諸議以相示，且舉和闐出玉，以爲厥貢惟球琳琅玕，以此見閣下識超千古，不以長城限矣。不特瓚昭走數萬里僅得同心，即禹貢數千年亦僅得此知己。瓚昭於是竊願閣下勉爲禹貢功臣，推廣此志以概其餘，專心壹志以注禹貢，凡平日所議爲西北兩方置行省各條件，悉列諸禹貢注中，以爲信今傳後之用。瓚昭於研究之暇，從旁出鄙見，參末議，以效指臂之助，大約數月可得成書。閣下學問於此見，經濟亦於此見，可以獻諸當宁，可以徧喻同人，可以慴服遠人，可以昭示後人，禹貢不朽，大作與之同不朽，豈不偉哉。未知尊意以爲何如也？瓚昭於禹貢已有刊本，自嫌太略，欲益之，以時方從事周易未暇，又行篋無書攷證，故樂以此相推。閣下其毋畏難，毋姑待，以千古大著作讓諸他人，則幸甚矣。瓚昭再拜。

稱震澤張海珊曰：此子雖未成就，忠信之人，可以學禮，惜其死矣！

稱長洲宋翔鳳曰：奇才樸學。

闕里孔繡山母歿，先生爲譔瘞幽之文，曾見集中，名曰孔君母墓碣。今據其石拓本，則稱墓志銘，與集本不同；又文字亦有異處，蓋先生續經改竄之作也。因錄於後。

闕里孫孺人墓志銘

闕里孔憲彝，晳而能詩，挹其氣，沖然儒者。道光七年，手具狀，乞銘母之幽宮。按狀：母孫氏，浙產，幼失恃，號泣，得嗽上氣疾。二十一歸孔君俊峯，孝於偏親，睦於羣姒，撫夫之女甥若所生。俊峯以嘉慶六年舉人官鹽場大使，擢鹽城令。有子三人，皆所出，憲彝其仲也。貞疾弗錮，嗽作而卒，年五十一，生乾隆丁酉也，卒道光丁亥也。閫内之行，既淳且懿。若夫才藝之美，能刻繆篆施金石，以及鞶帨黹紩之事，絲竹音律之具，靡不通妙焉。自珍則按狀書於石，又系以銘。銘曰：璇珠輝輝氣質溫，必有圓折鍾厥源。吾郡葩華莫若孫，車來闕里高閈門。西湖靈淑東魯尊，必有式者魯後昆。按先生所作孔母墓誌拓本，吳中翰昌綬於編輯年譜後始得之，故年譜中僅錄臨桂朱侍御琦書後一通。宣統二年五月錄副見貽，亟爲纂入。

道光己亥十月，先生謁孔林時，主繡山拏雲館，有「淸尊三宿孔融家」之句。愛其淳古，欲以幼女妻繡山子，爲他年重到之緣。繡山欣然許之。按先生歿後，繡山卒踐其約，光州吳侍讀葆晉、錢塘陳太守元祿爲蹇脩焉。先生南歸後，至次年，以己亥雜詩寄眎繡山，繡山題七言六絕云：「去年來游矍相圃，今年小憩滄浪亭；我歸君去兩相失，江南江北青山青。」君去冬至闕里，下榻余齋，余在京師未歸。「頤道好仙君好佛，謂陳雲伯丈。

詩仙詩佛在杭州。他年仙佛團欒會，說法吳山最上頭。」「不須言行編新錄，此即君家記事珠；出處交游三十載，新詩字字靑珊瑚。」「戒詩以後詩還富，哀樂中年感倍增；值得江湖狂士笑，不攜名妓即名僧。」「一家眷屬神仙侶，有女能文字阿辛。莫愛南朝姜白石，學耶才調自驚人。」君室顧雲夫人工書，長女工詞，以次女許字兒子慶第，他日亦當能文也。「尼山詩教有遺芬，闕里詞場君未聞；文采風流先輩在，品題邢足張吾軍。」君論闕里詩文，謬以余擧首，故云。復識其後曰：定盦禮部自吳門寄書，見眎此集。余適游大梁，攜之行篋，旅邸篝燈，遂得卒業。有觸於懷，輒題數言，即效其體，非敢擧昌黎之於玉川，聊以志心跡略同耳。道光庚子十月十五日，壽張道中繡山手記。

吳縣鈕布衣樹玉，既客蘇松太兵備道署中，與先生紬校秘籍，賡和詩篇，譚藝甚驩，訂交亦摯。始於嘉慶丙子，越一年戊寅正月，約游洞庭。同游者有葉小梧、孔敬堂、周嬾漁諸人，布衣曾爲之記。記曰：嘉慶丁丑，余在上海道署度歲，相訂龔大自珍同游洞庭。戊寅正月二十五日，余同葉小梧至山。二月一日午後，龔君繼至，下榻守樸居。是日同游雨花臺、翠峯、古雪居及薇香閣，觀紫香悟道泉。三日清晨，詣翁巷葉少愚家。小梧弟也。更至孔敬堂家，即同敬堂登四宜閣。余母舅金岑齋宅。又觀柳公井，由橘社復至古雪居。山僧出紙索書，余正書楹聯一，隸書門聯二。定庵題名於東壁，余亦續記。飯罷，振衣登莫釐峯頂，俛視環湖羣野，定庵以爲平生游覽得未曾有。歸途經三茅峯，少憩啜茗，日夕下山暢飲。四日，舟行至金灣，叢桂堂午飯，飯畢，上舟至査灣，並約周君嬾漁同往石橋，游壑舟園，登天檜閣，返至嬾漁家晚膳。二鼓登舟，直至長圻停泊。是夕微雨，抱悶而寢。天明雲霧未散，鋭意渡湖，往石公登眺。尋忽朗霽，久坐歸雲洞。龔君興酣，題名於洞右。更游一線天，余直造其巔。還至舟中午飯，飯後放舟至鎭，下探林屋洞。洞中有水不能入，即游靈祐觀，即唐時神景宮，俗名嶽廟也。丁巳年，余隨錢宮詹竹汀先生來游，曾宿此。竹汀先生隸書雲性軒扁，刻木懸於殿之右室。竹汀先生久歸道山，同游者袁君壽皆，亦相繼下世，俛仰悲感，屈指相隔已二十有二年矣。定庵作長短句一首，余亦續題四十字，以志今昔云。返棹由黿山、葉餘山麓，進渡水橋，申昏至守樸居，劇談而別。六日，邀諸君同來余家小園午飯，出爐餘石刻，觀玩移時，即送龔君登舟回吳門。是年正月多雨雪，一月祇晴六七日，自龔君至，至五日，無一日陰晦，豈宿緣歟？七日，坐齋中，爰志一時勝游，所有題詠，錄具別紙。

先生嘗跋傅青主字册，見余所輯定庵遺箸。尾書揚州絜園者，即魏默深之寓園也。其後魏同守槃仲，又識於先生手跋之後，云：先生卜築於崑山，自稱羽琌山民。時先伯父搆園揚州倉巷，有竹木池亭之勝，奉祖母以居，曰絜園。先生自都中歸，必過園留信宿。道光辛丑八月，彥甫八齡，先生見，輒爲說古今人物以勖之。今展遺墨，猶怳惚總角聽講時也。魏彥。先生一日問余近讀何書，對曰詩經。先生即取素扇書絕句見貽。詩云：「女兒公主各丰華，想見皇都選壻家。三代以來春數點，二南卷裏有桃花。」並爲解說，曰：小子識之。後扇遭揚州兵燹失去，至今思之，先生興復不淺。彥又記。

先生嘗語戴文節公曰：西山有時渺然隔雲漢外，有時蒼然墮几榻前，不關風雨晴晦也。

嘉應吳學博蘭脩，有書致徐星伯云：前贈定盦端硯，乃西洞極純之品，而定盦薄之，大爲此硯抱屈，已以略小者易回。蘭脩有藏硯二，有行硯三，今行硯一歸閣下，一歸定盦，一歸默深，皆著作家，亦硯之幸，雖空橐而歸，殊快意耳。

王孝廉芑孫，爲吳中尊宿。嘉慶丁丑，先生隨侍闇齋先生備兵上海，投以詩文各一册，其文集命爲竚泣亭文。尋得孝廉覆書云：昨承枉示詩文各一册，讀之，見地卓絶，掃空凡猥，筆復超邁，信未易才也。然自古異才，皆不求異而自異，非有心立異者也。即如尊文名爲竚泣亭文，愚始不曉「竚泣」所出，及觀自記，「不過取義於詩之「竚立以泣」」。此「泣」字礙目，寧不知之。足下年甚少，才甚高，方當在侍具慶之年，行且排金門，上玉堂，和其聲以鳴國家之盛，天下之字多矣，又奚取於至不祥者而以名之哉！至於詩中傷時之語，罵坐之言，涉目皆是，此大不可也。足下文中，以今人誤指中行爲狂狷，又欲自治其性情，以達於文，其說允矣。循是說也，不宜立異自高。凡立異未有能異，自高未有能高於人者，甚至上關朝廷，下及冠蓋，口不擇言，動與世迕，足下將持是安歸乎？足下病一世人樂爲鄉愿，夫鄉愿不可爲，怪魁亦不可爲也。鄉愿猶足以自存，怪魁將何所自處。宋賢有論，儒者一身之外，皆非所重。太史公有戒於言不雅馴。試問雅者何說，馴又何說也？竊謂士亦修身愼言，遠罪寡過而已，文之佳惡，何關得失，無足深論，此即足下自治性情之說也。唯願足下循循爲庸言之謹，抑其志於東方尙同之學，則養德養身養福之源，皆在乎此。雖馬或蹄齧而千里，士或跅弛而濟用，然今足下有父兄在職，家門鼎盛，任重道遠，豈宜以跅弛自命者乎？況讀書力行，原不在乎高談。海內高談之士，如仲瞿、子居，皆顚沛以死。僕素卑近，未至如仲瞿、子居之驚世駭俗，已不爲一世所取，坐老荒江老屋中。足下不可不鑒戒，而又縱其心以駕於仲瞿、子居之上乎。僕衰遲弇陋，無可以進足下者，旣遠蒙下問，不敢不以直道相處，謹此手復，而還其本小雲處。書不盡言，諸希亮詧不具。芑孫頓首瑟人大兄侍下，丁丑十一月三日。按鐵夫先生學問行誼，在乾嘉老輩中崖岸甚高。爲劉文清門下士，嘗見其跋文清贈法梧門詩卷後，至訟文清之過，亦可謂當仁不讓矣。其覆先生函中各語，亦足以砭藥跅弛不羈之士。特先生奇氣鬱蟠，才思橫溢，根柢百氏，發爲文章，初非佗傺無聊兀傲自憙者可比，故不容執繩墨以相切礪。鐵夫之言，要爲見知見仁，各得其是而已。然在當時，究不失爲諍友之義，故並取焉。

卷中孔繡山詩、鈕匪石記、王鐵夫書，皆昔年吳中翰昌綬所寫贈，尋又刻入自編年譜後記中。今中翰見祖廉年譜外紀纂竣，願削年譜後記，而並魏槃仲跋語、戴文節畫絮、吳石華手札三條併入外紀。其餘顧澗蘋、光律元、王定甫、王仲瞿所敘各事，與年譜外紀體例不甚脗合，遂從闕如，讀者審之。祖廉又識。

龔自珍全集附錄

定盦文錄叙

道光二十有一載，禮部儀制㈠司主事仁和龔君卒於丹陽。越明年夏，其孤橙㈡抱其遺書來揚州，就正於其執友邵陽魏源。源㈢既論定其中程者，校正其章句違合者，凡得文若干篇，爲十有二卷，題曰定盦文錄；㈣又輯其考證、雜著、詩詞十有二卷，皆可殺青付㈤繕寫。㈥昔越女之論劍，曰：臣非有所受於人也，而忽然得之。夫忽然得之者，地不能囿，天不能嬗，父兄師友不能佑；其道常主於逆，小者逆謠俗、逆風土，大者逆運會，所逆愈甚，則所復愈大，大則復於古，古則復於本。若君之學，謂能復於本乎，所不敢知，要其復於古也決矣！陰陽之道，偏勝者強，自孔門七十子之徒，德行、言語、政事、文學，已不能兼誼，其後分散諸國，言語家流爲宋玉、唐勒、景差，益與道分裂。荀況氏、揚雄氏，亦皆從詞賦入經術，因文見道，或毗於陽，則駁於質，或毗於陰，則憒於事，徒以去聖未遠，爲聖舌人，故至今其言猶立。矧勒、差而出入況、雄，其所復詎不大哉！火日外景則內闇，金水內景則外闇，外闇斯內照愈專。君憒憒於外事，㈦而文字㈧窔奧洞闢，自成宇宙，其金水內景者歟？雖錮之深淵，緘以鐵石，㈨土花繡蝕，千百載後，㈩發硎出之，⑪相對猶如坐三代上。君名自珍，更名鞏祚，字璱人，浙之仁和人。⑫於經通公羊春秋，於史長西北輿地。其書以六書小學爲入門，以周秦諸子、吉金樂石爲厓郭，以朝掌㈢國故、世情民隱㈣爲質㈤幹。晚㈥尤好西方之書，自謂造深微云。自其㈦先世祖父至君，三世皆以進士官禮曹。君二子，㈧長子橙，㈨方以文學世其家。邵陽魏源敍。

㈠「儀制」，龔孝拱校本改作「主客」。

㈡「橙」，原作「霐尹」，爲孝拱塗改。

㈢兩「源」字龔孝拱校本並改作「原」。

㈣「定盦文錄」，「錄」龔孝拱校本改作「集」。

㈤「又輯其考證……皆可殺青付」，此段龔孝拱校本删去。

㈥「繕寫」上龔孝拱校本增「皆已」兩字，「繕寫」下增「可付梓」三字。

㈦「君憤憤於外事」，龔孝拱校本改作「君於外事憤憤」。

㈧「而文字」，龔孝拱校本改作「惟文事」。

㈨「其金水內景者歟……緘以鐵石」，此段龔孝拱校本删去。

㈩「千百載後」，此四字龔孝拱校本删去。

⑾「發硎出之」下龔孝拱校本增「光照人心」四字。

⑿「浙之仁和人」，此句龔孝拱校本删去。

⒀「朝掌」，「掌」龔孝拱校本作「章」。

⒁「世情民隱」，此句龔孝拱校本删去。

㊄「質幹」，「質」龔孝拱校本改作「樞」。

㊅「晚」，龔孝拱校本改作「平生」。

㊆「造深微云自其」，此六字龔孝拱校本删去。

㊇「君二子」，此句龔孝拱校本删去。

㊈「橙」，原作「鐙尹」，爲孝拱塗改。

原刻吳序

定盦文集上中下三卷，又續集四卷者，仁和龔禮部之所作也。係禮部手寫定本。亂後，是書流閩中，其友曹竹書從他人轉輾假錄得之。初甚祕，後踵門索觀者衆，日不暇給，屬余出貲付剞劂氏，校讎之役，皆竹書獨任；余意在成人之美，但有解囊相助，功過所不計也。惟是書經數手傳鈔，又潦草寫定，舛譌知必不免，且無善本可校，其亦可以已矣。然則竹書曷爲必鋟諸板乎？曰：是將以杜塞夫人之求之者。竹書爲設一例曰：不敢妄爲增損，有明知其不譌而無目人所強爭者，固仍之；即明知其必譌而有目人所共議者，亦姑仍之。蓋本穀梁子傳疑傳信之義耳。删去少作四篇，亦禮部志也。又與江子屛箋、書杭大宗逸事二篇，係後續得者，此外無一字焉。禮部之文，千秋自有定論，余又何庸贅一辭。錢唐吳煦謹識。

章君式之據祝心淵、孫秋實及陽湖趙惠甫讀本，三家合校，今由式之本過批。乙未五月，公綽題記。

云定公手寫本，實別有手定本，吳氏不知，一誤也；所删四篇，何不留其目，二誤也；又續得二篇，並未刊入，三誤也。且曰此外無一字，何因也？

曹序

士君子負嶔崎磊落之才，睥睨一世，或數十年而一見，或數百年而數數見，抑或數百年而僅乃一見，要皆因乎氣數之升沉，時勢之遷變，迭爲乘除者也。若夫彼蒼鄭重愛惜之人，其尤特異者，將必故吝其生，不使遽降於世，遲之又久，以俟大聖人出，熏沐釀化，翌扶景運，蓄其經術文章，與名儒碩彥，和其聲以鳴國家之盛；彼亦嘗欣欣然自喜，前不見古人，後不見來者，奮乎百世之上，俯乎百世之下；幾不知宇宙之如此其寥廓也。則將曰：天不生我於前之世，又不生我於後之世，何以至今日倏然而有我，豈無意哉？我既有此不先不後之身，與萬物相見，則天之待我也良厚矣，我其可自暴棄也歟？遂乃沉酣六籍，饜飫百家，大聲發於天地間，而汪洋恣肆，浩乎其無涯，渺乎其無際，而莫知其所終極。故處則閉戶著書，索解人而不得，藏之名山大川，傳諸其人，其言若金玉，日與樵夫牧豎，歔歌於山巔水涯之側，祕之弗爲外人道；出則陳謨納諫，貢箴獻頌，登於明堂，其言見諸措施，如泰山出雲，不崇朝而徧雨乎天下，以慰其霖雨蒼生之願。山林廊廟，兼而有之，其人其文，卓然大家，宜其上下五百年，而獨有千古。嗚呼！天之生才，不亦難乎！蓋愼之又愼矣。姑降格以求，在天則雲霞雷電之變幻不測，雨露風霜之間代靡窮；在地則層巒疊嶂之青縹，時隱時見，長江大河之波瀾，忽起忽滅；於飛鳥則翰雞、翬雉之文采，於走獸則黃羆、赤豹之彪炳；於蟲魚則錦鬣、文鱗、紫貝、綠甲之鮮新，蠶繭、蜂蜜、蜣丸、蛛絲之工巧；草則菖蒲薜荔，聰耳而明目，茯苓茱萸，延年而耐老；木則桃李杏梅，吐華而垂實，杞梓松柏，應用而呈材；此固世間恆有之物，未足爲奇也。求其如甘露景星，醴泉芝艸；雲五色而成靄，河三日而變淸；鳳鳥之舒九苞，應六律，鯤魚之吸雲霧，薄滄溟；羊一角，狐九尾，麟趾褭蹏，騠騊徵簶；麥兩歧，禾同采，靈芝奇木，渙碟移符；蓂莢應月以成朔望，萐莆生風以易炎涼；旗飾蛟騰，犀照雞駭；朱英瑶帶，紫脫夤聯；赤雀啣丹書，元龜負綠字；熊熊炎炎，爛爛斑斑。天文、地文、人文，順賁設夬，參離象革，太平以瑞應臻百福，雖以仁聖之世不屢見，然亦未始不一見也。今夫挺然不世出之人，殊尤而絕類，當國家隆盛之時，適生其際，亦若是而已矣。乃求之漢、魏，求之南北朝，求之唐、宋、元、明，而卒無有，雖有，亦僅見，蓋數百年來，於師友之間得兩人焉：一曰仁和龔君定盦，一曰邵陽魏君默深。定盦，天下之奇才也，尤卓犖有英氣。武林山水，靈秀甲寰宇，發源於歙之黃山，而錢唐江所自出，連延數百里，結而爲郡西之天目山，一支磅礴走東南，挾浮溪之水與紫溪合，流過桐廬縣而入於江，龍飛鳳舞，盩厔鉤盤，夷灑邐迤，乍合乍分，若斷若續，西受新城之葛溪，東合浦陽江水而迟焉，以達於會城，成東南一大都聚。生是邦者，多英姿挺拔之士，定盦翹然獨秀，抗先哲而冠羣賢，非徒以地氣也，蓋亦有天象焉。吳、越於分野，值斗牽牛女，當星紀之次。定盦於乾隆五十有七年七月戊戌朔越五日壬寅，生於郡之東城，與鄭康成生漢永建之二年七月戊寅，其日同也。星紀承河漢下流，衆水之所歸，當此之月，宵中垂象，仰在天之文章，感作人於壽考，其鍾毓也奇，則其稟受也篤。君平生著述等身，出入於九經七緯，諸子百家，足以繼往開來，自成一家：言天人性命之奧，則取法於易；帝王政事之大，則取法於書；美惡勸懲之義，是非褒貶之條，則取法於詩與春秋；驗家國之興亡，知人物之臧否，則必徵諸三傳；考典章之明備，審制度之精詳，則必徵諸三禮；以及遺聞軼事，故書雅訓，則又雜采於周秦傳記之書；其雄辭偉論，縱橫而馳驟也，則似孟似莊；其奧義深文，佶屈而聱牙也，則似墨似鬻；其義理精微，辭采豐偉，或守正道之純粹，或尙權謀之詭譎，則又似荀似列，似管似晏；他如韓非、愼到、吳起、孫臏、尹文、尸佼、屈原、呂不韋、燕太子丹、趙公孫龍、尉繚、關尹、鶡冠、鬼谷之倫，雖各分門而別戶，亦皆殊途而同歸，卓哉斯人，其諸通天地人而爲儒者歟！曩者，道光甲申之歲，余入市閱書，邂逅於僻巷，不及通姓名，瞪目視良久，若有心契者，執手談文字甚歡，始與訂交。盡棄余向所學者，而好讀定盦文不少衰，朝取一編焉，通其意，暮取一編焉，玩其辭。明年，復因定盦而交默深，三人者，遂相視爲莫逆。余慕定盦之爲人與其所爲文者久，欲一見不可得，乃求之寤寐，而終莫慰余懷之渺渺，何圖卒然遇之，而令人賦蔓草之詩不置也！始余獲見其文，如上摘山巖空青珊瑚，陊之施諸采色，可備黼黻文章之用；如鬱人貢百草之華，十葉爲貫，百廿貫築以煑之，爲鬱鬯之酒，芬芳條達，甘旨醑酤；如郡國往往於山川得鼎彝，古豔古香，摩挲不去手；如壞孔子宅，壁中聞有琴瑟鐘磬之聲，移宮刻羽，有招我由房之樂；如投九重之淵，探驪龍之頷下而獲其巨珠；縱千金而不易，匪一簞之可遺，豈徒以妙色和聲，美味好臭，怡神而蕩魄哉！今距定盦之卒且二十餘年，余重讀其文，猶旦暮耳。定盦往矣，定盦之文，如水火之在天壤間，未嘗一日無者也；後之人，苟有好學深思，心知其意，如嘗海一滴而知其味之鹹，取火一星而知其性之烈，若余之朝吟夕詠，而不忘夫定盦者，其亦海之一滴，火之一星也夫。同治七年閏四月吉日，仁和曹籀謹襄。

按：曹籀，一商賈而附庸風雅者也。此書吳煦序中所謂禮部手寫定本，蓋僞託之辭。曾有人在西湖尼庵，見孝拱手抄先集稿本，與今本互有異同。又詞一卷，孝拱手錄，與今本亦異。曹籀不過據彼所得本刋之而已。某尼乃孝拱之妾而遁入空門者，所藏孝拱手寫本，有三十餘種之多，曾挾之吳門，索値百元求售，今不知何往矣。文字之顯晦，固有定耶！

書龔定盦主政文集後並懷魏默深舍人

固始蔣湘南

文苑儒林合，生平服一龔。朝容方朔隱，世責展禽恭。滄海橫流溢，高山大壑逢。齊名有魏氏，可許我爲龍？　右見春暉閣詩集

讀定盦先生集

秀水楊象濟

輿圖學可媲洪九，默深申耆以逮君。新疆置省言諤諤，說居庸者秋水文。
長吟字字原忠孝，故衍大藏或煙波。要知奇處正平實，抉公祕籥公毋訶！
斯才不令修靑史，乾隆以還無與倫。衣香禪榻等閒死，應爲皇淸惜此人！　右見汲庵詩存

乾嘉三憶詩之一

程秉釗

我憶仁和龔禮部，盱衡六合湜詞鋒。一蟲獨蟄誰同覺，萬馬無聲病養癰。（謂所撰西域置行省議）餘事文章淩賈董，湖源蒼籀訂斯邕。同時未識南豐面，方寸靈香旦夕供。

按先生沒時，予方數歲，年十五，交錢唐沈秀才（方頤），始知好龔先生文。已而與同里胡戶部（澍）、會稽趙縣尹（之謙）、戴典籍（望）商榷緼義，益信先生之學，在於由東京之訓詁，以求西漢之微言，所詣既超，故爲文亦不落尋常蹊徑，蓋乾嘉以來一人而已。篤信謹守三十餘年，心撫手追，卒未能及萬分之一，夫固謭陋自媿，亦先生之詣之神已。

光緒十有三年，程秉釗公勖記於高涼使院。

題定盦詩集

江　標

淸才深恐天涯少，豔福從來未必奇。若得河東君尚在，定教手寫定公詩。

不從俗熟矜奇句，却喈華鬘眂博綜。一笑眺坪相對處，茶煙正颺鬢雲鬆。

校印後記

龔自珍（又名鞏祚），字璱人，號定盦，浙江仁和（杭州）人。他是中國十九世紀初期的偉大啓蒙思想家和傑出的文學家，著述甚富，惜多散佚。龔氏二十二歲（一八一七年），就編了文集，題名佇泣亭文集，著名的政論——明良論，即初收在這個集裏。繼而編過定盦古文，分上下卷，惜乎流傳不廣，知者甚鮮。東方文化研究所漢籍書目有：龔定盦自定文稿，不分卷。這個文稿的內容，也無從知道。現在，杭州丁氏所藏龔自珍集外文稿本，實屬行卷之類，並非正式稿本。龔氏死後，遺稿沈夥，曾經魏源刪定，題名定盦文錄，十三卷；定盦外錄，十二卷。又經龔氏之子橙刪削，賸下了文九卷，詩詞三卷。這些稿本，概不可見。我們搜集叢殘，基本上參照邃漢齋校訂本編例，分爲十一輯。

龔集刻本的情況：一八二八年，龔氏開雕定盦文集，世稱自刻本。平景蓀霞外攟屑記載：「龔定盦儀部，初刻定盦文集三卷於道光癸未六月，卷端總目列：文集上卷（開雕二十六篇）、中卷（開雕十二篇）、下卷（開雕八篇）。定盦餘集上、中、下卷（均未刻）。附少作一卷（十八篇開雕五篇）。定盦詩集上、中、下卷（均未雕刻）。夢草一卷（未刻）。定盦別集四卷（刻）。大凡有九卷。目錄內下列未刻者五十二篇，大都九十又八篇。」自刻本卷目，與諸通行本，大不相同。一八三九年，開雕己亥雜詩，世稱羽琌別墅本。一八六八年，吳煦鑒於自刻本之難求，刋印了定盦文集，據吳序說：「定盦文集上、中、下三卷，又續集四卷者，係（龔）禮部手寫定本。」鄧實序又說：「吳本出之曹老人（籀），曹老人得之趙益甫，趙益甫得之林鄦溪。」這些話，大體上可靠。一八八六年，朱之榛刊印了定盦文集補編，據孔嗜瀍校本跋尾：「蕭山湯君伯述，始從子姓搜得原書，以校吳本，闕書蓋三分之一，因更爲補編四卷。山陰傅君灌園爲任校勘，平湖某（即朱之榛）久宦吳門，居要多金，偶徇友人請，出橐付梓。」朱刻本實出自龔橙所藏殘稿，較爲雜亂，世人以未定稿目之。後來，邃漢齋校訂本（時中版）、王文濡校編本（世界版）、扶輪社本，都是以吳、朱兩刻本爲基礎，加以增補擴充起來的。

隨之，有人搞龔集的輯佚工作，章鈺輯定盦文拾遺，張祖廉輯定盦遺著，吳昌綬輯定盦佚稿，黃人輯定盦時文……但所見仍不廣。龔氏詩詞的輯佚專書有：龔橙的定盦集外未刻詩，孝珙手抄詞……。據己亥六月重過揚州記有和宋翔鳳側豔詩，今集未見。又，據劉大白說，他得到道光抄本紅禪室詞，第一卷四十五闋，第二卷三十闋，內爲今集所未見者三十二闋。從而知之，集外詩詞，仍未盡收。我們着力於斯，輯佚成績，故超越於前人。因之，這個集子也堪稱最完備了！

我們留心龔集的批校本，搜集好幾種，師友批校本、祝心淵手校本、潘鴻手校本、浦炳手校本、孔嗜瀍手校本、吳昌綬手校本、流碧精舍手校本。值得一提的是，師友批校本、祝心淵手校本和潘鴻手校本。師友批校本是吳庠先生所藏，內中有程恩澤、魏源、江沅、陳澧等十三家批校語，幫助了我們弄清諸刻本的許多溷誤和遺漏，如農宗一篇，陳碩甫、江鐵君的批語，諸通行本都誤爲龔氏自記。祝心淵手校本，大約從程秉釗、江標、趙惠甫三家批校本迻錄過來的，保存了一些有關龔集的校勘資料。潘鴻手校本，是向不見經傳的，照潘本跋尾講，他是稍晚於龔氏，也是仁和人。他據龔稿傳抄本和自刻本加以校勘，記錄了許多衍文和闕文。這些都是比較可貴的。

龔氏己亥雜詩贈別許翰（印林）：「北方學者君第一，江左所聞君畢聞；土厚水深詞意重，煩君他日定吾文。」可是龔氏遺稿未經許校定。現在，我們不揣弇陋，費時十載，孜孜於斯，又得國內諸老輩和同志們的幫助，終於完成這一工作，是值得高興的。當然，我們工作還不到家，一定還有缺點和錯誤，希望讀者指正。

王佩諍　一九五六年七月一日

龔自珍佚著待訪目

文目	卷篇	出處	注明
北直種桑策	一篇	己亥雜詩注	
當世急務八條	一篇	己亥雜詩注	
罷東南番舶議	一篇	自刻本存目	
論周穆王	一篇	自刻本存目	
論元太祖	一篇	自刻本存目	
御名第二字之嫌名攷	一篇	自刻本存目	
習差	一篇	自刻本存目	
网摩氏之疾	一篇	自刻本存目	疑即現存宥情
尚書序大義	一卷	己亥雜詩注	
尚書馬氏家法	一卷	己亥雜詩注	
左氏春秋服杜補義	一卷	己亥雜詩注	
左氏決疣	一卷	己亥雜詩注	
羣經寫官答問	不詳	己亥雜詩注	
漢書隨筆	四百條	己亥雜詩注	

兩漢君臣稱春秋之義考	一卷	己亥雜詩注
漢官拾遺	一卷	己亥雜詩注
漢官損益	上下篇	己亥雜詩注
百王易從論	一篇	己亥雜詩注
詩非序	一卷	己亥雜詩注
非毛	一卷	己亥雜詩注
非鄭	一卷	己亥雜詩注
丙子論禮		定盦年譜外記
浚吳淞江之碑	一篇	自刻本存目
葉合吶喇君神道碑	一篇	自刻本存目
慕夫子傳	一篇	自刻本存目
龔氏五世述	一篇	自刻本存目
外王父段先生述	一篇	自刻本存目
祭彭君文	一篇	自刻本存目
與宋于庭書	一篇	自刻本存目
又與宋于庭書	一篇	自刻本存目
鍼魏	上下篇	自刻本存目

與友人箋	一篇	自刻本存目	疑即現存與友人箋
孤虛表	一卷	己亥雜詩注	
古今用兵孤虛表	一卷	己亥雜詩注	
吳東晉宋齊梁陳六代金石刻	不詳	破戒草注	
學海談龍	四卷	定盦先生年譜	
羽琌金石墨本記	五卷	己亥雜詩注	
典客道古錄	一卷	己亥雜詩注	
羽琌山典寶記	二卷	己亥雜詩注	
瓦韻	一卷	己亥雜詩注	
泉文	一卷	己亥雜詩注	
鏡苑	一卷	己亥雜詩注	
吉金款識	十二卷	己亥雜詩注	疑即現存𤦍清館金文
奉常道古錄	一卷	己亥雜詩注	
師友小記	百八十一則	己亥雜詩注	
布衣傳	一卷	己亥雜詩注	
記遊	一卷	己亥雜詩注	
蒙古圖志	不詳	己亥雜詩注	僅成其半

內典旁師考	一篇	上國史館總裁提調總纂書	
龍藏攷證	七卷	己亥雜詩注	
三譜銷文記	七卷	己亥雜詩注	
龍樹三椏記	不詳	己亥雜詩注	
書心經偈贊	一篇	自刻本存目	
持大悲咒半瓶之銘	一篇	自刻本存目	
蓮花謝火坑文	一篇	自刻本存目	
敬書密部五種偈贊	一篇	自刻本存目	
仲春齋日疏佛文	一篇	自刻本存目	
回煩惱文	一篇	自刻本存目	
文冢銘	一篇	自刻本存目	疑即紙冢銘
劉巾受箸書序	一篇	自刻本存目	今劉禮部集未見
玉山溫夢錄	不詳	定盦年譜外紀	時文輯本

龔氏詩詞散佚亦夥，惜無詳目。附記。

甌北集	[清]趙翼著　李學穎、曹光甫校點
惜抱軒詩文集	[清]姚鼐著　劉季高標校
兩當軒集	[清]黄景仁著　李國章校點
惲敬集	[清]惲敬著　萬陸、謝珊珊、林振岳標校　林振岳集評
茗柯文编	[清]張惠言著　黄立新校點
瓶水齋詩集	[清]舒位著　曹光甫點校
龔自珍全集	[清]龔自珍著　王佩諍校點
龔自珍詩集編年校注	[清]龔自珍著　劉逸生、周錫韒校注
水雲樓詩詞箋注	[清]蔣春霖著　劉勇剛箋注
人境廬詩草箋注	[清]黄遵憲著　錢仲聯箋注
嶺雲海日樓詩鈔	[清]丘逢甲著　丘鑄昌標點

牧齋初學集詩注彙校	[清]錢謙益著 [清]錢曾箋注 卿朝暉輯校
李玉戲曲集	[清]李玉著 陳古虞、陳多、馬聖貴點校
吴梅村全集	[清]吴偉業著 李學穎集評標校
歸莊集	[清]歸莊著
顧亭林詩集彙注	[清]顧炎武著 王蘧常輯注 吴丕績標校
安雅堂全集	[清]宋琬著 馬祖熙標校
吴嘉紀詩箋校	[清]吴嘉紀著 楊積慶箋校
陳維崧集	[清]陳維崧著 陳振鵬標點 李學穎校補
屈大均詩詞編年校箋	[清]屈大均著 陳永正等校箋
秋笳集	[清]吴兆騫撰 麻守中校點
漁洋精華録集釋	[清]王士禛著 李毓芙、牟通、李茂肅整理
聊齋志異會校會注會評本	[清]蒲松齡著 張友鶴輯校
敬業堂詩集	[清]查慎行著 周劭標點
納蘭詞箋注	[清]納蘭性德著 張草紉箋注
方苞集	[清]方苞著 劉季高校點
樊榭山房集	[清]厲鶚著 [清]董兆熊注 陳九思標校
劉大櫆集	[清]劉大櫆著 吴孟復標點
儒林外史彙校彙評	[清]吴敬梓著 李漢秋輯校
小倉山房詩文集	[清]袁枚著 周本淳標校
忠雅堂集校箋	[清]蔣士銓著 邵海清校 李夢生箋

高青丘集	[明]高啓著　[清]金檀注 徐澄宇、沈北宗校點
唐寅集	[明]唐寅著　周道振、張月尊輯校
文徵明集(增訂本)	[明]文徵明著　周道振輯校
震川先生集	[明]歸有光著　周本淳校點
海浮山堂詞稿	[明]馮惟敏著 凌景埏、謝伯陽標校
滄溟先生集	[明]李攀龍著　包敬第標校
梁辰魚集	[明]梁辰魚著　吴書蔭編集校點
沈璟集	[明]沈璟著　徐朔方輯校
湯顯祖詩文集	[明]湯顯祖著　徐朔方箋校
湯顯祖戲曲集	[明]湯顯祖著　錢南揚校點
白蘇齋類集	[明]袁宗道著　錢伯城校點
袁宏道集箋校	[明]袁宏道著　錢伯城箋校
珂雪齋集	[明]袁中道著　錢伯城點校
隱秀軒集	[明]鍾惺著　李先耕、崔重慶標校
譚元春集	[明]譚元春著　陳杏珍標校
張岱詩文集(增訂本)	[明]張岱著　夏咸淳輯校
陳子龍詩集	[明]陳子龍著 施蟄存、馬祖熙標校
夏完淳集箋校(修訂本)	[明]夏完淳著　白堅箋校
牧齋初學集	[清]錢謙益著　[清]錢曾箋注 錢仲聯標校
牧齋有學集	[清]錢謙益著　[清]錢曾箋注 錢仲聯標校
牧齋雜著	[清]錢謙益著　[清]錢曾箋注 錢仲聯標校

東坡詞傅幹注校證	［宋］蘇軾著　［宋］傅幹注 劉尚榮校證
欒城集	［宋］蘇轍著　曾棗莊、馬德富校點
山谷詩集注	［宋］黄庭堅著　［宋］任淵、史容、 史季温注　黄寶華點校
山谷詩注續補	［宋］黄庭堅著　陳永正、何澤棠注
山谷詞校注	［宋］黄庭堅著　馬興榮、祝振玉校注
淮海集箋注	［宋］秦觀撰　徐培均箋注
淮海居士長短句箋注	［宋］秦觀著　徐培均箋注
清真集箋注	［宋］周邦彦著　羅忼烈箋注
石林詞箋注	［宋］葉夢得著　蔣哲倫箋注
樵歌校注	［宋］朱敦儒著　鄧子勉校注
李清照集箋注（修訂本）	［宋］李清照著　徐培均箋注
陳與義集校箋	［宋］陳與義著　白敦仁校箋
蘆川詞箋注	［宋］張元幹著　曹濟平箋注
劍南詩稿校注	［宋］陸游著　錢仲聯校注
放翁詞編年箋注（增訂本）	［宋］陸游著　夏承燾、吴熊和箋注 陶然訂補
范石湖集	［宋］范成大撰　富壽蓀標校
于湖居士文集	［宋］張孝祥著　徐鵬校點
稼軒詞編年箋注（定本）	［宋］辛棄疾撰　鄧廣銘箋注
辛棄疾詞校箋	［宋］辛棄疾著　吴企明校箋
姜白石詞編年箋校	［宋］姜夔著　夏承燾箋校
後村詞箋注	［宋］劉克莊著　錢仲聯箋注
雁門集	［元］薩都拉著 殷孟倫、朱廣祁校點
揭傒斯全集	［元］揭傒斯著　李夢生標校

三家評注李長吉歌詩　[唐]李賀著　[清]王琦等評注
樊川文集　[唐]杜牧著　陳允吉校點
樊川詩集注　[唐]杜牧著　[清]馮集梧注
温飛卿詩集箋注　[唐]温庭筠著　[清]曾益等箋注
玉谿生詩集箋注　[唐]李商隱著　[清]馮浩箋注　蔣凡校點
樊南文集　[唐]李商隱著　[清]馮浩詳注　錢振倫、錢振常箋注
皮子文藪　[唐]皮日休著　蕭滌非、鄭慶篤整理
鄭谷詩集箋注　[唐]鄭谷著　嚴壽澂、黄明、趙昌平箋注
韋莊集箋注　[五代]韋莊著　聶安福箋注
李璟李煜詞校注　[南唐]李璟、李煜著　詹安泰校注
張先集編年校注　[宋]張先著　吴熊和、沈松勤校注
二晏詞箋注　[宋]晏殊、晏幾道著　張草紉箋注
乐章集校箋　[宋]柳永著　陶然、姚逸超校箋
梅堯臣集編年校注　[宋]梅堯臣著　朱東潤編年校注
歐陽修詩文集校箋　[宋]歐陽修著　洪本健校箋
歐陽修詞校注　[宋]歐陽修著　胡可先、徐邁校注
蘇舜欽集　[宋]蘇舜欽著　沈文倬校點
嘉祐集箋注　[宋]蘇洵著　曾棗莊、金成禮箋注
王荆文公詩箋注　[宋]王安石著　[宋]李壁箋注　高克勤點校
王令集　[宋]王令著　沈文倬校點
蘇軾詩集合注　[宋]蘇軾著　[清]馮應榴注　黄任軻、朱懷春校點
東坡樂府箋　[宋]蘇軾著　[清]朱孝臧編年　龍榆生校箋

玉臺新咏彙校	吴冠文、談蓓芳、章培恒彙校
王梵志詩集校注（增訂本）	［唐］王梵志著　項楚校注
盧照鄰集箋注	［唐］盧照鄰著　祝尚書箋注
駱臨海集箋注	［唐］駱賓王著　［清］陳熙晉箋注
王子安集注	［唐］王勃著　［清］蔣清翊注
陳子昂集（修訂本）	［唐］陳子昂撰　徐鵬校點
孟浩然詩集箋注（增訂本）	［唐］孟浩然著　佟培基箋注
王右丞集箋注	［唐］王維著　［清］趙殿成箋注
李白集校注	［唐］李白著　瞿蜕園、朱金城校注
高適集校注（修訂本）	［唐］高適著　孫欽善校注
杜詩趙次公先後解輯校	［唐］杜甫著　［宋］趙次公注 林繼中輯校
杜詩鏡銓	［唐］杜甫著　［清］楊倫箋注
錢注杜詩	［唐］杜甫著　［清］錢謙益箋注
杜甫集校注	［唐］杜甫著　謝思煒校注
岑參集校注	［唐］岑參著　陳鐵民、侯忠義校注
戴叔倫詩集校注	［唐］戴叔倫著　蔣寅校注
韋應物集校注（增訂本）	［唐］韋應物著　陶敏、王友勝校注
權德輿詩文集	［唐］權德輿撰　郭廣偉校點
韓昌黎詩繫年集釋	［唐］韓愈著　錢仲聯集釋
韓昌黎文集校注	［唐］韓愈著　馬其昶校注 馬茂元整理
劉禹錫集箋證	［唐］劉禹錫著　瞿蜕園箋證
白居易集箋校	［唐］白居易著　朱金城箋校
柳宗元詩箋釋	［唐］柳宗元著　王國安箋釋
柳河東集	［唐］柳宗元著　［宋］廖瑩中輯注
元稹集校注	［唐］元稹著　周相録校注
長江集新校	［唐］賈島著　李嘉言新校

《中國古典文學叢書》已出書目

詩經今注	高亨注
楚辭今注	湯炳正、李大明、李誠、熊良智注
司馬相如集校注	[漢]司馬相如著　金國永校注
揚雄集校注	[漢]揚雄著　張震澤校注
張衡詩文集校注	[漢]張衡著　張震澤校注
阮籍集	[魏]阮籍著　李志鈞等校點
陸機集校箋	[晉]陸機著　楊明校箋
陶淵明集校箋(修訂本)	[晉]陶潛著　龔斌校箋
世説新語箋疏(修訂本)	[南朝宋]劉義慶撰　余嘉錫箋疏　周祖謨等整理
世説新語校釋	[南朝宋]劉義慶撰　[南朝梁]劉孝標注　龔斌校釋
鮑參軍集注	[南朝宋]鮑照著　錢仲聯增補集説校
謝宣城集校注	[南朝齊]謝朓著　曹融南校注集説
江文通集校注	[南朝梁]江淹著　丁福林、楊勝朋校注
文心雕龍義證	[南朝梁]劉勰著　詹鍈義證
詩品集注(增訂本)	[梁]鍾嶸著　曹旭集注
文選	[梁]蕭統編　[唐]李善注
蕭繹集校注	[南朝梁]蕭繹著　陳志平、熊清元校注